KNAUR

Im Knaur Taschenbuch Verlag ist bereits folgendes Buch der Autorin erschienen:
Westendladies

Über die Autorin:
Katharina Sulzbach studierte Rechtswissenschaften in Frankfurt und Paris und arbeitete anschließend als Justiziarin. Sie lebt mit ihrem Mann und ihren drei Kindern im Taunus. Nach *Westendladies* und *Stutenparade* ist *Großwildjagd* ihr dritter Roman.
www.katharina-sulzbach.de

Für meine Eltern

Edith

Ungeduldig riss sie den Umschlag auf. Der Absender war ein Rechtsanwaltsbüro. Sie kannte den Namen: Dr. Bosko, Redding & Kollegen.

»Ihre Kaufvertragssache mit Winfried Gerber«

stand im Betreff.

Edith ließ sich auf den Stuhl vor ihrem Sekretär sinken und griff nach der Lesebrille. Sie wusste nichts von einem Kaufvertrag.

Sehr geehrte Frau Neumann,
als Anlage überreiche ich Ihnen die beglaubigte Abschrift des Kaufvertrages vom 21. 12. 2013 – Nr. 436/11 meiner Urkundenrolle.
Die Urkunde wird rechtswirksam, wenn Sie die Erklärungen, die meine Mitarbeiterin Frau Krause für Sie vollmachtlos abgegeben hat, nachträglich genehmigen. Eine entsprechende Genehmigungserklärung habe ich für Sie vorbereitet. Ich bitte Sie, die anliegende Erklärung vor einem dortigen Notar zu unterzeichnen und sie, mit dem Beglaubigungsvermerk versehen, wieder an mich zurückzusenden.
Mit freundlichem Gruß
Dr. Bosko
Notar
Anlage

Mit zitternden Fingern blätterte Edith die zusammengehefteten Seiten durch und las die Namen ihres Bruders und ihrer Schwester. Weiter hieß es:

Der Verkäufer ist Eigentümer in ungeteilter Erbengemeinschaft des folgenden Grundbesitzes:
Grundstück Gemarkung Chemnitz, Flurstück 1489/7 Augustusburger Straße, (...) sowie Flurstück 1599/3 Mühlenweg.
Eingetragen im Grundbuch von Chemnitz, Blatt 22456 des Amtsgerichts Chemnitz.
Diesen Grundbesitz verkauft der Verkäufer an den Käufer für den vereinbarten Kaufpreis von
€ 3 789 000,00
(in Worten: Euro drei Millionen siebenhundertneunundachtzigtausend)
Der Käufer kauft zu Alleineigentum.

Jetzt begann Ediths Puls zu rasen, und das Blut rauschte ihr in den Kopf: Ihr Bruder hatte das Mühlengut verkauft. Ihr Zuhause, ihre Heimat sollte in fremde Hände gegeben werden!
Sie zog die Schublade ihres Sekretärs auf und blätterte die Briefumschläge durch. Manche waren bereits fleckig. So oft hatte sie sie zur Hand genommen, das Papier darin auseinandergefaltet und nach dem Lesen umständlich wieder hineingeschoben: die Briefe ihres Bruders. Warum, fragte sich Edith, erkannte er nicht, dass er im Unrecht war. Wie niederträchtig und gemein es war, den Grund und Boden zu verscherbeln, den sie nach der Wende unter Mühen, und nur mit Hilfe ihrer Nichte, seiner Tochter, zurückbekommen hatten.
»Es kommt doch auch dir zugute!«, hatte er ihr immer wieder versichert und nachgesetzt: »Wenn ich mich nicht um den Verkauf der Grundstücke kümmern würde, hättest du Hunderttausende weniger auf dem Konto.«
Was für ein Hohn!
Und nun verlangte er von ihr die Genehmigung für den Verkauf des Gutsgeländes mit allen Gebäuden – zu einem, für hiesige Verhältnisse, beachtlichen Kaufpreis. Zwar hatten sie und ihre Schwester von dem Verkaufserlös für ein paar Grundstücke alles

aufwendig sanieren lassen. Aber sie kannte die Immobilienpreise in Chemnitz. Die Summe von über 3,7 Millionen war in der Tat bemerkenswert.
Ausgeschlossen! Sie würde niemals wieder von hier fortgehen. Ihren Hof in Adelsberg und all die Erinnerungsstücke verließ sie nicht mehr freiwillig. Großvater erlaubte das nicht.
Edith legte den Brief obenauf und verstaute das Bündel und ihre Brille wieder in der Schublade. Ihr Blick fiel auf die Weihnachtskarte ihrer Nichte. Die Einzige aus der Familie, mit der sie noch sprach, außer natürlich ihrer Schwester Elsa. Claudia hatte ein Foto ihrer drei Kinder, Ediths Großneffen und Großnichten, beigelegt. Das Mädchen war sechzehn geworden, wie Claudia schrieb. Julia hatte die gleiche lange schildpattblonde Löwenmähne wie Elsa früher. Auch die Gesichtszüge waren ähnlich, mit Schmollmund und hohen Wangenknochen.
Dann tastete Edith unter der aufgeklappten Schreibplatte des Sekretärs entlang und zog an einem kleinen Hebel. Die Verblendung unter der Schublade sprang auf. Sie nahm das Buch aus dem Geheimfach und strich über das abgegriffene, blanke Krokoleder:

»Wirtschaftsbuch Mühlengut 1943–1945«

stand in Goldprägung darauf. Den Schlüssel, der unter dem Einband lag, steckte sie in ihre Hosentasche. Das Buch legte sie zurück, ließ die Verblendung aus Kirschholzfurnier wieder zuschnappen.

In der Garderobe warf sie sich eine braune Wollstola um die Schultern und trat vor die Tür des alten Gutshauses. Sie blieb kurz auf dem Treppenabsatz stehen und atmete tief die kalte Luft ein, dann machte sie sich auf den Weg über das neue Kopfsteinpflaster zur Scheune. Sie musste noch einmal nach dem Rechten sehen und die Hühner füttern. Morgen würde sie Elsa aus dem Heim holen und für sie eine kleine Geburtstagsfeier veranstalten. Nichts Aufwendiges. Es waren nicht mehr viele Bekannte übrig. Nur Wilhelms altes Kindermädchen mit Familie, zwei Jugendfreundinnen, ein Nachbar und der Pfarrer mit seiner Frau. Erst würden sie einen Spaziergang hinauf in Richtung Adelsbergturm machen, anschließend ein heißer Punsch und ein Schnaps im Hof, ganz so wie früher nach den Treibjagden, die ihr Großvater abgehalten hatte. Kaffee, Tee und Kuchen würden sie im Salon des Herrenhauses einnehmen. Und später, wenn sie unter sich waren, ein ganz privates Zusammensein mit Elsa und den Erinnerungsstücken in ihrem gemeinsamen Lieblingsraum …

Edith stand vor der Scheunentür. Durch die Ritzen des Holztors fiel Licht. Hatte sie heute Morgen vergessen, es auszuschalten? Sie schob den Eisenriegel zurück, öffnete die Tür und erstarrte: Es war kein elektrisches Licht. Sondern an dem Geländer des offenen Heubodens hingen vier Laternen mit flackernden Flammen. Sie zögerte: Dort oben war sie lange nicht mehr gewesen. Doch sie konnte die Laternen unmöglich über Nacht brennen lassen. Ihr Blick fiel auf die Heizpilze und die Stehtische mit weißen Hussen, die der Nachbarssohn auf ihre Bitte hin bereitgestellt hatte. Morgen sollte er dann alles für den Empfang in den Hof räumen. Ob er die Laternen dort aufgehängt, angezündet und dann vergessen hatte?

»Kevin?«, rief sie, und ihre Stimme hallte in dem hohen Raum nach.

Skeptisch betrachtete sie die steil aufragende Leiter. Dann umfasste sie die Seitenholme, stellte den Fuß auf die erste Sprosse … das Holz schien zu halten. Langsam erklomm Edith Sprosse für Sprosse. Als sie fast oben war, tauchte vor ihren Augen eine fünfte Laterne auf. Daneben stand ein kleines Foto in einem Silberrahmen, das von dem bläulichen Licht der Petroleumflamme beleuchtet wurde. Es war ein altes Schwarz-Weiß-Bild und zeigte einen russischen Soldaten in Offiziersuniform. Ediths Herz begann wie wild zu klopfen, sie streckte die Hand nach dem Bild aus. Es fehlten nur noch wenige Zentimeter. Sie musste ein Stück höher steigen ... Da schlug die Tür mit einem lauten Knall zu. Durch den Schreck verfehlte sie die nächste Sprosse und trat ins Leere. Sie klammerte sich mit den Händen an den Holmen fest, doch die lediglich angelehnte Leiter geriet durch den Ruck ins Schwanken, löste sich von dem oberen Holzboden und kippte langsam nach hinten. Mit einem gellenden Schrei stürzte Edith drei Meter in die Tiefe.

Heike, Claudia und Susanne

Susanne schloss die Augen und genoss die Strahlen der Januarsonne auf ihrer Haut. Sie drehte sich zu Woletzki um, der neben ihr in einem Liegestuhl der Trutz-Hütte saß, und strich ihm mit dem Handrücken über seinen Dreitagebart. »Was für ein Tag! Ich liebe das Seen-Panorama, ich liebe das Corviglia-Gebiet, ich liebe meine neuen Salomon-Carver … und natürlich dich!«

Er brummte zufrieden. Einträchtig richteten sie ihre Blicke über das altehrwürdige Suvretta House in das Tal von St. Moritz und nahmen einen Schluck von ihrer Rivella Grün. Die Silhouette eines Helikopters stieg vor ihnen in den unberührten stahlblauen Himmel auf. Für einige Minuten übertönte das Brummen der Rotorblätter die gedämpften Unterhaltungen in den Liegestühlen und an den Tischen in ihrer Umgebung. Heike und Tom balancierten ihre vollen Tabletts hindurch und setzten sich ihnen gegenüber auf die frei gehaltenen Plätze.

Tom deutete auf den Himmel: »Habt ihr schon gehört? Michael und Iris Sommer haben sich einen Heli gechartert, um auf die Lagalb zu fliegen.«

»Keine schlechte Idee«, meinte Nicolas de Haan, der ihnen gefolgt war. »Dort ist die Gondel abgestellt. Eine unberührte Traumabfahrt – nach dem Neuschnee!« Er stellte sein Tablett ab und zündete sich im Stehen ein Zigarillo an.

»Und du musst uns hier die saubere Luft verpesten? Kannst du nicht wenigstens warten, bis wir gegessen haben?«, rief Heike und wedelte mit ihrer Serviette.

Genussvoll nahm er einen tiefen Zug, stieß den Rauch aus und drehte den Freunden sein ebenmäßiges Profil mit der griechischen Nase zu. Sein Teint war bereits gebräunt, obwohl dies der erste Sonnentag ihres Urlaubs war. Dann schüttelte Nicolas sein dichtes blondes Haar aus der Stirn und schnippte das glühende Zigarillo in den Schnee. Heike warf ihm einen Luftkuss zu.

»Jedenfalls scheint Sommers Bonus für das abgelaufene Jahr nicht so schlecht ausgefallen zu sein, wenn er sich Helitouren leisten kann …«, bemerkte Tom. Er öffnete den Kragen seiner roten Skijacke und lockerte den camelfarbenen Burberry-Schal. Dann drückte er mit der Gabel das Brot auf die Engadiner Wurst und schnitt ein Stück ab. »Ich hoffe, du kennst diesen Trick«, sagte er zu Nicolas, der das gleiche Gericht vor sich stehen hatte. »Ohne das Brot spritzt es. Das letzte Mal habe ich mir meine Bogner-Jacke völlig versaut.«

»Was, du trägst noch Bogner, ich dachte, das sei inzwischen zu russenbesetzt«, rief Claudia eine Spur zu laut.

Tom sah sie an: »Ganz St. Moritz ist russenbesetzt, und trotzdem fahren wir alle hin … nicht wahr, liebe Claudi.«

»Warum seid ihr eigentlich alle so gereizt?«, fragte Susanne, ohne die Augen zu öffnen. »Ihr solltet lieber diesen Traumtag, die Sonne und die Aussicht genießen.«

Heike holte aus ihrer Jackentasche eine Tube Lancaster Sunblocker heraus. Mit nervösen Bewegungen begann sie, eine viel zu große Menge in ihrem Gesicht zu verteilen. Sie hielt die Hand hoch, an der noch jede Menge Sonnencreme klebte, und rief: »Möchte jemand? Kann ich nur jedem empfehlen, diese Alpensonne ist eigentlich das Schlimmste, was man seiner Haut antun kann …«

Susanne drehte sich zu ihr um. Ihre Wangen hatten bereits einen zarten Roséton angenommen.

»Oh Gott, Susanne! Du bist ja schon knallrot im Gesicht. Geh sofort aus der Sonne raus.«

Diese zückte einen Taschenspiegel, um die Bemerkung ihrer Freundin zu überprüfen. Dann zog sie die Lippen nach, strich sich die kastanienbraunen Haare aus dem Gesicht und band sich einen Pferdeschwanz. »Heike, du übertreibst mal wieder. Ich bin keine Blondine wie du, leide nicht an Neurodermitis, sondern kann mir ein wenig Sonne leisten, ohne hinterher gleich Aloevera-Packungen auflegen zu müssen.«

Heike verzog leicht beleidigt das Gesicht und sah auf ihre goldene Cartier Tank: »Meine Güte, Tom, es ist ja schon halb zwei. Du musst die Kinder von der Skischule abholen.«

»Darf ich wenigstens noch aufessen?«

»Bist du verrückt? Die stehen da völlig verloren herum.«

Missmutig steckte Tom sich ein großes Stück Wurst in den Mund, griff sich eine Handvoll Pommes frites und warf seine Serviette auf den Teller.

»Warum sich ein erwachsener, aufgeklärter Mann Pommes frites und fettige Wurst bestellt, ist mir sowieso ein Rätsel. Macht sich nicht inzwischen jeder halbwegs gebildete Mensch über Inhaltsstoffe Gedanken?«, setzte Heike nach, während Tom mit den Augen rollte und die Terrasse verließ.

»Bring doch am besten unsere ganze Bande gleich mit!«, rief ihm Claudia hinterher und murmelte: »Aber eigentlich finden die den Weg auch alleine.«

Dann holte sie ihr iPhone aus der Jackentasche und checkte ihre E-Mails.

Nicolas sah ihr interessiert zu und fragte: »Du weißt ja, wie das Roaming ins Geld gehen kann … also ich stelle den mobilen Datentransfer nur in den WLAN-Netzen der Hotels an.«

Claudia antwortete nicht, sondern hörte ihre Mobilbox ab. Aus ihrem Gesicht wich Sekunden später die Farbe: »Das war's mit dem Urlaub: Sieht ganz so aus, als müsste ich kurzfristig nach Chemnitz.«

Nicolas hörte auf zu kauen und zog die Augenbrauen hoch: »Schlechte Nachrichten?«
Claudia nickte: »Meine Tante hatte einen Unfall … liegt im Koma … und ich bin die einzige Verwandte, mit der sie noch Kontakt hatte.«
»Nun, du wirst Zug fahren müssen, der Julierpass ist gesperrt – Lawinengefahr.«

Heike und Susanne

»Wahnsinn, warum haben wir das Jet-Set-Outlet eigentlich nicht schon früher entdeckt?«, seufzte Susanne und drehte sich in einer weißen Skihose mit kakifarbenen Ledersternen vor dem Spiegel.

»Also ich weiß nicht recht …«, murrte Heike, die gerade mit spitzen Fingern eine Fellweste mit Farbverlauf von Gelb bis Lila vom Tisch hob, »… meines Erachtens sind die meisten Sachen nicht nur aus der letzten, sondern sogar aus der vorletzten Saison …« Sie hielt die Weste hoch und legte den Kopf schief. »Obwohl, dieses Teil hier … ist gar nicht mal so übel …«, sie drehte das Preisschild um, »… für achtzig Franken! Die hat vorher mal neunhundert gekostet.«

»Na, dann los«, lachte Susanne, »lass uns die Fummel einpacken!«

Sie verließen das Outlet und kämpften sich durch das immer stärker werdende Schneetreiben auf dem schmalen Gehsteig der Via Maistra voran, in den Ortskern von St. Moritz. Heike trug Fellmütze und Sonnenbrille, schon bald bildeten die dicken Flocken eine weiße Haube auf den Kaninchenhaaren. »Wenn das so weitergeht, war gestern unser einziger richtiger Skitag. Langsam weiß ich nicht mehr, wohin mit den ganzen Einkäufen. Ich habe schon vorsorglich überall die Etiketten abgeschnitten und die Tüten gar nicht erst mit ins Hotelzimmer genommen, damit Tom nichts merkt …«

»Das alte Spiel?«, grinste Susanne, bevor sie vor dem Prada-Store stehen blieb und in das Innere des Ladens sah. »Guck mal da: Kennen wir die nicht?« Sie deutete auf eine kleine, untersetzte Frau mit Kurzhaarschnitt, die sich in einem hautengen rotbraunen Lederkleid in Pose stellte. Mit dem Rücken zum Fenster, auf einer Couch, saß ein Mann mit gelglänzenden schwarzen Haaren, neben prasselndem Kaminfeuer. Er sah nur kurz von seinem Smartphone auf, reckte den Daumen in die Luft und drehte ihn abwägend hin und her.

»Sollen wir reingehen und sie begrüßen?«, fragte Heike.

Susanne sah sie durch ihre grünen Brillengläser an: »Warum nicht? Ich kenne inzwischen sowohl das komplette Sortiment auf der Via Maistra als auch auf der Via Serlas, und langsam werden sogar Gucci und Roberto Cavalli langweilig.«

Sie gingen in Richtung Ladentür, die ihnen sogleich von einem in Schwarz gekleideten Türsteher geöffnet wurde. Iris Sommer bemühte sich gerade, das Kleid über ihren Hüften weiter nach unten zu ziehen, als sie aufblickte und die beiden erkannte. »Nein, das gibt's ja nicht! Anscheinend sammelt sich diesen Winter der halbe Vordertaunus im Engadin. Letztes Jahr war es doch noch Lech ...«

»... was angesichts des Wechselkurses auch weitaus vernünftiger gewesen wäre ...«, ergänzte Michael Sommer und erhob sich, um Susanne und Heike mit Wangenküssen zu begrüßen.

»Aber dafür kostet der Skipass diese Saison nur fünfundzwanzig Franken pro Tag!«, antwortete Heike.

»Und, was meint ihr?«, fragte Iris Sommer und strich über das Lederkleid.

»Eine Nummer zu klein«, kam es prompt von Heike. Iris' Gesicht wurde wächsern. Es entstand eine Pause. Dann schnalzte sie mit der Zunge und gab der Verkäuferin Anweisung, das Kleid in Größe 42 zu holen.

»Wie war denn Ihr Heli-Trip auf die Lagalb?«, wechselte Susanne rasch das Thema.

»Phantastisch!«, antwortete Iris. »Traumhafter Tiefschnee! Wenn wir gewusst hätten, dass Sie beide auch in St. Moritz sind,

hätten wir Sie mitnehmen können. Wir hatten noch Plätze frei, die Kinder waren ja in der Skischule.« Sie wandte sich an ihren Mann, der sich inzwischen wieder gesetzt hatte. »Nicht wahr, Michael, wäre das nicht nett gewesen?«
Michael Sommer nickte, ohne den Blick von seinem Smartphone abzuwenden: »Ja, sicher, sicher …«
»Na«, meinte Heike cool, »kann man ja immer noch irgendwann mal machen. Wir sind schließlich jedes Jahr hier, und die Lagalb ist eigentlich ein wenig flach … Ihr habt kurzfristig gebucht? Und da gab es noch Zimmer?«
»Zwei Junior-Suiten im Kempinski konnten wir noch ergattern. Es ist ein wenig beengt, aber für eine Woche kommen wir damit klar«, setzte ihr Iris Sommer auseinander.
»Teuer geht immer!«, kommentierte ihr Mann und hielt auf einmal sein Smartphone in die Höhe: »Sieh mal einer an. Jetzt wird die Eichberg-Villa schon vom vierten Makler angeboten.« Er hob den Kopf und suchte Heikes Blick. »Langsam bewegt sich der Preis für das Grundstück eurer Nachbarn auf ein attraktives Niveau zu. Soweit ich weiß, hat dein Mann auch schon ein Gebot abgegeben.«
Heike lief rot an. Tom hatte ihr nichts davon erzählt. »Ja … natürlich …«, stammelte sie, »so eine Gelegenheit kann man sich doch nicht entgehen lassen … und wie steht es mit euch?«
Michael Sommer schüttelte energisch den Kopf: »Mit diesen minimalen Baufenstern und dem Denkmalschutz an der Backe ist es immer noch ein reines Liebhaberobjekt. Für euch wäre es natürlich die Gelegenheit, den Garten ein wenig zu vergrößern. Aber die Gebäude entsprechen einfach nicht unseren Ansprüchen.«
»Das ist der Nachteil, wenn man auch noch im Urlaub Königsteiner trifft. Schon geht es wieder um die ewig gleichen Themen. Aber habt ihr das von dem vermissten Schüler im Alpenin-

ternat gehört?«, schaltete sich seine Frau ein. Sie hatte inzwischen das Lederkleid in Größe 42 an und baute sich erneut vor dem Spiegel auf. »Ist nicht der Sohn von Ihrem …«, sie schien nach dem richtigen Ausdruck zu suchen und sah dabei Susanne an, »… Lebensgefährten auf dieser Schule?«
Susanne nickte und fragte: »Ja, stimmt. Und wer wird da vermisst?«
»Es stand gestern in der *Schweizer Illustrierten*, ich habe sie beim Hotelfriseur gelesen, bin übrigens froh, wenn ich endlich wieder zu Matthias in Kronberg gehen kann!« Sie zupfte unzufrieden an ihrer brünetten Kurzhaarfrisur herum.
»Ist mir eindeutig zu moskauerisch geraten, ich konnte den Coiffeur gerade noch davon abhalten, mir rote Strähnen reinzufärben … aber wie dem auch sei … der Sohn eines Hoteliers, hier aus der Region, Carsten Bucher heißt er, glaube ich. Ist schon seit Mitte Dezember aus dem Internat verschwunden. Kam einfach nach dem Wochenende nicht ins Internat zurück, war aber auch nicht zu Hause. Es fehlt jede Spur von ihm.«
»Das habe ich gar nicht gelesen, und Marcel hat auch nichts davon erzählt …«, sagte Susanne, und Iris sah sie einen Augenblick lang verwundert an: »Das muss doch schon früher durch die Presse gegangen sein …« Dann stampfte sie zurück in die Umkleidekabine: »Na, von mir aus nehme ich es. Aber lange lasse ich mir das nicht mehr bieten. Früher war eine italienische 46 noch eine deutsche 40, und da habe ich auch immer reingepasst. Doch Miuccia Prada glaubt offenbar, uns für dumm verkaufen zu können!«
Heike fragte die Verkäuferin: »Haben Sie eigentlich noch diese Kristallohrringe mit den Kunstharzrosen?«
Die Verkäuferin schüttelte mit unbewegtem Gesicht den Kopf: »Leider alle ausverkauft.«

Susanne zeigte auf eine hübsche dunkelhaarige Frau, die gerade den zweiten Clip an ihrem Ohr befestigte. Sie drehte den Kopf hin und her, und die hellblauen Swarovski-Kristalle blitzten unter den Halogenspots. Ihr gutaussehender Begleiter in schwarzer Daunenjacke und weißem T-Shirt gab Kommentare in russischer Sprache dazu ab. Nur der halbwüchsige Junge, der offenbar auch dazugehörte, sah weiter gebannt auf den Bildschirm seines Smartphones.

»Sieh mal da, meintest du vielleicht diese?«, fragte Susanne.

Heike verzog den Mund zu einem künstlichen Lächeln und wandte sich erneut an die Verkäuferin, die gerade mit Iris' Lederkleid zur Kasse ging: »Gibt es bei Ihnen womöglich Kunden erster und zweiter Klasse?«

Sie blieb stehen, und ihre Augen verengten sich: »Wie meinen Sie das?«

Heike deutete auf die Frau mit den Ohrringen: »Ausverkauft, ja?«

Die Verkäuferin zuckte mit den Schultern: »Das war dann wohl das letzte Paar – vielleicht eine Retoure«, und wendete sich ab.

Die russische Schönheit bemerkte, wie Heike und Susanne sie anstarrten, und schenkte ihnen ein entwaffnendes Lächeln, das strahlend weiße, ebenmäßige Zähne freilegte. Sie war kaum geschminkt und hatte schulterlange, ebenholzfarbene Haare, die unfrisiert wirkten, ihrem breiten Gesicht mit dem hellen Teint jedoch einen perfekt natürlichen Rahmen gaben.

Heike erwiderte das Lächeln zögernd.

»Do you like these earrings? Do they really fit me?«, fragte die Frau an Heike und Susanne gewandt. Ihre englische Aussprache klang hart.

Heike trat näher und wog ihre Antwort genauestens ab. Nach einer Weile sagte sie: »Probably white or coral would go better with your beautiful dark eyes.«

Die Frau sah ihr sekundenlang in die blauen Augen und schien zu spüren, dass sie es ehrlich meinte. »Probably you are right. They would fit you much better than me.«
Sie zog die Clips von ihren Ohrläppchen ab, legte sie auf die Glastheke und sagte etwas in ihrer Muttersprache zu dem Mann. Der ließ einige kurze abgehackte Sätze hören, aus denen zu schließen war, dass er ihre Meinung nicht teilte. Dann wies er die wartende Verkäuferin an, ihm die Ohrringe einzupacken. Die hübsche Frau schüttelte den Kopf und machte eine bedauernde Geste in Heikes Richtung.
Heike starrte die beiden an, bis Susanne sie am Oberarm packte und flüsterte: »Komm jetzt endlich, sonst wird es peinlich. Du siehst doch, dass sie die Ohrringe kaufen.«
Heike warf einen letzten sehnsüchtigen Blick auf den funkelnden Modeschmuck, der gerade in einem Kästchen auf Samtkissen gebettet wurde und zusammen mit unzähligen Kleidungsstücken und Taschen für die russische Familie eingepackt wurde.
»Mach dir nichts draus«, hörte sie die durchdringende Stimme von Iris Sommer neben sich sagen. »Gegen diese Oligarchen kommen wir einfach nicht an, Heike. Aber ich bin auch mit dem wenigen zufrieden, das wir haben.«
Und alle drei sahen zu, wie Michael Sommer die Rechnung für seine Frau beglich.

Claudia

Sie stand vor der Scheibe des Krankenzimmers und betrachtete die weißhaarige Frau mit dem bleichen, schiefen Gesicht, die einmal ihre Tante gewesen war. Der linke Mundwinkel schien noch weiter herunterzuhängen, als sie es in Erinnerung hatte. In gleichmäßigen Abständen hob und senkte sich der Brustkorb, jedes Mal, wenn die Lungenmaschine Sauerstoff durch den mit weißen Heftpflastern befestigten Schlauch in ihren Hals pumpte. Eine Kanüle leitete langsam klare Flüssigkeit in Ediths Armvene.

Claudia drehte sich um: »Kann ich jetzt bitte den behandelnden Arzt sprechen?«, fragte sie eine vorbeieilende Krankenschwester.

»Er ist noch im OP. Ein Notfall. Das kann dauern. Möchten Sie warten, oder kommen Sie lieber morgen wieder?«, rief ihr die hagere, kleine Frau zu, ohne stehen zu bleiben.

Claudia folgte ihr: »Morgen? Wissen Sie eigentlich, was Sie da sagen? Ich unterbreche meinen Urlaub, komme extra aus der Schweiz angereist … außerdem bin ich alleinerziehende Mutter von drei Kindern!« Sie holte Luft. »Und Rechtsanwältin. Es muss doch wohl möglich sein, eine Person zu sprechen, die für die Behandlung meiner Tante verantwortlich ist. Sonst gehe ich gleich zur Krankenhausleitung.«

Die Krankenschwester blieb am Ende des Gangs stehen und musterte Claudia missvergnügt. Dieser wurde bewusst, dass sie mit ihrem pinkfarbenen Missoni-Mantel, den sie sich, dank Heikes Überredungskünsten, in St. Moritz geleistet hatte, und den spitz zulaufenden lila Gucci-Cowboystiefeln womöglich etwas deplaziert wirkte. Und sie wurde in diesem unpassenden Mo-

ment daran erinnert, dass sie durch die überflüssigen Ausgaben ihr Konto viel zu weit überzogen hatte.
»Da werden Sie um diese Zeit auch niemanden mehr antreffen. Das Büro der Verwaltung ist seit 15 Uhr 30 geschlossen. Aber morgen ab 7 Uhr können Sie sich dort beschweren.«
Damit verschwand sie hinter einer Tür.
Claudia hob die Schultern und ging langsam wieder zu dem Fenster zurück. Resigniert sah sie ihrer Tante beim Atmen zu. Es blieb ihr nichts anderes übrig, als sich eine Unterkunft für die Nacht zu suchen. Sollte sie in ein Hotel gehen? Im Chemnitzer Hof, dem einzigen Hotel der Stadt, das ihren Ansprüchen genügte, gab es kein Zimmer unter dreihundert Euro, und ihr Budget für den Monat war schon längst aufgebraucht. Sie hatte sich den Skiurlaub schon nicht leisten können, aber Nicolas hatte sie eingeladen.
Ihr fiel das alte Kindermädchen ihrer Tante ein. Vielleicht hatte Christel Höppner einen Schlüssel zum Gutshaus.

Eine Stunde später parkte sie ihren Mietwagen, einen mausgrauen Fiat 500, im Hof des Mühlenguts und sah sich um. Das Licht im Gutshof hatte sich automatisch eingeschaltet – ein Bewegungsmelder. Die Fassaden wurden angestrahlt. Hier hatte sich seit ihrem letzten Besuch einiges verändert. Das Gutshaus, die Scheune, die Stallungen, alles war frisch verputzt und gestrichen, die Dächer gedeckt, im Gutshaus waren neue Fenster und eine originalgetreue, doppelflügelige Eingangstür aus schwerer Eiche mit den alten Glasfenstern eingesetzt worden. Ihre Tanten hatten bei ihrer Rückkehr nach Adelsberg offenbar reichlich investiert. Claudia stieg die fünf breiten Sandsteinstufen der Freitreppe zum Herrenhaus hinauf und schloss die Tür auf. Eine angenehme Wärme schlug ihr entgegen. Sie machte Licht, betrat die Eingangshalle, zog ihren Wollmantel aus und hängte ihn an ei-

nen der Garderobenhaken aus weißem Porzellan. Darunter stand ein Paar schwarzer, spiegelblank geputzter Reitstiefel. Die Holzknäufe der Schaftspanner ragten über den braunen Oberrand. Es waren die alten Stiefel von Claudias Urgroßvater.
Claudia ging langsam durch die hohe Eingangshalle, von der aus die mit einem roten Läufer belegte, ausladende Eichenholztreppe in das obere Stockwerk führte. Auf der Schwelle zu einem der angrenzenden Wohnräume blieb sie stehen und hatte ein Déjàvu: Die Jugendstiltapete, der Blüthner-Flügel, die alten Kirschholzmöbel ... damit sah der riesige rechteckige Raum fast exakt so aus wie das Wohnzimmer ihrer Großmutter in Berlin, nur viel größer. An den Wänden hingen Schwarz-Weiß-Fotos, Ölbilder, Szenen aus der Landwirtschaft. Auch auf dem zugeklappten Flügel standen alte Aufnahmen in silbernen Rahmen.
Obwohl Claudia die Möbel in dem Zimmer so vertraut waren, hatte sie ein seltsam beklemmendes Gefühl, als sie im Türrahmen stand. Etwas hielt sie davon ab, den Raum zu betreten. An der einen schmalen Wand, ganz am Ende des Saals, hing sein Porträt, überlebensgroß. Er war ein gutaussehender Mann gewesen. Ein schmales Falkengesicht, hellblondes Haar, gestutzter Oberlippenbart. Seine Augen blickten kalt, herrisch und schienen genau auf sie gerichtet zu sein. Die Farbe der Iris war ihr wohlbekannt: eine Mischung aus Grün und Kupfergelb, die wie ein Bernstein schimmerte – denn die Augen ihres Urgroßvaters glichen exakt ihren eigenen.
Claudia wurde bewusst, dass der Raum völlig unbewohnt aussah. Nichts lag herum, keine Zeitung, kein Buch, keine Brille. Zudem gab es keinen Fernseher. Das kam Claudia höchst verdächtig vor. Ihre Tante war siebenundachtzig Jahre alt. Sie hatte sie nicht besonders gut gekannt. So viel musste sie sich wohl eingestehen. Aber Frauen in diesem Alter gingen doch kaum je zu Bett, ohne einen oder mehrere Blicke mit Günther Jauch ausgetauscht oder

eine Folge des »Landarztes« gesehen zu haben, oder? Claudia musterte die symmetrische Reihe der Kissen auf den zu zwei Sitzgruppen arrangierten Sesseln und Sofas – als hätte dort noch nie jemand gesessen. Sie wischte mit dem Zeigefinger über das auf Hochglanz polierte Beistelltischchen und betrachtete ihn: kein Fussel, kein Staubkorn.

Auch das übrige Mobiliar besah sie sich jetzt genauer. Aus den Erzählungen ihres Vaters und ihrer Tanten wusste sie, dass es von den Deutschen Werkstätten Hellerau im Jahr 1924 für ihre Urgroßeltern angefertigt worden war. Sie wusste auch, dass ihr Großvater, Offizier der Wehrmacht, gefallen war und ihre Oma das Gut während des Kriegs alleine mit ihrem alten, gebrechlich gewordenen Vater führen musste. Einige Jahre vor dem Mauerbau war sie mit ihm und den jüngsten Kindern nach Westberlin in eine Mietwohnung übergesiedelt. Die DDR-Regierung ließ die Felder von der Landwirtschaftlichen Produktionsgenossenschaft bewirtschaften, die Gebäude verfielen. Claudia hatte bald nach der Wende für ihren Vater und dessen Geschwister den Rechtsstreit mit dem Amt für Offene Vermögensfragen geführt, um den Grundbesitz zurückzubekommen. Die unverheirateten Töchter Edith und Elsa hatten dank eines Vermächtnisses ihrer Mutter deren Möbel erhalten und waren damit in den neunziger Jahren wieder zurück auf den Hof gezogen.

Sie ging weiter durch das Haus, öffnete Türen, stieg die restaurierte Holztreppe hoch und sah in die Schlafzimmer. Das ganze Herrenhaus wirkte perfekt. Penibel aufgeräumt. Alles schien vollkommen originalgetreu renoviert und eingerichtet zu sein. Allerdings ohne jeden Hinweis darauf, dass hier tatsächlich jemand wohnte. Sie betrat eines der früheren Kinderzimmer, mit zwei Betten an den gegenüberliegenden Wänden. Auf dem einen saß ein antiker Steiff-Schimpanse und auf dem anderen ein Teddybär. An der Wand hingen gerahmte Schwarz-Weiß-Fotos von Claudias Vater und seinem Bruder Max. Sie zeigten die beiden mit Holzrechen in der Hand, bei der Erntearbeit, auf Reitpferden in einem Springparcours, in der Uniform der Hitlerjugend und mit ihren Schulklassen. Ausnahmslos Bilder aus der Kindheit auf dem Gut. Und plötzlich wusste Claudia, was hier nicht stimmte: Ihre Tante hatte sich kein Wohnhaus eingerichtet … sondern ein Museum.

Heike

Wie viele Funktionen nutzen Sie bei Ihrem iPhone regelmäßig?‹«
»Die Anruffunktion, die SMS-Funktion, E-Mails, Kalender, Facebook, Safari, Fotos … ach, und die Mailboxabfrage, aber nur im Inland.«
»Hm, okay, das sind ziemlich viele … ›Und warum haben Sie sich für ein iPhone entschieden … a, weil es funktional ist, b, keine Bedienungsanleitung hat, c, wegen des Designs, d, weil es im Angebot war, e, ihr Vertrag verlängert wurde oder f, weil es trendig ist?‹«
»Nun, b, c, e und f.«
»Guut. ›Sie überhören in der Regel … das Klingeln Ihres iPhones … Erst nach Tagen ohne Anrufe bemerken Sie … dass der Akku leer ist‹ …« Sie sah auf: »Das trifft, glaube ich, beides auf dich zu. ›Besaßen Sie bereits das Vorgängermodell?‹«
»Aber das weißt du doch!«
Chloé sah ihre Mutter streng an: »Also … nein …«, und tippte die Antwort auf ihrer Touchscreen-Tastatur ein.
»›Werden Sie sich auch das Nachfolgemodell anschaffen?‹«
Heike neigte abwägend den Kopf zur Seite: »Hm, vermutlich. Aber vielleicht wird es auch das limitierte Constellation Blue von Lapo Elkann.«
Jetzt rümpfte Chloé empört die Nase: »Ihh, bist du verrückt! Vertu ist so was von out!«
Heike zuckte die Achseln und lehnte sich auf dem grünen Polstersessel in der Lobby des Suvretta House zurück: »Ich muss ja nicht denselben Geschmack wie meine vierzehnjährige Tochter haben. Manchmal vermisse ich übrigens auch mein altes Motorola Razr.«

Chloé runzelte die Stirn und las weiter: »›Brauchen Sie zum Bedienen des iPhones eine Lesebrille?‹« Dann griff sie in die Silberschale mit den Chips, die der Kellner gerade zusammen mit ihrer Rivella Blau auf den Coffeetable stellte.

Ihre Mutter schüttelte missbilligend den Kopf: »Nein, zum Glück noch nicht.«

»Oo-kay, einen Moment … also: Es gibt sieben verschiedene Arten von iPhone-Nutzern. Und du bist haarscharf an Nr. 6 – dem Rentner – vorbeigeschlittert.«

»Puh«, Heike grinste, »da habe ich ja noch mal Glück gehabt.«

»Aber nur, weil du noch keine Lesebrille brauchst und mehr als drei Funktionen nutzt«, stellte Chloé klar.

»Und was bin ich dann?«

»Das würde mich auch interessieren«, schaltete sich Tom ein, der zusammen mit Carlo auf ihre Sitzgruppe zugeschlendert kam und sich neben Chloé auf das Sofa sinken ließ. Er trug bereits seinen Smoking, Carlo steckte in einem dunkelblauen Blazer mit dezent gepunkteter Krawatte.

»Du bist Nr. 2: die Undankbare!«, posaunte Chloé heraus.

»Woher wissen die das?«, fragte Tom.

Heike: »Es geht nur ums iPhone … ein Test von Win Bild …«

»Also … ›diese spezielle iPhone-Nutzerin besitzt das iPhone, weil es trendig ist …«, las Chloé von ihrem Bildschirm ab, »… im Angebot war oder ihr Vertrag verlängert wurde. Was es wirklich kann, ist ihr im Prinzip egal, solange sie damit Facebook nutzen, SMS schreiben und telefonieren kann. Sie beschwert sich, wie sperrig das iPhone ist und‹ … aufgepasst … jetzt kommt es: ›… vermisst ihr altes Motorola Razr.‹«

»Sag ich doch!«, kommentierte Heike. »Demnach bin ich nicht die Einzige, der es so geht.«

»Zumindest von der Akkulaufzeit gleichen sich die beiden.« Chloé sah sich beifallheischend um.

»Fazit?«, erkundigte sich Tom.
»›Besuchen Sie unseren Workshop zum Thema: Auf Augenhöhe mit meinem iPhone‹«, las Chloé vor.
»Was denn, das ist alles?«, fragte Heike.
»Na dann!« Tom schlug sich auf die Schenkel. »Wollen wir?«
»Kommen Susanne, Woletzki und die Jungs nicht zum Abendessen?«, fragte Heike, stand auf, zupfte Chloés schwarzen Tüllrock in Form und rückte Carlos Krawattenknoten gerade.
»Ich glaube, sie sitzen schon.« Tom bot Heike den Arm, und sie hakte sich ein.
»Versprich mir, dass wir nächstes Jahr wieder in ein Sporthotel oder eine Wohnung gehen. Jeden Abend Black Tie und sogar Krawatten-Zwang für kleine Jungs ist schon an der Grenze des Erträglichen«, raunte er ihr zu, während sie zu viert in den Speisesaal einliefen. Heike achtete nicht auf ihn, sondern sog in tiefen Zügen die Atmosphäre des Grand Restaurant ein: Das gedämpfte Licht, die dunkle Täfelung, hoch aufragende Säulen aus schwerer Eiche, darüber eine aufwendig verzierte Kassettendecke.
»Also ich finde, dieser Saal atmet Geschichte«, sagte sie, während sie sich von Tom den Stuhl unter den Po schieben ließ.

»Ich glaube, er möchte zu dir.«
Woletzki tippte Heikes Oberarm an und zeigte auf den Mann mit der weinroten Uniform. Der Portier kam ihnen mit einem kleinen Päckchen entgegen, als sie einige Zeit später gerade vom Speisesaal zur Bar gingen.
»Madame, es ist etwas für Sie abgegeben worden.«
Heike sah die anderen fragend an.
»Na los, mach es schon auf!«, forderte Susanne sie ungeduldig auf. Heike wickelte das dunkelviolette Papier ab und hielt eine Schatulle gleicher Farbe mit dem goldenen Schriftzug PRADA in der Hand. Sie klappte sie auf.

»Sag mal, träum ich?«, fragte sie.
Vor ihr lagen die blauen Kristallohrringe mit den Röschen.
»Wow, darf ich die auch mal anziehen?«, fragte Chloé sofort.
Heike suchte nach einer Karte, aber vergeblich. Sie ging zum Desk und fragte, ob ein Brief dabei gewesen sei, was der Portier verneinte.
»Und wissen Sie zufällig, wer das Päckchen abgegeben hat?«
Er zog bedauernd die Schultern hoch: »Tut mir leid, Madame, hier ist ein Kommen und Gehen.«
Heike sah Susanne an: »Eine ziemlich großzügige Geste, oder?«
»Kann man wohl sagen.«
»Wollt ihr uns vielleicht mal aufklären?«, fragte Tom leicht gereizt.
Sie schlenderten weiter in die vollbesetzte Club Bar.
»Haben Sie reserviert?«, fragte die Kellnerin.
Tom schüttelte den Kopf. »Nein, an den letzten Abenden gab es immer genügend freie Plätze.«
»Aber heute ist der 6. Januar: Russische Weihnachten.« Sie blickte ihm mit echtem Bedauern in die Augen. »Sie sehen ja selbst …« Dabei deutete sie auf die roten Samtsessel, die sämtlich von Frauen mit blassen Armen in grellen ärmellosen Abendkleidern und Männern in engen Smokings mit aufgeknöpften Hemden und lose umgehängten Fliegen belegt waren. Man hatte sogar noch Stühle aus der Suvretta-Stube herangeschafft, um sämtlichen Mitgliedern der russischen Großfamilien Sitzplätze zu verschaffen. Auf jedem der kleinen Marmortische standen Eiskübel mit Champagner und Wodkaflaschen. In einer Ecke wurde ein russisches Lied angestimmt. An den anderen Tischen begann man, einzustimmen und im Takt zu klatschen.
»Komm, lass uns woandershin gehen«, meinte Woletzki beschwichtigend zu Tom, »ich war lange nicht mehr in der Dracula Bar … muss Jahre her sein.«

»Meinst du vielleicht, da ist es besser? Da sitzen ebenfalls die ganzen Sergeijs und Anatolijs mit ihren zehn Jahre jüngeren, blondgefärbten Nataljas, deren Müttern und Tanten, und nach dem fünften Wodka singen sie alle schluchzend Lieder über die Heimat!«

Missmutig drehte er sich um. Die anderen folgten ihm. Heike wippte im Takt des immer noch vernehmbaren Gesangs. Sie befestigte die Clips an ihren Ohrläppchen, während Susanne Woletzki von ihrer Begegnung mit der russischen Familie im Prada-Laden erzählte.

»Merkwürdige Geschichte«, meinte Tom, und an Heike gewandt: »Hast du dir mal überlegt, was die eigentlich damit bezwecken, dir so ein Geschenk zu machen … und wenn du mich fragst, sind die Dinger einigermaßen kitschig.«

»Dich fragt aber keiner!«, fauchte Heike beleidigt. »Du hast doch überhaupt keinen Sinn für Mode und Styling.«

»Eine ganz andere Frage wäre, woher sie eigentlich wissen, in welchem Hotel du wohnst«, bemerkte Woletzki.

Claudia

Da war Ihre Tante sehr vorausschauend.«

Der Oberarzt mit dem dunkelblonden Stoppelhaarschnitt, der sich als Dr. Illner vorgestellt hatte, sah Claudia forschend an, als sie ihm die Papiere aushändigte, die ihr Christel Höppner kommentarlos mitgegeben hatte.

Claudia war froh, bei ihrer Kleidungswahl diesmal überlegter vorgegangen zu sein. Sie trug Jeans und eine schwarze Allwetterjacke. Nach ihrem kurzen Ausflug in die Fußgängerzone, wo sie sich zwei paar Strümpfe gekauft hatte, die sie vergessen hatte einzupacken, war sie überzeugt, dass kaum ein Chemnitzer in der Lage sein würde, das weiße »Moncler«-Emblem auf ihrem Ärmel einzuordnen. Sie hatte allerdings bei ihrer übereilten Abreise nur ein einziges Paar Schuhe mitgenommen, und genau an diesen blieb Dr. Illners Blick hängen – lila Cowboystiefel.

»Wussten Sie davon?«, sagte er und starrte immer noch auf ihre Füße. Der sächsische Einschlag wirkte auf Claudia anheimelnd. Ihre Großmutter, ihr Vater, ihre Tanten und Onkel hatten mehr oder weniger stark gesächselt.

Sie schüttelte den Kopf: »Nein. Aber es sieht ihr ähnlich. Sie war Finanzbeamtin und ist alle juristischen Angelegenheiten ziemlich akribisch, um nicht zu sagen … verbissen angegangen.«

Dr. Illner überflog die erste Seite, und Claudia nutzte die Gelegenheit, ihn genauer zu betrachten. Sie schätzte ihn auf Anfang vierzig, trotz der scharfen Falten, die sich von seinen Nasenflügeln zu den Mundwinkeln zogen. Aus seinem weißen Kittel schaute ein braun-grau-geblümter Hemdkragen hervor. Ein scheußliches Stoffmuster. In einem Ohrläppchen trug er eine silberne Creole.

Dann hob er den Kopf: »In der Vorsorgevollmacht ist Ihr Name genannt.«
»Ich habe sie gelesen … ebenso wie die Patientenverfügung.«
Er blätterte die Seite um und schluckte vernehmlich.
»Ja, so ging es mir auch«, sagte Claudia.
»Dann wissen Sie, was das für Ihre Tante bedeutet?«
Claudia nickte langsam: »Sie wünscht, im Falle, dass sie einwilligungsunfähig ist, in den unter A genannten Situationen, zum Beispiel bei Schädel-Hirn-Trauma, keine lebenserhaltenden Maßnahmen …« Claudia ließ sich die Papiere wieder von ihm aushändigen und las ab: »… ›keine künstliche Beatmung mehr bzw. eine schon eingeleitete einzustellen. Ich setze voraus …«, zitierte sie, »… dass ich Medikamente zur Linderung der Atemnot bekomme. Dann keine künstliche Ernährung mehr, unabhängig von der Form der Zuführung …« Sie sah kurz auf und hatte Mühe, die Fassung zu bewahren, als sie weiterlas: »… zum Beispiel Magensonde durch Nase oder Bauchdecke, venöse Zugänge‹ …«
»Eine ziemlich weitreichende Entscheidung … War Ihre Tante … gläubig?«, fragte er.
Claudia zögerte. »Offen gesagt, weiß ich es nicht. In letzter Zeit habe ich sie nicht mehr oft gesehen, sie war mit der Familie zerstritten. Und früher ist mir nicht aufgefallen, ob sie häufig in die Kirche ging oder dergleichen. Wir sind Hugenotten … französische Protestanten. Meine Vorfahren väterlicherseits sind damals aus Lyon eingewandert, aber das ist natürlich schon Jahrhunderte her …«
»Nun, man muss nicht unbedingt ein fleißiger Kirchgänger sein und kann trotzdem dem christlichen Glauben anhängen. Ich meine nur, diese radikale Verfügung würde damit womöglich in Widerspruch stehen. Aber Sie, als Bevollmächtigte, sind auch dazu da, dem wirklichen Willen der Patientin Gehör zu verschaffen.«

»Tja, deshalb bin ich hier. Ich habe die Papiere von unserem alten Kindermädchen bekommen. Wir sagen immer noch Kindermädchen, obwohl sie schon über neunzig ist.«
Dr. Illner lächelte, und Claudia hatte zum ersten Mal das Gefühl, eine Art Warmherzigkeit bei ihm zu spüren. »Haben Sie sich mit ihr darüber unterhalten? Vielleicht weiß sie ja Näheres über die Beweggründe Ihrer Tante.«
»Nein, sie hatte gerade keine Zeit. Die Papiere gab sie mir in einem verschlossenen Umschlag mit und wies nur darauf hin, dass die Originale bei einem Notar hinterlegt seien. Meine Tante ist also auf Nummer sicher gegangen.«
Der Arzt griff wieder nach den Dokumenten und besah sie sich genauer. »Ach so, das sind nur Kopien. Wir müssten natürlich die Originalpapiere vorliegen haben. Können Sie sie besorgen?«
Claudia nickte: »Wie steht es wirklich um sie?«
Er zögerte. Nach einer Weile antwortete er: »Sie hatte schwere Blutungen im Kopf. Wir mussten den Schädel öffnen, damit das Blut abfließen konnte. Wir beatmen sie künstlich, geben Infusionen, fahren die Körpertemperatur herunter, um ihr Gehirn zu schützen. Damit sie nicht zu zittern beginnt, bekommt sie leichte Muskelentspannungsmittel. Und starke Schmerzmittel, für den Fall, dass sie leidet. Und …« Er stockte.
»Ja?«, fragte Claudia.
»Ich glaube, dass sie präfinal ist.«
»Und das heißt?«
»Dass ich vermehrt Anzeichen für einen bevorstehenden Hirntod sehe. Ich weiß, dass es für die Angehörigen immer schwierig ist, darüber zu sprechen. Aber das Thema Organspende sollte man nicht außer Acht lassen … Ich weiß nicht, wie Sie dazu stehen …« Er sah Claudia nicht an und fuhr dann fort: »Aber keine Sorge: im Moment behandeln wir sie natürlich patientenzentriert … also in der Hoffnung, dass sie überlebt.«

Claudia kniff die Lippen zusammen und nickte, dann streckte sie die Hand aus, um sich zu verabschieden. »Was mir noch einfällt: Wissen Sie eigentlich, wer meine Tante gefunden hat?«
Dr. Illner zuckte mit den Achseln: »Ich hatte keinen Dienst, als sie eingeliefert wurde. Da kann ich Ihnen nicht weiterhelfen. Aber sie war unterkühlt, so viel stand in der Krankenakte. Demnach muss sie länger im Freien oder an einem ungeheizten Ort gelegen haben. Eigentlich ein Wunder, dass sie das überhaupt überlebt hat.«
Erst jetzt fiel ihm auf, dass er immer noch Claudias Hand festhielt, und er lockerte den Griff. Sie dankte ihm, drehte sich um und ging langsam zur Tür. Ihr wurde klar, dass sie nicht, wie geplant, einfach am nächsten Tag wieder fahren konnte.

Als sie mit ihrem mausgrauen Fiat durch die Stadt kurvte, spielte ihr Handy »Sunglasses At Night«, und sie wühlte in ihrer Tasche.
»Nicolas, hi! Wie geht's den Kindern?«
»Bes-tens. Alles perfekt!«
»Sicher?«
»Ja, klar, warum fragst du?«
»Die Antwort kam eine Spur zu zackig.«
»Na ja ... Das einzige Problem besteht darin, deine und meine Tochter morgens zum Skifahren zu animieren ... Sie testen das St. Moritzer Nachtleben ziemlich ausgiebig, zusammen mit Woletzkis Söhnen und deren Internatsfreunden aus Zuoz ...«
»Bist du wahnsinnig? Sie sind erst sechzehn!«
»Komm schon, du kennst sie doch, und es sind schließlich Ferien!«
»Eben gerade weil ich Julia kenne – hoffentlich keine Alkoholexzesse!«
»Keine Sorge, Marcel passt schon auf sie auf.«

»Ausgerechnet dieser Marcel ... von dem habe ich nicht viel Gutes gehört ... aber immerhin ist es erfreulich, dass sich Johanna und Julia so gut verstehen.«
Sie fuhr an der gewaltigen Bronzestatue vorbei und sagte laut: »Alter Nischel.«
»Wie bitte?«, fragte Nicolas.
»Der Kopf von Karl Marx, da bin ich gerade vorbeigekommen. Die Chemnitzer nennen ihn Nischel, wusstest du das nicht? Chemnitz hieß doch zu DDR-Zeiten Karl-Marx-Stadt.«
»Ich war noch nie in Sachsen ...«
»Das kann ich sogar verstehen ... heute früh musste ich kurz in die Fußgängerzone, und du wirst es mir nicht glauben, aber der Gipfel des Luxus ist hier ein Modeladen von Esprit. Nicht zu fassen, oder? Ich glaube, von jemandem wie Karl Lagerfeld haben die hier noch nie gehört – und das dreiundzwanzig Jahre nach der Wende!«
»Das wiederum hört sich überheblich und abgehoben an!«
Claudia hielt vor einer roten Ampel und betrachtete die wartenden Menschen an einer Bushaltestelle. Der Unterstand war mit Graffiti vollgesprüht.
»Ja, du hast ja recht. Eigentlich mag ich die Chemnitzer. Irgendwie ist es ein Stück Heimat für mich, obwohl ich nie hier gewohnt habe.«
Als Claudia weiter stadtauswärts fuhr, flankierten graue Plattenbauten die breite, ehemals für Militäraufmärsche konzipierte Straße.
»Und wie geht es deiner Tante?«
»Das ist leider hoffnungslos. Sie hat ein Schädel-Hirn-Trauma. Wird künstlich beatmet, künstlich ernährt. Kaum vorstellbar, dass noch Leben in ihr ist. Einfach ein mir fremder Körper, dessen Brust sich regelmäßig hebt und senkt.«
Claudia bog in eine Straße mit Häuschen aus den sechziger Jahren ein. Es war eine ehemalige Laubenkolonie. Durch bizarre

Anbauten waren die Datschen nach und nach in Wohnhäuser umgewandelt worden. Ihr wurde auf einmal bewusst, dass der Grund und Boden, auf dem sie standen, ihrer Familie gehörte. Sie parkte vor einem Jägerzaun.

»Und Christel, das ist das alte Kindermädchen meines Vaters, hat mir Unterlagen gegeben, die besagen, dass … oh, da ist sie ja gerade …«

Im selben Moment trat Christel Höppner in einer dunkelbraunen Jacke vor die Tür. Über ihrem Arm hingen zwei Einkaufsnetze.

Claudia öffnete die Autotür. »Tut mir leid, aber ich muss jetzt Schluss machen. Wir können ja später noch mal telefonieren. Ciao, Darling, und achte auf die Kinder!« Sie drückte auf die Beenden-Taste und rief viel zu laut: »Guten Morgen, Christel, hast du jetzt einen Moment Zeit? Ich müsste dir noch ein paar Fragen stellen.«

Christel Höppners von hellroten Äderchen überzogene Wangen verfärbten sich augenblicklich purpurn. Ohne Claudia auch nur anzusehen, huschte sie zu ihrem Fahrrad, das an der Hauswand lehnte, und schob es durch das Gartentor. »Das ist gerade ganz schlecht, Claudia … dringende Besorgungen … beim Lidl sind die Supersonderangebote immer gleich weg …«

Damit stieg sie aufs Rad und trat kräftig in die Pedale.

»Wie heißt der Notar?«, rief Claudia ihr nach.

Doch die zweiundneunzigjährige Christel war schon um die nächste Straßenecke gebogen.

Julia und Johanna

»Mann, mach die Vorhänge zu!«, stöhnte Julia und wälzte sich auf die andere Seite.

»Weißt du eigentlich, wie spät es ist? Schon ein Uhr mittags. Wir sind um zwei mit Marcel und den anderen Typen in der Paradiso-Hütte verabredet. Hast du das vergessen?«

»Ist mir egal. Ich will nur schlafen!«

Johanna zog ihr die Decke weg und warf sie auf den schmalen Teppichbodenstreifen zwischen Bett und Wand. Dann stieg sie über leere Wasserflaschen, Papiermüll, Taschentücher, saubere und gebrauchte Stringtangas, Paillettentops und umgekrempelte Jeans weiter in das winzige Badezimmer.

»Jetzt weiß ich endlich, warum ich die ganze Nacht geträumt habe, ich sei auf einer River-Rafting-Tour«, bemerkte sie und drehte den Wasserhahn zu, bevor sie begann, sich mit ihrer elektrischen Zahnbürste ausgiebig die Zähne zu putzen.

Eine Dreiviertelstunde später stiegen sie in die Gondel ein, und Julia steckte sich einen Kaugummi in den Mund.

»Statt Zähneputzen?«, fragte Johanna.

»Du bist schlimmer als dein Vater und meine Mutter zusammen«, knurrte Julia und drehte sich zum Fenster.

In der spiegelnden Scheibe betrachtete sie das Gesicht ihrer neuen Stiefschwester, der Tochter von Nicolas de Haan, mit der sie sich seit zwei Monaten auch zu Hause in Frankfurt ein Zimmer teilen musste.

Johanna hatte nicht die Lancaster-Haut und die blonden, glatten Haare ihres Vaters geerbt, sondern den olivfarbenen Teint und das moccabraune, wellige Haar ihrer Mutter. Sie war genauso schlank, muskulös und ebenso groß wie Julia. Genau einen Meter siebzig. Außerdem hatte ihre Oberlippe die gleiche Herzform. Johannas Nase war eine Spur schmaler als ihre eigene, und Julia musste sich eingestehen, dass Johanna ihr mit ihrem Aussehen durchaus Konkurrenz machen konnte. Darüber hinaus war diese ebenfalls die beste Stürmerin ihrer Hockeymannschaft und konnte ebenso gut Ski fahren wie sie. Damit erschöpften sich die Gemeinsamkeiten. Denn sehr zu Julias Missfallen war Johanna extrem ordentlich, pünktlich, jederzeit top gepflegt, hatte keinen einzigen Pickel, war perfekt organisiert und eine Musterschülerin, die fast in jedem Fach auf vierzehn Punkten stand.

Als sie an der Signalstation ankamen, verließ Julia, ohne sich nach Johanna umzudrehen, die Kabine. Vor dem Lift ließ sie ihre Skier in den Schnee fallen und stieg in die Bindung. Schweigend schwebten sie nebeneinander im Sessellift den Berg hoch. Oben angekommen, schlossen beide ihre Skischuhschnallen und setzten die Helme auf.

»Fertig?«

Johanna nickte.

»Wer zuletzt an der Hütte ist, zahlt die Currywurst«, rief Julia, stieß sich mit den Stöcken ab und holte im Schlittschuhschritt Schwung. Johanna war überrumpelt und konnte nur erstaunt feststellen, dass Julia schon zehn Meter Vorsprung hatte, als sie sich in Bewegung setzte. Der Abstand zwischen ihnen vergrößerte sich zusehends. Eigentlich hatte sie schon keine Chance mehr, Julia noch einzuholen. Doch sie war viel zu ehrgeizig, um jetzt schon aufzugeben. Außerdem kostete die Currywurst in der Luxushütte zweiunddreißig Franken ... Es gab nur eine Möglichkeit: Sie musste das Steilstück der Paradiso-Abfahrt im Schuss nehmen.

Johanna sah noch, wie Julia nach rechts in den Hang einbog, dann war sie hinter der Kuppe verschwunden. Sie ging tief in die Hocke und merkte, dass sie viel zu schnell war, als sie in die Kurve vor

dem Steilhang einbog. Sie wusste nicht, was sie dahinter erwartete, und konnte nur hoffen, dass dort niemand stand. In dem Moment wurden ihr die Beine weggerissen, und sie hatte das Gefühl, wie von einer Rampe geschossen durch die Luft zu fliegen. Ihr gellender Schrei hallte durch die eisige Luft, als sie beinahe einen Skilehrer gerammt hätte, der in letzter Sekunde zur Seite sprang. Sekundenbruchteile später landete sie auf beiden talwärts gerichteten Skiern. Irgendwie gelang es ihr, sie wieder unter Kontrolle zu bekommen und sich zurück in die Abfahrtshocke zu ducken. Ihre Geschwindigkeit war irrwitzig. Gar nicht weit entfernt sah sie eine Skifahrerin mit grellgrüner Hose und einem langen blonden Zopf, der aus dem schwarzen Helm herauswehte – Julia. Fast hatte sie sie eingeholt. Auch Julia machte keine Schwünge mehr, sondern raste die Piste in der Falllinie herunter. Johanna kam kein Stück näher an sie heran und merkte jetzt deutlich das Brennen in ihren Oberschenkeln. Ihre Kräfte ließen nach. Dann waren sie kurz vor der Einfahrt in den Ziehweg, der direkt zur Hütte führte. Julia setzte zum Schwung nach rechts an, da schoss Johanna direkt vor ihren Skispitzen vorbei und brachte sie zum Straucheln.
»Bist du bescheuert?«, schrie Julia mit sich überschlagender Stimme. Sie balancierte sich wieder aus, hatte aber durch das Abbremsen so sehr an Schwung verloren, dass sie nur noch zusehen konnte, wie Johanna vor ihr den Weg hinunterraste und durch einen Bremsschwung, der alle Umstehenden mit Schnee bestäubte, an der Hütte zum Stehen kam.
Sie stützte sich auf die Skistöcke und keuchte, als Julia vor ihr anhielt und sie mit Schnee einnebelte.
»Das war total unfair! Du hast mich geschnitten«, stieß diese völlig außer Atem hervor.
»Es war auch unfair, dass du einfach selbst das Startzeichen gegeben hast und losgefahren bist. Da hatte ich gar keine Chance mehr, dich einzuholen.«

»Blödsinn, ich hab dich doch gefragt, ob du fertig bist!«
Ihnen wurde bewusst, dass die Leute sie anstarrten.
Sie stiegen aus den Bindungen und stellten ihre Skier in die Holzständer. Dann zogen sie die Helme aus, lösten beide ihre Zöpfe, schüttelten die langen Mähnen und stolzierten nebeneinander an der Schlange vorbei auf die Sonnenterrasse der Paradiso-Hütte. An einer Theke, die mit einem überdimensionierten, aber schlichten Holzstern dekoriert war, wurden sie von dem Rezeptionisten in Lederhose gefragt, ob sie reserviert hätten.
»Ja, wir gehören zu Marcel Freiherr von Woletzki. Dahinten sitzt er schon«, antwortete Julia und genoss es, den Namen auszusprechen.

Mit freudigen Pfiffen und Kommentaren wurden sie von Marcel und seinen Freunden begrüßt, die einen der begehrten Tische vor der windgeschützten, hölzernen Hüttenwand belegten.
»Da sind sie ja endlich: Kate Moss und Charlotte Casiraghi. Na, Mädels, ausgeschlafen? Ihr seht abgekämpft aus. War die kurze Abfahrt zur Hütte so anstrengend, oder seid ihr schon seit acht auf den Brettern?«, fragte Marcel und faltete sich zu seiner ganzen schlaksigen Größe von fast zwei Metern auseinander, um sie nacheinander zu umarmen. Wie sein Vater hatte er sich während der Ferien nicht rasiert. Bei Woletzki war es eine Urlaubslaune, Marcel hingegen versuchte, mit dem Fünftagebart sein fliehendes Kinn zu kaschieren. Die dunklen Stoppeln sollten ihm außerdem, im Verbund mit dem rot gemusterten Stirnband und der Gletscherbrille, das Aussehen eines Abenteurers geben.
Seine jüngeren Brüder blieben sitzen und nickten Julia und Johanna lässig zu.
»Nur ein kleines Wettrennen …«, meinte Julia.

»Und? Wer hat gewonnen?«, erkundigte sich ein junger Mann mit rotblonder Mähne, Boxernase und gelblichem Teint. Er lehnte an der Holzwand und blinzelte in die Sonne.
Julia mochte Benni. Er war Marcels Zimmergenosse im Alpeninternat, und sie fühlte sich ihm wie eine Leidensgenossin verbunden. Er hatte eine Art, als wäre das Leben viel zu anstrengend für ihn. Sie zeigte betont gleichgültig mit dem Daumen auf Johanna: »Aber nur durch unfaire Mittel …«
»Ansichtssache!«, ließ Johanna hören und machte Anstalten, sich neben Maxim auf die Bank zu quetschen. »Du schuldest mir eine Currywurst!«
Julia presste die Lippen aufeinander.
»Sag nicht, dass du schon wieder pleite bist … ziemlich dreist, dann trotzdem zu wetten!«
»Ich dachte ja, dass ich gewinne!«
»Hört schon auf zu streiten, ihr seid beide eingeladen.«
Julia versuchte, nicht zu erfreut auszusehen. Die mutmaßliche Anwesenheit des Schulfreunds von Marcel und Benni war der wahre Anlass zu dem, für Julias Verhältnisse, äußerst hastigen Aufbruch und der rasenden Abfahrt gewesen. Um keinen Preis hatte sie ihn auf der Hütte verpassen wollen. Auch Johanna hatte ein Auge auf Maxim geworfen und hoffte, durch ihren mutigen Vorstoß einen Punktsieg für sich zu verbuchen.
Er stand wohlerzogen auf und bot ihr seinen Platz an. Dann zog er seine rote Daunenjacke aus. Meine Güte, ist der gut gebaut!, dachte Julia. Oft hatten Männer mit langen Beinen zu kurze Oberkörper, aber bei Maxim stimmte alles vollkommen, von den breiten Schultern über die schmalen Hüften bis zu den kraftvollen Schenkeln.
Er breitete seine Jacke auf einem der Holzschemel aus und lud Julia ein, sich daraufzusetzen. »Ich lasse dir gleich ein Kissen bringen. So lange musst du mit meiner Jacke vorliebnehmen, okay?«

»Perfekt, danke!«, murmelte Julia verlegen und fand seine raubtierartigen Augen unter den dichten schwarzen Brauen, sein schönes Gesicht und die ritterliche Geste zum Dahinschmelzen. Marcel und Benni wechselten einen Blick. Ein etwa achtzehnjähriges Mädchen, Vicky, mit kurzem braunen Bob und ernstem, schmalem Vogelgesicht, das ebenfalls mit am Tisch saß, verzog verächtlich die Mundwinkel.

»Wir haben gerade darüber gesprochen, dass es auf Dauer ziemlich abtörnt, immer wieder dieselben Pisten zu fahren«, meinte Marcel. Er trank einen Schluck von seinem Bier, zündete sich eine Gauloises an und hielt die Packung den anderen hin. Alle außer Johanna und Robert, Marcels vierzehnjährigem Bruder, griffen zu. Als er den Mädchen die Zigaretten mit einem silberfarbenen Feuerzeug anzündete, griff Vicky plötzlich nach seiner Hand und hielt sie fest: »Ist das nicht das Feuerzeug von Carsten?«, fragte sie. »Zeig mal!«

Marcel wurde von einem Moment auf den anderen kreidebleich. »Wie kommst du darauf?«, rief er eine Spur zu laut, überließ ihr aber das Stück.

Vicky wog den eleganten Zigarettenanzünder in ihrer Hand und besah sich die Rückseite. »Weißgold von Cartier. Klar doch: Hier ist doch sogar eine Gravur, mit drei Buchstaben: C.H.B.« Sie sah die anderen erwartungsvoll an.

»Carsten Hans Bucher«, sagte Benni langsam und zog an seiner Zigarette. Alle Augen richteten sich auf Marcel, doch der antwortete nicht, sondern fixierte Maxim.

»Könnt ihr uns vielleicht mal aufklären?«, fragte Julia unsicher.

Vicky sah sie kühl an: »Carsten Bucher ist einer von uns ... ich meine, von uns Schülern aus dem Alpeninternat.« Sie zog ihr Handy aus der Jackentasche und streckte es Julia entgegen. »Hier, siehst du?«

Das Hintergrundbild zeigte sie Kopf an Kopf mit einem etwa siebzehnjährigen Jungen. Er hatte ein langes, schmales Gesicht

und einen Stoppelhaarschnitt. Auffällig waren die vollen, fast weiblich geschwungenen Lippen.
»Und weiter?«, fragte Julia jetzt etwas forscher.
»Er ist seit dem 16. Dezember verschwunden. Ist einfach nach dem Wochenende nicht mehr zurückgekommen ... Bei seinen Eltern ist er auch nicht aufgetaucht. Einfach weg ... verschollen ... vom Erdboden verschluckt!« Vicky starrte auf die Tischplatte aus derbem, auf alt getrimmtem Weichholz, dann fragte sie Marcel geradeheraus: »Woher hast du es?«
Marcel ließ seine Augen unsicher von einem zum anderen wandern. »Keine Ahnung, hat er mir irgendwann geliehen, und ich habe wohl vergessen, es ihm zurückzugeben.«
»Und wann war das genau?«, bohrte Vicky weiter.
»Woher soll ich das wissen? Du weißt doch, wie das ist, wenn man sich was leiht.« Er schnickte wütend die Zigarette über die Brüstung in den Schnee und trank sein Bier in einem Zug aus.
»Also ich wüsste nur gerne, ob das noch vor dem 16. Dezember war«, sagte Vicky langsam.
»Jetzt reicht es aber!«, fuhr Maxim sie an. »Denk mal nach, bevor du redest. Du hast wohl zu viel Höhensonne abbekommen, oder hast du was eingeworfen?«
Johanna und Julia sahen sich an und fühlten sich auf einmal unbehaglich.
Maxim nahm Vicky das Feuerzeug aus der Hand und gab es Marcel zurück.
»Also, ich kann Vicky schon verstehen«, schaltete sich Benni ein, der die ganze Zeit geschwiegen hatte. »Schließlich war sie mal mit Carsten zusammen.«
»Der wird schon wieder auftauchen, und dann kriegt er auch sein Scheißfeuerzeug zurück«, sagte Maxim und ließ keinen Zweifel daran, dass das Thema jetzt beendet war. Julia sah ihn

bewundernd von der Seite an. Er hatte eine natürliche Autorität, die offenbar alle anerkannten.
»Also? Was ist jetzt mit der Tour?«, fragte er.
Marcel nickte ihm dankbar zu: »Also wie gesagt … immer nur Piste ist öde … Deshalb planen wir morgen eine kleine Tour vom Corvatsch ins Val Roseg … abseits. Wie sieht's aus, seid ihr dabei?«
»Darf man das denn? Ich meine, es herrscht doch Lawinengefahr, oder?«, gab Johanna zu bedenken.
»Wer soll uns denn davon abhalten? Wir können schließlich fahren, wo wir wollen … Wir sind alle sehr gute Skiläufer …«, tat Marcel ihre Zweifel ab. Er wurde jetzt wieder sicherer. »Aber du musst ja nicht mitkommen.«
Johanna zuckte mit den Schultern: »Wir können uns die Route ja mal ansehen. Hat jemand einen Plan dabei?«
Marcel holte ein verknittertes Pistenverzeichnis heraus und legte es aufgefaltet auf den Tisch. Mit dem Finger fuhr er eine imaginäre, gewundene Linie von der Bergstation der Corvatsch-Gondel entlang.
»Die Route ist nicht abgebildet. Aber dort ist der Einstieg.«
Er tippte auf einen blau dargestellten Schatten im Plan. »Von der Bergstation des Piz Corvatsch fährt man ein Stück auf der Piste Richtung Südflanke des Piz Roseg. Etwa hundertfünfzig Meter über der Fuorcla Surlej verlässt man die Piste, traversiert in das andere Tal. Man muss über zwei kurze Felsrinnen steigen, dann kommt man auf einen großzügigen weiten Skihang runter ins Val Roseg, weiter bis Pontresina. Nur der Einstieg ist steil, aber dann wird es flach, ein Sturz hätte also keine Konsequenzen. Bei dem Wetter wird das grandios. Also … was sagt ihr?«
»Wir sind die Tour schon mal gefahren, am Ende muss man sogar schieben. Hängt vom Schnee ab. Johanna hat recht, es ist

nicht nur der Neuschnee, der die Sache brenzlig macht, sondern die Schneeverwehungen«, meinte Benni.
»Ach, komm schon. Wir langweilen uns hier noch zu Tode. Ich meine, die schwarzen Pisten hier, sind doch Idiotenhügel, wir fahren sie jedes Wochenende … was sagst du, Maxim?«
Alle sahen ihn gespannt an und warteten auf sein Urteil. Mit ziemlicher Ehrfurcht in der Stimme hatte Benni Julia am letzten Abend erzählt, dass Maxim bei Freeride-Wettkämpfen auf der World Tour startete, was ihre Schwärmerei für ihn zusätzlich anfeuerte. Bei den letzten Weltcup-Rennen am Mont Blanc sei er zwei Mal als Dritter ins letzte Rennen gegangen, habe dann aber leider gepatzt. Durch die Schule könne er nicht an allen Wettkämpfen teilnehmen und nicht genug trainieren.
Plötzlich spürte Julia, wie sich eine schwere Hand auf ihre Schulter legte. Sie fuhr erschrocken herum, sah dann aber, dass es sich um einen St. Moritzer Skilehrer handelte. Der braungebrannte Mann mit verspiegelter Sonnenbrille deutete auf sie und Johanna. »Ihr zwei habt mich und meine Schüler eben fast umgefahren. Eigentlich sollte man euch die Skipässe abnehmen«, fuhr er sie an.
Die anderen am Tisch starrten ihn sprachlos an.
»Das ist kein Grund, eine Lady so grob anzupacken«, kam Maxim Julia und Johanna zu Hilfe.
»Lass mal, Maxim. Er hat leider recht.«
Julia stand auf und entschuldigte sich kleinlaut. »Ich habe die Kontrolle verloren und konnte nicht mehr bremsen. Tut mir echt leid. Ich hoffe, Ihnen und Ihren Schülern ist nichts passiert.«
Der Skilehrer ließ sich beschwichtigen, und Johanna nutzte die Gelegenheit, um ihn nach der Tourenabfahrt zu befragen.
»Bei den Schneeverhältnissen?«, rief er. »Außerdem ist das Gletschergebiet. Die Strecke ist hundertprozentig nichts für euch. Ihr müsst lebensmüde sein, wenn ihr die dieser Tage fahrt.«

»Ihr habt es gehört. Also ohne mich!«, stellte Johanna klar, als der Skilehrer wieder zu seinem Tisch zurückgekehrt war, und an Julia gewandt bemerkte sie: »Ich wusste gar nicht, dass du den auch schon umgenietet hast. Kein Wunder, dass der sauer war, wenn ihm das gleich zwei Mal hintereinander passiert.«

Sie grinste Julia verschwörerisch an, doch diese antwortete nicht. Sie hatte schon wieder nur Augen für Maxim, und auch die anderen blickten ihn gespannt an und warteten immer noch alle auf sein Urteil.

»Was ist, kneifst du jetzt auch?«, fragte Marcel.

Maxim strich sich mit beiden Händen über die gekonnt verwuschelten Haare: »Ich würde da normalerweise nicht freiwillig runterfahren …«

»Seht ihr?«, rief Johanna. »Er findet es auch zu gefährlich.«

Maxim schloss einen Moment lang die Lider, und Julia zählte jede einzelne seiner langen dunklen Wimpern.

»… sondern auf der anderen Seite des Piz Corvatsch. Mir wäre die Strecke, die Marcel ausgesucht hat, zu anspruchslos. Aber für Einsteiger ist sie vielleicht nicht verkehrt.«

Er wandte sich an Johanna: »Mein Vater sagt immer: Du erinnerst dich später nur an das, was du erlebt hast. Alles, wozu du nein gesagt hast, vergisst du.«

Heike und Nicolas

»Was haltet ihr davon, wenn wir heute Abend mal das steife Fünfgängemenü im Suvretta House sausenlassen und zünftig Pizza essen gehen?«, fragte Tom, als sie gerade ihre Skier in die Ständer stellten. Heike ließ sich erstaunt auf eine der weich gepolsterten Bänke des Skiraums fallen.

»Also, wenn von dir so ein Vorschlag kommt, will das etwas heißen. Schließlich haben wir Halbpension gebucht. Dann zahlen wir das Abendessen doppelt.«

»Immerhin rechnen sie einem vierzig Franken an, wenn man auswärts isst. Für das Geld bekommt man in einer St. Moritzer Pizzeria zwar nur drei trockene Ciabatta-Brötchen, aber mir wäre es einen Abend ohne Smoking und Fliege wert.«

»Na, wir könnten ja auch ins Stübli gehen. Dort ist es legerer als im Grand Restaurant«, schlug Susanne vor und steckte ihre Skischuhe auf zwei beheizte Metallkolben an der Wand.

»Nein, ich muss heute auf jeden Fall raus aus diesem verstaubten Kasten! Wie steht's mit dir, Woletzki?«

»Bin dabei. Ich wollte sowieso später noch zu einer Vernissage in St. Moritz Dorf … die Kurnikowa-Galerie eröffnet heute eine Julian-Schnabel-Ausstellung.«

»Abgemacht. Dann versuche ich, einen Tisch zu kriegen. In der ersten Schicht um halb sieben müsste das noch machbar sein.«

»Ach, dann könnten wir doch Nicolas und die Kinder mitnehmen. Julia hat erzählt, dass er sie abends mit Sandwichs oder Chips aus dem Supermarkt abspeist, weil es in der kleinen Pension nichts gibt«, fiel Heike ein.

»Was denn, mit der ganzen Brut? Das sind ja noch mal sechs Leute dazu. Also, ob das klappt … aber von mir aus … Hauptsache, ich kann mal an einem Abend den obersten Hemdenknopf offen lassen.«

Pünktlich um fünfzehn Minuten vor acht stand der Kellner ungebeten an dem langen, künstlich gealterten Holztisch und legte ihnen eine goldbraune Ledermappe mit der schwarzen Aufschrift »Chesa Veglia« auf den Tisch.

Tom klappte die Mappe auf: »Ich verstehe: Unsere Schicht ist zu Ende. Teilen wir die Rechnung durch drei? Macht für jeden zweihundertsechzig Franken … ziemlich gesalzen für ein Pizzaessen!«

Nicolas sah sich um und meinte mit Blick auf den Nebentisch: »Also ich habe ja nichts dagegen, wenn es leger zugeht, aber T-Shirt und Trainingsanzug …«

»Tja, unsere Freunde aus dem Osten …«, grinste Tom.

»Du wolltest doch unbedingt einen Abend ohne Smoking verbringen«, erinnerte ihn Heike. »Langsam habe ich euer dauerndes Geläster satt. Nicht alle von denen sind so, und es gibt auch unter deutschen Touristen ziemlich viele, die nicht gerade einen Preis beim Concours d'Elégance gewinnen würden. Ihr begebt euch da inzwischen auf ein ziemlich geschmackloses Mario-Barth-Niveau.«

»Holla!«, rief Nicolas. »Was für eine flammende Rede! Ich gebe dir vollkommen recht, Heike, und entschuldige mich in aller Form.« Er stand auf, legte eine Hand auf die Brust und machte eine gespielte Verbeugung zu ihr und zum Nachbartisch. Heike schlug die Hände vor ihr Gesicht und schüttelte den Kopf.

Als sie die Holztreppe des urigen Heubodens der Pizzeria herunterstiegen, meinte Marcel: »Also, wir gehen jetzt ins Hotel. Die letzten Nächte waren eindeutig zu anstrengend.«

Seine Brüder, Julia und Johanna nickten zustimmend. Sie zogen ihre Jacken und Mäntel an und traten vor die Tür des alten Bauernhauses.
»Woher kommt denn diese plötzliche Einsicht?«, fragte Woletzki misstrauisch.
»Ach, wir wollen morgen auch mal früher auf der Piste sein ... vor dem Ansturm«, erklärte Julia und zeichnete mit der Sohle ihrer UGGs ein Muster in den Schnee.
»Und das Wetter soll ja auch ziemlich gut werden ...«, ergänzte Fabian, Marcels sechzehnjähriger Bruder. Von Woletzkis drei Söhnen war er derjenige, der seinem Vater am ähnlichsten sah. Seine dunklen Haare kräuselten sich im Nacken, und er hatte genau die gleiche gerade, schmale Nase.
»Okay, könnt ihr die Mädels noch zur Pension bringen?«, fragte Nicolas die Jungen.
»Und nehmt ihr Chloé und Carlo mit ins Suvretta House?«, ergänzte Tom.
Marcel nickte: »Klar doch.«
Woletzki warf Susanne einen dankbaren Blick zu und lächelte. Seiner Ansicht nach verdankten es seine Söhne in erster Linie ihr, dass sie nicht vollkommen missraten waren. Seit dem Tod seiner Frau hatte sie sich bemüht, ihnen ein Elternhaus mit Liebe, Wärme und Regeln zu geben.
»Wir machen noch einen kleinen Spaziergang zu einer Galerie«, sagte Nicolas. »Was ist mit euch Jungs, kommt ihr mit?«
Er sah nacheinander Claudias Söhne, Arthur und Lorenz, und seinen eigenen Sohn Lukas an. Die drei schüttelten den Kopf und murmelten: »Nö, das ist öde.« Sie waren sich ausnahmsweise einig und trotteten hinter den Jugendlichen her.
Woletzki schlug den Mantelkragen hoch und reichte Susanne seinen Arm. Dann schlenderten sie zusammen mit Nicolas, Tom und Heike die Via Maistra entlang.

Die Galerie Kurnikowa war hell erleuchtet und bereits voller Menschen. Der Eingang wurde von gewaltigen brennenden Fackeln flankiert. Als sie sich näherten, öffnete ihnen ein Türsteher bereitwillig das Portal, kontrollierte aber sorgfältig Woletzkis Einladung und musterte jeden einzelnen seiner Begleiter, bevor er ihn einließ. Nicolas registrierte mehrere bullige Männer in dunklen Anzügen, mit Headphones und starrem Blick, die sich in der Nähe des Eingangs aufhielten.
»Ziemlich viel Security für eine normale Vernissage, meinst du nicht?«, raunte er Woletzki zu.
»Bei der Kurnikowa gibt es keine normale Vernissage!«, antwortete Woletzki und ging einer auffallend hübschen, dunkelhaarigen Frau in einem schwarzen Haute-Couture-Cocktail-Kleid und korallenroten Strumpfhosen entgegen. Sie kam mit ausgebreiteten Armen auf ihn zu. An ihren Ohren baumelten auffällige, lange Ohrringe: Kunstharzrosen und Kristalle.
Heike starrte die Frau an und stieß Susanne den Ellbogen in die Rippen. »Siehst du auch, was ich sehe?«
Susanne nickte: »Offenbar hat sie deinen Rat befolgt – ich frage mich, wo die bei Prada auf einmal die korallenfarbenen Clips hergezaubert haben. Angeblich waren doch alle ausverkauft …«
»Offenbar hatte Iris doch recht – gegen Oligarchen kommen wir nicht an.«
Sie warteten geduldig, bis Woletzki und Tatjana Kurnikowa ihre Begrüßungsküsse und gegenseitigen Schmeicheleien ausgetauscht hatten. Dann waren sie an der Reihe. Woletzki stellte Susanne vor, und die Galeristin beteuerte, wie viel sie schon über die legendäre Geschäftsführerin des Auktionshauses von Lengley's in Zürich gehört habe.
Als Heike vorgestellt wurde, sahen sich die beiden Frauen lächelnd in die Augen. Tatjana fasste an ihr rechtes Ohrläppchen:

»Sie hatten natürlich recht. Die Farbe steht mir wesentlich besser …«
»Sie sprechen Deutsch!«
Tatjanas Lächeln wurde verschmitzt: »Wenn es sein muss, sogar Schweizerdeutsch. Ich lebe seit fünfzehn Jahren hier, aber manchmal spiele ich gerne ein bisschen Theater …«
»Danke für die blauen – das war eine gelungene Überraschung.«
Das Lächeln auf Tatjanas Gesicht war wie weggewischt. »Wie meinen Sie das?«
»Na, Sie haben sie mir doch ins Hotel geschickt.«
Tatjana schüttelte den Kopf. »Wie kommen Sie darauf? Ich habe sie Gregorij zum Umtauschen gegeben, und er brachte mir daraufhin die korallenfarbenen … die hat er übrigens aus dem Prada-Shop in Mailand extra einfliegen lassen, ein bisschen verrückt, nicht wahr?«
»Ja, ein bisschen!«
Tatjana nahm Heikes Oberarm und fragte: »Kennen Sie Julian Schnabel? Ein toller Künstler. Kommen Sie, er ist anwesend, ich mache Sie und Ihre Freunde mit ihm bekannt.« Sie warf einen Seitenblick auf Nicolas. »Gehört der schöne Blonde auch zu Ihnen?«
Heike nickte, zögerte aber damit, ihn ihr vorzustellen. Schließlich war er der neue Lebensgefährte ihrer Freundin Claudia … Doch wie sie feststellen musste, waren Woletzki derlei Überlegungen fremd. Und schon standen Tatjana und Nicolas voreinander und musterten sich neugierig.
Zu sechst drängten sie sich durch die dicht an dicht stehenden Besucher, um den Künstler zu begrüßen. Tom deutete auf eines der gewaltigen Bilder, eine märchenhaft anmutende Kampfszene mit Soldaten in weißen Hosen und blauen Uniformröcken: »Napoleon! Das würde sich gut in der Orangerie machen …

Schließlich erinnern unsere gemeinsamen Mahlzeiten mitunter an die Schlacht von Waterloo.«
Heike fragte: »Wie meinst du das denn jetzt schon wieder?«

Susanne stand bereits, in eine Unterhaltung mit Julian Schnabel vertieft, vor einem mehr als drei Meter hohen Werk: die indische Gottheit Schiwa, umwunden von bläulichen Schlangen. Ein Feuerwerk schien auf ihrem Kopf und aus der Nase heraus zu explodieren. Vor dem blauen, ozeanisch anmutenden Hintergrund hoben sich exotische Pflanzen, ein Tigerfell und ein Leguan in Rottönen ab.
Der bärtige, füllige Künstler trug eine Sonnenbrille mit gelben Gläsern, ein schwarzes Sakko über einem knöchellangen kamelfarbenen Kaftan. Mit ausladenden Gesten erläuterte er Susanne sein Werk.
Heike stieß Woletzki an: »Hat der nicht früher immer zerbrochene Teller auf Leinwände geklebt?«, fragte sie, nicht ohne Stolz über ihr Kunstwissen.
»Ja, stimmt. Ich besitze sogar so eine Tellercollage – einen Polospieler, zusammengesetzt aus Scherben. Eines meiner Lieblingsbilder ... obwohl ich Polo als Sport ja nicht besonders schätze ...«
Heike grinste. Die Stiefschwester seiner verstorbenen Frau Fabienne war eine hervorragende Polospielerin. Sie hatte Woletzki mit alten, kompromittierenden Aufnahmen von Fabienne erpresst. Inzwischen saß sie in einem Schweizer Untersuchungsgefängnis.
»Aber hiermit ...«, Woletzki zeigte auf die übrigen Wände mit farbenfrohen, kraftvollen Riesenbildern aus Acryl und Kunstharz, »... hat er wirklich eine ganz neue, sehr imponierwillige Richtung eingeschlagen – ich bin mir nur noch nicht sicher, ob sie mir gefällt ...«

Susanne und der Künstler wandten sich ihnen zu und bezogen sie in ihre Unterhaltung mit ein. Doch Heike hörte kaum hin und drehte sich immer wieder in eine andere Richtung. Denn unterdessen widmete sich Tatjana voll und ganz Nicolas de Haan. Sie hatte sich bei ihm eingehakt und führte ihn durch die Ausstellung, stellte ihn anderen Gästen vor. Auf einmal wurde ihr klar, dass Tatjana mit ihren ebenholzfarbenen Haaren und dem breiten Gesicht, der Größe und Figur sowohl seiner Noch-Ehefrau als auch Claudia ähnelte: Sie entsprach genau seinem Beuteschema!

»Entschuldigt mich!«, sagte Heike zu den anderen, bahnte sich einen Weg durch das Gedränge und tippte Nicolas auf die Schulter: »Tut mir leid, wenn ich euch unterbreche, Nicolas. Aber Claudia hat mich gerade angerufen …«, log sie, »sie hat schon mehrfach versucht, dich zu erreichen. Es schien wichtig zu sein.«

Er zog sofort sein Handy aus der Innentasche des Jacketts: »Da werden gar keine Anrufe angezeigt …«

»Was weiß ich, woran das liegt. Trotzdem solltest du sie lieber gleich zurückrufen, vielleicht ist was passiert«, sagte sie und hielt seinem Blick stand.

Nicolas wählte Claudias Nummer und machte sich auf den Weg ins Freie. Heike suchte nach Tatjana, doch diese stand bereits in einer Traube von Gästen mit langer Abendgarderobe, die nach dem Essen aus Badrutt's Palace herübergekommen waren.

»Schade, ich hätte die blauen Kristallohrringe gerne an Ihnen gesehen«, sagte da eine Männerstimme hinter ihr. Heike drehte sich abrupt um. »Sie müssten phantastisch zu Ihren blauen Augen und den blonden Haaren passen …«

Tatjanas Begleiter aus dem Prada-Store deutete eine kleine Verbeugung an: »Darf ich mich vorstellen? Gregorij Kurnikow.«

»Ich weiß«, antwortete Heike kühl, »Tatjanas Ehemann, Sie sollten übrigens ein Auge auf Ihre Frau …«

Er lachte so laut auf, dass einige Gäste aufmerksam wurden. »Tatjana … meine Ehefrau – das hätte mir gerade noch gefehlt! Nein, sie ist meine Halbschwester.«
»Oh, und ich dachte, Sie beide seien verheiratet … und der Junge, der mit im Geschäft war? Zu wem gehört der?«
Er griff sich zwei Gläser Champagner von dem Tablett einer Kellnerin und reichte Heike eines davon.
»Das ist mein jüngerer Sohn, er hat noch einen neunzehnjährigen Bruder und, bevor Sie das auch noch fragen: Ihre Mutter ist bei einem Autounfall gestorben.«
»Nun … das tut mir leid. Ich wollte nicht indiskret sein. Aber nur zur Klarstellung: Auch wenn ich im Prada-Store in Begleitung meiner Freundin war, ich jedenfalls bin verheiratet – und mein Mann ist heute Abend hier.«
Heike nippte an ihrem Glas und wartete auf seine Reaktion. Er war mindestens so groß wie Tom, hatte die ebenholzfarbenen Haare sehr kurz geschnitten und über der Stirn mit Gel in Form gezwirbelt. Das blasse Gesicht war breit, wie das seiner Schwester, doch das eckige Kinn und der sehr energische Mund verhinderten, dass es feminin wirkte. Sie sah ihm in die Augen. Sein Blick machte sie unruhig. Diese gelbe Iris …
»Ich weiß Bescheid. Und ich habe Sie schon beobachtet, seit Sie die Galerie betreten haben.«
Heike lief auf einmal ein Schauder über den Rücken, und sie war sich nicht sicher, ob sie ihn unangenehm fand.
Am Rand ihres Blickfelds sah sie Nicolas wieder auf sich zukommen. Selbst auf die Entfernung war seinem Gesicht anzusehen, dass er verärgert war. Natürlich wusste er inzwischen, dass Claudias Anrufe nur ein Vorwand gewesen waren, um ihn von Tatjana wegzulocken.
Sie hakte sich bei Gregorij unter: »Würde es Ihnen etwas ausmachen, mich durch die Ausstellung zu führen? Sicher wissen

Sie über die Werke mindestens ebenso gut Bescheid wie Ihre Schwester …«

Sein Gesicht hellte sich auf: »Sehr gerne. Auch wenn ich kein Kunstexperte bin. Wenn Sie Fragen haben, holen wir einfach Tatjana oder einen ihrer Mitarbeiter dazu.«

Sie drängten sich an einer Gruppe vorbei, und eine kleine, dralle Frau in rotbraunem Lederkleid drehte sich um. Es war Iris Sommer. Sie zog erstaunt die Augenbrauen hoch und öffnete den Mund, um etwas zu sagen. Bevor sie Heike jedoch ansprechen konnte, schob Gregorij sie weiter in den angrenzenden Raum, wofür Heike nicht undankbar war. Er führte sie vor das Bild mit der Soldatenszene.

»Sehen Sie, dieses hier ist mein Lieblingsbild.«

Sein ausgestreckter Finger berührte kurz den roten Punkt an der Wand, den Heike vorhin noch nicht dort gesehen hatte.

»Ich habe es vor zehn Minuten für mein Haus am Suvretta-Hang gekauft. Das Chalet wird zwar erst im Sommer ganz fertig. Aber Sie sollten kommen und es besichtigen … es würde Ihnen sicher gefallen. Viel Holz, Glas … Naturstein … Platz für meine Kunstsammlung. Nicht nur zeitgenössische Kunst übrigens. Ich habe ein besonderes Faible für den Symbolismus, eine Kunstrichtung, die im ausgehenden neunzehnten Jahrhundert ihre Hoch-Zeit hatte.«

Er sah Heike an. An ihrem Gesichtsausdruck war deutlich zu erkennen, dass sie keine Ahnung von Kunstrichtungen hatte.

»Gauguin, Hodler, Munch, wenn Ihnen das was sagt.«

»Natürlich kenne ich Gauguin«, sagte sie und drehte sich zu dem Werk um, das Gregorij gerade gekauft hatte.

»Tja, da sind Sie meinem Mann offenbar zuvorgekommen. Er wollte das Bild für die Orangerie … unser Esszimmer, weil er der Ansicht ist, unsere Mahlzeiten mit der Familie glichen der Schlacht von Waterloo.«

»Waterloo? Ach so, aber dies hier ...«, Gregorij zeigte auf das Bild, »... hat nichts mit Napoleon zu tun. Soviel ich weiß, soll es die Anlandung der Spanischen Armada in Amerika darstellen ... Christoph Columbus ...«
»Was auch immer es darstellt. Diese ganzen Bilder hier, mit dieser seltsamen Mythenwurstigkeit, sind sowieso nur überteuerter Kitsch, den man höchstens irgendwelchen hippen Russen andrehen kann«, sprach Tom, der plötzlich neben ihnen auftauchte und den Arm um seine Frau legte. Er lächelte Gregorij dabei herausfordernd und spöttisch an.
»Wer dafür Geld ausgibt, ist in meinen Augen weder ein Kunstkenner noch ein guter Geschäftsmann. So, Schatz, gehen wir?«
»Möchten Sie nicht noch etwas trinken?«, fragte Gregorij und lächelte herausfordernd zurück. »Wir haben uns noch gar nicht bekannt gemacht.« Er streckte die Hand aus. »Mein Name ist Gregorij Kurnikow.«
Tom ignorierte die Geste und nickte ihm nur zu. »Schon klar. Einen schönen Abend noch.«
Und damit schob er Heike in Richtung Tür.

»Das war ausgesprochen unhöflich von dir.«
»Was erwartest du? Dieser Typ baggert dich ungeniert an, und da soll ich ihm auch noch die Hand schütteln?«
Heike wurde bewusst, dass Tom recht hatte. Es war ein ungewohntes Gefühl. Sie konnte sich nicht daran erinnern, wann ihr das letzte Mal ein Mann so offen den Hof gemacht hatte.
Als sie durch die Glastür ins Freie traten, sahen sie gerade noch, wie Nicolas auf der Beifahrerseite in einen weißen Sportwagen einstieg. Der Lamborghini fuhr sofort an und wurde so stark beschleunigt, dass er leicht ins Schlingern geriet.
Tom bückte sich und hob etwas Glitzerndes vom Bordstein auf: Es war ein korallenfarbener Ohrclip.

Benni und Maxim

Maxim polterte die Treppen des alten Engadiner Bauernhauses hoch. Oben zog er seine Schneeschuhe aus und warf den Schlüssel auf die Truhe im Flur.

»Benni?«, rief er. »Bist du da?«

Er fand ihn in der offenen, holzgetäfelten Küche bei dem Versuch, zu gleicher Zeit die Witze im neuen *Playboy* zu lesen, die Schnalle seines Skischuhs zu reparieren, Wodka zu trinken und Thunfisch aus der Dose zu essen.

»Hi«, sagte Benni und sah hoch. »Hast du schon alles ins Auto gepackt?« Er steckte die Hand in den Skischuh. »Ich kriege das Mistding nicht mehr hin … muss mir wohl morgen früh welche leihen. Deine sind mir ja viel zu groß.«

Dabei grinste er Maxim an. Benni wirkte nicht auf den ersten Blick attraktiv, aber seinem Lächeln hatten nur wenige Menschen etwas entgegenzusetzen. Doch Maxim war schlecht gelaunt.

»Wenn du auch Füße wie ein Mädchen hast … wann ist der überhaupt kaputtgegangen? Ich hab dich in letzter Zeit nur auf dem Snowboard gesehen … versteh gar nicht, warum du jetzt wieder auf Ski umsteigst, nimm das Board«, schnauzte er.

Benni verzog das Gesicht: »Och nee, nicht abseits. Da fühl ich mich besser auf zwei Brettern. Hast du Big Mountains oder Twin-Tips eingepackt?«

Maxim verfügte in jeder Saison über mindestens sechs Paar Ski und die gleiche Anzahl Snowboards. Seine Wettkämpfe in den Tiefschnee-Steilhängen bestritt er meistens mit Big-Mountain-Skiern, die in der Mitte unter der Bindung noch mehr als zwölf Zentimeter breit waren, an den Enden teilweise bis zu zwanzig.

»Ich probier ein neues Paar Bigs aus. Die flache Strecke ist ganz gut zum Skitesten«, antwortete er mürrisch, bevor er das Thema wechselte: »Benni, die Wohnung ist ein Saustall!« Er deutete auf das schmutzige Geschirr, das sich überall in der Küche stapelte. »Kannst du nicht wenigstens ab und zu mal was spülen?«
»Findest du nicht, wir sollten eine Putzfrau einstellen?«
»Bist du wahnsinnig? Mein Vater zahlt schon die Miete für diese Wohnung und rechnet mir wöchentlich vor, dass ich zu viel Geld ausgebe. Gerade heute hat er wieder damit gedroht, mir das Konto zu sperren, wenn ich noch einmal so hohe Rechnungen in Clubs habe. Und das Schulgeld will er auch bald nicht mehr bezahlen, obwohl das für ihn nur ein absolut lächerlicher Betrag ist.«
»Eines der teuersten Internate Europas, und für ihn ist es ein lächerlicher Betrag! Crazy!«
Benni schüttelte den Kopf. Er kam aus einer gutbürgerlichen Berner Familie. Seine Mutter war Deutsche, arbeitete als Erzieherin in einem Waldorf-Kindergarten, sein Vater hatte eine Kinderarztpraxis. Sie hätten das Schulgeld für ein Eliteinternat nicht im Entferntesten aufgebracht. Aber Benni hatte am Berner Gymnasium eine Klasse übersprungen und war danach immer noch unterfordert gewesen. Daraufhin riet ihm der Direktor, sich in Zuoz für ein Hochbegabtenstipendium zu bewerben, und es hatte auf Anhieb geklappt. Ihm war eines von fünf Vollstipendien seines Jahrgangs zuerkannt worden. Seitdem war er einer der besten Schüler des Internats.
»Aber du könntest auch mal einen Anteil zur Miete beisteuern.«
»Erstens hast du nur durch mich so gut Hochdeutsch gelernt, und zweitens habe ich diese Woche schon zwei Mal eingekauft!« Benni zeigte auf die Flasche Wodka und die Thunfischdosen auf dem Tisch. Maxim öffnete den Kühlschrank. Benni hätte zusätzlich aufzählen können, dass er Maxim auch in allen anderen Fä-

chern regelmäßig unterstützte und ihn großzügig abschreiben ließ. Im Gegenzug zahlte Maxim die Clubrechnungen für Benni, ließ ihn in den Schulferien mit in seinem schicken Appartement wohnen und überließ ihm regelmäßig seine abgelegten Ski- und Snowboardausrüstungen.

»Ist das alles? Fünfzig Dosen Fischkonserven und drei Flaschen Wodka?«

»Das war ein Supersonderangebot!«

Maxim verzog das Gesicht, warf die Kühlschranktür wieder zu. Sein Handy klingelte. Er sah auf das Display, dann unschlüssig zu Benni und nahm das Gespräch an: »Ja?«

Sein Gesicht verfinsterte sich, und er schirmte das Handy mit der Hand ab. »Ich hab dir doch gesagt, dass du mich nicht mehr anrufen sollst!«, hörte ihn Benni leise schimpfen, während er von der Küche ins Wohnzimmer wechselte. Dann zog Maxim die Tür hinter sich zu.

Als er zurückkam, fragte Benni: »Wer war das?«

»Nur eins von den Mädels, die wir neulich im Kulm getroffen haben.«

»Und du hast ihr deine Telefonnummer gegeben? Das machst du doch sonst nie!«

Maxim zuckte mit den Schultern. »Ich war wohl nicht mehr ganz nüchtern. Aber ich glaube nicht, dass sie noch mal anruft.« Er stand unschlüssig im Raum. »Hast du dich jetzt entschieden, was du für Skier nimmst, dann bringe ich sie schon ins Auto.«

Benni musterte ihn: »Jetzt noch? Hat das nicht Zeit bis morgen?«

»Ich hätte gerne heute alles fertiggepackt …« Er stand abwartend vor Benni. Doch der rührte sich nicht. »Na schön, dann eben morgen früh«, meinte Maxim beleidigt. Er begann, mit dem Daumen eine Nachricht in sein Handy zu tippen, schob mit der ande-

ren Hand den Zeitschriftenstapel auf der antiken Eckbank zur Seite. Das oberste Heft und ein kleiner hellrosa Block fielen auf den Boden. Maxim kickte ihn mit dem Fuß unter die Bank.
Sein Handy klingelte wieder, doch er drückte den Anrufer weg. Als er sich bückte, um das Heft aufzuheben, klappte das Faltbild auf. Maxim warf zunächst nur einen flüchtigen Blick darauf. Dann riss er die Augen auf, schlug mit dem Handrücken auf das Papier und hielt es in die Höhe.
»Nicht schlecht, oder? ›Sybille Kronau hat in diesem Jahr ihre Matura in dem berühmt-berüchtigten Internat der Reichen und Schönen, dem Alpeninternat, gebaut … und sie selbst ist auch gut gebaut‹ …«, las er vor.
Benni beugte sich nach vorne. Falls er das Bild schon gesehen und ihre ehemalige Schulkameradin erkannt hatte, ließ er sich nichts anmerken.
»Was ist?«, fragte Maxim. »Erinnerst du dich etwa nicht mehr an Sybille? Ich frage mich, wie sie sich so fotografieren lassen kann … nach der Sache.«
»Wundert dich das bei ihr? Also ich kann mich zwar noch ganz gut an sie erinnern, aber nicht daran, dass sie so mördermäßige Möpse hatte. Entweder, sie hat was machen lassen, oder die haben die Fotos bearbeitet oder …«
Maxim sah auf: »… oder was?«
»… oder ich war zu dicht in der Nacht.«
Maxim warf die Zeitschrift auf den Stapel zurück und setzte sich. »Wär ja nicht das erste Mal …«, murmelte er. Als sein Handy ein Froschquaken von sich gab, begann er wieder, mit dem Daumen eine Nachricht zu tippen.
»Komm schon. Wir wissen doch alle, dass sie nicht viele ausgelassen hat.«
Maxim schüttelte den Kopf: »Ich versteh das trotzdem nicht! Hast du noch mal was von ihr gehört?« Er suchte nach einem

sauberen Glas, nahm, als er keines fand, eine Tasse aus dem Schrank und hielt sie Benni hin.

»Soviel ich weiß, studiert sie in St. Gallen … International Business, hab sie seit dem Abiball nicht mehr gesehen.« Er sah seinen Freund nicht an und füllte dessen Tasse zur Hälfte mit Wodka.

»Das ist mir zu viel.« Maxim schüttete einen Teil ins Spülbecken.

»Bist du verrückt? Ich hätte den Rest noch getrunken. Du scheinst wirklich nichts mehr von deinen Wurzeln behalten zu haben. Man könnte meinen, du wärst ein waschechter Calvinist.«

»Na und? Wäre das so schlimm? Und du solltest dich heute auch zurückhalten, sonst bist du morgen früh noch voll. Wir müssen um sieben Uhr los, oder hast du das vergessen?«

»Nein, aber ich bin das gewöhnt und kann ziemlich viel ab, wie du weißt … was hältst du eigentlich von den beiden Hühnern aus Frankfurt, Julia und Johanna?«

»Zu nett und zu jung für dich, wenn du mich fragst.«

»Kann sein. Sechzehn ist wirklich nicht meine Liga … obwohl, diese Miniaturausgabe von Kate Moss, mit einem vernünftigen Haarschnitt und ein paar Pickeln weniger könnte sie äußerst interessant werden …«, murmelte Maxim, während er einen Schluck von seinem Wodka trank.

»Die Pickel gehen erst weg, wenn sie mal regelmäßig Sex hat, ich würde mich möglicherweise sogar opfern … aber eigentlich ist sie zu nett.«

Benni verzog auf einmal das Gesicht und ließ die Gabel sinken. »Sag mal, woran erkennt man eigentlich, ob Thunfisch noch gut ist?«

Maxim nahm ihm die Dose aus der Hand und roch daran. »Weiß nicht, aber der riecht ekelhaft, außerdem sieht er grün aus, wie viele hast du davon schon gegessen?«

»Das ist die dritte …«
Benni sprang auf und rannte zur Toilette.
Maxim hob die Dose hoch, um auf den Metallboden zu sehen, und rief ihm nach: »Kein Wunder, das Verfallsdatum ist seit vier Monaten abgelaufen. Na, dann viel Spaß heute Nacht.«
Dann bückte er sich und tastete nach dem Block unter der Bank. Er richtete sich auf, warf nur einen kurzen Blick auf die Blanko-Rezepte von Dr. Bernd Graf, riss eines ab, faltete es und steckte es in die Außentasche seines Rucksacks. Den Rezeptblock legte er in die Schublade des Küchentischs.

Nicolas

In Tatjanas Wagen legte Nicolas den Kopf zurück und schloss die Augen. Seine rechte Hand umklammerte den Türgriff.

»Hast du etwa Angst? Das bisschen Schnee macht doch gar nichts … die Straßen sind geräumt.«

»Nicht unbedingt eines der geeignetsten Fahrzeuge für die Berge.«

»Aber eines der spaßigsten!«

Tatjana kurvte ungebremst in einen Kreisel und nahm dabei einem Range Rover die Vorfahrt. Er stimmte ein Hupkonzert an.

»Ein Russe! Der hupt nur, weil ich ein Schweizer Kennzeichen habe.«

Sie streichelte Nicolas' Knie.

In einer Serpentine bog sie plötzlich ab, und sie standen vor einer Natursteinmauer mit einem breiten anthrazitfarbenen Tor, das sich sogleich langsam hob. Tatjana ließ den Motor im Leerlauf einige Male aufheulen. Vor ihnen tat sich eine dunkle Röhre auf. Dann schalteten sich die Spots ein und beleuchteten die graphitfarbenen Wände aus verschiedenen Winkeln. Tatjana fuhr so schnell hindurch, dass Nicolas kaum Gelegenheit hatte, die Fotokunst an den Wänden zu bewundern, die neben ihnen vorüberglitt. Obwohl sie so flott unterwegs waren, hatte er das Gefühl, als führen sie mindestens einen Kilometer weit in den Berg hinein.

Sie parkte in einer geräumigen Tiefgarage. Nicolas zählte mehrere Geländewagen, Limousinen und flache Hybriden unter grünen Hussen.

Als sie in ihrem Haus waren, fragte sie: »Möchtest du ein Bad nehmen?«
Statt einer Antwort zog er sie an sich. Sie fühlte sich weich an. Die Rundungen waren da, wo sie hingehörten. An ihrem Rücken tastete Nicolas nach den Haken und Ösen des Kleids.
»Das ist bestimmt nicht richtig«, sagte sie.
»Das fällt dir aber früh ein.«
Endlich öffneten sich die Haken, und ihr Kleid rutschte zu Boden. Sie stand vor ihm in einem hautengen schwarzen Body und korallenfarbenen Stay-ups. Er streifte ihr die Träger über die Schultern und rollte den Body nach unten. Über ihre vollen Brüste zogen sich feine bläuliche Adern. Sie hatte pralle Oberschenkel und runde Hüften. In einigen Jahren würde sie fett und welk sein. Jetzt war ihr Körper wundervoll. Sie wusste es und sah ihn ohne jede Scham an. Nicolas fuhr mit den Fingerspitzen über die weiße Haut und begann ihre Schultern zu küssen: »Sag mir, was dich am meisten erregt«, flüsterte er.

Heike und Tom

Im Hotel stand Heike in einem blassgrünen Seidennachthemd vor dem Waschbecken und entfernte ihr Make-up. Dann trug sie sorgfältig ihre Anti-Aging-Creme auf. Tom war schon im Bett und sah sich eine Golfübertragung im Fernsehen an. Zwischendurch switchte er durch die Kanäle, stand auf, schlenderte nackt zur Minibar und spähte durch die angelehnte Badezimmertür.

»Hast du noch einmal nach den Kindern gesehen?«, fragte Heike.

»Hm, die schlafen fest.«

Er griff sich eine Flasche Beck's aus dem Kühlschrank, öffnete den Kronkorken und trank sie in einem Zug zur Hälfte leer. Im Spiegel begegnete er Heikes Blick.

»Was ist?«, fragte er.

»Du weißt, wie ich es hasse, wenn du aus der Flasche trinkst.«

»Mein Gott, wir sind alleine in unserem Hotelzimmer.«

Sie vermied es, seinen nackten Körper anzusehen, und er ging wieder zum Bett. Heike nahm das Kästchen mit den Ohrringen in die Hand, hob den Deckel an, hielt einen der geöffneten Clips an ihr Ohrläppchen, ließ ihn zuschnappen. Ein kurzer Schmerz durchzuckte sie. Sie empfand ihn als angenehm, berührte die kalten, blauen Kristalle mit den Fingerspitzen, betrachtete sich im Spiegel. Dann zog sie den Ohrring ganz langsam wieder ab und legte ihn zurück in die Schatulle. Sie zögerte den Moment so lange wie möglich hinaus, in das Zimmer zu gehen. Ausgiebig bürstete sie ihre Haare, rieb sich den ganzen Körper mit Lotion ein, putzte zum zweiten Mal gründlich die Zähne und hoffte, dass Tom inzwischen einschlafen würde.

Doch als sie aus dem Badezimmer kam, lag er ausgestreckt auf der Decke und hatte wieder die Fernbedienung in der Hand.
»Zieh dein Nachthemd aus«, sagte er, ohne den Blick vom Fernseher abzuwenden.
Dann zog er sie an sich und begann sie zu küssen. Ihr Körper erstarrte.
»Was ist mit dir los?«, fragte er und griff zwischen ihre Beine.
»Ich glaube, ich habe was aus dem Zimmer der Kinder gehört.« Sie drehte den Kopf zur Verbindungstür. Doch Tom griff mit einer Hand ihr Kinn und wendete es wieder ihm zu.
»Da ist nichts.«
Er hielt die andere Hand hoch.
»Sieh mal an, du bist ja ganz feucht! Hat dich der Gedanke an deine neue Eroberung so angemacht? Oder die Vorstellung, wie Nicolas die dralle Russin vögelt?«
»Du bist geschmacklos«, stöhnte Heike, als seine Finger sich in ihr bewegten.
Dann legte er sich auf sie. Anfänglich verharrte sie steif und unbeweglich unter dem Gewicht seines Körpers und wollte wie üblich warten, bis es vorbei war. Doch als sie die Augen schloss, sah sie auf einmal Gregorijs Gesicht vor sich. Sie wollte das nicht, sondern versuchte, es aus ihrer Vorstellung zu vertreiben, denn sie merkte, dass Tom recht gehabt hatte. Ihre Muskeln entspannten sich. Sie gab seinen Bewegungen nach, umklammerte seine Schultern und begann, lustvoll zu stöhnen. Merkte er ihre Verwandlung überhaupt? Noch bevor sie zum Höhepunkt kam, war er fertig und rollte sich von ihr herunter. Enttäuscht und voller Sehnsüchte blieb sie auf dem Rücken liegen.
Obwohl das Thema heikel war, fragte sie: »Hast du eine Ahnung, wie viel man mit so einer Galerie verdient? Und wie schafft man

es überhaupt, sich hier in St. Moritz einen solchen Namen zu machen … Ich glaube, Tatjana hat an dem Abend mindestens die Hälfte aller Kunstwerke verkauft … und das bei diesen horrenden Preisen. Morgen muss ich unbedingt Woletzki ausquetschen, was er über diese Geschwister weiß …«

Als sie sich zu Tom umdrehte, war er längst fest eingeschlafen.

Claudia

Ein Hahn gab Claudia zwei Meter von ihrem Schlafzimmerfenster entfernt zuverlässig Bescheid, dass ein neuer Tag angebrochen war. Sie tastete nach ihrem iPhone und sah nach: sechs Uhr! Am Abend zuvor hatte sie beschlossen, heute noch einmal ihr Glück bei Christel Höppner zu versuchen. Vielleicht hatte sie so früh eine Chance, die alte Dame abzupassen. Sie schlug die Daunendecke zurück, schwang die Beine aus dem Bett und schlüpfte in ihre lila Cowboystiefel. Auch ihre Pantoffeln hatte sie vergessen, und es war einfach zu kalt, um barfuß zu gehen. Obwohl die Holzdielen so sauber waren, dass man davon hätte essen können … Essen! Ihr Magen gab ein lautes Knurren von sich. Sie hatte gestern das Abendessen ausfallen lassen und auch nichts eingekauft. Dieses starke Hungergefühl konnte sie nicht mehr ignorieren. Im Pyjama ging sie in die Küche und fröstelte. Offenbar wurde die Zentralheizung im ganzen Haus nachts stark heruntergefahren. Gestern noch hatte sie die geräumige Küche, die mit ihren cremefarbenen Landhausschränken und dem AGA-Herd aussah, als sei sie einem Roman von Charles Dickens entliehen, gemütlich und anheimelnd gefunden. Der einzige Raum des Hauses, in dem sie sich wohl fühlte. Aber jetzt war er eisig. Der Kühlschrank war längst leer. In einem Fach fand sie eine Packung Knäckebrot. Sollte sie in ihrer Not etwa Kohlehydrate essen? Dann fiel ihr ein: Wo ein Hahn krähte, müssten auch Hennen und Eier zu finden sein. Sie griff sich ihren pinkfarbenen Mantel vom Garderobenhaken und trat hinaus auf den erstaunlich gut beleuchteten Gutshof, wo sich tatsächlich eine große Schar Hühner aufhielt. Der Bewegungsmelder für den Lichtschalter funktionierte jedenfalls, stellte Claudia fest. Als sie sich gerade fragte, wo sich auf dem Gut der Hühnerstall befand und warum die Tiere überhaupt frei über den Hof liefen, kam ihr eine Gestalt entgegen. Es war ein Junge mit blonden krausen Haaren, die nach allen Seiten abstanden. So alt konnte er also noch nicht sein, höchstens zwölf. Er öffnete den Mund, und es fiel Claudia sofort auf, dass in seinem Oberkiefer zwei Eckzähne fehlten.

»Morgen!«, sagte er atemlos.

»Guten Morgen!«, erwiderte Claudia. »Hast du die Hühner rausgelassen?«

»Sie sind mir entwischt. Das Gatter schließt nicht richtig.« Er breitete die Arme aus und gab einige befremdliche Laute von sich. »Vielleicht können Sie mir helfen, sie wieder in den Stall zu treiben!«

»Aber immer doch! Wo ist denn der Stall?«

Er deutete mit dem Daumen hinter sich. »Da, hinter der Scheune. Vor allem den Hahn müssen wir kriegen, dann kommen die Hennen automatisch hinterher.«

Claudia breitete ebenfalls die Arme aus und versuchte es mit »Put, put, put«. Es funktionierte. Nach einigen Minuten, während derer Claudia allerdings gestolpert war und sich das Knie aufgeschlagen hatte, sich zudem am Gatter ein Dreieck aus der Missoni-Wolle gerissen hatte und mit beiden Stiefeln knöcheltief in einer matschigen Pfütze eingesunken war, tippelten die Hühner wieder vollzählig in ihrem Verschlag umher. Der Junge wickelte eine Drahtschlinge um den Holzzaun und befestigte sie am Tor. Dann streute er Futter aus.

»Sag mal, legen die auch Eier?«, fragte Claudia.

»Ja, klar, ich habe sie schon eingesammelt. Möchten Sie welche?«

Der Junge zeigte auf einen Korb, der vor dem Gatter abgestellt war.

»Ja, bitte. Ich habe einen Bärenhunger und habe vergessen einzukaufen.«
»Dann nehmen Sie ruhig alle. Wir haben selbst zwölftausend Legehennen und zwanzigtausend Masthähne, die laufen aber nicht frei rum … diese hier hält Frau Neumann ja wie Haustiere. Sie haben alle Namen.«
»Und du kümmerst dich um sie?«, fragte Claudia, und ihr fiel ein, dass sie bei ihrer Ankunft von weitem eine neue riesige graue Halle gesehen und sich darüber geärgert hatte, dass sie so nah in ihrer Nachbarschaft gebaut worden war. Vermutlich wurden darin die Tausende von Tieren gehalten.
»Nur manchmal. Vor allem jetzt, wo Frau Neumann im Krankenhaus liegt. Wissen Sie, wie es ihr geht? Sie sind ihre Nichte, oder?«
Claudia nickte. Das Licht auf dem Hof schaltete sich automatisch aus, und schlagartig standen sie im Dunkeln. Nach einer Weile gewöhnten sich Claudias Augen daran, und durch den Mondschein konnte sie immer noch etwas erkennen.
»Ja, die bin ich. Claudia.« Sie streckte die Hand aus, und er ergriff sie.
Seine Hand fühlte sich klein und kalt an.
»Und ich bin Kevin. Kevin Gerber. Wir wohnen auf dem Nachbarhof.«
Er zeigte grob in eine Richtung, weit hinter das Gutsgebäude und das Grundstück des Mühlenguts. Sie hatte also richtig vermutet, was die graue Halle anging. Denn genau dort hatte sie sie gesehen. Der Name Gerber kam ihr bekannt vor. In welchem Zusammenhang sie ihn zuletzt gehört hatte, fiel ihr aber nicht ein. Also hob Claudia den Korb mit den Eiern auf.
»Vielleicht könnten Sie heute Abend um sechs die Hühner füttern, da bin ich bei der Geburtstagsfeier von meinem besten Freund.«

Claudia ließ sich zeigen, wo das Futter stand und wie viel sie den Hühnern geben musste.
»Erben Sie jetzt den Hof?«, fragte Kevin einfach so.
»Meine Tante ist am Leben und … nein, ich glaube nicht, dass ich ihre direkte Erbin wäre.«

Gerade als sie in die Straße Breitenlehn einbog und sich Christels hell erleuchteter Datscha näherte, schickte Dani von Planet Radio sich an, ihr das Wassermann-Horoskop für den heutigen Tag mitzuteilen, und das musste Claudia unbedingt zu Ende hören. Sie parkte in sicherer Entfernung und stellte die Scheinwerfer aus.
»Heute ist dein absoluter Glückstag. Du wirst von allen auf Händen getragen, und außerdem machst du eine tolle Entdeckung«, gab ihr die Moderatorin mit auf den Weg. Nicht zu fassen!, dachte Claudia, als sie die Zweiundneunzigjährige aus der Haustür treten sah. Wo will die denn schon wieder so früh hin? Sie öffnete hoffnungsvoll die Autotür. Diesmal würde sie ihr nicht so leicht entwischen. Sollte sie ihre Hogan-Tasche, die ihr Nicolas zu Weihnachten geschenkt hatte, im Auto lassen? Lieber nicht!
Genau in dem Moment, als sie sich die Tasche über den angewinkelten Arm hängte, ließ eine Taube ihre frühmorgendliche Notdurft auf das cappuccinofarbene, butterweiche Lammnappa fallen. Entsetzt betrachtete Claudia in der schummrigen Straßenbeleuchtung das schwarz-weiße Häufchen auf dem Deckel der Tasche. Sie klappte sie vorsichtig auf und kramte nach einem Taschentuch. Dieser Augenblick der Unaufmerksamkeit reichte Christel Höppner, und sie schob ihr Fahrrad aus dem Tor. Hilflos sah Claudia zu, wie das alte Kindermädchen wieder erstaunlich kraftvoll in die Pedale trat und um die nächste Ecke verschwand. Sie öffnete den Mund und wollte ihr etwas hinterherrufen, da nahm sie aus dem Augenwinkel eine

Bewegung an einem der Fenster von Christel Höppners Haus wahr. Als sie sich umdrehte, war niemand zu sehen, doch der halb durchsichtige Gardinenstore wackelte ganz leicht. Claudia zögerte einen Moment. Dann ging sie durch das lose angelehnte Gartentor und drückte auf den Klingelknopf.
Sie betrachtete die ehemals orangefarbene Hauswand. Von der Regenrinne liefen modrige Schlieren herunter. Nach einiger Zeit wurde die Tür geöffnet. Vor ihr stand eine Frau im Licht einer Leuchtstoffröhre. Claudia schätzte sie auf Anfang zwanzig. Wohlgeformte, volle Lippen, in einem schönen, breiten Gesicht mit slavischem Einschlag, umrahmt von schildpattblonden, entsetzlich gekräuselten Haaren. Es sah nach einer unfachmännischen Dauerwelle aus. Sie starrte Claudia aus schmalen Augen an, die von ihrem viel zu langen, krausen Pony, der nach allen Seiten abstand, halb verdeckt wurden.
Claudia versuchte die unverhohlene Feindseligkeit zu übergehen: »Guten Morgen, ich bin Claudia Neumann-Elten, die Nichte von …«
»Ich weiß, wer du bist!«, unterbrach sie die Frau. »Was willst du hier?«
»Eigentlich wollte ich Christel etwas fragen. Aber sie ist gerade weggefahren. Da habe ich aber auch immer ein Pech. Und du bist …?«
»Doreen, ihre Enkelin.«
»Vielleicht kannst du mir ja weiterhelfen. Als Erstes müsste ich wissen, bei welchem Notar die Patientenverfügung und Vollmacht meiner Tante hinterlegt wurde.«
Doreen hob die Achseln. »Keine Ahnung, wovon du sprichst. Da musst du sie selbst fragen.«
»Ich kann sie leider nicht mehr fragen, sie liegt im Koma.«
»Das ist mir klar. Ich habe auch nicht Edith gemeint, sondern meine Oma. Und jetzt habe ich zu tun.«

Sie zog die Tür zu, doch kurz bevor sie ins Schloss fiel, lehnte sich Claudia dagegen und machte einen Schritt in den Hausflur. Doreen wich zurück.

»Wer hat Edith eigentlich gefunden? War das jemand aus eurer Familie?«

»Meine Mutter. Sie fährt immer um sieben zu ihr … ich meine, fuhr immer um sieben hin. Als Edith nicht im Haus war, hat sie alles abgesucht … und sie in der alten Scheune auf dem Boden entdeckt … von der Leiter gefallen. Sie hat natürlich sofort den Krankenwagen gerufen.«

»Das heißt, deine Mutter ist jeden Tag zu meiner Tante gekommen?«

»Sie hat für sie eingekauft, geputzt, aufgeräumt, was halt so anfällt in einem Haus, das stets blitzeblank sein muss.«

»Ich wusste gar nicht, dass sie regelmäßig dort gearbeitet hat.«

»Scheint in der Familie zu liegen … wir Höppners waren immer eure Lakaien, aber jetzt hat sich das ja wohl erledigt.«

Claudia holte hörbar Luft: »Meines Wissens ist die Leibeigenschaft schon vor längerer Zeit abgeschafft worden. Auch deine Großmutter war ja wohl damals freiwillig bei unserer Familie.«

»Was man so alles freiwillig nennt. Aber halte dich ruhig an deinen verklärten Bilderbuchansichten fest. Von euch weiß doch eh keiner, was hier wirklich abgelaufen ist und wie es jetzt um uns steht. Ihr mit eurem Jura- und Wirtschaftsstudium in Brüssel, Volontariaten in Amerika und England … während wir uns von einer ABM und Umschulung zur nächsten hangeln, trotzdem keine Arbeit finden. Aber es soll ja aufwärtsgehen! Und dann kommt ihr zurück und spielt wieder Großgrundbesitzer … nachdem wir uns hier jahrelang um euer Land und alles gekümmert haben.«

»Ach, so ist das also: Über zwanzig Jahre nach der Wende sind wir immer noch die bösen Wessis, die euch die Bananen weggegessen haben? Und um was habt ihr euch denn gekümmert? Soweit ich mich erinnere, war jedes einzelne Gebäude unseres Hofes abbruchreif, als wir sie zurückbekommen haben. Meine Tante hat alles mit ihrem Geld saniert.«

Nun machte Doreen einen Schritt auf sie zu. »Mit ihrem Geld? Von wegen! Das Geld hatte sie nur, weil dein Vater sofort alle Hebel in Bewegung gesetzt hat, damit Teile eurer Flächen zu Bauland erklärt werden. Wie er das erreicht hat, das möchtest du bestimmt gar nicht wissen … und dann hat er es nach und nach verscherbelt. Und nun machst du Platz!«, herrschte sie Claudia an, schob sie hinaus und drückte die Tür ruckartig zu.

Vor der Scheibe aus geriffeltem, gelbem Glas blieb sie einen Moment lang unbeweglich stehen und sah dahinter Doreens Schatten. Dann hörte sie sie die Treppe hinauflaufen und drehte sich langsam um. Auf so viel Verbitterung war sie nicht gefasst gewesen. Sie stieg in ihr Auto. Ohne ein festes Ziel fuhr sie los und fragte sich unterwegs, ob wirklich nur Enttäuschung oder Neid bei der jungen Frau dahintersteckten.

Sie erreichte die Anhöhe am Adelsbergweg und hielt an. Da lagen der Wald, die Felder des Mühlenguts, in silbrigen Morgentau gebadet, und von dem Bach im Talgrund stieg ein feiner weißer Nebel auf. Auf dem gegenüberliegenden Hügel fielen die ersten Sonnenstrahlen durch die Bäume, die lange lichtblaue Schatten über die Felder und eine große Winterkoppel warfen. Und in diesem Zwielicht trabten drei Pferde heran, zwei Braune und ein Fuchs. Sie warfen die Köpfe zurück, fielen in Galopp und jagten übermütig in das weiße Tal hinab, wo sie wie ein Traum im Nebel verschwanden.

Claudia hatte für Naturschönheiten normalerweise wenig übrig. Sie fühlte sich durch und durch als Großstädterin. Doch in diesem Moment dachte sie nur eines: Dies ist das makelloseste

Stück Erde, das ich je gesehen habe, und es gehört, verflucht noch mal, meiner Familie!«
Sie bog in einen schmalen Feldweg ein. Eine Abkürzung, die direkt zum Mühlengut führte. Sofort fiel ihr auf, dass die Tür zur Scheune weit offen stand, und sie war sich sicher, dass sie vorhin, als sie in aller Frühe aufgebrochen war, geschlossen gewesen war. Obwohl ihr eine innere Stimme riet, es nicht zu tun, konnte sie dem Impuls nicht widerstehen, nachzusehen, was da los war. Sie stieg aus und ging langsam darauf zu.
»Hallo? Ist da jemand? Kevin, bist du das?«, rief sie und lauschte dem hohlen Nachhall ihrer Worte. Direkt im Eingang lag eine lange Holzleiter. Das musste sie sein … damit war Edith gestürzt. Stehtische mit weißen, halb verwehten Hussen standen verloren inmitten des leeren Raums. Lediglich eine Schaufel und Harke lehnten an einer Wand.
Sie ging weiter hinein. Es war dunkel, und Claudia konnte keinen Lichtschalter entdecken. Sie war sich nicht einmal sicher, ob es hier elektrisches Licht gab. Warum war Edith eigentlich auf die Leiter gestiegen? Hatte sie etwas holen wollen? Sie bückte sich und hob die Leiter an, fand sie überraschend schwer. Dann lehnte sie sie an den Heuboden, griff die Holme, prüfte, ob sie fest genug stand. Sie stellte den Fuß auf die erste Sprosse, wippte und stieg bedächtig nach oben. Sobald sie mit dem Kopf über den Holzboden ragte, stellte sie fest, dass es hier oben heller war als erwartet. In der Spitze des Dachgiebels waren Belüftungslöcher eingelassen, durch die Licht fiel. Tauben saßen darin und gurrten. Doch sonst war alles vollkommen leer. Hier war nichts, was Ediths Veranlassung erklärte, in ihrem Alter die lange Leiter hochzusteigen.
Da hörte Claudia unter sich ein Scheppern, gefolgt von schnellen Schritten. Doch als sie über ihre Schulter nach unten blickte, konnte sie nur noch sehen, wie die Tür zufiel.

So schnell es ging, stieg sie die Leiter hinunter. Als sie den zweiten Fuß wieder auf den Boden setzte, hörte sie ein leises metallisches Klirren. Direkt vor ihr war etwas über den Estrich gerutscht. Sie bückte sich und hob einen einzelnen Schlüssel auf, wog ihn in der Hand. Er war aus schwerem Metall. Claudia rannte zur Tür, riss sie auf. Im selben Moment sprang am anderen Ende des Hofs der Zweitaktmotor eines Mopeds an. Sie sah den Fahrer nur noch von hinten. Er hatte einen schwarzen Helm an und trug eine dunkelbraune Allwetterjacke.

Julia

Johanna wischte mit dem Ärmel über die beschlagene Scheibe und fixierte den Straßenrand. »Da vorne ist die Haltestelle, wo Marcel und seine Brüder zusteigen wollten. Hoffentlich verpassen die jetzt nicht den Bus, der nächste nach Sils Maria fährt erst in einer halben Stunde.«

Julia holte ein Snickers aus der Jackentasche und biss hinein. »Ich verstehe gar nicht, warum wir so früh losmussten. Der Schnee läuft uns doch nicht weg, wahrscheinlich sind wir um elf schon wieder unten.«

Der Bus hielt, die Türen öffneten sich, Skifahrer und ein paar Einheimische stiegen ein, doch von Marcel, Fabian und Robert war nichts zu sehen.

»Verdammt, die scheinen verpennt zu haben.«

Johanna zog ihr Mobiltelefon aus der Tasche und schrieb Marcel eine Nachricht. Wenige Sekunden später machte ihr Handy ein »Blubb«-Geräusch.

»›Hams nicht gepackt. Nehmen den nächsten Bus. Wartet unten an der Gondel‹«, las Johanna vor.

»Mann, so ein Mist. Dann kommen wir viel zu spät oben an.«

»Jetzt sei doch nicht so hysterisch«, stöhnte Julia. »Dann fahren wir eben eine halbe Stunde später los.«

Sie machte auf ihrem iPhone die Kamera an und überprüfte ihr Gesicht. Mist: Genau in der Mitte ihrer Stirn war über Nacht ein neuer roter Pickel entstanden. Sie setzte probeweise den Helm auf und stellte erleichtert fest, dass der Pickel vom oberen Rand verdeckt wurde.

»Ist dir das nicht zu warm?«, fragte Johanna beiläufig und tippte in die Tastatur ihres Smartphones. Nach einer Weile hielt sie es

Julia vor das Gesicht. »Engadiner Wetterbericht: Vormittags sonnig. Ab mittags von Westen her Bewölkung, es kommt zu starken Schneefällen …«
Julia gähnte, holte den nächsten Schokoriegel aus der Tasche.
»Was ist das denn?«, fragte Johanna.
»Kägi-fret. Die Schweizer Antwort auf KitKat!«
Johanna verzog den Mund.
»Das mit dem Wetter muss ja nicht unbedingt stimmen«, meinte Julia und biss ab. Kauend sprach sie weiter: »Und außerdem kommt das schlechte Wetter, wenn überhaupt, erst ab Mittag. Das schaffen wir locker.«
»In den Bergen kann sich das schnell ändern.«
»Du machst ja keinen Ausflug mit dem Altersheim!«

Der Bus hielt vor der Talstation der Corvatsch-Bahn, und sie stiegen aus. Während sie sich umsahen, kam ein lauter, klappriger Land Rover in Camouflage-Lackierung angerast und stoppte direkt hinter dem Bus. Am Steuer saß Maxim, auf dem Beifahrersitz Benni und auf den seitlich gerichteten Sitzen im Fond, zwischen den Skiern: Vicky. Sie sprangen heraus, luden in aller Eile ihre Skier ab, und Maxim rief ihnen zu, dass er noch einen Parkplatz suchen müsse. Der Defender tauchte sie alle in eine schwarze Abgaswolke, so dass Johanna anfing zu husten. Sie wedelte mit ihrem Handschuh die schlechte Luft weg. Erst jetzt umarmte Benni die Mädchen zur Begrüßung. Seine Gesichtsfarbe schien noch gelblicher zu sein als sonst, und seine Augen waren halb zugeschwollen.
»Geht's dir nicht gut?«, fragte Johanna besorgt.
»Das ist normal. Er sieht morgens immer so aus. Außerdem ist ihm vielleicht die Sache mit der vermissten Schülerin auf den Magen geschlagen«, war Vickys Erklärung mit Schweizer Tonfall.

»War die Polizei auch schon bei euch?«, fragte sie Benni.
Der machte nur eine ablehnende Kopfbewegung und drückte sich die Finger auf die Schläfen.
»Wer ist verschwunden?«, fragte Johanna.
»Ein Mädchen aus unserer Stufe. Sybille heißt sie. Sie ist von einem Clubbesuch kurz nach Weihnachten nicht zurückgekehrt, und die Polizei befragt jetzt nach und nach einige Schüler. Gestern Abend waren sie bei mir. Die meisten aus der Schule sind ja nicht erreichbar, wegen der Ferien«, erläuterte Vicky.
Benni setzte einen leidenden Gesichtsausdruck auf. »Ich weiß gar nicht, warum wir unbedingt so früh losmussten. Und wo ist eigentlich Marcel?«
»Siehst du?«, meinte Julia zu Johanna. »Es gibt noch andere, die meiner Meinung sind.«
Sie hielt Benni ein Snickers hin, doch der presste den Mund zu: »Nein danke, mir ist schon schlecht.«
»Marcel hat verpennt. Aber angeblich kommt er gleich nach. Hast du letzte Nacht etwa durchgemacht?«
Benni schüttelte den Kopf: »Nein … durfte ich ja nicht … ist so 'ne Art Fischvergiftung.« Er drückte sich stöhnend die flache Hand auf den Magen, setzte sich auf den Bordstein und zündete eine Zigarette an. Besorgt scharten sich die Mädchen um ihn.
»Und so willst du auf die Tour gehen? Das kannst du vergessen«, bemerkte Johanna.
Benni zuckte mit den Schultern. »Das wird schon. Sobald ich Schnee unter den Brettern habe, geht's mir wieder gut.«
Kurz darauf kam Maxim in Skischuhen angestapft. Über einer Schulter hing ein grün-rot gestreifter Gucci-Rucksack. Er trug eine rote Skijacke zu dunkelgrüner Hose. Aus dem Bund hing der Zipfel eines karierten Holzfällerhemds in denselben Farben. Sein Outfit war zwar gestylt, trotzdem wirkte es lässig. Die wartenden Mädchen bedachten es mit Kennerblick. Nacheinander

umarmte er zuerst Johanna, dann Julia. Falls diese Reihenfolge von ihm unabsichtlich gewählt war, wurde sie von den beiden dennoch genauestens registriert. Missmutig beobachteten Vicky und Benni, wie viel Aufmerksamkeit die drei sich gegenseitig schenkten. Als Maxim behutsam einen winzigen Schokokrümel von Julias Mundwinkel wischte und den Finger ableckte, wurde ihr Gesicht dunkelrot, und Vicky zischte: »Seid ihr bald mal fertig?«

Maxim hob seine Skier vom Bürgersteig auf und fragte: »Marcel und die andern noch nicht da?«

»Müssten gleich kommen, haben den Bus verpasst«, murmelte Benni und stieß Rauch durch die Nase aus.

»Alles okay mit dir?«, erkundigte sich Maxim.

»Solange nicht alle drei Sekunden jemand fragt ...«

Zwanzig Minuten später standen sie dicht an dicht in der vollbesetzten Gondel. Der sonnige Morgen hatte viele Skifahrer angelockt. Langsam schwebte der Käfig in Richtung Gipfel.

Marcel zog sein rotes Stirnband mit Edelweiß-Muster zurecht und versuchte, die anderen aufzumuntern. »Super Wetter! Genau wie vorausgesagt. Und ... bist du fit?«

Er boxte Benni freundschaftlich gegen den Oberarm. Dieser lächelte gequält und nickte.

»Dir scheint es einfach nicht zu gelingen, frühzeitig und nüchtern ins Bett zu gehen.«

Benni bleckte die Zähne und schwieg.

»Kann man den Einstieg eigentlich von hier aus sehen?«, fragte Johanna und suchte mit den Augen die Felsen ab.

»Nein«, antwortete Marcel. »Er ist auf der Rückseite. Aber ich kenne den Weg genau.«

»Wann bist du die Tour eigentlich schon gefahren?«, meldete sich Robert. Er war mit seinen vierzehn Jahren der Jüngste in

der Truppe. An diesem Morgen sah er schmal und blass aus, kaute auf den Fransen seines schwarzen Schals.
»Keine Ahnung, diesen Winter jedenfalls noch nicht …« Marcel sah ihn nicht an und stützte einen Arm auf die Bindung seiner Skier. Maxim hielt ihm den Bildschirm seines Mobiltelefons dicht vor das Gesicht. Marcel zuckte zurück. »He, was soll das?«
»Das heutige Bulletin des SLF.«
Marcel zog mit den Zähnen seinen Handschuh aus und nahm Maxim das Handy ab. Während der Handschuh zwischen seinen Lippen baumelte, scrollte er den Bildschirm herunter.
»Hier, die White-Risk-App.«
»Was ist das?«, fragte Johanna interessiert.
»Das Schweizer Schnee- und Lawinenforschungszentrum erstellt im Winter täglich eine Lawinenprognose für die gesamte Schweiz«, erklärte Maxim. »Siehst du das?« Er deutete mit dem kleinen Finger auf das orange eingefärbte Gebiet in der Karte.
»Na und?«, machte Marcel.
»Du weißt, was Orange heißt: Stufe 3, erhebliche Lawinengefahr. Es ist genau das Gebiet hier drüben.«
Jetzt zeigte Maxim durch die Scheibe auf die dunkel vor der aufsteigenden Sonne liegenden Nordhänge des Corvatsch-Gebiets. »Das Bulletin spricht von leicht auslösbaren Triebschneeansammlungen in den Höhenlagen.«
»Ja, aber wir fahren ja auf der anderen Seite, das sind hauptsächlich Südosthänge.«
»Da hast du schon recht.«
Johanna beobachtete, wie sie Blicke tauschten, sich zunickten und scheinbar wortlos auf etwas verständigten.
Marcel hielt Maxim sein Handy entgegen.
»Hier, nimm, wir sind oben.«

»Ich geh noch mal schnell für kleine Jungs!«, rief Benni den anderen zu, als sie an der Bergstation ankamen.
Marcel packte ihn am Arm und zog ihn beiseite. Er beugte sich näher zu seinem Ohr und raunte: »Musstet ihr dieses Vogelgesicht eigentlich unbedingt wieder mitschleppen? Was findet ihr bloß an der?« Er nickte in die Richtung von Vicky, die sich gerade bückte und versuchte, die oberste Schnalle ihres Skischuhs zu schließen.
Benni verzog sein Gesicht. »Was hast du eigentlich gegen sie? Sie ist in Ordnung. Vergiss endlich die alte Geschichte. Da ist längst Gras drübergewachsen.«
»Die soll in Ordnung sein? Die gierige Schlampe hat mich sogar erpresst.«
Benni verengte die Augen: »Dich erpresst? Vicky? Das kann ich mir nicht vorstellen. Sag mal, hast du eigentlich die Bilder im *Playboy* gesehen?«
»Was für Bilder?«
Benni senkte die Stimme: »Na, die von Sybille K.«
Marcel schüttelte den Kopf: »Etwa als Playgirl?«
Benni nickte wichtig.
»Sieh mal einer an, die hat ja Nerven. Aber ich hab's doch gleich gesagt. Sie ist eine Schlampe. Und die dort drüben …«, er deutete mit dem Daumen unauffällig in Vickys Richtung, »… ist auch nicht viel besser … und irgendwann ist sie fällig.«
»Sie ist keine Schlampe!«, zischte Benni ihn wütend an. »Ich kenne sie schon ewig. Die hat mehr drauf als du und ich zusammen. Wenn du ihr auch nur ein Haar krümmst, sind wir keine Freunde mehr, klar?«
Auf einmal kniff er vor Schmerzen die Augen zusammen, stöhnte auf und krümmte sich. Ohne ein weiteres Wort stapfte er durch den Schnee zurück zur Station.

Schweigend zogen sich alle ihre Skier an und schlossen die Schnallen ihrer Skischuhe. Johanna sah erst auf die Uhr und dann zum Himmel. Sie deutete auf ein Wolkenband über den Gipfeln im Westen. »Sieht aus, als käme die Schlechtwetterfront doch etwas schneller rein.«

Maxim folgte ihrem Blick. Seine geschwungenen Lippen bewegten sich. Er murmelte etwas Unverständliches.

»Bevor das schlechte Wetter kommt, sind wir schon längst unten«, bemerkte Marcel. Dabei trank er eine Dose RedBull aus und zerdrückte sie. Dann setzte er eine verspiegelte Wayfarer-Sonnenbrille auf und beobachtete Maxim. Der entnahm dem Rucksack ein kleines gelbes Gerät, das aussah wie ein veraltetes Mobiltelefon, und drückte auf einen Knopf.

»Oh, du hast einen Lawinenpiepser dabei. Gib mal!«, meinte Marcel.

Maxim hielt ihm das Gerät entgegen und erklärte den anderen: »Wenn es auf Sendebetrieb gestellt ist, gibt es in kurzen Intervallen ein Signal ab, auf 457 Kilohertz, was etwa tausend Schwingungen pro Sekunde entspricht. Das kann dann mit dem Suchgerät empfangen werden.«

»Okay, was dagegen, wenn ich es einstecke?«, fragte Marcel, verengte die Augen und sah ihn gespannt an, während er Maxims Antwort abwartete.

Maxim zögerte einen Moment und antwortete dann: »Klar, behalte es nur! Wir bleiben ja alle zusammen, da spielt es keine Rolle, wer es hat.«

Marcels Gesichtsausdruck entspannte sich sofort. Er verstaute das Gerät in seiner Jackentasche.

»Tu es besser in eine Innentasche oder in die Hosentasche, mit Reißverschluss.« Dann wandte sich Maxim wieder an die Gruppe: »Ich vermute, dass ihr keine Lawinen-Verschütteten-Suchgeräte habt.«

Die anderen sahen ihn ehrfürchtig an und schüttelten die Köpfe.
»Wir müssen jetzt mal den Ernstfall durchsprechen.«
Robert und Johanna schauten erschrocken.
Maxim fixierte Johanna: »Stell dir vor, du startest in den Hang. Der Schnee unter dir kommt in Bewegung. Was machst du?«
Johanna schüttelte stumm den Kopf.
»Skier ausziehen, Stöcke wegwerfen. Der Schnee reißt dich mit, rast Richtung Tal. Du ruderst mit den Armen nach oben. Doch dann passiert es: Der Schnee begräbt dich. Du hältst die Hände vor das Gesicht, um es zu schützen und um dir eine Atemhöhle zu schaffen. Das Vorhandensein und die Größe der Atemhöhle entscheidet über die Zeit, die dir bleibt.«
Er blickte ernst in ihre angespannten Gesichter: »Denk daran: Wenn du nach achtzehn Minuten nicht ausgegraben bist, braucht keiner mehr zu buddeln. Also, was machst du? Erstarren? Panik? Schreien? Dann vielleicht das Handy aus der Tasche holen und Hilfe rufen? Erstens: Wahrscheinlich wirst du keinen Empfang haben«, sagte Maxim. »Zweitens: Bis du erklärt hast, wo du bist, ist schon die Hälfte der Zeit abgelaufen, falls nicht zufällig ein Helikopter in der Nähe ist, kommen die Retter zu spät. Also: Spucken, damit du weißt, wie herum du liegst, wo oben und unten ist, und dann sofort in die richtige Richtung graben, was das Zeug hält …«
»Toller Vortrag! Richtig aufmunternd. So, Leute, seid ihr fit?«, kämpfte Marcel gegen die gedrückte Stimmung an.
Benni war inzwischen zurückgekommen und hatte Maxims letzte Worte gehört. »Ich glaube, ich muss noch mal …«, sagte er mit gepresster Stimme und rannte wieder in Richtung Station.
»Genau«, ergänzte Maxim zu den anderen gewandt: »Du kannst dir auch noch in die Hose pinkeln, falls es dir nicht sowieso schon passiert ist, damit eventuell doch schnell genug herbeigeschaffte Lawinenhunde dich wittern können.«

»Übertreibst du nicht ein bisschen?«, fragte Marcel und zeigte auf den Klappspaten, der seitlich an Maxims Rucksack befestigt war. »Das ist keine hochalpine Helitour, sondern nur eine kleine Abfahrt neben der Piste …«

»Ja, schon gut, und außerdem fährt jeder auf eigene Verantwortung«, antwortete Maxim und verteilte Sonnencreme in seinem gebräunten Gesicht.

Benni kam wieder zurück, stieg in seine Bindungen und rief betont munter: »Worauf warten wir eigentlich?«

»Los, Leute, wir haben keine Zeit zu verlieren!« Marcel fuhr dreißig Meter die Piste herunter, und die anderen folgten ihm. Er blieb am Rand neben einer Pistenmarkierung stehen und erklärte: »Von nun an bleibt ihr hintereinander in meiner Spur und haltet fünf Meter Abstand zueinander. Ihr könnt ja bei eurem Vormann sehen, wie die Schneeverhältnisse sind.«

Dann traversierte er schräg in den Hang. Seine Skier schienen zuerst auf der Oberfläche des Neuschnees zu gleiten, doch plötzlich sackte der Talski tief ein, und Marcel strauchelte.

»Vorsicht, Bruchharsch!«, rief er über seine Schulter hinweg zu Robert, der hinter ihm fuhr.

»Ich hätte vielleicht meinem Vater Bescheid sagen sollen, was wir vorhaben«, murmelte Johanna.

»Also ich habe heute früh um sieben bei ihm geklopft, weil ich mir noch was von seinen Chipsvorräten holen wollte. Aber er war nicht im Zimmer«, antwortete Julia.

Claudia

Sie starrte dem Mopedfahrer hinterher und bemerkte auf einmal wieder den schweren altmodischen Schlüssel in ihrer Hand. Schon bevor sie ihn in das Schloss an der Scheune steckte, wusste sie, dass er nicht passen würde. Sie blieb stehen, überlegte einen Moment lang, dann ging sie hinüber ins Gutshaus und begann mit ihrer Suche. Wenn ihr hier niemand freiwillig Auskünfte erteilen wollte, musste sie eben selbst aktiv werden.

Eine halbe Stunde später saß sie vor dem Sekretär und hielt die Abschrift des notariellen Kaufvertrags über das Mühlengut in der einen Hand. Mit der anderen fuhr sie sich durch die Haare. Ihr Vater hatte das gesamte Land verkauft. Es gehörte ihm nicht alleine, sondern seine beiden Schwestern, Elsa und Edith, waren Miteigentümerinnen. Elsa war nicht mehr geschäftsfähig, doch das Vormundschaftsgericht hatte zu ihren Gunsten in den Verkauf eingewilligt.

Kein Wunder, dachte Claudia, denn durch ihren Anteil am Kaufpreis dürften die Pflegekosten bis an ihr Lebensende gesichert sein. Allerdings fehlte die Genehmigungserklärung von Edith, und ohne diese war der Vertrag unwirksam. Claudia konnte sich nicht vorstellen, dass ihre Tante freiwillig ihre Zustimmung zu diesem Vertrag erteilt hätte. Sie sah auf das Datum des Schreibens von Notar Dr. Bosko: Es war vom 27. Dezember 2013. Edith musste es kurz vor ihrem Unfall erhalten haben. Claudia legte das Blatt ab und blätterte den Stapel mit Briefen durch. Sie stammten von ihrem Vater. Es ging um die früheren Grundstücksverkäufe. Edith hatte ihnen nur zugestimmt, weil sie mit dem Erlös die Gutsgebäude hatte restaurieren können.

Aber was wollte der Käufer eigentlich mit diesem Heimatmuseum anfangen, das sich Edith hier eingerichtet hatte? Der Kaufpreis erschien Claudia völlig überhöht.
Sie öffnete die übrigen Schubladen, fand einzelne Fotos, Ediths Ausweispapiere, einen Stapel der Zeitschrift *Der Sächsische Waldbesitzer*, eine Faltkarte des Auktionshauses Hauswedell & Nolte. Claudia überflog das Anschreiben, in dem es hieß, dass man sich über Frau Neumanns Interesse an der Herbstauktion des Hauses freue, als sie mit einem Mal einen kalten Hauch im Nacken spürte, das Gefühl, beobachtet zu werden. Langsam drehte sie sich um und schauderte. Da waren sie wieder: die goldgelben herrischen Augen ihres Urgroßvaters. Am liebsten hätte sie sofort den Raum verlassen. Doch ihr fiel plötzlich etwas ein: Ihre Oma hatte in dem Sekretär, wenn sie bei ihr in Berlin zu Besuch gewesen war, immer Schokoladenrosinen für sie versteckt. Vorsichtig tastete sie mit den Fingern das glatte Holz auf der Unterseite des alten Möbelstücks ab, und da war er: der kleine Hebel. Sie zog daran, und die Verblendung des Geheimfachs sprang auf. Claudia bekam eine Gänsehaut, als sie hineingriff. Es roch tatsächlich noch ganz schwach nach den Süßigkeiten. Schokoladenrosinen waren nicht darin. Aber ein Buch.
Sie strich über die Goldschrift, las laut: »›Wirtschaftsbuch Mühlengut 1943–1945‹«, und erschrak über ihre eigene Stimme. Dann öffnete sie den Knoten des dünnen schwarzen Lederbands. Etwa in der Mitte schlug sie es auf. In der akkuraten Sütterlinschrift ihrer Großmutter war alles fein säuberlich niedergelegt. Jeder Quadratmeter Land, jede Mistgabel, jedes Kopftuch für eine Magd, das man angeschafft hatte. Jedes Schwein, das geschlachtet wurde, jedes Huhn, das verendet war, jedes Pferd, das durch die Kavallerie der Wehrmacht beschlagnahmt worden war … und jedes Tauschgeschäft:

- *19.11.1943: 1 Liter Milch, 4 Eier*

stand in der einen Spalte, in der anderen:

- *Kaffeeservice Meissen, Dekor Hofdrache Koralle*
- *30.12.1943: 3 Eier, 1 Karpfen – Ölgemälde, zwei Kutschpferde zeigend*
- *09.02.1944: 1 Speckseite, ½ Pfund Butter – Aquarell, Mädchenkopf zeigend*

Dieses Aquarell und die übrigen aufgeführten Bilder hatte sie nie bei ihrer Großmutter gesehen, das Meissner Porzellan hingegen schon. Auf den nächsten Seiten ging es weiter:

- *13.02.1944: 4 Eier, 1 Liter Milch – großes Ölgemälde, Stillleben, »Tafel nach der Jagd« zeigend*
- *20.02.1944: 50 g Butter, ½ Liter Milch: Fischbesteck Silber, Dekor Dresdner Barock für 12 Personen*

Seitenlang waren die Einnahmen und Ausgaben einzeln aufgeführt. Ihre Großmutter war gewissenhaft gewesen. Bis die Buchführung im April 1945 endete. Es war der Monat der deutschen Kapitulation.
Claudia verschnürte und deponierte das Buch wieder in dem Geheimfach, fragte sich aber im selben Moment, warum es Edith dort versteckt hatte. Wer sollte wohl Interesse daran haben, wann welche Kuh im Jahr 1944 gestorben war und was für Plunder ihre Großmutter damals für Speck und Eier eingetauscht hatte? Den Schlüssel, den sie in der Scheune gefunden hatte, legte sie kurzerhand dazu, ließ die Verblendung aus Kirschbaumfurnier zuschnappen und griff wieder nach dem Schreiben von Dr. Bosko. Konnte dies der Notar sein, bei dem Edith die Origi-

nale ihrer Patientenverfügung und der Vorsorgevollmacht hinterlegt hatte? Nach dem Verkauf des Mühlenguts hatte sie ihn vermutlich eher als Feind betrachtet, aber zuvor war sie mit den einzelnen Grundstücksverkäufen einverstanden gewesen. Einen Versuch war es jedenfalls wert. Claudia holte ihr Handy aus der Jackentasche und wählte die Nummer. Als es tutete, fiel ihr wieder ein, dass heute Samstag war und das Büro nicht besetzt sein würde. Doch schon meldete sich eine weibliche Stimme, und Claudia fragte nach Rechtsanwalt Dr. Bosko.

»Er hat allerdings gerade eine wichtige Beurkundung. Darf ich fragen, worum es geht?«

»Das ist privat«, antwortete Claudia, einer plötzlichen Eingebung folgend.

»Aha.« Die Sekretärin klang fast beleidigt.

»Dann hinterlassen Sie bitte Ihre Telefonnummer.«

»Nein danke. Ich versuche es später noch einmal«, sagte Claudia und legte auf.

Sie hatte sich innerhalb von wenigen Sekunden dazu entschlossen, selbst in die Kanzlei zu fahren und ihn persönlich abzupassen.

»Demnach sind wir also Kollegen!«

Rechtsanwalt Dr. Bosko sah sie über seine randlose Lesebrille hinweg aus blitzgescheiten Augen an und legte dabei die Stirn in Falten.

»Sozusagen. Notarin bin ich leider nicht und werde es wohl auch nie werden. In Frankfurt ist die Zahl der Neuzulassungen ziemlich limitiert. Ich vermute, dass es in Chemnitz ein wenig schneller geht …«

Claudia schätzte ihn auf Anfang fünfzig. Er hatte eine Vollglatze und auffallend abstehende Ohren. Sein Teint war fahl, die Gesichtsform schmal, mit einer spitz zulaufenden Nase.

»Das war auch einer der Gründe, weshalb ich gleich nach der

Wende aus Stuttgart hierhergekommen bin. Es war eine Goldgräberzeit. Im Westen gab es die Juristenschwemme, hier wurden wir mit offenen Armen empfangen, und meine Partner und ich haben uns das hier hart erarbeitet.«

Er machte eine kreisende Handbewegung, mit der er auf die sanierte Altbauvilla hinwies, in der sie sich befanden. Die Bewegung endete über der Platte des riesigen, chinarot lackierten Tischs des Besprechungsraums, in dem sie saßen.

Claudia war die ambitiöse Einrichtung der Villa sofort aufgefallen.

»Ich habe es nie bereut«, schloss er. »Was kann ich für Sie tun, Frau …«, er sah erneut auf die Visitenkarte, die sie ihm zur Begrüßung überreicht hatte, »Doktor Claudia Neumann-Elten.« Er blickte auf und wiederholte gedehnt: »Neumann … haben Sie etwas mit der Familie Neumann aus Adelsberg zu tun?«

Claudia nickte. »Ja allerdings, ich bin die Tochter von Wilhelm und Nichte von Edith Neumann, und deshalb bin ich auch hier.«

Augenblicklich veränderte sich Dr. Boskos Gesichtsausdruck. »Und was führt Sie zu uns?«

»Vielleicht haben Sie davon gehört, dass meine Tante einen Unfall hatte und seitdem mit Schädel-Hirn-Trauma im Krankenhaus liegt.«

Claudia bildete sich ein, ein kurzes Flackern in seinen Augen gesehen zu haben. Doch er schüttelte den Kopf: »Ach herrje! Nein, das wusste ich nicht.«

Er nahm einen Stift in die linke Hand und begann, damit auf den rechten Handrücken zu trommeln.

»Und? Sie wird doch wieder, oder?«, fragte er.

»Tja, das ist … der Grund, weshalb ich hier bin.«

Er richtete sich in seinem Sessel auf. Dennoch überragte die schwarze, ledergepolsterte Rückenlehne seinen Kopf um mindestens zehn Zentimeter.

»Könnte es sein, dass meine Tante bei Ihnen persönliche Unterlagen deponiert hat?«
»Was genau meinen Sie … etwa ein Testament?«
Jetzt legte er beide Hände mit gespreizten Fingern auf die rote Tischplatte und beugte sich nach vorne. Sein Gesichtsausdruck gefiel Claudia nun noch weniger als zuvor. Ihm stand eine Unterstellung auf die Stirn geschrieben, die sie wütend machte. Süffisant spitzte er die Lippen: »Gut möglich, dass ich Ihnen da behilflich sein kann. Sehen wir doch einfach mal nach.«
Mit diesen Worten stand er auf und verließ mit gemächlichen Schritten den Raum. Nach ungefähr zehn Minuten kam er wieder zurück, hatte in jeder Hand eine Tasse Espresso, und unter dem Arm klemmte ein grauer Aktenordner.
»Entschuldigen Sie, dass ich Ihnen nicht schon früher etwas angeboten habe. Aber heute ist Samstag, und meine Sekretärin war ohnehin schon wenig entzückt über diese Sonderschicht für die Beurkundung. Da musste ich sie vorhin gleich gehen lassen.«
Er stellte eine der Tassen vor ihr ab und setzte sich mit der zweiten und dem Ordner wieder ihr gegenüber.
»Vielen Dank. Übrigens haben Sie mich vielleicht missverstanden: Ich suche nicht das Testament meiner Tante … falls sie überhaupt eines hinterlassen hat. Sie ist ja schließlich noch am Leben!«
Dr. Bosko blätterte schweigend in dem Ordner. Schließlich holte er eine Klarsichtmappe heraus und legte sie vor Claudia auf den Schreibtisch. »Dann ist es zunächst vielleicht dies hier, was Sie benötigen?«
Sie griff nach der Hülle und erkannte die Patientenverfügung. Dr. Bosko holte die zweite Klarsichthülle aus dem Ordner und überreichte sie ihr: die Vorsorgevollmacht. Scheinbar konzentriert schlug er weitere Seiten und Mappen in dem Ordner um, während Claudia unruhig auf ihrem Platz saß. Sie fühlte mehr

und mehr die Peinlichkeit der Situation. Natürlich konnte es leicht so aussehen, als sei sie hier als Erbschleicherin unterwegs. Ganz einfach: Zuerst würde sie ihrer Tante die lebenserhaltenden Maßnahmen streichen. Mittels ihrer umfassenden Vollmacht den Kaufvertrag genehmigen und schließlich als Erbin, falls sie denn testamentarisch eingesetzt war, ihren Anteil am Kaufpreis einstreichen. Weniger aus Interesse als zu dem Zweck, die Peinlichkeit der Situation aufzulockern, stellte sie eine formelle Frage: »Warum hat meine Tante die beiden Verfügungen eigentlich nicht notariell beurkunden lassen, sondern nur hinterlegt?«
Dr. Bosko sah auf und zuckte dann mit den Schultern: »Sie schien es nicht für nötig zu halten. Vielleicht wegen der Kosten. Ich glaube, sie war eine sehr sparsame Frau.«
»Sie ist es immer noch, denn wie ich schon sagte, ist sie noch nicht gestorben.«
»Noch nicht«, setzte Dr. Bosko hinzu, und Claudia blitzte ihn wütend an.
»Aber sie ist auch ein sehr vorsichtiger Mensch, und deshalb wundert es mich ein wenig, dass sie nicht auf Nummer sicher gegangen ist.«
»Können Sie sie das nicht selbst fragen … oder ist sie nicht bei Bewusstsein?«
Claudia schüttelte den Kopf. »Sie liegt seit dem Sturz im Koma.«
»Trauriges Ende … ich meine … Umstände. Traurige Umstände. Was macht eigentlich die Schwester, Ella, oder wie sie hieß?«
»Elsa. Sie lebt in einem Pflegeheim für psychisch Kranke.«
Sie sahen sich einen Moment lang in die Augen. Es lag auf der Hand, dass Dr. Bosko viel mehr wusste, als er zugab. Schließlich hatte er den Kaufvertrag über das Gut beurkundet. Doch er erwähnte ihn mit keinem Wort. Sollte sie ihn auf den Vertrag ansprechen? Claudia entschied sich dagegen.
Sie nahm sich vor, Elsa einen Besuch abzustatten.

»Nun«, sagte Dr. Bosko nach einer Weile. »Ich muss Sie leider enttäuschen. Ein Testament Ihrer Tante liegt mir nicht vor.«
»Sie irren sich. Das ist keine Enttäuschung für mich.«
»Wie dem auch sei. Wenn Sie eine Beratung zur gesetzlichen Erbfolge möchten, wobei … ich vergaß … Sie sind ja vom Fach. Trotzdem: Sie können mich gerne anrufen, falls Sie Hilfe benötigen.«
»Vielen Dank, aber das wird wohl nicht nötig sein. Einzig diese Dokumente müsste ich mitnehmen und im Krankenhaus vorweisen.«
»Dann darf ich Sie bitten, mir den Empfang hier zu quittieren.«
Er schrieb etwas auf ein leeres Blatt, Claudia unterschrieb und nahm die Papiere an sich. Als Dr. Bosko sie zum Ausgang führte, durchquerten sie den geräumigen, quadratischen Flur.
»Wie viele Anwälte arbeiten hier?«, fragte Claudia.
»Wir sind zu acht.«
Sie spähte in den Spalt einer halb offen stehenden, mattschwarz lackierten Tür, neben der in silbernen Buchstaben sein Name stand. »Darf ich?«, fragte sie und drückte die Tür weiter auf. Dr. Bosko räusperte sich: »Ich habe gleich im Anschluss noch einen Termin … wenn ich Sie dann bitten dürfte …«
Doch Claudia stand bereits in dem großen, leeren Büro mit dem überdimensionierten Glasschreibtisch, darauf die großformatige Fotografie eines taupefarbenen Weimaraners. An der Wand neben dem Schreibtisch hing noch eine Landschaftsfotografie, aufgenommen aus der Vogelperspektive. Sie war gut einen Meter mal achtzig Zentimeter groß und zeigte Laubwald, Wiesen, in akkuraten Linien, ordentlich beackerte Felder. Claudia machte einen Schritt darauf zu und erkannte sehr klein am Bildrand Gebäude, darauf die frisch gedeckten Dächer. Es war das Mühlengut in Adelsberg.

Susanne

»Oh, du hast den Tisch am Fenster, wie herrlich … und schau dir dieses Traumwetter an!«
Susanne zeigte auf die von strahlendem Sonnenschein beleuchteten Bergspitzen und biss von einer frisch gebackenen Rosinenschnecke ab.
Woletzki sah von der *Neuen Zürcher* auf: »Guten Morgen, Schatz. Ich wollte dich nicht wecken, du hast geschlafen wie ein Baby.«
Sie legte den Zimmerschlüssel auf das weiße Tischtuch, gab Woletzki einen Kuss auf den Kopf und fragte: »Ich nehme an, die Jungs liegen noch im Bett?«
Sie sah auf ihre Jaeger LeCoultre Reverso: »Schon elf.«
»Nein, sie sind unterwegs. Haben ihre Ankündigung ausnahmsweise wahr gemacht. Finde ich eigentlich nicht schlecht. Man muss ja nicht jede Nacht durchfeiern und dann bis mittags schlafen.«
»Na ja, sie haben schließlich Ferien.«
»Ja, stimmt. Ich denke nur, Marcel kann es sich nicht leisten, in den Ferien nichts für die Schule zu tun. Deshalb wollte ich auch, dass er hier mit uns im Hotel wohnt und nicht bei seinen Schulfreunden im Appartement.«
Susanne setzte sich langsam und fragte: »Wie sind denn seine Noten? Glaubst du, er packt das Abitur?«
»Es sieht ganz gut aus, er steht in keinem Fach unter fünf Punkten, und in den Naturwissenschaften ist er sogar richtig gut geworden, ich weiß auch nicht, wie er das schafft, das Internat wird seinem Ruf anscheinend gerecht.«
»Na, ist doch bestens!« Susanne war im Begriff, wieder aufzu-

stehen, als Woletzki ihr die Hand auf den Unterarm legte und leiser weitersprach: »Da ist etwas anderes, was mir Sorgen macht.«
Sie sah ihn aufmerksam an.
»Ist dir nicht auch aufgefallen, dass er ständig unter Strom steht? Er ist permanent total aufgedreht, wahnsinnig nervös und fahrig und sprüht nur so vor teilweise ziemlich abgedrehten Gedanken ... Manche wiederum scheinen auch ganz kreativ zu sein.«
Susanne wurde hellhörig. Sie hatte sich, seit Woletzki mit seinen drei Söhnen gleichzeitig mit ihr nach Zürich gezogen war, um seine Kinder gekümmert, soweit es ihre Berufstätigkeit zuließ. Marcel hatte schon Drogenprobleme, als er noch bei seiner Mutter wohnte. Nachdem sie bei einem Autounfall ums Leben gekommen war, hatte er sich zunächst vollkommen von ihnen abgeschottet.
»Und du glaubst, dass es ein Rückfall ist?«
»Ich weiß es nicht. Diesmal ist es anders. Er wirkt ja eigentlich immer extrem wach und aufmerksam, eher überaufmerksam und nicht zugedröhnt und apathisch, wie damals. Sein Zustand erinnert mich eher an die Zeit, als er auf Entzug war. Aber das kann es auch nicht sein. In dem Internat gibt es so strenge Kontrollen ... die lassen die Schüler doch sogar regelmäßig Urinproben abgeben, die auf Drogen und Alkohol untersucht werden.«
»Hast du ihn schon zur Rede gestellt?«
»Bis jetzt noch nicht. Dir muss ich doch nicht erzählen, wie schwierig das wird.«
Susanne sah ihn ernst an und stand auf. »Wir müssen eine Lösung finden. Aber jetzt hole ich mir etwas vom Büfett. Ich sterbe vor Hunger. Bestellst du mir bitte einen doppelten Espresso, wenn der Kellner kommt? Du weißt ja, das ist meine Art von Doping.«
Woletzki hielt sie am Handgelenk fest: »Susanne ... du weißt ... du kommst inzwischen besser mit ihm klar als ich ... bei mir rastet er doch sofort aus, wenn ich etwas sage ... könntest du nicht vielleicht ... ich meine ...«

»Mit ihm reden?«
Woletzki nickte und sah sie fast flehend an.
»Ich kann es versuchen, ohne Erfolgsgarantie. Aber ich werde mich mal vorsichtig rantasten.«

Kurz darauf kam sie mit einer Schüssel Obstsalat und frisch gepresstem Orangensaft an den Tisch zurück.
»Hast du eigentlich Heike und Tom heute Morgen schon gesehen?«
Woletzki antwortete nicht. Stattdessen drehte er Susanne die Zeitung hin. Sie nahm sie und setzte sich langsam auf einen der Stühle mit blassgrünem Samtbezug.
»›Zürcher Polizist als angeblicher Käufer des gestohlenen Cézanne-Bildes entlarvt‹«, las sie vor. »Also das ist ja wirklich ein Skandal!«
Woletzki schüttelte den Kopf: »Stimmt, aber das habe ich nicht gemeint.«
Er tippte auf einen Artikel auf der anderen Seite.
»Darf ich?« Susanne nahm ihm seine Lesebrille von der Nase und setzte sie auf.
»›Gregorij Kurnikow verkauft seine Anteile an E.CON-Energie AG für 265 Millionen Euro‹«, las sie vor und pfiff leise durch die Zähne.
»›Der 47-jährige gebürtige Russe mit Schweizer Pass hat den internationalen Konzern maßgeblich mit aufgebaut. Sein Vertrag als dessen CEO läuft offiziell erst im Juni 2015 aus, doch plane er nun seinen sofortigen Ausstieg‹«, las sie weiter.
Woletzki bestrich sich ein Brötchen mit extrabitterer Orangenmarmelade.
»Das Interessante daran ist der Grund, den er für den Aktienverkauf und seine Vertragsauflösung angibt.«
»Geldgier?«, fragte Susanne bösartig.

Woletzki schüttelte den Kopf: »Im Gegenteil. Er möchte damit angeblich ein Zeichen setzen … er wolle keine Schadensersatzforderungen gegen den deutschen Staat wegen des Atomausstiegs einklagen.«
»Und das glaubst du?«
Woletzki legte sein Messer auf den Tellerrand und sah ihr in die grünen Augen.
»Nun, ich verstehe nicht viel davon … aber ich könnte mir denken, dass es nicht der günstigste Zeitpunkt ist, um sein Aktienpaket zu verkaufen. Aber natürlich kann von uns keiner hinter die Kulissen sehen … sieh mal, wer da kommt.« Er hob langsam den Arm und machte Chloé und Carlo ein Zeichen.
Sie kamen an ihren Tisch, und Susanne strich Chloé über die nassen Haare.
»Na, mein Lieblingspatenkind, heute keine Skischule?«
»Nö, wir waren im Pool, und Papa hat uns nicht rechtzeitig geholt …«
»Ach, und ich dachte, ihr habt schon euer eigenes Zeitmanagement. Wenn mich nicht alles täuscht, gibt es über dem Pool eine große Wanduhr«, grinste Susanne.
»Kann sein. Aber die Skischule ist sowieso öde. Die anderen fahren alle so was von lahm …«
»Schscht …«, Susanne nickte mit dem Kopf in Richtung des Restauranteingangs. »Da kommen deine Eltern. Wir bleiben besser bei der Version, dass ihr beim Schwimmen die Zeit vergessen habt, oder?«
Chloé und Carlo nickten und gingen zum Frühstücksbüfett, um sich ihre Cornflakes zu holen. Susanne bemerkte sofort Heikes zusammengekniffene Lippen.
»Ist was passiert?«
»Und ob!«, flüsterte Heike und sah zu den Nebentischen, um sich zu überzeugen, dass niemand zuhörte. »So was von peinlich: Es

haben sich zwei Gäste über unsere Kinder bei der Hoteldirektion beschwert. Carlo und Chloé sind offenbar dauernd vom Rand in den Pool gesprungen, und angeblich sind bei einer Frau dadurch die Haare nass geworden und einem Mann sind sie fast auf den Kopf gehüpft. Und dann ist Carlo auch noch seine Badehose runtergerutscht … jedenfalls haben sie jetzt Schwimmbadverbot.«
»Alles halb so wild«, bemerkte Tom, bevor er den Zimmerschlüssel auf den Tisch warf und zum Büfett ging, »morgen reisen wir sowieso ab.«
So locker nahm Heike die Sache offenbar nicht, aber da lenkte Woletzki sie ab, indem er ihr die Zeitung hinhielt. »Sieh mal, wer heute in der *Neuen Zürcher* steht.«
Als Heike den fettgedruckten Namen Gregorij Kurnikow sah, stieg ihr sofort das Blut in den Kopf. Sie ließ sich mit der Zeitung in der Hand neben Susanne auf einen der Stühle sinken, als Tom mit einem vollgeladenen Teller zurückkam und ihn neben ihr abstellte. Sofort breitete er die Serviette auf seinen Knien aus und machte sich über die Spiegeleier und die Riesenportion Bacon her. Kauend sah er zu Heike herüber und fragte nach einer Weile: »Seit wann liest du die *Neue Zürcher?* Stehen da neuerdings Styling-Tipps und Promi-Klatsch drin?«
Heike beachtete ihn nicht, sondern starrte gebannt auf die Zeitung, bis Tom versuchte, über ihre Schulter zu schauen. Da legte sie die Zeitung so auf ihren Schoß, dass er den Artikel über Gregorij nicht sehen konnte.
»Meine Güte, was hast du dir da bloß für schreckliche Lebensmittel ausgesucht? Wir sind hier im Suvretta House, das weltbekannt für seine phantastische Küche ist. Sie haben eines der besten Frühstücksbüfetts, die ich je gesehen habe … und da lädst du dir deinen Teller mit Schweinespeck voll?«
Sie schüttelte angewidert den Kopf, verkündete: »Also ich hole mir jetzt erst einmal frische Himbeeren und Granatapfelkerne,

ein bisschen Malossol-Kaviar, pochierten Bachsaibling, dann vielleicht ein wenig Patisserie …«, und stand mit der Zeitung in der Hand auf.

»Wenigstens isst du mal wieder was. Ach übrigens: Weißt du, wen ich gerade am Büfett getroffen habe?«

Heikes Augen begannen hoffnungsvoll zu strahlen. »Nein, wen denn?«

»Iris Sommer. Sie sind hierher umgezogen, weil sie fand, dass im Kempinski zu viele Russen seien.«

»Die hat mir gerade noch gefehlt. Muss man denn immer und überall einer dieser Taunusladies über den Weg laufen?«

Tom grinste: »Sie hat mir übrigens sofort von zwei miserabel erzogenen Kindern im Schwimmbad berichtet, die ihre Haare nass gespritzt haben … ein Junge und ein Mädchen. Und der kleine Junge habe anschließend noch ›blankgezogen‹, um sie zu verhöhnen.«

Julia, Johanna, Marcel, Maxim

Marcel bremste ab, drehte sich um und sah zurück, als Maxim schon neben ihm zum Stehen kam.
»Na? Habe ich zu viel versprochen?«, fragte Marcel grinsend.
»Phantastisch! Der Schnee ist viel besser, als ich dachte.«
Die anderen kamen in seiner Spur den Hang heruntergewedelt. Befriedigt stellte Marcel fest, dass jeder in der Gruppe den Abstand zum Vormann ziemlich genau einhielt. Er hob den Stock, woraufhin sie alle mehr oder weniger gekonnt abbremsten.
»Das war klasse!«, bemerkte Julia anerkennend, und die anderen nickten.
»Was meinst du?«, fragte Marcel und deutete auf die unberührte, schmale Scharte zwischen zwei Felsen, die vor ihnen lag. Sie war wesentlich steiler als der Hang, den sie gerade hinter sich gelassen hatten.
»Hier müssen wir runter.«
Maxim ging in die Knie, legte seinen Skistock auf die Schneedecke und las die Digitalanzeige eines kleinen elektronischen Geräts ab, das daran befestigt war.
»Dreiunddreißig Grad Hangneigung. Nicht wenig.« Er stieß den Stock einige Male tief in den Schnee unterhalb seiner Skier. Einige Eisbrocken lösten sich und kugelten den Hang hinunter. »Aber der Schnee sieht hier auch gar nicht mal so übel aus. Obenauf ist wohl teilweise eine ganz dünne gefrorene Decke. Darunter scheint aber eine fest verbundene Schicht zu liegen. Man muss hier mit mehr Technik fahren. Was mir Sorgen macht, sind diese beiden Überhänge da.«
Er deutete auf die Schneedächer links und rechts der Scharte, die auf zwei Felsen, etwa zwanzig Meter unter ihnen, hingen. Sie

glitzerten in der Sonne, die bereits zur Hälfte hinter dem Gipfel des Corvatsch hervorkam und den Hang langsam in ihr strahlendes Morgenlicht tauchte.
Maxim schirmte seine Augen ab: »Wir sollten nicht mehr zu viel Zeit verlieren, sonst wird der Schnee zu weich, und dann kann so etwas da ganz schnell zu einer mächtigen Law…«
Marcel lachte auf. Es klang seltsam nervös und künstlich. Maxim musterte ihn einen Moment lang erstaunt. »Zurück können wir jedenfalls nicht mehr.«
»Dann zeig uns am besten mal die Ideallinie!«, ermunterte ihn Marcel. Er drehte sich um und sah direkt in Bennis grünes Gesicht. Dessen Zähne schlugen aufeinander.
»Was ist mit dir?«, fragte Maxim.
»Nichts weiter«, murmelte Benni und versuchte das Zähneklappern zu unterdrücken. »Ich müsste nur mal aufs Klo.«
»Das ist ein etwas ungünstiger Moment«, feixte Marcel. »Du hättest Pampers anziehen sollen. Liegt es immer noch an dem vergammelten Thunfisch, oder hast du Schiss?«
»Vermutlich beides«, gab Benni unumwunden zu.
»Hier, versuch die!« Vicky zog ihre Handschuhe aus, klemmte sie zwischen ihre Knie und drückte zwei kleine weiße Tabletten durch die Aluminiumfolie eines Blisters. Dann hielt sie sie Benni entgegen. »Nimm sie einfach, dann wird es dir gleich bessergehen, vertrau mir!«
»Na gut, Schwester Vicky. Ich wusste gar nicht, dass du eine Hausapotheke mit dir führst«, sagte Benni, bemüht locker.
»Reiner Zufall!«
Johanna fiel auf, dass Maxim eine wütende Grimasse in Vickys Richtung schnitt und missbilligend den Kopf schüttelte. Fast hatte sie das Gefühl, als würden die vier Internatsschüler ein Theaterstück aufführen und Robert, Fabian, Julia sowie sie selbst waren entweder Zuschauer oder uneingeweihte Komparsen.

»Worauf warten wir eigentlich noch?«, fragte Julia großspurig. »Ich dachte, wir wären zum Mittagessen in Pontresina … da soll es übrigens einen super Thailänder geben …«
»Thailändisches Essen in den Schweizer Alpen? Igitt!«, kommentierte Johanna.
»Könnt ihr bitte aufhören, von Essen zu reden …«, jammerte Benni. Auf einmal war ein lautes, gluckerndes Geräusch zu hören und seine Gesichtsfarbe wandelte sich von Grün in Violett.
Robert hielt sich demonstrativ die Nase zu: »Mann, der hat tatsächlich in die Hose geschissen.«
»Leute, wir haben jetzt keine Zeit für solche Späße!«, rief Maxim.
»Dann fahr endlich!«, stachelte ihn Marcel an.
»Gut, ich fahre als Erster. Bevor ihr startet, wartet, bis euer Vormann die schmale Stelle zwischen den Felsen passiert hat … und nicht laut schreien, auch das kann Lawinen auslösen. Habt ihr verstanden?«
Alle nickten und sahen dann stumm zu, wie Maxim in die Falllinie sprang und mit perfekten Kurzschwüngen, in leichter Rückenlage, die Scharte herunterwedelte.
Marcel beobachtete ihn und kniff die Augen zusammen. Als Maxim genau zwischen den beiden Felsen war, biss er sich auf die Lippen, schüttelte fast unmerklich den Kopf und murmelte etwas. Doch keiner hörte hin.
»Sieht eigentlich ganz leicht aus!«, meinte Robert.
»Dann mach es gleich mal nach. Wer sich als Nächster traut, kriegt den Superpreis!«, sagte Marcel zu seinem Bruder.
»Seh ich aus wie ein Vierjähriger? … Was ist denn der Preis?«
Marcel und die anderen lachten, doch dann hielt Marcel seinen jüngsten Bruder am Arm fest. »Warte … vielleicht sollte doch lieber jemand anders als Nächster fahren.«
Maxim war ein gutes Stück hinter den zwei Felsen zum Stehen gekommen und hob den Skistock in die Luft.

Robert atmete hörbar ein und aus. Er schüttelte Marcels Hand ab. Anstatt in die Spur von Maxim zu springen, versuchte er, mit einem Pflugbogen in die senkrechte Furche zu gelangen, und stürzte. Die anderen lachten wieder.

»Hey, am besten gehst du noch mal in den Snowgarden und übst Tannenbäumchen!«, rief Fabian.

»Mach's erst mal besser, du Arsch!«, stieß Robert hervor.

»Lass doch lieber jetzt Vicky fahren, die ist eine super Skifahrerin …«, sagte Marcel auf einmal und drehte sich zu ihr um. »Nicht wahr, Vicky? Du als einheimisches Schneehäsli schaffst das doch mit links.«

Vicky schnitt ihm eine Grimasse. Da sprang Robert schon beherzt in die Spur und fuhr die Scharte herunter. Er machte weniger Schwünge als zuvor Maxim und wurde dadurch zu schnell.

»Das geht schief!«, murmelte Fabian, als er seinen Bruder auf die Felsen zurasen sah.

»Scheiße!«, stieß Marcel hervor und merkte, dass er seine Lippe blutig gebissen hatte.

Doch Robert schaffte es wie durch ein Wunder, die knapp einen Meter breite Lücke zu treffen, danach stürzte er kopfüber und war nicht mehr zu sehen. Johanna kreischte auf, und Marcel zischte: »Hast du's nicht kapiert? Ihr sollt hier nicht schreien!«, bevor er fragte: »Und? Wer möchte als Nächster?«

Bis auf Benni, der wieder seine gelbe Farbe zurückgewonnen hatte, waren alle weiß im Gesicht.

»Ich!«, sagte Julia.

Und ohne eine Antwort abzuwarten, wedelte sie gekonnt, genau in Maxims Spur, den Hang hinunter. Kurz vor den Felsen machte sie einen Schwung zusätzlich, duckte sich ein wenig und glitt elegant durch die Lücke.

»Nicht schlecht«, murmelte Benni. »Dann versuche ich jetzt mal mein Glück.«

»Das wird auch Zeit«, meinte Fabian. »Der Gestank hier ist kaum noch auszuhalten.«
Benni hörte ihn nicht mehr. Denn schon kämpfte er sich mit mühsamen, hölzernen Bewegungen durch den immer schwerer werdenden Schnee den steilen Hang hinab.
»Oh Gott, seht ihr das?«, flüsterte Vicky plötzlich und stieß einen gellenden Schrei aus: »Benniiii, pass auf!«
»Schscht«, machte Marcel ärgerlich, doch da passierte es: Eines der Schneedächer auf dem Felsvorsprung hatte sich bewegt. Genau in dem Moment als Benni die enge Rinne erreichte, kam der Überhang ins Rutschen und stürzte den Felsen hinunter in die schmale Lücke. Starr vor Schreck beobachteten die anderen, wie Bennis blaue Jacke hinter einem Vorhang aus Schnee verschwand.
Vickys Hand zitterte leicht, als sie auf die Stopp-Funktion ihres Handys tippte. Das Standbild des Videos zeigte als Letztes die Kante im Schnee, oberhalb des einen Felsens: so scharf, als hätte jemand ein Stück weiße Schokolade aus dem Hang gebrochen.
»Ich glaube, ich rufe jetzt Papa an«, stammelte Fabian. Er holte sein Handy aus der Jackentasche und sah auf das Display. »Kein Netz«, murmelte er und blickte hilfesuchend zu seinem großen Bruder. Seine Augen weiteten sich noch mehr, als dieser kaum hörbar zu sich selbst sagte: »Warum gerade jetzt?«

Claudia

Claudia schloss die Autotür und faltete die Papiere auseinander. Erneut las sie den Text der Patientenverfügung und wiederholte laut die Worte: »… ich setze voraus, dass ich Medikamente zur Linderung der Atemnot bekomme …« Nun war es so weit. Es gab nichts mehr, was sie daran hinderte, ins Krankenhaus zu fahren, dem behandelnden Arzt die Originalverfügung ihrer Tante vorzulegen und ihn die Geräte abstellen zu lassen. Auf einmal schossen ihr Tränen in die Augen.

Wenn sie wenigstens mit jemandem darüber sprechen könnte. Sie dachte an ihren Vater. Edith war seine ältere Schwester, und Claudia wusste, dass er sie eigentlich immer gerngehabt hatte. Doch nach allem, was vorgefallen war, hatte sich das Verhältnis der beiden so sehr abgekühlt, dass sie schon im letzten Jahr nicht mehr miteinander gesprochen hatten. Nachdem er diesen Kaufvertrag über das Mühlengut abgeschlossen hatte, ohne ihr etwas davon zu sagen – wie konnte sie ihn da anrufen und unbelastet über Ediths Schicksal mit ihm sprechen? Seine Haltung dazu stand wohl außer Frage. Ob er wusste, dass Edith ihr die Verfügungsvollmacht übertragen hatte?

Und Nicolas? Er hätte wahrscheinlich wenig Verständnis für ihre seelischen Nöte, während er mit fünf Halbwüchsigen klarkommen musste. Eigentlich ein Glücksfall, dass er sich ohne weiteres darauf eingelassen hatte, auf ihre drei Kinder aufzupassen, während sie in Chemnitz war. Sie merkte, wie sehr er ihr fehlte. Seine körperliche Nähe, aber auch seine zugegebenermaßen ziemlich pragmatischen Ratschläge hätte sie jetzt gut gebrauchen können, und sie wählte seine Nummer auf ihrem Handy. Als sie nur die Mailbox erreichte, kappte sie die Verbin-

dung und schrieb ihm stattdessen eine SMS: »Hi, du fehlst mir!!! ild, c.«
Sie saß einige Sekunden da, starrte auf die sanierte, hellgrau verputzte Fassade der Anwaltskanzlei und tippte sich die Metallkante ihres iPhones an das Kinn. Dann löschte sie die vorletzten drei Buchstaben und drückte auf Senden.

Sie war Claudia seltsam fremd, diese Frau mit den schlohweißen krausen Haaren, die ihr auf dem braunen Samtsessel gegenübersaß. Elsa trug einen rot-schwarz karierten wadenlangen Schottenrock aus derbem Wollstoff und eine orangefarbene Strickjacke. Ihre braunen Halbschuhe schienen zu eng und schnürten sie an den Fesseln ein.
Claudia war sich nicht sicher, ob ihre Tante sie erkannt hatte. Jetzt betrachtete Elsa eingehend die Fotos von Claudias Kindern, die sie ihr überreicht hatte.
»Das ist Julia, meine Tochter … deine Nichte, du hast sie früher einmal gesehen, aber da war sie noch klein … jetzt ist sie schon sechzehn«, erklärte Claudia.
Eine junge Pflegerin hielt mit dem Servierwagen vor der Zimmertür und brachte eine Kanne mit Kaffee.
Claudia schenkte ihrer Tante eine Tasse ein. Elsa starrte immer noch auf das Foto. Leise murmelte sie etwas: »Elsa, nein, nein, nein … Hartmutchen, Haare wie Flachs, Augen wie Bernstein …«
»Du findest, sie sieht aus wie du früher, oder wie Hartmutchen, wer ist Hartmutchen?«
Mit einem Mal steckte Elsa das Foto zurück in den Briefumschlag, den Claudia ihr gegeben hatte, und leerte den gesamten Inhalt ihrer Tasse hinein. Claudia sprang auf und rief: »Was machst du denn da?«
Elsa antwortete nicht, blieb ganz ruhig sitzen und sah zu, wie der Kaffee das Papier durchweichte und auf ihren Rock tropfte.

Claudia stand auf und suchte in dem kleinen angrenzenden Bad nach einem Handtuch. Sie hörte leise den Klingelton ihres Mobiltelefons. Es war in ihrer Handtasche, die sie über die Stuhllehne gehängt hatte. Als sie mit dem Handtuch zurückkam, war das Zimmer leer und ihre Handtasche war verschwunden.
Sie drängte sich an dem hohen schmalen Krankenhausbett vorbei und sah auf dem Gang nach. Am Ende des Flurs erhaschte sie eben noch einen Blick auf ein Stück des karierten Stoffs von Elsas Rock, bevor diese die Treppe hinuntereilte. Sie lief ihr nach. Im Erdgeschoss angekommen, rannte Elsa sofort hinaus in den rundum von einer hohen Mauer eingefassten Garten. Das einzige Grüne, das dem nüchternen Neubau nicht hatte weichen müssen, waren zwei gut zehn Meter hohe Tannen. Elsa hob zwei Zapfen auf, legte sie auf einen weißen Metalltisch, und schon eilte sie wieder zurück in das Gebäude. Claudia hatte Mühe, mit ihrem Tempo Schritt zu halten. Sie sah ihre Tante in einem fremden Zimmer verschwinden, um kurz darauf den Kopf wieder zur Tür herauszustrecken und in die andere Richtung zu huschen. In der Hand hielt sie jetzt ein Bündel Zeitungen. Über der Schulter hatte sie Claudias Handtasche hängen. Sie verschwand im nächsten Zimmer und kam ohne die Zeitungen, aber mit einem Bügel, auf dem Kleider hingen, heraus. Claudia blieb auf dem Gang stehen, lehnte sich an die Wand, um sie zu beobachten. Gerade als Elsa wieder eine Tür öffnete, wurde eine Pflegerin am Ende des Flurs auf sie aufmerksam: »Frau Neumann«, rief sie, »nicht wieder alles vertauschen, sie verärgern doch nur die anderen Heiminsassen!« Sie ging auf Elsa zu und entwand ihr den Bügel mit dem Kleid und die Handtasche. Die ganze Zeit über hatte Elsa geschwiegen. Jetzt riss sie plötzlich die Augen und den Mund auf. Es sah aus, als wolle sie schreien, doch es kam kein Ton heraus. Sie überließ der Schwester das Kleid und die Tasche und hetzte zurück zum Treppenhaus.

»Sie macht das also öfter? Was treibt sie denn bloß an?«, fragte Claudia.
Die Pflegerin blieb stehen und musterte sie: »Sie macht das den ganzen Tag. Wir haben schon versucht, sie einzuschließen, aber dann randaliert sie und stellt ihr ganzes Zimmer auf den Kopf. Man müsste sie fixieren, mit Medikamenten ruhigstellen, doch unsere Leiterin ist strikt gegen diese Methoden.«
»Zu Recht, denke ich, solange sie niemanden angreift …«
Die Schwester stemmte eine Hand in die Hüfte: »Wer sind Sie überhaupt? Ich habe Sie hier noch nie gesehen.«
»Ich bin ihre Nichte«, und als die junge Frau streng die Augenbrauen hob, erklärte sie hastig: »Ich wohne in Frankfurt, habe drei Kinder und bin alleinerziehend, berufstätig … deshalb kam ich noch nicht dazu, Elsa zu besuchen.« Sie hüstelte. »Sagen Sie … was hat meine Tante eigentlich für eine Krankheit?«
»Angstzustände …«
Eine zweite Pflegerin kam an ihnen vorbei, und Claudia bildete sich ein, dass sie ihrer Gesprächspartnerin kaum merklich ein Zeichen gab. Als sich die Schwester Claudia wieder zuwandte, wirkte sie jedenfalls abweisend: »Wir dürfen solche Auskünfte nicht geben … da müssen Sie die behandelnde Ärztin fragen.« Dann sah sie demonstrativ auf ihre Armbanduhr, gab Claudia ihre Tasche zurück und ließ sie stehen.
Claudia begab sich langsam zur Treppe, holte ihr Handy aus der Tasche, erkannte die Nummer ihrer Frankfurter Kanzlei und bekam sofort ein schlechtes Gewissen. Seit über zwei Tagen hatte sie sich dort nicht gemeldet, und ihre Partnerin hatte offenbar klaglos alle ihre Fälle mit bearbeitet. Sie nahm sich vor, Frau Reiter gleich, wenn sie hier raus war, zurückzurufen, und überlegte, was nun zu tun sei: Wo sie auch hinkam, traf sie allenfalls auf Andeutungen.

Eine halbe Stunde später saß Claudia im Büro der Leiterin des Pflegeheims Neun-Buchen. Die Wände waren von oben bis unten mit gerahmten Bildern gepflastert, mit Wasserfarben hergestellte Gemälde, aber auch Ölbilder, Tusche- und Buntstiftzeichnungen. »Das sind hauptsächlich Werke der Heiminsassen. Teilweise sind echte Künstler an ihnen verlorengegangen«, erklärte die Heimleiterin Lisa Junge, eine hagere Frau Ende fünfzig, mit dunkelbraunen, kurzen Haaren und toupiertem Hinterkopf. Claudia musterte anerkennend die Audrey-Hepburn-Frisur. Das Gesicht war hell geschminkt, die Lippen mattrot. Sie war sich nicht sicher, ob der viereckige dunkle Leberfleck über dem rechten Mundwinkel echt war oder zum Styling gehörte. Das übrige Outfit, das sie unter dem offenen weißen Kittel trug, eine enge Siebenachtelhose zu losem Top, alles in Schwarz, außer einem weißen Kragen aus Jacquard-Stoff, hätte perfekt in die »Frühstück bei Tiffany«-Kulisse gepasst. Etwas overdressed, dachte Claudia und bemerkte, dass sie ebenfalls einer sehr genauen Musterung unterzogen wurde. Sogleich ertappte sie sich dabei, ihre heutige defensive Entscheidung für die reichlich unspektakuläre schwarze Jacke insgeheim zu bedauern. Hier war endlich einmal ein Mensch diesseits der früheren Grenze, der über ein gewisses Mode- oder zumindest Stilbewusstsein zu verfügen schien. Sie schlug die Beine übereinander und versuchte, damit ihre Stiefeletten in Frau Junges Blickfeld zu rücken. Doch das, was diese ihr jetzt mit ernstem Gesicht über ihre Tante mitzuteilen begann, ließ sie augenblicklich beschämt jegliche Eitelkeiten vergessen.

Elsa Neumann leide unter einer gravierenden Psychose, erfuhr sie. Hauptbestandteil sei eine Phobie. Sie stehe Ängste aus und habe Wahnvorstellungen, die man sich als »psychisch gesunder Mensch« überhaupt nicht vorstellen könne. Und davor laufe sie fort. Immerzu! Sie müsse andauernd flüchten. Deshalb renne sie durch das Gebäude, die Zimmer, die Flure, den Garten. Sie laufe vor ihren eigenen Phantasien, ihren ... Erinnerungen davon. Aber der extrem schmerzhafte, traumatische Teil der Erinnerungen sei vermutlich durch eine dissoziative Amnesie aus ihrem Gedächtnis gelöscht worden. Das Fatale sei, dass sie diese schreckliche Furcht niemals ablegen könne. Und leider Gottes sei sie dabei auch schon einmal gewalttätig geworden. Als sie wegen einer Lungenentzündung ins Krankenhaus musste, habe sie dort ihre Zimmergenossin mit einer Bettpfanne geschlagen. Die Platzwunde sei mit neun Stichen genäht worden. Man habe nie erfahren, warum sie das getan habe. Danach sei sie hier eingewiesen worden.

»Sie wissen also nicht, wovor sie solche Angst hat?«

Frau Junge faltete die Hände in ihrem Schoß. »Nein. Nur eines scheint sicher zu sein. Ihr ist wohl einmal etwas weggenommen worden. Etwas, das sie sehr geliebt hat. Aber das hilft uns nicht viel weiter, denn sie ist vollkommen unzugänglich und spricht eigentlich mit niemandem. Damit eine Trauma-Therapie Erfolg verspricht, muss ich aber zunächst einen positiven Zugang zu der Patientin finden.«

»Sie spricht nicht?«, hakte Claudia nach. »Aber mit mir hat sie geredet.«

Frau Junge hob den Kopf und fixierte sie. Eine tiefe, schräge Falte bildete sich zwischen ihren schwarz nachgestrichelten Augenbrauen: »Was hat sie gesagt?«

»Na ja, ich hatte ihr ein Foto von meinen drei Kindern mitgebracht. Und als sie darauf meine Tochter Julia gesehen hat, hat sie irgendwas von Haaren wie Flachs und Augen wie Bernstein und von einem Hartmutchen gestammelt.«

»Und Ihre Tochter hat Haare und Augen in diesen Farben?«, fragte die Ärztin nüchtern.

Im selben Moment öffnete sich die Tür, und Elsa betrat den Raum. Sie wirkte völlig aufgelöst. Eine Strähne ihrer weißen, krausen Haare hing ihr in das von roten Flecken übersäte Gesicht. Sie ging auf Claudia zu, atmete schwer und hielt etwas hinter ihrem Rücken verborgen. Claudia sprang auf und trat, wie um Schutz zu suchen, hinter die Ärztin, die ebenfalls von ihrem Stuhl aufstand.

»Was hast du da, Elsa?«, fragte sie freundlich. »Möchtest du es mir zeigen?«

Elsa reagierte nicht auf die Frage der Ärztin und machte an dieser vorbei noch einen Schritt auf Claudia zu. Diese wich zurück und bekam plötzlich Panik: Sie war in dem hinteren Teil des Zimmers gefangen. Den einzigen Fluchtweg versperrte ein grau laminierter Computertisch. Sie stand hilflos da und musste an eine chirurgische Naht mit neun Stichen denken. Ihr Blick fiel auf eine Sammlung von Briefbeschwerern in dem Regal neben ihr. Paperweights mit in Glas oder Kunstharz gegossenen Wachsblumen, Landschaften und Werbeschriftzügen. Sie streckte die Hand nach einer der Kugeln aus, umfasste sie. Jetzt lag sie kühl und schwer genug in ihren Fingern. Elsa stand direkt vor ihr. Es trennten sie nur wenige Zentimeter. Claudia sah die kleinen Schweißperlen auf ihrer Oberlippe und konnte ihren Atem spüren. Er roch nach Pfefferminze. Sie bemerkte, wie Frau Junge verstohlen einen Knopf unter der Schreibtischplatte drückte. Ein Notruf. Doch bis die Pfleger hier eintreffen würden, konnte es schon zu spät sein. Sie spannte ihre Muskeln an und suchte nach einem Ausweg. Die Frau vor ihr war zwar ihre Tante, aber die heimtückische Krankheit hatte sie zu einer anderen, unberechenbaren Persönlichkeit werden lassen. Plötzlich griff Elsa nach Claudias freier Hand. Mit der anderen holte Claudia reflexartig aus. Am Rande ihres Blickfelds sah sie Frau Junge langsam den Kopf schütteln. Kurz bevor das Paperweight Elsas Schädel traf, ließ diese ein Buch mit Ledereinband in Claudias freie Hand sinken, und der Briefbeschwerer fiel zu Boden. Es

gab ein dumpfes Geräusch, aber er zerbrach nicht, sondern kullerte über den Teppich und blieb in einer Ecke liegen. Elsa zuckte nicht einmal, doch Claudia war sich sicher, dass sie trotz ihrer geistigen Verfassung ziemlich genau realisiert hatte, was sie mit dem Glasgewicht vorgehabt hatte. Sie fühlte, wie sich Elsas warme, weiche Hand auf ihre legte. Sie sahen sich gegenseitig intensiv in die Augen. Keine wandte den Blick ab. Elsas gelbe Iris wurde trüb und gab nur für einen kurzen Moment lang etwas von ihrem schrecklichen Leiden preis. Es berührte Claudia so tief im Inneren, dass sie fast erleichtert war, als ihre Tante das unerträgliche Schweigen brach: »Deine sind auch wie Bernstein, und deshalb sollst du auch das Buch haben.« Elsa drehte sich um und hob das Paperweight vom Boden auf. Claudia fühlte sich wie versteinert, als Elsa mit dem Briefbeschwerer in der Hand wieder auf sie zukam. Denn da loderte schon wieder das goldene Glimmen des Irrsinns in den Augen ihrer Tante auf.
Sie hörte schnelle Schritte auf dem Flur. Gleichzeitig öffnete Elsa die Handfläche und streckte ihr das Glasgewicht entgegen. Claudia sah erst jetzt, dass es eine pittoreske kleine Landschaft, übersät mit Strommasten, darstellte. An dem einen Mast prangte ein winziges rotes Schild mit weißer Aufschrift.
»›E.CON-Energie AG‹«, las Elsa laut vor, bevor sie es sich anders überlegte, ihre Finger wieder um die Glaskugel schloss und damit aus dem Zimmer rannte. Claudia sah ihr nach, hörte, wie die Pfleger sie auf dem Gang verfolgten, wie Frau Junge sie zurückrief, und betrachtete das Buch in ihrer Hand. Auf dem schwarzen Ledereinband prangte in altdeutschen goldgeprägten Großbuchstaben das Wort: »TAGEBUCH«.

Nicolas

Er hatte nicht den leisesten Anflug eines schlechten Gewissens, als er aus dem tiefen, steinernen Jacuzzi stieg und sich in den schwarzen, flauschigen Bademantel hüllte, der für ihn bereitlag. Zufrieden mit sich und dem, was er sah, stellte sich Nicolas vor den dunkel getönten Spiegel, der seine Bräune noch tiefer erscheinen ließ, als sie tatsächlich war. Er öffnete die zugeschweißte Folie mit der Aufschrift »Harrod's« und holte den Kamm heraus, wog ihn anerkennend in der Hand. Er liebte Gegenstände aus Naturhorn und ließ ihn schwer durch seine noch nassen, dichten blonden Haare gleiten. Dann schraubte er den Deckel der La-Prairie-Caviar-Creme auf, zog die Alufolie ab, wischte genüsslich eine olivengroße Menge mit dem Mittelfinger heraus und verteilte sie auf seinem Gesicht.

»Alles in Ordnung, alles zu deiner Zufriedenheit?«, hörte er Tatjanas Stimme mit dem harten Akzent von nebenan.

»Alles perfekt!«

»Das Frühstück ist gleich fertig. Wie magst du deine Eier?«

Er lächelte. »Weich, im Glas.«

Dies war eine Affäre genau nach seinem Geschmack. Eine aufregende, äußerst befriedigende Nacht ohne Tabus lag hinter ihm. Gewürzt mit einigen Überraschungen, die selbst er noch nicht gekannt hatte. Die Umgebung war exquisit. Eine willkommene Abwechslung zu der bescheidenen Pension, die er gezwungen war zu bewohnen, weil vier Doppelzimmer in einem vernünftigen St. Moritzer Hotel zur Hauptsaison derzeit seine finanziellen Möglichkeiten überstiegen. Nun noch ein Sternefrühstück, und morgen würde er abreisen und Tatjana nie wiedersehen. Er lief barfuß über die Schieferplatten, schlüpfte in die schwarzen

Pantoffeln, die für ihn bereitstanden, und öffnete die Tür. Er trat in einen lichtdurchfluteten Raum mit elefantengrauen Wänden. Daran hingen einige perfekt plazierte Gemälde. Tatjana saß bereits an einem kleinen runden Tisch vor dem Panoramafenster mit Aussicht auf das Tal und die Seen. Um so nah an der Glasfront zu sitzen, musste man absolut schwindelfrei sein, denn sie befanden sich im dritten Stock des Chalets. Und weder Fensterrahmen noch Mauer gaben dem Blick einen Halt. Erst jetzt bemerkte Nicolas am Ende des Raums einen fetten Schwarzen im Blaumann, der mit einem Fensterwischer an einer Teleskopstange die Scheibe putzte. Tatjana schien das nicht zu stören. Sie war in einen Morgenmantel aus korallenfarbenem Kaschmir gehüllt, der so lässig gebunden war, dass er Nicolas bei jeder ihrer Bewegungen genügend Gelegenheit gab, nochmals den Ansatz ihrer weißen, vollen Brüste zu bewundern.
Nicolas hauchte ihr einen Kuss auf die Schulter, setzte sich auf eine der weißen Vitra-Kunststoffschalen und biss sogleich in ein warmes Stück Patisserie mit Walnüssen und Aprikosen, das auf seinem Teller gelegen hatte. Herrlich, nach einer Woche altbackenem Graubrot mit Cervelatwurst von dem mehr als bescheidenen Frühstücksbüfett in der Pension. Er schloss die Augen.
»Hmmm, das ist das Beste, was ich je gegessen habe!«
»Ach, so ein Plunderstückchen beeindruckt dich also bereits nach unserer ersten Nacht mehr als mein Ausschnitt?«
Nicolas konnte schlecht zugeben, dass dies im Augenblick haargenau den Tatsachen entsprach. Außerdem störte ihn der Ausdruck »unserer ersten Nacht«. Denn er wollte dieser ja keine zweite oder gar dritte folgen lassen.
»Aber ich vergebe dir. Immerhin lasse ich mein Frühstück jeden Morgen frisch vom Café Hanselmann liefern.«
Nicolas öffnete wieder die Augen und sah sich um. Der Schwarze stand immer noch vor der Scheibe. Bis jetzt war er mit seiner

Arbeit noch nicht sonderlich weit gekommen. Aber das war schließlich nicht Nicolas' Problem. Er war selten um Worte verlegen. Aber in diesem Moment fiel ihm nichts ein, als sich das Whiskeyglas mit den weichen Eiern zu schnappen. Er salzte sie und begann zu löffeln. Der Geschmack war bemerkenswert kräftig; erst jetzt bemerkte er, dass die Eier mit hauchdünnen hellen Trüffelscheiben bedeckt waren. Es war zu köstlich.

Tatjana lächelte breit und entblößte dabei ihre schneeweißen, perfekten Zähne. Sie begann, ihren Bademantelgürtel aufzubinden. Nicolas streckte die Hand aus und hob die schwarze Leinenserviette über dem Korb mit weiterem Gebäck hoch.

»Ahh!«, entfuhr es ihm, als Tatjana ihren Gürtel geöffnet hatte, der Morgenmantel auseinanderfiel und er, nachdem er das Glas ausgekratzt hatte, in ein geröstetes Weißbrot mit warmem Ziegenkäse biss.

Breitbeinig setzte sich Tatjana in ihren korallenfarbenen French Knickers auf seinen Schoß, hielt ihm ihre nackten Brüste genau vor sein Gesicht.

Langsam wurde Nicolas ärgerlich. Wenn Tatjana sich vor ihrem Personal eine solche Blöße geben wollte, in Ordnung. Aber er hätte sich ganz einfach wesentlich lieber auf das Frühstück konzentriert.

»Was ist, kannst du nur ans Essen denken?«, fragte sie.

»Natürlich nicht«, antwortete er kauend. »Aber eins nach dem anderen, würde ich sagen.«

Sie beugte sich weiter vor, ein paar Weißbrotkrümel fielen auf ihren Oberschenkel. Mit dem kleinen abgespreizten Finger wischte Nicolas nachlässig die Krümel von ihrer geschmeidigen Haut.

»Jaaa!«, hauchte Tatjana. »Das fühlt sich so guuut an!«

Nicolas wich mit dem Kopf zurück, und auf einmal lachte Tatjana laut auf. Sie stieg von ihm herunter, zog ihren Morgenmantel fest zusammen, band ihn zu und setzte sich neben Nicolas auf den Stuhl.

Er musterte sie befremdet.

»Hast du mir die Rolle der Nymphomanin etwa abgenommen?«, fragte sie und lachte immer noch.

»Hm, ich bin schon einigen echten begegnet … und ich glaube, da müsstest du noch ein wenig üben«, war sein Kommentar. Er steckte schnell einige reife Brombeeren in den Mund, ließ sie zwischen den Zähnen zerplatzen. Dann trank er seinen Espresso aus und stand auf.

»Es wird Zeit für mich. Muss mal nach den Kindern sehen.«

»Du hast Kinder?«

»Fünf!«

»Alle Achtung. Alles deine?«

Sie schlug die Beine übereinander, leckte den Löffel mit Milchschaum und geraspelter Schokolade von ihrem Cappuccino ab und beobachtete ihn lauernd.

»Nicht alle. Leibliche … habe ich nur zwei, soweit mir bekannt ist. Die anderen drei sind die Kinder meiner Lebensabschnittsgefährtin.«

»Ein schönes Wort. So etwas könnt auch nur ihr Deutschen euch ausdenken. Kennt ihr euch schon lange?«

Wieder passte ihr Blick nicht zu ihrem gleichgültigen Tonfall.

»Etwas mehr als ein Jahr. Sie musste kurzfristig den Urlaub abbrechen und nach Chemnitz fahren. Ihre Tante hatte einen Unfall.«

»Oje, die Arme. Hoffentlich nichts Ernstes?«

Nicolas warf sich noch eine Brombeere in den Mund.

»Leider doch. Sie ist von einer Leiter gestürzt und liegt im Koma.«

»Oje, oje! Und das in dem Alter. Wenn sie da mal nicht gleich ganz zum Pflegefall wird.«

»Wieso? Weißt du denn, wie alt sie ist?«, hakte Nicolas nach.
»Na, du hast es doch gesagt, oder? Hast du nicht erwähnt, sie sei schon sehr alt?«, erklärte Tatjana und setzte eilig nach: »Hat diese Tante denn keine eigenen Kinder, die sich um sie kümmern?«
»Nein, hat sie nicht. Warum interessiert dich das eigentlich?«
Tatjana zuckte mit den Schultern. »Weiß nicht. Über irgendetwas muss man sich doch unterhalten … nach der ersten Nacht.« Dann lächelte sie.
Nicolas betrachtete ihr Gesicht. Sie sah wirklich gut aus. Und sie hatte diese freche, mädchenhafte Ausstrahlung. Aber sie war ihm eindeutig zu anstrengend!
»Ich muss jetzt wirklich los!«
Er stand auf, um seine Kleidung auf dem schwarzen Seidenteppichboden zusammenzusuchen.
»Soll ich dich fahren?«, rief sie ihm nach.
Bei dem Gedanken an ihren Sportwagen brach ihm sofort der Schweiß aus. »Nein danke, ich rufe mir ein Taxi.«
»Schade! Es hat angefangen zu schneien. Und ich drifte wahnsinnig gerne auf frischem Neuschnee, vor den Räumfahrzeugen …«
»Das sei dir unbenommen. Aber ohne mich!«
Erst jetzt kommentierte sie seinen erneuten Blick zu dem Fensterputzer: »Er ist aus Kunstharz … eine Skulptur von Duane Hanson. Gefällt er dir?«
Nicolas versuchte, sich seine Überraschung nicht anmerken zu lassen.
Minuten später kam er angezogen zurück und drückte seine Lippen auf ihren Hals, vermied es, sie auf den Mund zu küssen.
»Danke für die Nacht … und das Frühstück.«
Sie drückte auf den Knopf einer Fernbedienung, stand auf und führte ihn zum Fahrstuhl. Die schwarz gemaserten Holztüren glitten lautlos auseinander, und das Letzte, was er von ihr sah, als

sie sich wieder schlossen, waren ihre weißen Zähne, doch es war kein Lächeln auf ihren Lippen.
»Дурак!«
Er hörte, wie sie etwas auf Russisch sagte, und fragte sich, ein wenig alarmiert, mit wem sie wohl sprach.
»Der Dummkopf denkt tatsächlich, dass ich nach einer halbwegs passablen Nacht so auf ihn abfahre, als sei ich eine rossige Stute, die drei Jahre keinen Hengst hatte … und alles nur für dich. Kannst du nicht endlich die alten Geschichten ruhenlassen?«

Als die Haustür leise hinter ihm ins Schloss fiel, zog Nicolas sein Handy aus der Manteltasche und sah auf das Display. Es waren einige Anrufe in Abwesenheit eingegangen. Sein Sohn Lukas hatte einige Male versucht, ihn zu erreichen, doch als er ihn jetzt zurückrief, landete er auf seiner Mobilbox. Er machte sich keine Sorgen, denn die Kinder hatten auch schon an den letzten Tagen vollkommen selbständig gefrühstückt und den Weg zur Skischule gefunden. Johanna und Julia gingen ohnehin ihrer eigenen Wege. Sie waren hervorragende Skiläuferinnen und schließlich alt genug! Nicolas rief die Auskunft an und ließ sich mit dem Taxiruf verbinden.

Julia

»Kannst du das Bein jetzt bewegen?«, fragte Maxim. Robert verzog das Gesicht. Die Schmerzen waren ihm anzusehen. »Es geht schon«, stieß er zwischen zusammengebissenen Zähnen hervor.
»Mist, was machen wir jetzt?«, fragte Julia. »Jetzt stehen wir schon eine halbe Ewigkeit rum! Warum haben wir hier eigentlich kein Scheißnetz? So weit sind wir doch gar nicht von der Piste entfernt … und da ging das Handy doch auch immer.« Ihre Stimme wurde schrill. »Wie sollen wir denn jetzt hier wegkommen?« Julia begann nach Luft zu schnappen. »Und jetzt schneit es auch noch, eben schien doch noch die Sonne, wie kann sich das denn so schnell ändern … Man sieht ja fast nichts mehr … mir ist kalt … was, wenn die anderen alle verschüttet sind …«, stieß sie hervor. Danach entfuhren ihrer Kehle nur noch jämmerliche Laute, und sie starrte wie ein verängstigtes Tier auf die weiße Nebelwand, die langsam aus dem Tal aufstieg und sie einzuhüllen drohte. Ihr Japsen wurde schneller, panischer.
In Maxims Gesicht konnten die anderen plötzlich nur noch blankes Entsetzen lesen. Er wusste, was mit Julia los war, denn er hatte sogar schon Profis erlebt, die in der Höhe und unter Anspannung hyperventilierten. Ihm war klar, dass er sofort handeln musste. Beruhigend sprach er auf sie ein, während er seinen Rucksack abnahm und ihn systematisch durchsuchte.
»Mach dir keine Sorgen, Julia. Es wird alles gut. Wir schaffen das …« Julia war bereits bläulich angelaufen und holte immer schneller Luft. Als Erstes fand Maxim eine Mütze in seinem Rucksack und hielt sie Benni hin. Julia begann zu husten, während die nassen Flocken leise ihren Helm, ihren Schal und ihre

Schultern zudeckten. Benni und Robert beobachteten alles stumm und fühlten sich beide vollkommen unfähig zu jeder Hilfestellung. Aber Maxim behielt die Nerven.

»Es ist gar nichts Schlimmes passiert, Julia. Es war nur das Schneedach von dem einen Felsen, das abgegangen ist. Die anderen standen oberhalb, und auch wir haben sehr viel Glück gehabt, dass wir schon um die Kurve gefahren waren. Und das haben wir eigentlich nur Robert zu verdanken, weil er nicht mehr bremsen konnte und nach rechts in diese Schneise eingebogen ist.«

Ohne ihn anzusehen, fügte er hinzu: »Lockere ihren Schal, Benni!« Dieser erwachte aus seiner Starre, stieg sofort den halben Meter zu Julia herauf, haute die Kanten seiner Skier wieder in den Steilhang und begann, ihr mit dem dicken Handschuh den Schnee von dem Wollschal zu streifen. Doch sie schlug seine Hand weg.

Julia hatte nicht nur das Gefühl, keine Luft mehr zu bekommen, irgendetwas stimmte mit ihren Augen nicht. Sie sah einen blauen Handschuh auf sich zukommen, nein, es waren zwei, oder drei? Sie blähten sich auf, bis sie so groß waren wie Boxhandschuhe. Sie spürte etwas Kaltes an ihrem Hals. Ihr war schwindelig, sie musste das abwehren. Weg damit! Mit beiden Händen schlug sie danach. Dabei öffnete sie die Fäuste, und ihr entglitten die Skistöcke. Sie rutschten sofort den Hang hinunter und verschwanden im Nebel. Julia wurde noch panischer. Sie versuchte zu schreien, aber es kam nur ein Krächzen und Husten aus ihrem Mund. Sie japste und japste … Vor ihr begann sich alles zu drehen … Ihre Beine knickten ein.

»Verdammter Mist!«, schrie Benni. Er hätte fast das Gleichgewicht verloren, als Julia ihm in die Arme und ihr Kopf auf seine Brust sackte.

»Halt sie gut fest!«, gab Maxim knapp Anweisung.

»Sei ganz ruhig, Julia … wir helfen dir, es wird gleich alles wieder gut …«, säuselte Benni Julia ins Ohr und begann zur Überraschung aller, leise zu singen.
»Hast du eine Plastiktüte?«, raunte er zwischendurch Maxim zu. »Mach schnell! Sie braucht Kohlendioxid aus ihrer eigenen Atemluft!«
»Was glaubst du, wonach ich suche? Klugscheißer!«
Plötzlich zog er aus der Tiefe seines Rucksacks einen Beutel heraus, schüttete die darin eingewickelten Skiwachsstücke weg und drückte Julia die Öffnung auf den Mund. »Atme!«, befahl er. Als sie daraufhin gar keine Luft mehr holte und ihn nur mit weit aufgerissenen Augen anstarrte, schrie er: »Atme, habe ich gesagt, verdammt noch mal, bist du taub?«
Jetzt tat sie, was er verlangte, und sog stockend Luft ein. Die Tüte zog sich zusammen.
»So ist es gut, und jetzt ausatmen.«
Die Tüte füllte sich und wurde prall. Julia schloss die Lider.
»Und wieder einatmen!«, kommandierte Maxim.
»Komm schon!«, bat Benni sie.
Sie machte, was er sagte. Immer noch hing sie mit ihrem vollen Gewicht auf Bennis Oberkörper, und er versuchte, so gut es ging, aufrecht stehen zu bleiben.
Sie atmete, auf Maxims und Bennis leise Kommandos hin, weiter ihre eigene verbrauchte Luft ein und aus, bis ihr Gesicht ganz langsam wieder eine normale Färbung annahm und sie ruhiger zu werden schien.
»Nur noch ein paarmal, dann hast du es geschafft«, sagte Maxim zu ihr und öffnete ihr mit der freien Hand den Helmverschluss unter der Kehle.
Dann nahm er die Tüte von ihrem Mund und beobachtete sie mit kritischem Blick. Als er merkte, dass sie gleichmäßig weiteratmete und sich beruhigt hatte, zog er sie langsam von Bennis

Brust ab, der laut aufseufzte. Er wartete kurz, um zu sehen, ob Julia sich wieder alleine auf den Beinen halten konnte. Dann suchte er sich eine neue stabile Position im Hang. Maxim sah Julia an. Sie war wieder bei Sinnen und erwiderte seinen Blick. Da drückte er die Plastiktüte mit den Handflächen zusammen und hielt sie in einer dankbaren Geste zum Himmel.

»Bedank dich nicht zu früh bei dem da oben«, meinte Benni. »Erst soll er uns mal einen Hubschrauber schicken und uns hier abholen.«

Maxim warf ihm einen zornigen Blick zu.

»Wir müssen Hilfe holen. Die anderen kommen da nicht mehr weg.«

»Was denn, in dem Lawinenhang, bei dem Nebel und Schneetreiben weiterfahren? Bist du wahnsinnig? Nicht mit mir, ich habe eine Fischvergiftung!«, zischte Benni.

»Das hättest du dir früher überlegen müssen. Du wusstest schon vor der Tour, dass du nicht in Ordnung bist. Es ist unsere einzige Chance. Wenigstens bis zu einer Stelle, wo wir wieder Handy-Empfang haben. Wenn noch einmal so was wie eben passiert ...«

»Aber weißt du, was noch schlimmer ist?«

Maxim sah ihn an, und ihm schwante nichts Gutes.

»Mein einer Skischuh ist kaputt. Ich habe gar keinen Halt darin ...«

»Du Idiot! Dann hättest du früher aufstehen sollen und dir im Intersport andere Schuhe leihen, so wie du es vorhattest.«

Benni verzog voller Selbstmitleid das Gesicht: »Aber mir ging es doch heute Morgen so schlecht ... ganz schöne Scheiße, die Marcel uns da eingebrockt hat. Möchte mal wissen, was die da auf der anderen Seite von dem verdammten Schneehaufen machen ...«

Sein Gesicht hellte sich auf.

»Vielleicht haben die ja dort Netz, die sind doch viel weiter oben … und vielleicht haben sie schon die Bergrettung alarmiert und man kommt uns holen, dann müssten wir gar nicht runterfahren.«
Maxim kniff die Lippen zusammen und schüttelte den Kopf: »Darauf können wir weder vertrauen noch warten. Bei dem Wetter müssen wir sofort handeln. Reiß dich zusammen! Julia, Robert, seid ihr bereit?«
Robert hob kaum den Kopf. Mit einem fast unmerklichen Nicken deutete er an, dass er verstanden hatte.
»Okay! Julia, du fährst mir nach, dann Robert und dann Benni. Versucht, in meiner Spur zu bleiben, diesmal direkt dran, damit wir uns nicht verlieren. Ich werde oft anhalten.« Er hielt ihr erst eine Flasche Wasser hin, und nachdem sie getrunken hatte, gab er ihr seine Skistöcke. Inzwischen stillten die anderen ihren Durst.
Julia hatte bis jetzt kein Wort gesagt. Die ganze Zeit über betrachtete sie Maxims grün-rot gestreifte Tüte in seiner Hand und fragte auf einmal: »Ohne Gucci geht bei dir wohl gar nichts?«
Maxim grinste: »Ich bin froh, dass du schon wieder über ein Modelabel nachdenken kannst. Die Antwort lautet: Nein, denn Gucci ist mein Sponsor. Sie statten mich mit ihrer Winterkollektion von Kopf bis Fuß aus. Dafür habe ich mich verpflichtet, sie auch außerhalb der Wettkämpfe zu tragen. Alles klar?«
Sie schloss den Helm, wickelte sich den Schal wieder um und griff nach seinen Stöcken. Daraufhin setzte Maxim seinen Rucksack auf, sprang unvermittelt in die Falllinie und verschwand in einer weißen Wand.
Beim ersten Halt versuchte er die Gruppe aufzumuntern: »Es geht doch ganz gut, jedenfalls ist bisher keiner verlorengegangen. Ihr werdet sehen, bald sind wir unten.«
Was er den anderen nicht verriet, war, dass er in dem Nebel keine Ahnung hatte, wo die Tourenabfahrt überhaupt verlief.

Marcel und Johanna

»Können wir nicht einfach die Skier abschnallen und drübersteigen?«, fragte Fabian seinen Bruder.
Marcel schüttelte den Kopf: »No way! Das ist viel zu gefährlich. Dieser Schneeberg kann sich jeden Moment lösen und als Lawine ins Tal stürzen … und die anderen stehen vielleicht noch direkt darunter.«
»Und was sollen wir jetzt machen?«
»Offen gesagt ist mir inzwischen eiskalt, und Durst habe ich auch«, sagte Vicky. »Ich habe nicht damit gerechnet, dass wir derart lange irgendwo rumstehen. Es war eben einfach eine saudumme Idee, wundert mich aber eigentlich nicht, wenn man bedenkt, von wem sie stammt.«
Bei dem letzten Satz fixierte sie Marcel.
»Du hättest eben einfach zu Hause bleiben sollen. Von uns wollte dich sowieso keiner dabeihaben«, knurrte der.
Vicky erwiderte nichts, und Marcel zog erneut sein Handy aus der Jackentasche. Unterdessen holte Vicky verstohlen eine Kunststoffverpackung aus der Tasche, drückte einige Tabletten in ihre Hand und steckte sie sich in den Mund. Als sie aufblickte, sah sie direkt in Johannas fragende Augen.
»Seid mal still!«, rief Marcel plötzlich. »Ich habe Empfang.« Er hielt sein Handy ans Ohr. Die anderen sahen ihn voller Hoffnung an. »Papa, du musst uns retten!«, rief er plötzlich mit vor Aufregung geweiteten Pupillen. »Wir haben die Tourenabfahrt vom Corvatsch in Richtung Pontresina genommen, durch das Val Roseg … und kommen nicht mehr weiter, weil der Weg verschüttet ist … Was?« Er schwieg und hörte zu, schirmte das Telefon mit der anderen behandschuhten Hand

gegen die Windgeräusche ab. »Wir sind zu acht, aber wir wurden getrennt. Bei mir sind noch Fabian, Johanna und ein Mädchen, das du nicht kennst … Robert und die anderen sind weiter unten … und dazwischen liegt eine Schneewand, die plötzlich runtergekommen ist. Papa? … Papa! … Hörst du mich? … Papa? … Mann, Scheiße!« Verzweifelt hielt er sein Handy in die Höhe und sah auf das Display: »Die Verbindung ist abgebrochen. Hoffentlich hat er alles verstanden und schickt uns jetzt jemanden, der uns hier rausholt. Ich habe wieder null Empfang.«

»Bei meinem ist der Akku leer. Ich frage mich ohnehin, wie die uns hier eigentlich finden sollen … bei der miesen Sicht.« Johanna zog eine neongelbe Skibrille aus ihrem Rucksack und setzte sie auf. Dann trank sie einige Schlucke Apfelschorle aus einer kleinen Plastikflasche, schälte aufreizend langsam eine Banane und biss hinein. Die anderen drei sahen ihr neidisch zu.

»Hoffentlich ist Benni nichts Ernstes passiert«, sagte sie kauend. »Er wirkt sowieso immer so unbeholfen.«

»Benni? Unbeholfen? Wenn du dich da mal nicht täuschst«, rief Vicky spontan aus. »Der ist ein absoluter Überflieger, hat zwei Klassen übersprungen, und sein Notendurchschnitt ist nie schlechter als 6,0.«

Als sie Johannas abfällig verzogenes Gesicht sah, schob sie schnell hinterher: »Das ist wohlgemerkt die Bestnote in der Schweiz.«

»Hm, das merkt man ihm wirklich nicht an«, antwortete Johanna. Nach zwei Bissen verstaute sie die Banane wieder in ihrem Rucksack und erklärte, sie hielte es für das Beste, aufzusteigen und einen anderen Weg zu suchen.

Ohne die Antwort der anderen abzuwarten, drehte sie sich mit einer Spitzkehre in die andere Richtung und begann, den Hang seitlich hochzusteigen.

»Bist du bescheuert?«, schrie Marcel sie an. Seine Stimme überschlug sich. »Das schaffen wir nie, wir sind schon viel zu weit in diese Scharte reingefahren … und der Hang ist viel zu steil. Außerdem finden wir den Weg zurück bei dem Wetter gar nicht …«
»Ich finde, Johanna hat recht«, meinte Vicky. Sie sah nach oben. »Das Wetter wird nicht besser, und wir können hier nicht einfach untätig rumstehen und auf ein Wunder warten. Los, kommt … wir steigen auf. So weit ist das gar nicht!«
Johanna bedachte Vicky mit einem anerkennenden Blick. Bisher hatte sie wenig von dem Vogelgesicht gehalten. Aber zumindest schien sie nicht dumm zu sein.

Nicolas

Der Nerv in Woletzkis rechtem Augenlid zuckte wieder, als er sein Handy sinken ließ: »Das war ein Notruf von Marcel. Sie sind auf einer Tourenabfahrt und kommen nicht mehr weiter. Ein Schneebrett oder so was. Stecken irgendwo am Corvatsch abseits der Piste fest.«

Susanne und Heike sahen ihn bestürzt an. »Wie bitte?«, fragte Susanne. »Sind die wahnsinnig? Bei dem Wetter und der Lawinengefahr? Ist jemand verletzt?«

Er schüttelte den Kopf: »Nein, davon hat er nichts gesagt, aber sie sind auch nicht mehr alle zusammen. Und … ja, offenbar sind sie wahnsinnig. Aber das ändert nichts daran, dass wir sofort etwas unternehmen müssen.«

»Wer ist denn überhaupt alles dabei?«, fragte Tom.

»Meine drei, Johanna, dann vermutlich auch Julia und … noch ein paar andere, Freunde von Marcel …«

Er sah sich in der Trutz-Hütte um, stand auf und ging auf die Wirtin mit den blonden kurzen Haaren zu. Tom folgte ihm. Das Gesicht der Chefin wurde ernst, als er mit ihr sprach. Sie nickte und holte sofort zwei Lehrer der Suvretta-Skischule, die mit ihren Privatschülern zu Mittag aßen, aus der Gaststube. Susanne beobachtete sie. Sie schienen zu beratschlagen, dann zog der eine sein Handy hervor. Der andere redete auf Woletzki ein.

»Meinst du, Nicolas weiß Bescheid? Wo steckt der überhaupt? Ich habe ihn gestern auf der Vernissage vollkommen aus den Augen verloren«, fragte sie Heike.

Heike musste sich angesichts der ernsten Situation ein Grinsen verkneifen. »Tja, ich fürchte, er wurde gestern nach allen Regeln

der Kunst abgeschleppt … von unserer neuen Freundin mit den Ohrclips.«
»Von der Kurnikowa? Oha! Das war mir allerdings entgangen. Claudia wird das aber ganz und gar nicht gefallen.«
»Das sollte Claudia auch ganz und gar nicht erfahren … oder?«, meinte Heike und rief Nicolas an. Doch im selben Moment musste sie die Verbindung wieder beenden, denn in der Gaststube wurde es laut. Die Gäste drehten die Köpfe zum Eingang, wo Woletzki vernehmlich mit den beiden Skilehrern stritt. Er riss einem der beiden das Telefon aus der Hand und brüllte hinein: »Wenn Sie nicht sofort alles unternehmen, um die Kinder zu finden, wird das für Sie ernste Konsequenzen haben!«
Sachte nahm ihm Tom das Handy weg und gab es dem Skilehrer zurück. Die beiden wurden angestarrt, als er Woletzki zurück an ihren Tisch schob und ihn auf einen Stuhl drückte.
»Ich hole jetzt unsere Kleinen aus der Skischule«, sagte er zu Heike. Er deutete auf die Fensterfront, hinter der nur noch eine weiße Nebelwand zu sehen war. »In der Suppe ist es auf jeden Fall besser, wenn sie nicht alleine hier hochkommen müssen.«
»Ja, natürlich!«, sagte Heike. »Und … was ist mit den anderen?«
»Die Bergwacht schickt einen Suchtrupp los … auf Skiern. Mit Helikoptern starten sie nicht bei der Sicht. Sie sagen, die Chancen stehen nicht besonders gut, die Gruppe in dem Nebel zu finden. Und so stark wie es jetzt schneit, werden schnell alle Spuren verdeckt.«

Claudia

Claudia stieg in den mausgrauen Fiat 500 und fuhr los, ließ die Nervenheilanstalt Neun-Buchen hinter sich und bog in die Dorfstraße ein. Sie rollte durch ein Dorf ohne Kneipe, ohne Supermarkt. Allerdings parkte ein Broilergrill auf Rädern in der Ortsmitte, genau zwischen dem Briefkasten und dem Zigarettenautomaten. Als Claudia an ihm vorbeifuhr, kurbelte der Fleischerfachgeselle gerade den Rollladen herunter. Feierabend!

In einem grauen Schaukasten fiel ihr im Vorbeifahren ein großformatiges Werbeplakat auf, und sie hielt mit laufendem Motor davor an.

Neben dem Wappen des Rassegeflügelvereins Niederfrohna e.V., das die Silhouette zweier Hühner vor blauem Himmel und grüner Wiese zeigte, stand:

Einladung zur 43. FROHNATALSCHAU am 11. und 12. Januar 2014

weitere Informationen unter www.rgzv-niederfrohna.de und bei Google+

Die traditionsreiche Ausstellung umfasst in diesem Jahr auch
die Günter-Reich-Gedächtnisschau, die Kreisschau Groß- und Wassergeflügel
des KV Glauchau, die Sonderschau des SV Deutsche Zwerghühner des Bezirks
Sachsen/Thüringen und die Sonderschau des SV Antwerpener Bartzwerge.

Mit freundlicher Unterstützung des Unternehmens LINDENGUT
Wir freuen uns auf Ihren Besuch!

Flankiert von den Bildern zweier weißer und eines bunten Hahns folgte die Adresse:

Ausstellungsgelände des RGZV
(ehemals Schiesser)
Limbacher Straße 28
09 243 Niederfrohna

Das Huhn schien eine herausragende Rolle im Kreis Chemnitz einzunehmen, stellte Claudia fest. Aus einer Laune heraus fotografierte sie das Plakat mit ihrem iPhone.

Sie ließ die bedeutende Gemeinde Niederfrohna mitsamt ihren zweitausendvierhunderteinundsiebzig Einwohnern, wovon alleine sechsundsiebzig hinter den Mauern von Neun-Buchen lebten, hinter sich. Eigentlich hätte sie zu Edith in die Klinik fahren müssen. Doch das verdrängte sie erfolgreich. Und auf einmal stand sie wieder auf der Anhöhe, an der Stelle, von der aus man den besten Blick über ihre Felder und Wälder hatte. Sie stieg aus, setzte sich auf die Bank. Das Gesicht der Nachmittagssonne zugewandt, die an diesem frühen Januartag sogar ein wenig wärmte, versuchte sie Ordnung in ihre Gedanken zu bringen.

Auf dem Beifahrersitz lag das Tagebuch ihrer Großmutter. Schon auf der ersten Seite hatte sie die Schrift wiedererkannt. Dieselbe akkurate Sütterlinschrift, mit der auch das Wirtschaftsbuch geführt worden war. Doch sie konnte sich nicht dazu durchringen, es zu holen und aufzuschlagen. Natürlich war sie neugierig. Aber etwas hielt sie davon ab, sofort darin zu lesen. Ein Tagebuch war doch etwas ganz Persönliches. Ob ihre Großmutter gewollt hätte, dass ihre Enkelin in ihren Aufzeichnungen herumstöberte? Andererseits – wozu schrieb man überhaupt ein Tagebuch, in feinstes Leder gebunden, wenn man es seiner Nachwelt vorenthalten wollte? Warum hatte ausgerechnet Elsa das Buch verwahrt? Und warum hatte sie das Buch gerade ihr gegeben und nicht Edith?

Elsa! Nein, sie wollte nicht über sie nachdenken. Claudia richtete ihre Augen auf die Wiesen. Unwillkürlich hielt sie Ausschau nach den drei Pferden. Der Anblick der anmutigen Tiere voller Lebensfreude hätte sie jetzt getröstet. Doch sie waren nicht zu sehen. Offenbar hatte man sie heute im Stall gelassen. Eingesperrt, genau wie die Hühner, genau wie Elsa.

Zumindest waren dieses Buch und sein Inhalt ein weiterer Vorwand, um noch nicht ins Krankenhaus zu fahren. Sie würde vielleicht doch ein wenig darin lesen. Aber morgen musste sie endlich abreisen …

Sie wollte gerade aufstehen, um das Tagebuch zu holen, als sich jemand neben sie auf die Bank setzte.

»Guten Tag«, grüßte Claudia höflich.

»Hallo, Claudia«, antwortete die Frau.

Nicolas

Als er in das Taxi steigen wollte, läutete sein Mobiltelefon. Die Frauenstimme am anderen Ende klang schrill, aber dennoch erkannte er, wem sie gehörte. Sie teilte ihm mit, dass Johanna und Julia im Corvatsch-Gebiet abseits der Piste verlorengegangen seien. Es bestand höchste Lawinengefahr, und dann noch dieses Wetter! Die Bergwacht sei aufgebrochen, um sie zu suchen. Aber nur auf Skiern, wegen der schlechten Sicht. Eine großangelegte Suche aus der Luft schied aus. Sie seien vermutlich zu acht, dann aber getrennt worden. Woletzkis Söhne und deren Freunde seien dabei.

Langsam erfasste Nicolas, was das bedeutete. Er hob den Kopf und sah in Richtung Westen, wo über dem Ort Sils Maria der Gipfel des Corvatsch lag. Durch die dicken Flocken, die tief hängenden Wolken, den Nebel war kein einziger Berg zu sehen.

»Nicolas? Nicolas! Hast du mich gehört?«

»Und wo seid ihr jetzt?«

»Wir sind in der Trutz-Hütte, und Tom holt gerade die Kinder aus der Skischule.«

»Dann soll er bitte Arthur, Lorenz und Lukas mitbringen. Ich fahre zum Corvatsch.«

»Das ist doch Quatsch, was willst du denn da?«

Die Gesichter der beiden Mädchen tauchten vor ihm auf. Einen Moment lang schien alles um ihn herum stillzustehen. Johanna und Julia. Julia und Johanna. Er hatte die Verantwortung für die beiden, und jetzt waren sie irgendwo da oben in den Bergen. Ihm wurde klar, dass er sie dort so schnell wie möglich rausholen musste und dass er dazu starke … tabulose … Verbündete brauchte.

»Du hast recht. Ich habe gerade eine andere Idee. Also kümmert ihr euch bitte um die Jungs, ja? Ich melde mich später wieder.«

»Ja, sicher, ich rufe Tom gleich an. Aber was hast du denn jetzt vor?«

Doch Nicolas hatte schon aufgelegt.

Er verständigte sich mit dem Taxifahrer, warf die Tür des Fonds zu und stieg die Treppe zu Tatjanas Chalet wieder hinauf.

Julia

In dem Steilhang war es für Maxim nicht ganz einfach, ohne Stöcke zu fahren. Am Anfang fehlten sie ihm bei jedem Schwung. Aber er gewöhnte sich daran, und allmählich kamen sie in etwas flacheres Gelände. Der Schneefall ließ nicht nach, und er war der Einzige, der überhaupt eine Skibrille dabeihatte. Doch auch damit konnte man fast nichts mehr sehen. Er hielt wieder an, drehte sich um und wartete, bis die anderen zu ihm aufgeschlossen hatten.

»Ich bin die Tour zwar schon ein paar Mal gefahren, aber jetzt wird es wirklich schwierig.«

Benni verzog das Gesicht, Schnee und Wind peitschten ihm in die Augen. »Heißt das etwa, du weißt den Weg nicht mehr?«

Maxim wischte sich den Schnee aus dem nassen Gesicht und sah sich um: »Soll das ein Witz sein? Hier ist doch alles einfach nur noch weiß. Ich habe keine Ahnung, wo wir jetzt sind.«

»Aber du wohnst doch seit Jahren in dem Gebiet … und bist Freerider!«

Maxim nahm die Skibrille ab, schirmte die Augen ab und sah sich um. »Mist, man sieht weder mit Brille was noch ohne … also ich erinnere mich jedenfalls, dass die Tour nur am Anfang steil ist.«

»Ja, das stimmt. Die letzten paar hundert Meter sind flach, und ganz zum Schluss muss man sogar schieben.«

Maxim setzte die Brille wieder auf. »Nur … ist das letztlich fast bei jedem Berg so, den man runterfährt.«

Benni konnte dem nicht viel entgegensetzen.

»Aber du findest doch nach Hause, oder?«, fragte Robert.

Es fiel Maxim schwer, einzugestehen, dass er sich hoffnungslos verfahren hatte. »Gut, dann machen wir, dass wir weiterkommen. Da entlang.«

»Mir ist total schwindelig!« Roberts Stimme war kaum zu hören.

»Das ist normal, wenn man im Nebel Ski fährt, da weiß man manchmal nicht mehr, wo oben und unten ist. Manchmal merkt man nicht mal, ob man fährt oder steht. Mir geht's genauso«, versuchte Julia ihn zu beruhigen.

Sie passierten einen schwach gewölbten Grat und mussten ein Stück aufsteigen. In dem tiefen, nassen Schnee kamen sie alle sofort außer Atem.

»Seid vorsichtig! Versucht, immer beide Skier zu belasten!«, riet ihnen Maxim.

Robert war der Erste, der es sah. Er blieb auf einmal stehen, hob den Arm und deutete in die Richtung. »Da!«

Die anderen hielten ebenfalls an. Und wirklich: Da war ein schwacher, flackernder Lichtschein im Nebel, unterhalb von ihrem Standort. Er schien sich auf sie zuzubewegen. Dann war er verschwunden. Doch wie aus dem Nichts tauchte er wieder auf.

»Wir sind hier!«, schrie Julia mit so gellender Stimme, dass Robert sich die Ohren zuhielt.

Auch die anderen begannen zu rufen.

»Hiiier, hiiier!«

»Hier drüben sind wir!«

Das Licht kam näher.

»Sie haben uns gefunden … jetzt sind wir gleich gerettet!«, flüsterte Julia.

Und dann war das Licht ganz plötzlich verloschen.

»Heeey, heeey, kommt hieeer zu uuuns«, rief Robert.

»Diese Arschlöcher, diese Wichser … Shit … warum hören die uns nicht …«, keuchte Benni.

Auf einmal stieß sich Julia mit den Stöcken ab. Sie versuchte, schneller vorwärtszukommen, in die Richtung, wo sie das Licht zuletzt gesehen hatte.
»Sei vorsichtig, Julia!«, rief Maxim und fuhr ihr nach. Schnell schloss er zu ihr auf. Da passierte es: Robert und Benni sahen noch, wie Julia der Talski wegsackte, wie sie das Gleichgewicht verlor und zur Seite kippte. Es lief ab wie in einer Zeitlupenaufnahme, aber der Sturz war unaufhaltsam. Sie hörten Julias langgezogenen, immer leiser werdenden Schrei, irgendwo aus der Tiefe unter ihnen. Als Maxim den Riss im Schnee neben seinen Skiern bemerkte, war es schon zu spät. Der Hang tat sich unter ihm auf, und er fiel, rutschte, weiter und weiter, in einer immer enger werdenden Röhre nach unten.

Claudia

Ich wollte immer ins Ausland. Als die Mauer da war, ging es nicht, und als es ging, da wollte ich nicht mehr.«
Die Frau, die sich neben sie auf die Bank gesetzt hatte, mochte um die sechzig Jahre alt sein. Die schildpattblonden Strähnen in dem fransigen Pony dienten wohl in erster Linie der Grauabdeckung. Claudia kannte dieses Verfahren. Der sonstigen Erscheinung nach – Kopftuch mit Trensenmuster, derbe Halbschuhe, brauner Midirock aus Tweed-Stoff zur unvermeidlichen braunen Allwetterjacke, eine hierzulande eher seltene Kombination – hätte sie es fast mit einer Doppelgängerin der Queen während eines Aufenthalts in den Highlands zu tun haben können. Fehlte nur das Rudel Corgis. Stattdessen ließ sich ein altersschwacher schwarzer Pudel zu ihren Füßen nieder.
»Wie schön, dass hier ausnahmsweise einmal jemand freiwillig meine Gesellschaft sucht«, sagte Claudia.
Die Frau wandte ihr den Kopf zu: »Hast du etwa erwartet, mit offenen Armen empfangen zu werden?«
Claudia zuckte mit den Schultern.
»Meine Tochter Doreen hat mir von eurer Begegnung erzählt. Sie war ziemlich zornig. Allerdings hat das nicht viel zu sagen. Das ist derzeit ihr Normalzustand ...«
»Ach, dann bist du ... sind Sie ... also Christels Tochter.«
»Wir können ruhig beim Du bleiben. Ich kenne dich noch als kleines Mädchen. Du kamst ein paar Mal mit deinem Vater und deiner Oma zu Besuch ... in einem silbernen Mercedes. Sie ... ich meine deine Großmutter, hatte Jakobs Krönung und Sarotti-Schokolade in der Handtasche. Ihr wart für uns so was wie Filmstars. Menschen, die solche Autos fuhren und so angezogen wa-

ren, kannten wir nur aus dem Westfernsehen. Einmal hattest du ein rotes T-Shirt mit geschnürtem Ausschnitt an, und Levi's-Jeans. Ich sehe dich noch vor mir. Doreen ist fast vor Neid geplatzt.«

Claudia nickte: »Ja, an das T-Shirt erinnere ich mich sogar …«

Plötzlich hatte sie das Gefühl, wieder in Christels Wohnküche zu stehen. Es gab riesige Platten, darauf Schnitten mit Blut- und Leberwurst. Ihre Großmutter packte die Kaffeepäckchen aus, die Tafeln mit Nuss- und Vollmilchschokolade. Claudia konnte wieder die angespannte Atmosphäre spüren. Sie hatte nicht verstanden, warum sich niemand über die Mitbringsel zu freuen schien.

»Und dann hat mich meine Großmutter dazu überredet, Doreen die Jeans zu schenken.«

»Zu schenken … ja, so kann man es auch nennen«, murmelte Irmgard Höppner und starrte geradeaus auf die Felder.

Claudia sah sie misstrauisch an. »Wie meinst du das: ›So kann man es auch nennen‹?«

»Ach, was spielt das jetzt noch für eine Rolle?«

»Wenn wir kamen, gab es so viel zu essen bei euch, dabei hat mir meine Großmutter erzählt, es gäbe in der DDR ganz vieles nicht zu kaufen.«

»Wir haben vorher gehortet. Wochenlang. Alles zusammengekratzt, um euch was zu bieten. Schließlich hatten wir auch unseren Stolz …«

»Weißt du, dass ich immer Angst hatte, als wir über die Grenze gefahren sind? Einmal mussten wir alle aussteigen, und die haben mit ihren Schäferhunden das Auto untersucht. Keine Ahnung, wo meine Oma all den Kaffee versteckt hat. Jedenfalls habe ich mir vor Sorge fast in die Hose gemacht. Und als wir dann weiterfahren durften, habe ich meine Eltern über diese versenkten Stachelbänder in der Straße und die riesigen Stahlbolzen an der Seite ausgequetscht. Dann haben sie mir erklärt, dass nur einer im Kontrollturm auf einen Knopf drücken müsse, und die Dinger wären in Sekundenschnelle ausgefahren. Ich kriege jetzt noch eine Gänsehaut, wenn ich daran denke.«

»Also ich kenne die Grenze selbst nur von Erzählungen, bin ihr nie so nah gekommen wie du. Soll ich dich jetzt bemitleiden?«

Claudia schüttelte den Kopf.

Plötzlich wurde die Stille durch einen starken Dieselmotor durchbrochen. Vor dem Waldrand, hinter der Winterkoppel, tauchte die Silhouette eines Sattelschleppers mit Anhänger auf. Er fuhr mit lautem Getöse die Zubringerstraße hoch. Beide Container waren strahlend weiß, ohne jede Aufschrift. Der Lärm war ohrenbetäubend, und Claudia sah jetzt, warum: Kurz darauf folgte der nächste Monstertruck, ebenfalls mit neutralem weißen Anhänger. Sie fuhren die schmale Straße in einem erstaunlich flotten Tempo herauf.

»Wo kommen die denn her?«, fragte Claudia.

»Na, vom Gerber-Hof. Das sind Geflügeltransporter.«

»Ach, da sind Hühner drin? Sieht man ihnen gar nicht an. Wo werden sie hingefahren?«

»In den Streichelzoo.«

Claudia wandte den Kopf zu Irmgard um.

»Zum Schlachthof.«

Claudia schluckte, und beide beobachteten, wie die Laster hinter dem Kamm des Hügels verschwanden.

Irmgard legte die gespreizten Hände auf die Knie: »Was hast du jetzt vor, Claudia?«

»Ich reise morgen ab. Die hessischen Weihnachtsferien sind zu Ende. Meine Kinder kommen aus dem Skiurlaub nach Hause, und ich muss endlich wieder zurück in die Kanzlei. Ich bin Rechtsanwältin.«

»Ja, ich weiß. Edith hat es mir erzählt, als sie noch konnte ... Übrigens war ich gestern bei ihr im Krankenhaus. Scheint nicht besonders gut um sie zu stehen. Wie soll es jetzt mit deiner Tante weitergehen? Falls sie je wieder nach Hause kommt ...« Nach einer Pause fuhr Irmgard fort: »Ich weiß nicht, wie gut du Edith kanntest, Claudia. Aber sie war nicht immer die nette alte Dame, für die sie manche vielleicht gehalten haben. Ist dir im Herrenhaus etwas Besonderes aufgefallen?«

»Was meinst du? Es ist nur alles sehr ... ordentlich. Es sieht fast so aus, als würde dort nie jemand wohnen.«

Irmgard spitzte die Lippen und nickte: »Ja, genau, du hast es erfasst! So sollte es auch aussehen. Und dafür musste ich sorgen. Ständig staubsaugen und Staub wischen, das ganze Haus, und den Boden wischen. Nach der Arbeit durfte keine einzige Vase, kein Bilderrahmen, kein Stuhl auch nur um einen Zentimeter anders stehen als vorher. Das Silber – und es gibt viel Silber im Haus – musste jede Woche kontrolliert, gegebenenfalls geputzt und aufpoliert werden. Ich höre sie noch rufen: ›Iirmchen, komm sofort hierher.‹ Dann ließ ich jedes Mal alles stehen und liegen. ›Siehst du das?‹, fragte sie mich dann. ›Die Karaffe von Großvater steht schon wieder mit der Silberplakette zur Wand gedreht. Du bist einfach hoffnungslos, so nutzlos wie deine gesamte Familie.‹«

»Und warum hast du dir das so lange gefallen lassen?«

Irmgards Blick wurde starr. Sie schüttelte den Kopf und stand auf. Der Pudel wedelte mit dem, was von seinem kupierten Schwanz übrig war.

Sie hob die Arme und ließ sie dann wieder sinken: »Sie hatte doch sonst niemanden.«

Claudia kam ein Gedanke: Wusste Irmgard Höppner über die Vollmacht Bescheid? Wussten sie und Christel, dass es in Claudias Hand lag, ob Edith weiter künstlich am Leben gehalten

wurde? Wenn sie bei den Ärzten die Originalpapiere vorlegte und auf der Ausführung der Patientenverfügung bestand, würde sich die Frage der weiteren Pflege erübrigen.
Christel hatte ihr an dem Abend, als sie den Schlüssel für das Gutshaus abgeholt hatte, die Papiere hastig und ohne Kommentar in einem Umschlag übergeben. Er war zugeklebt und mit Ediths Handschrift an sie adressiert. Hatten sie ihn vorher heimlich geöffnet?
Sie versuchte, in Irmgards Gesicht zu lesen. Die eng zusammenliegenden Augen, die Marionettenfalten in den Mundwinkeln ließen sie hartherzig wirken. Doch Claudia hatte durch ihren Beruf gelernt, sich nicht von Äußerlichkeiten ablenken zu lassen. Irmgard Höppners Stimme klang heiser, als sie weitersprach, und was sie sagte, beantwortete zumindest eine von Claudias Fragen: »Bei allem, was du jetzt tust, solltest du eines nicht aus den Augen verlieren: Es geht hier nicht nur um ein Menschenleben, es geht um viel mehr, als du erahnen kannst … vergiss nie: das wenigste ist so, wie es scheint.«
Sie zog ein Papier aus der Jackentasche, faltete es auseinander und hielt es Claudia entgegen. Claudia las laut die Überschrift des handgeschriebenen Briefs: »Mein Letzter Wille«.

Nicolas

»Ich wusste, dass du wiederkommst … aber ich hätte nicht gedacht, dass es so bald sein würde.« Tatjana empfing ihn an der Aufzugtür. Sie trug noch immer den Kaschmirmorgenmantel.
»Ich brauche deine Hilfe«, sagte Nicolas.
Sie zog die Augenbrauen hoch: »Ach ja?«
»Meine Töchter sind am Corvatsch, abseits der Piste, in das schlechte Wetter geraten. Die Bergwacht hat einen Suchtrupp losgeschickt, aber nur auf Skiern …«
Tatjana machte eine kleine Bewegung mit der Hand, um ihm zu bedeuten, wieder hereinzukommen und sich auf den Stuhl am Frühstückstisch zu setzen. Erst jetzt bemerkte er ihren Bruder Gregorij und einen etwa zwölfjährigen Jungen, die ebenfalls im Raum waren.
»Ihr kennt euch?«, fragte Tatjana und zeigte mit der nach oben gedrehten Handfläche von Nicolas zu Gregorij.
»Nein. Wir hatten noch nicht das Vergnügen.« Gregorij kam näher und streckte Nicolas mit ernstem Gesicht die Hand entgegen.
Sie setzten sich, und Tatjana fragte: »Woher wusstest du das eigentlich?«
Nicolas musterte sie erstaunt: »Woher wusste ich was?«
»Dass ich Helifliegen fast so sehr liebe wie das Driften auf Schnee und Eis.«
Gregorij sprang auf: »Das kann nicht dein Ernst sein, Tatjana, du willst doch nicht allen Ernstes bei dem Wetter fliegen …«, dann verfiel er in Russisch, redete eindringlich auf sie ein.
Tatjana lachte leise auf. »Ich gehe mich jetzt anziehen. Du kannst dir ja inzwischen überlegen, ob es nicht genauso gut deine Kin-

der sein könnten. Und ... würdest du dann auch untätig hier unten im Tal sitzen bleiben und mir erzählen, das Wetter sei zu schlecht, um zu fliegen?«

»Wie du siehst, sitzt Vladimir hier bei uns im Warmen und ist nicht so verrückt wie diese Deutschen.«

»Na gut, und weißt du auch, wo sein Bruder ist?«

Gregorij fragte seinen Sohn etwas auf Russisch. Dieser zuckte desinteressiert mit den Schultern und antwortete auf Deutsch: »Skifahren ... mit Freunden aus der Schule, glaube ich.«

»Siehst du?«, kommentierte Tatjana seine Antwort und warf ihrem Bruder einen triumphierenden Blick zu. »Er ist eben nicht so ein Stubenhocker. Was ist nur aus dir geworden? Hast du nicht früher immer gesagt, dass man sich nur an die Dinge erinnert, die man erlebt hat ... und nicht an die, zu denen man nein gesagt hat?«

Ohne seine Antwort abzuwarten, ging sie ins Bad.

»Dann überlass es wenigstens den Profis!«, rief er ihr hinterher.

Tatjana steckte den Kopf aus der halb geöffneten Tür: »Warum sollte ich, wo ich doch weiß, dass ich besser bin. Schließlich habe ich seit zwei Jahren eine Instrumentenfluglizenz!«

Gregorij fluchte, zog sein Mobiltelefon aus der Hosentasche und gab kurz darauf im Befehlston Anweisungen auf Russisch.

Nicolas lächelte.

Elsa

Sorgsam wischte die junge Pflegerin Elsa mit der Serviette über den Mund. So einen Appetit hatte sie bei ihr noch nie festgestellt. »Super, Frau Neumann!«, freute sich die junge Frau. »Da sind wir ja gleich fertig. Möchten Sie noch den Wackelpudding zum Nachtisch?«

Elsa schüttelte den Kopf, sagte aber nichts. Normalerweise redete sie mit niemandem. Und üblicherweise waren ihre Mahlzeiten für alle Pfleger eine Qual.

Als das letzte Stück Brot aufgegessen war, kniff Elsa den Mund fest zu und sah die junge Frau erwartungsvoll an. Diese hielt ihr noch einmal die Tasse vor den Mund. Auch den Hagebuttentee verweigerte Elsa diesmal nicht, sondern trank ihn aus. Dann stellte sie den Teller und die Tasse zurück auf den Servierwagen, löste endlich die Gummiriemen, mit denen Elsas Arme an die Stuhllehnen gefesselt worden waren, und ließ sie in den Taschen ihres Kittels verschwinden. Zu oft hatte sie ihr Tassen, Gläser und Löffel aus der Hand geschlagen. Deshalb griff sie heimlich zu dieser – von der Klinikleiterin missbilligten – Maßnahme.

»Also, bis später dann, Frau Neumann, oder möchten Sie noch einmal in den Aufenthaltsraum?«

Elsa schob nur den Unterkiefer nach vorne und verengte die Augen, was die Pflegerin als Verneinung auffasste und daraufhin das Zimmer verließ.

Sofort stand Elsa auf und ging zum Heizkörper vor dem Fenster. Sie tastete dahinter nach dem Briefumschlag mit dem Foto. Beides war inzwischen getrocknet. Das Papier wellte sich, und als sie das Foto herauszog, blieb ein Stück an der Innenseite kleben und riss ab.

»Wie ungeschickt du bist«, schimpfte Elsa sich selbst und strich vorsichtig über die abgerissene Lasche. Zum Glück war das Gesicht des Mädchens unversehrt. Sie ging zu ihrer Kommode, zog eine Schublade heraus und holte ein winziges Fotoalbum mit abgegriffenem, hellgrünem Stoffeinband heraus. Auf dem braunen Tonkarton in der Innenseite stand mit Schrift aus weißer Gouache:

Elsa Neumann
geb. 30. Dez. 1928

In das Pergamentpapier zwischen den Seiten war ein Spinnennetzmuster eingeprägt. Die eingeklebten Schwarz-Weiß-Fotografien waren kleinformatig, mit einem ehemals weißen Zackenrand. Unter jedem Foto war mit dem weißen Stift die Jahreszahl und manchmal ein Name oder ein Ort eingetragen. Über manche Fotos strich Elsa mit den Fingerspitzen und murmelte etwas dazu. Sie blätterte Seite um Seite um.
»Da«, sagte sie ab und zu oder: »Das ist die Edith, und das ist die Elsa.« Sie hielt Julias Bild direkt neben die vergilbten kleinen Fotos, die immer wieder sie und ihre Schwester zeigten, die eine blond, die andere brünett. Beide waren niedliche Mädchen. Doch dann kamen andere Bilder, darauf war das Kindergesicht der braunhaarigen Edith entstellt: die eine Gesichtshälfte hing schlaff herunter. Eine lange Narbe führte quer über die linke Wange. Die Fotos, auf denen sie zu sehen war, wurden seltener.
Unter einem Foto stand: »Einquartierung Sept. 36«. Darauf waren die beiden Kinder abgebildet, Edith mit ernstem Blick neben zwei lachenden Soldaten in Wehrmachtsuniform. Einer hielt die lächelnde Elsa auf dem Schoß. Auf dem nächsten Bild saßen sie auf einem Fuhrwerk, vor das zwei Kaltblüter gespannt waren.

Ihre zwei jüngeren Brüder waren mit dabei. »Elsa, Edith, Wilhelm und Max, Ernteeinsatz August 42« stand darunter.
Dann kamen Bilder mit einem dritten, älteren Mädchen. »Christel« nannte Elsa sie. Sie suchte etwas, blätterte schneller. Die Mädchen auf den Bildern waren nun schon junge Frauen, und ein größeres Foto zeigte die drei mit Fastnachtskostümen und Zylindern auf dem Kopf. Die dunkelhaarige Edith schielte mit missgünstigem Blick auf die beiden lachenden Blonden. Ediths Gesicht war nicht nur entstellt, es wirkte verhärmt.
Elsa hielt Julias Foto daneben. Nach einer Weile schob sie es weiter nach unten. Zwischen den beiden standen ein kleiner Junge und ein kleines Mädchen. Die Kinder waren höchstens zwei Jahre alt und hatten beide hellblonde Haare. Unter dem Bild stand die Jahreszahl 1948.
»Da«, murmelte Elsa, »Irmchen und Hartmutchen: Haare wie Flachs, Augen wie Bernstein.«
Sie löste das Foto aus dem Album und drückte es an ihre Brust. Plötzlich steckte sie es zusammen mit Julias Bild in den Umschlag. Sie stand auf, lief unruhig im Zimmer auf und ab. Dann ging sie ins Badezimmer.
In der Nervenheilanstalt Neun-Buchen waren bereits einige Zimmer renoviert worden. Das von Elsas Zimmer gehörte nicht dazu. Der Wasserkasten stammte aus den siebziger Jahren. Seine Farbe war Orange. Der Deckel ließ sich leicht abmontieren. Während Elsa ihn anhob, hatte sie den Umschlag zwischen die Lippen geklemmt. Der Wasserkasten hatte einen alten, bröckelnden Kalkrand. Sie drehte den Deckel um und löste die Heftpflasterstreifen, mit denen der lange Messingschlüssel dort befestigt war. Dann legte sie den Umschlag auf das Plastik, den Schlüssel darüber und klebte beides wieder fest. »Elsa muss alles verstecken. Keiner darf von Hartmutchen wissen. Großvater erlaubt das nicht«, murmelte sie dabei.

Gerade als sie den Deckel wieder auf den Kasten drücken wollte, hörte sie ein Geräusch aus ihrem Zimmer. Sie sah zuerst in den Wandspiegel, aber dort blickte ihr nur das Gesicht einer alten Frau mit widerspenstig abstehenden, weißen Haaren auf dem Oberkopf entgegen. Elsa drehte sich um und trat durch die offen stehende Badezimmertür.

Er saß ganz ruhig, mit geradem Rücken auf der Vorderkante des Stuhls, auf dem soeben noch die Pflegerin gesessen und Elsa gefüttert hatte. Seine Haare waren akkurat zum Seitenscheitel gekämmt, er trug weit geschnittene Knickerbocker, ein kariertes Hemd und ein derbes kurzes Sakko darüber. In den Händen hielt er eine Schiebermütze. Elsa erschrak nicht, sondern lächelte ihn an: »Hartmutchen«, sagte sie mit weicher Stimme. »Schön, dass du mich mal wieder besuchen kommst. Du warst lange nicht mehr hier. Bist du schon wieder gewachsen? Steh auf und lass mich nachmessen.«
Der Junge hob den Kopf, und sie schaute lange prüfend in seine grün-gelben Augen. Gehorsam stand er vom Stuhl auf. Er reichte der kleinen Frau fast bis zur Schulter. Sie nahm einen Stift und ein Lineal aus der Schublade ihres weiß lackierten Nachttischs und bedeutete dem Jungen, sich an die Wand neben das Bad zu stellen. Er kannte das Ritual schon.
»Schön die Fersen an die Leiste stellen«, murmelte Elsa.
Sie legte ihm das Lineal auf den Kopf und machte einen kleinen Strich auf der Rauhfasertapete.
»So, jetzt sieh mal her – schon wieder fünf Zentimeter mehr, seit dem letzten Mal!«
Er drehte sich um, besah sich die vielen Striche und nickte.
»Wie alt bist du jetzt, Hartmutchen?«
»Weißt du das denn nicht? Ich bin doch vor zwei Wochen acht geworden, Mutter!« Er sah auf seine Hände, knetete die Mütze

und fügte hinzu: »Eigentlich wolltest du mir noch mein Geburtstagsgeschenk geben.«
Elsa schrieb ein Datum neben den Strich an die Wand. »Stimmt, das hatte ich ganz vergessen. Aber jetzt erinnere ich mich … genau so war es, ich wollte dein Geschenk im Gutshaus holen, aber dann ist etwas passiert, etwas Schlimmes …«
»Was denn, Mutter, was ist passiert?«
Elsa schüttelte den Kopf. Sie hörte ein Summen im rechten Ohr, das anschwoll und immer lauter und lauter wurde. Gleichzeitig begann das Bild von dem blonden Jungen vor ihren Augen zu flimmern. Er kam auf sie zu, und sie hatte auf einmal gar keine Kraft mehr, um zu stehen, ihre Knie knickten ein. Elsa drückte sich die Handflächen auf die Ohren.
»Was hast du denn?«, hörte sie ihn undeutlich mit seiner verängstigten Kinderstimme durch das laute Summen hindurch sagen, bevor sein Bild verschwamm und sich vor ihren Augen in das eines erwachsenen Mannes verwandelte.
»Da, drück auf den Knopf«, wollte sie ihm zurufen, aber sie brachte keinen Ton heraus. Sie stützte sich mit den Händen ab und kroch auf ihr Bett zu. Mit letzter Kraft zog sie sich an der Matratze hoch, tastete nach dem Kabel über dem Kopfende, fühlte das rettende, kalte Plastik in ihrer Hand und drückte den Knopf für den Notruf. Eine große feste Hand legte sich um die ihre, und eine tiefe, vertraute Männerstimme sagte: »Mach dir keine Sorgen, Mutter. Alles wird gut werden. Das verspreche ich dir.«
Dann rutschte sie zurück, fiel auf den Bettvorleger und verlor das Bewusstsein.

Marcel, Johanna, Fabian und Vicky

Johanna merkte es als Erste. Aber sie glaubte es nicht. Sie wollte es nicht glauben. Sie war so erschöpft nach den drei Stunden Aufstieg, dem Traversieren, dem nächsten noch steileren Hang, immer in der Hoffnung, endlich auf eine Pistenmarkierung zu treffen. Sie hätten längst wieder an der Stelle ankommen müssen, an der sie die Piste verlassen hatten. Aber da war kein orangefarbener Stock. Und jetzt wusste sie auch, warum: Sie hatten eine falsche Abzweigung genommen. Über ihnen waren nur noch Felsen.

»Okay, das war's«, keuchte sie und stützte sich auf ihre Skistöcke.

Vicky, die hinter ihr lief, hob den Kopf: »Was meinst du?«

»Wir sind direkt unterhalb des Gipfels. Hier sind nur noch Felsen. Es war der falsche Weg …« Johannas Stimme brach.

Vicky nahm die Sonnenbrille ab: »Sag mal, spinnst du? Ich dachte, du hast irgendeinen Plan, wenn du schon vorangehst. Du bist die Einzige mit einer Skibrille, und es war doch deine Idee, aufzusteigen!«

»Meinst du vielleicht, mit der sieht man mehr?« Johanna wischte demonstrativ den Schnee von den gelben Gläsern. »Außerdem war die ganze Scheiße hier nicht meine Idee.«

Marcel, der langsam zu ihnen aufschloss, nahm ebenfalls die Sonnenbrille ab und blinzelte, als ihm die dicken Flocken in die Augen flogen. »Da sind ja nur noch Felsen.«

»Sehr richtig, du Schnellmerker! Ganz offenbar hat uns deine neunmalkluge Freundin die ganze Zeit in die falsche Richtung geführt!«, zischte Vicky. »Ich geh jetzt keinen Schritt mehr!«

Sie ließ sich gegen den Hang in den Schnee plumpsen. »Ist doch gar nicht so schlecht hier!«, fing sie an zu lachen.

»Jetzt ist sie völlig übergeschnappt«, sagte Fabian, der inzwischen auch bei ihnen angekommen war.
Vicky lachte immer lauter und schriller. Sie griff in den Schnee neben sich und formte einen Schneeball, den sie plötzlich mit voller Wucht nach Marcel schleuderte. Er traf ihn mitten auf die Stirn.
»Au, sag mal, tickst du noch ganz richtig?« Marcel funkelte sie böse an.
»Schnee, Schnee, Schnee ...« Sie kicherte und warf den nächsten Schneeball in einem Bogen nach Johanna, dann noch einen, den diese mit der Hand abwehrte.
»Komm mal wieder runter.«
»Eins kann ich dir sagen«, rief Vicky auf einmal wieder ernst und zeigte auf Marcel. »Wenn wir hier jemals lebend rauskommen, rechne ich mit dir ab. Dann kommt alles auf den Tisch! Das schwör ich dir!«
»Da freu ich mich schon drauf! Pst, seid mal leise.«
Aber Vicky lachte wieder weiter.
»Hört ihr das auch?«
»Ich höre nur diese hysterische Kuh!«, erwiderte Johanna.

Der Hubschrauber tauchte wie aus dem Nichts vor ihnen auf, und Vickys Lachen ging abrupt in ein Kreischen über. Ganz kurz konnten sie in das gläserne Cockpit blicken. Am Steuerknüppel saß eine schwarz gekleidete Frau mit Headphone, neben ihr ein blonder Mann.
Der Heli gewann wieder an Höhe, und für einen Augenblick schien die Welt wie erstarrt. Dann wurde ein Seil mit einem Hüftgurt neben ihnen heruntergelassen.

Claudia

Sie nahm eine Handvoll Futter und verstreute die Körner auf dem Boden des Hühnerstalls. Sofort machten sich die Tiere darüber her. Während sie sie beobachtete, trat Claudia einen Schritt zurück und spürte etwas Weiches unter ihrer Sohle.
Diesmal hatte sie Gummistiefel aus dem Garderobenschrank ihrer Tante an. Sie waren ihr mindestens zwei Nummern zu klein, aber das war immer noch besser, als ihre Gucci-Stiefel vollends der Vernichtung preiszugeben. Sie hob den Fuß an und sah entsetzt, dass er auf einer toten Maus gestanden hatte. Sollte sie den Kadaver einfach hier liegen lassen? Claudia suchte den Stall nach einer Schaufel oder einem Besen ab. Sie bemerkte, dass vor der Holzwand ein weißes Huhn stand und sich kaum von der Stelle rührte. Sein Gefieder war vollkommen zerrupft. Langsam ging sie darauf zu und streute ihm eine Handvoll Körner genau vor die Füße. Doch schon waren auch vier andere Hennen zur Stelle, hackten auf seinen Körper ein und vertrieben es von dem Futterplatz.
Auch das noch! Mit einem angedeuteten Tritt in Richtung der vier braunen Hennen scheuchte Claudia sie auf die andere Seite des Verschlags und stellte sich schützend vor das weiße Huhn. Dann streute sie ihm erneut ein paar Körner direkt unter den Schnabel. Ganz vorsichtig kam es ihr ein Stück weit entgegen, da entdeckte Claudia eine Mistgabel, die hinter ihm in der dunklen Ecke lehnte, und griff nach dem Holzstiel. Sie drehte sich um, sah, dass die mobbenden Hennen schon wieder angriffslustig näher kamen, machte eine Bewegung mit den Zinken in ihre Richtung und stoppte ab. Eine Maus huschte an ihr vorbei und verschwand in der Holzwand. Claudia hielt die Mistgabel abwehr-

bereit nach vorne, machte wieder einen Schritt zurück und wandte den Kopf um: Da war eine schmale senkrechte Ritze in der Wand. Vergeblich suchte sie nach einer Klinke oder einem Türknauf. Sie fuhr mit dem Finger die Ritze entlang, die an einer Stelle breiter wurde. Als sie die Fingerspitze hineinsteckte, fühlte es sich an wie ein Schlüsselloch. Doch hier war kein Eingang.

»Autsch«, schrie sie auf, zog die Hand ruckartig zurück und versuchte, den Splitter zu entfernen. Claudia lehnte sich mit dem Rücken gegen die Wand und hatte das Gefühl, dass sie ein ganz klein wenig nachgab.

Was war dahinter?

Sie hörte lautes Gackern, und als sie sich umdrehte, wurde das weiße Huhn schon wieder attackiert. Noch einmal vertrieb sie die Hennen, nahm die tote Maus mit den Zinken auf und warf sie über den Zaun. Dann stellte sie die Mistgabel zurück, gab sich einen Ruck, umfasste beherzt den Körper des weißen Huhns mit den Händen und hob es hoch. Zu ihrer Überraschung blieb es ganz ruhig, und die Federn fühlten sich erstaunlich weich an. Trotzdem war es Claudia unheimlich. Sie hatte noch nie ein Haustier gehabt und war insbesondere Hühnern bisher nur in Form von gebratenen Bruststreifen auf ihrem Eisbergsalat begegnet.

»Und … wie heißt du?«, flüsterte sie und kam sich sofort ziemlich dumm vor. Sie drückte das Tier an sich, öffnete mit einer Hand die Tür des Verschlags, befestigte die Drahtschlinge wieder am Zaunpfosten und sah sich um. Es wurde schon wieder dunkel, und viel konnte sie nicht mehr erkennen. Der Hühnerstall grenzte an ein Gebäude, das sie als »den alten Schweinestall« in Erinnerung hatte. Aus Erzählungen wusste Claudia, dass dort einmal über zweihundert Schweine gehalten worden waren. Das war lange her. Später hatten »die Polen« in dem not-

dürftig renovierten Gemäuer gehaust. So hatte ihre Großmutter sie genannt, die Erntehelfer und Fremdarbeiter.
Sie ging um das Gebäude herum und suchte nach einem Eingang. Auf der Rückseite fand sie eine niedrige unverschlossene Holztür.
Claudia schob sie auf, tastete nach einem Lichtschalter, aber da war nichts, außer Spinnweben. Doch diesmal hatte sie nicht nur an die Gummistiefel gedacht, sondern auch an eine Taschenlampe. In dem Lichtkegel konnte sie nur altes staubiges Gerümpel erkennen. Claudia schauderte und war fast froh darüber, nicht allein zu sein. Wie waren in diesem engen Stall nur all die vielen Schweine gehalten worden?
Claudia drehte sich um und lief über den Hof zurück zum Herrenhaus. Als sie die Treppenstufen hochstieg und nach ihrem Schlüssel kramte, sprach sie das Huhn an: »Und was mache ich jetzt mit dir?«
Ratlos stand sie Sekunden später im Flur und betrachtete die Henne, die mit ruckartigen Bewegungen den Kopf hin und her drehte und die neue Umgebung in Augenschein nahm. Kurz entschlossen setzte Claudia sie auf den Boden. Sie holte vorsichtig zwei unversehrte Eier aus der Tasche des Regenmantels, legte sie in einen Kochtopf mit Wasser und stellte ihn auf den Herd. Aus dem Augenwinkel sah sie die Henne durch die Küche laufen. »Na, sie werden schon nicht von dir sein, oder?«
Claudia stellte die Eieruhr auf vier Minuten, hängte den Mantel ihrer Tante zurück in den Garderobenschrank und ging ins Wohnzimmer. Sie nahm sich das Bündel mit den Dokumenten und setzte sich damit in den mit grünem Samt bezogenen Ohrensessel.
Da waren der Kaufvertrag, die Briefe ihres Vaters, das Tagebuch ihrer Großmutter, und nun auch noch das Testament ihrer Tante. Letzteres bestand aus zwei Seiten, beschrieben in einer ordentlichen, gut leserlichen Handschrift:

Edith Neumann
Mein Letzter Wille
Zu meiner Erbin bestimme ich meine Schwester Elsa Neumann, geboren 30.12.1928, wohnhaft Nervenheilanstalt Neun-Buchen, Niederfrohna.
Ersatzerbe ist mein Bruder: Wilhelm Neumann, geboren 03.07.1938, wohnhaft Corneliusweg 3, 60320 Frankfurt.
Ich ordne Testamentsvollstreckung an. Zur Testamentsvollstreckerin bestimme ich Frau Irmgard Höppner, geboren 18.06.1946, wohnhaft Breitenlehn 45a, 09127 Chemnitz.
Chemnitz, den 09.05.2013, Edith Neumann

Claudia nahm das nächste Blatt zur Hand und zuckte zusammen, als das durchdringende Klingeln der Eieruhr aus der Küche schallte. Sie legte das Bündel auf einen Beistelltisch, ging in die Küche, schreckte die Eier mit kaltem Wasser ab, schälte sie und warf sie in ein Glas. Dann salzte sie sie kräftig und nahm sie mit ins Wohnzimmer. Unterwegs fielen ihr einige kleine weiße Häufchen auf dem Boden auf, und sie begegnete der Henne. Das Tier folgte ihr und begann, das Wohnzimmer zu inspizieren.
Sie setzte sich wieder, legte sich die nächste Seite des Testaments auf den Schoß, und während sie die Eier im Glas löffelte, las sie weiter:

Edith Neumann
In Ergänzung meiner letztwilligen Verfügung vom 09.05.2013 ordne ich weiter an:
Es erhalten je 20 000,– Euro:
Christel Höppner, wohnhaft Breitenlehn 45 a, 09127 Chemnitz
Irmgard Höppner, wohnhaft ebenda
Doreen Höppner, wohnhaft ebenda

Irmgard Höppner erhält neben ihrer Vergütung als Testamentsvollstreckerin und für die Tätigkeit bei der Auflösung meines Haushalts das Inventar meines Hauses.
Ausgenommen von der Inventarzuwendung sind das Wohnzimmerbüfett samt Inhalt (Bestecke und Speiseservice) sowie das kleine Ölbild mit dem Männerporträt, unsigniert. Diese Gegenstände erhält meine Nichte Claudia Neumann, Altkönigstraße 54, Frankfurt am Main.
Chemnitz, den 29.12.2013 Edith Neumann

Claudia ließ das Blatt sinken und sah sich im Wohnzimmer um. Ein kleines Männerporträt in Öl war ihr bisher nirgends im Haus aufgefallen. Sie stand auf und drehte sich um. Die ganze Zeit hatte sie sich unwohl gefühlt, und da war es wieder: das überdimensionale Bildnis ihres Urgroßvaters. Als sie sich setzte, merkte sie, dass sie den Blick aus seinen Augen im Rücken nicht ertragen konnte, und drehte den Sessel so, dass sie ihm gegenübersaß. Dieses Porträt konnte ihre Tante ja kaum gemeint haben, und darüber war sie erleichtert. Sie hätte das Bild nicht haben wollen. Sollte es sich doch Irmgard Höppner in ihre Datscha hängen und täglich in die gelben Augen starren.
Sie dachte über das Testament nach. Also erbte Elsa den Hof und die Ländereien. Was hatte ihre Tante damit bezweckt? Elsa hatte doch in ihrem Zustand gar nichts mehr davon. Und sie war, genau wie Edith, kinderlos. Claudia besah sich die Daten der beiden Schreiben: Warum hatte ihre Tante ein halbes Jahr später, am Tag ihres Unfalls und einen Tag vor dem Geburtstag ihrer Schwester noch die Ergänzung geschrieben? Weshalb hatte sie ihr ausgerechnet dieses Bild zugedacht, und wo war es?
Aber im Moment war ihre Tante noch am Leben.
Claudia legte das Testament zur Seite und begann erneut, den Kaufvertrag über das Mühlengut zu studieren.

Bei einem Satz blieb sie schließlich hängen:

Der Kaufgegenstand beinhaltet alle Gebäude sowie das gesamte Inventar.

Es war ungewöhnlich, die Einrichtung eines Hauses mitzuverkaufen, und Claudia begann sich zu fragen, wer eigentlich der Käufer war: »Winfried Gerber« stand in der Urkunde.

So war das also, dachte Claudia: Der Eigentümer des Nachbarhofs mit den Hühnerhallen kaufte das Mühlengut dazu. Es war nicht schwer, sich auszumalen, was er damit vorhatte. Aber was wollte er mit dem Inventar? Und warum zahlte er diesen völlig überhöhten Preis?

Julia

Maxim kam langsam wieder zu sich und schlug die Augen auf. Um ihn herum war nichts als milchige Dämmerung. Er saß zusammengekauert auf dem Boden, registrierte langsam die Kälte, die ihn umgab, begann vorsichtig, seine Glieder zu strecken und sich zu betasten. Sofort stieß er an etwas Hartes und fühlte gleichzeitig einen brüllenden Schmerz in seiner Hüfte. Er versuchte, sich in die Ausgangsposition zurückzubewegen, aber der Schmerz hörte nicht auf. Maxim streckte die linke Hand aus und stieß gegen eine Wand. Nach rechts war es nicht anders. Bei der nächsten Bewegung merkte er, dass auch noch andere Stellen seines Körpers schmerzten. Trotzdem fasste er nach oben. Über ihm schien noch Luft zu sein. Mit größter Kraftanstrengung zog er sich den Handschuh von seiner linken Hand und dachte dabei, dass es ihm vermutlich nicht gelingen würde, ihn wieder anzuziehen. Er legte ihn sorgfältig auf seinen Schoß und betastete sein Gesicht. Sofort zuckte er zusammen und stöhnte. Auf beiden Wangen, Nase und Stirn fühlte er Nässe, und jede kleinste Berührung war schmerzhaft. Demnach also offene Wunden.
Schnee! Das wäre ein gutes Mittel. Er legte sich fast jeden Tag Schnee in Plastiktüten auf verstauchte oder geprellte Knie, Schultern und Ellbogen. Doch direkt auf eine offene Wunde? Aber der Schnee sollte hier keimfrei sein. Zumindest konnte er sicher sein, dass kein Hund hineingepinkelt hatte. Maxim lachte sarkastisch auf und hörte den Widerhall seiner eigenen Stimme. Seltsam. Unter einer Lawine konnte es gar kein Echo geben. Er streckte wieder die Hand aus: Was er fühlte, war kein Schnee. Es war steinhartes Eis. Wände aus Eis, die ihn umgaben. War es deshalb so dunkel? Wie lange war er bewusstlos gewesen? Das

Letzte, an das er sich erinnern konnte, war der Lichtschein, der durch Nebel und Wolken drang. Dann war Julia losgefahren, er wollte sie einholen, plötzlich hatte sich der Boden unter ihnen aufgetan. Er war in ein Nichts gestürzt. Mehr wusste er nicht mehr. Die Steifheit in seinen Gelenken legte nahe, dass mehr als ein paar Stunden vergangen waren, vielleicht sogar eine Nacht. Wenn dem so war, dann …

Eine Weile hockte er so da, zusammengekrümmt, und versuchte, seine Panik in den Griff zu bekommen. Der Schmerz, die Kälte, die Erkenntnis: dann … war er verloren! Sie wussten nicht, dass er tief unten im Gletscher war. Maxim begann am ganzen Körper zu zittern.

Da hörte er eine leise Stimme ganz in seiner Nähe: »Maxim? Bist du das?«

Heike

Heike zog die Jacke ihres karamellfarbenen Kaschmir-Twinsets aus und legte sie neben sich auf den Sessel. Langsam wurde es ihr vor dem knisternden Kaminfeuer zu warm.

Carlo hatte sein Schneemann-Mandala auf dem Couchtisch fertig ausgemalt und streckte es ihr mit glühenden Backen stolz entgegen. Arthur, Lukas und Lorenz saßen nebeneinander auf dem Sofa und beschäftigten sich mit ihren Smartphones. Chloé hatte ihren Mac auf dem Schoß und chattete mit zwölf Freundinnen gleichzeitig.

»Sehr schön, Schatz!«, sagte Heike zu Carlo und ignorierte, dass er deutlich über die schwarzen Ränder gekritzelt hatte und offenbar noch weit von der Schulreife entfernt war.

Tom winkte dem Kellner der Suvretta-Bar, der gerade vorbeikam, und zeigte auf Heike und die Kinder.

»Noch einen Latte Macchiato mit Vanillearoma bitte«, orderte sie und fragte: »Möchtest du noch eine Ovomaltine, Carlo? Und ihr? Noch was zu trinken? Holt euch doch noch mehr Kuchen vom Büfett!«

»Nee danke, lieber noch 'ne Rivella«, antwortete Lukas.

Tom bestellte, und Heike wollte ihm gerade von einem Anruf ihrer Mutter erzählen, die ihre Handtasche im Auto vergessen hatte, dann aber nicht mehr wusste, wo sie das Auto geparkt hatte.

»Das ist übrigens leider auch nicht das erste Mal.« Sie drückte sich die Fingerspitzen an die Schläfen und schüttelte den Kopf.

»Na, hoffentlich hat sie es wenigstens abgeschlossen.«

»Ja, das kann man wirklich nur hoffen. Es nimmt inzwischen bedrohliche Formen an. Wie soll das nur weitergehen? Ich

fürchte fast, wir müssen ernsthaft darüber nachdenken … ich meine, unsere Einliegerwohnung steht ja leer, seit Claudia ausgezogen ist … ob sie nicht zu uns …«
Tom sprang plötzlich auf und lief Woletzki entgegen, der mit Marcel und Fabian auf die Rezeption zukam. Die Jungen hatten graue Wolldecken über den Schultern liegen, ihre Gesichter waren gerötet, und Fabian zog das rechte Bein nach.
»Da seid ihr ja! Mann, bin ich froh«, rief er und umarmte die beiden Jungs.
Auch Heike und die anderen kamen dazu.
»Ihr seid gerettet! Das ist ja wunderbar!«, rief Heike und drückte die beiden fest an sich. »Kommt am besten mit zu uns an den Kamin und trinkt eine heiße Schokolade. Ihr müsst ja ganz durchgefroren sein!«
Die Jungen zögerten und sahen zu ihrem Vater.
Woletzki nickte: »Ja, das wird das Beste sein. Ich muss auch gleich wieder los.«
»Wo ist denn Robert?«, fragte Tom.
Woletzkis Augen verdunkelten sich: »Das ist es ja. Er war in der anderen Gruppe. Ihn, Julia und zwei andere Jugendliche haben sie noch nicht gefunden.«
»Oh nein, wie schrecklich!«, stieß Heike hervor. Tom warf ihr einen missbilligenden Blick zu und sagte zu Woletzki: »Sie finden sie. Die Schweizer Bergwacht ist so gut ausgebildet, das sind die besten der Welt.«
Woletzki nickte: »Ich fahre jetzt wieder rüber zum Corvatsch. Kümmert ihr euch um die Jungs?«
Heike nickte und sah zu, wie Woletzki seine Söhne umarmte und drückte.
»Ich komme mit!«, meinte Tom. »Muss nur schnell meine Jacke holen!«

»Es war übrigens nicht die Schweizer Bergwacht, die die Kinder gefunden hat«, sagte Woletzki, als die beiden Männer nebeneinander in seinem Range Rover saßen.
Tom wandte ihm das Gesicht zu: »Sondern?«
»Tatjana Kurnikowa höchstpersönlich hat den Helikopter geflogen, und rate mal, wer der Copilot war.«
»Da muss ich nicht lange raten. Ihr neuer Spielgefährte: Nicolas de Haan natürlich.«
Woletzki schnaubte, und Tom wusste nicht zu deuten, ob es anerkennend oder verächtlich gemeint war. »Aber der Zweck heiligt die Mittel, oder wie siehst du das?«
Woletzki senkte den Kopf, während er in einen Kreisel einbog. »Ja, da stimme ich dir zu. Sie sind übrigens gleich wieder losgeflogen, um die anderen zu suchen. Aber mir kommt es vor, als seien sie schon eine Ewigkeit unterwegs, ohne dass ich etwas von Ihnen gehört habe …«
Im selben Moment klingelte Woletzkis Handy. Er meldete sich über das Mikrofon der Freisprechanlage.
»Woletzki?«
»Nicolas hier. Die Bergwacht hat noch zwei aus der anderen Gruppe gefunden. Robert ist dabei … aber Julia und ein Junge fehlen.«
Woletzki atmete hörbar ein. Aber er blieb stumm. Stattdessen meldete sich Tom: »Nicolas? Ich bin's, Tom. Wir sind im Auto unterwegs zum Corvatsch. Was ist passiert? Warum ist Julia nicht dabei?«
»Sie sagen, Julia und der eine Junge seien plötzlich verschwunden. Sie waren schon ein ganzes Stück weit in Richtung Tal gefahren, als sie plötzlich ein Licht gesehen haben. Dann, als es wieder ausging, ist Julia angeblich durchgedreht und losgestürmt, und der eine Junge ist ihr nachgefahren, und da waren sie auf einmal wie vom Erdboden verschluckt. Die anderen haben

sie noch eine Weile lang gesucht, dann sind sie abgefahren. Ein Stück weiter unten hat man sie dann geborgen, wie es scheint, beide unverletzt.«

Woletzki bog abrupt in eine Bushaltestelle ein und hielt mit laufendem Motor an. Geistesgegenwärtig drückte Tom auf den Knopf der Warnblinkanlage.

»Haben sie die Stelle markiert, an der die Kinder verschwunden sind?«, rief Woletzki.

»Ja, sie haben einen Skistock in den Schnee gesteckt. Wir müssen jetzt wieder los … bevor es dunkel wird. Könnt ihr die anderen hier abholen? Sie sind in Pontresina, in einer Arztpraxis … bei Dr. Bezzolo in der Via Rondo.«

»Natürlich, Nicolas. Wir fahren hin und holen sie und …« Woletzki schluckte. »Danke, Nicolas! Falls es irgendetwas gibt, das wir tun können, um bei der Suche zu helfen …«

»Kümmert euch um die anderen. Im Moment könnt ihr nichts anderes tun.« Nicolas' Stimme wurde von dem Motorengeräusch des Hubschraubers übertönt.

Gregorij

Um schneller zu sein, nahm er die Wendeltreppe und ließ die Hand über das polierte Ulmenholz der gewundenen Seitenwand gleiten. Dann öffnete Gregorij eine raumhohe Tür und stand in seinem Ankleidezimmer. Das Licht in den offenen Schränken schaltete sich automatisch ein und beleuchtete seine nach Farben geordneten Reihen von Anzügen, Jacketts, Hosen und Pullovern. Größere Farbeskapaden gab es nicht. Alle Kleidungsstücke waren grau, blau oder schwarz in jeder möglichen Schattierung. Gregorij nahm eine Fernbedienung in die Hand und schaltete einen Flatscreen-Bildschirm an der schmalen Seite des Raums ein. Sofort erschien das Gesicht eines Mannes mit schulterlangen Haaren.

»Hast du was Neues gehört?«, fragte er auf Russisch.

Der Mann nickte. »Sie liegt im Koma.«

»Das weiß ich längst. Ist die Nichte schon angekommen?«, fragte Gregorij, während er sich die Hose und das T-Shirt auszog und auf den Boden fallen ließ.

Der Mann auf dem Bildschirm schnalzte mit der Zunge und sagte: »Ja, gestern. Sie war auch schon bei dem Notar, aber sonst hat sie anscheinend noch nichts unternommen.«

»Was soll das heißen?«, unterbrach ihn Gregorij gereizt. Ohne hinzusehen, griff er sich eine schwarze Jeans von einem Bügel und schlüpfte hinein. Während er mit freiem Oberkörper die Hose zuknöpfte, baute er sich vor dem Bildschirm auf.

»Unser Informant aus der Klinik hat mit ihr gesprochen. Sie will offenbar abwarten, ob die Alte wieder aufwacht.«

Gregorij schüttelte den Kopf und murmelte etwas Unverständliches. »Und das ist also alles, was du bisher erreicht hast? Ihr

seid alle zu nichts zu gebrauchen, genauso wie Tatjana. Ich habe sie nur gebeten, sich diesen Nicolas de Haan ein wenig näher anzusehen. Und was macht sie?« Er winkte ab. »Aber warum erzähle ich dir das!«
Der Langhaarige wischte sich mit dem Ärmel seines schwarzen Sakkos über die Nase.
»Ich muss mich anscheinend wieder selbst um alles kümmern. Ich dachte, dass ich diese Woche ausnahmsweise nicht nach Adelsberg reisen müsste. Lass sie wenigstens nicht aus den Augen.«
Bevor der Mann antworten konnte, hatte Gregorij den Bildschirm ausgestellt. Er zog sich einen dunkelblauen Rollkragenpullover an, schob Portemonnaie und Schlüssel in die Hosentasche. Zum Schluss nahm er ein Paar Latexhandschuhe aus einer Schublade und steckte sie ein. Im selben Moment klingelte sein Handy, und das Foto seiner Schwester erschien gleichzeitig auf dem Display und dem Bildschirm an der Wand.
»Ja, Tatjana? Ist bei dir alles in Ordnung?«
Er hörte nur ein Rauschen.
»Tatjana! Was ist los?«
»… Kinder gefunden … zwei … vermisst …«
»Ich kann dich kaum verstehen … bist du schon wieder losgeflogen? Komm sofort zurück, es wird dunkel, du darfst nicht mehr hochgehen, das ist Selbstmord!«, schrie Gregorij in das Raummikrofon.
»… muss … wieder … Maxim ist …«
»Maxim? Was ist mit ihm?«
»… verschüttet … bisher nicht gefunden …«
Gregorij konnte seine Hand mit dem Mobiltelefon nicht stillhalten und legte es auf ein Sideboard. »Was redest du da für Unsinn? Tatjana! Antworte! Was hat Maxim damit zu tun?«

Er hörte nur noch ein Rauschen und glaubte, undeutlich die Worte »… war auch dabei …«, zu verstehen, dann war die Verbindung tot. Ungläubig starrte er einige Sekunden lang auf den Bildschirm. Das Foto, auf dem Tatjana einen orangefarbenen Schal trug und strahlend lächelte, war noch zu sehen.

Nicolas

Die Rotorblätter begannen, sich schneller zu drehen und der Helikopter hob mit einer Rückwärtsbewegung vom Boden ab.

»Warte einen Augenblick!« Nicolas legte Tatjana die Hand auf den Arm und deutete auf den schwarz gekleideten Mann, der auf sie zurannte und wild gestikulierte.

»Ist der verrückt geworden?«, rief sie. »Das ist Gregorij. Wie ist der so schnell hierhergekommen? Wir müssen ihn mitnehmen.«

»Muss das wirklich sein?«

Tatjana nickte: »Sein Sohn ist irgendwo da oben.«

»Sein Sohn?«

»Ja, Maxim. Es kann nur Gregorijs Sohn … mein Neffe sein.«

Nicolas schüttelte den Kopf: »Dieser Maxim ist der Sohn deines Bruders? Warum erfahre ich das erst jetzt?«

»Halbbruders«, verbesserte sie ihn. »Hätte das etwas geändert? Mir ist es auch erst klargeworden, als Woletzkis Söhne seinen Namen erwähnt haben. Den gibt es nicht so häufig, und Maxim geht mit Woletzkis Ältestem, Marcel heißt er, glaube ich, aufs Alpeninternat. Darüber hatten wir während meiner Vernissage kurz gesprochen.«

Der Helikopter berührte wieder den Boden und wirbelte den pulvrigen Schnee auf. Rundherum wurde es so weiß, dass die Umrisse von Tatjanas Bruder verschwammen. Nicolas öffnete die Tür einen Spaltbreit, während die Rotorblätter weiterdrehten. In geduckter Haltung tauchte Gregorij plötzlich aus der weißen Schneewolke am Einstieg auf. Er ignorierte Nicolas' entgegengestreckte Hand, fasste in die Türöffnung und hievte sich

in das Cockpit. Nicolas zog die Glastür zu, und sofort hob der Helikopter erneut ab.
Gregorij nahm auf einem der hinteren Sitze Platz und setzte sich die Kopfhörer auf. Dann beugte er sich nach vorne und legte Tatjana die rechte Hand auf die Schulter. Sofort begann er in Russisch auf sie einzureden. Seine Hand auf Tatjanas Schulter krallte sich zusammen, während sie immer lauter und hektischer wurde. Nicolas wusste nicht, ob er eingreifen sollte. Schließlich steuerte die Frau neben ihm den Hubschrauber, in dem sie alle drei saßen. Jetzt bewegten sie sich noch unterhalb der Wolken und flogen mit Sicht. Doch jeden Moment würde sich das ändern …
»Entschuldigen Sie, wenn ich Ihre Unterhaltung unterbreche, Gregorij, … ich darf Sie doch so nennen?«, schaltete er sich ein. Die Geschwister waren augenblicklich stumm und sahen Nicolas an. Er registrierte, wie Gregorij seinen eisernen Griff an Tatjanas Schulter lockerte. »Mir scheint, es wäre womöglich im Moment zielführender, wenn wir uns auf die Suche nach den Verschollenen machen würden und uns … vor allem … auf das Navigieren konzentrieren würden, statt zu streiten.«
Es entstand eine Pause. Man konnte sehen, wie es in Gregorij arbeitete. Tatjana hatte sich bereits wieder in die souveräne, konzentrierte Pilotin verwandelt, als die sie sich bei ihren vorherigen Flügen erwiesen hatte. Sie tauchten in die Wolkendecke ein, und der Hubschrauber sackte ganz plötzlich mehrere Meter ab. Gregorij blieb weiterhin stumm. Ein Blick in das weiße Gesicht des Russen erklärte alles: Er hatte Flugangst. Seine rechte Hand umklammerte jetzt die Kopfstütze von Tatjanas Sitz, mit der anderen hielt er sich an einem Griff links neben ihm fest. Der Hubschrauber geriet einen Moment lang ins Trudeln, nach einigen Sekunden stabilisierten sie sich aber und gewannen wieder an Höhe.

»Wie willst du Maxim da finden, das ganze Unternehmen ist doch völlig aussichtslos!« Gregorij zeigte auf die weiße Wand aus Wolken und Nebel, in die sie eintauchten.

»FLIR«, rief Tatjana.

»Was heißt das?«

»Ich dachte, du bist ein Technikfreak.«

»Dafür habe ich meine Leute.«

Tatjana schüttelte den Kopf. »ForwardLookingInfraRed! Eine Wärmebildkamera. Sie ist an den Kufen montiert, und hier vorne ist ein Bildschirm, auf den wird die Aufnahme projiziert … siehst du? Da …« Sie deutete auf einen kleinen Monitor im Armaturenbrett, der im Moment allerdings nur weiß war. »Damit haben wir die anderen vier Kinder jedenfalls ziemlich schnell gefunden. Das Problem ist nur …«

Der Hubschrauber wurde wieder abrupt nach unten gedrückt, und Tatjana steuerte dagegen an. Gregorij zog hörbar Luft zwischen den Zähnen ein.

»Was ist das Problem?«, fragte er, nachdem sie wieder stabil zu sein schienen.

»Wenn die Person, die man sucht, schneebedeckt ist, kann sie auch die Wärmebildkamera nicht filmen. Wir müssen also hoffen, dass sich Maxim und Julia auf der Schneedecke befinden.«

»Das heißt, wenn sie unter einer Lawine sind, nützt sie also nichts …«

Tatjana nickte und murmelte: »Aber dann wäre es inzwischen vermutlich sowieso zu spät.«

»Wenn man nahe genug herankäme, müssten wir aber auch Maxims Lawinenpiepser orten können. Den hat er immer dabei. Er fährt niemals ohne.«

»Die Reichweite der LVS-Geräte ist ziemlich gering, höchstens dreißig bis vierzig Meter. Ich bezweifle, dass wir so weit rankommen. So, jetzt navigiere ich nur noch nach Radar und Satellit …

die Stelle, die die anderen beiden markiert haben, muss hier irgendwo sein, aber der Wind wird immer stärker, das macht es um einiges schwieriger als heute Mittag … ich glaube fast …«
Wieder sackte der Hubschrauber ganz plötzlich ab, diesmal noch weitaus tiefer. Tatjanas Lippen wurden schmal. Sie hantierte mit dem Steuerknüppel und dem Hebel für die Rotorblätter, doch der Hubschrauber neigte sich immer weiter zur Seite und tändelte, scheinbar vom Wind getrieben, hin und her. Auch Nicolas tastete jetzt nach dem Haltegriff am Himmel des Cockpits.
»Scheiße«, presste Tatjana zwischen den Zähnen hervor. »Wir verlieren immer mehr an Höhe. Das ist auch der Luftdruck, der wirkt sich negativ auf die Maschinenleistung aus …«
»Ich hab dich gewarnt, aber du wolltest ja unbedingt selbst fliegen, du weißt ja ohnehin immer alles besser …!«, knurrte Gregorij. In dem Moment hörten sie ein ohrenbetäubendes Klirren und sahen Funken vor der Scheibe. Tatjana riss den Steuerknüppel herum, flog eine Kurve und zog den Hubschrauber wieder gerade.
»Das war knapp! Zum Glück haben wir den Felsen nur gestreift«, stöhnte sie. »Ich glaube, es macht keinen Sinn mehr. Da draußen sind jetzt Windböen von einer Stärke … orkanartig … und je höher wir steigen, umso schlimmer werden die, das wird selbst mir zu gefährlich. Wir müssen zurück.«
Nicolas nickte. »Du hast recht. Wahrscheinlich hätten wir sowieso keine Chance mehr, die Kinder jetzt bei Anbruch der Dunkelheit zu finden. Traust du dir die Landung zu?«
»Was soll die Frage?«, antwortete Tatjana, und ihr Gesicht blieb dabei völlig unbewegt. »Natürlich traue ich sie mir zu. Die größte Gefahr ist, dass der Heli auf den Boden gepresst und zerschmettert wird. Das kann ganz schnell gehen …«

Claudia

Sie hatte lange mit Annegret Reiter telefoniert. Claudias Anwaltskollegin, mit der sie erst seit einem Monat die Kanzlei zusammen führte, hatte alle Mandate während ihrer Abwesenheit übernommen. Aber an diesem Abend merkte Claudia ihr deutlich an, wie überarbeitet sie war. Außerdem beschlich sie das Gefühl, dass Annegret Reiter sich nicht traute, ihr alles zu erzählen. Claudia glaubte herauszuhören, dass einige Fälle sich negativ entwickelten. Es rührte sich Claudias schlechtes Gewissen. Sie würde Annegret Reiter nicht länger alle Aufgaben alleine überlassen können. Ihre Existenz hing davon ab, dass sie ihren Mandantenstamm halten und weiter vergrößern konnten. Und das war für zwei Einzelkämpferinnen ein hartes Geschäft. Immer wieder blieben Rechnungen unbezahlt oder die Mandanten versuchten, den Preis zu drücken.

Claudia wuchsen die Verpflichtungen jedoch über den Kopf: die Kanzlei, die Kinder, ihre eine Tante im Krankenhaus, ihre andere Tante in der Psychiatrie, der Kaufvertrag … Sie fühlte sich für alles verantwortlich und hatte keine Vorstellung, wie sie dem gerecht werden sollte. Morgen würde sie abfahren, das stand fest, und dann musste sich irgendjemand anders um die Angelegenheiten in Chemnitz kümmern. Aber wer?

Claudia ging langsam die Stufen in den ersten Stock hinauf. In dem früheren Kinderzimmer, das sie als Gästezimmer genutzt hatte, stellte sie die Reisetasche auf das Bett und warf ihre Kleidung hinein. Als sie den Kopf hob, fiel ihr Blick wieder auf die alten Schwarz-Weiß-Fotos an der Wand. Auf einem davon posierten alle vier Kinder in steifer Haltung für den Fotografen.

Die Mädchen saßen auf den Biedermeierstühlen. Wilhelm und Max standen zwischen ihnen. Das Foto war im Esszimmer aufgenommen worden, eine Ecke des Kirschholz-Büfetts war zu sehen. Claudia beugte sich nach vorne. Darüber hing ein gerahmtes Ölbild. Es zeigte eine Person mit weit geöffnetem Mund, an den Kopf gelegten Armen und leeren Augen. Die Person stand auf einer großen Brücke, auf der noch zwei Gestalten zu sehen waren. Im Hintergrund erkannte man einige Schiffe.

Sie hatte das Gefühl, dieses oder ein ähnliches Bild schon einmal gesehen zu haben. Es hatte wohl früher in der Wohnung ihrer Großmutter gehangen, aber sie war sich fast sicher, dass es ihr erst vor kurzem, seit sie hier in Chemnitz war, wieder begegnet war. Wahrscheinlich ähnelte es einfach einem berühmten Gemälde, von dem sie schon diverse Abbildungen im Kopf hatte, versuchte sie den Gedanken beiseitezuschieben. Doch es gelang ihr nicht; dieses Gemälde musste in ihrem Leben eine Rolle spielen. Ob es dieses Bild war, das ihre Tante ihr als Vermächtnis zugedacht hatte?

»Das kleine Männerporträt in Öl …«

Aber war das überhaupt ein Mann auf diesem Bild? Wenn ja, wo konnte sie es finden, und warum überließ Edith ihr ausgerechnet dieses eine Bild? Schließlich hingen im Haus überall Gemälde an den Wänden, darunter auch einige, die Claudia mehr zusagten. Sie nahm das Foto von der Wand und packte es zuoberst in ihre Reisetasche. Plötzlich hörte sie ein Geräusch hinter sich und fuhr herum. Erleichtert stieß sie Luft durch die Nase: Das weiße Huhn stand in der offenen Tür und sah sie einen kurzen Moment lang mit schief gelegtem Kopf an.

»Oh nein, dich habe ich ja völlig vergessen. Was mache ich nur mit dir?«, sagte Claudia in die Stille hinein.

Die Henne begann, in dem Zimmer herumzulaufen, und ließ

prompt wieder einen kleinen schwarz-weißen Haufen auf den Dielenboden fallen.
Claudia fragte sich, ob Hühner stubenrein werden konnten, und ertappte sich auf einmal dabei, ernsthaft in Erwägung zu ziehen, ein Huhn als Haustier zu halten. In einer Stadt wie Frankfurt. Sie schüttelte den Kopf. »So weit kommt es noch!«

Marcel

»Was habt ihr euch eigentlich dabei gedacht?«, fragte Woletzki seinen ältesten Sohn, als dieser aus dem Bad kam. Woletzki saß auf dem Bettrand und flößte Robert gerade die dritte heiße Schokolade ein.

»Weiß nicht. Wir wollten einfach mal was anderes machen, als immer nur dieselben öden Pisten zu fahren«, antwortete Marcel. Er beugte sich über den aufgeklappten Hartschalenkoffer in einer Ecke, holte einige Kleidungsstücke heraus und warf sie hinter sich.

Woletzki schüttelte den Kopf: »Ein Saustall ist das hier … kannst du nicht mal deinen Koffer auspacken, wenn wir zehn Tage im Hotel wohnen? Machst du das im Internat auch so?«

»Was geht dich das an?« Marcel schrie unvermittelt so laut, dass sein Vater zusammenzuckte. »Und wenn es dir nicht passt, kann ich ja gehen. Ich wollte sowieso nicht hier mit euch im Hotel wohnen. Wäre tausend Mal lieber in der Wohnung von Benni und Maxim …« Bei der Erwähnung des Namens biss er sich auf die Lippen und sah seinen Vater verlegen an.

»Ein gutes Stichwort. Du hast dich, deine Brüder und die anderen Kinder in höchste Gefahr gebracht. Wie konntest du nur? Julia und dieser Junge sind immer noch da draußen, und keiner weiß, wann sie gefunden werden!«

Marcel steckte die Arme in einen dunkelroten Kaschmirpullover und drehte sich um. Beim Anblick der schmalen, unbehaarten Brust seines Sohnes kam Woletzki der Gedanke, dass ihm etwas Muskeltraining nicht schaden würde. Doch er verkniff sich eine entsprechende Bemerkung. Marcel zog den Pulli über den Kopf.

»Immer soll ich an allem schuld sein! Ich bin doch nicht für die anderen verantwortlich. Wir sind keine Kinder mehr. Jeder ist freiwillig mitgefahren. Und je länger ich darüber nachdenke …«, er drehte sich wieder zur Wand, zog sich das Handtuch von den Hüften und stieg in eine Boxershorts, »… na, wir haben den ganzen Mist eigentlich Maxim zu verdanken. Er ist schließlich Crossfahrer, er hat sogar schon an internationalen Meisterschaften teilgenommen, er lebt schon seit Jahren hier in der Gegend, und … es war auch in erster Linie seine Idee.«
Er schlüpfte in eine curryfarbene Denimhose und drehte sich zu seinem Vater um.
»Du spinnst ja! Maxim und wir alle haben uns von dir überreden lassen«, schaltete sich Robert ein.
Er lag im Bett, hatte die Decke bis über das Kinn gezogen und hielt einen weißen Kopfhörer in der Hand, den er offenbar gerade aus dem Ohr genommen hatte.
Marcel zog die Stirn kraus: »Seit wann hast du hier was zu sagen? Halt besser die Klappe und hör weiter deine abgefuckte Musik!«
»Ich war in der Paradiso-Hütte dabei, und da hast du von der Tour angefangen und nicht Maxim.«
Woletzki sah Marcel durchdringend an: »Stimmt das?«
Marcel schlenderte die zwei Schritte hinüber zum Bett und baute sich mit verschränkten Armen vor seinem Bruder auf.
»Schon möglich, dass es in der Paradiso-Hütte so ausgesehen hat, als sei es meine Idee gewesen, aber du hast schließlich nicht mitbekommen, was vorher gelaufen ist. Da hat Maxim nämlich Benni und mir von der Abfahrt vorgeschwärmt und damit geprahlt, dass er die mindestens einmal pro Woche fährt. Woher soll ich dann wissen, dass er sich nicht auskennt und diese Scheiß-Tour so gefährlich ist?«
»Vielleicht, weil es dieser Skilehrer gesagt hat?«

Woletzki hob den Kopf: »Was für ein Skilehrer, Robert?«

»Na, in der Paradiso-Hütte hatten wir den nach der Route gefragt, und da hat er uns gewarnt …«

»Und ihr seid trotzdem gefahren?«

Marcel erwiderte nichts, sondern starrte auf das Muster des Teppichbodens und schob die Hände in die Hosentaschen. Man hörte ein klackendes Geräusch, und er zog eine Hand mit einem goldfarbenen Feuerzeug wieder heraus. Während Woletzki weitersprach, mied Marcel seinen Blick und spielte mit dem Feuerzeug herum.

»Ich fasse das mal zusammen: Weil es euch auf Dauer gelangweilt hat, nachts durch die Clubs und tags über die Pisten des weltberühmten und nicht eben kleinen St. Moritzer Skigebiets zu ziehen, habt ihr euch entschlossen, an einem Tag mit schlechter Wetterprognose und bei höchster Lawinengefahr in ein Gletschergebiet abseits der Piste zu fahren. Und das mit einer Gruppe von Jugendlichen, die teilweise wesentlich jünger und unerfahrener sind als ihr.«

Sein Augenlid begann zu zucken. »Ich hoffe inständig, dass die beiden Vermissten unversehrt gefunden werden … mit einer solchen Schuld weiterzuleben ist eine ziemlich schwere Bürde für einen Achtzehnjährigen.«

Julia

Als Julia wieder zu sich kam, lag sie nur still da und wartete auf den nächsten Ansturm der Zerrbilder. Immer wieder sah sie das Gesicht eines Jungen vor sich, weißlich grau, als sei es mit einer Eisschicht bedeckt, mit leerem Blick aus toten Augen. Und immer hatte sie das Gefühl, es zu kennen, aber aus irgendeinem Grund blockierte ihr Gehirn die Erinnerung daran, wer er war. Die Alpträume waren vorbei. Endlich verblasste das Gefühl, den Boden unter den Füßen zu verlieren und unendlich in die Tiefe zu fallen, an Wände anzuschlagen. Sie lag immer noch so da wie vorher, zusammengerollt wie ein Baby im Mutterleib. Nach einer Weile betastete sie ihre Arme und Beine. Allein der Versuch, ihre Glieder zu strecken, kostete sie enorme Anstrengung. So viele Stellen ihres Körpers schmerzten. Ganz langsam setzte sie sich auf und bemerkte die Eiseskälte um sich herum. Ihre Kleidung war klamm, sie wusste nicht, ob vom Schnee oder Schweiß. Wo waren ihre Handschuhe? Sie konnte keinen der Finger bewegen. Als sie in dem milchigen Licht ihre Hände betrachtete, musste sie an einen Film über die Entdeckung des Nordpols denken, den sie einmal gesehen hatte. Die Polarforscher hatten Finger und Zehen verloren – erfroren. Im Fernsehen hatten sie schwarz ausgesehen … ihre schienen violett, übersät mit blauen Flecken. Sie versuchte, ihre Umgebung zu begreifen, und begann, mit bloßen, steifen Händen über den Boden zu tasten. Auf jeder Seite hatte sie etwa dreißig Zentimeter Platz, daneben schien eine Vertiefung zu sein. Jedenfalls war dort nichts außer kalter Luft. Sie überlegte gerade, wie sie herausfinden könnte, wie tief die Mulde war, als sie plötzlich ein lautes Geräusch hörte. Es klang wie ein heiseres, keckerndes Lachen. Das Echo vervielfachte und verfremdete die Laute. War sie jetzt verrückt geworden? Sie traute sich nicht mehr, sich zu rühren. Dann nahm sie in einiger Entfernung undeutlich den Umriss eines Körpers wahr. Nur ein paar Meter vor ihr bewegte sich etwas, und sie dachte in einem ersten Anflug von Panik an ein wildes Tier. Doch dann erinnerte sie sich an den Moment, als sie in die Tiefe gerissen worden war, nahm allen Mut zusammen und sagte: »Maxim, bist du das?«

Es herrschte einen Moment lang Stille.

»Julia!«, hörte sie seine gepresste Stimme ihren Namen sagen und spürte eine unerklärliche Erleichterung. Sie war nicht allein.

»Bist du verletzt?«, fragte sie.

»Ja, am Arm und im Gesicht, und meine Hüfte tut weh … und du?«

»Ich glaube, meine Hände sind erfroren, ein paar Prellungen … warte, ich komme zu dir …«

Sie bewegte sich ein Stück auf ihn zu.

»Nein!«, schrie Maxim. »Bleib, wo du bist!«

»Aber warum …« Im selben Moment rutschte sie ab.

»Maxiiim …«, schrie sie und suchte verzweifelt nach Halt.

Blitzschnell warf Maxim sich herum und robbte auf sie zu. Er bekam ihre Hand zu fassen und packte sie mit aller Kraft. Vor Schmerzen in ihren erfrorenen Fingern und in ihrem steifen Schultergelenk jaulte sie auf. Ihr gellender Schrei hallte durch die Eiswände. »Ich hab dich«, keuchte Maxim. Er lag bäuchlings auf der Brücke aus Eis und klammerte sich mit den Skischuhen links und rechts so fest, dass er genug Halt hatte. Dann fasste er Julia mit der zweiten Hand am Arm und begann, sie langsam nach oben zu ziehen. Sie suchte mit der freien Hand nach etwas, an dem sie sich festhalten konnte, fühlte seine Hose, doch sie konnte die Finger nicht krümmen. Als sie mit dem Kopf wieder weiter oben war, erkannte sie, dass sie sich auf einem schmalen

Steg befanden. Er war höchstens siebzig Zentimeter breit. Diese Eisbrücke verlief mitten durch die Gletscherspalte, die viele Meter tief sein musste. Maxim hatte Mühe, zu verhindern, dass sie nicht beide auf der anderen Seite abrutschten. Mit aller Kraft zog er Julia langsam über die Kante. Nach Luft schnappend lagen sie schließlich beide mehrere Minuten da. Julias Herz hämmerte wie wild, und sie merkte, dass ihr Tränen in die Augen traten.

»Was glaubst du, wie tief unten sind wir, und wie weit geht es da noch runter?«

»Keine Ahnung. Ich weiß nur, dass Gletscherspalten bis zu hundert Meter tief sein können.«

Julia sagte lange nichts mehr. Der Schmerz in ihrer Schulter war höllisch. Sie begann zu schluchzen. Maxim legte ihr eine Hand auf den Kopf. Erst jetzt sah sie ihm ins Gesicht und erschrak. Seine Stirn, die Nase und die eine Wange waren blutig, und die Haut warf an manchen Stellen Blasen.

»Dein Gesicht sieht schlimm aus, fast wie … verbrannt«, flüsterte sie.

Er tastete danach und zog hörbar Luft zwischen den Zähnen ein, als er mit den Fingern seine Wange berührte.

»Ja, wahrscheinlich bin ich mit dem Gesicht über das Eis geschürft. Das ist mir schon mal passiert. Durch die Reibung entsteht so viel Hitze, dass man sich die Haut verbrennt.«

»Vielleicht hilft Kühlen mit Eis oder Schnee.« Julia versuchte, Schnee vom Boden neben sich abzukratzen.

Maxim zeigte auf ihre Hand, die aussah wie eine Vogelklaue. »Das macht keinen besonders guten Eindruck. Kannst du die Finger bewegen?«

Sie schüttelte den Kopf. Daraufhin nahm Maxim vorsichtig beide Hände zwischen seine, führte sie an seinen Mund und hauchte ihre Finger an.

Julia sah ihm in die Augen. Sie strahlten Wärme und Mitgefühl aus. »Glaubst du … ich meine … besteht irgendeine winzige Chance, dass sie uns hier finden, bevor wir verdurstet, verhungert oder erfroren sind?«
»Ganz sicher. Benni würde uns niemals im Stich lassen. Auf ihn kann ich mich hundertprozentig verlassen. Der holt uns hier raus.«

Benni

Woletzki hatte ihm angeboten, mit in ihr Hotel zu kommen, aber Benni hatte abgelehnt. Schon als die Männer vom Bergrettungsdienst ihn und Robert gefunden hatten und unbedingt zu einem Arzt bringen wollten, hatte er sich gewehrt. Er wolle seinen besten Freund und Julia nicht alleine da oben lassen. Doch einer der Männer hatte ihn kurzerhand unter der Achsel gepackt und mitgezogen. Nach einer Weile hatte Benni eingesehen, dass er viel zu unterkühlt und erschöpft war, um noch einmal, mit Fellen unter den Skiern, aufzusteigen. Bis zu der Stelle, an der sie Maxim und Julia verloren hatten. Also hatte er den Männern beschrieben, wo in etwa er beide Skistöcke in den Schnee gerammt hatte.

Nachdem ihn der Arzt in Pontresina untersucht und bis auf eine Bänderzerrung im Knie für unversehrt befunden hatte, war er von Woletzki in der Wohnung abgesetzt worden. Jetzt saß er alleine in der Küche und goss sich Wodka in eine Tasse, die noch vom Morgenkaffee auf dem Tisch stand. Ein wärmendes Gefühl breitete sich in seinem ausgezehrten Körper aus. Aber der hochprozentige Alkohol stieg ihm auch sofort zu Kopf und benebelte seine Sinne. Erst jetzt machte sich Benni daran, die Schnallen seiner Skischuhe zu öffnen. Die Kunststoffschale des linken Schuhs brach dabei auseinander, und er warf sie fluchend in eine Ecke. In dem Moment klingelte das Festnetztelefon. Hoffnung keimte in ihm auf. Und er nahm schnell ab.

Eine Stimme nannte einen undeutlichen Namen, den er als Toni Gassner verstand.

»Was wollen Sie?«

»Ich bin vom *Blick* und wollte kurz mit Ihnen sprechen.«

»Worüber?«, antwortete Benni unfreundlich.

»Über Ihre Rettung und Ihre Freunde, die noch vermisst werden.«

»Da gibt es nichts zu sprechen. Lassen Sie mich gefälligst in Ruhe!«

Er knallte den nostalgischen schwarzen Hörer des Telefons auf die Gabel und goss sich die Tasse wieder randvoll.

Zwanzig Minuten später klingelte es an der Tür. Benni ging zu dem kleinen Sprossenfenster und schob die Gardine ein wenig zur Seite. Der Schneefall hatte nachgelassen, und er sah einen smaragdgrünen Mini Cooper auf der anderen Straßenseite. Zögernd schlenderte er zur Wohnungstür und öffnete sie. Er brauchte ein paar Sekunden, ehe er die Gestalt im dunklen Hausflur sah. Sie stieg langsam die Treppen hoch. Das Mädchen trug enge dunkle Röhrenjeans, Cowboystiefel, ein rot kariertes Hemd, das im Hosenbund steckte und so ihre langen Beine und schmalen Hüften betonte. Das Haar wurde von der Beleuchtung im Treppenhaus, die sich jetzt einschaltete, von hinten angestrahlt und leuchtete rötlich. Benni öffnete den Mund und schloss ihn wieder. Die Frau, die jetzt vor ihm stand, hatte er schon ein paar Mal im King's Club beobachtet. Immer in einer Traube von Männern. Er hatte sie manchmal so lange und unverwandt angestarrt, bis Vicky ihm den Ellbogen in die Rippen stieß und darauf hinwies, dass er bei der Dame nur eine Chance habe, wenn sein Bankkonto mindestens zehn Millionen schwer sei.

»Ich muss wohl träumen«, sagte er langsam, »bitte weck mich nicht!«

Sie kam auf ihn zu und kniff ihn ganz leicht in den Arm. »Du bist ja wach. Darf ich reinkommen?« Ohne seine Antwort abzuwarten, ging sie an ihm vorbei durch die Tür und setzte sich wortlos an den Küchentisch. Sie hielt die leere Flasche hoch:

»War das die letzte, oder hast du noch irgendwo Nachschub versteckt?«

»Oh, doch, es gibt noch mehr. Entschuldigung, ich bin etwas durcheinander.«

Er ging zum Kühlschrank und holte eine neue Flasche heraus, dann machte er sich auf die Suche nach einem sauberen Glas. Hektisch begann er, eines in der Spüle abzuwaschen.

Toni schob die auf der Bank gestapelten Zeitschriften zur Seite. Als sie Benni von hinten musterte, fiel ihr sein schmaler Rücken auf. Er war insgesamt fast mädchenhaft schmal, was gar nicht zu seinem Holzfällergesicht passte. Sie öffnete die Küchenschublade, spähte hinein, bemerkte einen rosa Block mit einem Adressenaufdruck und nahm ihn heraus.

»Ich komme gerade von einer ziemlich verunglückten Skitour, eben hat schon der erste Reporter bei mir angerufen, den ich noch abwimmeln konnte, und dann …«

»Das war ich – Toni Gassner.«

»Mein Gott, ich dachte, das sei ein Mann. Sind Sie, ich meine, bist du wirklich Journalistin?« Er drehte sich zu ihr um.

Sie ließ den Block auf den Boden fallen, lehnte sich vor, um die Küchenschublade wieder zu schließen, und sah ihn dabei unschuldig an.

»Das kann ich gar nicht glauben, dann sollte ich dich eigentlich wieder rauswerfen. Müsste ich dich kennen?«

»Außer du liest regelmäßig den *Blick.*«

»Ich lese eher andere Sachen«, entschuldigte sich Benni. »Bücher und …«

»Und?«, fragte Toni.

Benni wurde rot. Ihm war eingefallen, dass es die hübsche Journalistin vielleicht eher abschrecken würde, wenn er zugab, dass er außer dem *Playboy* keine Zeitschriften, aber jede Woche einen deutschen oder englischen Literaturklassiker las. Ohne den Satz zu vollenden, stellte er ihr ein tropfnasses Glas auf den Tisch und schenkte ein. Er erwartete eigentlich, dass sie irgendwann »Stopp« sagen würde. Aber das tat sie nicht.

Sie tranken beide einen großen Schluck und schwiegen. Benni setzte sich ihr schräg gegenüber. Dann fragte sie: »Du bist ja jetzt eine Berühmtheit … bei den Verhältnissen die Abfahrt ins Val Roseg zu wagen, da gehört schon Mut dazu … wie alt bist du eigentlich?«

Er sah sie erstaunt an. Wenn er sein wirkliches Alter nannte, würde sie ihn sicher zu jung finden. Wenn er sich älter machte, würde sie vermuten, dass er mehrere Ehrenrunden gedreht hatte. »Einundzwanzig«, log er.

Toni fand, dass er gar nicht mal so übel aussah, ziemlich männlich. Außerdem musste er aus einer sehr wohlhabenden Familie stammen, die es sich leisten konnte, ihn auf das Alpeninternat zu schicken.

»Ist es wahr, dass ihr hier in so einer Art Männer-WG lebt?«

»Nur während der Ferien. Sonst wohnen wir im Internat, wie die meisten Schüler. Aber Maxim nervt sein Vater meistens und da …« Er merkte, dass er schon zu viel verraten hatte, wischte sich mit dem Handrücken über den Mund und sprach nicht weiter.

»Und da …?«, fragte sie.

»Maxim möchte sicher nicht, dass ich mit einer Journalistin über ihn spreche. Du kannst ihn ja selbst fragen, wenn er wieder zurück ist.«

»Kommt er denn zurück?«

Toni sah ihn an. Benni schlug die Augen nieder und kippte den Rest Wodka herunter. Sie trank ebenfalls aus.

»Ja, verdammt. Ich weiß, dass er zurückkommt. Eigentlich wäre ich lieber mit ihm da draußen, als hier gemütlich im Warmen zu sitzen.«

»Ihr seid wohl ziemlich eng befreundet?«
Benni goss ihr Glas und seine Tasse wieder voll, ehe er antwortete. »Er ist mein allerbester Freund. Ich würde alles für ihn tun, und wenn ich jetzt mit ihm tauschen könnte, würde ich nicht zögern.«
»Das hört sich so an, als sei das mehr als eine Männerfreundschaft zwischen euch?«
Er knallte seine Tasse auf den Tisch. »Wir sind nicht schwul, falls du das meinst.«
Toni nahm seine Hand. »Quatsch, das kann ich mir bei dir ehrlich gesagt gar nicht vorstellen. Aber Maxim ist für uns Journalisten kein ganz Unbekannter. Sein Vater … und vor allem seine Tante sind ziemlich oft in der Boulevardpresse vertreten. Und über den hübschen Maxim kursieren schon allerlei Gerüchte. Jedenfalls hat er meines Wissens noch keine feste Freundin gehabt, und das, wo er doch aussieht wie Johannes Huebl.«
Als sie Bennis unwissenden Gesichtsausdruck sah, erklärte sie: »Ein männliches Model. Er ist mit Olivia Palermo zusammen, zumindest die wird dir ja wohl ein Begriff sein, oder?«
Er nickte vage. Beide tranken etwas, und Benni musste sich eingestehen, dass diese Toni auf ihn eine extreme sexuelle Anziehungskraft hatte. Sie schien innerlich zu glühen, und sie hatte einen Augenaufschlag, der ihn schwindlig vor Verlangen machte.
»Das heißt also, ihr wohnt hier zusammen seit Beginn der Weihnachtsferien?«
Benni nickte.
»Ich schreibe nichts darüber, aber wie ist denn sein Verhältnis zu seiner Familie? Er muss doch unter einem großen Druck stehen, bei so einem erfolgreichen, reichen Vater.«
»Die beiden kommen schon irgendwie klar. Ich kenne seinen Vater kaum, aber Maxim erzählt manchmal, dass er gleich nach Öffnung des Eisernen Vorhangs in Harvard studiert hat und in

Russland diese Firma gegründet hat. Damit hat er das viele Geld gemacht. Er scheint was auf dem Kasten zu haben.«
»Und er kannte und kennt die richtigen Leute ... wie das eben so war, damals, als das Gesetz über Genossenschaften in Russland in Kraft trat.«
Benni sah sie mit glasigen Augen an. »Und das willst du alles wissen, ja? War ziemlich weit vor unserer Zeit!«
»Und hast du auch gehört, dass er jetzt seine Anteile an E.CON verkauft und etwas ganz anderes macht?«
»Nee, das fesselt mich aber ehrlich gesagt auch nicht sonderlich.« Benni zuckte die Achseln. »Aber Maxim hat mal darüber gewitzelt, als wir oben am Corvatsch im Schnellrestaurant Chicken Wings gegessen haben, dass sein Vater in die Lebensmittelbranche eingestiegen sei. Hat irgendwas von einem Geflügelimperium, Lindengut oder so, erzählt. Jedes zweite Hähnchen, das in Deutschland und der Schweiz auf den Tisch kommt, ist von denen. Keine Ahnung, ob das stimmt. Kann mir auch nicht vorstellen, dass damit so viel Geld wie mit Gas und Strom zu verdienen ist.«
Toni nahm die Flasche und goss ihnen beiden nach, obwohl ihr Glas noch voll war. Sie hatte nur noch daran genippt. Auch als sie sich jetzt zuprosteten und tranken, benetzte sie lediglich ihre Lippen. Sie stellte das Glas ab und strich mit dem Zeigefinger über den Rand. »Da hast du recht, und das ist es ja auch, was mich so wundert. Warum gibt sich ein russischer Oligarch auf einmal mit so etwas Trivialem wie Hühnerzucht ab?«
»Also ich weiß nicht, ob er wirklich ein Oligarch ist ...« Benni merkte, dass seine Zunge immer schwerer wurde. Es kostete ihn einige Mühe, das Wort Oligarch klar zu artikulieren. »So reich ist er, glaube ich, nicht ... jedenfalls macht er Maxim dauernd die Hölle heiß wegen seiner hohen Ausgaben in den Clubs, der Miete und so ...«, lallte Benni.

»Erziehungsmaßnahmen?«, wandte Toni ein und legte den Kopf schief. »Du würdest dich wundern, was der strenge Papa im Kreml für Einfluss hatte. Er ist nach den letzten Präsidentschaftswahlen nicht ohne Grund ganz in die Schweiz gezogen.«
Auch wenn Benni das Denken immer schwerer fiel, fragte er sich gerade, warum sich eine Boulevardjournalistin so eingehend mit der Vergangenheit eines Russen beschäftigte.
»Du hast dich ja ziemlich gut über ihn informiert. Meinst du, deine Leser interessiert so was?«
Toni schüttelte den Kopf. »Die wollen eher wissen, was bei eurer Skitour passiert ist. Und was ist eigentlich dein anderer Freund, dieser Marcel Freiherr von Woletzki, für ein Typ?«
Benni schnaufte. »Der hat uns doch in die ganze Sache reingeritten. Ich weiß auch nicht, warum. Aber er wollte unbedingt, dass wir diese Tour machen. Ließ gar nicht mehr locker, obwohl uns noch ein Skilehrer ausdrücklich davon abgeraten hat.«
»Ach ja?« Toni zog interessiert die Augenbrauen hoch. »Wann war das denn?«
»Am Tag vorher. Da haben wir den auf der Paradiso-Hütte getroffen. Und er sagte, wir müssten lebensmüde sein, wenn wir das machen, oder so ähnlich ...«
»Und dann seid ihr trotzdem gefahren? Wart ihr auf Drogen, oder was?«
»Wie kommst du darauf?«, sagte Benni scharf.
Toni zuckte mit den Schultern. »Reg dich ab. Es wird so einiges geredet, über das Alpeninternat.«
Benni schüttelte lässig den Kopf. »Ach so, das sind doch nur die üblichen Gerüchte. Wir haben auf Marcel vertraut, er hat behauptet, er sei die Tour schon gefahren und sie sei leicht.« Er fuhr sich mit den Fingern durch die verschwitzten Haare. »Wir haben einfach Pech gehabt ... sind in das miese Wetter gekommen. Und vorher hat sich, an so einem verdammten Nadelöhr,

noch ein Schneebrett auf einem Felsen gelöst. Unsere Gruppe wurde getrennt. Tja, und dann, als die Bergrettung uns fast gefunden hätte, da ist es dann passiert.«
Benni hob seine leere Tasse an und drehte sie hin und her.
»Was denn genau?«
»Die waren plötzlich weg. Alle beide. Wie vom Erdboden verschluckt.« Plötzlich sprang Benni auf. »Ich kann hier nicht mehr einfach so sitzen bleiben, ich muss irgendwas tun.«
Er ging schwankend auf die Tür zu und griff sich seine Jacke vom Boden. Toni griff unter den Tisch und tastete nach dem Block, den sie zuvor hatte fallen lassen. Hastig warf sie ihn in ihre Handtasche. Dann sprang sie auf und packte Benni am Oberarm.
»Du kannst nichts tun … da draußen ist es dunkel, und außerdem bist du gar nicht mehr in der Lage, irgendwohin zu gehen.« Sie führte ihn zurück zum Küchentisch und drückte ihn auf die Bank. Dann setzte sie sich neben ihn und zog seinen Kopf an ihre Brust, während sie ihm über die verschwitzten Haare strich.
Benni fing an zu schluchzen: »Es ist alles meine Schuld. Ich hätte es wissen müssen … und ich hätte dort nicht weggehen dürfen. Ich hätte an der Stelle bleiben müssen, wo sie verschwunden sind …«
»Die finden sie bestimmt, unsere Bergwacht ist die beste der Welt …«
Er hob den Kopf ein kleines Stück an und presste seine Lippen auf Tonis Hals. Sie roch nach Zigarettenrauch und Alkohol. Er saugte an ihrer Haut und begann, ihr Hemd aufzuknöpfen, küsste sie jetzt auf den Mund.
»Mach weiter!«, flüsterte sie. »Dann kannst du deinen Schmerz stillen.«
Ihre Hände glitten an seiner Skihose herunter.
»Oh, Toni«, flüsterte Benni und dachte: Dieses unglaublich schöne Mädchen will mich wirklich!

Nicolas, Heike und Susanne

Deine Jungs sind noch zusammen mit Tom im Hotelpool. Es war ihnen langweilig, da habe ich Badehosen für sie organisiert. Der Concierge hier macht ja alles … für ein ordentliches Trinkgeld. Aber was hat eigentlich Claudia gesagt? Kommt sie zurück nach St. Moritz? Ich glaube, ich wäre außer mir, wenn ich so eine Nachricht bekäme, hoffentlich baut sie nicht noch einen Unfall! Wann ist sie denn losgefahren?«

Heike merkte, dass sie zu viel und zu schnell sprach, während Nicolas den zweiten doppelten Whiskey bei dem Kellner orderte, der gerade Holz im Kamin nachlegte.

»Du hast sie doch angerufen, Nicolas? Nicolas!«

Heike fuhr sich mit der Hand durch die langen blonden Haare und sah hilfesuchend zu Susanne und Woletzki, die mit einigen der Kinder gerade die dritte Runde »Mäxchen« beendeten. Außer dem fünfjährigen Carlo hatten alle erst einmal genug. Woletzki stand auf und schob für Susanne einen Sessel und für sich einen gepolsterten Hocker zu Heike heran.

»Was ist los? Gibt's was Neues?«

Heike griff sich an die Schläfe und schüttelte langsam den Kopf: »Ihr werdet es nicht glauben: Claudia weiß noch gar nichts. Unser lieber Nicolas hier hat es bisher nicht für nötig gehalten, eine Mutter darüber zu informieren, dass ihr Kind seit heute Mittag in den Schweizer Bergen vermisst wird und die Suche nach ihr über Nacht eingestellt wurde.«

Die beiden starrten Nicolas an.

Dann sagte Woletzki schließlich leise: »Und ich kann ihn sogar verstehen.«

»Die Suche ist nicht eingestellt worden«, widersprach Nicolas

mit heiserer Stimme. »Die Bergwacht ist noch mit einer Truppe auf Skiern unterwegs.«
»Jetzt noch?« Susanne sah auf ihre Armbanduhr. »Es ist doch schon fast acht!«
Nicolas nickte. »Sie haben versprochen, dass sie sich heute in jedem Fall noch einmal bei mir melden.«
»Und das Ergebnis wolltest du abwarten, bevor du Claudia informierst, stimmt's?«, kam ihm Susanne zu Hilfe.
Nicolas drehte sein Whiskeyglas in der Hand. »Schon bei unter fünf Grad werden die Gehirnfunktionen nach einigen Stunden eingeschränkt. Wusstet ihr das? Und irgendwann setzt dann die Bewusstlosigkeit ein.«
»Sehr schön, also, wenn du es nicht machst, dann rufe ich sie an«, zischte Heike. Sie öffnete ihre graue Birkin Bag und holte ihr Telefon heraus. Nicolas' Blick war flehend. Heike hatte schon auf das Symbol mit dem grünen Telefonhörer getippt, als sie plötzlich wie gebannt zu dem Durchgang in die Hotellobby sah. Dort rollte eine Hotelangestellte in roter Uniform soeben einen Kleiderständer mit Pelzmänteln vorbei.
»Wow, habt ihr das gesehen?«
»Was denn?«, fragte Susanne.
»Da hingen eben mindestens zehn Nerz- und Polarfuchsmäntel drauf. Ob die einem Gast gehören?«
»Noch nicht, aber sicher bald: Heute ist hier im Hotel die Modenschau von Fendi.«
»Was? Warum weiß ich nichts davon?«
Heike sprang auf und wollte schon dem Kleiderständer folgen.
»Keine Sorge, die Show beginnt erst nach dem Abendessen«, beruhigte sie Susanne, während Heike einen Moment lang unschlüssig dastand. Schließlich setzte sie sich wieder.
»Die sind doch tatsächlich immer noch auf dem Pelztrip – lauter in Streifen geschnittene Tierhäute, fährst du darauf etwa auch

noch ab, so wie die meisten hier?«, fragte Susanne streng. »Wie kann man es nur vollkommen ausblenden, dass es sich um lebende Wesen handelte.«
»Ach komm, Susanne. Wirst du jetzt auch zur Veganerin?«
»Nein, ich esse ab und zu Fleisch, aber ich muss mir tote Tiere nicht auch noch umhängen, um mich besonders glamourös zu fühlen.«
»Und was ist mit deinen UGGs?«
»Lammfell ist ein tierisches Nebenprodukt …«, stammelte Susanne.
»Das ist keine sehr überzeugende Haltung!«
»Ihr habt Probleme!«, wies sie Woletzki in die Schranken. »Könnt ihr das vielleicht ein anderes Mal ausdiskutieren?«
»Na gut, lassen wir das Thema«, bemerkte Heike spitz. »Aber zu dem Defilee würde ich nachher schon ganz gerne gehen … auch wenn ihr das vielleicht … unpassend findet. Schließlich nützt es Julia gar nichts, wenn wir hier Däumchen drehen oder …«, sie deutete in Nicolas' Richtung, »… uns mit Whiskey die Lichter ausschießen.«
Auf einmal bemerkte sie wieder das Mobiltelefon in ihrer anderen Hand, das inzwischen längst die Verbindung zu Claudia aufgebaut hatte. Sie drückte es ans Ohr und hörte die fremde Stimme der automatischen Ansage: »Der Vodafone-Teilnehmer ist zurzeit nicht zu erreichen. Wenn Sie eine Anrufbenachrichtigung per SMS wünschen …«
Heike legte auf. »Claudia geht nicht dran …« Ihr Blick traf den von Nicolas. »In der Hinsicht scheinst du Glück zu haben … Weiß eigentlich jemand, was das für ein Junge ist, der zusammen mit Julia noch da draußen ist?«
Nicolas' Gesichtsausdruck verhärtete sich ganz plötzlich, und er starrte an Heike vorbei.
»Willst du es mir nicht sagen, oder kannst du nicht?«, fragte Heike schnippisch.

Auf einmal hörten sie Johannas Stimme. Heike hatte sie fast vergessen, denn sie saß, von ihnen abgewandt, in einem hohen Ohrensessel, von dem man nur die Rückenlehne sah: »Das ist ein Schulfreund von Marcel aus dem Alpeninternat. Er ist Russe, wohnt aber schon ewig hier im Engadin. Papa, können wir jetzt endlich mal in unser Hotel gehen?«
»Wir gehen gleich. Ich wollte ja eigentlich nur die Jungs hier abholen«, antwortete Nicolas und machte eine Bewegung mit dem Kinn in Richtung Eingang. »Übrigens, Heike, wenn du Genaueres wissen willst, kannst du den da fragen.«
Heike merkte, wie ihr sofort das Blut in den Kopf schoss, als sie sah, wer da zielstrebig auf ihre Sitzgruppe zumarschiert kam. Er nickte zwei russischen Frauen, die, ganz in Prada und mit den neuesten Frisuren aus der *InStyle*, ein Stück weiter auf einem zierlichen Sofa saßen, im Vorbeigehen zu.
»Gregorij Kurnikow«, flüsterte Heike ehrfürchtig.
Susanne musterte sie von der Seite: »Meine Güte, ich dachte, du bist glücklich verheiratet! Und jetzt siehst du aus, als begegnete dir Daniel Craig persönlich.«
»Kein schlechter Vergleich«, murmelte Heike und starrte den Russen erwartungsvoll an.
Doch Gregorij grüßte sie nur ganz beiläufig und wandte sich sofort an Woletzki: »Verdammt, sagen Sie mir jetzt sofort, wo Ihr Sohn ist!«
Woletzki stand auf und faltete sich langsam zu seiner ganzen Größe auseinander. Er überragte den muskulösen Russen um eine Kopflänge. »Ich würde ihn sogar für Sie holen, wenn Sie mir verraten, was Sie von ihm wollen …«, sagte er aufreizend langsam.
»Das geht nur ihn und mich etwas an. Ich muss ihn allein sprechen!«
»Nun, ich pflege mich ja grundsätzlich nicht an Vorurteilen und Klischees zu orientieren. Aber in diesem Fall kommen mir da

unfreiwillig Assoziationen an Verhöre in düsteren KGB-Kellern.«

»Woletzki!«, entfuhr Susanne ein entsetzter Ausruf.

Gregorijs Augen blitzten gelb auf. »Sie wollen mir wirklich etwas von KGB-Kellern erzählen? Wissen Sie überhaupt noch, was Sie sagen?«

»Sind nicht einige Ihrer ›Spezialisten‹ inzwischen privat angestellt?«

Susanne legte Woletzki eine Hand auf den Arm. Heike mischte sich jetzt auch ein: »Uns ist ja klar, dass ihr beide angespannt seid, nach allem, was passiert ist. Aber das …«

»Lassen Sie nur!«, wandte sich Gregorij an sie, und seine Stimme klang auf einmal warm und gewinnend, wie am Abend zuvor. »Ich kann solche Äußerungen durchaus einordnen, und Sie werden von mir im Gegenzug keine Erinnerung an die Glorie deutscher Geheimdienste hören. Wir gehören beide einer Generation an, der es nicht zusteht, mit diesen Begriffen leichtsinnig zu jonglieren. Außerdem habe ich im Moment andere Sorgen. Ich möchte nur von Ihrem Sohn wissen, wie es zu dieser Tour gekommen ist. Maxim ist zwar kein Feigling, er startet schließlich bei der Freeride World Tour, aber er ist auch nicht dumm, und solche absurden Risiken würde er normalerweise nicht eingehen … ich will es einfach verstehen, wenn ich schon nicht mehr selbst nach ihm suchen kann …«

Was für ein unglaublich feiner Charakter, dachte Heike.

Woletzki schwieg. Statt seiner sprach Susanne: »Ich kann Sie gut verstehen, Gregorij. Sicher wollen Sie von Marcel nur noch genauere Informationen haben, die bei der Suche nach Maxim und Julia weiterhelfen könnten, nicht wahr?«

Gregorij nickte.

Nicolas, der die Szene die ganze Zeit über stumm beobachtet hatte, fand, dass der Russe einen Moment zu lang gezögert hatte.

»Wie wäre es, wenn ich Gregorij nach oben zu Marcels Zimmer begleite und dabeibleibe, wenn sie miteinander sprechen?«, hörte sich Heike sagen.
»Wisst ihr eigentlich, was echt scheiße ist?« Alle Köpfe drehten sich zu Johanna um, deren Gesicht sehr schmal und blass neben der mit weinrotem Samt bezogenen Rückenlehne des Sessels hervorschaute. »Maxim hat, bevor wir losgefahren sind, seinen Lawinenpiepser an Marcel weitergegeben. Der wollte das Ding unbedingt haben …« Sie gab sich viel Mühe, die Fassung zu bewahren: »… wenn Maxim den noch hätte, wären er und Julia vielleicht längst gefunden worden.«
»Was sagst du da? Sind hier eigentlich alle wahnsinnig geworden? Wer bist du überhaupt?«, herrschte Gregorij sie an.
»Ich war mit auf der Tour«, antwortete Johanna unsicher. »Ich glaube, Maxim hat Marcel das Ding einfach aus einer Laune heraus gegeben. Es hat doch keiner damit gerechnet, dass was passiert. Maxim, Benni, Robert und Julia waren weiter unten. Wir anderen vier hatten dann den einzigen Lawinenpiepser, aber wir wurden ja durch diese Wärmebildkamera im Hubschrauber gefunden.«
»Das heißt also, Marcel Freiherr von Woletzki hat meinen Sohn dazu überredet, ihm das einzige Gerät zu überlassen, das ihn jetzt hätte retten können?«
»Schau mal, Mami!«
Chloé drehte Heike das Display von Toms iPad entgegen, das sie die ganze Zeit über auf dem Schoß gehabt hatte.
»Ich glaube, ich habe ein Video von der Tour gefunden. Ich erkenne die Skianzüge von Marcel und Fabian wieder. Da hat jemand gefilmt, wie diese Lawine vom Felsen runterkommt, gerade als einer drunter durchfährt …«
Sofort scharten sich alle um das iPad. Chloé spielte den Film ab und ließ die anderen munter wissen: »Das hat vor etwa einer

Stunde irgendeine Vicky auf die Facebook-Pinnwand von Marcel gepostet … und es hat schon 127 Likes!«

Als die Sequenz gezeigt wurde, in der Benni unter den beiden Felsen hindurchfuhr, ging ein Raunen durch die Zuschauer. Johanna kam näher und betrachtete das kleine Profilbild auf der Pinnwand. »Das ist eindeutig Vogelgesicht. Sie hat tatsächlich alle vier gefilmt, als sie durch die Scharte gefahren sind. Das habe ich gar nicht bemerkt. Aber es passt zu ihr, das ins Netz zu stellen. Mir ist gleich aufgefallen, dass sie ziemlich abgedreht und gefühllos ist. Warte … kannst du das Video noch mal von vorne abspielen?«

Chloé nickte und drückte noch einmal auf den weißen Pfeil im Touchscreendisplay.

»Darf ich?«

Johanna nahm ihr das iPad aus der Hand. Etwas war ihr seltsam vorgekommen, aber sie konnte es noch nicht einordnen. Es war der Moment, als Maxim sich in Position brachte und Marcel noch mit im Bild war. Er steckte den Skistock in den Schnee, zog den einen Handschuh aus und fuhr mit der Hand in die Jackentasche, dabei bewegte er die Lippen, sagte etwas, das aber nicht zu hören war, obwohl der Ton laut gestellt war. Julias Kommentar »Der kann es einfach« war deutlich zu verstehen. Dann zeigte der Ausschnitt Maxim, wie er die steile Scharte mit Leichtigkeit hinunterwedelte. Es sah aus, als spiele er mit dem Hang, und man hörte undeutlich, wie Marcel fluchte.

Johanna nahm sich vor, das Video nachher in ihrem Zimmer noch genauer anzusehen, und gab Chloé den Tabletcomputer zurück.

Gregorij hatte die ganze Zeit stumm, mit vor der Brust verschränkten Armen danebengestanden. Jetzt fuhr er sich mit einer Hand über das glattrasierte Kinn. Was hatte seinen Sohn bloß dazu getrieben, dieses extreme Risiko einzugehen?

Er würde die Gründe für diesen Wahnsinn herausfinden.

Julia

Sie würde so gerne weiterschlafen, in ihrem weichen Bett, unter der warmen Daunendecke, im sicheren Zuhause. Undeutlich nahm sie wahr, dass ihr Kopf schmerzte. Vielleicht hatte sie heute früh eine Erkältung und musste gar nicht in die Schule gehen. Ihre Mutter strich ihr über die Wange, und sie schob die Hand diesmal nicht weg, wie sonst so oft.

»Julia«, sagte jemand. »Du darfst nicht schlafen, Julia!«

Sie öffnete die Augen, und das Gefühl der Sicherheit war verschwunden. Sie war nicht bei ihrer Mutter. Sie war in einer stockfinsteren, kalten Höhle und fror am ganzen Körper, so sehr, dass sie zitterte. Und da waren wieder die Schmerzen. Höllisch und quälend meldeten sie sich von ihrer Schulter zurück.

In der Luft hing ein Geruch, den sie nicht gleich einordnen konnte. Ein warmer Hauch war ganz nah vor ihrem Gesicht und verursachte ihr Übelkeit.

»Gut, dass du wieder wach bist!«

Sie drehte das Gesicht weg und wusste auf einmal, was das für ein Geruch war. Unverkennbar roch Maxim nach Blut. Sie konnte ihn nicht sehen, und ihr Gehirn spielte ihr einen Streich. In ihrer Vorstellung von ihm hatte er das von einer Eisschicht bedeckte schmale Jungengesicht, das seit ihrem Sturz ständig durch ihre Träume geisterte. Sie schrie auf.

»Schsch«, machte er.

Das Gesicht verschwand vor ihren Augen.

»Wie lange war ich eingenickt?«

»Ich weiß nicht genau. Nicht lange. Wir müssen uns gegenseitig wach halten. Das wird das Schlimmste sein. Nach dem Hunger und dem Durst.«

Vorsichtig fasste sie in die Richtung, in der sie sein Gesicht vermutete. Er schrie sofort auf, als sie ihn berührte. Aber sie spürte gar nichts. Ihre Hände waren vollkommen taub, dafür schmerzten sie auch nicht mehr. Maxim hielt ihr eine Flasche an die Lippen, und sie trank gierig.
»Langsam, nur kleine Schlucke«, sagte er.
»Wo hast du das Wasser her?«
»Von der Gletscherwand. Es ist ziemlich mühsam, bis man etwas aufgefangen hat, aber es funktioniert.«
»Deine Wunden im Gesicht, sie sind schlimmer geworden, oder?«, fragte Julia.
»Die eine Seite brennt ziemlich, aber das wird schon. Was mir mehr Sorgen macht, sind deine Hände, wir müssten sie irgendwie wärmen. Kannst du sie in die Jacke stecken?«
Julia nickte und sagte leise: »Ich versuche es«, als ihr bewusst wurde, dass er sie nicht sehen konnte.
»Wir müssen uns ganz dicht nebeneinandersetzen, die Beine anziehen und den Oberkörper darauf lehnen, um den geringsten Wärmeverlust zu haben. Außerdem kannst du dir von oben in die Jacke hineinhauchen, das wärmt auch.«
Julia machte alles so, wie er sie anwies. Als sie näher an ihn heranrückte, stöhnten beide vor Schmerzen auf.
»Was ist?«, fragte sie.
»Nichts.«
Er verriet ihr nicht, dass er sein Becken kaum noch bewegen konnte. Sie sagte nichts über die Höllenqualen in ihrer Schulter. Sie hörte Papier rascheln, und dann steckte er ihr plötzlich etwas zwischen die Lippen. Sie war so überrascht, dass es ihr fast aus dem Mund gefallen wäre. Aber schon fühlte sie den unvergleichlichen Schmelz eines winzigen Stückchens Schokolade auf ihrer Zunge. Sie hatte das Gefühl, noch nie so etwas Köstliches gegessen zu haben.

»Hmm, gib mir mehr, bitte, bitte.«
»Das geht nicht. Der eine Riegel ist alles, was ich habe, und ich weiß nicht, wie lange wir damit auskommen müssen.«
Julia schämte sich fast dafür, wie sehr sie danach gierte, ein zweites Stück zu bekommen.
»Was für eine Sorte ist das? Halt, ich weiß es: Kägi-fretli, stimmt's? Eine der besten Erfindungen der Schweizer, kommt gleich nach dem Offiziersmesser und …?«
»Rolex?«, vollendete Maxim ihren Satz.
Julia schüttelte den Kopf. »Bestimmt nicht. Ich hatte noch nie eine und werde mir auch nie eine leisten können … seit meine Mutter sich hat scheiden lassen, sind wir so arm wie Kirchenmäuse.«
»Arm?« Maxim lachte auf. »Und dann macht ihr Urlaub in St. Moritz?«
Julia wunderte sich selbst darüber, dass sie so ehrlich zu ihm war. Aber wahrscheinlich lag es an den Gerüchten, die sie über Maxim gehört hatte. Sein Vater musste so unvorstellbar viel Geld haben, dass dagegen selbst das Einkommen des Partners einer internationalen Anwaltskanzlei, wie es ihr Vater früher bezogen hatte, vergleichsweise lächerlich war.
»Mein neuer Stiefpapi hat uns eingeladen. Allerdings hat es bei dem auch nur für die Frühstückspension Stefani gereicht. Und wie die zu drei Sternen gekommen ist, wird mir auf ewig schleierhaft bleiben. Das Zimmer, das ich mir mit meiner neuen Stiefschwester Johanna teile – du hast sie ja kennengelernt –, ist in etwa so groß wie früher unser Kühlschrank. Und der Teppichboden erinnert mich an einen Fußabstreifer. Kein Wunder, dass sich meine Mutter wieder aus dem Staub gemacht hat. Sie ist vorgestern nach Chemnitz zu meiner Großtante gefahren und hat uns hier mit ihrem grässlichen Freund alleine gelassen.«

»Chemnitz …«, murmelte Maxim. »Mein Vater hatte da in letzter Zeit öfter zu tun … Aber egal: Ich habe vielleicht eine Idee, wie ich dir helfen kann, falls du Geld brauchst, meine ich. Wenn wir hier rauskommen, sprechen wir noch mal darüber.«

»Aber du kannst mir doch nicht einfach so Geld geben!«

»Nicht einfach so.«

»Wie denn dann?«

Maxim antwortete nicht.

Nach einer Weile fragte er: »Siehst du das?«

»Was?«

»Wenn du genau hinschaust, kannst du ganz da oben in dem Spalt zwei winzige gelbe Punkte erkennen, nicht wahr?«

Julia legte den Kopf in den Nacken und verengte die Augen. Zuerst war dort nichts als schwarze Finsternis. Nach einiger Zeit erkannte sie einen schmalen helleren Streifen – mit weißlich gelben Punkten.

Eine halbe Minute später antwortete sie: »Ja, du hast recht, was ist das?«

»Es sind Sterne. Und weißt du auch, was das bedeutet?«

»Dass es aufgehört hat zu schneien? Dass unsere Spalte nicht schneebedeckt ist? Dann sind die Chancen doch höher, dass sie uns finden!«

»Das auch.«

»Und … was noch?«

»Bei sternenklarem Himmel wird es heute Nacht kalt. Ich schätze, mindestens minus fünfundzwanzig Grad.«

Heike

Gregorij hatte gerade das Foyer des Hotels erreicht. Er lief mit weit ausholenden Schritten in Richtung Ausgang, so dass sein schwarzer offener Blazermantel flatterte. Heike musste fast rennen, um ihn einzuholen. Sie konnte und wollte nicht darüber nachdenken, was sie da gerade tat. Denn sie lief einem fremden Mann nach, den sie erst zwei, drei Mal gesehen hatte. Schon öffnete sich die automatische Schiebetür, gleich würde er nach draußen in den Schnee treten, und sie trug nur eine dünne Organzabluse. Von weitem nahm sie wahr, dass Iris Sommer gerade aus ihrem Mercedes GL ausstieg und, bepackt mit Einkaufstüten, auf den Eingang zukam. Kaum, dass sie Heike erkannte, rief sie laut: »Heike, ich habe es eben erst gehört. Was für ein schreckliches Unglück!«

»Gregorij«, sagte Heike, wie in Trance.

Er drehte sich sofort um. Er wirkte nicht überrascht, sie zu sehen. Ohne ein Wort kehrte er um, griff ihren Oberarm und führte sie zur Treppe.

Iris Sommer blieb abrupt stehen und sah ihr erstaunt nach.

Heikes Herz hämmerte, als sie rasch die mit weichem Perserteppich belegten Stufen in den ersten Stock hinaufstiegen. Er hatte ihren Arm losgelassen. Trotzdem folgte sie ihm. Es war, als stehe sie unter seinem Bann. Gregorij öffnete mehrere Türen, sah hinein, schloss sie wieder und drückte Heike dann plötzlich in eine Nische am Ende des Gangs. Es war ein zwei Quadratmeter großer Raum, in dem Wäsche zwischengelagert wurde.

»Du bist eine unglaublich tolle Frau«, sagte er leise. Dabei fuhr er ihr anerkennend mit dem Finger über die Wange. Das schwache Licht aus dem Gang fiel auf sein kaltes, emotionsloses Banditengesicht.

»Wir sollten …«

»Schscht …«

Er legte ihr zwei Finger seiner perfekt manikürten Hand auf den Mund. Als er sie immer weiter ansah, überkam sie ein unbändiges Verlangen nach ihm. Sie schluckte hörbar. Seine Finger rutschten in ihren Mundwinkel und öffneten ihre Lippen. Seine andere Hand tastete über ihren Wildledermini, schob ihn ein wenig hoch, ein Finger hakte sich in ihre Feinstrumpfhose ein und zog sie über ihre Schenkel nach unten.

»Ich begehre dich seit dem ersten Moment, als ich dich im Prada-Store gesehen habe, aber du warst so verdammt hochnäsig.«

Er öffnete seine Hose.

Heike antwortete nicht, sondern schloss die Augen. Er roch nach einem guten Eau de Toilette. Als er zustieß, wurde ihr klar, dass alle Wohlgerüche Arabiens nicht den wilden Atem des sibirischen Tigers überdecken konnten. Hinter seiner zivilisierten Fassade war Gregorij ein rücksichtsloser Rowdy.

Toni

Toni Gassner war seit zwei Tagen auf Nulldiät, und das nagende Hungergefühl in ihrem Magen förderte nicht gerade ihr Konzentrationsvermögen. Der zuckerfreie Cherry-Mint-Kaugummi, den sie sich vor einer Minute in den Mund gesteckt hatte, schmeckte auch schon wieder schal. Lustlos starrte Toni auf den Bildschirm. Sie hatte höchstens ein Drittel ihres Artikels über Ignacio »Nacho« Figueras fertiggeschrieben. Missmutig sah sie auf die Überschrift: »Ein Gespräch mit dem zweitschönsten Mann der Welt unter anderem über das Klonen (von Pferden)«. Wehmütig dachte sie an ihre Begegnung mit dem umwerfend attraktiven argentinischen Polospieler, der hier für den Polo World Cup on Snow trainierte. Leider war er mit einem hinreißenden Model verheiratet, das gerade ihr gemeinsames viertes Kind zur Welt gebracht hatte.

Toni ging hinüber zu ihrer Espressomaschine. Sie stellte die kleine Tasse unter den Hahn, drückte auf den Knopf. Während die dampfende Flüssigkeit in ihre Tasse floss, öffnete sie das Fenster und zündete sich eine Zigarette an. Es war mindestens ihre dreiundzwanzigste Tasse Espresso und die zweite Packung Zigaretten. Immerhin hatte sie heute Morgen zweitausendsechshundertsechzig Gramm weniger als vor drei Tagen auf die Waage gebracht und passte wieder in ihre zweitengste Röhrenjeans. Sie wollte bei ihrem nächsten Zusammentreffen mit Benni hinreißend aussehen.

Es gab im Moment nur vier Personen, die sie wirklich interessierten: Benni, Marcel, Maxim und Gregorij. Als Journalistin hatte sie unzählige Stars kennengelernt. Sie war mit den Reichen und Prominenten in St. Moritz zusammengetroffen und hatte

immer davon geträumt, so zu leben wie sie. Sie war eine talentierte Schreiberin, aber eine noch bessere Zuhörerin, die es verstand, aus Menschen die entscheidenden Dinge herauszukitzeln. Jetzt, mit dreiundzwanzig, wollte sie endlich auch ein angenehmes Leben führen, vielleicht ein Buch schreiben, eine ernstzunehmende Krimiautorin werden. Sie hatte die schöne Wohnung von Maxim und Benni gesehen, hatte sie oft in den teuren St. Moritzer Clubs beobachtet und nahm an, dass dies zu den normalen Begleitumständen im Leben eines Alpeninternat-Schülers gehörte. Bei den erfolgreichen Geschäftsmännern, Prominenten oder Polostars kam sie nie über eine Nacht hinaus. Aber bei Benni hatte sie gleich gespürt, dass er ihr hoffnungslos verfallen würde, wenn sie es nur richtig anginge.
Doch darauf alleine konnte sie nicht bauen. Toni tippte sich mit dem rosafarbenen Rezeptblock, den sie in der Küchenschublade von Maxim und Benni gefunden hatte, an das Kinn. Mit dem, was sie über Benni, Marcel, Maxim und Gregorij zusammengetragen hatte und noch herausfinden würde, wollte sie ihnen nicht schaden, sie wollte nur ein wenig mehr Unabhängigkeit.

Claudia

Ediths Anblick war unverändert. Claudia stand vor ihrem Bett und griff nach der Hand ihrer Tante. Sie fühlte sich schlaff an, doch ihre Haut war warm und weich. Es war Leben in ihr. Oder war das nur Schein? Ein Trugbild? Hatte sie einen toten Körper vor sich, in den Sauerstoff und Elektrolyte gepumpt wurden?
Nein, das wollte sie nicht glauben. Claudia hatte die Entscheidung in der letzten Nacht gefällt: Sie würde nichts unternehmen. Sie würde die künstliche Beatmung und Ernährung nicht einstellen lassen, auch wenn das mit der Patientenverfügung ihrer Tante nicht übereinstimmte.
Das alles ging ihr zu schnell, und die Verantwortung war ihr zu groß. Was, wenn Edith doch wieder aufwachen und weiterleben wollte?
Dann nahm Claudia Abschied und wusste gleichzeitig, dass er nicht für lange sein konnte.
Ganz leicht strich sie Edith über die Wange, legte die Hand wieder sachte auf das Laken und verließ leise den Raum. Sie begab sich zum Aufenthaltsraum des Pflegepersonals, wo sie zu ihrer Erleichterung nicht die unfreundliche Krankenschwester, sondern eine Kollegin mit asiatischen Gesichtszügen antraf.
»Ich bin die Nichte von Edith Neumann«, erklärte sie. »Leider muss ich heute wieder dringend zurück nach Frankfurt …«
»Sie müssen sich bei mir nicht rechtfertigen … Übrigens hat sich Frau Neumann leider etwas wund gelegen. Wir müssen sie jetzt öfters wenden.«
»Oh, das hört sich nicht gut an. Ist es schlimm?«
»Noch nicht, aber man muss da sehr aufpassen.«

Schon regten sich wieder Zweifel bei Claudia: Sie hätte es in der Hand, dem Leiden ein Ende zu bereiten.
»Haben wir Ihre Telefonnummer, damit wir Sie im Notfall erreichen können?«, fragte die Schwester.
»Nein, ich glaube nicht. Warten Sie, ich gebe Ihnen meine Karte.«
Sie suchte nach der Visitenkarte, zögerte und zog noch einen Zwanzigeuroschein aus ihrem Portemonnaie: »Hier, für Ihre Kaffeekasse, und bitte kümmern Sie sich gut um meine Tante.«
»Das tun wir ohnedies. Ob mit Trinkgeld oder ohne. Aber trotzdem danke!«

Als sie die Tür des mausgrauen Fiat 500 öffnete, wurde ihr klar, dass sie bei der Rückgabe an der Avis-Station in Erklärungsnot geraten würde, denn die Henne saß auf der Rückenlehne des Beifahrersitzes. Das zerrupfte Federkleid ihres Hinterteils ragte über den Sitz, während sie einen Klecks fallen ließ, der neben etlichen anderen auf dem schwarzen Veloursbezug landete.
»Habe ich dir nicht klar und deutlich gesagt, du sollst auf der Zeitung dahinten bleiben?«, schimpfte sie, als ihr jemand auf die Schulter tippte.
»Glauben Sie, eine gemeine Legehenne besitzt die Befähigung, die deutsche Sprache zu erlernen?«
Dr. Illner stand in Straßenkleidung vor ihr. Er trug eine dunkelgraue Allwetterjacke und einen orangefarbenen, gecrashten Schal. Claudia starrte ihn an, und noch bevor ihr eine schlagfertige Antwort einfiel, musste sie an die Originalpatientenverfügung in ihrer Handtasche denken. Sie hatte eigentlich gehofft, einer Begegnung mit dem Oberarzt aus dem Weg gehen zu können.
»Vielleicht ist dieses Huhn ja einer meiner reinkarnierten Vorfahren. Da kann man nie ganz sicher sein, schließlich habe ich es

auf unserem alten Hofgut vor seinen mobbenden Artgenossen gerettet, aber … vielleicht versteht es nur Sächsisch!«
»Ach, ich dachte, Sie seien eine eingefleischte Hugenottin, und nun stellt sich heraus, dass Sie dem hinduistischen Glauben an die Wiedergeburt als Tier anhängen!«
»Schon möglich … jedenfalls sehen Sie so aus, als glaubten Sie an eine Reinkarnation als indischer Elefant.« Claudia zeigte auf seinen Schal, der mit grün marmorierten Elefanten bedruckt war. »Haben Sie heute frei?«
»Nein, ich gehe gerade zum Dienst … ausnahmsweise mal keine Frühschicht … und Sie haben Ihrer Tante einen Besuch abgestattet? Was hat sie gesagt?«
Claudia sah ihm ins Gesicht. Er verzog keine Miene.
»Nun, sie war sehr erleichtert darüber, heute noch nicht mit einem Ihrer geschmacklosen Hemden konfrontiert worden zu sein, und schlug vor, dass Sie doch besser regelmäßig die drei Knöpfe ihres Arztkittels schließen sollten, so dass die fragwürdigen Muster verdeckt würden.«
Dr. Illner öffnete den Mund, doch Claudia war noch nicht fertig: »Und ich hoffe, dass Sie ihr diesen Schal gänzlich vorenthalten, sonst springt sie ganz sicher vor Entsetzen aus dem Bett.«
Sie griff nach einer der orangefarbenen Fransen und ließ sie kurz durch die Finger gleiten.
Er musterte ihre Hand und antwortete: »Über Geschmack lässt sich bekanntlich streiten …«
»Nein, da bin ich anderer Meinung. Man kann über vieles streiten, aber guter Geschmack gehört nicht dazu. Man hat ihn, oder man hat ihn nicht.«
Dr. Illner senkte den Kopf und deutete auf ihre Füße.
»Und lilafarbene Cowboystiefel, noch dazu in diesem Zustand, sind also das, was Sie für guten Geschmack halten, ja? Mal ganz abgesehen davon, dass einen bei dieser Dreckkruste … was ist

das eigentlich … womöglich Exkremente von Hühnern? … auch noch der Ekel packt.«
Claudia hob einen ihrer Füße hoch und versuchte, unter die Sohle zu schauen. »Schon möglich, ich musste ja schließlich die Hühner meiner Tante versorgen …«
»Ich weiß, aber ich kann nur hoffen, dass Sie damit nicht durch das gesamte Klinikum gelaufen sind …«
Claudia malte mit der Spitze des Stiefels ein imaginäres Muster auf den Bürgersteig.
»… sind Sie aber, nicht wahr? Das ist mit unseren Hygienevorschriften eigentlich überhaupt nicht zu vereinbaren.«
»Tut mir leid, ich habe nicht daran gedacht«, murmelte Claudia.
»Na ja, jetzt ist es nicht mehr zu ändern. Aber jedenfalls, um beim Thema zu bleiben, sind diese Stiefel auch nicht gerade der Gipfel der Ästhetik.«
Claudia straffte sich: »Es gibt drei Eigenschaften, die Sie vollkommen dafür disqualifizieren, sich zum Thema Ästhetik zu äußern: Sie sind ein Mann, Sie sind Arzt … ich nehme an, kein Schönheitschirurg, denn darin würde ich noch eine Ausnahme sehen …«
Er schüttelte den Kopf, und Claudia fuhr fort: »… und Sie sind Chemnitzer …«
Sie ging um den Fiat herum zur Fahrertür: »Und wenn ich es mir genau überlege, sind es sogar vier: Sie tragen einen Ohrring.«
Sie öffnete die Tür und stieg ein.
»Wann kommen Sie wieder, ich dachte, wir hätten noch einige offene Themen, außer Stiefel und Schals mit Elefanten?«, fragte Dr. Illner. Er öffnete die Beifahrertür.
»Vorsicht, sonst haut meine Henne ab!« Das Huhn flatterte ihm entgegen, er breitete die Arme aus, und es fiel zurück auf den Sitz. Dr. Illner schloss die Tür bis auf einen Spalt.

»Da sehen Sie, was Sie anrichten, jetzt hat sie sich bestimmt weh getan.« Claudia strich dem Huhn vorsichtig über das hässliche Gefieder.
»So zartbesaitet sind die nicht, was glauben Sie, was in den Lege- und Mastbatterien mit den Viechern passiert?«
»Das will ich lieber nicht wissen.«
»Da geht es Ihnen so wie den meisten Menschen. Zufällig habe ich mich kürzlich mit den amtlichen Verzehrzahlen beschäftigt: Etwa neunhunderttausend Tonnen Huhn wurden 2013 in Deutschland geschlachtet. So viel wie nie – im Jahr der Wiesenhof-Skandale. Mit Kritik an Tierhaltung können die meisten Politiker bei genau den Wählern punkten, die deren Erzeugnisse jeden Mittag essen.«
Claudia holte mit der freien Hand eine alte Ausgabe der *FAZ* vom Rücksitz und breitete sie auf dem Beifahrersitz aus. Dann setzte sie das Tier darauf ab.
»Danke für den Vortrag. Sie sind also Tierschützer?«
»Nicht unbedingt. Eher Landschaftsschützer. Aber ich habe was gegen Doppelmoral. Wir hoffen, dass die Tierschutznovelle Qualzuchten in Deutschland verbietet, doch dann werden die Hühner in Asien und Amerika weitergemästet. Kein anderes Tier braucht so wenig Futter zum Großwerden. Das Hochleistungshuhn wird sich in der Welt sehr wahrscheinlich durchbeißen. Es wird Rind und Schwein mit Leichtigkeit überflügeln. Das sagt übrigens Paul Aho, der größte Hühnerökonom Amerikas.«
»Wo Hunger herrscht, gibt es laut Marx ja nicht mal eine Doppelmoral. Den Mästern geht es nur um Profit. Auf welcher Seite stehen Sie denn nun eigentlich?«
Dr. Illner öffnete die Beifahrertür wieder ein Stück weiter. »Sie lesen Marx? Jetzt überraschen Sie mich.«
»Tja, und das sogar freiwillig, im Gegensatz zu Ihnen, wahr-

scheinlich. Würden Sie jetzt bitte die Tür schließen? Ich muss dringend los.«

»Sie haben meine Frage nicht beantwortet. Wann kommen Sie wieder?« Er stand gebückt neben der Tür und sprach in den schmalen Spalt.

»Nächste Woche. Versprochen. Aber jetzt brauchen mich meine Kinder und meine Kollegin, und zwar dringend.«

»Und was wird aus Ihrer Tante?«

»Na, die ist doch bei Ihnen in den besten Händen. Die vietnamesische Krankenschwester hat meine Karte, falls Edith wieder mit Ihrer Hemdenauswahl unzufrieden ist, können Sie mich ja anrufen.«

Er kniff die Lippen zusammen, und sie konnte nicht erkennen, ob es Missbilligung oder ein Lächeln war.

»In Ordnung, dann bis nächste Woche ... und vergessen Sie nicht: Wenn man ein modernes Fleischhuhn länger als vorgesehen leben lässt, kippt es irgendwann unter der Last seiner schnellwachsenden Brust um!«

Dann drückte er die Beifahrertür ins Schloss, trat zurück, und Claudia fuhr sofort an. Sie war schon gut hundert Meter entfernt, als sie nochmals in den Rückspiegel sah. Dr. Illner stand immer noch da, während ein Mann mit einem Hund neben ihn trat. Sie fuhr langsamer, denn die Gestalt kam ihr bekannt vor ... Aber erst nachdem sie das Auto abgegeben hatte, es sich im Zugabteil bequem gemacht und es vergeblich auf Julias Handy versucht hatte, fiel ihr beim Anblick des Glatzkopfes im Sitz schräg gegenüber ein, wer der Mann gewesen war, der vorhin zu Dr. Illner getreten war. Rechtsanwalt Dr. Bosko mit seinem taupefarbenen Weimaraner, der Notar, der den Vertrag über den Verkauf des Mühlenguts aufgesetzt hatte.

Marcel

Die SMS war von einem anonymen Anschluss versendet worden, aber er wusste sofort, wer der Absender war. Schließlich hatte sie auch das Video auf seine Pinnwand gepostet. Und schließlich hatte er bereits feststellen müssen, wie dieses Mädchen tickte. Er wusste auch, was zu tun war, er musste sie nur finden, denn auf gar keinen Fall würde er dieses Mal wieder auf ihre Forderungen eingehen.

Vicky war eine der externen Schülerinnen aus dem Kanton Graubünden, die nicht im Internat wohnten. Er kannte ihre Adresse, weil er sie zusammen mit Maxim schon ein paar Mal zu Hause abgeholt hatte. Ihm war es immer rätselhaft gewesen, was Maxim und Benni an ihr fanden. Denn sie war weder hübsch noch besonders geistreich, doch zu den beiden war sie unglaublich nett. Vicky hatte zwei Gesichter: Marcel hatte sie allerdings nur als skrupellos und geschäftstüchtig kennengelernt.

Als er in Zuoz aus dem Bus ausstieg, überkam ihn ein Anflug von Übelkeit und Schwindel. Kein Wunder, sofort, nachdem er die Nachricht auf seinem Handy gelesen hatte, war er, ohne zu frühstücken, aufgebrochen. Außerdem hatte er kaum geschlafen. Aber sein Entschluss stand fest: Er wollte endgültig damit aufhören. Für ihn war schon immer nur kalter Entzug in Frage gekommen. Dazu gehörten auch die starken Schlafmittel, die er jede Nacht eingenommen hatte. Und jetzt fehlten ihm seine Wachmacher. Zum Glück war der kleine Bäckerladen an der nächsten Ecke auch am Sonntag geöffnet. Marcel suchte sich ein Hörnchen und ein Käsebrötchen aus. Während er auf den Kaffee wartete, griff er sich den *Sonntagsblick*, der auf der Theke lag – und schrak heftig zusammen.

»›Seine besten Freunde lockten ihn in den weißen Tod!‹«, las er die Schlagzeile unwillkürlich laut und registrierte, dass ihn die Frau hinter der Theke musterte.
»Ja, eine richtige Tragödie, nicht wahr? Ich kannte ihn sogar, er war ja öfter hier und hat sich Gebäck gekauft. So ein adretter, junger Mann, immer höflich, obwohl er Russe war, aber eigentlich sind die mir noch lieber als die Dütsche.« Sie nahm selbst auch eine der Zeitungen in die Hand und blickte abwechselnd auf das Bild und in Marcels Gesicht. »Aber ... das sind ja Sie! Da neben ihm ... stimmt ja, Sie waren doch auch schon manchmal hier.«
Marcel antwortete nicht. Sein Gesicht hatte alle Farbe verloren. Er warf ihr einige Geldstücke auf den Tresen und stürzte ohne ein Wort zur Tür hinaus.
»He, junger Mann? Was ist mit ihrem Gebäck und dem Kaffee?«, rief ihm die Frau hinterher.
Marcel hatte nur die Zeitung mitgenommen und rannte auf die Straße. Ein schwarzer Renault musste eine Vollbremsung machen. Marcel lief weiter. Er würde Vicky fertigmachen, wenn er sie zu fassen bekäme. Sie wohnte noch bei ihren Eltern, deshalb konnte er nicht einfach sonntags bei ihr klingeln. Marcel sah von weitem das Haus und blieb auf der anderen Straßenseite. Ob er sie anrufen sollte? Ob er ...
Doch Marcel hatte Glück, denn die Tür öffnete sich und Vicky trat auf die Straße. Sie trug ihre rote Skijacke, hatte eine Tasche in Schuhform über der Schulter hängen. Sie bemerkte ihn sofort, winkte und nickte ihm zu. Dabei lächelte sie falsch. Marcel konnte es nicht fassen. Das Mädchen war noch abgebrühter, als er bisher gedacht hatte. Sie erpresste, verleumdete ihn und lachte ihm ins Gesicht. Aber bitte. Marcel lief über die Straße und verzog ebenfalls den Mund.
»Hi, Arschloch! Was machst du hier, ich dachte, du wohnst am Suvretta-Hang? Hast du was Neues von den anderen gehört?«, fragte sie und sah ihm gerade in die Augen.

»Nein, nichts Neues. Lass uns ein Stück gehen, ja?«
»Ich kann nicht, so leid es mir tut.« Ihre Stimme hatte einen sarkastischen Unterton. »Bin immer sonntags zum Eislaufen in Celerina verabredet. Mein Bus fährt gleich. Aber du kannst ja mit zur Haltestelle kommen.«
Marcel antwortete nicht, sondern griff ihren Arm. Sie sah ihn verwundert an und ging schneller. Auf einmal packte Marcel fester zu und zog sie nach links in eine Einfahrt.
»Hey, was soll das? Du tust mir weh.«
Statt zu antworten, presste Marcel sie gegen die Hauswand und umklammerte mit eisenhartem Griff ihren Hals, kurz unter dem Kinn. Sein verzerrtes Gesicht war genau vor ihrem. Trotz der Kälte standen ihm Schweißperlen auf der Stirn und der Oberlippe. Vicky merkte, dass er kurz davor war, durchzudrehen, und bekam Panik.
»Wenn du glaubst, ich lasse mich weiter von dir erpressen, hast du dich getäuscht. Und wenn du glaubst, du kommst ungeschoren davon, nachdem du der Zeitung irgendeine schmutzige Geschichte über mich erzählt hast, dann täuschst du dich ebenfalls«, zischte Marcel und spuckte dabei.
»Ich weiß nicht, wovon du sprichst«, stieß sie hervor.
Marcel hob mit einer Hand ihren ganzen dürren Körper in die Luft. Vicky stöhnte auf. Dann ließ er sie wieder herunter und schlug ihren Kopf gegen die Wand. Sie sackte ein Stück nach unten, Tränen traten ihr in die Augen. An der Wand hinterließ sie eine Blutspur.
»Du weißt ganz genau, wovon ich spreche. Du hast mir diese SMS geschrieben: ›Ich weiß alles über dich‹«, ätzte er. »Du hast das Scheißvideo auf meine Pinnwand gepostet und bist verantwortlich für diese Schmiererei im *Blick*.« Er hielt ihr die Zeitung mit seinem Bild vor das Gesicht, und Vicky riss die Augen auf.

»Das war ich nicht!«, stammelte sie. »Das heißt, das mit dem Video schon, klar, das war doch nur Spaß … aber ich habe weder an dich gesimst noch mit der Zeitung gesprochen. Warum sollte ich?«

»Ist das eure Rache, weil ich nicht mehr mitmachen will?«

Marcel trat sie mit dem Knie in den Unterleib. Vicky schrie auf und klappte mit dem Oberkörper nach vorne. Doch Marcel riss sie hoch und presste sie wieder an die Mauer. »Ich weiß doch, dass du den Hals nicht vollkriegst. Natürlich kennst du hier die Journalisten von der Lokalpresse. Und natürlich hast du dir was Schönes ausgedacht, wegen der Tour und Maxim. Spitz die Ohren: Ich bin raus aus der Sache, für immer, klar?«

Sie kniff die Augen zusammen. »Das solltest du dir noch einmal gut überlegen!«

»Ach ja, und warum? Weil du sonst noch mehr Lügen über mich in Umlauf bringst?«

»Du weißt nur zu gut, dass nicht alles Lügen sind!«

»Meinen Anteil!« Marcels Griff an ihrem Hals wurde fester.

»Ich hab das Geld nicht hier. Muss erst mit Lucky Kontakt aufnehmen«, röchelte sie.

»Das glaube ich dir sogar. Ich gebe dir genau einen Tag Zeit.«

»Gib mir zwei, dann besorge ich dir dein Geld.«

»Du hast bis morgen vor der ersten Schulstunde Zeit.«

Vicky schloss kurz die Augen. »Na gut. Und wo?«

»Das wirst du rechtzeitig erfahren. Und wenn es so weit ist, will ich endlich wissen, wer Lucky ist.«

Er stieß sie nochmals gegen die Hauswand.

Sie schrie laut auf und stammelte: »Das weiß ich selbst nicht. Ich habe ihn noch nie gesehen!«

»Dann finde es raus! Das sind deine Hausaufgaben: das Geld und die Informationen. Vor allem darüber, wer die Zeitungsreporter gefüttert hat, wenn du es nicht warst …«

Mit dünner Stimme sagte Vicky: »Vielleicht fragst du mal deinen Freund Benni. Der hat womöglich bessere Beziehungen zur Presse hier, als du denkst.«

Marcel sah sie erstaunt an. Dann sprintete er über die Straße und sprang in den Bus, kurz bevor dieser die Türen schloss und abfuhr.

Claudia

Der Henne schien es in der alten, pietätloserweise mit Luftlöchern versehenen Gobelin-Reisetasche aus einem von Tante Ediths Schränken recht gutzugehen. Der Mann mit der Glatze guckte zwar gelegentlich ein wenig irritiert, wenn ein gedämpftes Gackern an sein Ohr drang, konzentrierte sich aber ansonsten auf seinen Laptop.

Während der Zug Fahrt aufnahm, verfiel Claudia ins Grübeln und merkte dabei nicht, dass sie den Mann mit der Glatze und dem Schnurrbart, der sich ihr gegenüber niedergelassen hatte, die ganze Zeit anstarrte. Sie hatte sich ihre Kopfhörer ins Ohr gesteckt und hörte ihr Lieblings-Chanson, »La Mer« von Charles Trenet.

Ihr Mitfahrer hatte sofort seinen Laptop herausgeholt und sich darin vertieft, aber jetzt sah er auf. Ihre Blicke trafen sich. Er bewegte die Lippen, und Claudia zog den Hörer aus ihrem rechten Ohr.

»Ich hatte diesen Klingelton mit dem Hühnergackern auch mal«, wiederholte er mit sächsischem Einschlag. »Der Vibrationsalarm ist allerdings ungewöhnlich heftig.«

»Bitte was?«

Er nickte in die Richtung der alten Gobelin-Reisetasche.

Aus ihrem Inneren drangen jetzt schon unmissverständliche Geräusche.

Claudia erwachte aus ihrer Starre.

»Oh Gott, das habe ich ja völlig vergessen.«

Sie öffnete den Reißverschluss, und sofort steckte die Henne ihren hässlichen Kopf heraus. Im selben Moment fielen die Strahlen der Januarsonne durch das Zugfenster und ließen ihren

Kamm grellrot aufleuchten. Claudia fiel ein, was Dr. Illner über Masthühner und Tageslicht gesagt hatte. Dieses Exemplar schien jedoch die Helligkeit vorzuziehen.

»Du bist wohl doch keines von den überzüchteten Hightech-Hühnern«, murmelte Claudia.

»Sie haben wenigstens nur eines. Ich bin kürzlich durch Nowosibirsk und Irkutsk gereist, da machen sie es nicht unter zehn pro Abteil«, war der einzige Kommentar ihres Mitfahrers, dann wandte er sich wieder seinem Bildschirm zu.

Das Huhn war erstaunlich schweigsam, nachdem es, zumindest teilweise, aus seinem Gefängnis befreit worden war, und Claudia beschloss, die Gelegenheit zu nutzen. Sie öffnete den Reißverschluss ihres Rimowa-Trolleys und holte das ledergebundene Tagebuch ihrer Großmutter mit den goldgeprägten Buchstaben heraus, das ihr Elsa so feierlich übergeben hatte.

Adelheid Neumann, geborene Händel

stand auf der ersten Seite.

Der erste Eintrag stammte vom 15. Februar 1938. Claudia begann zu lesen:

Im 5ten Monat wohnen wir in Leipzig, Bahnstr. 1 II; herrlich am Park gelegen, mit Sonne von früh bis abends. Doch sehne ich mich jeden Tag nach Adelsberg. Und keiner weiß, wie unser Großvater es in seinem Alter schafft, den Hof zu bewirtschaften. Er ist ja nicht mehr ganz auf der Höhe. Gott sei Dank sind wir bis auf kleine Erkältungskrankheiten immer ganz gesund geblieben. Unser Vati hat sehr viel Dienst als Offizier, und der Weg nach der Kaserne in Schönau ist nur mit 3maligem Straßenbahnumsteigen und 1 x Omnibus zu erreichen. Der Große hängt in der Schule recht nach, wir müssen täglich

Nachhilfestunde geben lassen, was uns jeden Tag 4 Mark kostet und wir somit in Leipzig noch auf keinen grünen Zweig kommen konnten.

Claudia gähnte und blätterte weiter. Sie überflog einige Seiten, denn die Belanglosigkeiten des Alltags ihrer Großmutter interessierten sie nicht besonders. Zudem fiel es ihr schwer, die mit blauer Tinte geschriebene Sütterlinschrift zu entziffern. Die Einträge waren sehr unregelmäßig, teilweise mit monatelangen Pausen dazwischen. Am 12. März 1940 schrieb sie:

Seit 1. Sept. 1939 haben wir wieder Krieg. Zuerst mit Polen, welches nach 18 Tagen geschlagen war, jetzt mit England, Frankreich, Südafrikan. Union, Australien. Unser Vati hat bis jetzt immer im Inland seinen Dienst getan und befindet sich als Kommandant der Res. Flak Abteilung in Böhmen zur Bewachung teils von Kohlewerken und Fabrikanlagen. Überall werden die Kohlen knapp, die Schulen mussten geschlossen werden. Also sitzt die Bande den ganzen Tag im Zimmer herum, balgt und zankt sich und die Stimmung ist oft nicht die beste … Hier in der Stadt habe ich Mühe, die Mäuler satt zu kriegen. Wir haben für alle Lebensmittel, außer Obst und Gemüse, Markenbewirtschaftung, auch Spinnstoff und Schuhwaren gehen auf Bezugsscheine. Was nicht auf Bezugsscheine geht, ist gehamstert, so dass man einfach nichts mehr zu kaufen bekommt. Nächste Woche ziehen wir zurück nach Adelsberg. Ich hoffe inständig, dass es uns dort besser ergehen wird. Außerdem braucht mich Großvater dringend auf dem Gut.

25. Februar 1942
Wir hoffen auf den Frühling, der nicht kommt. So einen Schneefall haben wir noch nicht gehabt. Unsere armen Soldaten

bei 30 bis 40 Grad Kälte mitten in Russland. Man hört viel von abgefrorenen Gliedmaßen bei den Soldaten.
Wir konnten mehrere Wochen Schneefuhren in Chemnitz ausführen. Elsa hat das Fuhrwerk gelenkt, und Edith und der kleine Wilhelm gingen ihr zur Hand. Sie haben sich alle ganz geschickt angestellt. Ein kleiner Verdienst für die ausgefallene Kartoffeleinnahme im vergangenen Herbst. Elsa ist ein hübscher Backfisch geworden und hat schon so manchen Verehrer auf den Nachbarhöfen. Vor allem Karl Gerber hat wohl ein Auge auf sie geworfen. Nächste Saison soll sie in die Tanzstunde gehen, doch wer weiß, wie es uns dann hier weiter ergehen wird. Edith leidet sehr unter ihrem schiefen Gesicht, das durch die Lähmung des Fazialisnervs herrührt. Sie tut mir oft leid, und ich mache mir schwere Vorwürfe. Aber wir hatten doch den Doktor nicht auftreiben können, als sie damals im Alter von zwei Jahren die Mittelohrentzündung bekam. Nun muss ich die beiden Mädchen immer ansehen und merke, wie Edith ihrer Schwester so sehr ihr hübsches Aussehen neidet.
Fast jeden Tag kommen Hamsterer auf den Hof und betteln um Lebensmittel, wo wir doch selbst kaum noch etwas haben. Sie bringen uns alle möglichen Habseligkeiten. Alles muss genauestens in das Wirtschaftsbuch eingetragen werden, so will es Großvater haben. Letzte Woche kam eine Frau und brachte ein ganzes Silberbesteck, das uns wenig nützt in diesen Zeiten. Wir haben doch fast nichts, was wir damit verspeisen könnten. Die Tiere sterben uns weg, bei der Kälte und unter der geringen Futtermenge. Ich war nur in der Lage, ihr 2 Eier und 1 L Milch dafür zu geben. Doch sie ließ sich nicht abbringen. Wenn man ihnen nichts gibt, stehlen sie es womöglich. Wir müssen schon nachts die Ställe bewachen, und das, wo wir keine Männer mehr haben. Gestern kam sie nun schon wieder und wollte mir zwei Bilder geben, die wohl von einem skandinavischen Maler

stammten, der eine Zeitlang bei ihrer Familie gewohnt hat. Die Ölgemälde gefielen mir überhaupt nicht, hässliche Gesichter mit leeren Augen und weit aufgerissenen Mündern, sie könnten einem fast Angst machen und sind sicher auch nichts wert, doch eines zeigte wenigstens die alte Brücke über die Chemnitz …

Claudia schrak zusammen. Das Huhn gab plötzlich ein Gackern von sich, und Claudia löste sich dieses Mal nur widerwillig von dem Tagebuch. Ihr fiel ein, dass sie es heute Morgen in der Eile gar nicht gefüttert hatte. Sie holte eine kleine Plastikdose aus ihrem Koffer, öffnete sie und offerierte der Henne ihr Mittagessen, das diese sofort zu picken begann.

»Wussten Sie, dass viele Verbraucher Huhn nicht als Fleischmahlzeit wahrnehmen, sondern als Fleischersatz?«, fragte ihr bislang schweigsamer Mitfahrer, während er das Huhn beobachtete.

Claudia ließ die Dose sinken.

»Hühner sind dem Tofu ähnlicher als jedes andere Tier.«

»Wie kommt es eigentlich, dass die Chemnitzer sich so viel mit Hühnern beschäftigen?«

»Ich bin kein Chemnitzer, sondern Leipziger.«

Claudia zog die Achseln hoch. Eigentlich hatte er eher das rosige, alterslose Gesicht eines Landbewohners.

»Gut, dann halt die Sachsen.«

»Vielleicht eine alte Schwäche aus DDR-Zeiten, Stichwort: Goldbroiler. Es war damals schon ein begehrtes Volksnahrungsmittel, effizient in der Produktion.«

»Ja, stimmt. Dieses unsägliche Wort kam bei uns in jeder dritten Fastnachtsrede vor, in der die DDR veralbert wurde. Und … ist es immer noch Ihr Leibgericht?«

»Das war es nie. Ich hätte immer schon eine Dorade in Salzkruste vorgezogen. Wenn es mir damals schon vergönnt gewesen wäre, eine zu kosten. Und auch jetzt bin ich kein Freund von Kentucky Fried Chicken. Aber ich vertreibe Biogasanlagen, die unter anderem mit Hühnertrockenkot laufen. Also ohne diese degenerierten Viecher, sei es Masthuhn oder Legehenne …«, er deutete auf das zufrieden pickende Tier, »… kein Geschäft. Die Schweine- und Rinderzucht sind rückläufig. Das Huhn ist effizienter, der Futteraufwand für Fleisch hat sich dort seit den sechziger Jahren halbiert. Kennen Sie zufällig die Zuchtkonzerne Aviagen und Hendrix?«

Claudia schüttelte den Kopf: »Nie gehört.«

»Die haben aus dem Federvieh eine Chicken-Wings-Maschine gemacht.«

Das Huhn hatte seine Mahlzeit aufgefressen und schien mit einem Verdauungsspaziergang zu liebäugeln. Es wackelte unruhig und ruckartig mit dem Kopf und versuchte, einen Fuß über den niedrigen Rand der Reisetasche zu setzen.

»Hätten Sie etwas dagegen?«, fragte Claudia, nahm es heraus und machte Anstalten, das Tier auf den Boden zu setzen.

»Ich nicht, aber die Bundesbahn vielleicht.«

Er rutschte näher zur Tür und spähte über den Gang.

»Ich warne Sie vor, wenn ich den Schaffner kommen sehe. Übrigens ist das Huhn verglichen mit dem Schwein und Rind nicht klug. Es kriegt nicht viel mit von seinem Ende im Schlachthof, anders als Schweine.«

»Wie beruhigend«, antwortete Claudia, als sie die Henne absetzte.

»Die vermutete Intelligenz eines Tieres ist für Menschen der wichtigste Grund dafür, vom Verzehr abzusehen oder nicht. Zudem erweckt sein Aussehen weniger Mitgefühl. Der Mensch verabscheut als Nahrung Tiere, die sehr hässlich sind, wie zum Beispiel Kojote, Nacktmull, oder sehr niedlich sind, wie Dalmatiner, Katze. Dafür verspeist er gerne Tiere, die einen neutralen Wert annehmen …«

»… wie Goldbroiler«, vollendete Claudia seinen Satz. »Lassen Sie mich raten … eine Studie kanadischer Wissenschaftler?«
Er nickte wieder: »Woher wissen Sie das?«
»Weil ich das selbst immer behaupte, wenn ich die Quelle nicht so genau kenne.«
Ihr fiel auf, dass sie heute nacheinander in Dr. Illner und in Anton Kohler, wie sich ihr Sitznachbar zu Fahrtbeginn vorgestellt hatte, ihre Meister gefunden hatte. Sonst war sie es, die pseudowissenschaftliche Vorträge hielt, vorzugsweise ihren Mandanten oder ihren Kindern.
»Außerdem hat es die ideale Größe. Es kann fast gänzlich gegessen werden, obgleich man hierzulande fast nur noch die Brust mag. Das Gewicht des Huhns – anderthalb Kilogramm – ist wie erfunden für unterentwickelte Länder. Dort mangelt es an Kühlschränken. Wohin in Dagestan, Primorje oder Altai – das sind die südlichsten Regionen Russlands – mit sieben Achteln Rest-Schwein? Vom Huhn aber bleibt nichts übrig.«
Claudia hörte ihm zu und studierte dabei das Lebewesen, das die Welt nachhaltig verbessern würde und gerade den blau-grauen Laminatboden des Erste-Klasse-Abteils mit kleinen Häufchen übersäte.
»Und aus dem Kot mache ich Gold, genauer gesagt, Gas und Dünger«, kommentierte Anton Kohler.

Das Tagebuch fiel ihr aus der Hand, als die Tür des Abteils plötzlich aufgestoßen wurde und das laute Rauschen eines vorbeifahrenden Zugs hereinschallte.

Benni und Marcel

Mit voller Wucht knallte die Tür gegen die Schlafzimmerwand und federte zurück. Knurrend drehte sich Benni auf die andere Seite, da war Marcel schon über ihm, packte ihn mit einer Hand an den Haaren und hielt ihm die Zeitung direkt vor das Gesicht. »Bist du für diese Schmiererei hier verantwortlich?«
Er ließ ihn grob auf die Matratze zurückfallen, setzte sich auf den Rand des Bettes und las mit bebender Stimme vor: »›Seine besten Freunde lockten ihn in den weißen Tod!‹ So lautet heute die Schlagzeile vom *Blick.* Erste Seite, wohlgemerkt! Mit einem Bild von ihm und mir. Dann geht es weiter: ›Der Sohn des schwerreichen russischen Oligarchen Gregorij Kurnikow kehrt von einer Skitour in den St. Moritzer Alpen nicht zurück‹ … hörst du das? … ›Die Schweizer Bergwacht nimmt die Suche heute wieder auf, doch nach 24 Stunden in der weißen Hölle, bei minus 30 Grad Kälte, gibt es kaum noch Hoffnung auf ein Überleben des 18-jährigen Schülers aus der Eliteschule Alpeninternat und einer 16-jährigen Frankfurterin, die den Urlaub mit ihrer Familie in St. Moritz verbrachte. Die beiden Jugendlichen waren gestern mit einer Gruppe von Schulkameraden abseits der Piste vom Corvatsch zum‹ … bla, bla, bla, bla, … jetzt kommt's, spitz die Ohren!«
Marcel schlug Benni fest ins Gesicht. Blut lief aus dessen aufgeplatzter Lippe. Er starrte seinen Freund fassungslos an, von Marcels Brutalität vollkommen überrumpelt. Hastig rutschte er an die Wand und zog verstört die Decke über seinen nackten Körper.
Marcel las weiter: »›Vier der Schüler wurden gestern noch von Tatjana Kurnikowa, der bekannten St. Moritzer Galeristin und

Tante von Maxim, gefunden. Trotz schlechter Sicht und Unwetterwarnung steuerte sie selbst den Helikopter in den Rettungseinsatz. Zwei weitere der Jugendlichen fand die Schweizer Bergwacht. Maxim Kurnikow wurde offenbar von seinem Mitschüler zu der Tour überredet. Er ist ein exzellenter und erfahrener Off-Road-Skiläufer, der schon mehrere internationale Wettbewerbe gewonnen hat‹ …«

»Also gewonnen hat er noch nie, soweit ich weiß«, murmelte Benni. Marcel sah kurz auf und las dann weiter:

»›Doch ein solches Risiko, bei höchster Lawinengefahr und negativer Wetterprognose in ein Gletschergebiet zu fahren, trotz ausdrücklicher Warnung eines Skilehrers, wäre er nie eingegangen, verlautet aus den Kreisen der Internatsschüler. Vielmehr wurde er wohl massiv unter Druck gesetzt. Was und wer dahintersteckt? Werden wir es je erfahren, oder nimmt er das Geheimnis mit in sein Grab aus Schnee und Eis?‹ Und? Hast du das diesem Journalisten eingeflüstert?«

Er suchte in dem Artikel nach dem Namen des Verfassers: »Da stehen nur die Initialen: T. G. Jede Wette, dass du weißt, wer das ist!«

Diesmal watschte er ihm die Zeitung um den Kopf. Dann warf er sie auf die Bettdecke und schlug mit beiden Handflächen, so fest er konnte, auf Bennis Ohren.

»Mann, was ist denn bloß los mit dir?«, keuchte Benni. »Bist du total verrückt geworden? Ich weiß gar nicht, wovon du sprichst …«, hustete er. Seine Ohrmuscheln schmerzten und färbten sich tomatenrot.

»Gibst du es jetzt zu?«, wiederholte Marcel.

»Ich weiß gar nicht, warum du dich so aufregst, vor allem wenn es doch alles nicht stimmt, wie du sagst.«

Marcel sah sich im Schlafzimmer um. In einem Regal waren angelaufene Pokale mit silbernen Skifahrerskulpturen aufgestellt, der Boden war übersät mit Bennis Kleidungsstücken. Doch dann fiel ihm etwas auf, das nicht dazu passte. Er bückte sich, hob den violetten Stringtanga auf und ließ ihn triumphierend an seinem Finger baumeln.

»Ist das etwa deiner? Sag schon, wen hast du hier heute Nacht gefickt?«

Marcel kannte keinen Menschen, dessen Gesichtsfarbe so deutlich wechselte, wenn er ertappt wurde, wie Benni. Dieser Umstand vereitelte grundsätzlich jeden Versuch einer Lüge.

»Also? Ich seh dir an, dass ich recht habe. Wer war es?«

Benni wischte sich über die blutende Lippe.

»Ich konnte doch nicht wissen, dass die noch am selben Abend so was schreibt! Ich war stockbesoffen ... und ich dachte ... sie auch!«

Marcel riss ein Kissen hoch und haute es Benni so fest ins Gesicht, dass es aufplatzte und die Gänsedaunen durch die Luft flogen.

»Warum bist du eigentlich so agro? Hast du was eingeworfen, he? Speed, oder was?«, fragte Benni und hob ruckartig das Kinn.

»Gar nichts habe ich genommen, und ich bin es, der hier die Fragen stellt. Sag mir endlich, wer gestern Abend hier war.«

»Sie heißt Toni ... und ist Journalistin beim *Blick*.«

»Und das wusstest du und redest ... und fickst trotzdem mit ihr ... und plauderst dabei ein bisschen über deine Freunde?«

»Mann, du hättest sie sehen sollen. Da wärst du auch schwachgeworden. Traumbeine, so lang wie die von Claudia Schiffer, und Haare, lang, rot, wie die von ...«, er suchte nach einem Vergleich, doch Marcel unterbrach ihn: »Von Sarah Ferguson, ja? Das interessiert mich alles nicht. Ich will wissen, was du ihr gesagt hast.«

Er packte Bennis Fußgelenk, und dieser schrie auf: »Ich kann mich nicht erinnern, was ich gesagt habe, verstehst du? Absoluter Filmriss!«

Marcel drehte den Fuß herum, und Benni wimmerte: »Gleich ist das Gelenk gebrochen, hör auf, du Sau, ich dachte, wir sind Freunde!«
Ganz plötzlich ließ Marcel ihn los und stand auf: »Wie heißt sie mit Nachnamen?«
Benni sprang auf und griff sich einen der schweren Skifahrerpokale. Wie eine Waffe hielt er ihn vor seinen nackten Körper. Marcel kam langsam um das Bett herum, auf ihn zu.
»Den Namen!«, wiederholte er.
»Gass … Gasse, Gasser …«, stammelte Benni, »irgendwas in der Art, ich weiß es einfach nicht mehr.«
»Okay, das reicht mir. Die finde ich. Und dann gnade ihr Gott!«
Marcel drehte sich um und verschwand genauso schnell aus der Wohnung, wie er gekommen war.
Benni stand benommen da. Hatte er gerade seine erste große und ernsthafte Liebe in höchste Gefahr gebracht? So, wie Marcel drauf war, würde es ihn vermutlich auch nicht abschrecken, dass Toni eine hübsche junge Frau war. Er musste also sofort etwas unternehmen.

Julia

»Vielleicht hätten wir es doch von oben versuchen sollen«, teilte der Mann in dem rot-weißen Skianzug seinem Kollegen mit und deutete auf den Ausläufer des leicht ansteigenden Val Roseg vor ihnen. Daneben ragte die steile Flanke des Piz Bernina auf. Im strahlenden Morgenlicht erhob sich der in weißem Eis gepanzerte über viertausend Meter hohe Berg wie ein Mahnmal.
Der andere nickte. Der sechsköpfige Suchtrupp der Bergwacht war von zwei Helikoptern unterhalb des mutmaßlichen Unfallortes abgesetzt worden. Eine direkte Landung war auf dem Gletscher nicht möglich. Unter ihnen waren auch ein Lawinenhund mit seinem Führer und ein Notarzt. Sie suchten die Stelle, die Benni und Robert mit den Skistöcken markiert hatten. Den Ort, an dem Julia und Maxim das letzte Mal lebend gesehen wurden.
Der Neuschnee war tief, und die Männer versanken teilweise bis zur Brust. Für den Hund war der Aufstieg kaum zu schaffen. So kamen sie nur äußerst langsam voran. Am frühen Vormittag gelangten sie an den Fuß von fünf zackigen Felsen, auf denen sich der Schnee türmte. Von einem war bereits ein Schneebrett abgegangen, dessen bröckelige Ausläufer fast bis zu ihren Füßen reichten. Dort fanden sie einen Skistock. Er steckte nicht im Schnee, sondern lag dreißig Zentimeter unter der Schneedecke. Ihr Spurmacher kratzte mit der Skikante darüber.
Man konnte nicht feststellen, ob er sich gelöst hatte und talwärts gerutscht war. Es bestand die vage Möglichkeit, dass er von Julia oder Maxim selbst stammte. Benni war nicht in der Lage gewesen, ihnen seine Stöcke näher zu beschreiben. Er konnte sich weder an die Marke noch an die Farbe erinnern, angeblich griff er sich immer irgendein Paar, das gerade bei Maxim herumlag.

Sie umkreisten die Stelle, suchten vergeblich nach weiteren Spuren und stiegen dann wieder ein Stück nach unten.
»Er wittert etwas!«, rief der Lawinenhundführer und deutete auf den schwarzen Labrador, der bereits angefangen hatte, im Schnee zu graben. Nach wenigen Minuten hielt sein Führer eine eisverkrustete Skibrille in die Höhe. Die Männer steckten ihre Sonden zusammen und stachen damit vorsichtig in die Schneedecke. Mit versteinerten Gesichtern arbeiteten sie sich Meter für Meter vorwärts, umkreisten den Fundort der Brille und des Stocks. Teils hofften sie, auf einen Widerstand unter dem Schnee zu treffen, teils fürchteten sie den Moment. Keiner sagte etwas. Denn jeder wusste, wie gering die Wahrscheinlichkeit war, noch jemanden lebend zu bergen.
Nach einer halben Stunde hatten sie immer noch keinen Hinweis auf die beiden gefunden.
»Es hat keinen Sinn, wir müssen den Kreis größer ziehen«, meinte einer der Anführer des Suchtrupps.
»Hier!«, rief einer der Hundeführer von weiter unten. Der Hund hatte ihn zu einer Stelle geführt. Die Sonde ließ sich nicht weiter als einen Meter tief in den Schnee stoßen. Die anderen kamen herbei, gruben stumm und verbissen mit ihren Spaten, vermieden die Blicke der anderen, konzentrierten sich auf ihre Arbeit.
Als sie das erste dunkle Stück Stoff durchschimmern sahen, scharrten sie mit den Händen. Sie befreiten die Skijacke, die giftgrüne Hose, den schwarzen Helm, aus dem der blonde Zopf herausschaute, vom Schnee. Es war der zierliche Körper eines Mädchens. Sie lag auf dem Bauch, die Arme nach oben weggestreckt, die Beine gespreizt. Das linke Bein seltsam verdreht. Aus dem rechten Unterschenkel ragte das Schienbein in einem Winkel von neunzig Grad heraus – der Knochen hatte sich durch das Fleisch, die Haut und die Hose gebohrt. Die Männer warteten

angespannt darauf, was der Notarzt sagen würde, der die Hand an die Halsschlagader der Verschütteten gelegt hatte.
»Da kommt jede Hilfe zu spät«, sagte er ernst.
Sie zählten bis drei und drehten den steifgefrorenen Leib des Teenagers gemeinsam herum.
»Gott im Himmel!«, flüsterte einer.
Die toten Augen lagen tief in den Höhlen und starrten sie aus dem blau-grau verfärbten Gesicht an. Die Nase war eingedrückt und schien verschoben zu sein. Daneben klebte eine bräunliche Blutkruste. Die Haut über den Lippen hatte sich durch die Kälte bereits zurückgezogen. Es sah aus, als würde das Mädchen die Zähne blecken. Über die gesamte rechte Wange verlief eine kerzengerade Schnittwunde mit blauen Rändern.
»Wir haben das Mädchen … da ist nichts mehr zu machen«, teilte einer der Männer über Sprechfunk der Bergwachtzentrale mit.

Nicolas

Das glitzernde, schäumende Wasser des Ova da Bernina zwischen den verschneiten Steinen in der weißen, unberührten, wilden Berglandschaft sah märchenhaft schön aus. Als Nicolas die Via Bernina entlangfuhr, die aus Pontresina herausführte, kam es ihm vor wie eine hämische Gemeinheit der Natur.

Sie hatten ihn sofort benachrichtigt, obwohl er nicht der leibliche Vater von Julia war. Doch er hatte der Bergwachtzentrale seine Nummer hinterlassen, und weder Claudia noch Nik, Claudias Ex-Mann, hätten schnell genug zur Identifikation herkommen können. Der Anblick, der sich ihm bot, als er sich dem vereinbarten Treffpunkt am Hotel Roseg-Gletscher näherte, ließ ihn um Fassung ringen. Auf dem Parkplatz stand bereits ein Leichenwagen direkt neben einem Streifenwagen der Kantonspolizei und einer dunklen Limousine.

Er parkte sein Auto auf der anderen Seite des halb leeren Platzes, war aber außerstande auszusteigen und verbarg sein Gesicht in den Händen. Da hörte er Türenschlagen. Als er aufblickte, sah er, dass die beiden Polizeibeamten aus dem Wagen ausgestiegen waren und ihre Kappen aufsetzten. Auch die Türen der Limousine öffneten sich, und zwei Männer stiegen aus. Mit mechanischen Bewegungen machte Nicolas die Autotür auf, stieg aus, schlug sie zu. Seine Beine bewegten sich, als würde er von einer unsichtbaren Schnur gezogen, auf den Landeplatz zu, auf den sich der Helikopter langsam absenkte.

Er sah auf die vereisten Spuren der Autoreifen, und ihm wurde klar, dass er Schnee für immer hassen würde.

Ein Schatten ließ ihn aufblicken. Da war noch eine Bewegung am Himmel, und Nicolas blieb stehen. Die Sonne würde bald ihren höchsten Stand erreichen. Etwa hundert Meter über ihnen schwebte ein Adler mit ausgebreiteten Flügeln, wartete auf das Einsetzen der thermischen Winde, um sich weiter nach oben zu den Berggipfeln tragen zu lassen.

Einige Ausflügler bemerkten den Helikopter und bewegten sich sofort auf den Landeplatz zu. Sogleich schirmten die Beamten die Stelle ab und versperrten ihnen den Weg. Einer der beiden anderen wandte sich an Nicolas. »Sind Sie Nicolas de Haan?«

Dieser nickte mit versteinertem Gesicht.

Der Mann sah auf seinen Notizblock. »Der Lebensgefährte der Mutter?«

»Ja!«, bestätigte Nicolas.

»Hauptkommissar Steiner«, stellte er sich vor und deutete auf seinen Kollegen: »Und das dort ist Inspektor Brügger.«

Nicolas nickte ihnen zu.

»Dann kommen Sie bitte mit.«

Der Zivilbeamte geleitete ihn in die Richtung des Helikopters. Die Glastür wurde geöffnet, ein Mann sprang heraus, und kurz darauf wurde ein längliches orangefarbenes Paket herausgehievt. Sie war auf einem Metallschlitten festgegurtet. Nicolas erkannte, dass das Gesicht des Mädchens abgedeckt war, und verspürte Erleichterung. Ihm blieb noch ein Moment.

»Wo habt ihr sie genau gefunden?«, fragte Brügger den Mann von der Bergrettung.

»Im Val Roseg unterhalb der Westflanke vom Piz. Muss von den Felsen gestürzt sein. Völlig verrückt. Ich weiß gar nicht, was sie dort zu suchen hatten. Man fragt sich schon, was die jungen Leute ...«

Er sah Nicolas' zerknirschtes Gesicht und verstummte sofort.

»Die anderen Männer sind oben geblieben und suchen noch nach dem Jungen.«

»Sind Sie so weit?«, wandte sich Steiner an Nicolas.

Dieser senkte kurz den Kopf.
Der Mann von der Bergwacht beugte sich über den Metallschlitten. Unterhalb des Kopfendes öffnete er den schwarzen Gurt, mit dem der orange Kunststoffsack verschnürt war, dann zog er den breiten Klettverschluss auf und faltete die Öffnung auseinander.
Nicolas musste daran denken, dass Julia die Farbe Orange nicht ausstehen konnte.
Langsam erhob sich der Mann von der Bergwacht und trat zurück.
Nicolas machte einen Schritt auf sie zu, kniete sich neben das Kopfende der Metallbahre, und das Blut gefror ihm in den Adern. Man hatte ihr die Augen nicht schließen können, die Lider waren festgefroren.
Wie in Trance nahm er das mehrfache, schnelle Klicken einer Kamera wahr. Er richtete sich auf und sah, wie sich die rothaarige Fotografin umdrehte und zu ihrem Auto rannte. Einer der Polizisten setzte ihr nach, doch ihr weißer Audi A8 preschte mit aufheulendem Motor davon.
»Wir müssen auf jeden Fall verhindern, dass das Foto in die Presse gelangt!«, meinte Brügger zu seinen Kollegen.
»Das ist mir klar. Aber wir wissen ja beide, an wen wir uns da wenden müssen. Damit kommt die Toni nicht durch!«
Da erwachte Nicolas aus seiner Starre. Er würde den leeren Blick aus den grauen Augen der Toten niemals wieder vergessen, doch es waren nicht Julias Augen.
Er sah die beiden Beamten an und schüttelte langsam den Kopf. Hätte er jetzt nicht Freude oder Erleichterung empfinden müssen? Doch dazu war er nach der Anspannung und dem Anblick einer jungen Frau, die gewaltsam den Tod gefunden hatte, nicht fähig. Alles, was er fühlte, war eine innere Leere.
»Soll das heißen, sie ist es nicht?«, fragte Brügger.

Mit schmal gezogenem Mund presste Nicolas heraus: »Nein, das ist nicht die Tochter meiner Lebensgefährtin. Das ist nicht Julia Neumann.«

Steiner kam näher, kniete sich hin und beugte sich über die Tote. »Hans, komm mal her. Ich kann mir nicht helfen. Aber ich habe das Mädchen schon mal irgendwo gesehen. Kommt sie dir nicht auch bekannt vor?«

Der uniformierte Polizist machte einen Schritt auf die Leiche zu und betrachtete sie. »Ja, du hast recht.«

Die anderen Männer sahen ihn gespannt an. Auf einmal veränderte sich sein Gesicht. Währenddessen nahm der Bergführer seinen Rucksack ab, stellte ihn ab und öffnete ihn. Dann hielt er Brügger zwei Plastiktüten entgegen. In der einen lag eine Skibrille. Der Gegenstand in dem anderen Beutel war klein und silberfarben.

»Das haben wir in der Nähe der Leiche gefunden.«

Brügger nahm ihm die Beutel ab. Die Tüte mit dem Metallgegenstand hielt er hoch und drehte ihn hin und her.

»Jetzt hab ich's«, sagte der eine uniformierte Polizist. »Ihr Bild hängt in unserem Umkleideraum auf der Wache. Das ist … vielmehr war … das Playmate aus dem Dezemberheft.«

Julia und Maxim

Nach der Bergung des toten Mädchens war das Bergrettungsteam weiter nach oben gestiegen. Sie hatten sich inzwischen alle angeseilt, denn jetzt befanden sie sich im Gletschergebiet. Und obwohl sie erfahrene Bergführer dabeihatten, war es unmöglich, alle verdeckten Spalten und die gefährlichen, schneebedeckten, schmalen Brücken zu erkennen.

»Ich empfange ein Signal!«

Er hielt sein LVS-Gerät in die Höhe. Tatsächlich sendete es ein leises Piepsen. Auf dem kleinen Display blinkte eine Zahl auf: 0,6.

»Es ist nur sechzig Meter entfernt!«, rief er.

»Hier!«, meldete sich ein anderer im selben Moment. Und alle schauten zu ihm hin. Er zeigte auf den blauen Griff eines Skistocks, der aus dem Schnee herausschaute.

»Da ist eine Spalte … von da scheint das Signal zu kommen.«

»Pass auf, Martin!«, rief der Bergführer. »Bleib da stehen, wo du bist, und rühr dich nicht. Wir bauen das Gerüst zum Abseilen auf.«

Der Anblick, der sich dem Mann von der Bergrettung im Lichtkegel seiner Stirnlampe bot, als er zehn Meter tief, zwischen den Eiswänden des Sellagletschers, an einem Seil hing, machte alle Hoffnungen zunichte. Zuerst dachte er, es sei nur ein Körper, der dort auf dem schmalen Steg aus Eis lag. Doch als er sich weiter abseilen ließ, erkannte er, dass die zwei aufeinanderruhten. Das Mädchen lag oben, einige ihrer langen blonden Haare, die seitlich aus der Kapuze herausschauten, waren auf der Brust des Jungen aufgefächert. Ihr Gesicht bedeckte der Kragen aus Kojotenfell. Die Augen des Jungen waren geschlossen, seine Augenbrauen weiß von Eiskristallen, die Gesichtsfarbe grau. Sein rechter Arm umschlang den Körper des Mädchens. Wahrscheinlich festgefroren, dachte der Mann. Er hatte während seiner Laufbahn bei der Schweizer Bergwacht schon einige erfrorene Menschen gesehen. Aber noch keine so jungen. Er gab das Zeichen, um noch weiter herabgelassen zu werden, und streckte die Hand aus, um sie zu berühren. Ganz vorsichtig schob er die Kapuze über Julias Gesicht ein Stück zur Seite. Da öffnete Maxim die Augen.

»Du lebst!«

Der Mann von der Bergwacht richtete den Kopf nach oben und schrie: »Der Junge lebt! Wir müssen ihn sofort hier rausholen!« Dann wandte er sich sofort wieder Maxim zu und sprach auf ihn ein.

»Kannst du mich hören? Wie heißt du?«

Er berührte sachte die bleiche Wange.

Maxim reagierte nicht.

»Kannst du dich erinnern, wie das hier passiert ist? He, komm schon, antworte mir.«

Maxims Augen rollten nach hinten, und er schloss die Lider.

»Nein! Das darfst du nicht. Du bist gleich in Sicherheit!«, rief sein Retter laut aus. Er berührte vorsichtig seine Schulter. Maxim musste bei Bewusstsein bleiben.

»Komm, komm, komm, Junge. Bleib bei mir!«, wiederholte er ständig.

Maxims Lider öffneten sich wieder, und er starrte ihm direkt in die Augen.

»Wo … ist … Julia?«, fragte er ganz langsam.

»Sie ist direkt hier bei dir. Spürst du das nicht? Es wird alles gut. Wir holen euch jetzt hier heraus. Mach dir keine Sorgen.«

Währenddessen zog er seinen Handschuh aus und tastete sich durch Julias Schal, weiter zu ihrer Halsschlagader. Maxim hob den Kopf etwas an und konnte Julias Haare auf seiner Brust liegen sehen.

»Da ist sie. Ich kann ihr Gewicht nicht fühlen.«

»Ich glaube, das Mädel wiegt auch so gut wie nichts. Ist das deine Freundin?«, versuchte der Mann Maxim in ein Gespräch zu verwickeln.

»Das grenzt an ein Wunder«, murmelte er, als er seine Hand unter dem Schal hervorzog.

»Das Mädchen ist auch am Leben!«, rief er nach oben.

Claudia und Nicolas

»Ich werde nie verstehen, wieso du mich nicht früher angerufen hast.« Claudia saß in ihrem dunkelblauen Kostüm in der Küche und stürzte eine Tasse Kaffee herunter. »Und verzeihen werde ich es dir erst recht nie«, setzte sie leiser hinzu.

Nicolas stellte die Einkaufstaschen auf den Teakholzdielen ab. Er ging um den Küchentisch und griff nach ihren Händen. »Ich wollte dich einfach nicht beunruhigen. Irgendwie habe ich die ganze Zeit fest daran geglaubt, dass wir sie finden – lebend. Und du hättest doch von Chemnitz aus nicht helfen können. Ich weiß inzwischen, dass es ein Fehler war. Bitte verzeih mir.«

Er versuchte, sie an sich zu ziehen, doch Claudia drehte sich weg.

»Ich finde es langsam merkwürdig, dass den Kindern, immer wenn sie sich in deiner Obhut befinden, etwas zustößt. Zuerst bricht sich Arthur beim Eislaufen die Hand, weil er von deiner psychisch gestörten Frau umgehauen wird, und nun stürzt Julia in eine Gletscherspalte – so was Absurdes!«

»Du sagst es ja selbst: Beides vollkommen absurd!« Nicolas begann, einzelne flaumige, weiße Federn von seinem grauen Pullover zu zupfen, und setzte sich auf den Stuhl neben sie. »Aber apropos absurd: Wie bist du eigentlich auf die Idee gekommen, dieses halb gerupfte Federvieh mit nach Frankfurt zu bringen?« Er deutete mit dem Kopf in Richtung der Henne, die mit nickenden Bewegungen durch die Küche stolzierte.

»Ach … das ist eine lange Geschichte. Die erzähle ich dir später. Jetzt muss ich noch mal nach Julia sehen.«

Claudia stand auf und ging in Julias Zimmer. Sie saß auf ihrer Matratze, hatte beide Hände bandagiert über der Decke liegen

und trug Kopfhörer auf den Ohren. Ihre Mutter schob sie ihr sachte in den Nacken und setzte sich neben sie auf den Bettrand.
»Na, meine Süße? Wie fühlst du dich? Geht es dir ein bisschen besser? Hast du noch Schmerzen?«
Julia schüttelte stumm den Kopf. Dann starrte sie wieder geradeaus ins Leere. Ihre Wangen schimmerten bläulich. Sie hatten Erfrierungen erlitten, genau wie ihre Hände. Der Ringfinger und der kleine Finger der linken Hand waren nicht mehr zu retten gewesen. Noch im Oberengadiner Spital waren sie amputiert worden. Ihre rechte Schulter war bei dem Sturz aus der Gelenkpfanne gesprungen. Sie wurde wieder eingerenkt. Es sei ein Wunder, dass sie sich nicht mehr und weit gravierendere Verletzungen bei ihrem Sturz zugezogen habe, ließen die Ärzte sie wissen. Sie müsse einen sehr aufmerksamen Schutzengel gehabt haben.
Claudia war sich nicht sicher, ob es die fehlenden Gliedmaßen waren, die so sehr auf Julias Stimmung drückten. Seit sie aus St. Moritz zurück war, hatte sie kaum ein Wort mit ihr geredet. Sie aß fast nichts, schien immer wieder dasselbe Lied zu hören und sah mit leerem Blick auf die weiße Wand ihres Zimmers.
»Kann ich irgendwas für dich tun? Soll ich dir Glasnudeln mit Hähnchen braten? Nicolas hat gerade alles frisch dafür eingekauft.«
Julia drehte das erste Mal das Gesicht in ihre Richtung. Aber es war, als sehe sie durch sie hindurch. »Ich habe keinen Hunger«, sagte sie ausdruckslos.
»Na gut, aber sag mir gleich Bescheid, wenn du es dir anders überlegst, ja?«
Julia antwortete nicht, und Claudia ging aus dem Zimmer. Sie lehnte die Tür nur an, damit sie keine Regung ihrer Tochter überhören würde. Im Flur sah sie auf die Uhr. Es war schon Viertel vor zehn, und sie musste dringend ins Büro.

Nicolas hatte inzwischen alle Einkäufe verstaut. Eigentlich hasste sich Claudia für das, was sie ihn jetzt fragte: »Kannst du hier bei Julia bleiben?«
»Kein Problem. Ich arbeite dann heute von zu Hause aus. Mach dir keine Sorgen!«
Sich keine Sorgen zu machen wäre zu schön, um wahr zu sein, dachte Claudia.
»Ich weiß wirklich nicht, wie das mit ihr weitergehen soll. Sie ist so verschlossen und depressiv. Ob das nur an den Erlebnissen und den Verletzungen liegt?«
Nicolas sah sie einen Moment lang an, und Claudia fiel auf, dass er sich schon lange nicht mehr rasiert hatte. Normalerweise achtete er pingelig auf sein Äußeres.
»Ich hoffe, man muss damit nicht noch Gassi gehen«, sagte er und zeigte auf die Henne. »Aber wie ich sehe, nützt das wohl sowieso nichts.« Nicolas riss ein Stück Papier von der Küchenrolle, hielt es unter den Wasserhahn und begann, die kleinen Häufchen vom Küchenboden zu wischen. »Ich glaube, dass etwas anderes hinter Julias schlechter Stimmung steckt.«
»Ach ja, und was wäre das?«, fragte Claudia und steckte sich eine Packung Wiener Würstchen, eine Tüte mit falschem Krebsfleisch und zwei hartgekochte Eier in die Handtasche.
»Deine Tochter hat Liebeskummer.«
»Liebeskummer? Das glaube ich nicht. In wen soll sie denn verliebt sein?«
»Ich vermute … in diesen Jungen, mit dem sie zusammen gefunden wurde … er heißt Maxim Kurnikow und ist Russe, ein ganz netter Junge, glaube ich.«
»Wie bitte? Ist das so eine Art Stockholm-Syndrom, oder was? Der Typ hat sie doch schließlich da reingeritten. Da kann ich mir kaum vorstellen, dass das nur ein netter Junge ist und außerdem … muss es denn ausgerechnet ein Russe sein?«

Nicolas zuckte mit den Schultern. »Warum nicht?«
Claudia sah ihn direkt an. »Habt ihr alle zu oft ›Doktor Schiwago‹ geguckt? Man muss den Film doch nicht gleich nachspielen.«
Nicolas machte einen Schritt auf sie zu.
»Was ist?«, fragte sie. »Warum siehst du mich so ernst an? Es sollte nur ein Scherz sein.«
Er packte sie an den Oberarmen.
»Ich brauche jedenfalls nicht auch noch Folklore in dieser Familie! Mir ist es bunt genug«, sagte sie bemüht heiter, um den Ausdruck aus seinem Gesicht zu wischen.
»Und du? … Bist du eigentlich noch verliebt?«, fragte er.
»In wen, in dich etwa? Wie kommst du denn darauf?« Claudia wich seinem Blick aus. Es war nicht mehr die Art, mit der er sie vor ihrer Abreise nach Chemnitz angesehen hatte. Das Anerkennende, Wohlwollende, Gierige in seinen Augen fehlte. Sie machte sich von ihm los und griff nach ihrer Tasche. »Bis heute Abend. Kochst du was? Denk dran: keine Kohlehydrate für mich!« Sie küsste ihren Zeige- und Mittelfinger und berührte damit leicht Nicolas' Lippen.
Als sie die Tür hinter sich zugezogen hatte, blieb sie einen Moment lang stehen und holte tief Luft. Etwas sagte ihr, dass es für sie Zeit wurde, sich wieder nach einer Wohnung umzusehen. Sie stieg die Treppe herunter und versuchte, den Gedanken beiseitezuschieben. Sie hatte größere Sorgen: Sie musste endlich wieder Geld verdienen!
Und Julia von ihrem Trauma befreien.

Gregorij und Maxim

»Das kommt überhaupt nicht in Frage! Du bist noch nicht so weit!«

Gregorij saß auf einem weißen Ledersessel neben dem Krankenhausbett und schlug mit der Hand auf die Bettdecke.

»Versteh mich doch, Papa. Es ist dringend. Ich will hier raus. Ich muss zurück in die Schule, und ich muss das deutsche Mädchen sprechen.«

Maxim versuchte, sich an dem Griff über dem Bett hochzuziehen, und stöhnte auf. Er hatte bei dem Sturz eine komplizierte Beckenfraktur erlitten, die gleich am nächsten Tag im Kantonsspital Chur operiert worden war. Sein Vater hatte darauf bestanden, ihn sofort dorthin zu verlegen, damit er von dem besten Spezialisten auf dem Gebiet der orthopädischen Chirurgie behandelt werden konnte. Er lag seitdem auf einer abgeschirmten Privatstation, die eingerichtet war wie ein Fünfsternehotel.

Maxims Beine steckten in einem Streckverband und wurden in einem Stufenbett hochgelagert. Seine Brand- und Schürfwunden im Gesicht waren von einem Mullverband bedeckt.

Gregorij stand auf und drückte Maxim an den Schultern zurück in das Kissen. »Du bist ja verrückt. Ich kenne dich gar nicht wieder. Erst gehst du auf diese Wahnsinnstour, und jetzt kapierst du noch nicht einmal, dass du dringend Bettruhe brauchst. Weißt du eigentlich, was deine Verletzung alles für Spätfolgen nach sich ziehen kann? Schief zusammengewachsene Knochen, Falschgelenkbildungen, Lähmungen. Du musst froh sein, wenn du irgendwann wieder laufen kannst. Bleib liegen und hör auf mit dem Unfug.« Er setzte sich wieder.

Maxim drehte den Kopf zur Seite, um seinem Vater nicht in die Augen sehen zu müssen. Er hasste es, wenn sich seine Iris so gelb färbte wie die eines Raubtiers. Aber er hatte seine Gründe, weshalb er Julia sprechen musste.

»Das ist mir egal. Ich habe das Mädchen in diese Situation gebracht. Sie hat mich gerettet. Wenn sie nicht gewesen wäre, wäre ich in der Nacht erfroren.«

»Was redest du dir da für ein dummes Zeug ein. Du hast sie genauso warm gehalten wie sie dich. Im Gegenteil: Dadurch, dass sie die ganze Nacht auf dir gelegen hat, haben sich deine Knochen im Becken noch weiter verschoben. Sie hat alles viel schlimmer gemacht!«

Maxim schnappte nach Luft.

Gregorij senkte die Stimme: »Du hast dich doch nicht etwa in eine sechzehnjährige Deutsche verknallt? Ausgerechnet eine Deutsche! Sei doch vernünftig, Junge. Du kannst jede haben, schau dich mal an!«

»Ja, genau, schau du mich an, mit meinen Narben, die ich im Gesicht behalten werde, mit einem verkürzten Bein, und überlege mal, wo ich jetzt ohne sie wäre!« Maxim gab seiner Stimme einen flehenden Klang: »Kannst du mir wenigstens ihre Telefonnummer besorgen?«

»Maxim … ich habe Erkundigungen über diese Familie eingeholt. Die Mutter ist eine erfolglose Anwältin, der Vater betreibt ein Tierheim in einer abbruchreifen Ruine, hat auch kein Geld, und der ›Stiefvater‹, dieser Nicolas de Haan, ist ein Schnüffler, ein Privatdetektiv, der seine Nase in lauter Dinge steckt, die ihn nichts angehen.«

Maxim schnaubte. »Na, das müsste dir doch bekannt vorkommen.«

»Ich informiere mich nur ab und zu über Zusammenhänge, das kann lebenswichtig sein. Ich will nicht, dass du sie wiedersiehst, ist das klar?«

»Sonst hat es dich doch auch nicht interessiert, was ich für Mädchen kennenlerne und mit wem ich zusammen bin.«

Gregorij sah ihn an. Er öffnete den Mund, als ob er etwas sagen wollte, dann erklärte er schließlich: »Da gibt es noch etwas … es hat mit ihrer Mutter zu tun …«

Gregorijs Telefon vibrierte in seiner Jackentasche. Er holte es hervor und sah auf das Display, doch die Nummer wurde blockiert. Unschlüssig tippte er sich mit dem Gerät an die Kerbe in der Mitte seines Kinns. Dann drückte er die Taste, um das Gespräch anzunehmen. »Yes?«, sagte er unfreundlich. Und dann: »Hello?« Als niemand antwortete, schüttelte er verärgert den Kopf. Er sah seinen Sohn an und murmelte: »Aufgelegt.«

Maxim starrte ihm erwartungsvoll in die Augen. »Und was war das jetzt, was du mir über Julias Mutter sagen wolltest?«

Gregorij stand auf: »Das erzähle ich dir ein anderes Mal. Heute ist nicht der richtige Zeitpunkt. Aber ich kann dir nur eines raten: Vergiss das Mädchen!«

Damit ging er aus dem Zimmer. Kaum auf dem Gang, wählte er eine Nummer und bellte Anweisungen ins Telefon: »Ich möchte, dass zu jeder Tages- und Nachtzeit einer von euch vor Maxims Tür steht. Vierundzwanzig-Stunden-Bewachung! Er darf sein Krankenzimmer nicht verlassen, unter gar keinen Umständen. Und wenn er es versucht, informiert ihr mich umgehend.«

Heike

Carlo schlurfte in den viel zu großen weißen Frotteehausschuhen, die er aus dem Hotel mitgenommen hatte, in die Orangerie, murmelte ein fast unhörbares »Morgen« und nahm sich die Großpackung Cornflakes vom Tisch. Er kippte den Karton über seiner Schüssel, so dass der Hahn auf dem Kopf stand, und sofort ergoss sich der halbe Inhalt auf den Tisch, seinen Stuhl und den schwarz-weiß gefliesten Boden.

»Mann, diese blöde Packung«, kreischte er.

»Sollen wir das Cornflakes-in-die-Schüssel-Schütten vielleicht mal üben?«, fragte Tom, der am Kopfende des antiken Refektoriumstischs saß und hinter der Zeitung hervorsah.

»Was kann ich denn dazu, wenn irgendein Idiot die Tüte so weit aufreißt!«

»So viele Idioten gibt es gar nicht in diesem Haus!«, kommentierte Tom.

Heike wischte mit einem Lappen über Tisch und Stuhl und kehrte den Boden. Sie sagte kein Wort. Dann lief sie die Treppe hoch in Chloés Zimmer.

»Der Bus fährt in zehn Minuten, und da liegst du noch im Bett?«, fragte sie mit sanfter Stimme und stieg über den Berg Kleidung.

Chloé hob den Kopf und öffnete die Augen: »Ich muss wohl wieder eingeschlafen sein.«

»Aber das macht doch nichts, mein Schatz, bleib ruhig noch ein wenig liegen, dann fahre ich dich natürlich in die Schule«, säuselte Heike, während sie die Vorhänge mit den aufgedruckten Erdbeeren auseinanderzog.

Chloé schirmte die Augen mit der Hand ab und blinzelte: »Okay, wie du willst, Mami.«

»Was möchtest du denn für die Pause? Vielleicht ein Stück Tiküpi oder lieber zwei Milchschnitten oder beides?«
»Ja … gerne beides. Ist alles in Ordnung mit dir?«
Tiefkühlpizza und Kindermilchschnitte gehörten zu den Lebensmitteln, die Heike am meisten verachtete, und Chloé konnte das Angebot ihrer Mutter daher nicht unmittelbar einordnen.
»Alles wunderbar«, antwortete diese und ging über den Flur in ihr Badezimmer. Sie begann, sich die Wimpern schwarz zu tuschen. Dabei rutschte sie mit dem Bürstchen ab und schrammte über die linke Kontaktlinse. Umständlich versuchte sie, die wasserfeste Mascara mit der Reinigungsflüssigkeit zu entfernen, doch der hauchdünne Kunststoff zerriss. Heike atmete mehrfach tief ein und aus, dann holte sie eine neue Monatslinse aus dem Schrank und setzte sie ein. Es waren einige Anläufe nötig, bis sie im Auge blieb. Aus dem Spiegel sah ihr eine Frau mit roten Augen und verschmierter Wimperntusche entgegen, die sie nicht sein wollte.

Zehn Minuten später stand sie im Stau vor dem Königsteiner Kreisel und trommelte mit den blassen Fingernägeln auf das rehbraune Lederlenkrad. Heike hatte Carlo in den Kindergarten gebracht und Chloé an der Schule abgesetzt.
Und wie sollte sie sich jetzt noch davon ablenken, dass er nicht angerufen hatte? Seitdem er neben ihr die teppichbelegte Treppe des Suvretta House hinuntergestiegen war – nicht ein einziges Mal. Sie kontrollierte erneut, ob ihr Telefon funktionierte. Dann rief sie ihn selbst an. Er antwortete nach dem siebten Klingelton.
Sie legte auf.
Ihm war nichts passiert. Er rief sie nur einfach nicht an.
Warum hatte sie ihn angerufen? Er würde nachvollziehen können, dass sie es gewesen war. Hoffentlich nicht! Ob es viele gab? Viele Frauen, die ihn anriefen und dann auflegten?

Vor Wut schlug sie mit beiden Händen auf ihr Lenkrad ein und übersah dabei die seit einem Jahr fest installierte Blitzersäule auf der Sodener Straße.

Sie schrie: »Kann man eigentlich wirklich so dumm sein?«

Ihr Telefon klingelte: Nummer unbekannt. Sofort drückte sie auf das grüne Telefon an der Freisprechanlage.

Wie sollte sie sich melden? Am besten ein wenig nachlässig. Sie würde sagen, er solle sie später noch einmal anrufen. Besser noch morgen. Oder sie würde selbst zurückrufen, sobald sie Zeit hätte.

»Ja, bitte?«

»Endlich erreiche ich dich mal! Bei euch geht auch niemals jemand ans Telefon«, sagte die Stimme ihrer Mutter in nörgelndem Tonfall.

»Maman, du bist es!«

»Seid ihr wieder zurück? Du hast gar nicht angerufen.«

»Ja, wir sind erst gestern spätabends angekommen, der Julierpass war schneebedeckt, und es gab Stau auf der A 5, die vielen Baustellen, du weißt ja«, log Heike. Sie waren schon seit vorgestern Mittag zurück in Königstein.

»Also stell dir vor, wir haben mein Auto wiedergefunden. Es stand aber gar nicht mehr da, wo ich es geparkt habe, sondern in der Hochstraße. Ich habe ja die Leute aus der Werkstatt in Verdacht. Bei der letzten Inspektion hatten die den Schlüssel, und das hört man doch immer wieder, dass die …«

»Aber Maman, in der Hochstraße parkst du doch fast immer, wenn du in die Stadt gehst.«

»Ja, aber nie so weit hinten. Der Wagen stand ja hinter der Kreuzung zur Kaiserhofstraße.«

Heike seufzte. »Na, jedenfalls ist es doch gut, dass dein Auto wieder aufgetaucht ist.«

»Ja, bis die ihn das nächste Mal klauen. Und wer weiß, ob sie ihn dann nicht gleich über die Grenze bringen.«

»Eine acht Jahre alte A-Klasse?«
»Das glaubst du! Aber sag mal, wann sehen wir uns denn? Wahrscheinlich erkennen wir die Kinder gar nicht mehr wieder.«
»Es sind doch nur zwei Wochen vergangen, und an Weihnachten waren wir drei Tage hintereinander zusammen.«
Heike bog auf die zweispurig ausgebaute B8 und beschleunigte ihren Cayenne sofort auf hundertdreiundachtzig Stundenkilometer.
»Hast du nicht jetzt Zeit, um auf einen Kaffee vorbeizukommen? Es gibt so viel zu besprechen.«
»Nein, ich kann nicht.«
Heike suchte nach einer Ausrede. »Ich habe einen Zahnarzttermin, reine Routine, ist schon lange geplant, muss auch mal sein.«
»Aber morgen sehen wir uns dann spätestens, ja?«
»Meinetwegen, dann kommt um vier zum Kaffee. Aber Chloé hat Tennistraining in Steinbach, sie wird also nicht da sein.«
Sie fuhr auf das überfüllte Parkdeck des Main-Taunus-Zentrums. Mit ihrer Breuninger-Card öffnete sie die Schranke für den VIP-Parking-Bereich, stellte den Wagen auf einem der vielen leeren Parkplätze ab und schritt über den roten Teppich direkt in die Exquisit-Abteilung des Kaufhauses. Im Vorbeigehen streifte sie die weichen Pelzstulpen eines Mantels und blieb stehen. Heike zog ihren Woolrich-Parka aus und streifte den langen Mantel im Zarenschnitt über. Sie zog die überdimensionale Fellkapuze über den Kopf und schmiegte die Wange hinein. »Racoon – Sibirischer Waschbär« stand auf dem Etikett. Ja, dachte Heike, als sie sich im Spiegel betrachtete: Ungefähr so müsste sie aussehen, wenn sie bei Schneetreiben, Hand in Hand, mit Gregorij über den Petersplatz schlenderte.

Sybille

Die pathologische Abteilung des Kantonsspitals Graubünden befand sich im Untergeschoss des nüchternen Gebäudes aus den vierziger Jahren. In dem weiß gekachelten Sektionsraum hatten sich bereits die zwei Vertreter der Kantonspolizei eingefunden. Soeben war die Leiche Sybille Kronaus von ihrer Mutter identifiziert worden. Frau Kronau hatte inständig darum gebeten, keine Obduktion bei ihrer Tochter durchzuführen. Doch Hauptkommissar Steiner erklärte ihr geduldig, dass diese zur Abklärung der Umstände bei einem Unfalltod grundsätzlich von der Staatsanwaltschaft angeordnet werden musste. Dann hatte er sie zur Tür begleitet. Er musste sie stützen, denn sie taumelte, als sie durch die zweiflügelige Glastür ging. Steiner war mit ihr im Aufzug nach oben gefahren und hatte sie in die Obhut einer Krankenschwester gegeben. In dem Zustand konnte sich Frau Kronau keinesfalls in ihr Auto setzen und die Heimfahrt nach Luzern antreten.

»Findest du es nicht merkwürdig, dass ihr Mann sie damit alleinelässt? Der Anblick ist so schon kaum zu verkraften …«, bemerkte Steiner zu seinem Kollegen, Inspektor Brügger, als er wieder zurückkam.

»So ist das eben in diesen Kreisen. Wahrscheinlich hatte er einen dringenden geschäftlichen Termin«, brummte Brügger. »Da ist es auch nicht weiter verwunderlich, dass sie ihre Tochter erst am 3. Januar als vermisst gemeldet hat, obwohl sie nach der Silvesternacht nicht nach Hause gekommen ist.«

»Na ja, das Mädchen war zwanzig Jahre alt, da machen die eben, was sie wollen.«

»Und man sieht ja, was dabei herauskommt.«

»Können wir jetzt anfangen?«, fragte Steiner etwas lauter in Richtung des Nebenraums.
»Sechsundfünfzig Kilogramm Körpergewicht bei einer Größe von eins siebenundsiebzig«, teilte Privatdozent Dr. Kranzfelder ihnen mit, während er den Raum betrat. Den hochgewachsenen, kräftigen Mann mit den nach hinten gekämmten, grauen Haaren, die sich im Nacken kräuselten, hätte man eher für einen Barpianisten als für den Oberarzt der Pathologie halten können. Er zog sich die Latexhandschuhe über die Finger. »Das entspricht einem BMI von 18 … unter Models zwar nicht ungewöhnlich, aber meines Erachtens geht das eher in Richtung Untergewicht.«
»Na, nun hat das Hungern ja ein Ende«, meinte Brügger, und Dr. Kranzfelder warf ihm einen strengen Blick zu. Er verabscheute Scherze während einer Leichenschau.
Brügger selbst sah man deutlich an, dass Rösti seine Leibspeise war. Er hielt nichts von bewusster Ernährung, und Worte wie »Body-Mass-Index« waren ihm verhasst. Steiner bildete den krassen Gegensatz zu seinem Kollegen. Er war ein ernster, drahtiger, durchtrainierter Mann in den Vierzigern.
»Kommt noch jemand von der Staatsanwaltschaft?«, fragte Kranzfelder.
Steiner schüttelte den Kopf: »Dringende geschäftliche Termine!«
Der Oberarzt der Pathologie zog hörbar Luft zwischen den Zähnen ein. »Na, wenn dem so ist, dann machen wir das hier eben alleine.«
Er ging um den Seziertisch aus Edelstahl herum und zog das grüne Laken, mit dem die Leiche abgedeckt war, ab. Der Anblick, der sich ihnen bot, ließ keinen der drei unberührt. Doch niemand ließ sich etwas anmerken. Das zur Fratze gewordene ehemals schöne Gesicht wurde von kaltem Neonlicht ange-

strahlt. Der dünne Körper war mit blauen und roten Flecken übersät. Der Knochen des Schienbeins ragte im rechten Winkel seitlich aus dem Fleisch heraus.

»Dann wissen Sie es also auch?«, fragte Steiner.

»Was soll ich wissen?«, fragte Dr. Kranzfelder.

»Dass sie als Fotomodell gearbeitet hat … zumindest war sie Playmate in der Dezemberausgabe, also Nacktmodell.«

»Ich weiß, was ein Playmate ist. Gibt's überhaupt noch Leute, die den *Playboy* kaufen? Ich dachte, das sei in Zeiten des Internets vollkommen out.«

Steiner zog es vor, nicht darauf zu antworten.

»Bis auf die Prellungen und äußeren Verletzungen befand sich der Körper in einem guten Allgemeinzustand. Sie muss regelmäßig Sport getrieben haben.«

»Die Betonung liegt wohl auf getrieben … und ich wette drauf, dass wir gleich bei der Leichenöffnung das eine oder andere Silikonbeutelchen finden werden«, grinste Brügger.

»Mensch, Markus! Reiß dich gefälligst zusammen«, fuhr ihn Steiner an.

»Noch so eine Bemerkung, und Sie fliegen hier raus!«, war Dr. Kranzfelders Kommentar.

»Mit euch macht es einfach keinen Spaß!«, bemerkte Brügger und drängte: »Also ich nehme nicht an, dass uns hier besondere Überraschungen erwarten. Todesursache: Ersticken, Erfrieren, Genickbruch, oder was, Doktor?«

»So schnell geht das nicht!«, antwortete Dr. Kranzfelder barsch. »Aber Sie haben immerhin drei der nächstliegenden Möglichkeiten, den Tod im freien Berggelände zu finden, aufgezählt. Innere Verletzungen haben sie vergessen.« Er ging um die aufgebahrte Leiche herum und drückte ihr mit dem Finger mehrfach auf die Lippen und die Gesichtshaut. »Sie hat sicherlich längere Zeit dort oben im Schnee gelegen. Ich habe im Bericht der Berg-

wacht gelesen, dass sie schneebedeckt mit dem Gesicht nach unten aufgefunden wurde. Eine Atemhöhle vor dem Gesicht war nicht vorhanden, was einen Tod durch Ersticken nahelegen könnte. Möglich ist eine Lawinenverschüttung. Sie befand sich jedoch lediglich in den entfernteren Ausläufern eines abgegangenen Schneebretts. Der Körper kann auch nachträglich zugeschneit worden sein. Unter den starken klimatischen Einflüssen, dem die Leiche ausgesetzt war, ist der Todeszeitpunkt nicht eindeutig festzustellen. Der Verwesungsprozess wird bekanntlich durch Kühlung stark verzögert.«
Er deutete mit dem kleinen Finger auf die Mundpartie und die freigelegten Zähne: »Das Fett- und Bindegewebe hat sich bereits sehr weit zurückgezogen. Das passiert, wenn es stark austrocknet, insbesondere durch Kälte und Wind.«
Kranzfelder griff nach der rechten Hand der Toten, hob sie hoch und betrachtete die Fingernägel.
»Hatte sie noch Handschuhe an, als sie gefunden wurde?«
Steiner sah Brügger an.
»Eingeliefert wurde sie ohne.«
»Da müssten wir noch mal im Bericht nachsehen«, antwortete Steiner.
Er tippte auf die Fingerkuppen: »Ich weiß es auch so. Wenn sie dort ohne Handschuhe gelegen hätte, wären die Finger schon viel dünner geworden, und die Nägel müssten viel deutlicher hervortreten. Aber diese hier sind kurz.«
»Und was ziehen Sie daraus für Schlüsse?«, fragte Brügger.
Kranzfelder legte ihre rechte Hand ab, ging auf die andere Seite und bückte sich über die linke Hand. »Die Schlüsse müssen Sie ziehen. Ich gehe nach den vorläufigen Erkenntnissen davon aus, dass die Tote längere Zeit nicht mit dem Gesicht im Schnee gelegen hat, sondern auf der Seite oder auf dem Rücken. Ihre Gesichtshaut war nach Eintritt des Todes mehrere Tage Wind und

der Sonne ausgesetzt. Ihre Hände waren geschützt, sie muss Handschuhe angehabt haben. Außerdem …«
»Außerdem was?«, fragte Brügger.
»Laut dem Laborbefund hatte sie geringe Spuren von Oxybaten im Blut. Das sind Salze, die auch als 4-Hydroxybutyrate bezeichnet werden und mit dem menschlichen Neurotransmitter GABA, gleich Gamma-Amino-Buttersäure eng verwandt sind. Sie sind in der Nahrung, zum Beispiel in Fleisch, in Spuren enthalten.«
»Na und? Was ist dann so ungewöhnlich?«, fragte Brügger.
»Die Salze entstehen auch aus 4-Hydroxybutansäure, kurz GHB. Seit Ende der neunziger Jahre werden sie in gelöster Form eingenommen als …«
»Liquid Ecstasy«, ergänzte Steiner.
Kranzfelder nickte: »K. o.-Tropfen.«
»Und seit neuestem sind die länger als vierundzwanzig Stunden nachweisbar?«
»Nur wenn der Stoffwechsel aufhört.«
»Aber wieso nimmt sie dieses Zeug und geht dann auf eine Skitour ins Gletschergebiet?«
»Tja, die Wirkung ist abhängig von der Dosierung. In niedrigen Dosen von circa 0,5 bis 1,5 Gramm dominiert der stimulierende und aufputschende Effekt«, ließ Kranzfelder die Herren wissen. »GHB wirkt dann angstlösend, euphorisierend, antidepressiv, sexuell stimulierend, sozial öffnend mit einem gesteigerten Selbstbewusstsein.«
Aus dem Augenwinkel bemerkte er, wie Brügger seinem Kollegen einen seiner anzüglichen Blicke zuwarf, räusperte sich und dozierte weiter, während er auf und ab ging: »In höheren Dosierungen bis circa 2,5 Gramm kommt unter Umständen eine aphrodisierende Wirkung hinzu oder allgemein, wie bei Alkohol, eine Verstärkung vorhandener Antriebe und Stimmungen.«
»Hab ich's nicht gesagt?«, kommentierte Brügger.

»Das erklärt aber erst recht nicht, warum sie das Zeug nimmt, um auf eine Skitour zu gehen. Wie hoch war denn die Konzentration in ihrem Blut?«

»Dazu komme ich gleich!«, blaffte Kranzfelder, der keine Unterbrechungen seiner Vorträge duldete. »In höheren Dosen können Einschränkungen der motorischen Kontrolle, ähnlich wie bei einem Alkoholrausch, auftreten. Bei noch höheren Dosen wirkt GHB stark einschläfernd.«

Er blieb stehen und sah auf.

»Es ist schwer zu bestimmen, welche Konzentration sich im Blut des Mädchens befand, als sie losgefahren ist. Denn GHB hat im Vergleich zu anderen Drogen wie zum Beispiel Alkohol, Amphetamin oder Tetrahydrocannabinol eine sehr kurze Halbwertszeit. Es ist daher nur maximal zwölf Stunden im Urin und sechs Stunden im Blutserum nachweisbar. Nur nebenbei sei erwähnt, dass der Nachweis im Urin und Blutserum wegen der weitgehenden Metabolisierung des GHB zu Kohlenstoffdioxid und Wasser …«

Brügger stöhnte: »Könnten wir zum Punkt kommen, wir haben heute noch mehr zu tun …«

Wieder warf ihm Kranzfelder einen strengen Blick zu und fuhr fort: »… nur durch aufwendige und empfindliche Messverfahren in Speziallaboratorien per GC-MS«, er sah wieder zu Boden, »also der Kopplung eines Gaschromatographen mit einem Massenspektrometer …«

»Dr. Kranzfelder, ich möchte wirklich nicht unhöflich sein. Aber wir haben noch anderes zu tun und …«

»Ja, ja, ich versteh schon. Zieht man in Betracht, dass mit dem Todeseintritt der Stoffwechsel zum Stillstand kommt und damit auch die Metabolisierung der Substanz unterbrochen wird, können wir bei einer vorsichtigen Schätzung davon ausgehen, dass sie die Tropfen in einer mittleren Dosierung, um die 1,5 Gramm, eingenommen hat.«

»Das heißt, soweit ich mich recht an den Anfang ihres Vortrags erinnere, in der Dosierung, die aufputscht und die Angst runterfährt, richtig?«, fragte Steiner.
»Das könnte man so sagen, ja.«
»Wer sagt denn überhaupt, dass sie das Zeug freiwillig beziehungsweise eigenhändig und bewusst eingenommen hat?«
»Keiner«, antworteten Kranzfelder und Steiner gleichzeitig.
»Und den Todeszeitpunkt können Sie nicht eingrenzen?«, fragte Brügger.
Kranzfelder ging wieder zu dem Edelstahltisch, auf dem die Leiche lag.
»Schau'n wir mal. Unter Vorbehalt gehe ich bisher vom Neujahrstag aus.«
Er griff sich ein Skalpell und fragte: »Wollen wir?«

Edith

Ihr Brustkorb hob und senkte sich gleichmäßig. Die vietnamesische Krankenschwester tupfte ihr mit einem Papiertuch die Lippen und die Wange ab. Früher hatte Schwester Minh auch mit den komatösen Patienten gesprochen, so wie es die Ärzte empfahlen. Doch inzwischen blieb sie stumm. Ihr Respekt vor den Menschen, die sich in einer ganz anderen Welt des Unterbewusstseins oder der Träume befanden, war zu groß. Und sie glaubte fest daran, dass man sie dort nicht stören dürfe. Minh prüfte die Schläuche, die in Ediths Arm und Hals steckten, dann drehte sie die Patientin auf die Seite, schob das Krankenhaushemd über dem Rücken auseinander und begann, die fahle, welke Haut mit Franzbranntwein abzureiben. Die zwei frischen wunden Stellen an den Schulterblättern sparte sie sorgfältig aus. Als sie fertig war, frottierte sie die feuchte Haut ab, rollte sie wieder auf den Rücken und wechselte Ediths Hemd.

Anschließend tauschte sie die Kanüle in der Armvene aus. Sie versuchte, die Heftpflaster am Schlauch, der von der Beatmungsmaschine in Ediths Luftröhre führte, abzuziehen, um sie auszutauschen. Doch sie klebten heute wieder so fest auf der dünnen Haut am Hals, dass sie sich bei bestem Willen nicht ablösen ließen. Minh sah sich auf ihrem Rollwagen aus Edelstahl um, doch das Öl, das sie immer benutzte, um die Pflaster einzuweichen, fehlte.

Kurz nachdem sie das Krankenzimmer verlassen hatte, öffnete sich die Tür erneut. Es raschelte, denn die Person, die den Raum betrat, trug blaue CPE-Überschuhe. Die Hand, die den Schlauch an Ediths Hals umfasste, war mit einem weißen Latexhandschuh bekleidet. Sie zog zuerst nur leicht daran, doch der Leukoplast hielt immer noch fest. Sie begann, an einem Ende des Pflasters zu pulen, doch es nützte nichts, ohne Einsatz der Fingernägel, die von dem Latex umhüllt waren, klebten die Pflaster plan auf der Haut.

Die Person atmete tief ein und zog mit aller Kraft an dem Schlauch. Ediths Oberkörper wurde dadurch hochgerissen, ihr Kopf sackte nach hinten in ihren Nacken. Die Person ließ sie zurück in die Kissen fallen und legte die eine Hand über Ediths Gesicht, drückte sie damit in das Krankenbett und zog mit einem kräftigen Ruck den Schlauch aus ihrer Luftröhre. Das Ploppen klang seltsam und fremd, als der Kunststoffschlauch aus dem Hals der alten Frau austrat. Das nachfolgende leise Zischen wurde sofort von dem schrillen Alarmton des künstlichen Beatmungsgeräts übertönt. Die einen Meter achtundfünfzig große Minh prallte mit dem Brustkorb gegen den Ellbogen der Person, die aus Ediths Zimmer kam, als Minh mit einer Flasche Babyöl gerade wieder die Tür zu Ediths Zimmer öffnete und freien Blick auf das blutende Loch im Hals ihrer Patientin hatte. Sie sah dem Menschen, der Edith von der lebenserhaltenden Maschine so abrupt getrennt hatte, für den Bruchteil einer Sekunde in die Augen. Sein restliches Gesicht war von einem weißen Mundschutz bedeckt. Die Haare steckten unter einer Haube. Er trug grüne OP-Kleidung. Dann strauchelte Minh, schwankte, ruderte mit den Armen, griff nach dem Ärmel der Person, diese riss sich los, und Minh kippte nach hinten. Sie schlug mit dem Kopf auf die Metallstange ihres Rollwagens und verlor das Bewusstsein.

Als sie wieder zu sich kam, beugte sich Dr. Illner über sie. Er redete eindringlich auf sie ein: »Schwester Minh, wer hat Ihnen das angetan, und wer hat Frau Neumann den Schlauch aus dem Hals gerissen?«

Sie starrte ihn nur an und sagte gar nichts. Sie starrte auf seinen blutbeschmierten OP-Kittel, auf den Mundschutz, der ihm lose um den Hals hing.
»Minh … Minh«, wiederholte er, »wer war das?«
Schwester Minh sah ihm in die Augen, öffnete den Mund und begann zu schreien.

Claudia

Als Claudia die Räume der Kanzlei im Grüneburgweg betrat, stand ihre Partnerin Annegret Reiter im Sekretariat und erklärte ihrem ReNo-Lehrling geduldig, was sie bei der letzten Rechnung falsch gemacht hatte. Sie trug ein enges, violettfarbenes Wollkleid mit Rollkragen. Auf den Schreibtischen türmten sich die Aktenordner. Die Sekretärin, Frau Kaska, saß mit dem Rücken zur Tür vor ihrem PC und drehte sich nicht um, als Claudia hereinkam. Sie trug ein Headphone und tippte offenbar einen diktierten Schriftsatz ab. Annegret Reiter lächelte Claudia an und entblößte dabei ihre gelben Raucherzähne. Sie hielt eine brennende Zigarette zwischen den Fingern und war offenbar inzwischen dazu übergegangen, hemmungslos alle Räume der Kanzlei einzunebeln. Wenn uns das mal nicht noch ein arbeitsrechtliches Verfahren mit unseren eigenen Mitarbeiterinnen einbringt, dachte Claudia und lächelte zurück.

»Guten Morgen! Alle schon wieder fleißig, wie ich sehe!«

Sie wedelte demonstrativ eine der Rauchschwaden weg, bahnte sich einen Weg durch weitere Aktenberge, die den Boden bedeckten, und riss zwei Fenster auf. Durch den Windstoß wurden lose Blätter auf den Schreibtischen hochgewirbelt.

»Falls Sie glauben, dass wir hier schon wieder frischen Wind brauchen, irren Sie sich, verehrte Frau Kollegin. Vielmehr benötigen wir dringend jemanden, der endlich mal mit anpackt!« Frau Reiter stützte eine Hand in die Hüfte und machte mit der Hand, die die Zigarette hielt, eine ausladende Geste über die Aktenstapel.

»Sonst gehen hier nämlich bald die Lichter aus!«

»Ja, ich weiß«, antwortete Claudia kleinlaut. »Und ich verspre-

che hoch und heilig, dass ich jetzt meine ganze Arbeitskraft zur Verfügung stelle.«
Sie wusste genau, wie unrealistisch dieser Satz war. Denn sie musste in wenigen Tagen wieder nach Chemnitz zurück, musste sich um ihre an Leib und Seele verletzte Tochter kümmern und musste Arthur und Lorenz in der Schule besser coachen. Aber das alles konnte sie ihrer kinderlosen Kollegin, die ihr Leben lang bei ihrer Mutter gewohnt hatte, wohl kaum ins Gesicht sagen.
»Gut, gut«, bemerkte Annegret Reiter, »dann nichts wie ran. Die Wiedervorlage liegt auf Ihrem Schreibtisch bereit, und ich schlage vor, dass wir in einer Stunde …« Sie sah auf ihre altbewährte Cartier Tank mit Stahlarmband und fuhr fort: »Nein, dann ist es ja schon wieder Mittag, also dann am besten bei einem Quick-Lunch im ›Mon Ami Maxi‹, da treffen wir bestimmt gleich ein paar unserer Mandanten, okay? … ähh, also … eine Besprechung anberaumen.«
Claudia nickte: »Okay, dann werde ich mal anfangen.«
Annegret Reiter hatte sich schon wieder dem Lehrmädchen zugewandt, während Claudia ihre Bürotür hinter sich schloss, das Fenster öffnete und sich im Mantel an ihren Schreibtisch setzte. Die drei Aktenstapel darauf reichten ihr bis ans Kinn.
Immerhin, sagte sie sich, wir haben noch Arbeit!

Eineinhalb Stunden später stieg sie an der Seite von Annegret Reiter die Marmorstufen der klassizistischen Villa May an der Bockenheimer Landstraße hinauf. Sie ließ sich ihren camelfarbenen Wollmantel abnehmen, ging vorbei an der Zinntheke der Bar und sah sich erwartungsvoll in dem gelb getünchten Saal um. Das Restaurant war einer französischen Brasserie nachempfunden. Es hatte erst vor kurzem eröffnet und war momentan einer der beliebtesten Treffpunkte der Frankfurter Banker- und

Berater-Szene. Als sie zu ihrem Tisch geführt wurden und an der Austernbar vorbeikamen, lief Claudia das Wasser im Mund zusammen. Sie liebte Austern, nicht nur wegen des Geschmacks, der Prise Atlantik und des Hauchs von Luxus, sondern auch weil sie ihrer Dauer-Lowcarb-Diät sehr entgegenkamen. Aber sie war dann doch klug genug, sich in der Gesellschaft ihrer Partnerin bescheiden zu geben. Angesichts ihrer miserablen Bilanz in den letzten beiden Monaten und ihrer beider Talentlosigkeit bei der Eintreibung von Außenständen konnten sie sich keine ausschweifenden Geschäftsessen leisten.
Claudia bemerkte, dass sie beide angestarrt wurden, und führte es auf die auffallend elegante Erscheinung ihrer Partnerin zurück. Annegret Reiter hatte große Ähnlichkeit mit Catherine Deneuve in ihren Fünfzigern. Sie wusste es und pflegte das Image, indem sie deren blonde Mähne exakt nachahmte und sich regelmäßig einmal pro Woche die Haare bei Giuseppe einlegen und alle vier Wochen den Ansatz platinblond nachfärben ließ. Sie war einen Meter achtzig groß und hatte eine herrlich weibliche Eieruhrfigur. Nur den Mund durfte sie nicht öffnen. Nicht aufgrund der Worte, die er hervorbrachte. Diese waren zumeist von überdurchschnittlicher Intelligenz, langer Erfahrung und trockener Ironie geprägt. Doch der Blick auf ihre gelben Zähne war ernüchternd und hatte schon so manchen potenziellen Verehrer in die Flucht geschlagen. Claudia hatte sich oft gefragt, ob sie sie nicht einmal dezent auf die Möglichkeiten eines Bleachings hinweisen sollte. Aber sie waren schließlich keine wirklichen Freundinnen.
Frau Reiter winkte mit einer nonchalanten Handbewegung einem Anwaltskollegen zu. Sie setzten sich einander gegenüber an einen der Bistrotische, als Tom mit einer Blondine hereinkam. Er erkannte Claudia und nickte ihr einen Gruß zu, kam aber nicht an ihren Tisch.

»Kennen Sie ihn?«, fragte Annegret Reiter neugierig.
»Ja, das ist der Ehemann einer meiner besten Freundinnen. Er heißt Tom Stelzer. Ich glaube, Sie müssten die beiden bei einem meiner Thanksgiving-Dinner gesehen haben.« Claudia seufzte. Es schien ihr schon eine Ewigkeit her zu sein. Seitdem hatte sie sich keine Partys mehr leisten können. »Übrigens sieht seine Begleiterin fast genauso aus wie seine Frau, nur ungefähr fünfzehn Jahre jünger und mit doppelt so viel Oberweite.«
Annegret Reiter nickte wissend. »Ja, diese Begleiterin kenne ich nämlich. Sie isst hier fast jeden Tag zu Mittag, immer in Begleitung eines anderen … ich nenne es mal Herrn. Sie ist aus Weißrussland. Wussten Sie, dass es in Moskau dafür extra Schulen gibt? Sie nennen sich Model-Schools, aber in Wirklichkeit lernen sie dort, wie man sich einen europäischen Middleager angelt und ihn seiner Noch-Ehefrau ausspannt.«
»Ach, was Sie nicht sagen, ist das was Neues? Und lassen Sie mich raten: Sie lernen auf diesen Schulen internationales Handelsrecht, alle IT-Anwendungen und Klavierspielen, oder?«
Frau Reiter spitzte die Lippen: »Ich sehe, Sie haben mich verstanden. Und wenn sie ihren Magister gemacht haben, sitzen sie in den Foyers der Anwaltskanzleien und Banken … und warten auf ihre Beute.«
Claudia drehte sich möglichst unauffällig zu Tom und der Blonden um. Sie saßen etwa fünf Meter entfernt an der Wand, aber dennoch fiel Claudia das Blitzen in Toms Augen auf. Man sah ihm an, wie sehr er der Frau, die ihm gegenübersaß, gefallen wollte. Claudia kannte diesen Ausdruck. Es war noch gar nicht so lange her, dass sie ihn bei ihrem eigenen Ehemann gesehen hatte. Und er hatte nicht ihr gegolten.
»Arme Heike, hoffentlich ist er noch zu retten! Aber warum ausgerechnet eine Russin? Ein Glück, dass Nicolas überhaupt nicht auf diesen Typ Frau steht«, murmelte sie.

»Meine Mutter hat immer von den Wäschegeschäften in Berlin erzählt: Da gab es die BHs mit Körbchengröße Doppel-D, und raten Sie mal, für welche Kundinnen!«

»Vorurteile und Klischees!«

In dem Moment stand Toms Begleiterin auf und schlenderte hüftschwenkend an ihrem Tisch vorbei in Richtung der Treppe, die nach unten zu den Toiletten führte.

»Also ich schätze sie auf eins achtzig, vierzig Kilo, davon zwanzig vorne …«, begann Claudia, wurde aber von Annegret Richter unterbrochen: »In meinem Alter müsste man dazu sechsmal die Woche ins Fitnessstudio gehen, sich makrobiotisch ernähren und wahrscheinlich noch am siebten Tag zwei Stunden Rad fahren.«

»Dann würde ich vermutlich nur ausgemergelt aussehen, hätte aber noch lange nicht diese Oberweite.«

»Warnen Sie Ihre Freundin lieber mal vor. Ich bin ja keine Expertin auf dem Gebiet, wie man seinen Ehemann vor einem Seitensprung bewahrt, aber es kann sicher nichts schaden, ihm in den nächsten Tagen einige Male zu bestätigen, was er für ein toller Kerl ist, und nicht jeden Abend Migräne vorzuschützen …«

Claudia starrte weiter in seine Richtung: »Wenn es bloß so einfach wäre.«

Am Rande ihres Blickfelds bemerkte sie eine andere Frau auf sich zukommen. Sie drehte den Kopf in ihre Richtung: Es war Iris Sommer. Claudia seufzte. Iris Sommer gehörte im weitesten Sinne dem Kreis an, der ihr, als sie noch bei Heike in Königstein gewohnt hatte, das Leben schwergemacht hatte. Doch dann merkte sie, dass die kleine Frau an ihrem Tisch vorbei auf Tom zuging. Sie würdigte sie keines Blickes. Claudia atmete tief durch.

Iris Sommer trug eine Fuchsfellweste, die sie angesichts ihrer geringen Körpergröße und ihres dunkelbraunen Kurzhaarschnitts wie die Frau eines Eskimos wirken ließ. Nur ihr Mund passte nicht dazu. Er war grellrot geschminkt. Tom erhob sich sofort wohlerzogen, und Iris Sommer stellte sich auf die Zehenspitzen und winkte Tom zu sich herunter. Sie schirmte ihren Mund mit der Hand ab und flüsterte ihm etwas ins Ohr. Claudia hätte zu gern gewusst, was die beiden da tuschelten, denn Toms Gesicht verfärbte sich auf einmal dunkelrot.

»Und die kennen sie natürlich auch. Aber sie schien ja nichts von Ihnen wissen zu wollen!«, hörte sie ihre Kollegin sticheln.

Sie wandte sich wieder Frau Reiter zu und fragte: »Ich? Woher sollte ich die kennen?« Ohne eine Reaktion abzuwarten, wechselte sie das Thema: »Und? Was gab es Neues?«

Claudia legte sich die Serviette auf den Schoß, nahm sich vor, Heike gleich nachher anzurufen, und begann nebenbei die Karte zu studieren.

»Ich habe gesehen, dass der Zettel-Fall wieder aufgerollt wird. Der ist also tatsächlich in Berufung gegangen. Das hätte ich offen gesagt nicht erwartet. Hat er Chancen?«, fragte sie.

»Da mache ich mir wenig Sorgen. Aber es gibt da eine Sache, die uns womöglich mehr treffen wird, wenn auch nicht ganz unerwartet.«

Annegret Reiter setzte ihre schwarz gerahmte Lesebrille auf und begann ebenfalls in der Karte zu lesen. Claudia blickte auf, sah ihre Partnerin an und fühlte alte Erinnerungen aufsteigen.

Das nicht auch noch, dachte sie. Bitte lass es nichts mit Blankenberg und Cormoran zu tun haben.

Da hob Frau Reiter wieder den Kopf, sah ihr in die Augen und formte mit dem Mund den gefürchteten Namen: »Cormoran. Die Anleger haben eine Sammelklage beim Landgericht Frankfurt eingereicht und richten sie unter anderem gegen uns als Rechtsnachfolger der Kanzlei von Dr. Teufel. Es geht um angebliche Fehler bei der Rechtsberatung, bis hin zu arglistiger Täuschung, die im Besonderen Ihnen vorgeworfen wird.«

Claudia zog die Augenbrauen hoch. »Die gehen ja ganz schön ran!«
»Was uns beide nicht verwundert, nicht wahr?«
Claudia nickte und fragte: »Und Sie wollen sich das weiterhin antun? Ich kann Ihnen zwar nicht anbieten, Sie auszuzahlen, aber ich hätte durchaus Verständnis, wenn Sie, wie die anderen auch, das Handtuch werfen würden.«
Annegret Reiter trommelte mit ihren violetten Fingernägeln auf den Tisch: »Offen gesagt, habe ich darüber nachgedacht, als ich die Klageschrift gelesen habe. Es ist auch noch bei der Kammer vom Feuerbach gelandet, was nicht gerade Gutes verheißt.«
»Autsch! Ausgerechnet!«
Claudia stützte den Kopf in ihre Hand und schüttelte ihn. Annegret Reiter griff ihren Arm und sah ihr aufmunternd in die Augen: »Aber wir stehen das durch, Kindchen. Wäre doch gelacht, wenn wir das nicht auch noch schaffen. Wissen Sie, was? Gehen wir lieber nobel zugrunde und gönnen uns heute noch mal was: Herr Ober, zwei Gläser Veuve Cliquot und ein Dutzend Fines de Claire bitte!«
Sie zwinkerte Claudia verschwörerisch zu, die schon wieder durch eine Neuankunft abgelenkt wurde. Ein Kollege von Freshfields betrat das Restaurant, ebenfalls in Begleitung einer schlanken, gutaussehenden jungen Frau. Diese war allerdings brünett.
»Mein Gott, hier wimmelt es ja nur so von diesen Russinnen«, flüsterte Frau Reiter. Claudia grinste.
Der Kellner brachte ihnen den Champagner und stellte ein Drahtgestell auf dem Tisch ab. Kurz darauf servierte er ihnen eine Platte mit Austern auf Eis. Die beiden Frauen prosteten sich zu und begannen, die Austern zu schlürfen.
Als sie das Restaurant verließen, kamen sie an dem Tisch des Anwalts mit der hübschen Frau vorbei. Claudia begrüßte sie mit

Wangenküssen, und es entging ihr nicht, dass Annegret Reiter sie befremdet musterte.
»Frau Reiter, darf ich Ihnen eine frühere Studienkollegin vorstellen? Sandra Pohl. Sie ist eine der wenigen PartnerInnen bei Freshfields. Da können wir beide nur den Hut ziehen, nicht wahr?«
Annegret Reiter öffnete den Mund, da klingelte Claudias Handy. Sie meldete sich, schwieg, gab einige kurze Antworten und wurde langsam blass. Dann sagte sie: »Ich komme, so schnell ich kann.«

Susanne

»Claudia, ich verstehe dich ja, aber ich kann unmöglich schon wieder aus Zürich weg, ich bin doch gerade erst aus dem Urlaub zurückgekommen. Kannst du nicht Nicolas mitnehmen? Er ist doch ein patenter Kerl.«

Sie schlug die Beine übereinander und lächelte dankbar. Nicolas de Haan hatte ihren alten Hepplewhite-Pedestal Desk fachmännisch so dezent erhöht, dass sie sich nicht mehr jedes Mal das Knie anschlug, wenn sie ein Bein über das andere legte.

»Ja, ja, er ist weder drogensüchtig noch homosexuell, er schenkt mir keine Blumen, sondern kabellose Mäuse, er repariert Spülmaschinen und Trockner, ist nicht impotent, er trinkt nicht schon am Vormittag, er flirtet nicht mit Kellnerinnen …«

Susanne hätte den Satz fast mit »Nein, er fickt sie lieber gleich« vollendet, hüstelte stattdessen.

»Oder vielleicht doch? Gibt es da etwas, das ich wissen müsste?«

»Das ist nur ein trockener Husten.«

»… er trägt keine Prada-Slipper und keine bunten Hosen, aber leider ist es unmöglich, dass er mitkommt. Nicolas muss auf die Kinder aufpassen.«

»Schon wieder? Das könnte doch ausnahmsweise auch mal ihr Erzeuger tun. Hast du schon mal Nik gefragt? Und warum hast du dir eigentlich hintereinander Männer mit dem gleichen Vornamen ausgesucht?«

»Ein dummer Zufall. Aber auf die Idee, meinen Ex anzurufen, bin ich erstaunlicherweise gar nicht gekommen. Die Frage ist allerdings, ob Nik sensibel genug ist, um mit Julias labilem Seelenzustand umzugehen. Doch diese Frage stellt sich gleichermaßen bei Nicolas. Es ist aber auch einfach wie verhext: Ständig muss ich meine Kinder vernachlässigen, die Kanzlei und meine Partnerin im Stich lassen, und das alles nur, um wieder im Chemnitzer Hühnermist herumzuwühlen.«

»Es gäbe da auch noch eine andere Möglichkeit.« Susanne begann, nebenbei ihre E-Mails am Bildschirm zu checken. »Du könntest das Ganze dort einfach der Polizei überlassen. Denn wie mir scheint, ist das inzwischen alles eine Nummer zu groß für dich.«

»Ich habe ja auch nicht vor, die Sache jetzt selbst aufzuklären«, rechtfertigte sich Claudia, »aber ich muss doch zumindest mal nach meiner Tante sehen. Das Erstaunliche ist nämlich, dass sie durch die plötzliche Unterbrechung der Sauerstoffzufuhr aus ihrem Koma erwacht ist.«

»Oh, jetzt wird es aber interessant. Und … ist sie … ich meine, kann sie sich erinnern?«

»Das möchte ich ja gerade herausfinden. Und zwar möglichst, bevor es andere tun. Ach bitte, Susanne, ich brauche dich dort. Ich finde, offen gesagt, auch, dass du mir etwas schuldest: Weder Heike noch du seid auf die Idee gekommen, mich über Julias … nennen wir es mal Situation … zu informieren. Dafür hätte ich allen Grund, nie wieder mit euch zu reden!«

»Aber wir dachten doch, dass Nicolas dich längst angerufen hätte …«, protestierte Susanne schwach.

»Ausreden! Komm, Susanne, wir sind so ein gutes Team. Weißt du noch, schließlich haben Heike und ich dir in Zürich bei der Auktion auch aus der Bredouille geholfen. Finde mal eine Freundin, die einfach so einen achtstelligen Betrag für einen Warhol bietet, nur weil ihre Freundin eine kaum merkliche Kopfbewegung macht.«

Susanne schluckte. »Da hast du allerdings recht, das dürfte schwer sein!«

»Also, eine Bitte könntest du mir aber vielleicht schon vorher erfüllen, auch wenn du es absolut nicht einrichten kannst, nach Chemnitz zu kommen.«

»Ich hoffe, du verlangst jetzt nicht von mir, dass ich deine Kinder beaufsichtige.«
»Da wären sie zwar in guten Händen … nein, dein Kunstverstand ist gefragt. Ich habe ein Foto von einem Ölbild, das heißt, ich vermute, dass es ein Ölbild ist, denn ich habe es noch gar nicht in natura gesehen. Jedenfalls würde ich dir das gerne schicken. Es ist allerdings ein uralter Abzug, auf dem das Bild nur ganz winzig klein zu sehen ist. Aber trotzdem interessiert mich deine Meinung dazu.«
»Klar, kein Problem. Kannst du es einscannen?«
»Ja, sonst könnte ich es doch auch mit Handy abfotografieren und dir senden, oder?«
»Okay, dann mach das. Ich sehe, was ich damit anfangen kann. Hat es damit eine besondere Bewandtnis?«
»Das ist eine längere Geschichte, die ich dir noch bei Gelegenheit erzähle. Aber jetzt bin ich langsam in Zeitdruck.«
»In Ordnung. Kommt Heike eigentlich mit?«
»Was denkst du denn, natürlich kommt sie mit.« Claudia hoffte inständig, ihrer Stimme sei nicht anzumerken, dass sie Heike noch gar nicht gefragt hatte.
»Na gut, ich versuche mein Möglichstes, aber wenn, dann höchstens eine Übernachtung, klar? Wir telefonieren morgen noch mal, ja?«
Claudia reckte die Faust nach vorne, bevor sie hauchte: »Du weißt gar nicht, was du für ein Engel bist, Susannchen.«
»Und ob ich das weiß!«

Julia

Sie starrte auf die Großpackung Toffifee, die ihr ihre Brüder gekauft hatten. Ihre Augen sahen die weiße Schrift, ohne sie zu lesen: 400 Gramm, 86 Stück. Unberührt lag sie neben ihrer Matratze. Noch vor wenigen Tagen hätte sie den Inhalt in Minuten verschlungen. Es war immer ihre absolute Lieblingsschokolade gewesen.

Sie musste an den letzten Schokoriegel denken, den sie gegessen hatte: Kägi-fretli. In der Nacht im Gletscher. Krümelweise hatte Maxim sie damit gefüttert. Immer wieder hatte er sie wachgerüttelt, auf sie eingeredet und ihr wieder ein Stückchen zwischen die Lippen gesteckt. Dazwischen hatte er ihr Wasser zu trinken gegeben. Immer wieder, immer wieder. Dann hatte er den Arm zur Gletscherwand ausgestreckt, um neues Wasser zu sammeln, doch bald lief nichts mehr herunter, es war zu kalt geworden in der Nacht. Er hatte manchmal das Stöhnen nicht mehr unterdrücken können. Seine Schmerzen müssen furchtbar gewesen sein. Julia merkte, dass ihr Tränen über die Wange liefen. Sie konnte nur lautlos weinen und wusste nicht, warum. Sie hatte seine Stimme im Ohr, als er für sie gesungen hatte. In dem Moment, als sie keine Luft mehr bekommen hatte. Was war das für ein Lied gewesen? Sie wusste, dass sie es kannte, aber sosehr sie sich auch anstrengte, kam sie nicht mehr auf den Text. War das vor dem Sturz oder danach gewesen? Und immer wenn sie an ihre Nacht im Gletscher dachte oder von ihr träumte, erschien vor ihren Augen das fahle, halb erfrorene Gesicht, mit von Eiskristallen bedeckten Augenbrauen.

Zum wiederholten Mal sah sie auf das Display ihres iPhones. Kein Anruf von ihm, keine Nachricht. Nichts. Dafür unzählige Anrufe und SMS von Benni.

Benni!, dachte Julia grimmig. Sie hatte ihn mal gemocht, aber jetzt war sie nur noch wütend auf ihn. Er war gerettet worden und hatte sie und Maxim einfach da oben im Stich gelassen.
›Hi Julia. Ich hoffe, du bist mir nicht mehr böse. Wir wurden mit Gewalt von der Bergwacht weggezerrt! Sonst wären wir bei euch geblieben, bitte verzeih mir, Benni.‹
Ha, von wegen, was für eine billige Ausrede!
›Bitte, verzeih mir. Ich hoffe, du bist so weit okay.‹
So weit okay? Er wollte sich wohl über sie lustig machen. Die restlichen SMS löschte sie ungelesen.
Wie sollte ihr Leben weitergehen? Die Vorstellung, wieder in die Schule zu gehen und so zu tun, als sei gar nichts passiert, verursachte ihr Übelkeit. Nichts war mehr wie vorher. Alles schien ihr sinnlos. Sie hob langsam ihre verbundene Hand und starrte sie an. Natürlich: Das war der Grund, dass er sich nicht meldete. Benni hatte Maxim bestimmt erzählt, dass sie jetzt ein Krüppel war. Julia warf ihr Handy auf die Bettdecke und drehte sich zur Seite. Endlich konnte sie richtig weinen.

Benni und Maxim

Es hatte Benni viel Überzeugungskraft gekostet, bis der Türsteher ihn zu Maxim gelassen hatte. Aber schließlich hatte dessen Vater nur verboten, dass er das Krankenzimmer verließe, und auf telefonische Nachfrage schließlich gestattet, dass sein bester Freund ihn besuchte. Vielleicht würde ihn das aus seiner depressiven Stimmung reißen.

Benni erschrak, als er seinen Freund sah, sagte aber betont locker: »Hey, du siehst echt cool aus.« Dann holte er sein Handy heraus und machte ein Foto. Maxim sah ihn traurig an. Benni ging zum Bett, begann, seine Mitbringsel aus einer überdimensionalen braunen Papiertüte auszupacken, und legte sie nacheinander auf die Decke. Eine Flasche Pommery Brut Royal. Er pustete den Staub von der blauen Verpackung. Sie hatte in Maxims Regal gestanden, er hatte sie selbst bei einer Cross-Meisterschaft gewonnen. Den neuesten Ken-Follett-Roman hatte Benni von seiner Mutter zu Weihnachten bekommen. Die Engadiner Nusstorte vom Café Hanselmann hatte er aber extra für seinen Freund gekauft.

»Soll ich?« Er holte den Champagner aus dem Pappkarton, und ohne Maxims Antwort abzuwarten, pulte er die Folie vom Korken und öffnete ihn, so dass er überschäumte. Benni sah sich um: »Wo sind die Gläser? Hier gibt es doch sicher eine Minibar.«

Maxim deutete auf einen hellen Wandschrank und hielt eine Fernbedienung hoch. Er drückte auf einen der Knöpfe, und die Schranktüren falteten sich wie eine Ziehharmonika auseinander und gaben den Blick frei auf blaue Glasborde mit Gläsern, einen Flatscreen-Bildschirm von Bang und Olufsen und das korrespondierende Soundsystem.

Benni pfiff durch die Zähne: »Nicht schlecht! Ich habe mir gleich gedacht, dass man dich nicht in einer normalen Station unterbringt. Gibt's auch einen Jacuzzi?«
Maxim hob die Achseln. »Kann schon sein. Ich habe es noch nicht ausprobiert.« Er blickte auf seine Beine. »Aber keine Sorge, ich werde jeden Tag gründlich gewaschen. Und die Bettpfanne bringen sie mir auch regelmäßig. Ansonsten … sieh selbst!«
Er schlug die Bettdecke ein Stück hoch und zeigte auf einen mattdurchsichtigen Plastikbeutel mit einer gelben Flüssigkeit darin, der neben der Matratze hing.
Benni formte eine mitleidsvolle Schnute mit den Lippen. »Katheter? Arme Sau! Sind die Schwestern wenigstens ansehnlich und lassen sich betatschen, beziehungsweise umgekehrt?«
Maxim lächelte das erste Mal, verzog aber gleich das Gesicht vor Schmerzen. Benni nahm zwei Wassergläser von einem der Glasborde und goss sie randvoll. Dann hielt er Maxim eines entgegen, prostete ihm zu und sagte: »Trinken wir darauf, dass du nicht da oben geblieben bist!«
Er deutete auf das Fenster. Am Horizont waren weiße Gipfel unter strahlend blauem Himmel zu sehen.
Maxim nickte, sagte aber leise: »Wär vielleicht besser gewesen. Dann hätte ich es hinter mir.«
Benni ließ sich auf einen weißen Sessel fallen und legte die Füße auf Maxims Bett. Er trank einen Schluck und verzog das Gesicht. Der Champagner war eindeutig zu lange und falsch gelagert worden, das merkte sogar er. »So solltest du das nicht sehen. Denk mal dran, was dir alles entginge. Ich meine … da unten ist doch noch alles in Ordnung … wenn das Röhrchen wieder raus ist, oder?«
Maxims Miene verdüsterte sich. »Denke schon. Aber das ist mir nicht mehr wichtig.«
»Das glaubst du jetzt. Aber das ändert sich ganz schnell, wenn dein bester Freund wieder wach wird.«

»Sag mal. Sind die anderen alle in Ordnung, was ist mit Roberts Bein?«

»Nichts weiter, wohl nur eine Prellung.«

Sein Gesichtsausdruck wurde auf einmal hart, und er sagte nichts mehr. »Was ist?«

»Nichts weiter … nur … Marcel, er …«

»Was ist mit Marcel?«

»Er ist ziemlich durchgedreht. War heute Morgen bei mir und hat auf mich eingeschlagen.«

»Warum? Nachwirkung des Höhenkollers?«, fragte Maxim. Ihm war schon lange klar gewesen, dass Marcel irgendwann Probleme bereiten würde. So jemand war eine tickende Zeitbombe.

»Nee, es ging um den Artikel im *Blick*. Du hast ihn doch gelesen? Na, dein Vater bestimmt. Es wundert mich, dass er damit noch nicht hier aufgekreuzt ist.«

Plötzlich klopfte es heftig an der Tür, und sie wurde aufgerissen, aber es war niemand zu sehen. »Lasst mich endlich los, ihr dämlichen Bulldoggen!«, hörten sie eine Mädchenstimme.

Benni sprang auf und kam Vicky zu Hilfe, die von einem der Bodyguards am Arm festgehalten wurde.

»Lass das Mädchen in Ruhe, das ist Maxims beste Freundin!«

Das platte Gesicht des Personenschützers erschien hinter ihm im Türrahmen. »Stimmt das, Maxim?«, fragte er auf Russisch.

Der nickte fast unmerklich, und sofort ließ der Mann Vicky gehen. Sie fiel fast ins Zimmer, dicht gefolgt von Benni, der sofort die Tür hinter sich schloss.

»Mann, das war knapp!«, stieß sie keuchend hervor und warf sich auf einen weißen Flow-Kunststoffstuhl. »Wie hältst du das bloß aus, immer von diesen Wachhunden umgeben zu sein?«

Maxim hob die Arme und drehte die Handflächen nach oben. »Was soll ich machen. Im Moment kann ich mich nicht dagegen wehren. Und du hast ja gesehen, dass sie nicht immer auf mich aufpassen.«

»Wäre vielleicht besser gewesen«, meinte Benni. »Können die eigentlich Ski fahren?«

»Ich hab's noch nie ausprobiert.«

»Warum hast du nichts davon gesagt, dass du Maxim besuchen willst?«, fragte Benni. »Wir hätten zusammen nach Chur fahren können.«

Vicky zuckte mit den Schultern, packte ihre weiße Plastiktüte aus und legte ihre Mitbringsel auf den Nachttisch. Als sie dort die eingeschweißte Nusstorte von Benni liegen sah, legte sie wortlos ihre daneben. Sie war nur zwei Zentimeter kleiner im Durchmesser und stammte von der Bäckerei in Zuoz.

»Ah, wie aufmerksam«, meinte Maxim. »Zweimal meine Lieblingstorte und einmal sogar von meinem Lieblingsbäcker – Guardalej in Zuoz.«

Benni schob gespielt beleidigt die Unterlippe vor. »Ich habe extra mein Sparschwein geplündert, um dir die von Hanselmann zu kaufen.«

»Mir kommen die Tränen!«, war Vickys Kommentar, während sie einen orangefarbenen Plastikhefter herausholte und auf die letzte freie Ecke des Nachttischs legte.

»Da sind die Hausaufgaben und Arbeitsblätter der letzten drei Tage drin. Aber so viel hast du nicht verpasst.«

»Danke!«, antwortete Maxim knapp.

Benni hielt die Flasche Champagner hoch und sah Vicky an: »Möchtest du auch ein Glas?«, fragte er mit gespielt fröhlichem Ton.

Sie nickte. »Ich glaube, ich kann einen Schluck vertragen, nach den Erlebnissen der letzten Tage … und dem hier«, sie zog als Letztes die aktuelle Ausgabe des *Blick* aus der Tüte und breitete sie wortlos auf Maxims Bettdecke aus.

Die erste Seite zeigte die Großaufnahme eines hübschen blonden Aktmodells. Die Brustwarzen des Mädchens hatte man mit einem schwarzen Balken verdeckt. Breit genug, um sich nicht der Pietätlosigkeit beschuldigen lassen zu müssen. Schmal genug, um dem geifernden Leser noch genügend Nacktheit zu präsentieren.

»Tragödie im Gletscher: Matura-Playmate-weißer Tod« stand darüber. Daneben war ein kleines Foto von ihrem erfrorenen Gesicht mit den aufgerissenen Augen und dem klaffenden Schnitt auf der Wange zu sehen.

Benni schrie auf: »Aber das ist ja …«

»Sybille!«, sagte Vicky leise.

»Aber wieso? In welchem Gletscher wurde sie denn gefunden?«, stotterte Benni.

Sie wandte ihm den Kopf zu: »Im Sellagletscher. Da, wo auch Maxim und Julia gefunden wurden.«

»Was? Wieso denn im Gletscher?«, fragte Maxim.

Benni und Vicky sahen ihn erstaunt an: »Ist das alles, was dich daran überrascht?«

Er schüttelte den Kopf: »Nein, aber mich wundert, wie sie dahin kam.«

»Ja, wieso war sie denn überhaupt dort?«, fragte Benni.

»Ich bin mir gar nicht sicher, ob ich das wissen möchte. Sie wurde jedenfalls kurz vor Maxim und Julia gefunden. Keine Ahnung, warum die jetzt erst darüber schreiben und warum noch niemand mit uns gesprochen hat. Es ist immerhin schon einige Tage her. Aber sie scheint auch schon länger da oben gelegen zu haben.«

Vicky fixierte Maxims Gesicht. Es war bleicher als das Bettlaken. Sie begann, langsam den pink-braun gefleckten Leo-Schal von ihrem Hals abzuwickeln, reckte den Kopf hoch und drehte ihn hin und her. »Seht ihr das?«

»Ouhhh!«, rief Benni, als er die blauen und grünen Würgemale sah.

»Wer war das? Welches Schwein …«

»Ich hätte nichts dagegen, aber wenn du hörst, wer es war, wirst du die Drohung wahrscheinlich nicht umsetzen.«

»Dann weiß ich, wen du meinst«, antwortete Benni.

»Ach ja?«

»Mich hat er auch vermöbelt: Unser Freund Marcel scheint vollkommen durchzudrehen. Ich weiß auch nicht, was mit dem auf einmal los ist. Als sei er auf Drogen oder so was. Inzwischen bereue ich es, dass wir ihn die ganze Zeit gedeckt haben.«

Maxim bekam auf einmal wache Augen und sah von einem zum anderen: »Marcel hat euch verdroschen und dich … gewürgt?« Er starrte Vicky an. »Aber warum?«

Benni hob die Achseln. »Es ging um einen Zeitungsartikel … nicht um den hier, einen anderen im *Blick*. Hast du doch sicher gesehen, oder?«

Maxim nickte: »Dumme Schmiererei, aber mein Vater hat sich natürlich tierisch aufgeregt.«

»Sag mal, Maxim: Wie haben die dich eigentlich gefunden? Waren die Skistöcke noch an der Stelle, wo wir sie reingesteckt haben?«, fragte Benni auf einmal.

Maxim schwieg und schien zu überlegen. Er wirkte abweisend. »Ich weiß nicht, wovon du sprichst«, fuhr er Benni unerwartet heftig an. »Es gab keine Skistöcke. Ihr seid einfach abgehauen und habt uns im Stich gelassen. Ihr wolltet nur eure eigene Haut retten. Und wir sind in der Nacht fast erfroren. Julia hat zwei Finger verloren!«

Benni sah auf den glänzenden Laminatboden mit dem täuschend echt wirkenden Parkettmuster. »Ich weiß, und du wirst es mir vielleicht nicht glauben: Ich wollte oben bleiben und nach euch suchen, aber dann kamen die Leute von der Bergwacht und haben uns weggezerrt. Ich hatte einfach keine Kraft mehr, mich dagegen zu wehren, aber ich habe Stöcke gesteckt, zur Markierung … Es tut mir so leid …«

»Wir sind nur gerettet worden, weil ich den Lawinenpiepser auf Senden gestellt hatte. Die Bergwacht hat das Signal empfangen.«

»Den Piepser?«, fragte Vicky und wirkte auf einmal aufgeregt. »Aber ich dachte, den hättest du Marcel gegeben.«

»Ja, hab ich auch. Das eine Gerät. Aber man braucht ja immer mehrere. Man kann sie auf Empfang oder auf Suchen einstellen. Ich hatte mein zweites zum Glück an meinem Brustschutz unter der Jacke festgegurtet, so dass es bei dem Sturz nicht verlorenging. Ich glaube, ohne das LVS wären wir immer noch dort oben.«

Vicky schauderte: »Was für eine grauenhafte Vorstellung. Ich bin so froh, dass ihr gerettet worden seid.« Sie umarmte ihn kurz. »Aber das beantwortet immer noch nicht die Frage, warum Marcel zweimal hintereinander so ausgetickt ist. Und wusste er eigentlich, dass du noch einen Piepser hattest?«, fragte Benni.

»Was willst du damit sagen?«, fragte Maxim und sah Benni mit durchdringendem Blick an.

»Du weißt genau, was ich damit sagen will. Ich habe mich sowieso schon ein paarmal gefragt, warum er so dringend diese Tour machen wollte, bei den Bedingungen …«

»Du meinst, er wollte, dass jemandem etwas passiert? Und dass er mit Sybille … auch schon dort war? Das kann unmöglich dein Ernst sein.«

»Dann sieh dir noch mal genau die Würgemale an Vickys Hals an.«

Er zog sein Hosenbein hoch und entblößte einen Verband an seinem Fesselgelenk. »Und das ist auch Marcels Werk. Er hat mir den Fuß derart heftig verdreht, dass ich kaum noch laufen

konnte. Ich kann mir nicht vorstellen, dass das nur wegen des Zeitungsartikels war.«
»Zu mir hat er gesagt, ich hätte ihm eine SMS geschrieben und ihn erpresst«, meldete sich auf einmal Vicky, die die ganze Zeit geschwiegen hatte.
»Und hast du?«
Sie hob die Arme. »Ich habe ihn zweimal um Geld angepumpt, das hat er wohl so aufgefasst.«
Benni musterte sie. »Vielleicht hat ja eine fünfte Person von der Sache mit Sybille erfahren. Habt ihr es noch jemandem erzählt?«, fragte Benni.
Die beiden schüttelten den Kopf und wechselten einen Blick, den Benni nicht richtig einordnen konnte. »Keiner Menschenseele. Obwohl ich mich manchmal gefragt habe, warum wir ihn eigentlich decken«, versicherte ihm Vicky.
»Und wie steht es mit dir?«, fragte Maxim und sah Benni gespannt an. »Bei dieser Journalistin scheinst du ja sehr mitteilungsbedürftig gewesen zu sein.«
Benni stieg ganz langsam die Röte in sein gelbes Gesicht. Er zog seine schwarze Cabanjacke aus und fragte: »Kann man hier eigentlich ein Fenster öffnen?«
Das Schlimme war, dass er sich nicht daran erinnern konnte, was er Toni gegenüber alles in der Nacht ausgeplaudert hatte. Sie war verschwunden, während er schon schlief, und hatte ihm keine Handynummer am Spiegel hinterlassen.
Maxim schüttelte den Kopf. »Klimaanlage! Aber im Bad ist ein Wasserhahn, da kannst du dich abkühlen.«
»Keine schlechte Idee.« Er stand auf.
Als er die Tür hinter sich geschlossen hatte, sagte Maxim sofort: »Kannst du mir die Telefonnummer von Julia besorgen? Ich habe Benni danach gefragt, aber aus irgendeinem Grund rückt er sie nicht raus.«

Vicky zog die Augenbrauen hoch: »Ach, die hat's dir also angetan? Ich hätte nicht gedacht, dass du auf P wie Pickel und Pubertät stehst.«

Maxim stieß verächtlich Luft aus. Doch dann lächelte er. »Hätte ich auch nicht gedacht, aber … was soll ich machen?«

Julia und Nicolas

Es war eisig, und sie war rundum von Schnee umgeben, aber da war auch Maxim. Sie spürte seine Hand in ihrem Nacken, die ihr sanft über den Haaransatz strich. Sein Körper war ganz nah bei ihr. Sein Gesicht bewegte sich langsam auf ihres zu. Julia öffnete die Lippen. Sie roch seinen Atem, Schokoladenatem, aber da war noch etwas anderes, ein widerlicher, abstoßender Geruch: Blut!

Sie starrte ihn an, und als sich sein Gesicht aus dem milchigen Dämmerlicht herausschälte, lag eine dicke Eisschicht darauf. Julia streckte die Hand aus und berührte das Eis, sie sah ihre eigene Hand vor sich: eine Klaue, an der zwei Finger fehlten. Doch das Eis auf dem Gesicht begann zu schmelzen, so rasant, als glühe die furchtbare Klaue. Die Eisschicht verschwand plötzlich, und in dem Gesicht … war nichts außer einer großen klaffenden Wunde.

Julia fuhr aus ihrem Kissen hoch und keuchte. Sie griff mit der gesunden Hand nach ihrem Handy und sah auf die Uhr: fast drei. Sie hatte also nur eine Stunde geschlafen. Und wieder hatte sie diesen schrecklichen Traum gehabt. Sie wischte sich mit dem Bettbezug die Schweißperlen von der Stirn und rief: »Mama? Bist du da?«

Doch statt ihrer Mutter erschien Nicolas in der halb geöffneten Tür. »Was ist, brauchst du etwas? Claudia ist noch nicht zurück.«

Julia rollte sich zur Wand: »Nee, schon gut. Wann kommt sie denn?«

Nicolas machte einen Schritt in das Zimmer. »Das weiß ich leider nicht. Sie hat sicher viel aufzuarbeiten.« Er ging um ihre Matratze herum, bückte sich und sah ihr prüfend ins Gesicht. »Du bist ja auf einmal ganz rot. Hast du Fieber?«

»Nee, geht schon.«
Nicolas streckte die Hand aus, um ihre Stirn zu fühlen, doch sie schlug sie weg.
»Lass mich in Ruhe. Du sollst nicht immer den Ersatzpapi spielen. Ich hasse das. Es hat dich schließlich auch nicht interessiert, wie es mir geht, als wir in der Gletscherspalte lagen. Sonst hättest du mit deiner Hubschrauberpilotin vielleicht auch mal nach uns gesucht und nicht nur nach der anderen Gruppe. Aber kein Wunder: Da war ja schließlich Johanna dabei!«
Nicolas richtete sich auf, stützte die Hand in die Hüfte und hob den Kopf. »Also jetzt bist du aber ein wenig ungerecht. Wir konnten nicht mehr fliegen, in der Nacht. Es war zu gefährlich. Und es war auch unmöglich, euch mit der Wärmebildkamera aufzuspüren. Dazu wart ihr zu tief unter dem Eis.«
»Ja, schon klar. Kannst du jetzt bitte einfach gehen? Und schließ die Tür von außen. Das ist das Einzige, was du für mich tun kannst, außer …«
Nicolas sah sie freundlich an, und Julia war sich nicht sicher, ob sie ihn um das bitten konnte, was ihr im Moment am wichtigsten war. Sie gab sich einen Ruck: »Würdest du mir die Nummer von Maxim besorgen?«
Nicolas zögerte. Er wusste, dass Claudia keinen Kontakt zwischen den beiden wollte. Doch als er die weit aufgerissenen Augen mit dem flehenden Blick bei Julia sah, antwortete er: »Ich werde sehen, was ich tun kann.«
Ihr Gesichtsausdruck veränderte sich augenblicklich. Einen kurzen Moment sah er, wie viel ihr an dieser Zusage lag.

Im Flur fiel sein Blick auf ein schwarzes ledergebundenes Buch mit Goldschnitt, das auf der Konsole neben der Post lag. Die altdeutschen goldenen Buchstaben TAGEBUCH sprangen ihn an. Er nahm das Buch in die Hand und schlug es wahllos in der

Mitte auf, sah auf die blaue Tinte, die schwer leserliche Schrift und klappte das Buch wieder zu. Während er in der Küche Kamillentee in einen Papierfilter löffelte, fiel ihm ein, dass Claudia ein Tagebuch ihrer Großmutter erwähnt hatte, und ihm kam ein Gedanke.

Als er mit dem Tablett, auf dem der Tee, eine Packung Cookies and Cream von Häagen-Dazs und zwei Clementinen lagen, wieder in Julias Zimmer kam, funkelte sie ihn böse an. Hinter Nicolas kam die Henne zur Tür herein. Sie trug eine Wegwerfwindel.

»Was macht die denn hier? Und wer hat ihr dieses … Ding, diese Pampers angezogen?«

Julia hatte sich wieder aufgesetzt, während Nicolas das Tagebuch hervorholte. Julia guckte mehr als skeptisch, aber sie griff nach dem Buch.

»Von wem ist das?«, fragte sie ihn.

»Von deiner Urgroßmutter. Claudia hat es aus Chemnitz mitgebracht. Vielleicht interessiert es dich ja!«

»Hm, vielleicht.«

Julia deutete auf das Huhn.

»Mit artgerechter Haltung hat das aber nicht viel zu tun.«

»Das musst du deiner Mutter sagen. Schließlich hat sie es mitgebracht. Irgendwie muss ich ja verhindern, dass dieses Tier hier den gesamten Boden kontaminiert. Und da kam ich vorhin beim Rewe auf die Idee mit den Windeln. Leider verrutschen sie immer wieder.«

Nicolas stellte das Tablett neben ihr auf dem Boden ab, packte das Huhn, das protestierend gackerte, und zog das Klebeband der Windel enger zu. Dann setzte er es wieder ab, goss Tee in die Tasse.

»Was ist, wenn es jetzt ein Ei legt?«, fragte Julia.

»Gute Frage. Bis jetzt kam noch keines. Ich weiß nicht so genau. Müsste da nicht auch ein Hahn eine Rolle spielen?«, bemerkte

Nicolas und ging wieder aus dem Zimmer. Das Huhn folgte ihm wie ein Hündchen.

Julia sah ihm hinterher. Nach einer Weile griff sie sich das Buch, warf es aber sofort auf die Bettdecke, als sie merkte, dass es kaum zu entziffern war. Dabei fiel ein kleines Schwarz-Weiß-Foto mit Zackenrand heraus. Sie nahm es in die Hand, hielt es näher vor ihr Gesicht und riss die Augen auf. Das Mädchen auf dem Bild glich ihr bis aufs Haar. Es musste auf dem Foto etwa fünfzehn oder sechzehn Jahre alt sein, so wie sie. Sie hatte die gleichen langen blonden Haare und trug sie mit einem Mittelscheitel offen, eine Strähne hing ihr in das Gesicht. Sie wirkte unfrisiert, was Julia für die damalige Zeit ungewöhnlich vorkam. Schön geschwungene Lippen, hohe Wangenknochen, ausdrucksvolle Augen und eine hübsche, aber etwas zu breite Nase. Dieses Mädchen war ihr Ebenbild. Julias Herz klopfte, als sie das Foto umdrehte. Da stand mit Bleistift dünn geschrieben: »Elsa, 5. Mai 1943«. Das war also ihre Großtante.

Neugierig geworden, langte sie wieder nach dem Buch und blätterte es auf. Buchstabe für Buchstabe begann sie die Wörter zu entziffern:

Februar 1945

Heute hatte ich einen Traum: Wir standen in großer Gesellschaft vor der Adelsberger Kirche. Unser Großvater war sogar dabei und trug seinen Sonntagsanzug. Wir warteten auf die Braut, doch nichts passierte, und man wurde schon unruhig. Da kam im rasenden Tempo die weiße Kutsche mit unseren vier Braunen vorgefahren. Tatsächlich sind zwei davon schon gestorben, und die anderen beiden wurden von der Wehrmacht konfisziert. Doch in meinem Traum zogen sie die Kutsche im vollen Galopp, einmal an der Kirche vorbei. Auf dem Kutschbock saß unser alter Schweizer mit schwarzem Rock und Zylinder. Er ließ die Pferde vor den Treppen der Kirche halten. Unser Vati

ging zur Tür und öffnete sie, um der Braut herauszuhelfen. Und da sahen wir alle das Schreckliche: Die Kutsche war leer, und als ich mich umdrehte, waren auf einmal alle in Schwarz gekleidet, auch die Frauen, und die Glocken läuteten nicht mehr zur Hochzeit: Es waren Totenglocken.
Was hat dieser Traum bloß für eine Bedeutung? Ich möchte gar nicht wagen, zu denken, ob es eine Art Weissagung ist, wo doch unsere Elsa im Sommer den Gerbersohn vom Nachbarhof heiraten soll. Will Gott uns strafen, weil wir mitten in Kriegszeiten an Hochzeit denken? Ich hatte doch schon öfter schreckliche Vorahnungen, die sich erfüllt haben. Zwei Tage bevor wir die Nachricht bekamen, dass Max gefallen war, träumte ich, dass er bei einem schrecklichen Jagdunfall hier in unserem Revier ums Leben kommt.
Gestern kam wieder die Frau aus der Stadt und verlangte ihre Bilder von mir zurück. Sie war schon ein paarmal da. Doch sehe ich gar nicht ein, sie ihr wiederzugeben. Schließlich hat sie damals Lebensmittel von mir bekommen, als wir selbst kaum noch welche hatten. Der Tausch war damit besiegelt. Sie behauptet, die Gemälde hätten nur einen persönlichen Wert. Als ich sie abwies, hat sie mich böse verflucht und mir einen zusammengefalteten Zettel entgegengestreckt. Erst als sie weg war, habe ich das Blatt gelesen, es sah aus, als sei es aus einem Tagebuch wie dem meinen herausgerissen. Da standen seltsame Zeilen: »Ich ging mit zwei Freunden die Straße hinab. Die Sonne ging unter – der Himmel wurde blutrot, und ich empfand einen Hauch von Wehmut. Ich stand still, todmüde – über dem blauschwarzen Fjord und der Stadt lagen Blut und Feuerzungen. Meine Freunde gingen weiter – ich blieb zurück – zitternd vor Angst – ich fühlte den großen Schrei in der Natur … Ich malte dieses Bild – malte die Wolken wie wirkliches Blut – die Farben schrien.«

Das muss der Maler der Bilder geschrieben haben. Vielleicht werde ich es mir doch noch überlegen, falls die Frau wiederkommt, Feinde können wir in diesen Zeiten nicht gut gebrauchen.

Julia sah von dem Buch auf. Sie wollte wissen, wie es weiterging, doch es war anstrengend, manche Buchstaben konnte sie nur erraten, manche Wörter gar nicht verstehen. Sie blätterte weiter und merkte, dass das Buch nicht einmal zur Hälfte beschrieben war. Es endete mit einem Eintrag vom 13. August 1974:

Vom 24. bis 28. Juli 1974 war ich mit Wilhelm und Familie im Auto nach Adelsberg unterwegs. Es war eine Reise in die Vergangenheit, spürbar war Wilhelm nach vielen Jahren und Claudia zum ersten Mal von unserer alten Heimat und unserem herrlich gelegenen Stück Erde berührt. Es hat mir wohlgetan. Nach Anmeldung und Umtausch von 20 Mark pro Tag für uns Erwachsene ging's gleich heraus nach unseren ehemaligen Fluren am Adelsberg, und alte Erlebnisse wurden wieder wachgerufen.

Was war inzwischen geschehen? Die Seiten davor waren teilweise noch unleserlicher. Da war noch ein kurzer Eintrag vom 11. November 1947:

Eine lange Pause im Tagebuch. Ich kann es nicht niederschreiben. Es ist zu schlimm. Was habe ich nur verbrochen, dass Gott mich so straft?

Der nächste Eintrag stammte schon vom 21. Juli 1971 und war in Berlin verfasst worden. Julia wollte weiterblättern, doch die Seiten klebten fest zusammen und ließen sich nicht voneinander lösen. Julia fuhr mit dem Zeigefinger über den Rand: Die hintere Hälfte der Seiten war professionell miteinander verleimt worden.

»Woher hast du das Tagebuch?«, fragte Claudia, als sie sich neben ihrer Tochter auf der Matratze niederließ.
»Nicolas hat es mir gegeben. Er dachte, es würde mich interessieren, aber es ist grauenhaft schwer zu lesen und … es ist seltsam.«
Claudia sah Julia forschend an. »Ja? Ich fand darin nichts Seltsames. Aber ich habe bisher auch nur ein paar Seiten gelesen.«
Julia schilderte ihr den Traum ihrer Urgroßmutter und die spätere Andeutung, dass alles zu schlimm sei, um es niederzuschreiben.
»Tja, die Kriegserlebnisse und auch die Nachkriegszeit müssen schrecklich gewesen sein.«
»Ja, schon, aber es hört sich so an, als sei irgendetwas mit Elsa passiert? Weißt du darüber Bescheid? Und wusstest du eigentlich, dass sie genauso aussah wie ich?«
Sie öffnete das Buch und gab Claudia das kleine Foto. Diese betrachtete es einige Sekunden lang: »Du hast recht. Das Bild habe ich noch nie gesehen. Ich kann mich an gar keine Fotos von ihr als Teenager, oder wie man damals sagte: Backfisch, erinnern. Sie ähnelt dir ja wie eine Zwillingsschwester. Deshalb war sie vielleicht auch so aufgeregt, als ich ihr das Foto von dir in die Psychiatrie mitgebracht habe.«
»Sie ist in der Psychiatrie?«, fragte Julia erschrocken.
»Ja, sie lebt schon seit einigen Jahren in einer Nervenheilanstalt … Da ist noch etwas anderes, Julia, das ich dir sagen muss.«
Sie streichelte den Arm ihrer Tochter und zögerte, als sie den offenherzigen Blick aus Julias bernsteinfarbenen Augen sah.
»Ich muss schon heute wieder nach Chemnitz fahren.«
»Was? Aber du kannst mich nicht schon wieder allein lassen, Mami.«
»Es tut mir leid, und ich lasse dich ja auch nicht allein. Dein Vater kommt und holt dich ab, und Lorenz und Arthur gehen so lange zu Schulfreunden, sie müssen ja in die Schule.«

Julia schwieg.
»Deine Großtante Edith ist seit dem Unfall im Krankenhaus. Deshalb war ich ja hingefahren … sie lag im Koma, wurde künstlich beatmet, und jetzt ist wieder etwas passiert: Der Sauerstoffschlauch ist herausgerissen worden.«
»Von wem?«
»Das wissen wir nicht. Aber das ist auch einer der Gründe, weshalb ich ganz schnell wieder hinmuss. Ich muss unbedingt mit ihr sprechen, wer weiß, wie lange sie noch …« Claudia presste die Lippen aufeinander.
Sie berührte ganz behutsam Julias Verband.
»Was macht deine Hand, tut es noch weh? Nik wird dich noch einmal in die Ambulanz bringen, damit die sich die Wunden ansehen.«
Julia nickte. »Okay, Mama. Ich verstehe, dass du dahin musst. Und bei Papa ist es eigentlich ganz cool.«
Claudia wusste, was Julia damit meinte: Er würde sie in seinem Kinoraum mit den allerneuesten DVDs den ganzen Tag sich selbst überlassen. Doch sie musste zugeben, dass es hier im Moment auch nicht viel besser war.
»Nur das Essen ist so was von ekelhaft, wenn Simone kocht. Die ist ja auf dem Trip mit makrobiotischer Ernährung. Immer gibt es nur diese Sojaklopse.«
»Tja, da begegnen sich in der Tat zwei Welten, wo du von gesunder Ernährung ungefähr so weit entfernt bist wie Syrien von der Demokratie. Du kannst dir ja Vorräte mitnehmen.« Claudia deutete auf die Packung Toffifee.
»Die muss ich aber gut verstecken. Ich glaube, sie hat so eine Art Geigerzähler, mit dem sie Chips, Schokolade und, ganz schlimm: Gummibärchen mit tierischer Gelatine aufspürt.«
Claudia lächelte befriedigt, so wie jedes Mal, wenn sie derlei über die neue Frau ihres Ex-Mannes hörte. Denn sie wusste ge-

nau, wie sehr er sich für diese Lebensform und vor allem für den Fleischverzicht verstellen musste.

»Ich muss jetzt schnell ein paar Sachen packen. Heike holt mich gleich ab.«

»Heike? Die kommt auch mit?«

»Tja, da staunst du. So sind echte Freundinnen.«

»Das bewährte Duo Infernale also …«

»Trio, es sollte eigentlich ein Trio Infernale werden. Wenn nicht sogar ein Quartett. Susanne und Nicolas kommen vielleicht noch nach.«

»Wenigstens muss ich dann nicht mit dem hier in Frankfurt bleiben … kannst du mir bitte mal die Packung aufmachen?«

Was Claudia bis vor kurzem zur Verzweiflung gebracht hatte, trug jetzt zu ihrer Beruhigung bei: Der unstillbare Appetit ihrer Tochter auf Schokolade war wieder da.

Claudia und Heike

Es war schon stockdunkel, als der schokobraune Cayenne auf den gepflasterten Hof des Mühlenguts rollte. Der Bewegungsmelder schaltete sich ein, und die im Boden versenkten Scheinwerfer tauchten die Fassaden der alten Gebäude in ein warmes, gelbes Licht.

»Aufwachen, wir sind da!«, sagte Claudia.

Sie hatten auf einem Rasthof bei Eisenach gewechselt, und Heike war vor einer Stunde auf dem Beifahrersitz fest eingeschlafen. Sie öffnete die Augen, streckte sich und sah sich blinzelnd um.

»Wow, ist das etwa dein alter Bauernhof?«

»Das ist unser Mühlengut.«

»Da hast du aber ziemlich untertrieben. Du hast nie erwähnt, dass deine Familie in einem Herrenhaus residiert hat. Am Ende wart ihr noch adelig?«

»Nee, keine Spur«, antwortete Claudia geschmeichelt. »Schlicht und einfach Neumann, und der Mädchenname meiner Oma gab auch nicht mehr her. Der lautete nämlich Händel.«

»Schade, das klingt beides fürchterlich profan und bürgerlich, soweit ihr nicht wenigstens weitläufig mit der Komponistenfamilie verwandt seid.«

Sie drehte sich zu Claudia um, die mit undurchdringlicher Miene geradeaus über das Lenkrad schaute.

»Entschuldige, so war das nicht gemeint.«

»Schon gut. Aber siehst du das auch? Irgendetwas stimmt hier nicht.«

Sie deutete auf die doppelflügelige Haustür mit den bunten Glaseinsätzen, oberhalb der Freitreppe aus Sandstein. Heike

folgte ihrem Blick und nickte. »Da drin brennt Licht, und die Tür scheint auch offen zu sein. Erwartet dich hier jemand?«
»Sieht ganz so aus. Obwohl ich nur dieser asiatischen Krankenschwester angekündigt habe, dass ich komme.«
Sie öffnete die Autotür und stieg zögernd aus. Sofort merkte sie, wie der bitterkalte Ostwind ihr in die Glieder fuhr.
»Du wartest am besten hier. Ich schau mal schnell nach, was da los ist. Bin gleich wieder da.«
»Hm, okay. Bist du sicher, dass wir nicht jemanden anrufen sollten? Die Polizei vielleicht? Also das letzte Mal, als wir uns alleine auf einem alten Bauernhof umgesehen haben, ging das ziemlich in die Hose.«
Sie angelte sich ihre Hermès-Birkin Bag vom Rücksitz und begann darin zu wühlen.
»Ich schwöre dir, dass in Chemnitz und Umgebung keine einzige Menschenseele deine Luxusausstattung zu schätzen weiß«, bemerkte Claudia mit einem Seitenblick.
Heike spitzte die Lippen und suchte weiter: »Du wirst es vielleicht nicht glauben, aber das ist nicht meine Motivation, wenn ich hochwertige und exklusive Produkte trage. Sondern eine in fünfzig Arbeitsstunden handgenähte Tasche mit sich zu führen, auf die man zwei Jahre warten muss, ist eine Lebenseinstellung. Und außerdem hat einfach alles darin Platz.«
»Mag sein, aber dir ist hoffentlich klar, dass du mit einer teuren Luxushandtasche keinen Mann beeindrucken kannst … im Gegenteil: Es wirkt abschreckend, weil er befürchten muss, dass er deine Taschenaffinität in Zukunft finanzieren muss.«
Heike sah sie erstaunt an: »Komm schon, Claudi, was sind das denn für Binsenweisheiten, und warum sollte ich in dieser gottverlassenen Gegend einen Mann beeindrucken wollen?«
»Ich wünschte, hier wäre es wirklich gottverlassen …«, murmelte Claudia. Sie zögerte und entschied, ihr Vorhaben noch ein

wenig zu verschieben. Denn sie hatte während der gesamten Fahrt auf eine Gelegenheit gewartet, ihrer Freundin etwas zu erzählen. Sie kletterte wieder zurück auf den Fahrersitz, schloss die Tür, rieb sich die Oberarme.

»Findest es im Auto gemütlicher, ja? Jedenfalls hat sich Tom längst in sein Schicksal gefügt«, fuhr Heike fort. »Den muss ich schon lange nicht mehr beeindrucken. Schließlich liebt er mich. Und seit ich meinen eBay-Shop habe, liebt er mich noch mehr.«

»Vielleicht solltest du dir da nicht zu sicher sein … du weißt ja, wie es bei mir und Nik war …«

Heike drehte sich zu ihr um: »Aber das kann man doch gar nicht vergleichen: Nik hat sich damals in eine andere verliebt!«

»Und du glaubst, das kann dir mit Tom nicht passieren?«

Heike schüttelte entschieden den Kopf: »Eher umge–«, sie biss sich auf die Lippen. »Ich wollte sagen: Tom ist einfach ein anderer Typ.«

Claudia schluckte: »Also, ich muss dir was sagen, Heike. Ich habe ihn neulich mit einer großen blonden Frau im ›Mon Ami Maxi‹ beim Lunch gesehen.«

Heike schob die Unterlippe vor: »Na und? Sicher eine Kollegin. Mit irgendjemandem muss er ja zum Essen gehen.« Ihre Stimme klang eine Nuance weniger selbstsicher als zuvor.

»Meine Kollegin behauptet aber, es sei eine von jenen Damen aus der ehemaligen Sowjetunion, die in den Foyers der Banken und Anwaltskanzleien warten und …«

Heike legte sich die Hände auf die Ohren und sagte hastig: »Stopp! Sprich jetzt bitte nicht weiter. Denn sonst muss ich dir auch eine Sache über deinen Nicolas erzählen … es war in St. Moritz, gleich nachdem du abgereist bist, und zufällig hat es auch etwas mit einer gebürtigen Russin zu tun. Inzwischen besitzt sie allerdings die Schweizer Staatsangehörigkeit.«

»Danke für die Retourkutsche! Und das erzählst du mir erst jetzt?«, gab Claudia zurück. Sie merkte, dass sie zu laut geworden war, legte den Kopf zurück, lehnte ihn an die Kopfstütze und ergänzte ganz leise: »Bei Nicolas musste ich von Anfang an mit so etwas rechnen. Er ist kein Mann für eine Frau allein.« Sie hörte selbst, dass es wie einstudiert klang. Heikes Hinweis traf sie hart und hinterließ einen dumpfen Schmerz in ihrem Innersten. Ihr Kopf lehnte immer noch an der Kopfstütze, und sie hatte jetzt die erste Etage des Herrenhauses genau im Blick. Auf einmal realisierte sie, dass auch dort oben Licht brannte. Es schien durch die Ritzen eines geschlossenen Klappladens. War es eben erst angegangen? Oder hatte es schon gebrannt, als sie hier ankamen?

»Okay, ich gehe jetzt nachsehen, was da los ist. Bis gleich.«

Sie stieg aus, schlug die Autotür zu und ging auf das Herrenhaus zu. Ihren Mantel hatte sie im Auto gelassen, und als sie die Treppen hochstieg, hätte sie nicht zu sagen vermocht, wann sie das letzte Mal so sehr gezittert hatte.

Die Tür stand einen kleinen Spalt offen. Claudia gab dem einen Flügel einen Schubs, so dass er aufschwang und gegen den eisernen Türschnapper in Form eines Fuchskopfes schlug. Unschlüssig blieb sie auf der Schwelle stehen und lauschte. Doch sie hörte nichts außer dem Rauschen des Windes, und in der Kälte hier draußen hielt sie es keine Sekunde länger aus. Sie setzte einen Fuß auf den schwarz-weißen Steinboden. Die Diele war hell erleuchtet. Ihr Blick fiel auf die Reitstiefel ihres Urgroßvaters, die glänzten, als seien sie nagelneu, und denen man allenfalls auf den zweiten Blick die alte Patina ansah. Doch etwas war anders: Ein grüner Lodenmantel hing darüber am Haken und daneben, auf einem Bügel, ein alter grauer Swakara-Persianermantel, mit einem langen Streifen aus grünem Mottenpapier, das durch das Metall gestochen worden war. Claudia nahm einen Ärmel in die

Hand, um daran zu riechen. Sie roch nichts, außer dem typischen, von dem Mottenstrip verströmten Geruch des Paradichlorbenzols, aber ihr wurde auf einmal klar, dass das Haus vollkommen überheizt war. Und sie war sicher, dass sie die Heizkörper überall nur auf Stufe zwei gestellt hatte, bevor sie es vor ein paar Tagen verlassen hatte. Bestimmt war Irmgard Höppner hier gewesen und hatte die Heizung wieder aufgedreht, versuchte sie sich zu beruhigen. Andererseits würde eine gewissenhafte Haushälterin nicht die Tür offen stehen lassen, sagte ihr eine warnende Stimme. Doch vielleicht war sie noch da?
»Hallo, Irmgard?«, rief Claudia, fasste den Heizkörper an der Wand an und zog sofort die Hand zurück. Glühend heiß.
Claudia zog die Haustür zu und ging langsam den langen Flur hinunter. Dabei passierte sie die Tür zur Küche. Sie knipste das Licht an und bemerkte eine aufgeschlagene Zeitung auf dem alten Eichenarbeitsblock in der Mitte des großen quadratischen Raums. Während sie näher trat, las sie die Überschrift des ganzseitigen Artikels: »Das System Lindengut«. Darunter ein Foto von dicht an dicht gedrängten gelben Küken auf einem Fließband. Daneben ein kleines Foto von einem dick eingemummelten Paar, die Mützen tief in die Stirn gezogen, mit Schildern um den Hals, auf denen stand: »Schlachthöfe, Mastställe? NEIN danke!«
Sie nahm die Zeitung in die Hand und überflog den ersten Absatz: »Früher gab es in der Industrie- und Montanregion des Landkreises Chemnitzer Land auch Bauernhöfe mit Weizen, Gerste und Kuhweiden. Heute gibt es immer mehr Geflügelzüchter und Riesenställe für das Federvieh und Maisfelder drum herum, um die Tiere und die Biogasanlage zu füttern. Entsteht hier ein Abbild Niedersachsens im Kleinen? Eine Reise durch ein verschandeltes Land.«
Im dünn gedruckten Teil stach ihr ein Name ins Auge: Dr. Rolf Illner.

»Sieh mal einer an!«, murmelte sie und las weiter: »Schön ist es im Landkreis Chemnitzer Land. Viel Himmel, viel Gegend, viel Grün existierte neben der Kernindustrie Automobil- und Maschinenbau, für die Chemnitz bekannt ist. ›Das Grün ist trügerisch‹, sagt Dr. Rolf Illner von der Bürgerinitiative Landschaftsschutz Chemnitzer Land e.V. Schlimmer noch: Geradezu heimtückisch sei es. ›Eine arglistige Täuschung‹, sagt Illner. ›Bauernland sieht anders aus. Es liegt doch auf der Hand, warum die Geflügelmast hierher verlagert wird. Im Emsland gibt es inzwischen immer sofort Proteste. Doch auch wir Chemnitzer wissen uns zu wehren.‹«

Claudia hörte ein Geräusch hinter sich und drehte sich um, doch da war niemand. »Hallo?«

Sie zog ihr iPhone aus der Gesäßtasche ihrer Jeans und fühlte sich beruhigt, als das Display alle verfügbaren Empfangsbalken zeigte. Plötzlich vibrierte es in ihrer Hand, und vor Schreck ließ sie es fallen. Es schlug auf dem Steinboden auf und rutschte quer durch die Küche. Sie fluchte, ließ sich auf die Knie nieder und tastete danach unter einem Geschirrschrank. Plötzlich stand ein Paar Clarks-Schuhe aus dunkelbraunem Wildleder neben ihr. Sie kannte diese Schuhe und hatte das Gefühl, ihr Herz würde augenblicklich aufhören zu schlagen. Dann schluckte sie, hob den Kopf und blickte an den braunen Cordhosenbeinen hoch.

Wilhelm Neumann streckte die Hand aus und öffnete sie. Darin lag ihr Handy, mit einem langen Sprung quer über dem Bildschirm.

»Hier, das ist nach draußen in den Flur gerutscht, als ich gerade die Treppe herunter…« Weiter kam er nicht, dann sackte er zusammen und gab den Blick frei auf Heike, die hinter ihm stand und den Stiefelspanner aus Zedernholz sinken ließ.

»Papa!«, flüsterte Claudia. Sie wandte sich an Heike: »Bist du wahnsinnig, meinen Vater niederzuschlagen?«

Heike bückte sich und hielt die Hand unter Wilhelm Neumanns Hinterkopf. Als sie sie herauszog, war sie voller Blut.
»Oh mein Gott, oh mein Gott, das wusste ich doch nicht, ich dachte … ein Einbrecher oder so was, es tut mir so leid, Claudi. Wenn ich gewusst hätte, dass er dein Vater ist, hätte ich doch niemals … was machen wir denn jetzt? Wir müssen Hilfe holen, ich laufe zum Nachbarhof. Wo ist der denn, oder soll ich bei ihm …« Sie sprach immer schneller, und ihre Stimme klang bei jedem Wort schriller.
»Schon gut, jetzt beruhige dich mal. Hast du dein Handy hier?«
Heike nickte und holte es aus der Seitentasche ihrer Chinohose.
»Gut, dann gib es mir. Und hol aus dem Wohnzimmer ein Kissen und eine Decke.«
Heike übergab Claudia ihr Telefon und lief gehorsam aus der Tür.

Eine Stunde später lag Wilhelm Neumann auf einem mit bordeauxfarbenem Pannesamt bezogenen Sofa im Wohnzimmer des Herrenhauses. Er trug einen Verband um die Stirn, aus dem seine weißen Haare herausschauten. Sein Kopf ruhte auf einem dicken Gobelin-Kissen, und er war in eine Wolldecke eingewickelt. Neben ihm auf einem kleinen Beistelltisch stand eine dampfende Tasse Tee.
Heike kniete vor ihm auf dem Teppich und reichte sie ihm. »Möchten Sie Zucker und Milch? Geht es Ihnen wieder besser, Herr Neumann? Es tut mir wirklich wahnsinnig leid.«
»Zwei Stück Zucker, bitte. Es geht schon wieder. Machen Sie sich keine Sorgen. Sie haben ja gehört, was der Notarzt gesagt hat – nur eine kleine Platzwunde.«
Der alte Mann sah unsicher herüber zu dem kleinen Sessel, auf dem seine Tochter saß. Claudias Gesicht wirkte wächsern. »Ich hätte dich anrufen sollen, aber du gehst ja schon lange nicht

mehr ans Telefon, wenn du meine Nummer im Display siehst«, bemerkte er.
»Kann schon sein.«
»Ich glaube, wir müssen dringend reden. Da ist einiges schiefgelaufen in letzter Zeit.« Er griff nach der Dose und tat sich zwei Stücke Würfelzucker in seine Tasse.
»Es waren schon zwei drin«, sagte Heike leise.
»Ach ja?« Er sah sie erstaunt an.
»Meinst du damit, dass du Edith den Hof unter dem Hintern wegverscherbeln wolltest? Hast du eigentlich jemals mit ihr darüber gesprochen? Wie gedachtest du denn, an ihre Zustimmung zu kommen?« Claudias Stimme wurde lauter.
»Ich gehe mal kurz zum Auto, bin gleich wieder da!«, sagte Heike und lief hastig zur Tür.
Claudia stand ebenfalls auf und ging langsam auf die kurze Seite des Raums zu. Unwillkürlich zählte sie die Schritte und rechnete sie innerlich um. Zehn Meter, dachte sie. Hier hatte man vielleicht keine Bälle, aber mindestens kleine Tanzgesellschaften abhalten können. Vor dem Porträt ihres Urgroßvaters blieb sie stehen. Sie begann wieder, ganz leicht zu zittern. Eine unerklärliche Kälte breitete sich in ihrem Körper aus.
Da meinte sie, aus dem oberen Stockwerk Schritte zu hören. »Hast du das auch gehört? Ist jemand oben?«, fragte sie ihren Vater.
»Was?«, fragte er und sah sie mit einem seltsamen Blick an. So als sei sie nicht ganz richtig im Kopf.
Jetzt hörte sie ein Poltern, genau über sich. »Da, schon wieder!«, rief sie. »Das musst du doch auch gehört haben!«
»Da war nichts, du hattest schon immer viel Phantasie!«, antwortete er. Sie verschränkte die Arme vor der Brust und begann, ihre Oberarme zu reiben. Es fühlte sich an wie eisige Zugluft. Sie sah sich nach einem geöffneten Fenster um, doch die waren alle

fest geschlossen. Allerdings registrierte sie Autoscheinwerfer im Gutshof und das Starten eines Motors. Als sie zu einem der Fenster trat, fuhr Heike direkt davor vorbei. Sie trug jetzt ein Kopftuch. Der Motor heulte auf.

»Wohin will denn Heike auf einmal?«, murmelte Claudia und fragte sich erneut, woher diese plötzliche Kälte kam.

»Vielleicht hast du recht«, hörte sie die erschöpfte Stimme ihres Vaters von der anderen Seite des Raums.

»Sag ich doch. Da ist doch jemand im oberen Stockwerk!«

»Unsinn. Das meine ich doch gar nicht … da ist nichts! Claudia, ich hatte keine andere Wahl. Glaube mir, du hättest genauso gehandelt. Der Hof ist ein unglückseliger Ort. Er tat meinen Schwestern nicht gut, er tat keinem von uns gut … und dann kam das Angebot vom Gerber … nein, nein, es war mehr als das …«

Wilhelm Neumann drehte sich auf die Seite und griff nach der Teetasse. Er setzte sie an die Lippen, trank vorsichtig einen Schluck. Claudia kam wieder zurück in die andere Hälfte des Raums. Sie sah ihn kalt an und wünschte in diesem Augenblick, sie hätte mehr Zuneigung für ihn empfinden können.

»Sie hätten nicht hierher zurückkehren dürfen. Ich habe das nie verstanden. Aber gleich nach der Wende war Edith besessen von dem Gedanken, wieder auf dem Gut zu wohnen. Es sollte alles so werden wie früher, aber sie hatte sich so eine Art …«, er suchte lange nach dem richtigen Ausdruck, »… Trugbild in ihrem Bewusstsein aufgebaut. Das andere blendete sie einfach aus. Und als dann Elsa in die Psychiatrie eingeliefert wurde …«

»Wann war das eigentlich genau?«

Claudia setzte sich wieder auf den Sessel.

Er trank noch einen Schluck Tee und überlegte. »Das muss jetzt ungefähr, zwei, eher drei Jahre her sein.«

Wilhelm Neumann versuchte, die Tasse wieder auf dem Tisch abzustellen. Doch seine Hand zitterte so sehr, dass er die Hälfte des Inhalts verschüttete.

»Ich kann mich an Zeiten erinnern, als sie noch ganz normal … ich meine, geistig gesund war. Das einzig Auffällige war immer …« Sie hob den Kopf und sah ihren Vater an. Sein Blick wirkte unbeteiligt, aber er fragte: »Was meinst du? Was war auffällig an ihr?«

»Sie war so unsicher, so schüchtern. Ganz anders als früher. Vor allem, wenn Tante Edith dabei war. Dann hat sie ihr bei allem immer so eilfertig zugestimmt. Wenn sie sich überhaupt getraut hat, etwas zu sagen.«

Sie musste daran denken, was Irmgard Höppner ihr über Tante Edith erzählt hatte, und fragte auf einmal: »Hat Irmgard Höppner eigentlich auch schon hier gearbeitet, als Elsa noch mit in dem Haus gelebt hat?«

»Was?« Wilhelm Neumann tat sich noch zwei Zuckerstücke in seine Tasse.

»Papa, du hast schon Zucker im Tee.«

Er nickte abwesend und rührte um.

»Seit wann hat Irmgard Höppner für deine Schwestern geputzt?«

Er schien zu überlegen. Doch bevor er antworten konnte, hörte Claudia wieder ein Poltern, diesmal kam es aus dem Flur im Erdgeschoss. Sie sprang auf und lief nach draußen. Das Licht schaltete sich an und bestrahlte die Fassaden der Gebäude. Der gepflasterte Hof war leer. Einige Meter entfernt sah sie einen kleinen Gegenstand liegen, der das Licht reflektierte. Sie bückte sich und hob den Knopf auf. »Chloé« stand darauf. Heike hatte noch damit kokettiert, dass sie eine Jacke mit dem Namenszug ihrer Tochter auf den Knöpfen trug.

»Heike?«, rief Claudia. Doch niemand antwortete. Sie kaute auf ihrer Unterlippe und überlegte: Das Kopftuch mit dem goldfar-

benen Trensenmuster – die Letzte, die sie mit solch einem Tuch gesehen hatte, war Irmgard Höppner gewesen.
Konnte sie die Frau gewesen sein, die eben am Steuer gesessen hatte?
Doch was um alles in der Welt hatte sie mit Heikes Wagen vor?
Und was noch viel wichtiger war: Wo war Heike?

Marcel

Er wusste, dass ihm nicht mehr viel Zeit blieb. Denn es gab jetzt eine neue Mitwisserin. Sie hatte bereits bewiesen, dass sie nicht vorhatte, ihre neuen Erkenntnisse für sich zu behalten. Das war Anlass zur Sorge genug. Geradezu bedrohlich war jedoch, dass Toni Gassner für eine Klatschzeitung arbeitete.

Marcel hatte bereits mehrfach in der Lokalredaktion des *Blick* angerufen, doch die Journalistin bekam er einfach nicht an den Apparat. Das Einzige, was Sandy, die das Telefon bediente, ihm schließlich zugestand, war, seine Nummer zu hinterlassen. Mit kaum unterdrückter Wut diktierte Marcel ihr die Zahlenfolge und beendete das Gespräch mit dem grollenden Hinweis, es sei sehr dringend.

Nachdem er aufgelegt hatte, schlug er mehrfach mit der zusammengerollten Ausgabe des *Blick* auf den flachen Couchtisch vor seinen Knien. Eine Frau am Nebentisch im Café Hanselmann betrachtete ihn interessiert. Marcel schätzte sie auf Mitte vierzig. Sie war gekonnt zurechtgemacht und hätte auch noch für Ende dreißig durchgehen können. Doch Marcel ließ sich nicht täuschen. Sie erinnerte ihn an seine Mutter, die den größten Teil ihrer Zeit auf ihr äußeres Erscheinungsbild verwandt hatte. Und vor allem erkannte er diesen erwartungsvollen, hungrigen Blick, der bei seiner Mutter unter ihren sorgsam grau oder bronzefarben geschminkten Lidern aufblitzte, bevor sie abends loszog und ihn und seine Brüder allein ließ. Und plötzlich erinnerte er sich an eine weitere Frau, die ihn genauso angesehen hatte – eine junge Frau. Es war an dem Abend, als er mit Benni, Maxim, Vicky und Sybille im Aufenthaltsraum des Internats gesessen und Karten gespielt hatte. Die Hausmutter hatte irgendwann resigniert und war ins Bett gegangen. Sie hatten es sich auf den abgenutzten Ledermöbeln bequem gemacht, auf denen schon Generationen von Internatsschülern ihre Freistunden, ihre Abende verbracht und ihre Spuren hinterlassen hatten. Zu müde, um noch viel zu reden, zu träge, um aufzustehen und ins Bett zu gehen. Benni hatte die Idee gehabt, Strip-Poker zu spielen. Die Mädchen protestierten erst, unter Hinweis auf ihre Unterzahl, doch ihr Widerstand war gering. Es dauerte nicht lange, und Sybille lag, nur noch mit einem Minislip bekleidet, ausgestreckt auf der Rückenlehne einer Couch. Vicky saß auf Bennis Knien. Sie trug sein kariertes Flanellhemd, sonst gar nichts. Marcel hatte nur noch seinen Slip und eine Pudelmütze an. Maxim, der zu der Zeit keinen Alkohol mehr trank, trug bloß enge Jeans. Sie waren alle high, die Jungen lachten dröhnend und verfolgten mit halbem Auge einen Film, den Marcel eingelegt hatte. Eine vollschlanke Rothaarige tat unsagbare Dinge mit einem lässig ausgestreckten Weihnachtsmann. Vicky warf nur einen Blick auf den Film und wurde blutrot. Da sah Marcel in Sybilles Augen etwas aufflammen. Sie starrte wie gebannt auf den Bildschirm, und ihr schien es kein bisschen peinlich zu sein. Im Gegenteil – sie war fasziniert. Marcel stand auf und ging zu ihr hinüber. Er setzte sich auf die Armlehne des Sofas und begann ihre Brüste zu massieren, beugte sich vor, um sie zu küssen. Er konnte ihr die Geilheit in den Augen ablesen. Ihre Lippen erwiderten seinen Kuss. Daraufhin rollte er sie über die Lehne hinter das Sofa. Sie fiel auf ihren Hüftknochen und Ellbogen und quiekte. Bevor sie sich aufrichten konnte, zog er ihr den Slip herunter, spreizte ihre Beine, als sie auf einmal gellend aufschrie: »Nein, nein, was tust du da, du Schwein, hör auf damit!« Sie begann, mit den Fäusten auf seinen Rücken zu trommeln. Die anderen schienen kaum wahrzunehmen, was da vor sich ging, denn er war mit Sybille hinter dem Sofa.

Als Sybille aufschrie, sagte Benni schwach: »Mann, lass sie doch!«
Maxim döste vor sich hin.
Sybille stieß Marcel mit aller Kraft von sich weg, doch er legte ihr die flache Hand auf den Mund, mit der anderen bog er ihre Hände nach hinten. Marcel sah ihre vor Angst geweiteten Pupillen ganz nah vor sich. Sie waren so schwarz wie Kohlenstücke, das Bild wurde er nicht mehr los.
»Scheißkerl!«, hatte sie ihn noch beschimpft, als er aufgestanden war.

Er fuhr sich mit gespreizten Fingern durch die welligen dunklen Haare. Von Sybille drohte keine Gefahr mehr, da konnte er sicher sein. Doch was war mit den anderen?

Benni

Auch Benni rief in der Lokalredaktion des *Blick* an. Man sagte ihm, Toni sei noch unterwegs. Ihr Interview mit Willy Bogner habe länger gedauert als erwartet. Und Benni fragte sich trübselig, welche Formen es angenommen haben mochte. Nun waren schon drei Tage vergangen, und noch immer hatte er nichts von ihr gehört. Thomas und Lutz, zwei andere Schüler, deren Familien schon lange Ferienwohnungen in St. Moritz hatten und die er nach Toni gefragt hatte, hatten ihm grinsend gesteckt, die Starreporterin habe in der Rückenlage Karriere gemacht. Sie sei eine ziemlich gute Journalistin und bekannt dafür, nicht zimperlich zu sein, um an ihre Informationen zu kommen. Die Auskünfte waren nicht geeignet, Benni zu beruhigen. Nach einer schlaflosen Nacht rief er Maxim im Krankenhaus an und erzählte ihm alles. Dieser rief empört: »Mann, denk doch mal, was man über uns die ganze Zeit erzählt hat. Manche haben doch sogar behauptet, wir seien schwul. Glaub also nicht alles, was man über diese Toni behauptet. Geh lieber los und such sie, bevor sie noch mehr über mich schreibt.«
»Du hast recht«, meinte Benni dankbar.
»Aber eine Bitte habe ich noch.«
»Ich erfülle dir jeden Wunsch, wenn er nicht zu viel kostet!«
»Das ist es ja gerade. Ich brauche unbedingt die Mobilnummer von Julia. Kannst du sie mir besorgen?«
»Klar, mach ich. Das sollte kein Problem sein.« Doch bevor er auflegte, fragte Benni: »Ich dachte, du findest nichts an der Kleinen?«
Maxim machte ein Schnalzgeräusch: »Das verstehst du nicht!«
»Sei nett zu ihr! Sie hat es verdient!«, antwortete Benni, doch Maxim hörte ihn nicht mehr.

Auf dem Weg zum Unterricht hielt ihm eine Lehrerin eine Zeitung entgegen: »Herr Langer, Sie sind ja jetzt eine Berühmtheit!« Er nahm ihr die Zeitung aus der Hand und sah auf der dritten Seite sein Bild – nicht sehr schmeichelhaft getroffen, fand er, sie hatte es an dem Abend in Maxims Wohnung mit dem Handy aufgenommen. Doch dann las er, was Toni geschrieben hatte.

»Benjamin Langer ist der wahre Retter des Oligarchensohns Maxim Kurnikow. Dieser war von seinem Klassenkameraden, Marcel v. W., zu einer waghalsigen Skitour bei schlechten Wetterverhältnissen abseits der Piste überredet worden. Ob der deutsche ›Freund‹ aus dem Alpeninternat die Gruppe vorsätzlich oder nur fahrlässig in das gefährliche Gletschergebiet führte, wird noch zu klären sein. Doch eines ist sicher: Nur durch die Markierungen der Stelle, an der Maxim auf einer Brücke des Sellagletschers einbrach, ist es der Schweizer Bergwacht gelungen, ihn zusammen mit einem deutschen Mädchen, das ebenfalls verunglückte, zu finden. Die Skistöcke, mit denen der Unglücksort gekennzeichnet wurde, stammten von Benjamin. Wie mir ein Mitarbeiter der Bergwacht erzählte, konnten sie ihn nur mit Gewalt dazu bringen, mit ihnen ins Tal zu fahren. Er hätte sich selbst freiwillig nicht einen Meter von dort fortbewegt, sondern wollte unbedingt in der Nähe seines Freundes und des deutschen Mädchens bleiben und weiter nach ihnen suchen, obwohl bereits die Nacht anbrach. Das ist wahre Freundschaft. Und ich kann diese Empfindungen nur teilen, nachdem ich mehrere Stunden mit ihm verbringen durfte. Gib mir mein Herz zurück, Benni. Die Redaktion des *Blick* nimmt rund um die Uhr Pakete entgegen.«

Ungläubig las Benni den Artikel wieder und wieder. Es war ein Liebesbrief. Er stürmte in das Treppenhaus der Schule, rannte zum Parkplatz. Er musste Toni sehen. Mit Maxims altem Defender raste er wie ein Verrückter die Straße nach St. Moritz. Vor dem alten Redaktionsgebäude überkamen ihn wieder Zweifel. Hatte sie es vielleicht ironisch gemeint? Er blieb einen Moment lang stehen, zögerte, stieß die Glastür auf und wäre fast mit Marcel zusammengestoßen.

»Was tust du hier?«, fuhr er ihn an.

Marcel wirkte fahrig und überrascht. Er hielt die Zeitung hoch. »Ich dachte, ich versorge deine Verehrerin mit ein paar zusätzlichen Informationen über dich. Dann kann sie vielleicht eine Serie daraus machen. Überschrift: Der Held des Gletschers. Wenn ich mir das Foto so ansehe, passt es bestens. Du hast eine nicht geringe Ähnlichkeit mit einem Yeti, nur stelle ich mir den nicht ganz so gelb vor.«

Benni packte Marcel am Kragen und drückte ihn gegen die Glastür. Er spuckte, als er ihm zuzischte: »Ich warne dich. Wenn du ihr auch nur das allerkleinste Härchen krümmst, gehe ich wegen der Sache mit Sybille zur Polizei.«

Aus Marcels Gesicht wich das hämische Lächeln. Er sah auf seinen Freund herunter, den er um einen Kopf überragte, und sagte: »Dann bist du aber mit dran. Vergiss das nicht.«

Benni schien ungerührt. Ließ es aber zu, dass Marcel seine Hand abschüttelte.

»Richte deinem Betthasen aus, dass sie sich vorsehen soll. Ich habe sie im Auge. Und irgendwann werde ich ihr alleine begegnen.«

In der Redaktion sagte man Benni, Toni sei in ihrer Wohnung, um in Ruhe den Bogner-Artikel schreiben zu können. Sandy erkannte Benni von dem Foto wieder und befand, es sei gewiss in Tonis Sinne, wenn sie ihm ihre Adresse gab.

Es dauerte lange, bis sie zur Tür kam. Sie sah blass aus.

»Benni! Wie schön, dass du gekommen bist!« Doch der Unterton in ihrer Stimme sagte etwas ganz anderes.

»Tut mir leid, dass ich dich so überfalle, aber ich habe dich schrecklich vermisst.«
Er wollte sie umarmen, doch sie wich nervös zurück.
»Es tut mir so leid, aber ich habe einfach überhaupt keine Zeit für dich.«
»Der Artikel über mich war wahnsinnig nett, und ich fühle mich geschmeichelt.«
Sie lächelte ihn an. Jetzt sah sie fast wieder aus wie die Toni, die einige Abende zuvor in seinem Treppenhaus gestanden hatte. »Ach, haben sie ihn heute erst gebracht? Ich habe ihn schon vorgestern abgeliefert.«
Vielleicht sieht sie mich inzwischen schon wieder ganz anders, dachte Benni. »Gehst du heute Abend mit mir essen?« In dem Moment wurde ihm allerdings klar, dass er restlos pleite war. »Oder du kommst wieder zu Maxims Wohnung?«
»Ich bin aber mit einem hiesigen Makler verabredet. Er möchte unbedingt, dass ich einen Artikel über ihn schreibe.«
Benni musste sofort an das denken, was ihm Thomas und Lutz über sie erzählt hatten.
»Und wie sieht es morgen aus?«
»Da geht es auch nicht: Neujahrsempfang in der Redaktion.«
»Dann also übermorgen.«
»Ich kann frühestens ab 22 Uhr. Ich komme zu dir.«
Einerseits war Benni erleichtert. So würde er um die Esseneinladung herumkommen. Doch was, wenn sie den Abend dann lieber mit dem Immobilienhai oder sonst jemandem verbrachte?
»Du musst jetzt gehen. Ich versuche, an dem Abend zu kommen.«
»Ich warte auf dich und verspreche dir, dass es sich –«
Da hatte sie die Tür bereits zugeschlagen und Benni in tiefe Verzweiflung gestürzt.
Aber auch Toni Gassner glaubte, diesen Tag nicht überleben zu können. Sie war zu eitel, um Benni die Wahrheit zu sagen. Sie

war immer noch auf Nulldiät, um bei ihrem nächsten Treffen in seinen Augen umwerfend auszusehen. In ihrem derzeitigen Zustand und in ihrer völlig verwahrlosten Wohnung wollte sie ihn nicht empfangen. Sie musste dringend den Artikel über Bogner fertigschreiben. Sandy aus der Redaktion hatte schon dreimal angerufen, ihr Redaktionsleiter schickte ihr alle halbe Stunde eine E-Mail und drohte mit Entlassung, er habe genug von ihren ständigen Verspätungen. Auch wenn sie die oberflächlichen Artikel und Interviews hasste – arbeitslos zu werden, konnte sie sich nicht leisten. Noch nicht. Toni ließ sich auf einen Sessel fallen und besah sich erneut den Druckabzug ihres Artikels über Benni. Vielleicht hatte sie jetzt endlich jemanden gefunden, mit dem sie eine feste Beziehung eingehen konnte und der nicht nur ein oder zwei Nächte mit ihr verbringen wollte. Seine Familie musste sehr wohlhabend sein, das würde sie genau recherchieren. Wer konnte sich sonst schon das Alpeninternat leisten? Er war zwar noch ein Schüler, doch als Mitglied des weltweiten Alumni-Netzwerks war ihm eine erfolgreiche Laufbahn vorgezeichnet. Und falls er sich nicht als geeignet erwies, hatte sie durch ihn einen Fuß in der Tür zu seinen vielversprechenden Freunden.

Es klingelte erneut an ihrer Tür, und Toni fühlte sich geschmeichelt, dass er nicht so schnell lockerließ. Kaum hatte sie die Tür nur einen Spalt geöffnet, wurde sie ruckartig aufgestoßen, so dass Toni nach hinten fiel. Sie versuchte aufzustehen, als Marcel auch schon über ihr war. Er griff ihr in die ungewaschenen Haare und bog ihren Kopf nach hinten.

»Mit mir hast du nicht gerechnet, nicht wahr? Dachtest wohl, dass dein Held aus dem Gletscher wieder zurückkommt? Was hat er dir denn so über mich erzählt … Komm schon, spuck's aus!«

»Ich weiß gar nicht, wer du bist und was du von mir willst?«, stammelte Toni.

Marcel kniff die Augen zusammen. »Natürlich weißt du das. Du hast doch sogar schon über mich geschrieben und mich als den bösen Anstifter zu unserer Skitour dargestellt – nicht sehr schmeichelhaft, zumal es gar nicht stimmt.«
»Ach, du bist … Marcel«, antwortete Toni und spielte die Überraschte. »Wenn das nicht stimmt, kann ich ja in meinem nächsten Artikel deine Version übernehmen. Aber dazu müssten wir uns einmal zusammensetzen … vielleicht lieber in meinem Wohnzimmer …«, sie drehte den Kopf in die Richtung der Tür, »… und ich müsste mir was zu schreiben holen.«
»Für wie blöd hältst du mich eigentlich?«
Marcel zog sie fester an den Haaren, und sie schrie auf.
»Du tust mir weh, du Arsch.«
Er legte ihr die freie Hand auf den Mund und stellte mit Befriedigung fest, dass sich der Ausdruck in ihren Augen veränderte. Die Arroganz wich der nackten Angst.
»Sag mir, was du weißt, sonst wird es gleich noch ein klein wenig mehr weh tun.«
Marcel konnte ihre Panik jetzt aus jeder ihrer Poren riechen.
»Benni hat nur davon gesprochen, dass du die Pisten satthattest und dich furchtbar gelangweilt hast …«
Marcel setzte sich jetzt mit seinem gesamten Gewicht auf ihren Oberkörper. Sie stöhnte auf. Er beugte sich ganz nah zu ihr nach vorne und zischte: »Das kannst du deiner Großmutter erzählen. Mit dem Stoff hättest du nicht diesen Artikel geschrieben.«
Toni riss die Augen noch weiter auf. Marcel triumphierte innerlich. Gleich würde sie ihm alles sagen, dachte er.
In dem Augenblick spürte er die zwei Hände, die sich von hinten in seine Schultern krallten. Der Mann mit den schulterlangen schwarzen Haaren drehte Marcel so leichthändig zu sich um, als sei er eine Puppe. Sein rechter Haken traf Marcel mit voller Wucht, und für einige Sekunden sackte er benommen in sich

zusammen. Dann überfiel ihn Angst, und er überlegte fieberhaft, wie er dem eisernen Griff entkommen könnte.
»Jetzt bist du derjenige, der etwas erzählt!«, bellte er mit einem harten russischen Akzent.
»Ich weiß überhaupt nicht, was Sie von mir wollen.«
»Das werde ich dir gleich sagen. Allerdings unterhalten wir uns doch lieber unter vier Augen, nicht wahr?«
Er rollte die Augen in Tonis Richtung, drehte Marcels Arm so auf den Rücken, dass dieser vor Schmerz aufschrie, zog ihn hoch und bemerkte mit einem breiten, geringschätzigen Lächeln zu Toni, die noch immer auf dem Boden lag: »Sie entschuldigen doch, dass ich Ihnen nicht aufhelfe, aber ich habe leider alle Hände voll zu tun.«
Sie stützte sich mit beiden Händen ab und stand langsam und mühsam auf. Sie hatte keine genaue Vorstellung, wer der Mann war, aber sie hatte ihn schon einige Male zusammen mit Gregorij Kurnikow gesehen. Geistesgegenwärtig nutzte sie den Augenblick und antwortete: »Das entschuldige ich nur, wenn du mir in der nächsten Woche ein kleines Interview gibst …« Als sie die Skepsis im Gesicht des Russen sah, legte sie einen Finger auf die Unterlippe und lächelte ihn gewinnend an: »Ich verspreche auch, dass wir nicht über seinen Sohn und die Skitour sprechen und außerdem …« Sie beugte sich vor, legte ihre Hand um sein Ohr und flüsterte etwas.
Der Gesichtsausdruck des Russen blieb unverändert, doch während er Marcels Arm noch weiter hochbog, meinte er: »Ich überlege es mir. Wo kann ich dich erreichen?«
Sofort zog Toni aus ihrer Jackentasche eine Visitenkarte, kam näher und schob sie ihm in die Brusttasche seines weißen Oberhemds. Dabei streifte sie seine Brust mit ihren Fingerspitzen eine Spur zu lange. Er zuckte mit dem Mundwinkel, sah ihr kurz in die Augen und schob Marcel zur Tür heraus.

Heike

Es war alles Toms Schuld, ging es Heike durch den Kopf, während sie zusammengekauert im Kofferraum ihres Wagens lag. Hätte er nicht im letzten Jahr die verrückte Idee gehabt, ihr und den Kindern einen Golden-Retriever-Welpen aus einem Schaufenster in New York mitzubringen, hätte sie kein Gitter zwischen den Sitzen im Fond und dem Kofferraum ihres Cayenne montieren lassen. Natürlich liebte sie ihren Hund Easy inzwischen. Aber ohne ihn wäre sie jetzt nicht in der misslichen Lage, sich von einer verrückten Frau mit nachgemachtem Hermès-Kopftuch durch die sächsische Pampa karren zu lassen. Und als wenn das nicht schon schlimm genug wäre, schien ihre Chauffeurin entweder Rallyefahrerin oder volltrunken oder überhaupt nicht des Fahrens mächtig zu sein. Heike versuchte sich an dem Gitter festzuklammern, ohne sich die Fingernägel abzubrechen. Sicher hatte sie bereits etliche blaue Flecken und Prellungen davongetragen, alleine schon durch den unsanften Schubs, mit dem diese Frau sie in den Kofferraum befördert hatte, als sie dort nach dem Aufladekabel für ihr Telefon gesucht hatte.

»Wo bringen Sie mich denn hin? Vorsicht, da vorne …« Wieder wurde sie in die Ecke geschmettert und stöhnte auf. »Könnten Sie vielleicht etwas langsamer fahren? Ich bin Mutter von zwei Kindern. Möchten Sie vielleicht schuld daran sein, wenn sie als Halbwaisen aufwachsen müssen?« Heike versuchte das Fahrgeräusch zu übertönen.

»Ich bin auch Mutter. Ich kann Sie verstehen. Es ist nicht gut, wenn ein Kind ohne seine Mutter aufwachsen muss.«

Heike schöpfte Hoffnung. Es war das erste Mal, dass die Frau mit ihr gesprochen hatte. Ganz offenbar war sie bei diesem The-

ma zugänglich. Also versuchte sie es weiter: »Ach ja? Wie alt sind denn Ihre Kinder? Sicher schon erwachsen, nicht wahr?«
Sie hatte ihre Entführerin bisher nicht von vorne sehen können. Auch der Rückspiegel stand in einem Winkel, der es ihr nicht erlaubte, ihr Gesicht zu erkennen, doch die Stimme klang wie die einer älteren Frau.
»Nein, nein, noch klein, erst in der zweiten Klasse. Muss jetzt viel lernen, ist klug, kann aber nicht immer in die Schule gehen.«
»Ach, warum denn? Und was ist es denn, ein Junge oder ein Mädchen?«
Ihre Fahrerin antwortete nicht, sondern trat ganz plötzlich auf die Bremse, so dass Heike mit dem Kopf gegen das Hundegitter knallte.
»Autsch! Wie fahren Sie eigentlich?«, beschwerte sie sich.
Die Frau antwortete nicht, sondern stellte den Motor aus.
Heike sah nach draußen und versuchte etwas in der Dunkelheit zu erkennen. Im Moment waren die Scheinwerfer noch eingeschaltet und beleuchteten das Gelände vor dem Wagen. Sie schienen vor einer alten Mauer zu stehen. Darin war ein Eisentor unter einem kleinen Ziegeldach eingelassen. Die Frau stieg aus und verriegelte von außen die Türen. Dann ging sie auf das Tor zu, öffnete es, und Heike wunderte sich über ihre seltsame Kleidung: ein rot karierter wadenlanger Rock. Dann schalteten sich die Scheinwerfer aus, und es wurde einen Moment stockdunkel um sie herum.
»He, wo gehen Sie hin? Lassen Sie mich gefälligst raus. Ich will hier nicht alleine bleiben!«, schrie Heike in einem Anfall von Panik. Sie hörte den Klingelton ihres Handys und schöpfte Hoffnung. Doch das Display leuchtete aus der Mittelkonsole zwischen Fahrer- und Beifahrersitz auf. Bei dem Versuch, ihre Hand durch die Ritze neben dem Hundegitter hindurchzuquetschen, kam sie nicht weit genug.

»Mist!«, seufzte Heike resigniert, zog den Arm wieder heraus und rieb sich den Handrücken. Die Haut war aufgeschürft. Sie spähte nach draußen und glaubte, zwischen den Eisenstäben des Tors, durch das die Frau gerade verschwunden war, einige rote flackernde Lichter zu erkennen. Und ihr wurde auf einmal klar, wo sie sich befanden. Es waren die Grableuchten eines Friedhofs.

Claudia

Vorsichtig setzte sie die Sohlen ihrer UGGs auf die alten Pflastersteine des Gutshofs. Es war wieder kälter und womöglich glatt geworden. Wenn es wirklich Irmgard Höppner gewesen war, die mit Heikes Wagen und womöglich auch Heike selbst weggefahren war, dann musste sie ja irgendwie hierhergekommen sein. Claudia wusste nicht, ob Irmgard ebenso wie ihre Mutter Christel Fahrrad fuhr, Bus oder Auto. Aber wenn sie selbst einen Pkw besaß, was hätte sie dann für einen Grund gehabt, Heikes Wagen zu nehmen?

Ein Bus fuhr um diese Zeit wahrscheinlich kaum noch. Also konnte es doch eigentlich nur ein Fahrrad sein, das sie suchen musste. Sie öffnete die Scheunentür und stand unmittelbar vor der Lösung des Rätsels. Denn dort war ein altes Moped auf seinen Ständer aufgebockt. Über dem Lenker hing ein schwarzer Halbschalenhelm. Sie nahm den Helm in die Hand, ging damit zurück auf den Hof, hielt ihn direkt vor den Scheinwerfer vor der Fassade und drehte ihn um: in dem schwarzen Innenpolster waren mehrere lange, helle Haare. Claudia versuchte, die Puzzleteile zusammenzufügen: Irmgard Höppner war hierhergekommen, um nach dem Rechten zu sehen. Vielleicht hatte sie auch gedacht, sie könne den einen oder anderen Wertgegenstand beiseiteschaffen, weil sie sich durch das Testament, in dem sie ja nur mit zwanzigtausend Euro und den alten, wertlosen Möbeln abgespeist werden sollte, nicht ausreichend bedacht fühlte. Dann traf überraschend Claudias Vater ein, danach auch noch sie selbst, zusammen mit Heike. Sie versteckte sich, und in einer Kurzschlusshandlung fuhr sie mit Heikes Auto davon.

Ergibt das einen Sinn?, fragte sich Claudia, während sie vorsichtig zurück zum Herrenhaus ging. Erste Flocken glitten lautlos zu Boden.

»Papa?«, rief sie, als sie das Haus betrat. Noch während sie in der Küche nach ihrem iPhone suchte, wunderte sie sich darüber, dass ihr Vater nicht antwortete, aber sie musste jetzt als Erstes versuchen, Heike anzurufen. Ihr iPhone lag auf dem Küchenblock, direkt neben der aufgeschlagenen Zeitung. Einen Augenblick lang erwog sie, es bei Dr. Illner zu versuchen. Ein Gefühl sagte ihr, er sei hier einer der wenigen Menschen, der ihr helfen konnte. Doch gerade dieser Artikel hielt sie davon ab, und außerdem hatte er sich doch auch mit dem Notar Dr. Bosko getroffen. Trotz des Sprungs im Display funktionierte ihr Handy. Sie formulierte innerlich ein Dankschreiben an Apple, während es Heikes Nummer wählte. Es klingelte lange, dann meldete sich die Mobilbox. Claudia fluchte undamenhaft, steckte ihr Handy ein und ging ins Wohnzimmer. Ihr Vater war auf dem Sofa eingenickt. Sie betrachtete ihn. Seine weißen Haare, das schmale, durch den Schlaf vollkommen entspannte Gesicht. Sein Mund stand offen. Die großen langen Ohren hatten sie als Kind immer fasziniert, erinnerte sich Claudia. Jetzt steckte eine hautfarbene Kunststoff-Klammer hinter der Ohrmuschel. Er sah alt und verletzlich aus, dachte sie mit einem Anflug von sentimentalem Mitgefühl.

»Papa!«, flüsterte sie und berührte seine Schulter. Er öffnete die Augen, setzte sich ruckartig auf und tat als Erstes zwei Stück Zucker in seine Teetasse. Sie schluckte ihren Kommentar herunter, doch er sah sie vorwurfsvoll an: »Wo warst du denn so lange? Außerdem zieht es. Kannst du nicht die Tür hinter dir schließen?«

Claudia seufzte, ging zur Wohnzimmertür und drückte sie zu. »Sag mal, hast du hier noch eine andere Person gesehen, außer mir und Heike?«

»Was? Nein, wen denn?«
»Zum Beispiel Irmgard Höppner?«
Ihr Vater schüttelte den Kopf. »Hier war niemand. Irmgard kommt doch immer nur vormittags, soviel ich weiß.«
»Und gehört hast du auch nichts?«
»Nein, nichts. Aber mein Gehör hat leider ziemlich nachgelassen.« Er deutete auf das Hörgerät. »Und die Dinger funktionieren leider auch nicht immer so, wie sie sollten.«
Claudia nickte verständnisvoll.
»Wie bist du eigentlich hergekommen? Fährst du noch Auto?«
Er schüttelte wieder den Kopf und räusperte sich. »Ich fahre nicht mehr selbst, auch wenn ich es natürlich noch könnte. Aber hierher habe ich die Bahn und ein Taxi gekommen.«
Dann saßen sie also hier fest, dachte Claudia. Wenn sie nicht das alte Moped von Irmgard Höppner benutzen wollten.
»Ich glaube, wir müssen jetzt die Polizei anrufen, Papa. Heike ist nämlich verschwunden. Ich vermute, dass Irmgard sie mit Heikes Wagen entführt hat, und wir kommen hier jetzt nicht mehr weg, um sie zu suchen.«
Als sie den Gesichtsausdruck ihres Vaters sah, hatte Claudia ein Déjà-vu: Es war der gleiche ungläubige Ausdruck, mit dem er sie angesehen hatte, als sie ihm mitgeteilt hatte, dass sie ein Stipendium der Columbia University erhalten habe und ab dem nächsten Semester dort zu studieren gedenke. Da war sie gerade zwanzig Jahre alt geworden.
»Also, das stimmt nicht ganz … das mit dem Festsitzen, meine ich.«
Er stand umständlich auf, lief gebückt zu dem alten Sekretär, öffnete die Klappe und zog den Hebel für das Geheimfach. Kurz darauf hielt er triumphierend den Schlüssel hoch, den Claudia auch schon in der Hand gehabt hatte, mit dem sie jedoch nichts anzufangen gewusst hatte.

»Du weißt, wofür der ist?«, fragte sie gespannt.
»Ja, sicher. Ich mag mich zwar ab und zu an manche Dinge nicht gleich erinnern können, zum Beispiel, ob ich schon Zucker in den Tee getan habe.«
Sie blickten sich einen Moment lang in die Augen, und Claudia sah plötzlich wieder so viel mehr als den alten vergesslichen Mann.
»Aber die wichtigen Dinge kann ich mir schon noch merken.«
Zehn Minuten später standen sie in dem alten Schweinestall. Claudia benutzte die Taschenlampen-App ihres iPhones und beleuchtete ein Regal mit altem Werkzeug, auf das ihr Vater zielstrebig zusteuerte. Er schob eine rostige Emailledose mit dem Bild eines Schneemanns und der Aufschrift Hustinetten zur Seite und steckte den Schlüssel in das Schloss einer bis dahin unsichtbaren Tür. Sie öffnete sich geräuschlos zur anderen Seite. Ohne jedes Knarren, ganz so, als sei sie häufig genutzt worden. Wilhelm Neumann bedeutete Claudia, ihm zu folgen. Dann schlüpfte er hinter dem Regal durch die schmale Türöffnung. Der Lichtkegel der Taschenlampe reichte bei weitem nicht aus, um den riesigen Saal und seinen Inhalt zu beleuchten. Sie hatte sich also nicht getäuscht, als sie sich über das geringe Ausmaß der Stallungen gewundert hatte. Soweit Claudia auf den ersten Blick erkennen konnte, war hier mit Sicherheit einer der Gründe für den Verkauf des Mühlenguts und vor allem des Inventars zu finden.

Julia

Sie lag auf einem riesigen Sofa, rieb sich die Augen, gähnte und streckte sich. Nach der dritten Folge von »Berlin Tag & Nacht«, einer der RTL-Sendungen, die bei Anwesenheit ihrer Mutter jedes Mal zu nervenden Diskussionen über deren Inhaltsleere führte, war Julias Bedürfnis nach noch mehr Hartz-IV-Fernsehen gestillt. Niks Kinoraum in seinem baufälligen, ehemaligen Wasserschloss, das er zusammen mit seiner neuen Frau bewohnte, war zugegebenermaßen ziemlich gut ausgestattet. Wenn man einmal von den groben, sandfarbenen Jutebezügen der Sofas und Sessel absah. Doch Simone duldete keine Tierprodukte in ihrem Haus, und Nik war schon froh gewesen, überhaupt diesen Rückzugsort für sich durchsetzen zu können.

Gelangweilt sah Julia sich um, versuchte, nicht ihr Mobiltelefon in die Hand zu nehmen und erneut nach einer Nachricht oder einem entgangenen Anruf von Maxim zu suchen.

Maxim – sie musste so oft daran denken, wie er sich um sie gekümmert hatte. Wie er ihr die Tüte vor den Mund gehalten hatte, als sie oben am Hang plötzlich keine Luft mehr bekommen hatte. Wie ruhig und überlegt er gehandelt hatte. Und sie sehnte sich so sehr nach seiner Nähe, nach seiner Wärme. Die Sehnsucht nach ihm war so greifbar, so schmerzhaft. Sie hatte das Gefühl, dass sie genau in ihrer Magengrube angesiedelt war und dort einen Hohlraum erzeugte, der dauernd gefüllt werden musste, mit noch mehr Süßigkeiten als sonst. Nicolas hatte ihr seine Mobilnummer besorgt. Sie hatte seine Mailbox besprochen und ihm drei SMS geschickt. Das war vor fünf Stunden gewesen, und er hatte bis jetzt nicht geantwortet. Inzwischen begann Julia, sich dafür zu schämen. Vor allem für die dritte SMS. Warum war sie so blöd gewesen? Warum musste sie sich dazu hinreißen lassen, »Du fehlst mir!« zu schreiben? Nur diese drei Worte. Wahrscheinlich hatte er sie längst vergessen.

Sie musste sich ablenken. Sie wollte nicht mehr daran denken. Da lag das schwarze Buch mit dem Ledereinband: das Tagebuch ihrer Urgroßmutter. Sie nahm es in die gesunde Hand, klappte es auf und fuhr mit dem Zeigefinger über die fest zusammengeklebten letzten Seiten. Sie rieb über die glänzende, glatte Goldfarbe am Rand. Auf einmal stand sie auf und lief zu dem Regal an der Wand. In der einen Schublade hatte sie vorhin CD-Aufkleber und eine Schere gesehen.

»Verzeih mir, liebe Uroma«, sagte sie leise, stieß die Spitze der geöffneten Schere in das dicke gelbliche Papier hinein. Sie ritzte es über die gesamte Länge auf und merkte gleich, dass es ganz leicht ging. Hinter den ersten zusammengeklebten Seiten schien ein Hohlraum zu sein. Sie führte die Schere in einem Neunziggradwinkel nach rechts und verfuhr so, bis sie ein Rechteck in das Papier gesägt hatte. Dann fuhr sie mit der Schere unter die Blätter und hob sie ab. In dem Fach lag ein blaues Schulheft.

»Ich hab's doch gewusst!«, flüsterte Julia, nahm es vorsichtig heraus und blätterte die erste Seite auf. Darauf stand in ordentlicher Schrift mit blauer Tinte geschrieben:

Tagebuch von Elsa Neumann, geb. 30. Dezember 1928

Julia schlug die nächste Seite auf und war erleichtert: Im Gegensatz zu Elsas Mutter hatte sie eine leserliche Schrift. Sie hatte nicht in Sütterlinschrift geschrieben, und so konnte Julia ohne große Mühe lesen:

Dezember 1944
Gestern war Heiligabend, und ich habe dieses Schulheft und einen neuen Füllfederhalter geschenkt bekommen. Die Schule ist seit einem Jahr geschlossen. Sie dient als Lazarett, und es wird dort sicher nicht in Bälde wieder Unterricht geben. Mutti fragt jeden Tag, wenn wir unter uns sind, wann wohl dieser Krieg endlich zu Ende sein wird. Doch das tut sie nur, wenn kein Knecht und keine Magd in der Nähe sind. Man darf es nicht laut sagen. Auf jeden Fall benutze ich das Heft nun als Tagebuch. Bis ich wieder in die Schule gehe, bekomme ich gewiss ein neues. Mutti gab sich so viel Mühe, damit es ein richtiges Weihnachten werden konnte. Vati bekam Heimaturlaub. Es gab sogar Neunerlei zum Heiligen Abend. Ich weiß nicht, wo Mutti die Zutaten herbekommen hat. Ich mag den Salat jedenfalls nicht. Wir haben das gesamte Engel-Orchester mit den Wendt & Kühn-Figuren aufgestellt, die Pyramide angezündet, einen schönen Christbaum geschmückt. Es waren ein paar Stunden Glück, fast so wie früher.
Doch eine traurige Entdeckung gab es heute in der Früh: Pik, mein kleiner Terrier, lag tot im Hof. Er hatte Schaum vor dem Mund, und Großvater meinte, das sei die Tollwut. Doch unser Schweizer hat mir hinterher zugeflüstert, dass der Schaum anders aussehe, und sein Körper hatte sich gleich bläulich verfärbt, wie bei den vergifteten Ratten und Mäusen. Ich bin jetzt ganz sicher, dass jemand Pik vergiftet hat. Von selbst frisst er die Köder nicht, die toten Mäuse und Ratten rührt er auch nicht an, dazu ist er zu klug. Ich weiß auch, wer es war. Edith war schon gleich so eifersüchtig, als ich den Welpen bekommen habe.

Was für eine Gemeinheit, dachte Julia gerade, als die Tür aufgerissen wurde und Simone in nassen Gummistiefeln, eingehüllt in ihren Hanfponcho, vor ihr stand. Julia erschrak heftig und ließ

das Heft fallen. Zwei nasse Haarsträhnen klebten auf Simones geröteten Wangen. Julias Vater nannte sie manchmal Gwyneth; tatsächlich war auch Julia bei ihrem ersten Zusammentreffen eine nicht zu leugnende Ähnlichkeit mit Gwyneth Paltrow aufgefallen. Da war dieses außergewöhnliche Leuchten in ihrem Gesicht gewesen, das man nur bei Menschen sah, die für eine bestimmte Sache brannten. Doch nicht ohne Schadenfreude stellte Julia jetzt fest, dass Simone inzwischen nur noch angestrengt, asketisch und verbittert aussah. »Hierhin hast du dich verzogen! Ich hatte eigentlich erwartet, dass du mir hilfst, den Stall auszumisten.«
Julia hielt demonstrativ ihre verbundene Hand hoch und betrachtete, an Simone vorbei, die Wand hinter ihr, während sie antwortete: »Schon vergessen? Was glaubst du wohl, warum ich noch nicht in die Schule gehen darf? Wir erinnern uns: Infektionsrisiko. Und da soll ich mich knöcheltief in die Kacke deiner ekelhaften Viecher stellen, ja?«
Simone musterte Julia mit unverhohlener Antipathie: »Erstens sind es keine Viecher, zweitens schon gar keine ekelhaften … und drittens inzwischen auch nicht mehr nur meine. Schließlich habt ihr selbst eine Henne in einer Etagenwohnung gehalten, wie steht es denn da mit dem Infektionsrisiko? Du und deine Mutter solltet mir dankbar sein, dass ich euch diese arme degenerierte Legehenne abgenommen habe und sie endlich artgerecht gehalten wird.«
Julia schwieg. Tatsächlich war es Nicolas' Idee gewesen, der neuen Frau ihres Vaters ein standesgemäßes Präsent mitzubringen. Wo diese doch, wie er mitbekommen habe, Ambitionen habe, jede tierische Kreatur auf dem Erdball zu retten. Julia hatte nur gegrinst und genickt, und es war der seltene Umstand eingetreten, dass sich die beiden einig waren.
»Kann schon sein. Aber mir ist es, ehrlich gesagt, ziemlich egal, was mit diesem Huhn passiert. Von mir aus kannst du auch Chi-

cken McNuggets daraus machen«, meinte Julia jetzt und versuchte, dabei möglichst gleichgültig auszusehen. Es war eine Lüge. Tatsächlich hatte sie sich an die Henne bereits gewöhnt und hätte sie am liebsten behalten.
Simone schnaufte empört: »Wer hat euch eigentlich zu so selbstsüchtigen, existenzverachtenden Wesen erzogen?«
Julia hob die Schultern: »Frag Nik. Der macht doch diesen Veganerscheiß nur dir zuliebe mit. Aber das wird sich auch bald wieder ändern. Irgendwann kommt er wieder zur Vernunft. Da kannst du Gift drauf nehmen.«
Das Wort »Gift« erinnerte Julia an Elsas vergifteten Terrier und daran, dass sie eigentlich gerne ungestört weiter in ihrem Tagebuch lesen würde. Sie hob das Heft umständlich vom Boden auf und bemerkte zu Simone: »Könntest du mich jetzt bitte in Ruhe lassen? Ich muss einigen Stoff für die Schule nacharbeiten.« Sie schlug das Heft auf und begann, demonstrativ darin zu lesen.
Simone blieb einen Moment lang unentschlossen im Türrahmen stehen. »Wo hat sie diese Henne eigentlich her? Dein Vater hat irgendwas davon erzählt, dass ihre Familie nach der Wende im Osten einen alten Bauernhof zurückbekommen hat. Würde mich nicht wundern, wenn Claudia da eine Hühnermastfarm draufgestellt hat. Geschäftstüchtig war sie ja schon immer. Jedenfalls wenn man danach urteilt, wie sie deinen Vater ausgenommen hat.« Auf einmal hellte sich Simones Miene ein wenig auf. »Aber das bringt mich auf eine Idee. Habt ihr da eigentlich noch viel Land?«
»Ich weiß nicht so genau. Ein paar hundert Hektar.«
»Aber was davon Wald und Wiese ist, weißt du nicht zufällig?«
»Nein. Außerdem gehört es meinem Großvater, seinen Schwestern und nicht uns. Mach dir also keine Hoffnungen. Es besteht absolut keine Chance für Nik und dich, da dranzukommen.«

Sie sah wieder auf das Heft und versuchte, Simone zu signalisieren, dass sie sich verziehen solle. Diese lehnte immer noch im Türrahmen, und ihr Gesicht spiegelte deutlich neue Kampfeslust wider.
»Schade. Ich hatte da nämlich so ein Projekt im Kopf: die Quasi-Auswilderung von russischen Tanzbären. Hast du schon mal was davon gehört, wie grausam die behandelt werden?«
Julia hob den Kopf und sah sie mit einer Mischung aus ungläubigem Staunen und gespieltem Verständnis an, mit der man einem Demenzkranken begegnet.
»Tanzen auf glühenden Kohlen, Glasscherben und so weiter … na ja, ich will dir nicht deinen ausgefüllten Tag verderben. Jedenfalls bräuchte man pro Bär etwa hundert Hektar. Ich habe schon lange nach einem geeigneten Stück Land gesucht, das ganze Areal müsste natürlich mit einem Elektrozaun gesichert werden … ich werde das mal durchrechnen, vielleicht kann man Spenden …«
Während sie weitersprach, drehte sie sich um und zog die Tür hinter sich zu. Im selben Moment klingelte Julias Telefon. Auf dem Display erschien eine Nummer mit der Vorwahl 0041, und Julia schluckte: Das musste Maxim sein.

Claudia

»Das ist ja Wahnsinn!«, flüsterte Claudia und leuchtete nacheinander die einzelnen Plätze der für zwanzig Personen festlich gedeckten Tafel entlang. So perfekt, als würden die Gäste jeden Moment eintreffen oder stünden bereits im Nebenraum zum Plaudern beim Aperitif zusammen. In dem weißen Licht wirkte die Szene fast gespenstisch. In der Luft hing ein Geruch von Staub und Terpentin und verstrichenen Jahrzehnten. Doch das Tischtuch war strahlend weiß und wirkte frisch gestärkt. Vor jedem Platz standen Suppenteller auf Speisetellern mit Vögelmotiven und prunkvollem Goldrand. Rechts und links davon lagen jeweils vier Garnituren Silberbesteck, Kristallgläser für Rotwein, Weißwein, Wasser. In der Mitte des Tischs zählte Claudia sechs achtarmige Kandelaber aus schwerem Silber mit unberührten weißen Kerzen. An den Wänden hingen Gemälde, fast alles Stillleben. Eines davon fiel besonders ins Auge. Überdimensional, mit Ausmaßen von circa ein mal zwei Metern: die Ausbeute einer Jagd. Mehrere frisch geschossene Fasane und Hasen auf einem Küchentisch. Die lebensechten Ölfarben strahlten unter dem dunklen Firnis hervor. Claudia schätzte es mit Hilfe ihres laienhaften Kunstsachverstands auf die Zeit des 18. Jahrhunderts.

»Und du hast von allem hier gewusst?«

Sie drehte sich zu ihrem Vater um. Doch dieser war im hinteren Teil des Raums verschwunden. Claudia folgte ihm durch einen schmalen Durchgang und beobachtete, wie er sich an einer Plane zu schaffen machte.

»Papa?«, fragte sie.

»Hilf mir mal!«, keuchte er und hielt ein Ende der dunkelgrünen Plane hoch.

»Wow!«, machte Claudia und pfiff durch die Zähne. Die Lampe ihres iPhones wurde von glänzend rotem Autolack reflektiert. Sie streckte den Arm aus und lupfte die andere Seite der Persenning. Gemeinsam schlugen sie sie vorsichtig nach hinten um und legten den Wagen frei.

»Ediths Karmann Ghia. Und in einem phantastischen Zustand, soweit man das sehen kann«, meinte Claudia anerkennend. »Ich dachte, den hätte sie längst verkauft. In dem Auto haben wir mal eine Tour zu den Rheinschlössern zusammen gemacht … hat sie mir zum sechzehnten Geburtstag geschenkt. Abgesehen vom Cabriofahren fand ich es gähnend langweilig.«

»Da kennst du meine Schwester aber schlecht«, knurrte Wilhelm. »Edith hat niemals etwas freiwillig wieder hergegeben, das sie einmal in Besitz genommen hat. Sie hat den Wagen sogar gelegentlich warten lassen, soviel ich weiß.«

Er wickelte die Plane zusammen und legte sie in eine Ecke. Dann öffnete er die Fahrertür und beugte sich in den Innenraum. »Glück gehabt!«, meinte er und setzte sich auf den Fahrersitz. »Der Schlüssel steckt, wie ich es gehofft hatte.«

Claudia stand ratlos neben ihm und leuchtete die Wände des ehemaligen Schweinestalls ab. »Alles schön und gut. Aber wie sollen wir damit hier rauskommen, vorausgesetzt, er fährt überhaupt noch?«

»Ich lasse den Motor lieber noch nicht an. Sonst werden wir hier komplett eingenebelt. Aber das Rauskommen dürfte kein größeres Problem sein«, erwiderte ihr Vater.

Das Tor war von außen mit Efeu überwuchert, woraus Claudia schloss, dass es lange Zeit nicht mehr genutzt worden war. Unter dem Werkzeug fand sich eine Heckenschere. Damit durchtrennten sie die dicken Zweige an den Öffnungen des Tors. Es war mühsam, denn diese Seite des Stalls war von außen unbeleuchtet, und inzwischen war das Schneetreiben dichter geworden. Claudia bekam langsam Zweifel, ob ihre Aktion überhaupt irgendeinen Sinn machte. Ob der Wagen nach so langer Zeit anspringen und fahren würde. Ob sie nicht doch besser ein Taxi oder die Polizei rufen sollten oder beides. Wilhelm pfiff indessen vergnügt vor sich hin, während er die Motorhaube öffnete und den Ölstand kontrollierte. Der Plan, Claudias Freundin bei Irmgard Höppner aufzustöbern, schien ihm zu gefallen.

Gemeinsam schoben sie den Oldtimer nach draußen ins Freie. Das Kopfsteinpflaster war inzwischen von einer zwei Zentimeter dicken Schneeschicht bedeckt. Wilhelm wollte gerade einsteigen, als Claudia ihn an der Schulter festhielt und den Kopf schüttelte.

»Nein, Papa. Ich fahre. Da gibt es gar keine Diskussion.«

Er brummte etwas Unverständliches, drehte sich aber gehorsam um, lief gebückt zu dem Tor und zog es an dem herunterhängenden Seil zu.

Claudia hatte inzwischen den Zündschlüssel umgedreht. Der Anlasser ächzte, Claudia gab gefühlvoll Gas, doch der Motor wollte nicht anspringen. Inzwischen war ihr Vater auf der Beifahrerseite eingestiegen. Er bemerkte trocken: »Wie's aussieht, muss jemand anschieben.«

Claudia war klar, dass dies unmöglich ihr alter gebrechlicher Vater sein konnte. Genau das schien auch er zu denken und schwieg genüsslich.

»Na gut! Du hast gewonnen. Aber nachher, wenn er läuft, tauschen wir wieder.«

Glücklicherweise war die Auffahrt vor dem Stall etwas abschüssig. Nach einigen Metern hatte das Cabrio genug Schwung, und als Wilhelm Neumann genau im richtigen Moment die Kupplung kommen ließ, sprang der Motor unter einigen lauten Protestschüssen des Auspuffs an. Wilhelm legte noch einmal den Leerlauf ein und drückte das Gaspedal einige Male durch. Claudia hielt sich angesichts der schwarzen Wolken, die aus dem Auspuff geblasen wurden, die Nase zu und schlüpfte auf den Beifahrersitz. Sofort lenkte ihr Vater den Wagen in völlig überhöhtem Tempo über den Hof auf die Ausfahrt zu. Die Federung war so miserabel, dass sie beide durchgeschüttelt wurden.

»Bist du wahnsinnig? Musst du gleich so losrasen?«, schrie Claudia ihren Vater an.

»Soll ja mal in Fahrt kommen, der Kleine.«

Bei der nächsten Kurve, vor der Wilhelm die Fahrt kein bisschen verlangsamte, schnellte Claudias Hand reflexartig nach oben, dorthin, wo sich üblicherweise der Haltegriff befand. Doch sie griff ins Leere.

»Mist, Cabriodach!«, murmelte sie und hielt sich stattdessen am Türgriff fest.

»Wo fährst du eigentlich hin?«, fragte sie. Der Motor war so laut, dass man sich nur schreiend verständigen konnte.

»Na, wohin schon? Zur Höppner-Datscha natürlich.« Er nahm die Abkürzung über den Feldweg, was zu einer Zerreißprobe für die Federung, die betagte Karosserie des Wagens und Claudias Nerven wurde. Die winzigen Scheibenwischer kämpften auf bemitleidenswerte Weise gegen den immer heftiger werdenden Schneefall an. Als sie die Anhöhe heraufrasten – Claudia kam es vor, als würde er über hundert Stundenkilometer fahren, in Wirklichkeit waren es natürlich nicht mehr als vierzig –, beugte sie sich zum Armaturenbrett herüber. Beim Anblick der Tankuhr packte sie das nackte Entsetzen. Die Nadel zeigte bereits zitternd unter das orangefarbene Feld der Reserveanzeige.

»Oh nein, Papa, wir haben gleich kein Benzin mehr.«

»Macht nichts. Wir sind auch gleich da.«

Zügig fuhren sie an der Pferdekoppel vorbei, wo Claudia noch vor einigen Tagen mit Irmgard Höppner auf der Bank gesessen hatte.

»Wir sollten uns langsam eher bergab orientieren«, meinte Claudia gerade, als der erste Motor-Stotterer einsetzte. In einigen Metern Entfernung sah sie eine Laterne, die darauf hindeutete, dass sie wieder auf einer befestigten Straße anlangen würden.

»Papa, jetzt bleiben wir gleich liegen. Meinst du, da ist vielleicht ein Reservekanister im Kofferraum?«, fragte sie kleinlaut.

»Unsinn, der Tank reicht noch.«

Sie erreichten die abschüssige Straße, und Claudia atmete auf. Wenigstens würde sie hier nicht alleine gegen die Gesetze der Trägheit der Masse ankämpfen müssen, wenn der Motor gleich aussetzte.

Auf der ostdeutschen Straße, die noch mit alten Panzerplatten aus dem Zweiten Weltkrieg belegt war, ratterte der Motor erstaunlich brav weiter, und sie rollten auf die Laubenkolonie zu, deren Silhouette sich jetzt aus der Dunkelheit, beleuchtet von unregelmäßig angebrachten Außenlaternen, erhob. Allerdings schien die vordere Kofferraumhaube mit der Querrinnenstrecke weniger gut zurechtzukommen. Denn circa fünfzig Meter vor der ersten Kreuzung der Siedlung sprang sie an einer der Bodenwellen auf. Es dauerte eine kleine Ewigkeit, bis Wilhelm realisierte, dass das schwarze Etwas, das ihm so plötzlich die Sicht auf die Straße versperrte, am Auto selbst angebracht war. Geistesgegenwärtig griff Claudia mit der linken Hand zur Mittelkonsole und zog die Handbremse an. Zuerst passierte gar nichts. Claudia zog noch einmal, diesmal mit aller Kraft. Abrupt blockierten die Räder, und der Wagen rutschte nur noch über die frische Schneeschicht, bis zur nächsten tieferen Querrille. Dort kam er zum Stehen.

»Sehr schön. Wenn du jetzt auch noch den Fuß vom Gas nehmen könntest, wäre ich vorerst zufrieden«, kommentierte Claudia.

Wilhelm tat, was sie sagte, und das laute Motorengeräusch verebbte. Claudia stieg aus und drückte die Kofferraumhaube zu. Dann ging sie zur Fahrerseite und öffnete die Tür. »Rutsch rüber, jetzt fahre ich.«

Die Kofferraumhaube sprang zwar noch einige Male auf, wenn sie wieder eine Bodenwelle passierten, aber dann erreichten sie eine ordentlich geteerte Straße und atmeten auf. Der Motor stotterte noch gelegentlich, aber wenig später bog Claudia schwungvoll in die Straße Breitenlehn ein und kam mit dem letzten Tropfen Benzin vor dem braunen Jägerzaun der Höppnerschen Behausung, genau hinter einem dunkelblauen Mercedes der A-Klasse, zum Stehen. Das Haus war hell erleuchtet. Sie blieben im Wagen sitzen, und Claudia hielt noch immer das Lenkrad fest.

»Was fährt denn deine Freundin für ein Auto?«, fragte Wilhelm.

»Einen mokkabraunen Porsche Cayenne.«

»Tja, Fehlanzeige, was?«

Claudia nickte niedergeschlagen. Doch gleichzeitig spürte sie eine Art Erleichterung. Ihr hatte die Vorstellung die ganze Zeit über nicht behagt, dass Heike von Irmgard Höppner entführt worden sei. Warum hätte sie das auch tun sollen. Auf einmal kam sie sich wie eine Idiotin vor.

»Ich hab's mir gleich gedacht.«

Claudia sah ihren Vater an.

»Was?«

»Dass es nicht die Irmgard war. Die kann doch gar nicht Auto fahren.«

»Wieso? Hat sie keinen Führerschein?«

Ihr Vater nickte.

»Und das sagst du mir erst jetzt?« Claudia ließ die Hände sinken und starrte ihren Vater wütend an. »Aber andererseits … würde sie das davon abhalten, in so einer Situation … wenn man etwas Verbotenes tut, kommt es doch darauf auch nicht mehr an.«

»Tja, aber wie du siehst …«, er deutete auf das Auto vor ihnen, »… hier ist kein Cayenne.«

»Also dann lass uns jetzt einfach mal reingehen, wenn wir schon hier sind.«

Zwei Schüler

Musst du das so auffällig machen?«

Das sechzehnjährige zierliche Mädchen stützte sich mit den Händen auf der Klobrille ab. Ein neuer Würgereiz stieg in ihr hoch, und sie übergab sich in die Schüssel. Sie spuckte nur noch grünen Schleim und begann zu husten.

»Es braucht schließlich nicht jeder mitzukriegen, dass dir schlecht ist. Man muss doch nicht aus dem Unterricht rausrennen und noch laut verkünden, dass man gleich kotzt.«

Das Mädchen hob den Kopf und sah in die eiskalten Augen. Ihr fiel ein, dass sie noch nie einem Menschen mit so wenig Mitgefühl begegnet war, und sie sehnte sich auf einmal nach ihrer Mutter.

»Du brauchst jedenfalls nicht zu glauben, dass ich dir noch mal was gebe. Da kannst du lange warten. Und wenn du noch so bettelst ... und ich weiß genau, dass du vor der nächsten Matheklausur wieder winselnd angekrochen kommst.«

Das Mädchen wischte sich mit dem Handrücken über den Mund und sah angewidert, wie ein Schleimfaden daran kleben blieb.

»Hier. Ich habe meistens eine in Reserve. Du bist nicht die Erste, der das passiert.«

Sie nahm die Verpackung mit der Zahnbürste und die Tube mit Zahncreme, stand auf ging zum Waschbecken.

Sie wusste, dass sie die Matheklausur nicht ohne Tabletten überstehen würde, und sie wusste auch, dass sich der Preis dafür nun signifikant erhöhen würde.

Claudia

Keine zwei Sekunden nachdem Claudia geklingelt hatte, wurde die Tür mit der geriffelten Scheibe aufgerissen, und sie sah sich mit dem feindseligen Blick aus den gelben Augen von Doreen Höppner konfrontiert. Ihre krausen Locken hatte sie heute zu einem hoch angesetzten Pferdeschwanz zusammengefasst.

»Ach, kommt ihr jetzt schon zu zweit? Der Gutsherr selbst gibt sich die Ehre? Wir haben die Pacht für unsere Datscha immer pünktlich bezahlt, soweit ich weiß, oder, Oma?«

Sie drehte sich um, und in dem Türrahmen hinter ihr erschien Christel Höppner in einem wadenlangen braunen Rock und einer blau gemusterten Flanellbluse. Einen Moment lang schien sie unentschlossen. Doch dieses Mal siegte ihre Gastfreundschaft, und sie kam näher. Sie war so klein und zierlich, dass sie Claudia vorkam wie ein runzeliges Kind.

»Junge, was hast du denn gemacht?«

Sie deutete auf Wilhelms Verband am Kopf.

»Ach, nichts weiter, nur ein kleiner Unfall.«

Christel zog ungläubig die Augenbrauen hoch: »Lügen konntest du noch nie. Ja nu, wenn ihr schon da seid, dann kommt eben rein.«

Doreen warf ihr einen zornigen Blick zu, während Christel sie in die kleine Küche führte. Die modernen weißen Einbauten mit der schwarzen Arbeitsplatte passten so gar nicht in die Laube. Unbehaglich setzten sie sich auf die Barhocker aus Chrom um die verlängerte Kunststoffplatte. Christel hatte Mühe, auf den hohen Hocker zu klettern, und meinte entschuldigend: »Mein alter Küchentisch war mir lieber. ›Küchentheke‹ hat das der Mann bei Musterhausküchen genannt. Er hat uns auch fünfzehn Prozent Rabatt gegeben … und Ratenzahlung.«

»Das interessiert doch keinen, Oma!«, zischte Doreen.
»Ich halte davon ja gar nichts. Wenn man das Geld nicht hat, kann man eben auch nichts kaufen«, sagte Christel trotzig.
Doreen zeigte auf Claudia und Wilhelm und platzte heraus: »Ja, die können sich natürlich riesige Designerküchen leisten und zahlen alles bar aus den Grundstücksverkäufen und von unserer Pacht.«
Claudia schluckte die Antwort herunter. Ihr war klar, dass Doreen nicht ganz falschlag. Auch wenn ihr Vater und ihre Tanten wenig Einnahmen mit ihrem Wald und den Feldern hatten. Für den Verkauf von ein paar Hektar Bauland war einiges zusammengekommen. Bei Edith und Elsa war klar, wohin der Erlös geflossen war. Sie hatten alles in die Sanierung des Gutshofs gesteckt. Doch Claudia hatte keine Ahnung, was ihr Vater mit dem Geld angestellt hatte.
Die Theke war zum Abendbrot gedeckt, mit Hähnchenbrustscheiben, Leberwurst, Blutwurst, einem Stück Gouda und einem Glas saurer Gurken.
»Wir wollten euch nicht lange stören. Ist Irmgard nicht da?«
»Nein, sie putzt um diese Zeit immer in einem Anwaltsbüro.«
Christel hielt ihnen den Brotkorb entgegen. »Möchtet ihr etwas mitessen?«
Claudia schüttelte den Kopf: »Nein danke. Aber Irmgard arbeitet nicht zufällig im Büro von Dr. Bosko?«
»Doch, genau da«, antwortete Doreen schnippisch. »Ist dagegen etwas einzuwenden?«
Claudia riss sich zusammen. »Nein, bloß so. War eine von euch eigentlich noch einmal bei Edith im Krankenhaus?«
Doreens Augen verengten sich zu Schlitzen: »Du meinst, seit sie aufgewacht ist? Du glaubst wohl immer noch, dass es meine Mutter war, die sie von der Leiter geschubst hat? Aber das kannst du Edith ja jetzt selbst fragen.«

»Das heißt also, du warst bei ihr? Kann sie sich denn an alles erinnern?«

»Keiner darf zu ihr. Da sitzt ein Polizeibeamter vor der Tür, und die Kripo war auch schon hier. Sicher werden sie auch mit euch sprechen wollen!«

Claudia sah, dass Christel den Mund öffnete, als wollte sie etwas erwidern. Dann aber schob sie Wilhelm ein Brot mit Blutwurst und Gurkenscheiben auf einem verblichenen Holzbrettchen herüber, das sie ihm inzwischen geschmiert hatte. »Hier, Junge, iss!«

Ohne Widerrede nahm Wilhelm das Brot in die Hand und biss davon ab.

»Wolltest du etwas sagen, Christel?«

Der kleine, ausgemergelte Körper von Christel Höppner zuckte zusammen. »Ich, wieso?«

»Oma kann dazu gar nichts sagen.« Doreen stand auf. »Sie hat ja auch nicht mit Edith gesprochen. Und es wäre besser, wenn ihr jetzt wieder geht.«

Claudia blieb sitzen. »Was kann sie denn bloß so erschreckt haben, dass sie die Leiter losgelassen hat?«

»Wer hat was von Erschrecken gesagt?«, fragte Doreen.

»Also mich hat das auch gewundert. Und warum ist sie denn überhaupt da raufgestiegen? Da oben war doch nichts mehr, oder, Doreen?«, platzte Christel heraus. Sie legte Wilhelm ein Leberwurstbrot auf das Brettchen und forderte ihn wieder auf: »Iss, Junge!«

Er langte zu.

»Was weiß ich? Vielleicht wollte sie die Tauben zählen?« Doreen blieb stehen und zeigte auf die Tür.

»Wird's bald?«

»Also, Doreen!« Christel schüttelte vorwurfsvoll den Kopf, so dass ihre dünnen, weißen, dauergewellten Löckchen wippten.

»Oma, merkst du nicht, dass die uns verdächtigen? Und kannst du endlich aufhören, ihm Brote zu schmieren? Er ist längst erwachsen, und du bist nicht mehr sein Kindermädchen!«
Doreens Stimme bekam einen schrillen Klang. Mit einer heftigen Handbewegung nahm sie ihrer Großmutter das Messer aus der Hand, mit dem diese gerade eine Scheibe Blutwurst abschnitt.
»Bist du ganz sicher, dass Irmgard jetzt gerade bei Dr. Bosko putzt?«, fragte Claudia ganz ruhig. »Ihr Moped stand nämlich eben noch in der Scheune vom Mühlengut.«
»Was für ein Moped?« Christel und ihre Enkelin fragten genau gleichzeitig.
»Na, das alte weiße Moped!«
Christel schüttelte wieder den Kopf.
»Irmgard fährt Fahrrad, wie wir alle. Ich kenne nur einen, der hier ein altes Motorrad oder Moped fährt. Ob es weiß ist, kann ich schlecht sagen, meistens ist es schlammig braun.«
»Ja, genau«, schaltete sich Doreen ein. »Das ist der Sohn vom Gerber-Bauern, das heißt, inzwischen nennen ihn alle hier den Broiler-Gerber, wegen seiner Hühnerhallen. Ein richtiger Bauer ist er ja schon lange nicht mehr.«
»Und jetzt will er das Mühlengut kaufen, um noch mehr Hühnerhallen zu bauen?«, fragte Claudia, einer plötzlichen Eingebung folgend.
Ihr Vater verschluckte sich an seinem Leberwurstbrot und bekam einen Hustenanfall. Doreen fragte entsetzt: »Ist das wahr? Dem willst du das Gut verkaufen?« Und Christel schüttelte wieder ihren kleinen Kopf und murmelte: »Das kann nicht gut enden, nein, nein, das ist nicht richtig.«
»Der kauft das nur, weil er auf seinem Land keine Baugenehmigung mehr bekommt.« Doreen schien außer sich zu sein. »Das gesamte Areal unterhalb des Adelsbergbachs wird nämlich Landschaftsschutzgebiet!«, platzte sie heraus.

Wilhelm hörte schlagartig auf zu husten und fragte: »Woher weißt du das?«
»Bestimmt von ihrer Bürgerinitiative!«, erklärte Christel. »Die haben doch dauernd mit den Politikern zu tun.«
Sie hopste von ihrem Hocker herunter, lief in die Ecke der Küche und kam mit einem Zeitungsausschnitt wieder. Als sie ihn Claudia entgegenhielt, erkannte sie, dass es derselbe Artikel war, der im Gutshaus aufgeschlagen in der Küche gelegen hatte.
»Und das ist sicher?«, fragte Wilhelm.
Doreen nickte. »So gut wie. Es soll in der nächsten Stadtverordnetenversammlung beschlossen werden. Da haben wir ganz schön viel erreicht.«
»Du bist in der Bürgerinitiative? Landschaftsschutz Chemnitzer Land e.V.?«
Doreen nickte.
Claudia schloss einen Moment lang die Augen. Das waren ziemlich viele neue Informationen auf einmal. Sie nahm Christel den Artikel aus der Hand. Darin hatte gestanden, dass Oberarzt Dr. Illner ebenfalls Mitglied der Bürgerinitiative war. Erst jetzt erkannte Claudia, wer das dick eingepackte Paar auf dem Foto war: Doreen Höppner und Dr. Illner.
»Aber dadurch, dass Edith noch am Leben ist, wird ja jetzt nichts draus, denn sie würde dem Verkauf doch niemals zustimmen«, fügte Claudia hinzu und beobachtete vor allem Doreen ganz genau. »Da müsstet du und Dr. Illner doch froh sein.«
»Aber natürlich bin ich froh, dass Edith am Leben ist … und Dr. Illner sicher auch.« Doreens Stimme klang ehrlich empört.
Claudia drehte sich zu ihrem Vater um: »Du und der Gerber hingegen hättet ja geradezu ein Motiv gehabt …«
»Also Claudia, jetzt gehst du aber zu weit!«, stieß Christel aus.
Claudias Vater begann wieder zu husten und lief sofort rot an. Sie war sich nicht sicher, ob es aus echter Atemnot war oder aus

Scham über die Enthüllung seiner Pläne. Ihr fiel auf, wie wenig sie über ihn, seine Vorhaben und Beweggründe wusste. Da waren immer nur Andeutungen, wie vorhin, als er von dem schlechten Einfluss des Guts auf seine Schwestern gesprochen hatte. Was hatte er damit gemeint? Er krümmte sich und drehte sich vom Tisch weg. Doch Claudia fing einen Blick von ihm auf, als wolle er ihr etwas sagen wie: »Lass uns schnell von hier verschwinden.«

Christel begann, ihm auf den Rücken zu klopfen. »Raus mit dem Krümel!«, rief sie.

Langsam ließ Wilhelms Husten nach, ob gespielt oder echt, und er richtete sich wieder auf. »Ist schon gut, danke.«

»Du musst schon ganz schön geldgeil sein, wenn du ausgerechnet dem Gerber den Hof verkaufst«, sprach Doreen ihn jetzt direkt an.

»Das verstehst du nicht«, erwiderte Wilhelm schwach.

»Wie heißt noch mal sein Enkel? Den habe ich doch gesehen, er hat Ediths Hühner gefüttert«, fragte Claudia, um die peinliche Situation zu beenden.

»Kevin«, antwortete Christel. »So nennen die jungen Leute jetzt ihre Kinder.«

Claudia sah sie an und dachte laut nach: »Aber der ist doch höchstens zwölf oder dreizehn. Und ihr habt vorhin gesagt, ihm gehört das Moped. In dem Alter darf er doch noch nicht Moped fahren!« Geschweige denn Auto, setzte sie in Gedanken hinzu. Und ein Kopftuch mit Trensenmuster würde er wohl auch nicht freiwillig tragen. Ihr wurde auf einmal flau im Magen: Bisher hatte sie sich keine wirklichen Sorgen um Heike gemacht. Irmgard Höppner war ihr nicht besonders angsteinflößend vorgekommen. Aber die Zeit, um bei Christel Höppner gemütlich in der Küche Schnittchen zu essen, war jetzt definitiv vorbei. Vielleicht war Heike in echter Gefahr.

»Das interessiert hier keinen«, erklärte Doreen und setzte ein schadenfrohes Lächeln auf: »Kevin Gerber rast mehrfach am Tag zum Adelsbergturm hoch und wieder runter, quer durch eure Felder, Wiesen und Wälder, hast du ihn da noch nie gesehen? Ich glaube, da gilt keine StVO, oder?«

»Nur wenn der Eigentümer ein Schild aufstellt und ausdrücklich darauf hinweist …«, murmelte Claudia geistesabwesend. Sie überlegte, was Heike zugestoßen sein mochte. Ein zwölfjähriger Junge konnte wohl kaum damit zu tun haben, oder doch?

Wilhelm schien ihre Überlegungen zu erraten und schlug vor: »Was hältst du davon, wenn wir jetzt die Polizei anrufen und anschließend Edith einen Besuch abstatten. Vielleicht erfahren wir dort ja mehr.«

»Polizei?«, hakten Christel und Doreen unisono nach.

»Keine Ahnung, was mein Vater meint.«

Claudia stand auf, packte Wilhelm am Oberarm und schob ihn energisch nach draußen. Sie drehte sich zu den beiden Frauen um: »Manchmal ist er schon etwas wirr.«

Tatsächlich zweifelte sie daran, ob sie so spät noch in die Klinik eingelassen werden würden. Und ob es richtig war, die Polizei einzuschalten? Was sollte sie sagen? »Meine Freundin ist seit zwei Stunden verschwunden? Sie wurde vielleicht mit ihrem eigenen Auto entführt?«

Als sie wieder in dem Karmann Ghia saßen, entschuldigte sie sich bei ihrem Vater, sah sich aber zugleich mit seinem beleidigten Schweigen und dem des Anlassers konfrontiert.

»Hat er jetzt kein Benzin mehr, oder ist es ein Defekt?«

Wilhelm zuckte mit den Schultern.

»Du bist mir eine schöne Hilfe, Orakel von Delphi.«

Doch Claudia fiel jetzt ein, dass sie vorhin, beim mehrfachen Schließen der vorderen Kofferraumhaube, einen Ersatzkanister gesehen hatte. Es würde an ein Wunder grenzen, wenn er zufäl-

lig auch noch mit ein paar Litern Super Plus gefüllt wäre, wonach der über fünfzig Jahre alte Karmann-Ghia-Motor berechtigterweise verlangen würde.
Als Claudia den gelben Ersatzkanister in die Hand nahm, stellte sie fest, dass solche Wunder geschahen. Außerdem hatte es aufgehört zu schneien, und drittens – sprang der Motor an. Als sie losfuhren, kämpfte er zwar mit einigen heftigen Vergaser-Verschluckern, doch danach berappelte er sich, und sie rollten zuverlässig auf die breiten Aufmarschstraßen der Chemnitzer Innenstadt zu. Claudia fiel auf, wie menschenleer die Straßen und Bürgersteige um zehn Uhr abends waren. Sie kamen wieder an der mit Graffiti besprühten Bushaltestelle vorbei, wo ein paar verlorene Punks in T-Shirts und Lederjacken herumstanden. Sie johlten und gestikulierten, als sie sich ihnen in dem auffälligen roten Oldtimer näherten. Wie auf Kommando sprotzte der Vergaser wieder, und der Wagen ruckte.
»Komm schon, du wirst mich doch nicht gerade jetzt im Stich lassen!«, murmelte Claudia beschwörend. Doch der dreiundfünfzig Jahre alte Motor hörte nicht auf sie. Er stotterte und bockte. Und auf einmal herrschte Stille. Der Motor war aus. Sie rollten einige Meter, und genau in der Haltebucht kamen sie zum Stehen. Wie zum Hohn öffnete sich im selben Moment wieder die vordere Kofferraumhaube. Claudia ahnte, was jetzt auf sie zukam. Und tatsächlich, die Gestalten näherten sich langsam dem Wagen. Sie fasste mit der rechten Hand herüber zur Scheibe und wollte den Knopf für die Türverriegelung herunterdrücken, da wurde die Fahrertür auch schon von außen geöffnet, und ein Gesicht erschien ganz nah vor dem ihren.
»Hey, wen haben wir denn da? Niedliches Kfz! Aber hast du vielleicht vergessen zu tanken?«
Er schien der jüngste von den Typen zu sein. Claudia schätzte ihn auf höchstens sechzehn. Er war dünn, hatte feine Gesichts-

züge und lächelte ständig. Sein Haar war auf einer Seite rot, auf der anderen grün.
»Mir scheint, du könntest ein paar Freunde gebrauchen!«
»Also, Freunde habe ich eigentlich genug«, entgegnete Claudia zögernd.
»Mag sein, allerdings sehe ich keine. Oder meinst du den da?«, antwortete ein anderer und deutete auf den Beifahrersitz. Wilhelm öffnete den Mund, doch Claudia schüttelte unmerklich den Kopf, legte ihrem Vater die Hand auf das Bein, und er schwieg. Der Junge, der eben zu ihr gesprochen hatte, war gedrungen, trug trotz der Kälte nur ein graues T-Shirt mit der Aufschrift »Märtyrer sterben nie«. Auf seinen Armen und Händen gab es kein Fleckchen Haut, das nicht tätowiert war. Er legte beide Hände auf das Cabriodach und stützte sich darauf ab.
»Man kann sich seine Freunde nicht immer aussuchen«, zischte ein Dritter mit kahlrasiertem Schädel plötzlich direkt neben ihrem Ohr. Claudia drehte ihm das Gesicht zu und wich zurück. Durch seine Zungenspitze waren mindestens fünf silberfarbene Ringe gezogen.
»Allerdings wird das nicht ganz billig«, zischte er lispelnd, hielt eine leere Wodkaflasche hoch und drehte sie um.
»Und manchmal tut es auch ein bisschen weh«, meldete sich wieder der Tätowierte zu Wort.
Claudia wusste, dass sie sich ihre Angst nicht anmerken lassen durfte. Sie zwang sich, aus dem Wagen auszusteigen und den fünf Halbstarken entgegenzutreten. Jeder Schritt fiel ihr schwerer als der vorige. Doch sie stellte sich ganz nah vor den Tätowierten, der den Anschein erweckte, der Anführer zu sein. Jetzt bloß keine Schwäche zeigen, sagte sie sich und wartete auf eine rettende Idee, irgendeinen genialen Satz, oder notfalls hätte sie auch nichts gegen eine Polizeistreife gehabt. Da fiel ihr Blick auf die beiden Typen, die bisher noch keinen Ton gesagt hatten und

sich etwas abseits hielten. Sie trugen jeder einen Pappkarton auf dem Arm. Beide Kisten hatten die gleiche Aufschrift: »Kaliskaya Premium Wodka 37,5 % vol. 6 x 0,7 l e«.
Claudia stellte forsch fest: »Das sieht ja ganz nach einer kleinen Feier aus!« Sie ging auf die beiden zu, und ihr fiel auf, dass die Kisten durchlöchert waren und die Jungs sie auch nicht so hielten, wie man sechs 0,7-Liter-Flaschen trägt. Und warum stellten sie sie nicht einfach ab?
»Habt ihr Angst, dass euch jemand euren Schnaps klaut?«
Sie merkte, dass ihr die drei anderen folgten.
»Was hast du gesagt?«, fragte der Tätowierte. »Hast du etwa gesagt, einer von uns hätte Angst?«
Er stellte sich so dicht hinter sie, dass sie seinen heißen Atem in ihrem Nacken spüren konnte. Claudia beugte sich nach vorne und versuchte, in das Innere der Kartons zu blicken, als sie ein Rascheln hörte. Und jetzt bemerkte sie auch, dass sie sich bewegten, ohne dass einer der Jungen sich rührte. Sie schauderte: Eine Zeitlang war es auf der Frankfurter Zeil keine Seltenheit gewesen, wenn Punks mit ihren zahmen Ratten auf der Schulter herumliefen. Aber was waren das hier eigentlich für Jungs? Wirklich Punks? Skinheads? Hardcores? Einer der beiden hatte eine gelb gefärbte Borste auf dem Kopf, der andere sah eigentlich ganz normal aus, abgesehen von den schwarz lackierten Fingernägeln. Bevor sie zu einem Ergebnis kam, öffnete der mit der gelben Borste den Deckel seines Kartons und hielt ihn ihr entgegen. Was, wenn er darin eine Giftschlange herumtrug? Trotzdem beugte sich Claudia vorsichtig weiter nach vorne, bereit, sofort zurückzuzucken, wenn etwas aus der Dunkelheit hervorschnellte. Da sah sie den grellroten Kamm des Hahns und kam erleichtert näher. Er hatte ein perlgraues Gefieder, das selbst in der blassen Beleuchtung der Straßenlaterne auffällig glänzte. »Wow, was für eine tolle Farbe!«, entfuhr es ihr. »Kannst du ihn mal rausholen?«

Dem Gesicht des Jungen war der Besitzerstolz deutlich anzusehen. Trotzdem zögerte er: »Ist ziemlich kalt, er darf keinen Zug bekommen.«
Claudia nickte verständnisvoll und wandte sich an den anderen: »Und du hast die Henne dazu?«
Er hatte den Deckel schon geöffnet, ließ sie einen Blick hineinwerfen, und wirklich: Darin saß eine pechschwarze Henne. Auch ihre Federn strahlten einen fast unnatürlichen Glanz aus.
»Was für traumhaft schöne Tiere!«, lobte Claudia.
»Warum tragt ihr sie hier draußen rum?«, fragte sie und erinnerte sich plötzlich an das Plakat, das sie vor ein paar Tagen gesehen hatte, als sie Elsa in der Psychiatrie besucht hatte. Ehe die beiden einen Ton herausbrachten, gab sie die Antwort selbst: »Ihr wart bei der Ausstellung in Niederfrohna, stimmt's? Wartet mal!« Sie begutachtete erneut die beiden Hühner und merkte, dass sie jetzt die volle Aufmerksamkeit aller fünf Jungs hatte. Da ihr die Hühner wesentlich kleiner vorkamen als ihre Henne, fasste sie Mut zur Lücke und stellte fest: »Das sind Antwerpener Bartzwerge, stimmt's? Aber die müssen doch beide einen Preis gewonnen haben!« Hoffentlich hatte sie jetzt nicht zu dick aufgetragen.
Bei dem Jungen mit den schwarz lackierten Fingernägeln zeichnete sich sofort in seinen Gesichtszügen ab, wie genau sie den Nagel auf den Kopf getroffen hatte. »Das war glatter Beschiss! Natürlich hätten unsere Viecher die Preise abräumen müssen!«
Er nahm sein Huhn jetzt doch aus dem Karton.
»Was für ein Prachtexemplar!« Claudia strich vorsichtig über die glitzernden Federn. »Wie kriegt ihr das Gefieder so glänzend?«
»Ich hab's dir gleich gesagt, du Idiot!«, platzte der Tätowierte heraus. »Das mit dem Glitzerspray merkt jeder sofort!«

»Na und? Man kann's ja mal versuchen. Die Züchter arbeiten auch mit allen Tricks: Leinöl, Mähnenspray für Gäule und so was …«

Claudia betrachtete ihre silbern glitzernde Handfläche: »Ihr habt allen Ernstes Faschingsglitzerspray draufgesprüht? Tu es lieber wieder da rein«, sie deutete auf den Karton, »sonst verkühlt es sich noch.«

Sie holte ihr iPhone heraus und rief die Fotos auf, wischte über den Bildschirm, bis sie die Bilder von ihrer weißen zerrupften Henne gefunden hatte, und zeigte sie den Jungs, die sich im Kreis um ihr Handy versammelten. »Seht ihr? Das ist mein Huhn. Das heißt, es gehört eigentlich meiner Tante, aber es wurde von ihren anderen Hühnern gemobbt …« Sie rief die Fotos auf, die in Großaufnahme die kahlen Stellen im Gefieder dokumentierten, was mit einigen »Scheiße«-Rufen der gelben Borste kommentiert wurde. »Da habe ich es mit nach Frankfurt genommen.«

Dann rief sie das Foto auf, das sie von dem Plakat in Niederfrohna gemacht hatte.

»Hä? Warum hast du davon 'n Foto gemacht?«, fragte der Gepiercte.

Auch Wilhelm stand jetzt mit dabei. Nachdem er die Situation weniger brenzlig einschätzte, hatte er sich aus dem Auto gewagt. Er überflog den Text der Einladung zur Ausstellung auf dem Display und las auf einmal laut vor: »›Mit freundlicher Unterstützung des Unternehmens Lindengut‹, das hätte ich mir denken können. Die haben hier inzwischen überall ihre Finger drin. Sollte mich nicht wundern, wenn die Lindengut-Geschäftsleitung auch in der Jury saß, und nur die Geflügelmäster, die bei ihnen unter Vertrag stehen, bekamen die Preise.«

»Ja, ne?«, rief der Tätowierte. »Der Alte hat voll den Durchblick, ey!«

Kurze Zeit später schoben fünf halbstarke Chemnitzer einen roten Karmann Ghia sechzig Meter weit durch die Augustusburger Straße, bis der Motor sich schließlich überreden ließ und ansprang.

Als Claudia den Conny-Froboess-Klingelton vernahm, fummelte ihr Vater bereits mit der einen Hand an seinem Hörgerät herum und wühlte mit der anderen in der Innentasche seines Jacketts. Schließlich fand er sein Handy. Es spielte noch immer das Lied. Claudia hatte noch nie so ein großes Mobiltelefon gesehen. Doch auch die einfache Beschriftung der riesigen Tasten, schien nicht deutlich genug zu sein. Claudia deutete auf die Taste mit dem grünen Telefon: »Da musst du draufdrücken, Papa.«
»Hm, dabei ist es ein Seniorenhandy, war sauteuer!«
Claudia lachte: »Mit einem iPhone wärst du wahrscheinlich besser bedient.«
»Hallo, Neumann?«, meldete er sich endlich.
Er schwieg eine Weile, dann fragte er hastig: »Seit wann ist sie weg?« Und kurz darauf: »Haben Sie die Polizei verständigt? … Ja, in Ordnung. Halten Sie mich auf dem Laufenden.«
Claudia hob fragend die Augenbrauen.
Er erklärte: »Elsa ist weg. Seit heute Mittag ist sie nicht mehr in Neun-Buchen gesehen worden. Sie ist aus der Psychiatrie abgehauen, wie auch immer sie das angestellt hat.«

Benni

Benni hatte lange nachgedacht. Tonis Anruf, in dem sie ihm von Marcels Überfall erzählte, hatte ihm Angst eingejagt. Am liebsten wäre er sofort wieder zu ihr gefahren. Doch das wollte sie nicht. Sie versprach, niemandem mehr die Tür zu öffnen, bis sie ihren Artikel fertiggeschrieben und in die Redaktion geschickt habe. Benni war verzweifelt. Er war so verknallt wie noch nie, doch gleichzeitig sorgte er sich darum, was sie alles wusste. Sosehr er sich auch anstrengte, er konnte sich nicht daran erinnern, was er Toni in der Nacht alles erzählt hatte. Sie durfte nicht noch mehr über ihn schreiben. Und vor allem galt es, schnellstmöglich Marcels Amoklauf zu stoppen.

Benni saß den Chemieunterricht ab, ohne zuzuhören. Danach hatte er eine Freistunde, lief sofort in sein Zimmer und holte seinen Laptop. Er setzte sich in die Bibliothek, mit dem Rücken zur Wand, und begann, Sybilles Namen bei Google einzugeben. Bereits nach dem Anfangsbuchstaben ihres Nachnamens unterbreitete ihm die Suchmaschine einschlägige Seiten-Optionen von »Nacktfotos« über »Busenwunder« und »Escortservice« bis hin zu den neuesten Bildern ihrer Leiche. Benni klickte einige der angebotenen Seiten an und begann sich in Informationen und vor allem in Bildern zu verlieren, bis ihn plötzlich eine Stimme neben ihm zusammenfahren ließ: Vicky.

»Na, lernst du schön?«, sagte sie, setzte sich seitlich auf seine Stuhllehne, schlug die Beine übereinander und schielte auf den Bildschirm. Beschämt klappte er den Deckel halb herunter.

»Hast du was von Marcel gehört?«, fragte sie. »Er war gestern und heute nicht in der Schule, wohl auch nicht über Nacht. Die müssten doch längst seinen Vater verständigt haben.«

Benni verzog das Gesicht, als hätte er auf etwas Bitteres gebissen. »Machst du dir etwa Sorgen um ihn?«
Vicky schüttelte den Kopf und musterte Benni. Sein gelber Teint harmonierte heute erstaunlich gut mit dem dunkelbraunen Rollkragenpullover, den er trug.
»Ich mache mir eher Sorgen um das, was er wieder ausheckt. So abgedreht, wie er in letzter Zeit war, ist ihm im Moment alles zuzutrauen.«
»Du meinst, er könnte sich was antun?«
Vicky lachte laut auf. »Der sich was antun? Du denkst an Suizid?« Sie zog mit dem Zeigefinger, an dem ein breiter silberfarbener Ring steckte, ein Augenlid herunter. »Ich kenne wenig Leute, bei denen diese Gefahr geringer wäre. Marcel ist viel zu selbstverliebt, als dass er die Welt freiwillig von seiner Person befreien würde. Ich vermute vielmehr, dass er zum ganz großen Schlag ansetzt.« Sie senkte den Kopf und fuhr leiser fort: »Offen gesagt, würde ich ihm sogar einen Amoklauf in der Schule oder so zutrauen.«
Benni schluckte. Er musste zugeben, dass Vickys Vision nicht vollkommen abwegig war. Aber ihm fiel ein, was Marcel ihm kurz vor der Tour über sie gesagt hatte. »Stimmt es, dass du ihn mit der Sache erpresst hast?«
»Bist du verrückt? Wie kommst du darauf?«
»Er hat behauptet, du hättest Geld von ihm gefordert.«
Vicky schüttelte den Kopf. »Ich habe mir nur was von ihm geliehen. Und ich habe, als ich ihn danach gefragt habe, niemals den Vorfall mit Sybille auch nur erwähnt.« Sie sah ihn von der Seite an. »Pass auf, ich muss dir was zeigen … darf ich?«, fragte sie, beugte sich nach vorne und klappte den Bildschirm des Notebooks wieder hoch. Als sie eine Taste drückte, erschien das Pinup-Foto einer Brünetten. Vicky seufzte: »Hätte auch was für sich, wenn sie hier einige Internetseiten sperren würden, wie an

anderen Schulen, allerdings …«, sie loggte sich in ihr Facebook-Account ein, »… wären die sozialen Netzwerke dann mit Sicherheit auch geblockt.«
Sie suchte das Video, das sie während der Skitour aufgenommen hatte, und klickte auf den weißen Pfeil, um es abzuspielen.
»Kenn ich! Das haben mittlerweile schon alle Schüler, Lehrer und Eltern angeschaut, wie man unschwer an den 3657 Likes sehen kann«, bemerkte Benni.
Vicky drehte sich zu ihm um und stützte den Ellbogen unter das Kinn. Benni betrachtete sie von der Seite. Ihr Profil mit der kurzen fliehenden Stirn und der gebogenen Nase erinnerte wirklich ein wenig an das eines Raubvogels. Durch die Strickmütze, die sie meistens und auch jetzt trug, wurde der Look noch betont. Er ließ sie extravagant und intelligent wirken. Benni wusste, dass dieser äußerliche Anschein nicht trog.
»Schon klar.« Vicky sprach leise, während sie konzentriert das Video anschaute und dann an einer Stelle auf Pause drückte. Sie vergrößerte das Bild, drehte den Laptop zu Benni und lehnte sich zurück. »Hast du dir diese Stelle schon mal genauer angesehen?«
Benni sah sie mit einem schiefen Grinsen an: »Wieso, bin ich da besonders gut getroffen?«
»Sieh es dir einfach mal an und sag mir hinterher, ob dir etwas auffällt.«
Benni betrachtete das Standbild eingehend. »Okay.«
Dann drückte sie wieder auf den weißen Pfeil, um das Video weiterlaufen zu lassen. Die Kamera schwenkte von Marcel zu Maxim, als er die Scharte herunterfuhr. Vicky klickte auf das Feld für den Lautsprecher und stellte den Ton auf die höchstmögliche Lautstärke. Es rauschte und knackte, jemand sagte: »Oh Mann!« und »Der kann es einfach!« Der minderwertige Lautsprecher des Notebooks klirrte bei Julias hoher Stimme. Als Maxim die

schmale Stelle zwischen den Felsen passierte, war Marcels tiefere Stimme nur undeutlich zu verstehen.
»›Scheiße, warum‹ … ›Scheißding‹ …?«, wiederholte Benni. »Ist es das, was er sagt?«
Vicky nickte: »Ja, so ähnlich.«
Sie spulte den Film zurück. Als sie wieder an dem Punkt waren, sprach sie leise mit: »›Scheiße, warum geht das Scheißding nicht?‹«
Benni sah sie an und kaute auf einem Fingernagel: »Was meint er damit?«
Ohne etwas zu sagen, ließ Vicky den Film von vorne ablaufen und hielt ihn wieder an der Stelle an, als Maxim sich in Position stellte. Marcel war mit im Bild. Er steckte seinen Skistock in den Schnee, zog den Handschuh aus und fuhr mit der Hand in seine Jackentasche. Danach war nur noch Maxim zu sehen.
»Hast du es gesehen?«
»Was?«, fragte Benni begriffsstutzig.
»Na, er zieht den Handschuh aus und steckt die Hand in die Tasche.«
»Ja, und weiter?«
»Also, jetzt stell dich doch nicht so dumm!« Vicky war kurz davor, die Geduld zu verlieren. »Was glaubst du, was er da wohl drin hat?«
»Einen Kaugummi vielleicht?«
»Aha. Hast du ihn danach vielleicht Kaugummi kauen sehen?«
Sie spulte den Film wieder weiter. Doch Marcel kam nicht mehr in Großaufnahme ins Bild.
»Okay, du magst recht haben, und er hat nur einen Kaugummi rausholen wollen. Aber im Zusammenhang mit seinem Kommentar zu Maxims Fahrt sehe ich das anders.«
Benni verzog sein Gesicht wieder zu einem künstlichen Grinsen, bei dem seine Augen zu kleinen, von Falten umgebenen Schlitzen wurden. »Jetzt bin ich aber gespannt …«

»Er hat einen Sender in seiner Tasche.«
Vicky wartete auf seine Reaktion, doch Bennis Gesicht verriet keine neue Regung. Also fuhr sie fort: »Ich vermute, dass er eines der Schneebretter auf den Felsen präpariert hat. Sie waren mit einer Sprengladung und einer Zündkapsel versehen. Ich glaube, da reicht schon eine kleine Menge, den Rest erledigt bei der Situation die Erdanziehungskraft. Und er hat auf den Knopf für den Sender gedrückt, als Maxim losgefahren ist. Doch es hat nicht funktioniert … deshalb sein Ausspruch: ›Scheiße, warum geht das Scheißding nicht‹.«
Endlich gab Benni seinen versteinerten Gesichtsausdruck auf und stieß hörbar Luft durch die Zähne: »Ganz schön verrückt, was du da erzählst. Woher soll Marcel denn Sprengstoff und einen Zünder hergehabt haben? Also ich kann mir das einfach nicht vorstellen.« Er schüttelte langsam den Kopf: »Aber das hieße ja, dass die Zündung dann … bei mir … funktioniert hat.«
Jetzt starrte er Vicky mit offenem Mund ungläubig an. Doch sie nickte: »Entweder hat er dann noch einmal den Sender betätigt, oder das Schneebrett hat sich dann zufällig von selbst gelöst. Und um auf deine Frage zurückzukommen, woher er das Zeug hat … Ich könnte es jetzt ganz leicht auf deinem Computer googeln und käme auf x Anleitungen für den Bau von Sprengladungen mit Zutaten, die du in jedem Baumarkt, in der Apotheke oder im Internethandel bekommst. Da reicht doch bestimmt ein dickes Bündel Feuerwerkskörper aus, die man von Silvester aufgehoben hat. Ich google es aber nicht. Sonst könnte nachher noch jemand, der deinen Laptop durchforstet, auf die Idee kommen, du wärst daran beteiligt gewesen. Aber ich wette, bei Marcels Notebook käme man über den Verlauf der aufgerufenen Seiten auf den Treffer.«
»Also ich weiß nicht.« Benni sah sie an und stülpte die Oberlippe nach vorne wie ein Schimpanse.

Vicky hatte plötzlich den Verdacht, dass er mehr wusste, als er vorgab.

»Andererseits, wenn ich daran denke, wie Marcel mich am Morgen nach der Tour behandelt hat, der war so was von agro! Was ich nicht verstehe, selbst wenn du recht hast: Warum macht er das alles? Warum hat er es speziell auf Maxim abgesehen?«

»Weil Maxim ihn wegen der Sache mit Sybille nicht länger decken wollte. Er hat es mir kurz vor den Weihnachtsferien gesagt. Er wollte Marcel eine Frist zur Selbstanzeige setzen. Keine Ahnung, was der Auslöser war. Aber das würde Marcels Motiv erklären.«

»Das heißt, er hat das alles geplant. Nur ist es dann nicht nach seinem Plan abgelaufen.«

»Kann man so sagen. Aber da ist noch etwas …«

»Was?«

»Hast du schon mal darüber nachgedacht, wie der Unfall mit Sybille passiert ist?«

»Nicht nur einmal, aber …«

Er stockte. Vicky bemerkte, dass er plötzlich in die andere Richtung starrte, und folgte seinem Blick. Eine Mitarbeiterin aus dem Schulsekretariat kam auf sie zu, dicht gefolgt von zwei Männern, die sie noch nie zuvor gesehen hatte.

»Da sind die beiden«, sagte die Sekretärin zu den Besuchern und blieb vor ihrem Tisch stehen.

»Benni, Vicky, das sind Hauptkommissar Steiner und Inspektor Brügger von der Kantonspolizei. Sie möchten euch ein paar Fragen stellen.«

Julia

Julia hatte das Gefühl, ihre Brust müsste zerspringen vor Überraschung und Glück. Er war es wirklich. Es war Maxims Stimme, die sie aus ihrem Handy hörte. Die tiefe, ein wenig rauhe Stimme, die ihr in der eisigen Nacht immer wieder Mut zugesprochen hatte. Die leise gesungen hatte, russische und englische Lieder, einmal sogar eine Ballade auf Schweizerdeutsch. Die ihr Witze erzählt hatte, über Russen, Amerikaner, Deutsche und Chinesen … Es war fast schmerzhaft, als er jetzt auf einmal wieder so nah an ihrem Ohr sprach, so deutlich, als säße er direkt neben ihr. Trotzdem hörte sie fast gar nicht, was er jetzt sagte. Seine letzten Worte aus dem Gletscher und sein heiseres Lachen hatten sich in ihrem Kopf festgesetzt und wirbelten dort herum.

»Julia? Julia! Bist du noch da? Kannst du mich hören?«

»Was? Ja, ich bin da. Maxim … deine Stimme … es ist wie in der Nacht, weißt du …?«

»Ja, ich weiß.«

Eine unendlich lange Pause entstand.

»Wie geht es dir? Ich habe gehört, ich meine, sie haben mir erzählt, was mit deiner Hand passiert ist.« Julia konnte ihn schlucken hören. »Es tut mir so leid.«

»Ist halb so wild. Schließlich wollte ich niemals Konzertpianistin werden. Jetzt spare ich mir wenigstens die öden Klavierstunden.« Sie merkte selbst, wie unehrlich das klang. Doch sie wollte es nicht aussprechen. Keinem hatte sie bisher ihr Entsetzen und ihre Verzweiflung über den Verlust ihrer beiden Finger eingestanden. Es würde dadurch nur noch schlimmer werden. Nach einer langen Pause fragte sie: »Und du, was ist mit dir? Niemand erzählt mir, was du hast. Bist du im Krankenhaus?«

»Ja, und wie es aussieht, muss ich wohl noch ein paar Wochen im Spital bleiben. Die Hüfte, weißt du? Aber es wird wieder. Nächste Woche darf ich schon aufstehen.«

Julia erschrak. Wenn er so lange in der Klinik liegen musste, konnten seine Verletzungen nicht harmlos sein. »Dann muss es ziemlich schlimm sein, oder?«

»Na ja, es sieht jedenfalls so aus, als müssten wir unsere nächste Skitour noch ein bisschen verschieben. Was hältst du von der Haute Route, da geht's über die Viertausender der Schweizer Alpen.«

Julia lachte verächtlich auf: »Never ever! Ich glaube nicht, dass ich jemals wieder außerhalb der Pistenmarkierung fahren werde.«

»Du weißt nicht, was dir entgeht«, sagte Maxim und nach einer weiteren Pause: »Warst du schon wieder in der Schule?«

»Nein, ich bin zurzeit bei meinem Vater in der hessischen Pampa. Meine Mutter musste wieder nach Chemnitz, weil meine Großtante einen Unfall hatte und jetzt aus dem Koma erwacht ist … aber das ist eine lange Geschichte.«

Sie wollte nicht über andere sprechen. Julia ärgerte sich, dass sie es nicht über sich brachte, ihm zu sagen, wie sehr er ihr fehlte, dass sie am liebsten bei ihm wäre. Doch sie brachte keinen dieser Sätze heraus.

»Julia?«

»Ja?«

»Erinnerst du dich an alles, was wir gesprochen haben?«

»Was meinst du?«

»Kann es sein, dass ich irgendetwas phantasiert habe?«

»Keine Ahnung. Das war nicht so genau zu unterscheiden.«

Auf einmal bekam sie Angst davor, wie schnell das Gespräch beendet sein würde und nichts bliebe zurück. Sie saß hier in diesem schrecklichen Hünfelden, er war irgendwo in der Schweiz … sie wusste nicht einmal genau, wo.

»In welchem Krankenhaus bist du überhaupt?«, fragte sie.
»Im Kantonsspital in Chur. Hier gibt es einen Spezialisten in der Orthopädie, mein Vater hat mich gleich hierherfliegen lassen.«
»Musstest du operiert werden?«
»Ja, und es ist gut verlaufen.«
»Tut es sehr weh?«
»Es geht, und was ist mit deiner Schulter?«
»Sie mussten sie einrenken, sonst nur Prellungen, alles rot und blau. Das Schlimmste sind eigentlich die Alpträume … ich sehe immer ein Gesicht vor mir, wahrscheinlich dein Gesicht, als wäre es hinter einer Eisschicht, und dann ist da diese klaffende Wunde …«
»Bestimmt war es mein Gesicht«, unterbrach Maxim sie sofort. »Ich hatte die ganze Zeit das Gefühl, als läge ich in einem riesigen Eiswürfel!« Er lachte, aber es hörte sich seltsam künstlich an. Dann räusperte er sich: »Spürst du …, ich meine, man sagt doch, es gäbe diese …«
»Phantomschmerzen«, erwiderte sie. »Ja, ich bilde mir manchmal ein, die Fingerkuppen würden so komisch kribbeln.«
Maxim atmete hörbar aus. »Es tut mir so leid. Ich war der Erfahrenste von allen, ich hätte euch da nicht reinführen dürfen.«
»Schon gut. Es war Marcels Plan und nicht deiner.«
»Das stimmt, aber schließlich hat er mich nach meiner Meinung gefragt, weißt du noch? Als wir in der Paradiso-Hütte saßen.«
»Ja, klar weiß ich das noch.«
»Und da hätte ich nein sagen müssen. Ganz klar. Ich kann an gar nichts anderes mehr denken als an diese scheißfalsche Entscheidung!«
Er schwieg einen Moment lang. Dann fragte er: »Kannst du dich eigentlich noch an alles in der Nacht im Gletscher erinnern?«
»Ich weiß nicht, ich glaube, ich bin eingeschlafen.«

»Was ich meine, ist, wenn man glaubt, man würde die Nacht nicht überleben, sieht man vielleicht etwas, das gar nicht da war oder … oder sagt manchmal Dinge … die man vielleicht nicht so …«

»Ich weiß, was du meinst. Aber keine Sorge, du hast mir keinen Heiratsantrag gemacht.«

Er lachte leise. »Hab ich nicht?«

Wieder entstand eine Pause.

»Ich wünschte, du könntest herkommen, dann würde ich …«

Auf einmal sagte Maxim etwas auf Russisch. Es war jemand in seinem Zimmer.

»Maxim?«, fragte Julia in ihr Telefon. Und gleich noch einmal: »Maxim?«

Entsetzt sah sie auf dem Display, dass das Gespräch beendet worden war. Etwa zehn Sekunden lang starrte sie auf den Bildschirmschoner, der ein Foto von Marcel, Maxim, Benni und Johanna zeigte. Von genau der Szene in der Paradiso-Hütte, die Maxim gerade angesprochen hatte. Dann drückte sie erneut auf seine Nummer. Die Mailbox sprang an. Und sie hatte das Gefühl, als würde sich ein riesiges Messer langsam in ihr Herz bohren und dann drehen. Es war so schmerzhaft, dass sie kaum sprechen konnte. »Ich komme zu dir«, flüsterte sie. »Irgendwie schaffe ich es.«

Claudia und Wilhelm

Der Aufnahmeschalter des Krankenhauses war nicht besetzt. Dadurch gelangten Claudia und ihr Vater problemlos zu der Station. Edith lag nicht mehr auf der abgeschotteten Intensivstation. Was konnte es jetzt noch für Schwierigkeiten geben? Claudia lehnte sich gegen den breiten Holzgriff der Milchglastür von Station 5A, und sie gab nach. Der Gang vor ihnen wurde von zwei grünen Notausgang-Schildern dürftig beleuchtet. Dennoch konnte Claudia schon von ihrer Position am Eingang aus sehen, dass jemand in einiger Entfernung an der Wand auf einem Stuhl saß. Sie stieß ihrem Vater den Ellbogen in die Rippen und bereute es sogleich, als er laut aufstöhnte.

»Da sitzt einer«, zischte sie.

Als Erstes dachte sie an den Oberarzt. Und fühlte eine Art Erleichterung. Sie hatte immer noch das unbestimmte Gefühl, als ginge von Dr. Illner ein positiver Einfluss aus.

Doch sie irrte sich. Als sie sich näherten, erhob sich der Polizeibeamte und baute sich vor der Zimmertür auf, die er bewachte.

»Zu wem wollen Sie?«, fragte er in scharfem Ton.

Claudia entging nicht, dass seine Hand nach hinten unter seine Uniformjacke tastete. Er griff nach der Dienstwaffe.

Sie nannte ihren Namen und ihr Anliegen.

»Können Sie sich ausweisen?«

Claudia drehte sich zu ihrem Vater um und fragte: »Hast du deinen Ausweis dabei?«

Er schüttelte den Kopf.

»Das ist mein Vater, der Bruder von Edith Neumann.«

Sie kramte in ihrer Handtasche und fand ihr Portemonnaie, hielt dem Beamten ihren Führerschein entgegen. Er besah sich das Foto sehr genau und fragte misstrauisch: »Sie sind ziemlich spät unterwegs. Jetzt ist keine Besuchszeit mehr und außerdem …«

»Ja, ich weiß«, unterbrach ihn Claudia. »Aber ich bin extra aus Frankfurt zurückgekommen, nachdem das passiert ist, ich meine, das mit dem Schlauch. Deshalb sitzen Sie doch sicher auch hier, oder?«

Er reagierte nicht auf ihre Frage. »Ich kann Sie nicht zu ihr lassen. Es muss immer jemand von der Kripo dabei sein, wenn sie Besuch bekommt.«

»Weiß man denn schon, wer es war?«, fragte Claudia und dachte fieberhaft über einen Weg nach, wie sie trotzdem in das Zimmer gelangen konnte.

»Dazu darf ich Ihnen keine Auskunft geben.« Er räusperte sich, und nach einem Zögern fügte er hinzu: »Aber wie Sie schon sagten, deshalb sitze ich ja hier.«

»Es wäre wirklich wichtig, dass ich wenigstens nur ganz kurz …« Claudia suchte nach einem Ausweg und kramte in ihrer Handtasche. Reflexartig zog der Beamte seine Waffe und richtete sie auf Claudia. »Lassen Sie die Tasche fallen.«

Sie zuckte zurück. »Oh, Entschuldigung, daran habe ich nicht gedacht.«

Sie bückte sich und legte ihre Handtasche behutsam auf den Boden. Dabei beglückwünschte sie sich innerlich zu der Entscheidung, in letzter Sekunde Julias Peuterey-Tasche aus abwaschbarem Canvas mitgenommen zu haben. So viel hatte sie aus ihrer Begegnung mit einer Chemnitzer Taube gelernt. Im selben Moment hatte sie eine Idee: »Ich muss meiner Tante dringend ihre Brille bringen. Sie kann sonst gar nichts sehen, wissen Sie?«

»Heute wird sie auch nichts mehr sehen wollen. Sie schläft sicher schon.«

»Bitte!« Claudia versuchte sich an einem herzerweichenden Blick, und es schien fast zu funktionieren.
»Na gut, ist sie da drin?« Er deutete mit der Waffenmündung auf Claudias Tasche. »Ich kann sie ihr geben.«
Claudia nickte. Sie fand die Vorstellung, dass er in ihre Tasche greifen würde, zwar unangenehm, aber sie wollte sich auch noch nicht geschlagen geben.
Er holte ein Brillenetui aus der Tasche, hielt es hoch, sie nickte wieder, und er öffnete die Tür.
Claudia bemerkte sofort den bläulichen Lichtschein des Fernsehers im Krankenzimmer.
»Edith«, sagte sie laut genug, dass ihre Tante sie hören konnte. »Kann ich reinkommen?« Sie drehte sich zu ihrem Vater um und raunte: »Warte besser erst einmal hier.«
Er sah sie erstaunt an, setzte sich aber gehorsam auf den Stuhl des Polizeibeamten.
Claudia betrat den Raum. Ein scharfer Geruch nach Desinfektionsmitteln stieg ihr in die Nase. »Tante Edith, wie geht es dir? Du machst ja vielleicht Sachen!«, rief sie viel zu laut und betont heiter. Sie versuchte, den sogleich einsetzenden Protest des Beamten zu übergehen, indem sie einfach ohne Unterlass weitersprach und weder ihn noch ihre Tante zu Wort kommen ließ: »Ich habe dir deine Brille mitgebracht, die lag noch zu Hause, so konntest du doch gar nichts lesen. Aber jetzt wird das ja alles besser.«
Sie nahm dem verblüfften Beamten das Etui ab und drückte Edith ihre eigene Lesebrille in die Hand und versuchte, sie mit einem bedeutungsvollen Blick und unablässigem Gerede davon abzuhalten, laut auszusprechen, dass es nicht ihre war.
»Hast du denn sonst alles, was du brauchst? Wirst du hier auch gut versorgt? Weißt du, wir waren ja alle in größter Sorge um dich. Von den Kindern soll ich dich auch grüßen, ich hätte sie ja

gerne mitgebracht, aber Julia hatte auch gerade einen kleinen Skiunfall, nichts Ernstes, keine Angst, aber sie konnte deshalb nicht mitkommen, und außerdem ist ja auch wieder Schule.« Sie lachte künstlich.
Ihre Tante wandte ihr den Kopf zu, starrte sie jedoch an, als sei sie von einem anderen Stern. Claudia bemerkte, dass ihre Gesichtsfarbe geradezu rosig war, im Vergleich zum letzten Mal. Die Apparate, die Edith in den letzten Tagen am Leben gehalten hatten, waren verschwunden. Über Ediths Kehlkopf klebte ein großes weißes Pflaster. Ihre Tante war zurück in dieser Welt, doch irgendetwas stimmte nicht.
Claudia kam sich lächerlich vor, gleichzeitig war sie sich sicher, dass der Polizeibeamte sie sofort wieder aus dem Zimmer schicken würde, wenn sie ihren Redefluss stoppte, deshalb fuhr sie fort, auf Edith einzureden: »Wie ist denn das bloß passiert? Ich meine, in deinem Alter klettert man doch nicht so ohne weiteres eine Leiter in einer leeren Scheune hoch. Erinnerst du dich denn daran? Edith? Kannst du mich verstehen?«
Ihre Tante öffnete den Mund und machte einige Lippenbewegungen, doch es kam nur ein leises Zischen heraus. Sie hob die rechte Hand und tastete auf dem Nachttisch aus Metall neben sich. Claudia sah dort einen Block und einen Stift liegen und reichte ihn ihr.
»So, jetzt reicht es aber, das war schon viel mehr, als ich erlauben darf!« Der Polizist kam auf Claudia zu und packte sie am Arm, er begann, sie nach draußen zu schieben. Sie beugte sich zur Seite, um an seiner Schulter vorbeizusehen.
»Kann sie denn nicht sprechen?«, fragte Claudia, aber sie bekam keine Antwort. Verzweifelt redete Claudia weiter auf ihre Tante ein: »Also, was war es denn jetzt, was du da gesucht hast, kannst du dich daran erinnern? Was war denn in der Scheune? Bitte, Tante, versuch es doch, es ist wichtig! Weißt

du, meine Freundin ist verschwunden, und ich weiß nicht, wo sie ist, und da stand ein Moped in der Scheune, vielleicht hat es ja damit etwas zu tun, und da haben wir Doreen und Christel gefragt, aber die sagen, dass es dem Kevin gehört und da …«

Weiter kam sie nicht. Während Edith immer aufgeregter versuchte, eine Antwort zu artikulieren, hörte Claudia eine barsche weibliche Stimme hinter sich: »Was machen Sie hier? Sehen Sie nicht, wie sehr Sie die Patientin aufregen?«

Sie drehte sich zur Tür und sah, dass es sich um die unfreundliche Krankenschwester handelte, die sie bereits bei ihrem allerersten Besuch bei ihrer Tante kennengelernt hatte.

Edith hielt Claudia zitternd den Block entgegen, auf den sie etwas geschrieben hatte. Darauf stand nur ein Wort, ein Name. Claudia hatte ihn gelesen, bevor der Polizeibeamte den Block an sich nahm, sie am Oberarm packte und zur Tür hinausschob.

»Was sollte das denn?«, herrschte sie der Polizeibeamte an.

Claudia überlegte sich gerade eine passende Antwort, als die Krankenschwester aus dem Zimmer kam und sie vorwurfsvoll anfunkelte.

»Was ist mit meiner Tante? Ist sie nach dem Sturz taub oder stumm oder beides?«

»Da sprechen Sie besser mit dem behandelnden Arzt. Aber heute geht das nicht mehr. Kommen Sie morgen wieder.«

Ohne den Polizisten noch eines Blickes zu würdigen, nahm Claudia ihren Vater am Arm und zog ihn zum Ausgang. Doch dann überlegte sie es sich anders, blieb stehen und drehte sich auf dem Absatz wieder herum.

»Ich möchte eine Entführung anzeigen.«

Der Beamte machte einen Schritt auf sie zu und zog einen Notizblock aus der Jackentasche. »Ich höre?«

»Meine Freundin Heike Stelzer. Sie ist heute Abend mit mir zusammen in Adelsberg auf unserem Mühlengut eingetroffen. Circa um 20 Uhr wollte sie nur kurz etwas aus ihrem Wagen holen … und wurde entführt.«
Sein schmales Gesicht blieb regungslos, doch Claudia fiel auf, wie er zwei Mal blinzelte. »Wie kommen Sie darauf, dass es eine Entführung war?«
»Na, ich habe es gesehen. Aus dem Wohnzimmerfenster. Es war mit ihrem eigenen Wagen, einem dunkelbraunen Porsche Cayenne. Eine Frau saß am Steuer, sie trug ein rot-schwarzes Kopftuch mit goldenem Trensenmuster«, ließ Claudia ihn wissen.
»Und das kann nicht Ihre Freundin selbst gewesen sein?«
»Nein!«
»Und … weshalb nicht?«
»Sie trägt keine Kopftücher. Außerdem …« Claudia überlegte, wie sich die folgende Erklärung in den Ohren eines Chemnitzer Polizeibeamten anhören würde.
»Es war kein Hermès-Tuch.«
Seine Stirn legte sich in Falten.
»Was meine Tochter sagen will, ist, dass die Frau, die am Steuer saß, ganz anders aussah …«, versuchte Wilhelm zu vermitteln.
»Nein, Papa, das will ich gar nicht sagen«, beharrte Claudia. »Sondern wenn Heike sich schon ein Tuch umbinden würde, würde sie niemals zu etwas anderem greifen als zu einem original Hermès-Carré.« Claudia schwieg zufrieden und sah in zwei verständnislose Gesichter. »Und diese Frau trug eben irgendeine billige Kopie.« Ihre Stimme klang immer noch kein bisschen verunsichert. »Wollen Sie das nicht aufschreiben?«, forderte sie den Polizeibeamten auf.
Daraufhin hob er seinen Block hoch und kritzelte einige Worte auf das oberste Blatt. Claudia bemerkte, wie sich seine Mund-

winkel leicht nach oben verzogen. »Hat sie ein Handy?«, fragte er und schaute wieder ernst.
Claudia nickte eifrig. »Ja, natürlich!«
»Gut. Ich erkundige mich gleich, wer bei der Kripo Dienst hat. Dann kann man eine Handy-Ortung durchführen ... und Sie sind sicher, dass sie nicht einfach Zigaretten holen gefahren ist?«
Claudia funkelte ihn empört an: »Der Satz ist ziemlich abgedroschen, und sie ist Nichtraucherin.«
Er ließ sich Heikes Mobilnummer diktieren. »Kommen Sie auf jeden Fall morgen um neun ins Polizeipräsidium«, sagte er eindringlich.

Kurz darauf standen Claudia und ihr Vater schweigend nebeneinander im Aufzug.
»Edith kann offenbar nicht sprechen. Aber sie hat einen Namen aufgeschrieben.« Sie sah ihren Vater von der Seite an. »Hartmutchen«, sagte sie. »Den Namen habe ich schon mal gehört ... von Elsa, als ich sie im Pflegeheim besucht habe.«
Erst als sich die Tür zum Erdgeschoss öffnete und sie ins Freie traten, hielt Wilhelm sie am Arm fest. Sie bemerkte, dass er sehr aufgebracht war.
»Du weißt, wen sie meinen, stimmt's? Du weißt, wer Hartmutchen ist.«
Er schloss für einige Sekunden die Augen. »Ich glaube, ich muss dir etwas erzählen. Aber das ist eine längere Geschichte.«
Claudia nickte. »Und ich glaube, das wird auch langsam Zeit, Papa!«
Sie gingen weiter zum Auto. Es hatte aufgehört zu schneien.
»Sag mir nur, welches Ziel wir deiner Meinung nach, unter Berücksichtigung dessen, was wir bis jetzt beide wissen und was du mir gleich auf der Fahrt erzählen wirst, als nächstes ansteuern sollten«, fragte sie, während sie aufschloss.

Ihr Vater überlegte einen Moment lang und antwortete: »Ich hoffe, das gute Stück hier …«, er klopfte mit der flachen Hand auf das schwarze Cabriodach, »… hält noch ein wenig durch, denn wir müssen wohl nach Neun-Buchen, in die Nervenheilanstalt.«

Der Beamte vor Ediths Zimmer stand wieder auf, als er die Frau im weißen Arztkittel auf sich zukommen sah. Um ihren Hals hing ein Stethoskop.
»Ich muss noch einmal nach der Patientin sehen«, sagte sie und wollte an ihm vorbei zur Tür gehen.
Er musterte das unbewegliche, hell geschminkte, schmale Gesicht, das von kurzen brünetten Haaren umrahmt wurde. »Wer sind Sie?« Er hatte sich die Gesichter aller Ärzte und Pfleger, die bei Edith Neumann ein und aus gingen, gut eingeprägt. Diese Frau gehörte nicht dazu.
»Oberärztin Leitz.«
»Hier gibt es nur einen Oberarzt, und das ist Dr. Illner.«
»Nicht auf dieser Station, aber ich bin Anästhesistin und keine Neurologin.«
»Kann ich mal Ihren Ausweis sehen?«
Einen Moment lang wirkte sie verunsichert, und der Polizist spürte eine innere Genugtuung. Er hasste Frauen mit übersteigertem Selbstbewusstsein. Doch dann griff sie in die Tasche ihres Arztkittels und hielt ihm den Ausweis unter die Nase. Er nahm ihn ihr aus der Hand und las laut: »›Dr. Beate Leitz, Oberärztin der Anästhesiologie und Intensivtherapie‹.«
Dann verglich er gründlich das Foto im Ausweis mit ihrem Gesicht, doch es gab gar keinen Zweifel, dass sie die Person auf dem Bild war.
»Lassen Sie mich jetzt meine Arbeit erledigen. Bei Frau Neumann sind schwere Nachwirkungen des künstlichen Komas aufgetreten«, sagte sie scharf.

Er nickte, und ihm fiel nichts mehr ein, was er hätte einwenden können, obwohl es ihm seltsam vorkam, dass er diese Ärztin nicht kannte und dennoch sicher war, ihr Gesicht schon einmal gesehen zu haben. Vor allem der quadratische Leberfleck neben der Oberlippe hatte sich bei ihm eingeprägt. Er wusste nur nicht, wann und wo. Sie bemerkte, dass er nach seinem Telefon tastete, und fragte forsch: »Also, was ist? Lassen Sie mich jetzt zu ihr? Sie können ganz beruhigt sein. Es hat alles seine Richtigkeit. Kein Verlangen nach einem Toilettengang?«

Bei dem Gedanken daran, musste er schlucken. Seit mindestens zwei Stunden drückte ihn seine Blase.

»War hier sonst alles normal?«, fragte sie in routiniertem Tonfall.

Er zögerte immer noch.

»Die Nichte und der Bruder von Frau Neumann waren hier. Sie wollte ihrer Tante die Lesebrille bringen.«

Die Ärztin sperrte den Mund auf und gab sich schockiert: »Und Sie haben sie zu ihr gelassen? Sie wissen doch, dass das nicht erlaubt ist. Da hätten Sie einen von uns Ärzten mit einbeziehen müssen! Frau Neumann darf sich nicht aufregen.«

Er wurde immer unsicherer. Anscheinend hatte sie hier doch etwas zu sagen.

»Aber keine Sorge, ich behalte das für mich. Also … was ist? Wer weiß, wann Ihre Ablösung kommt …«

»In einer Stunde …«, stammelte er.

Sie fixierte ihn so beschwörend, dass er den Blick abwenden musste. Der Polizist tippte sich an die Mütze und ging zögernd den Gang entlang. Er öffnete die Glastür mit dem elektrischen Türöffner und bog in die Herrentoilette ab. Während er vor dem Pissoir stand und seine Hose öffnete, dachte er darüber nach, wo er ihr Gesicht schon einmal gesehen hatte.

Diesmal rannte er. Nachdem er die Glastür geöffnet hatte, zog er seine Waffe und sah schon von weitem, dass die Tür zu Edith Neumanns Krankenzimmer offen stand.

Ihre Hände hingen seitlich von dem schmalen Bett herunter. Die herbeigerufenen Ärzte und Schwestern konnten nichts mehr für Edith tun. Dr. Illner wies ihn auf den frischen Einstich in Ediths Armvene hin. Ein Blutstropfen rann langsam über ihre weiße, schlaffe Haut.

Marcel

Marcel war entwischt. Der Langhaarige war nicht so professionell gewesen, wie man es hätte erwarten können. Von jemandem, den Maxims Vater angeheuert hatte.
Als sie das Haus, in dem Toni wohnte, durch die Coop-Filiale im Erdgeschoss verließen und auf die Straße traten, war er durch den Klingelton seines Mobiltelefons eine Zehntelsekunde lang abgelenkt gewesen und hatte den Polizeigriff gelockert. Marcel hatte den Augenblick genutzt, um sich loszureißen, und war sofort davongespurtet. Der Langhaarige setzte ihm nach und landete dabei auf der Haube eines vorbeifahrenden Taxis.
Marcel musste grinsen, als er an die Szene dachte. Er lehnte an einer Hauswand, schirmte die Flamme mit einer Hand ab und zündete sich eine Zigarette an. Das müsste für mehr als ein paar blaue Flecken gereicht haben, dachte er. Dabei rieb er sich den Ellbogen. Eine Verstauchung, die ihm der Langhaarige beigebracht hatte. Doch die würde von selbst heilen. Er wusste, dass seine Abwesenheit in der Schule sicher schon bemerkt worden war. Dass sie vermutlich schon seinen Vater informiert hatten. Und er wusste auch, wie enttäuscht dieser sein würde. Wieder hatte er seinen Erwartungen nicht entsprochen.
Marcel war jetzt zwanzig Jahre alt. Er hatte zwei Klassen wiederholt und drei Mal die Schule gewechselt. Er war in Deutschland wegen Drogenvergehen straffällig geworden. Nach dem Tod seiner Mutter hatte er bei Susanne, der Lebensgefährtin seines Vaters, ein wenig Halt gefunden. Sie hatte mit ihm abends, wenn sie aus dem Büro gekommen war, gelernt, sie hatte ihm Essen gekocht und ihm zugehört. Doch seine Noten reichten nicht. Dann hatte er Klassenkameraden in Zürich über das Alpeninter-

nat reden gehört. Da schaffe es jeder, dessen Papi das Schulgeld übrig habe, hatten sie erzählt. Und man werde zugleich in die Netzwerke der Superreichen eingeführt. Es hatte ihn große Mühe gekostet, seinen Vater davon zu überzeugen, noch einmal so viel in ihn zu investieren. Susanne hatte ihm dabei geholfen. Schließlich hatte Woletzki zugestimmt und ihn angemeldet. Marcel wusste, dass dieses Internat seine allerletzte Chance war, um das Abitur zu schaffen und nicht endgültig von seinem Vater abgeschrieben zu werden. Ein halbes Jahr hatte er recht gut durchgehalten.

Doch dann hatte ihn seine Vergangenheit eingeholt. Vicky war diejenige, die ihn anwarb. Sie hatte die todsicheren Mittel, um die grauen Zellen auf Höchstleistungen zu trimmen und Prüfungsangst zu unterdrücken: von Antidepressiva, Psychostimulanzien wie Ritalin bis hin zu Aufputschmitteln und starken Schlafmitteln für die Nacht davor. Bennis Nachhilfeschüler waren ihr erster Kundenkreis, der sich stetig erweiterte. Benni hatten sie nicht eingeweiht. Er war ein viel zu guter Kerl, als dass er ihren Medikamentenhandel gutgeheißen hätte. Zwar hatte er sich manchmal laut über die erstaunlichen Erfolge seiner Nachhilfeschüler gewundert. Doch sie waren nie so konstant, dass er Verdacht zu schöpfen schien.

Bald gab es kaum noch einen Schüler, der nicht irgendwann im letzten halben Jahr eines ihrer Mittel ausprobiert hatte. Sie instruierten ihre Kunden, wie sie die Drogenkontrollen im Internat umgehen konnten. Die Urinproben wurden nicht auf alle Inhaltsstoffe hin untersucht. Sondern man beschränkte sich auf Alkohol und die bekannten Drogen wie Kokain, Heroin, Marihuana, Ecstasy. Die Tests fanden meistens nach der Rückkehr aus den Wochenenden und nach freien Abenden statt. Die meisten Mittel waren bei üblichen Schnelltests schon einen Tag später nicht mehr nachzuweisen.

Das Geschäft lief großartig. Marcel erhielt zehn Prozent des Verkaufspreises, den Rest musste er an Vicky abliefern oder tauschte ihn selbst in Stoff um, denn er war einer seiner besten Abnehmer. Seine Anfälligkeit für Abhängigkeiten war groß, sein Gefühlsleben wechselte zwischen Panikattacken und Allmachtsgefühlen. Je näher die Maturaprüfungen rückten, umso mehr überwogen seine Angstzustände, er redete sich immer öfter ein, dass er so kurz vor dem Abitur doch noch auffliegen würde.
Ihm war immer klar gewesen, dass Vicky nicht alleine war, sondern einen Lieferanten hatte. Er besorgte die Medikamente, kassierte ab und wollte selbst anonym bleiben. Dazu brauchte er Vicky und Marcel. Angeblich wusste Vicky auch nicht, wer er war. Doch Marcel hatte inzwischen einiges herausbekommen: Sein Deckname lautete Lucky. Er kommunizierte nur über SMS ohne Rufnummernkennung mit ihr. Sie hatten einen toten Briefkasten vereinbart. Es war ein Schülerspind vor den Umkleideräumen der Turnhalle. Dort deponierte Lucky die Medikamente, Vicky das Geld.
Dann passierte die Sache mit Sybille Kronau. Zu Anfang hatte es noch so ausgesehen, als würde Marcel damit davonkommen. Sybille selbst hatte behauptet, sie wolle ihn nicht anzeigen. Sie wollte überhaupt nicht, dass irgendjemand den Vorfall jemals wieder erwähnte. Aus Scham und aus Angst, ihr Image, ihre Karriere zu ruinieren. In ihr hatte er keine Gefahr gesehen. Die anderen drei, die dabei gewesen waren, waren seine Freunde. Das hatte er jedenfalls gedacht. Bis Vicky damit begann, ihn zu erpressen, und Maxim plötzlich angebliche Gewissensbisse bekam. Er könne ihn nicht weiter decken, hatte er ihm eines Abends gesagt, als sie zusammen in einem Club saßen. Einfach so. Er hatte ihm ein Ultimatum gestellt. Einen Monat habe er Zeit.
Dann hatte er auf die Datumsanzeige seiner Hublot-Uhr gesehen und gesagt: »Nehmen wir doch den elften, deine Glücks-

zahl. Wenn du bis zum 11. Januar um 24 Uhr keine Selbstanzeige gemacht hast, werde ich es tun. Ich gehe am nächsten Morgen zur Schulleitung und zur Polizei und lege alle Karten auf den Tisch.«

Marcel erinnerte sich genau an den Ausdruck in Maxims Augen. Was hatte er damit bezweckt? Wollte er ihn einfach nur loswerden?

Es war nur ein Verdacht. Aber je mehr er sich damit beschäftigte, umso sicherer wurde er: Maxim war der Drahtzieher der Drogenverkäufe im Internat. Daher hatte er auch ständig so viel Geld, obwohl er dauernd darüber jammerte, wie knapp ihn sein reicher Vater hielt. Deshalb hatte er sich immer so seltsam verhalten, wenn er sah, wie sie alle Tabletten einnahmen. Er selbst blieb immer clean. Natürlich: Maxim steckte hinter dem Decknamen Lucky. Und Sybille hatte es wahrscheinlich herausgefunden. Wer war besser dazu geeignet, sie in das Gletschergebiet zu führen und dort auszuschalten, als Maxim?

Vermutlich hatte er auf ihrer gemeinsamen Tour auch vorgehabt, noch mehr Mitwisser loszuwerden, ihn selbst, Vicky, Benni …

Marcel warf seine Zigarettenkippe auf die Straße und trat sie mit der Schuhspitze aus. Er hatte keinen Plan. Er wusste nur, dass er etwas unternehmen musste. Sybille war nicht mehr am Leben, und die Aussage des Russen konnte ihn in ernsthafte Schwierigkeiten bringen. Er musste ihm zuvorkommen.

Eine Stunde später saß er im Zweite-Klasse-Abteil der Rhätischen Bahn. Laut Fahrplan würde er heute, am 11. Januar, um 20.59 Uhr in Chur ankommen.

Julia

Julia saß ebenfalls in einem Zug. Sie war in Limburg umgestiegen und kannte zwar ihr Ziel, doch sie hatte keine Idee, wie es dann weitergehen sollte. Sie wusste nur eines: Sie musste Maxim so schnell wie möglich wiedersehen und konnte keinen Tag länger warten.
Maxim! Maxim! Maxim! Sogar bei dem Gedanken an den eigentümlichen Geruch, an seine blutende Wunde im Gesicht, an seine immer leiser werdende, rauhe Stimme in der eisigen Nacht musste sie lächeln. Bald war sie wieder bei ihm!
Ob ihr Vater oder Simone ihre Flucht schon entdeckt hatten? Ja, Flucht nannte sie es. Dann dürfte ein Chaos in seiner vergammelten Ruine ausgebrochen sein. Schließlich hatte sie nach dem Telefonat mit Maxim heimlich ihre Sachen gepackt, sich zum Tor herausgeschlichen und war zum Bahnhof gelaufen. Keiner hatte sie gesehen, keiner hatte sie daran gehindert. Vielleicht hatte es auch noch niemand bemerkt.
Sie sah einen Augenblick lang zum Fenster heraus, dann noch einmal auf das Display ihres iPhones und öffnete schließlich die Klappe ihrer Tasche. Sie holte ihr Portemonnaie heraus und zählte das restliche Geld nach. Die Fahrkarte hatte hundertvierzig Euro gekostet. Jetzt hatte sie nur noch sechzig Euro von dem Weihnachtsgeld übrig, das ihr ihr Vater noch nachträglich in die Hand gedrückt hatte. Sie steckte die Geldbörse wieder weg. Fast zärtlich strich sie über die schwarzen glitzernden Pailletten ihrer Tasche. Den großen Beutel von Juicy Couture hatte ihr ihre Mutter zu Weihnachten geschenkt. Ihre arme Mutter. Sie war die Einzige, wegen der es ihr leidtat. Schon wieder würde sie sich große Sorgen um sie machen. Doch wenn sie ihr jetzt eine Nach-

richt sendete, wäre ihr Vorhaben in Gefahr. Der nächste Umsteigebahnhof war Frankfurt. Sicher würden ihr Vater oder Nicolas oder beide dann schon am Gleis stehen und sie abfangen. Das konnte sie auf keinen Fall riskieren.
Ihre Fingerspitzen meldeten sich wieder. Sie pochten. Es waren die Kuppen der Finger, die nicht mehr da waren. Wie wohl ihre Hand aussehen würde, wenn die Wunde erst verheilt war? Sie hatte bisher immer weggesehen, wenn der Verband gewechselt wurde. Konnte Maxim sie noch attraktiv finden? War sie jetzt nicht das, was man bösartig als »Krüppel« bezeichnete?
Um sich abzulenken, holte Julia Elsas Tagebuch heraus. Sie blätterte die Seiten wahllos durch. Ab und zu las sie einen Satz oder ein Datum, doch sie merkte, dass sie nach etwas Ausschau hielt. Einige Seiten sahen ungewöhnlich aus, sie blätterte zurück. Auf den gesamten Blättern stand nur ein Name: Boris. Immer wieder. Dicht an dicht geschrieben, in jeder Zeile derselbe Name. Da musste also doch mehr sein als nur das übliche Alltagsleben. Irgendetwas musste passiert sein, das ihre Großtante so schockiert hatte. Das Heft war nicht besonders dick, doch es war eng beschrieben.
Ihr fiel ein Datum auf: *Sonntag, den 22. April 1945.*
Das war doch kurz vor Kriegsende, dachte Julia. So viel wusste sogar sie aus ihrem Geschichtsunterricht, und sie las weiter:

Das ist meine letzte Eintragung im nationalsozialistischen Deutschland. Nach einem gewaltigen Vorstoß über den Rhein stehen die Amerikaner im Chemnitzer Kreis zum Angriff auf unsere Heimat. Wir sind also Frontgebiet, verbunden mit dem Durcheinander der augenblicklichen Lage und der Aussicht auf schöne Tage. Der Geschützdonner dröhnte seit Tagen über die Stadt, Fenster und Türen klapperten, wir sahen vom Wäscheplatz das Einschlagen der Granaten, sahen Rauch und Feuer der brennenden Komplexe. Nachts schlafen wir seit Tagen in den

Kleidern, um jede Minute zum Abmarsch in den Keller bereit zu sein, einige Nächte verbrachten wir schon gleich an Ort und Stelle. Dann schwiegen die Kanonen. Mutti sagte, die Alliierten warteten auf Nachschub, der von Plauen herauf nachrollt.
Unser Vati steckt in Leipzig als Oberstleutnant bei der Wehrkreisverwaltung. Leipzig, seit ein paar Tagen von den Amerikanern besetzt?? Wie mag es ihm ergehen??
Ein Nachtrag:
Am 14. Februar hatten wir den ersten schweren Bombenangriff. Am 2. März ein neuer Angriff auf Chemnitz und durch ungünstigen Wind auf Adelsberg. Das Dorf dabei zum großen Teil vernichtet. Unsere ganze Schmiedefamilie Ludwig mit 3 Kindern und unsere gute Frau Friedrich kamen ums Leben. Die in der Kolonie abgebrannte Familie Thiele zog zu uns, die drei jungen Mädchen zu mir und Edith herauf. Neuer Angriff mit vollständiger Vernichtung des Chemnitzer Zentrums am 5. März. Unsere befreundete Familie Liebig mit ausgebombt, kamen am nächsten Morgen verschreckt am Hoftor an. Seitdem hausen sie bei uns im Speisezimmer –
Die Sorgen und Schrecken nehmen kein Ende. Bei uns wurden bis jetzt 32 Schweine, 4 Pferde, davon 2 von einem hiesigen Bauern, von der Winterkoppel gestohlen, 14 Kühe, 11 Kälber, 70 Hühner, 6 Hähne gestohlen. Es sind die Hamsterer, die wir abweisen müssen. Eine Frau kommt immer wieder auf den Hof. Sie hat bei Mutti vor Jahren zwei Ölbilder eingetauscht. Nun verlangt sie dafür immer wieder Lebensmittel von uns. Da wir nichts mehr geben können, hat sie das letzte Mal das Mühlengut und unsere Familie verflucht. Mutti hat ihr die Bilder zurückgeben wollen, doch sie sagte, die sollen uns Unglück bringen, auf allen unseren Wegen. Sie war mir unheimlich.
Großvater hat einen der Hühnerdiebe auf frischer Tat ertappt und ihm ins Bein geschossen. Doch das schreckt die anderen nicht

ab. Hilft uns denn kein Gott und waren wir so schrecklich schlecht?
Karl Gerber kommt oft herüber und wir tauschen Lebensmittel aus. Er gibt mehr, als wir es vergelten können. Gerbers haben noch über hundert Hühner. Bewachen den Stall tags und nachts. Karl ist sicher ein guter Kerl. Mancher redet schlecht über ihn, weil er nicht eingezogen wurde wegen seiner schwachen Lunge. Für seines Vaters Hof ist es ein Segen. Im Sommer werden wir heiraten. Es ist Großvaters Wunsch. Er hält es für das Beste, wenn wir unsere Höfe zusammentun. Dem müssen wir uns alle fügen. Auch Edith. Sie hat ganz sicher ein Auge auf Karl geworfen und neidet mir die bevorstehende Hochzeit. Doch er hat nun einmal um meine Hand angehalten und nicht um ihre, obwohl sie die Ältere ist. Täglich lässt sie es mich spüren. Ich wünschte, sie hätte auch endlich einen Verehrer und würde nicht ihre ganze Verbitterung auf mich richten.
Doch erst wünschen wir uns den Frieden. Wenn wir auch mit Sorge den kommenden Zeiten entgegensehen, so sind wir doch von dem Wunsche beseelt, dass uns die Amerikaner recht bald von dem heuchlerischen Naziregime befreien mögen.

Julia ließ das Heft sinken. Alles klang so gestelzt, so hölzern. Lag das an dem damaligen Stil? Da stand kein Wort über Elsas Gefühle. Der Text klang wie in einem Geschichtsbuch. Ereignisse, die für die Nachwelt festgehalten wurden. Als befürchtete sie oder wollte sogar, dass ihre Zeilen von Fremden gelesen würden. Der nächste Eintrag war vom Mai 1945:

Wir warten immer noch auf die Amerikaner. Des Nachts und am Tage ein paar Mal schießen sie von Rabenstein herüber nach Wanderers Ruh, aber kommen tun sie nicht. Hitler ist tot in Berlin. Mutti sagt, man müsste glauben, der ganze Schwindel würde damit zusammenbrechen, aber immer gibt es noch Verblendete, die den aussichtslosen Kampf fortsetzen. Berlin und Hamburg ist gefallen. Gott gebe uns bald einen erträglichen Frieden.

Julia verzog das Gesicht und äffte den letzten Satz nach. Langsam wurde sie wütend. Hatte Elsa denn überhaupt nichts Persönliches, irgendetwas Eigenes zu sagen, außer diese nachgeplapperten Binsenweisheiten? Wozu hatte sie dieses Heft im Tagebuch ihrer Mutter versteckt?
Trotzdem las sie wieder weiter:

Am Sonntagabend, den 13. Mai 1945 hielten wir uns im Gartenhaus auf und legten Patiencen. Ich trug mein schönstes Kleid. Es war hellblau mit winzigen dunkelblauen Blumen. Die Schneiderin hatte es mir aus einem Gardinenstoff genäht.
Meine Haare hatte ich am Nachmittag frisch gewaschen. Auf einmal kam Christel, unser früheres Kindermädchen, hereingestürmt. Sie war außer sich: Es sei russische Besatzung im Dorf, alle Wohnungen durchsuchten sie, sie kämen auf den Hof zu, wir müssten uns sofort verstecken.
Russen! Warum denn auf einmal Russen? Wir hatten doch auf die Amerikaner gehofft. Sie waren doch schon so nah! Wir hatten Schreckliches davon gehört, was die russischen Soldaten mit den Frauen machten. Gott steh uns bei! Edith, die Thieles, die Mägde, Mutti, Großmutter und ich liefen so schnell als möglich herüber zur Scheune. Wir kletterten auf den Heuboden und verkrochen uns in der hintersten Ecke. Der Schweizer half uns und zog die Leiter weg, nahm sie mit. Ich weiß nicht, wohin er sie gebracht hat. Er zog das Scheunentor zu. Wir trauten uns nicht zu sprechen, kaum zu atmen, flüsterten nur ab und zu. Mutti zerzauste unsere Haare. Sie nahm den grauen Staub von

der Mauer und rieb mir damit die blonden Strähnen und allen Frauen die Gesichter ein. Wir verstanden es auch ohne Worte. Sie wollte uns hässlich machen. Dann hörten wir sie kommen. Sie redeten laut. Das Tor wurde aufgeschoben. Sie hatten Lampen dabei, leuchteten alles ab, richteten das Licht nach oben. Wir krochen noch weiter hinter die Heuballen. Mein Herz pochte so laut, ich dachte, sie müssten es hören. In kurzen abgehackten Sätzen riefen sie sich etwas zu, lachten mit rauhen Stimmen …

»Oh, nein!« Julia erschrak über ihren eigenen Ausruf und sah sich um. Die Frau in dem schwarzen Rollkragenpullover am Fensterplatz gegenüber starrte sie an und lächelte dann. Julia lächelte verschämt zurück, blickte kurz hinaus, sah auf die Uhr. Es blieben ihr noch zwanzig Minuten bis Frankfurt. Dort musste sie umsteigen.

Und dann, mir blieb fast das Herz stehen, ging ein Ruck durch den Holzboden, auf dem wir saßen. Einer von den Russen hatte eine Leiter gefunden und sie aufgestellt, an den Boden gelehnt. Schon stieg er die Stiegen hinauf. Nie werde ich vergessen, wie der Untergrund vibrierte. Starr vor Entsetzen hielten wir uns an den Händen. Das Weiß in unseren Augen leuchtete gespenstisch. Ich musste auf einmal daran denken, dass Hunde Angst wittern können. Wir hörten und fühlten die Schritte, sie kamen genau auf uns zu. Da war der Lichtschein der Laterne, er hob sie hoch, um hinter die Heuballen zu leuchten. Gleichzeitig stieg der nächste Soldat die Leiter hoch, wir merkten es am Vibrieren des Bodens.

Was nun kam, war der schlimmste Moment meines Lebens. Der Russe stieß einen Schrei aus. Er hatte uns entdeckt. Wir konnten nicht verstehen, was er sagte, aber der triumphierende Klang, gemischt mit dieser zitternden Vorfreude in seiner Stimme, war das Schrecklichste, was ich je gehört habe. Sofort stiegen noch weitere Soldaten die Leiter hoch. Sie riefen sich wieder kurze Sätze und Worte zu, die wir nicht verstanden. Sie johlten. Wir klammerten uns aneinander. Christels Zähne schlugen aufeinander.

Mutti hatte sich vor mich geschoben und versuchte mich, so gut es ging, mit ihrem korpulenten Körper zu verdecken. Ich schielte über ihre Schulter. Er hatte den Stahlhelm tief in das Gesicht geschoben. Als er den Mund öffnete, sahen wir, dass ihm ein Schneidezahn fehlte.

»Frau, komm!«, befahl er. Und noch einmal: »Frau, komm!«

Mutti schüttelte den Kopf, rutschte weiter nach hinten, und dann sah ich es: Er zeigte auf mich. Er meinte mich: Elsa Neumann.

Dann ging alles ganz schnell. Der Soldat stieß Mutti zur Seite. Sie rollte sich wieder über meinen Körper und rief: »Nein, nicht sie, nimm lieber mich!«, dabei riss sie sich den Ausschnitt ihres Kleides auf. Er lachte böse, zog sein Gewehr und stieß ihr den Kolben gegen die Schläfe. Ich sah noch, wie sie zusammensackte und Blut über ihr Gesicht rann. Der Soldat rollte sie mit der Stiefelspitze zur Seite, wie ein totes Tier, packte mich an den Haaren, schleifte mich daran über den Heuboden, zum anderen Ende. Dort warf er mich in eine Ecke. Ich sah noch, wie sich seine Kameraden über Edith und Christel hermachten, und schrie: »Nein!« Der Soldat hob die Hand und schlug mir so fest vor die Brust, dass ich gegen den nächsten Heuballen flog. Einen Augenblick lang war ich benommen von dem Schmerz und versuchte nur, wieder zu Atem zu kommen. Er stand vor mir, öffnete seine Hose, ging in die Knie, klammerte mit einer Hand meine Handgelenke zusammen, wie mit einer Zange. Zwischen seinen Lippen, aus denen irgendwelche fremden, harten Worte kamen, war diese schwarze Zahnlücke. Ich betete, und mir fiel plötzlich meine bevorstehende Hochzeit ein und dass sie jetzt nicht mehr stattfinden würde, das weiß ich noch genau, und ich flüsterte: »Lieber Gott, lass mich sterben.« Da …

Julia bemerkte jetzt erst, dass der Zug nicht mehr fuhr. Sie hatte den Halt und die Durchsage verpasst. Ihr blieb nicht mehr viel Zeit für das Umsteigen. Hastig klappte sie das Heft zu, warf es in die Tasche und schlüpfte in ihren grünen Parka. Als sie auf die Metallstufe des Ausstiegs trat, wanderte ihr Blick als Erstes misstrauisch den Bahnsteig auf und ab, dann zur Uhr. Erneut durchkämmte sie das Gewirr von vorbeieilenden Menschen mit den Augen. Gleichzeitig nahm sie den Geruch wahr. Eine Mischung aus Frittierfett von den Imbissständen, Zigarettenrauch und der kalten Großstadtluft, die in den Kopfbahnhof hineingeweht wurde.

Hinter ihr begann ein Fahrgast zu schimpfen: »Also, was ist jetzt? Steigst du endlich aus?«

Sie machte einen Schritt auf den Bahnsteig, und der Mann im dunklen Anzug drängte sich rüde an ihr vorbei. Julia merkte, dass sie auf das lange Ende ihres grauen Wollschals getreten war, und wickelte ihn sich mehrfach um den Hals. Erst als sie sicher war, von niemandem erwartet worden zu sein, lief sie eilig den Bahnsteig entlang, suchte die Anzeigetafel und erschrak: Der ICE nach Zürich fuhr in drei Minuten. Wenn sie den nicht erwischte, würde sie die Nacht in Frankfurt verbringen müssen. In ihre Wohnung im Westend konnte sie nicht, denn Nicolas würde sie nicht wieder gehen lassen. Aber für ein Hotel hatte sie kein Geld.

Julia spurtete los – und prallte mit einer Person zusammen, deren Starbucks-Becher auf den Boden platschte.

»Mann, kannst du nicht aufpassen? Die Schuhe waren nagelneu«, kreischte diese und deutete auf ihre mit Milchkaffeesprenkeln übersäten, chestnutfarbenen UGG-Georgette Booties.

Es war die wutentbrannte Stimme – ihrer Stiefschwester Johanna. Im nächsten Moment lagen sich die beiden Mädchen in den Armen. Johanna deutete auf Julias weißen Verband: »Musst du damit ins Krankenhaus? Oder warum kommst du heute schon zurück? Ich dachte, du bleibst noch bei deinem Vater!«
Julia wurde feuerrot. Sie hatte nur mit ganz wenigen Menschen kommuniziert. Ihr einziges Ziel war es gewesen, an die Telefonnummer von Maxim zu kommen. Johanna hatte sie bewusst gemieden, weil sie vermutete, dass sie nur eifersüchtig sein würde. »Nein ... weißt du, Johanna, wenn man so etwas erlebt hat wie ich, dann ändert sich einfach alles im Leben ... aber das erzähle ich dir ein anderes Mal, ja?« Sie suchte nach Verständnis in Johannas braunen Augen. »Sei mir nicht böse, aber ich muss meinen Zug erwischen. Es geht um Leben und Tod.«
Sie ließ Nicolas' Tochter stehen, die ihr mit offenem Mund nachsah, rief ihr noch zu: »Ich melde mich bei dir, versprochen ...«, und rannte durch den Bahnhof. Im letzten Moment sprang sie durch die Tür des Erste-Klasse-Waggons.

Heike

Sie musste eingeschlafen sein. Als sie versuchte, sich zu bewegen, fühlte sie tausend Nadelstiche in ihren zusammengekrümmten Beinen. Ihre Muskeln waren vor Kälte ganz starr. Ihr Oberkörper begann zu zittern. Sie sah die Wolke ihres kondensierten Atems vor sich, und ihr wurde klar, dass mittlerweile auch im Kofferraum ihres Autos Minusgrade herrschen mussten. Sie wusste nicht, wie lange sie schon eingeschlossen war. Heike sah auf ihre goldene Cartier. Konnte es wirklich sein, dass es erst fünf nach neun war? Heike hielt die Uhr an ihr Ohr und stieß einen jämmerlichen leisen Fluch aus. Die Uhr war stehengeblieben. Erst als sie genauer hinsah, merkte sie, dass das Glas fehlte. Es musste bei ihrem unfreiwilligen Einstieg durch die Hecköffnung passiert sein. Heike hauchte ihre Hände an, rieb ein Loch in die beschlagene Scheibe und spähte nach draußen. Was mochte diese Frau bloß so lange auf dem Friedhof zu tun haben? Oder hatte sie gar nicht vor zurückzukommen? Wenn das stimmte, musste sie schleunigst etwas unternehmen, sonst würde sie hier erfrieren.

Sie besah sich die Schrauben näher, mit denen das Hundegitter befestigt war. Wieder hauchte sie ihre steifen Finger an, versuchte, mit Daumen und Zeigefinger daran zu drehen. Doch sie saßen viel zu fest.

Ihr fiel etwas ein, und sie hätte sich ohrfeigen können, dass sie nicht früher darauf gekommen war. Ihr Auto hatte doch im Kofferraum noch mehr Stauraum. Sie saß auf einer Klappe, und in dem Fach darunter war mindestens ein Erste-Hilfe-Kasten, wenn nicht sogar ein kleines Werkzeugset untergebracht, soweit sie sich erinnerte. Sie rückte so weit zur Seite, dass sie die Klappe einen Spaltbreit öffnen konnte. Dann angelte sie in dem Fach nach Gegenständen, die ihr vielleicht helfen könnten, bekam das Verbandskissen zu fassen und zog es heraus. Nach Werkzeug tastete sie vergeblich. Auf den Knien hockend, durchsuchte sie den Inhalt. Außer der stumpfen Verbandsschere fand sich nichts. Damit eine fest zugezogene Kreuzschlitzschraube aufzudrehen, war kein Kinderspiel. Aber sie hatte keine andere Wahl und machte sich an die Arbeit.

Nachdem sie mehrfach abgerutscht war, die Schere zweimal in ihre Handfläche gerammt hatte und die Schraube sich nicht einen Millimeter bewegt hatte, wurde sie plötzlich so wütend, dass sie anfing, wie wild mit den Fäusten an die Scheibe zu trommeln und zu schreien.

Doch niemand hörte sie. Um die Zeit war hier weit und breit kein Mensch. Ihre Beine fühlten sich inzwischen an, als seien sie zu Holz geworden. Sie musste sich jetzt zusammenreißen oder sterben, dachte sie voller Selbstmitleid. Sie versuchte es bei einer anderen Schraube, und auf einmal gab sie ein Stück nach.

»Na endlich!«, entfuhr es Heike.

Elsa

Die kleine lutheranische Kirche wurde nur von zwei einzelnen weißen Kerzen neben dem Opferstock beleuchtet, als Elsa die schwere Tür aufstieß. In der Luft hing der Geruch von Schwefel. Die Kerzen mussten erst vor kurzem angezündet worden sein. Sie band die Schleife ihres Kopftuchs auf und schüttelte den Schnee über dem jahrhundertealten Steinboden ab. Dann machte sie einige Schritte auf den Altar zu und sah sich um. Trotz der geringen Beleuchtung wirkte die Kirche nicht dunkel, denn das weiß getünchte Kirchenschiff reflektierte jeden minimalen Lichtstrahl. Elsas Blick wanderte nach oben. Auch die umlaufende Galerie mit dem weißen Holzgeländer war weiß lackiert. Der Ort weckte Erinnerungen an die Sonntagvormittage, als sie dort oben gestanden und im Chor mitgesungen hatte. Wie erwartet, war sie nicht allein in dem Kirchenschiff. Ganz links außen, vor dem steinernen Taufbecken, saß eine Gestalt in der zweiten Bankreihe. Sie war ganz in Schwarz gekleidet. Langsam ging Elsa durch den Mittelgang auf sie zu. Sie zwängte sich mit seitlichen Schritten zwischen der weißen Sitz- und Kniebank hindurch und setzte sich neben den Mann.

»Hartmutchen! Da bist du ja! Wartest du schon lange? Hoffentlich hast du dich nicht verkühlt«, sagte sie und strich dem Mann zärtlich über die ebenholzfarbenen Haare, zauste ihm den hochgezwirbelten Pony.

Er wandte ihr das breite, blasse Gesicht mit dem kantigen Kinn zu. Selbst in dem fahlen Kerzenlicht leuchteten seine Augen bernsteinfarben.

»Wo ist Claudia?«, fragte er mit weicher Stimme. »Du solltest sie doch hierherbringen.«

Elsa nickte eifrig.
»Im Auto. Ich habe sie im Kofferraum eingeschlossen.«
Sie hielt den Autoschlüssel hoch.
»Gut gemacht«, lobte er sie. »Bist du auch sicher, dass sie nicht rauskann?«
Elsa schüttelte den Kopf.
»Das Gitter ist fest, und ich habe an der Kofferraumklappe gerüttelt. Alles zu.«
»Sobald der Notar da ist, holen wir sie raus. Er muss gleich kommen.«
Elsa sah ihn an. Ihren Lippen entfuhren Schmatzlaute. Sie verschränkte die Arme vor der Brust und wiegte ihren Oberkörper vor und zurück.
»Hmmm, ich weiß nicht, ob das recht ist, Hartmutchen. Ich weiß nicht, was Großvater dazu sagt.«
Der Mann hakte sich bei ihr ein, griff nach ihrer Hand, legte sie auf seinen linken Handrücken und deckte sie mit seiner rechten Handfläche zu. »Wir holen uns nur zurück, was uns zusteht. Großvater ist mit allem einverstanden. Er will es so. Dein Bruder hat den Vertrag schon unterschrieben. Wenn deine Nichte jetzt im Namen von Edith zustimmt, gehört das Gut endlich nur dir und mir, und den Gerber-Hof bekommen wir noch mit dazu. So und nicht anders wollte Großvater es immer, das weißt du doch.«
Er strich ihr über die Hand und tätschelte sie. Elsa sah ihn an, und in ihren Augen stand jetzt kein Anzeichen von Wahnsinn, sondern er erkannte, dass dies einer ihrer wenigen fast klaren Momente war. Es war schwierig, mit diesen Eigenarten ihrer Geisteskrankheit umzugehen. Aber er hatte sich intensiv mit ihrer Art der schizophrenen Psychose beschäftigt. Und deshalb war er darauf gefasst, dass sie seinen Worten jetzt nicht mehr uneingeschränkt Glauben schenken würde.

»Ich weiß nicht, Hartmutchen. Großvater wollte zwar immer den Familienbesitz vergrößern, das ist richtig. Aber du weißt doch auch, dass er dich nicht will.«
Mit einer plötzlichen Bewegung entzog sie ihm ihre Hand und warf sich ihm an die Brust. »Ich habe Angst, dass er dich mir wieder wegnimmt!«
Er strich ihr über den Rücken und über die weißen, krausen Haare. »Ich weiß! Aber er hat sich geändert. Er hat mich als seinen Nachkommen akzeptiert. Es wird alles gut werden, Mutter, vertrau mir.«
Sie schüttelte den Kopf und begann zu weinen. Ihre Finger bohrten sich in seine Oberarme. Er fasste sie an den Schultern und schob sie ein Stück von sich weg. »Endlich bekommen wir Gerechtigkeit, das wolltest du doch immer«, flüsterte er.
Von der Kirchenpforte drangen dumpfe Geräusche in den Innenraum. Jemand trat sich die Schuhe ab. Sofort veränderte sich Elsas Blick wieder. Ihre Pupillen wanderten unruhig hin und her. Der Wahnsinn war zurückgekehrt. Ihr Kopf kippte ruckartig nach hinten. Der Mann fing ihn sachte mit der Hand ab.
»Das wird der Notar sein.«
»Besuch?«, rief Elsa aus. Sie sah an sich herunter, fuhr sich mit den Händen über den karierten Rock, dann über die Haare. »Rasch, ich muss mich umkleiden und frisieren. So kann ich die Gäste nicht empfangen. Großvater wird sonst wütend werden.«
»Ich weiß, Mutter. Die Gäste sind schon da. Aber du musst dich nicht umziehen.« Er strich ihr mit dem Handrücken über die Wange. »Du hast schon deine feinen Sachen an.«
Nur für den Bruchteil einer Sekunde blieb ihr Blick an seinem Gesicht haften. Dann bewegten sich ihre Augen wieder unruhig nach allen Seiten. Ruckartig stieß sie sich von ihm ab und stand auf. »Ich gehe mich umkleiden. Wenn die Gäste eintreffen, müs-

sen wir uns alle im Hof aufstellen, um sie zu empfangen. Tadellos gekleidet und frisiert. Keiner darf fehlen.«

Die Tür wurde aufgestoßen, ein glatzköpfiger Mann mit einem hellbraunen Hund an der Leine und eine Frau in einem beigefarbenen Trenchcoat betraten die Kirche und sahen sich um.

»Gibt es hier kein Licht?«, fragte der Mann.

»Ah, Dr. Bosko, da sind Sie ja! Haben Sie alle Papiere vorbereitet? Und wie ich sehe, haben Sie auch eine Zeugin mitgebracht? Sehr gut!«

Die Frau schob ihr Kopftuch nach hinten über die blond gesträhnten Haare, ohne den Knoten zu öffnen. Sie kam näher und streckte die Hand aus.

»Guten Abend, Gregorij«, sagte sie.

»Irmgard! Du siehst gut aus! Mir scheint, du wirst immer jünger.« Er lächelte gewinnend.

»Mit Schmeicheleien kann ich nichts anfangen«, gab sie barsch zurück.

Das Lächeln erstarrte, und seine Augen sahen sie kalt an. Er senkte die Stimme, als er weitersprach: »Mir wäre es lieber, wenn du mich vor ihr mit ›Hartmut‹ ansprechen würdest, du weißt schon …«

»Ja, ich weiß, dass sie dich für ihr Hartmutchen hält.« Sie nickte mit dem Kinn in Elsas Richtung, die gerade durch die Tür der Sakristei verschwunden war. »Wo will sie denn hin?«

»Sich umziehen. Sie denkt, es käme Besuch auf das Mühlengut. Sie lebt ja meistens in der Vergangenheit …« Er zog scheinbar bedauernd die Schultern hoch.

»Genau, und dir kommt das zur Verfolgung deiner Ziele gerade zupass!«, entgegnete Irmgard Höppner streng.

Gregorij legte den Finger an sein rechtes Unterlid: »Gewissensbisse? Bisher hast du nicht gerade den Eindruck erweckt, als hättest du Mitleid mit ihr! Und vergiss nicht: Wir sind beide aus

demselben Holz geschnitzt, und wir haben beide dasselbe Ziel: Rache!«
Dr. Bosko befahl seinem Hund, Platz zu machen, stellte die braune Aktentasche auf einer Kirchenbank ab und öffnete den Verschluss. »Hübsche Kirche. Hier war ich noch nie. Keine schlechte Idee, sich hier zu treffen. Ich hoffe nur, dass nicht noch ein allzu frommes Mütterchen auf die Idee kommt, ihr Abendgebet hier zu sprechen. Deshalb sollten wir zügig zum Geschäftlichen kommen.« Er blickte sich skeptisch um: »Wo ist denn die Neumann-Tochter? Ich hoffe, sie kommt pünktlich?«
»Sie wartet draußen. Ich gehe sie jetzt holen.«
»Draußen? Bei dem Wetter?«

Heike

Sie ließ die Schere fallen und zog mit aller Kraft an dem Gitter. Diesmal ließ es sich überraschend leicht abnehmen. Zu leicht: Heike krachte gegen die Heckklappe. Sie rieb sich den Hinterkopf, befühlte die Beule. Doch sie durfte keine Zeit mehr verlieren. Sie kletterte steifbeinig über die Rücksitzbank und griff sich ihre Handtasche, bevor sie den Schalter drückte, der die Innenverriegelung löste.

Als sie neben dem Auto stand und leise die Tür ins Schloss fallen ließ, wusste sie im ersten Moment ihrer wiedergewonnenen Freiheit nicht, wo sie hinsollte. Sie tastete in ihrer Handtasche nach dem Telefon. Im selben Augenblick hörte sie Schritte und rannte geduckt zur Friedhofsmauer. Gerade als sie hinter einem Busch Deckung suchte, kam ein ganz in Schwarz gekleideter Mann durch das Friedhofstor. Heike drängte sich rückwärts weiter in den Kirschlorbeer hinein, merkte, wie ihre Ankle Boots in Schnee und Laub einsanken. Sie wagte kaum zu atmen, während er mit festen Schritten auf den Kofferraum ihres Wagens zusteuerte. Er schirmte das Gesicht mit zwei Händen ab und legte es an die Scheibe, inspizierte das Wageninnere. Dann drückte er auf den Knopf am Autoschlüssel. Scheinwerfer und Innenbeleuchtung schalteten sich ein. Der Mann öffnete die Heckklappe und stieß einen lauten Fluch aus.

Heike meinte, ihr Herz würde augenblicklich aufhören zu schlagen. Sie kannte diese Stimme, und selbst die abgehackten, wütenden russischen Worte erfüllten sie mit Sehnsucht. In dem Lichtschein der Kofferraumbeleuchtung sah sie jetzt ganz deutlich seine Silhouette.

Ohne nachzudenken, ließ sie ihre Birkin in den Schnee fallen, stürzte auf ihn zu und warf sich in seine Arme.

Fälscher

Die Unterschrift war voller Zacken und Schleifen. Vor allem das große G hatte es in sich. Das viele Üben und Vorschreiben war für die Katz. Keine sah wirklich echt aus. Aber würde das überhaupt jemand kontrollieren? Doch, vielleicht … Besser war es, auf Nummer sicher zu gehen. Durchpausen hatte schon immer das beste Ergebnis hervorgebracht. Vor Konzentration wischte die Zunge langsam über die Lippen. Das Papier des rosafarbenen Rezeptformulars war zu dick, um die Schrift darunter wirklich genau zu sehen. Man musste schon genau hinschauen. Und bloß nicht verrutschen, nicht zu fest aufdrücken. Langsam fuhr der blaue Kugelschreiber die Schrift nach:

Ritalin, 3 OP
Dr. Bernd Graf

Ja, so konnte man es machen. Das Ergebnis war zufriedenstellend. Die schmalen, mädchenhaften Finger griffen nach dem nächsten Formular.

Claudia

Der Motor des Karmann Ghia brummte gleichmäßig wie eine Nähmaschine. Der Vergaser verschluckte sich schon seit zehn Minuten nicht mehr. Außerdem hatte der Tätowierte die rettende Idee für die Motorhaube gehabt. Claudia fragte nicht, warum er eine Rolle Paketband mit sich herumtrug.
Kurz vor dem gelben Ortsschild von Niederfrohna klingelte ihr Handy, und Susanne meldete sich. Sie hatte sich mit dem Foto des Männerporträts befasst und wollte ihr nun ein vorläufiges Ergebnis mitteilen: Das Foto sei sehr klein und das Porträt darauf nicht besonders gut zu erkennen. Aber dennoch sei es ein so markantes Bild, der Stil so unverwechselbar … wenn es auch grundsätzlich ein inzwischen sehr selten gewordener Zufall sei. Die Wahrscheinlichkeit nehme von Jahr zu Jahr ab, noch auf solche Raritäten zu stoßen. Claudia wurde langsam ungeduldig und versuchte ihrer Freundin endlich eine konkrete Aussage zu entlocken, denn sie standen bereits am Schlagbaum der Nervenheilanstalt Neun-Buchen.
»Weißt du irgendetwas Näheres über die Herkunft des Bildes?«, fragte Susanne.
Claudia fiel etwas ein, doch sie war sich nicht sicher, ob sie das in Wilhelms Gegenwart erwähnen sollte. Kurz entschlossen fuhr sie an die Seite, wies ihren Vater an: »Ich sehe mal nach, ob man da reinfahren kann, aber stell ja nicht den Motor ab«, und stieg aus. Sie machte einen Bogen um den heruntergelassenen weißroten Schlagbaum und sah sich um. Weit und breit war niemand zu sehen, der ihnen hätte öffnen können.
»Claudia? Bist du noch da?«, fragte Susanne aus dem Telefon.
»Ja, bin ich. Also, meine Großmutter hat über Jahre hin immer ein Wirtschaftsbuch für das Gut geführt. Sie hat in den letzten

Kriegsjahren ziemlich viele Tauschgeschäfte mit Hamsterern gemacht. Du weißt schon: Butter gegen Bilder. Das waren so viele … da müsste ich noch mal alles durchgehen … Aber mir fällt da gerade etwas ein.«

»Ja?«

»Sie hat auch ein Tagebuch geführt, ich habe es von meiner Tante bekommen. Jedenfalls erinnere ich mich, dass sie da von einer Frau aus der Stadt geschrieben hat, die ihr zwei Ölbilder gebracht hat. Sie gefielen ihr nicht, aber eines zeigte die Brücke über die Chemnitz, und deshalb hat sie es als Bezahlung für Lebensmittel angenommen.«

»Aha.« Susanne klang enttäuscht. »Also pass auf. Es ist nur eine Vermutung, aber wie gesagt, der Stil ist eigentlich ziemlich eindeutig und …«

Claudia sah eine Frau aus der Eingangstür kommen. Als sie in den Lichtkegel der Parkplatzbeleuchtung eintauchte, erkannte sie an der toupierten Audrey-Hepburn-Frisur schon von weitem, dass es sich um die Klinikleiterin, Dr. Lisa Junge, handelte. Claudia machte ihrem Vater ein Zeichen und deutete auf die Frau. Er schien zu verstehen und stieg aus.

»Es ist gerade äußerst ungünstig, Susanne …«

»Ist gut, dann telefonieren wir später. Melde dich, ja?«

»Moment noch!«, sagte Claudia plötzlich. »Mir fällt gerade etwas ein: Ich glaube, meine Oma hat etwas von einem ›skandinavischen Künstler‹ in ihr Tagebuch geschrieben.«

»Wirklich?«, schrie Susanne mit sich überschlagender Stimme. »Das kann nicht wahr sein. Weißt du, was, Claudi? Wenn das stimmt, was ich, wie gesagt, unter Vorbehalt einer Prüfung des Originalkunstwerks, möglicherweise annehme, dann … Jetzt halt dich fest!«

»Komm schon, mach's nicht so spannend!«

Claudia legte eine Hand auf die Halterung des Schlagbaums.

»Edvard Munch, der norwegische Künstler, ist dir ein Begriff? Gehört zu den Symbolisten.«
»Ja … schon.«
Claudia hörte nur mit halbem Ohr zu. Denn ihr Vater war jetzt bei Lisa Junge angelangt, die gerade im Begriff war, in ihr Auto einzusteigen. Sie schien es eilig zu haben.
»… hat einige Monate in Chemnitz gelebt. In der Zeit bis 1910 sind mehrere Kunstwerke mit dem Titel ›Der Schrei‹ entstanden. Die Bilder zeigen alle eine Person im Zentrum, mit leeren Augen, geöffnetem Mund, vor einer Brücke. Heute sind vier Gemälde und einige Lithographien mit diesem Sujet bekannt. Die Temperaversion von 1910 und die Pastellversion von 1893 befinden sich im Munch-Museum in Oslo, die Temperaversion von 1893 in …«
»Moment mal!«, wollte Claudia sie unterbrechen.
»… der norwegischen Nationalgalerie und eines, nämlich die Pastellversion von 1895, war in Privatbesitz und wurde im Mai 2012 versteigert, und jetzt rate mal, für wie viel …«
»Halt!«, rief Claudia.
Lisa Junge war einfach in ihr Auto eingestiegen und hatte Claudias Vater stehen gelassen. Sie wendete ihren BMW und fuhr auf den Schlagbaum zu. Wilhelm sah ihr hilflos nach.
»Bleiben Sie gefälligst stehen!«
Beherzt sprang Claudia vor die Motorhaube des dunkelblauen BMW und sah Lisa Junge durch die Windschutzscheibe in die Augen. Diese machte eine ungeduldige Handbewegung, als ließe sich Claudia wegwinken. Das Fenster an der Fahrerseite öffnete sich, und Lisa Junge drückte mit einem Finger, der in einem grauen Lederhandschuh steckte, auf den Knopf in einer Säule. Der Schlagbaum hob sich langsam und geräuschlos, doch Claudia wich nicht von der Stelle. Ihr Vater war dem Wagen gefolgt und stand jetzt neben ihr.

»Gehen Sie aus dem Weg. Ich muss zu einem Notfall«, befahl die Ärztin wütend.
»Wir müssen aber dringend mit Ihnen über meine Tante sprechen«, antwortete Claudia. Sie ging herüber zur Fahrerseite und beugte sich zu Lisa Junge herunter.
»Kommen Sie morgen wieder. Heute geht das nicht mehr«, lautete deren knappe Antwort. Sie gab ganz langsam Gas, und der Wagen bewegte sich auf Wilhelms Beine zu.
»Dann ist Elsa also wieder zurück. Können wir zu ihr?«
Lisa Junge antwortete nicht, sondern ließ den Motor aufheulen und fuhr noch ein Stück weiter vor. Der Stoßfänger berührte bereits Wilhelms Schienbeine.
»Wagen Sie sich ja nicht, meinen Vater umzufahren«, drohte Claudia.
»Dann sagen Sie ihm gefälligst, dass er aus dem Weg gehen soll!«
»Ich denke gar nicht daran. Sagen Sie mir erst, was mit Elsa ist.«
Lisa Junge drehte ihr das Profil zu und schob ihren Vater vorsichtig vor sich her. Er sah verunsichert zu Claudia hinüber.
»Frau Junge, wissen Sie eigentlich, was Sie da gerade tun? Das ist Nötigung, und gleich kommt noch Körperverletzung dazu. Ich habe hier übrigens noch eine Zeugin am Telefon, die alles mithört. Nicht wahr, Susanne?« Sie stellte ihr Telefon auf Lautsprecher.
»Sag mal, was ist eigentlich bei dir los?«, hörte sie Susanne sagen.
Claudia zog an dem Türgriff und rechnete damit, dass die Autotür verriegelt war. Doch überraschenderweise ließ sie sich öffnen. Lisa Junge sah Claudia kurz an, drehte den Schlüssel um und stieg aus.
»Na gut. Sie haben gewonnen. Gehen wir kurz rein!«
»Das geht leider nicht. Könnten wir uns hier draußen unterhalten?«

Die Ärztin musterte sie irritiert aus ihren schwarz umrandeten Augen. Claudia deutete auf den Karmann Ghia, dessen Abgase inzwischen den ganzen Parkplatz einnebelten.
»Wir können den Motor nicht abstellen, sonst springt er nicht wieder an«, erklärte sie.
Lisa Junge schien den Oldtimer erst jetzt zu bemerken. Der Anflug eines anerkennenden Lächelns huschte über ihr Gesicht. »Sehr schön. Dann parke ich eben wieder ein, und wir holen uns hier eine Kohlenmonoxidvergiftung.« Eine halbe Minute später fragte sie entnervt: »Also? Was möchten Sie wissen?«
»Wo ist meine Schwester?«, fragte Wilhelm.
Claudia starrte ihn an. Er hatte die ganze Zeit kein Wort gesagt. Im selben Moment fiel ihr Susanne ein. Sie hielt ihr iPhone ans Ohr und fragte: »Susanne?«
Doch es kam keine Antwort. Entweder war ihre Freundin gerade mit etwas anderem beschäftigt, oder sie hatte inzwischen aufgelegt.
»Ich weiß nicht, wo Elsa Neumann ist. Heute Mittag um ein Uhr hat eine Pflegerin entdeckt, dass sie verschwunden ist.«
»Aber wie kann das denn sein? Ich meine, können Ihre Patienten denn einfach so hier herausspazieren?«
»Nein, natürlich nicht.«
Lisa Junge klappte den Kragen ihres Pelzmantels hoch und steckte die Hände in die Taschen. Erst jetzt bemerkte Claudia, dass sie einen solchen grauen Persianer vor kurzem schon einmal gesehen hatte. Es konnte Zufall sein: Genau der gleiche Mantel aus den Sechzigern hatte noch vor wenigen Stunden im Eingang des Herrenhauses gehangen. Sie beugte sich ein wenig vor, um daran zu schnuppern. Lisa Junge zog mit einem verstörten Gesichtsausdruck den Kopf nach hinten. Claudia war klar, dass sie sich soeben wie einer der Heiminsassen benahm. Doch der penetrante Geruch, den der Mottenstrip in dem Fell hinterlassen hatte, war unverkennbar.

»Vintage!«, meinte die Ärztin. »So etwas würde ich mir niemals neu kaufen. Schließlich wird dafür wenige Tage alten Lämmern das Fell abgezogen. Aber der hier ist über vierzig Jahre alt und hing sowieso nur im Schrank …«
Claudia nickte nachdenklich. Ihr Blick glitt nach unten, und ihr fiel auf, dass die dunkelblaue Hose und die derben Halbschuhe so gar nicht zu dem ansonsten auffälligen Modestil der Ärztin passten.
»Zurück zu Ihrer Tante beziehungsweise Schwester: Tatsächlich darf sie das Gelände kurz verlassen, zum Beispiel in Begleitung von nahen Angehörigen. Aber die müssen natürlich Sorge tragen, dass sie zur regelmäßigen Einnahme ihrer Mahlzeiten und der Medikamente wieder zurück ist. Ob sie heute abgeholt wurde, müsste ich im Computer nachsehen. Ihre Schwester Edith war länger nicht mehr da. Sie hat sie immer mal mitgenommen. Aber das haben wir schließlich nicht mehr gestattet, denn Elsa war jedes Mal vollkommen verstört, wenn sie sie zurückbrachte.«
»Na, das kann ich mir vorstellen!«, entfuhr es Wilhelm.
»Sie bekam ja in letzter Zeit immer öfter Besuch von ihrem Sohn«, fuhr die Ärztin fort.
»Ihrem Sohn?«, fragten Claudia und Wilhelm gleichzeitig.
»Na … den müssten Sie doch kennen! Wie heißt er noch … Herbert, Helmut, Hartwig, es war irgendwas mit H … Jetzt hab ich's: Hartmut Neumann.«
Claudia öffnete den Mund und starrte ihren Vater an.
»Hartmutchen!«, stieß dieser hervor.
Im selben Moment hörte Claudia wieder, wie Susanne aus ihrem iPhone auf sie einredete. Sie hob es hoch und drückte es an ihr Ohr. »… schwer zu sagen, ob es sich um ein Pastellbild handelt, das Foto ist einfach zu klein und undeutlich. Aber auch unwahrscheinlich, dass es zu der Zeit schon Kopien davon gab, kann es

mir kaum vorstellen ... wenn es aber eine fünfte echte Version gäbe, das wäre eine Sensation, sozusagen ein Jahrhundertfund! Claudi? Bist du noch da? Also, das vierte Porträt wurde übrigens am 2. Mai 2012 bei einer Auktion von Sotheby's in New York für 119 922 500 US-Dollar versteigert.«

»Hundertzwanzig Millionen für dieses hässliche, kleine Bild ...«, wiederholte sie laut, und als sie bemerkte, wie Lisa Junge sie anstarrte, setzte sie in einer plötzlichen Laune hinzu: »... das wahrscheinlich jeder zweite Insasse einer Nervenheilanstalt gemalt haben könnte.«

»Also, Claudi, ich wusste gar nicht, dass du so ein Banause bist!«, antwortete Susanne mit echtem Vorwurf in der Stimme. »Jedenfalls solltest du das Bild möglichst bald zu mir bringen, damit ich es mir näher ansehen kann, oder vielleicht könnte ich mich dafür sogar überreden lassen, doch noch eine Reise nach Chemnitz anzutreten.«

»Tja, das wäre zu schön, um wahr zu sein, aber es gibt da ein kleines Problem: Bisher habe ich keine Ahnung, wo dieses Bild ist ...«, gestand Claudia ihrer Freundin und sah verwundert zu, wie Lisa Junge sich, ohne ein Wort der Verabschiedung, abrupt umdrehte und mit schnellen Schritten zum Eingang ging. Sie blickte zu Wilhelm, der auch gerade eine halbe Drehung machte und sich in Richtung des Karmann Ghia bewegte: »... aber ich könnte mich ja demnächst mal danach umsehen ...«

Julia

Nachdem sie einen Platz im Großraumwagen der zweiten Klasse gefunden hatte, kreisten Julias Gedanken um die Begegnung mit Johanna. Was für ein dummer Zufall! Und noch dümmer war ihre eigene Reaktion gewesen. Sie hätte viel vorsichtiger sein müssen. Johanna würde sie doch nicht verraten? Jedenfalls nicht absichtlich, beruhigte sie sich. Hätte sie ihr doch wenigstens klargemacht, dass sie niemandem etwas über ihre Fahrt erzählen durfte. Chur, dachte Julia. Von ihrem Ziel konnte Johanna ja gar nichts wissen. Sie hatte doch nur von einem Zug gesprochen. Erleichtert atmete sie tief durch, holte ihr Handy heraus. Sie berührte das grüne Fenster mit dem weißen Telefonhörer auf dem Bildschirm und öffnete ihre Anrufliste. Es waren einige neue Anrufe eingegangen, und sie überflog die Nummern und Namen. Die Nummer mit der Schweizer Vorwahl, auf die sie so sehr hoffte, war nicht dabei. Warum rief Maxim sie nicht wieder an?

Sie hatte, schon als sie das Haus ihres Vaters verließ, den Klingelton abgestellt, um sich nicht dadurch zu verraten. Und im Zug erschien es ihr auch klüger, nicht durch dauernde Anrufe auf sich aufmerksam zu machen. Fünf Anrufe in Abwesenheit kamen von einer Mobilnummer, die sie nicht kannte. Das musste Simones Handy sein, dachte sie. Sie wusste, dass der neuen Frau ihres Vaters nicht im Geringsten daran gelegen war, sie zurückzuholen. Aber natürlich musste sie mit Niks Vorwürfen rechnen, wenn sie nicht einmal in der Lage war, auf seine sechzehnjährige, frisch operierte Tochter aufzupassen. Dann kamen Anrufe ihres Vaters und SMS, in denen er sie immer inständiger bat, sich zu melden. In der vierten Nachricht kündigte er an, nunmehr die Polizei zu informieren. Julia hielt sich die Hand vor den Mund.

Ob er das womöglich schon getan hatte? Und da musste sie noch ausgerechnet Johanna in die Arme laufen!
Sie sah nur einen Empfangsbalken und verwarf die Überlegung, ihr noch eine SMS zu schicken oder sie anzurufen. Das Guthaben ihrer Prepaid-Karte war bald aufgebraucht, und sie kam im Moment nicht ins Internet, um über WhatsApp mit ihr zu kommunizieren. War Johanna eine Petze?
Kurz streifte sie der Gedanke, warum sich ihre Mutter gar nicht mehr meldete, seit sie wieder nach Chemnitz gefahren war.
Sie schob die unangenehmen Überlegungen beiseite: Jetzt konnte sie sowieso nichts mehr retten! Julia steckte das iPhone in die Schutzhülle und packte das blaue Heft aus:

Zwischen seinen Lippen, aus denen irgendwelche fremden, harten Worte kamen, war diese schwarze Zahnlücke. Ich betete, und mir fiel plötzlich meine bevorstehende Hochzeit ein und dass sie jetzt nicht mehr stattfinden würde, das weiß ich noch genau, und ich flüsterte: »Lieber Gott, lass mich sterben.« Da tauchte aus der Dunkelheit hinter ihm der Umriss eines anderen Soldaten auf. Er erteilte einen kurzen Befehl. Der Soldat über mir stieß einen russischen Fluch aus, stand aber sogleich auf und salutierte vor dem Offizier. Es war der Befehlshaber der Besatzungsdivision. Auf der linken Brust seines grünen Feldmantels steckten Orden, und die Epauletten waren dunkelrot. Er sagte etwas zu den anderen Soldaten, kurz angebunden, ohne laut zu werden. Erst jetzt nahm ich wahr, dass sie schon im Rückzug waren und die Leiter herunterkletterten. Die Mägde und meine Schwester wimmerten, zogen sich die Unterwäsche hoch und bedeckten sich mit ihren Röcken. Christels Auge war zugeschwollen, ihre Lippe aufgeplatzt. Mutti lag auf der Seite, hob den Kopf, das Gesicht blutüberströmt. Trotzdem musste ich lachen, und die Tränen liefen mir über die Wangen. Der

Offizier blieb stehen und wandte sich mir zu. Ich schlug mir die Hand vor den Mund, denn jetzt kamen diese schrecklichen erstickten Laute heraus, wie immer, wenn ich schluchze.
»Wird es gehen?«, fragte er auf Deutsch.
Ich nickte, doch die Geräusche hörten nicht auf. Jetzt machte er sich Sorgen um mich. Er streckte die Hand in Richtung meines Gesichts aus, und ich wich zurück. »Keine Angst! Aber Sie müssen ruhig atmen.« Vorsichtig wischte er mir mit den Fingern den Schmutz aus dem Gesicht, und diesmal ließ ich ihn gewähren.
»Ich habe keine Angst!«, stieß ich hervor, aber da wurde ich von einem noch hysterischeren Heulkrampf übermannt. Er schaute mir in die Augen, und ich starrte ihn durch die Tränen hindurch an. Meine Nase lief, aber ich hatte nicht mal einen Stofffetzen, den ich als Taschentuch benutzen konnte. Er holte ein zusammengeknülltes Stück Leinen aus der Tasche und gab es mir. Ich war zu durcheinander, um es abzulehnen, und putzte mir lautstark die Nase. Der Stoff fühlte sich schön an.
»Es tut mir leid, dass ich nicht früher hier sein konnte. Dann hätte ich das …«, er deutete auf die anderen Frauen, »… verhindern können.«
Ich sah ihn nur stumm an und wunderte mich, dass er so gut Deutsch sprach. Dann hörte ich Stimmen. Es waren Männerstimmen, und sie wurden lauter. Im selben Moment erschien der Kopf unseres Schweizers auf der Leiter, kurz über dem Holzboden. Nachdem er ganz hinaufgeklettert war, folgte ihm ein anderer Mann. Es war Karl Gerber, er hatte sein Jagdgewehr in der Hand. Als er mich entdeckte, kam er auf mich zu. Ich muss ein schreckliches Bild abgegeben haben, mit den zerzausten, schmutzigen Haaren, den Tränenspuren im staubigen Gesicht, und mir wurde klar, was er denken musste. Schon aus der Entfernung richtete er den Lauf auf den Offizier.

»Was haben dir die Schweine angetan?«, fragte er mich. Aus seiner Stimme konnte ich Wut, aber auch Angst heraushören. Als der Offizier, der mit dem Rücken zu ihm stand, sich umwandte und mit ruhiger Stimme fragte, ob er von seinen russischen Kameraden spreche, sah ich Karl deutlich die Überraschung im Gesicht stehen. Er hatte nicht damit gerechnet, dass der Russe Deutsch sprach.

»Fahrkartenkontrolle!«
Julia zuckte zusammen. Der Schaffner war von hinten gekommen und stand jetzt breitbeinig neben ihr. Er musterte sie, während sie hektisch in ihrer Tasche nach dem Portemonnaie herumsuchte.
»Ganz allein unterwegs?«, fragte er beiläufig.
Julia hielt ihm ihre Fahrkarte entgegen. Sie mied seinen Blick, als sie antwortete: »Ich besuche meine Tante.«
»Sind die Ferien nicht gerade vorbei?«
Er wippte ein wenig auf den Schuhspitzen, betrachtete erst den Fahrschein, dann ihre verbundene Hand, schließlich ihre Reisetasche. Zwar knipste er mit der Zange ihre Fahrkarte und gab sie ihr wieder zurück, doch er rührte sich nicht von der Stelle, sondern wartete auf ihre Antwort.
»Pädagogischer Tag«, fiel Julia ein. »Die Lehrer haben ihren pädagogischen Tag«, wiederholte sie und fand, dass es diesmal richtig überzeugend klang. »Deshalb ist heute schulfrei.«
Sie hielt seinem durchdringenden Blick stand. Schließlich nickte er und drehte sich wortlos weg.
Sie steckte die Fahrkarte ein und ärgerte sich über sich selbst. Sie musste lernen, in solchen Situationen gelassener zu bleiben. Hoffentlich hatte er keinen Verdacht geschöpft. Sie sah ihm nach, bis er den Waggon verlassen hatte, dann klaubte sie ihre Jacke und die Taschen zusammen, lief in die entgegengesetzte

Richtung und suchte nach einem neuen Platz im Abteilwagen. Nach einigem Suchen fand sie ein leeres Abteil, in dem sie ihre Sachen verteilte und sich wieder in Elsas Tagebuch vertiefte:

Er hatte nicht damit gerechnet, dass der Russe Deutsch sprach. Dessen Ausdruck verhärtete sich, als er Karls Gewehr erblickte.
»Waffe weg!«, befahl er.
Ich stand so nah neben ihm, dass ich bemerkte, wie er beim Einatmen die Muskeln anspannte. Keiner regte sich auch nur einen Zentimeter. Die Frauen und der Schweizer verharrten in atemloser Stille.
»Wenn du schießt, bist du ein toter Mann. Und alle hier … werden dafür bestraft.«
Ich sah, wie Karls Hand zitterte. Hilflos tat ich das Einzige, was mir einfiel. Ich lief auf ihn zu, um ihn umzuwerfen. Als ein Schuss krachte, drehte ich den Kopf in Richtung des Offiziers. Er stand wie angenagelt da. Karl hatte im Fallen in die Luft geschossen. Sofort war der Schweizer über ihm, entwaffnete ihn, warf das Gewehr auf den Holzboden, kickte es mit dem Fuß in Richtung des russischen Offiziers und sah ihn abwartend an. Wieder herrschte einen Moment lang Stille.
»Bring ihn weg von hier«, sagte der Offizier.
Der Schweizer nickte nur, packte Karl an der Kleidung und zog ihn hoch. Karls Blick, als er zur Leiter geführt wurde, werde ich nie vergessen. Er fühlte sich gedemütigt.
Doch es war noch lange nicht vorbei: Als wir endlich wieder in unser Wohnhaus zurückkonnten, merkten wir mit Entsetzen, dass die Russen inzwischen alles durchsucht und sämtliche Lebensmittel, Kleider und Schuhe geraubt hatten. Unser einziger Trost waren die Wertsachen, die wir auf Geheiß unseres klugen Großvaters schon vor Wochen so gut versteckt hatten, dass weder die Amerikaner noch die Russen noch sonstige Räuber

sie finden konnten. Doch diese würden uns in den bevorstehenden schweren Zeiten weder satt machen noch wärmen. Macht- und kraftlos brachten wir Mutti und Christel in ihre Betten. Jemand hatte schon den Doktor gerufen, der ihre Verletzungen untersuchte. Zum Glück hatte Mutti doch nur eine Platzwunde und keinen Schädelbruch, wie wir erst dachten. Christel gab uns aber Anlass zu Sorgen: sie konnte auf dem einen Auge nichts mehr sehen. Dr. Holler machte uns Hoffnung, dass es nur die Schwellung sei, und verordnete Kühlung. Wir begannen noch am selbigen Abend, das unvorstellbare Durcheinander, das die Russen hinterlassen hatten, aufzuräumen. Nur Edith bedachte mich mit einem ihrer kalten Blicke und ließ sich von einer Magd Wasser aufkochen. Als ich später in das Badezimmer kam, hörte ich sie hinter dem mit Stoff bespannten Paravent schluchzen. Ich sah nach, und da saß sie weinend in der Wanne, rieb sich mit der Wurzelbürste ab. Ihre Haut war knallrot, auch das Wasser war bereits rot gefärbt, als hätte jemand Farbe hineingekippt. Sie hatte sich blutig geschrubbt. Vielleicht blutete sie auch zwischen den Beinen, das konnte ich nicht erkennen.

Als sie mich bemerkte, zischte sie mir zu: »Hast du gesehen, wie sie Christel zugerichtet haben? Dich hat der Offizier gerettet, aber für sie und mich war es schon zu spät … Immer bist du diejenige, die Glück hat!« Sie begann wieder, ihre Brust abzubürsten und dabei leise zu wimmern. Sie tat mir so leid, und in diesem Moment begann ich, mich mitschuldig zu fühlen. Ich ging neben der Wanne in die Hocke und strich ihr über das Haar. Dann fasste ich nach ihrer Hand, nahm ihr die Bürste ab und half ihr aus dem Wasser, um sie in ein sauberes Leintuch zu wickeln. Sofort färbte es sich an manchen Stellen rosa ein. Ihr Blick war leer.

»Glaubst du … ich meine … hat er?«, stammelte ich. Ich wusste nicht, wie ich sie danach fragen sollte. Ich wusste ja nicht einmal,

was genau ich wissen wollte. Was die Soldaten den Frauen für Gewalt antaten, das hatte uns nie jemand gesagt. Es gab nur Andeutungen, wie schrecklich es sei. Und dass man danach schwanger sein konnte oder die Franzosenkrankheit bekommen konnte oder Filzläuse oder alles zusammen. Edith nickte nur schwach.

»Ja, er hat«, bestätigte sie meine vagen, schlimmen Vorstellungen. Befiehl dem Herrn deine Wege und hoffe auf ihn, er wird's wohl machen.

Julia sah auf. Wie seltsam deplaziert dieser fromme Spruch wirkte, dachte sie. Ob Elsa wirklich so religiös gewesen war? Hatte sie das etwa zu ihrer Schwester in dieser Situation gesagt? Dann hätte sie Ediths Hassgefühle sogar verstehen können. Erinnerungen stiegen in ihr hoch, an ihre letzte Geburtstagsparty und daran, wie sie danach mit einem Filmriss und heruntergezogener Hose auf dem Boden des Badezimmers aufgewacht war. Neben sich eine leere Kondompackung. Wenn ihr danach jemand zum Trost einen Bibelspruch zugerufen hätte …

Ein Mann ging an ihrem Abteil vorbei und sah hinein. Er verlangsamte seinen Schritt. Es war der Schaffner von vorhin.

Toni

Sie wartete schon eine halbe Stunde vergeblich an dem vereinbarten Treffpunkt. Toni war es gewohnt, zu warten. Viele der Prominenten, die sie interviewte, waren unpünktlich. Es gehörte zu ihrem Beruf als Boulevardjournalistin, mit den Allüren und Allmachtsgefühlen der Reichen und Erfolgsverwöhnten umzugehen.

Über ihren heutigen Gesprächspartner würde sie nicht berichten. Er war einer ihrer Informanten, und vor allem musste sie bei ihm vorfühlen, wie viel bestimmten Personen ihr Schweigen wert war. Sie sah zum Fenster heraus. Der Blick aus dem Bergrestaurant auf dem Muottas Muragl war auch um diese Zeit noch überwältigend schön. Im Tal lag Celerina, der italienischste aller Orte im Drei-Seen-Gebiet. Sie konnte die blinkenden Lichter der Pistenraupen auf der Trais-Fluors-Abfahrt im bläulich wirkenden Schnee sehen. Die Abfahrten wurden für den nächsten Skitag präpariert.

Toni bestellte sich noch ein Glas Rotwein, da sah sie ihn kommen. Mit seiner Körperlänge von fast zwei Metern passte er kaum durch den Türrahmen. Ungewöhnlich für einen Russen, dachte Toni. Aber er gefiel ihr trotzdem nicht. Vor allem die gelben Zähne in dem schmalen Mund fand sie abstoßend. Er zog das linke Bein nach, während er auf ihren Tisch zuging, und strich sich die schulterlangen Haare hinter die Ohren. Er musterte die anderen Gäste und schien sie innerlich zu scannen.

»Keine gute Idee, sich hier zu treffen«, sagte er statt einer Begrüßung und sah sich immer noch unbehaglich um.

»Wieso, ist doch nett hier«, meinte sie und setzte eine Unschuldsmiene auf. Er gehörte nicht zu dem Personenkreis, mit dem sie sich gerne spätabends in abgeschiedener Umgebung verabredete. Er sah sie aus schmalen Augen an, und ihr wurde es ein wenig unbehaglich. Sie hatte sich heute Abend nicht besonders viel Mühe mit ihrem Äußeren gegeben, sondern hatte die Haare nachlässig zu einem Pferdeschwanz gebunden, war ungeschminkt und trug ihr schwarz-weißes Holzfällerhemd. Vielleicht nicht die richtige Aufmachung, um einem Mann Informationen zu entlocken, dachte sie jetzt beschämt.

»Zu viele Leute, die man an anderen Engadiner Orten trifft … aber machen wir's wenigstens kurz.«

Er bestellte sich ein Bier und nahm den Stapel mit den Pappdeckeln in die Hand.

»Man hört, dass dein Arbeitgeber neuerdings in Hühnermast und Biogas investiert, ist das eigentlich nicht …«

»Nein, nein, nein, so läuft das nicht«, unterbrach er sie und stieß den Stapel mit den Bierdeckeln ungeduldig auf den hellen Holztisch auf.

»Zuerst du! Was weißt du über Maxims Freunde und diese Skitour?«

»Also gut, Zug um Zug.«

Toni hatte sich sehr genau überlegt, wie viel sie insgesamt bereit war, von ihrem Wissen preiszugeben, um ihm etwas zu entlocken.

»Es waren zwei Jungs und ein Mädchen dabei, die mit Maxim in der Schule sind.«

Sie registrierte, dass seine langen, schwarz behaarten Finger ungewöhnlich geschickt mit den Bierdeckeln hantierten.

»Ein Mädchen namens Vicky, Benni und Marcel Freiherr von Woletzki.«

»Was weißt du über den?«, hakte er ein.

»Na ja, sein Vater betreibt seit etwa einem Jahr eine gutgehende Kunstgalerie in Zürich, vorher war er Geschäftsführer des inter-

nationalen Auktionshauses Lengley's in Frankfurt, er ist mit Susanne Sander liiert, die Geschäftsführerin des genannten Auktionshauses in Zürich …«
Sie stellte fest, dass er gelangweilt wirkte.
»Der Sohn, also Marcel, hat bislang eine ziemlich bemerkenswerte Karriere hingelegt: von zwei Schulen geflogen, wegen Drogendelikten in Deutschland straffällig geworden …«
Immer noch zeigte er keine Regung.
»Erzähl mir doch mal etwas, das ich noch nicht weiß!«, unterbrach er sie.
Toni versuchte es weiter mit Belanglosigkeiten: »Da waren noch vier Deutsche mit auf der Tour. Die zwei Brüder von Marcel von Woletzki und zwei Mädchen.«
Der Langhaarige schwieg.
Toni zögerte, dann sagte sie leise: »Es gab da einen Vorfall im Internat. Das ist aber eine absolute Insiderinformation. Danach bist du erst mal dran.«
Er nickte. »Ich höre?«
»Dabei wurde ein Mädchen aus einer höheren Stufe vergewaltigt. Inzwischen ist sie tot. Ihre Leiche wurde letzte Woche im Gletscher gefunden.«
Ein kaum sichtbares Zucken verlief durch seine rechte Gesichtshälfte. »Ja, die Nachricht war in deiner Zeitung, und weiter?«
Sie stieß verächtlich Luft aus. »Aber nicht die von der Vergewaltigung. Marcel, Maxim und Vicky waren nämlich dabei …« Bennis Namen unterschlug sie in diesem Zusammenhang ganz bewusst. »Außerdem …«
»Was?«
»… habe ich herausgefunden, dass im Internat in großem Stil mit Drogen gehandelt wird, und ich bin mir ziemlich sicher, dass diese Vicky, Marcel oder Maxim oder alle drei eine entscheidende Rolle dabei spielen. Ich frage mich nur noch, wer der Draht-

zieher der ganzen Sache ist. Ich weiß, dass sie ihn Lucky nennen. Aber das dürfte dir sicher geläufiger sein als mir, oder? Schließlich warst du ja lange Zeit der Bodyguard von Maxim, oder sollte ich besser sagen … der Stofflieferant? Ihr solltet euch mal überlegen, was es euch wert ist, wenn ich mein Wissen für mich behalte.« Sie hob das Kinn und sah ihm herausfordernd in die Augen. »Jetzt bist du dran!«

Er wich ihrem Blick nicht aus, zögerte seine Antwort aber einen Moment hinaus. Dann bekam sein Gesicht einen schadenfrohen, höhnischen Ausdruck. »Teilweise liegst du gar nicht falsch. Hätte ich dir gar nicht zugetraut. Allerdings täuscht der erste Anschein bekanntlich in manchen Fällen. Und ob du mir besonders dankbar sein wirst, wenn du die Wahrheit hörst, bezweifle ich. Die kann nämlich ab und zu sehr schmerzhaft sein. Bist du sicher, dass du es wissen willst?«

Sie nickte langsam.

»Diese Drogendealerei ist für mich nichts Neues, läuft schon mindestens seit einem Jahr.«

Toni sah ihn unbewegt an. »Na und?«

»Willst du nicht wissen, wie ich es herausgefunden habe?«

Toni trank einen Schluck Rotwein und wischte sich die Lippen undamenhaft mit dem Handrücken ab. »Ich nehme an, du hast da ähnliche Methoden wie ich … Spitzel halt.«

»Maxim hatte im Februar letzten Jahres einen Kreislaufkollaps bei einem Wettkampf und musste ins Spital. Dort stellten sie eine hohe Konzentration von Ritalin in seinem Blut fest.«

»Ist das nicht dieses Mittel, das man ADS-Kindern gibt?« Sie wartete seine Antwort nicht ab und sprach weiter: »Schon klar, gut geeignet für Prüfungsstress … soll ja die Aufmerksamkeit fördern.«

Er nickte und fuhr fort: »Außerdem fanden sie noch Spuren von Metoprolol. Das ist ein Betablocker, hilft gegen Nervosität,

Händezittern und so weiter, hat aber auch starke Nebenwirkungen.«

»Alles verschreibungspflichtig.«

»Da hat mich Gregorij beauftragt, Nachforschungen anzustellen.«

»Ich nehme an, du warst erfolgreich.«

»Allerdings, das bin ich immer.«

»Glaubst du, dass Sybilles Tod und das Verschwinden von diesem anderen Schüler etwas damit zu tun haben?«

Der Langhaarige starrte sie an und bewegte leicht den Oberkörper vor und zurück. »Dazu sage ich nichts.«

»Also, das heißt wohl ja. Wie kommen sie denn nun an die Medikamente?«

»Für Lucky stellt es kein größeres Problem dar, Rezepte auszustellen, er hat da eine gute Quelle … eigentlich ist der Name: …«

Er verstummte und formte die Buchstaben unhörbar mit dem Mund.

Toni wurde es siedend heiß, als sie ihm den Namen von den Lippen ablas, denn das bedeutete, dass sie sich in zwei Menschen sehr getäuscht hatte und sie selbst und mindestens noch eine andere Person in großer Gefahr waren.

Johanna

Einige Sekunden blieb sie wie angewurzelt an der Stelle stehen, an der sie Julia getroffen hatte. Die Begegnung mit Julia schien ihr fast irreal. Doch dann erwachte sie aus ihrer Trance.

»Arrogante Ziege«, sagte sie laut und rannte in die Richtung, in die Julia verschwunden war. Julia hatte sich schon vor ihrem Unfall in St. Moritz für etwas Besonderes gehalten, aber jetzt schien sie völlig durchzudrehen. Johanna sah sich um: Es musste ein Zug sein, der kurz vor der Abfahrt war oder sich soeben in Bewegung setzte. Gleis 7: leer. Gegenüber auf Gleis 6 stand der Isarsprinter nach München bereit, aber der fuhr erst in acht Minuten. An Gleis 5 setzte sich gerade ein ICE nach Köln in Bewegung. Konnte das der richtige sein? Am Nachbargleis sah sie noch die Rückleuchten eines Zugs. Auf der Anzeigetafel stand Zürich als Zielbahnhof. Zurück in die Schweiz? Hatte Julia nicht eben gesagt, es ginge um Leben und Tod? War sie nicht vor kurzem dem Tod ziemlich nahe gewesen? Reichte ihr das nicht?

Auf dem Bahnsteig kam Johanna ein Mann in blauer Uniform entgegen, und sie nahm ihren Mut zusammen: »Entschuldigung, haben Sie hier zufällig in letzter Sekunde ein Mädchen einsteigen sehen? Mit blonden Haaren, einem dicken, grauen Wollschal, einem grünen Parka und einer Glitzertasche.«

»So seht ihr doch alle aus, wenn du mich fragst. Eine wie die andere, ist doch auch 'ne Art Uniform, oder?« Er tippte sich an das Schild seiner Kappe und grinste freundlich.

Enttäuscht senkte sie den Kopf und ging weiter, als ihr jemand auf die Schulter tippte. Es war der Bahn-Mitarbeiter. Er hielt etwas in der Hand: einen kleinen grauen Wollzopf. »Damit ist

deine Freundin wohl irgendwo hängengeblieben«, kommentierte er seinen Fund.
Es war eine der geflochtenen Fransen von Julias Schal. Jetzt wusste sie wenigstens, dass Julia auf dem Weg nach Zürich war. Während sie die Rolltreppe zu den U-Bahnsteigen herunterfuhr, rief sie die Fahrplanauskunft in ihrem Smartphone auf. Sie musste herausfinden, wann und wie man von Zürich weiter nach Zuoz kam. Denn wohin sollte Julia sonst unterwegs sein? Es gab nur diese Erklärung: Sie wollte zurück zu Maxim.
Johanna schweifte in Gedanken zurück zu den Tagen in St. Moritz, zur Skitour. Der Moment, als sie noch alle zusammen vor der Scharte gestanden hatten, kam ihr inzwischen so unwirklich und unendlich weit entfernt vor. Benni, diesem sympathischen, angeblich so besonders klugen Jungen, war es nicht gutgegangen, Vicky hatte ihm daraufhin irgendwelche Tabletten gegeben, und Johanna erinnerte sich noch gut an die Grimasse, die Maxim deshalb gezogen hatte. So böse hatte sie ihn vorher nie gesehen. Hatte er vielleicht eine Abneigung gegen Medikamente? Was war das später für ein seltsames Gespräch zwischen Vicky und Marcel gewesen? Sie hatte etwas von Abrechnen gesagt. Und warum war Marcel dauernd so ausgerastet? Natürlich hatten sie sich alle in einer Extremsituation befunden. Da blieb niemand ruhig. Aber Johanna hatte das Gefühl gehabt, dass mehr dahintersteckte. Wieder und wieder hatte sie sich die Szene angesehen, die Vicky ins Netz gestellt hatte. Den Moment, als Benni unter dem abgehenden Schneebrett hindurchfuhr, und die Reaktion von Marcel. Es sah so aus, als habe Marcel fest damit gerechnet, dass etwas passieren würde.
Genau, dachte Johanna, ich muss Benni anrufen. Sie ging den Bahnsteig entlang und tippte seine Nummer, während die U-Bahn einfuhr. Er hatte sie ihr sofort bei ihrem ersten Treffen auf einer der Hütten gegeben und meldete sich gleich nach dem zweiten Klingeln.

»Ja?«, meldete sich seine müde Stimme.
»Benni? Hier ist Johanna.«
»Johanna ... Johanna wer?«, fragte er desinteressiert.
»Na, ich bin's. Johanna aus Frankfurt.« Sie hätte fast aufgelegt, so gekränkt war sie. »Wir waren zusammen auf der Skitour, weißt du nicht mehr?«
»Doch ... doch ... natürlich erinnere ich mich. Ich habe nur nicht mit dir gerechnet. Das ist aber eine Überraschung!« Seine Stimme klang jetzt wieder so nett und herzlich, wie Johanna ihn in Erinnerung hatte. »Wie geht's dir?«, fragte er.
»Super!«
»Toll, das klingt toll!«
Es entstand eine peinliche Pause. Johanna holte Luft: »Julia ist auf dem Weg nach Zuoz. Ich vermute, dass sie zu Maxim will, und ich kann von hier aus nichts tun, du hast ja vielleicht von der Sache mit ihren erfrorenen Fingern gehört, und da wäre es besser ...«
»Mann! Scheiße, was will die denn hier? Maxim ist doch gar nicht in der Schule, sondern im Kantonsspital, in Chur, weiß sie das denn nicht?«
Johanna atmete tief ein und überlegte. Doch, vermutlich wusste Julia davon, und sicher war dann auch Chur ihr Ziel.
»Was will sie denn von ihm?«, fragte Benni.
»Ich dachte eigentlich, dass ich das von dir erfahren könnte.«
»Von mir? Wieso?«
»Also sie hat davon gefaselt, dass nach so einem Erlebnis, also der Skitour und dem Unfall ... nichts so sei wie vorher und dass es um Leben und Tod ginge.«
»Um Leben und Tod? Wie meint sie das?« Benni sprach auf einmal viel lauter als vorher.
»Keine Ahnung. Jedenfalls hatte ich gehofft, dass du sie vielleicht vom Bahnhof abholen und dich um sie kümmern könntest ... nur so lange, bis ich oder mein Vater nachkommen.«

Benni antwortete nicht.
»Benni? Bist du noch da?«
Nach einer Weile hörte sie wieder seine Stimme: »Ja … klar, mache ich. Weißt du zufällig, wann sie ankommt?«
»Also sie muss vor zehn Minuten den Zug von Frankfurt nach Zürich genommen haben. Ich sehe gleich nach den Verbindungen … allerdings ist jetzt gleich mein Guthaben leer … diese dämlichen Prepaid-Karten …«
»Okay, das kann ich selbst nachseh…«
Das Telefonat wurde abrupt unterbrochen. Johanna sah auf ihr Display und fluchte. Warum war ihr Vater auch immer so geizig und schloss nicht endlich einen vernünftigen Mobilfunk-Vertrag für sie ab, so wie andere Eltern auch. Sie stieg in die Bahn. Jetzt konnte sie nur hoffen, dass Benni sich um Julia kümmerte, wenn sie in Chur ankam, und dass ihr Vater zu Hause war, damit sie ihm alles erzählen konnte. Er würde am besten wissen, was jetzt zu tun war.
Die unverkennbaren Laute aus dem Schlafzimmer ihres Vaters hörte sie schon, als sie die Wohnungstür aufschloss. Das Wort »Scham« reichte nicht aus, um das zu beschreiben, was sie jedes Mal empfand, wenn das Stöhnen, Schreien und rhythmische Klappern des Bettgestells durch die Wohnung drang. Seit Claudia hier bei ihrem Vater eingezogen war, hörte sie es häufig, aber soviel sie wusste, weilte ihre neue Stiefmami doch in Chemnitz. War sie etwa vorzeitig zurückgekommen?
Johanna hätte, wie sonst auch, in ihr Zimmer gehen und die Musik bis zum Anschlag aufdrehen können. Aber diesmal nicht! Sie würde jetzt gleich zu ihm gehen, um ihrem Vater von Julias Rückreise in die Schweiz zu berichten. Sie stieg auf die Treppenstufe zur oberen Etage und setzte ihre UGGs dabei so hart auf, dass der Beton einen dumpfen lauten Ton von sich gab und ein wenig vibrierte.

Sie rief so durchdringend nach ihrem Vater, dass er es unmöglich überhören konnte: »Papaaa? Bist du zu Hause? Ich muss dir was sagen!«
Dann knallte sie ihren Absatz auf die nächste Stufe. Dongggggg.
Als sie die Mitte der Treppe erreicht hatte, verstummten die Geräusche von oben. Bevor Johanna oben ankam, wurde die Schlafzimmertür aufgerissen und Nicolas erschien mit einem schwarzen Betttuch um die Hüften in der Tür.
»Johanna! Was machst du für einen Lärm? Was ist los?«, fragte er atemlos.
Seine Tochter versuchte zu vermeiden, einen Blick in das Schlafzimmer zu werfen. »Julia ist von ihrem Vater abgehauen … und sie ist auf dem Weg nach Chur, zu Maxim ins Krankenhaus.«
Nicolas wollte gerade antworten, doch da schmiegte sich von hinten ein blasser, nackter Frauenkörper an seinen Rücken. Schneeweiße, glatte Arme legten sich um seinen Hals, und das breite, schöne Gesicht von Tatjana Kurnikowa erschien in dem Türspalt. Sie blies sich eine wirre, ebenholzfarbene Haarsträhne aus dem Gesicht, streckte die Hand aus und legte Johanna den Zeigefinger unter das Kinn. Dann sagte sie mit heiserer Stimme: »Das wundert mich gar nicht. Sie ist nicht die Erste, die meinem Neffen verfallen ist. Er ist ziemlich unwiderstehlich … liegt übrigens in der Familie. Mach dir keine Sorgen, Täubchen. Es kostet mich nur einen Anruf … wir haben genug Personal, das sich hingebungsvoll um Julia kümmern wird, sobald sie ankommt.«

Heike

»Gregorij!«, seufzte Heike, als sie ihre Wange an seine Brust presste und tief seinen Geruch einsog.
»Heike? Was tust du hier?«
Heike hob verwundert den Kopf. Das hörte sich gar nicht erfreut an, sondern seine Stimme klang eher verärgert.
Fast bekam sie ein schlechtes Gewissen wegen ihrer Anwesenheit an diesem Ort und setzte zu einer Erklärung an: »Das ist eine ziemlich lange Geschichte. Ich bin mit meiner Freundin nach Chemnitz gekommen. Ihre Familie hat hier so einen alten Bauernhof … also eigentlich ist es mehr als das, die haben ein ziemlich beeindruckendes Herrenhaus und Ländereien … aber das tut ja jetzt nichts zur Sache, jedenfalls … also du wirst es mir gar nicht glauben, das ist alles so ungeheuerlich … ich wollte nur mein Ladegerät aus dem Kofferraum holen, da kommt diese Frau, stößt mich von hinten auf die Ladefläche, haut die Klappe zu und fährt wie eine Geistesgestörte mit meinem Cayenne davon … und ich hinten drin …«
In Gregorijs Augen blitzte plötzlich ein ungewöhnlicher Gelbton auf, der ihr bisher noch nicht aufgefallen war.
»Das heißt, sie hat dich entführt und nicht …« Er stockte.
»Und nicht was?« Heike sah ihn erwartungsvoll an.
»Ach, egal!« Er strich ihr über das Haar. »Aber da hast du ja etwas Schreckliches erlebt! Bist du auch nicht verletzt?«
Heike sah ihn erleichtert an. Endlich brachte er echtes Mitgefühl für sie auf. »Doch, ein wenig schon … hier …«, sie rieb sich die Beule an ihrem Hinterkopf und deutete auf ihren Rücken. »Eigentlich hast du recht, es war eine regelrechte Entführung. Und dann hat sie mich hier in der Kälte zurückgelassen und ist einfach abgehauen. Ich hätte erfrieren können!«

»Duschka«, flüsterte er ihr ins Ohr und berührte sie dabei mit den Lippen. Sie bekam sofort eine Gänsehaut. »Ich bin so glücklich, dass dir nichts Schlimmeres passiert ist.«

Gregorij strich mit zwei Fingern den pinken Kaschmirschal über ihrem Dekolleté zur Seite und ließ seine Hand über ihre nackte Haut weiter nach unten gleiten. Heike sah ihm mit unverhohlenem Verlangen in die gelben Augen. Sie wollte ihn endlich fragen, was er überhaupt hier zu tun hatte, als er ihr schon wieder zuvorkam: »Aber sag mal, mein Liebling, wo ist denn jetzt deine Freundin … Claudia heißt sie, oder?«

»Vermutlich sucht sie mich auf dem Gutshof.«

»Hier!« Gregorij hielt ihr sein Blackberry entgegen: »Dann solltest du sie schleunigst anrufen und ihr beschreiben, wo sie dich finden kann.«

Heike nickte: »Ja, du hast recht. Sie macht sich sicher Sorgen … und dann fahre ich zurück zum Gut. Aber ich muss sie von meinem Handy aus anrufen, ihre Nummer weiß ich nicht auswendig.«

»Wäre es nicht besser, sie käme gleich hierher?«

Heike sah ihn an: »Aber wie denn? Sie hat doch gar kein Auto. Wir sind schließlich zusammen in meinem Wagen nach Chemnitz gefahren.«

Gregorij sah sie unverwandt an.

»Aber sag mal, was ich dich die ganze Zeit schon fragen wollte: Was tust du eigentlich hier?«, fragte Heike.

Plötzlich verhärtete sich Gregorijs Gesichtsausdruck, und über ihre Schulter hinweg starrte er auf den Eingang zum Friedhof. Heike drehte sich um, sah einen glatzköpfigen Mann mit einem Jagdhund durch das Tor treten. Dann überlief sie ein Schauer: Hinter ihm kamen zwei Frauen. Sie trugen beide ein Kopftuch. Eine davon war kleiner, älter als die andere, unter ihrem Tuch mit Trensenmuster schauten silberne Strähnen heraus. Sie dürfte um die achtzig sein, doch sie ging aufrecht und sah immer noch stark aus. Eine unsichtbare Macht schien sie anzutreiben. In ihr erkannte Claudia ihre Entführerin.

»Gregorij ... das ist die Frau, die mich hierhergebr...«, setzte Heike an, doch dann überlief sie erneut ein Schauer, und sie machte unwillkürlich einen Schritt nach hinten. Die Frau stürzte auf Gregorij zu, umarmte ihn und legte ihm die Hand auf die Wange. »Hartmutchen, da bist du ja!«

Er sprach sanft auf sie ein, und die beiden sahen so vertraut aus, als kannten sie sich schon ewig. Dann sagte er etwas zu den anderen.

Heike beobachtete bestürzt, wie sich alle zu ihr umdrehten und langsam auf sie zukamen. An der Spitze ging eine der Frauen, aber es war nicht diejenige, die sie entführt hatte, sondern die jüngere, mit weit auseinanderstehenden braunen Augen. Heike wich noch weiter zurück und blieb mit dem Fuß an der Beeteinfassung hängen. Sie strauchelte, griff vergebens in die Zweige neben sich. Die Frau packte sie am Handgelenk und rief den anderen über die Schulter zu: »Was machen wir jetzt mit ihr?«

Julia

Als der Schaffner weiterging, vertiefte sie sich wieder in Elsas Tagebuch. Sie wollte endlich erfahren, wie es nach der schrecklichen Nacht auf dem Mühlengut weitergegangen war. Doch wieder stieß sie auf die Seiten, auf denen nur ein Name stand: »Boris«. Hundertfach: »BorisBorisBorisBorisBoris-Boris«.

Julia sah auf. Ihre Großtante musste in diesen Boris ja vollkommen verknallt gewesen sein. Und wie gut konnte sie sie verstehen: Er hatte sie in einer grauenhaften Situation gerettet und vor dem Schlimmsten bewahrt. Genauso ging es ihr auch. Sie hatte das Gefühl, ohne Maxim wäre sie in der Nacht im Gletscher gestorben. Und auch sie glaubte, ohne ihn nicht weiterleben zu können. Auch sie hätte am liebsten Seiten eines Tagebuchs mit seinem Namen gefüllt: Maxim, Maxim, Maxim. Sie blätterte wieder weiter und stieß auf einen neuen Eintrag:

August 1945
Gestern habe ich von unserem Schmied gehört, dass eine Rotbanner Garde in den Kasernen an der Planitzstraße Quartier bezogen hat. Er musste dort vierundzwanzig Pferde beschlagen. Am nächsten Tag bin ich die sechs Kilometer in die Stadt zu Fuß gegangen. Ich habe die Wache vor dem Eingangstor der Kaserne nach Boris Trutz gefragt. Zu meiner Überraschung und Freude hat er genickt und mich passieren lassen. Im Hof der Kaserne wurde exerziert. Mit einem mulmigen Gefühl ging ich an den Soldatenreihen vorbei, und mich verließ auf einmal der Mut. Womöglich waren darunter auch diejenigen, die uns auf dem Heuboden überfallen hatten. Ich war mir auf

einmal sicher, dort in der zweiten Reihe, war das nicht der Soldat mit der Zahnlücke? Ich taumelte, drehte mich um und wollte zurück zum Tor gehen, nur weg von dort. Doch dann rüttelte mich jemand an der Schulter, und ich sah Boris vor mir. Er hielt meine Oberarme im festen Griff und sah mich ernst an. Ich habe sofort verstanden: Er durfte nicht zeigen, dass er sich freute.

Oberstleutnant Boris Trutz befehligt das 841. Artillerie-Regiment der Tschernowetzer Garde in Chemnitz.

Ich habe ihn wiedergesehen, natürlich heimlich. Wir haben uns für den späten Abend im Obstgarten unseres Guts verabredet. Es war schon dunkel, und ich musste mich unter dem Vorwand aus dem Haus stehlen, noch einmal nach unserer trächtigen Kuh Molli zu sehen. Aber bei Edith muss ich äußerst vorsichtig sein. »Was willst du da? Der Schweizer kümmert sich schon um sie!«, blaffte sie und sah mich mit einem Blick an, als könne sie Gedanken lesen. Doch dann fiel mir eine Ausrede ein: »Der Schweizer hat gesagt, dass es vielleicht diese Nacht so weit ist. Wir haben Neumond, da kommen die meisten Kälber und Fohlen zur Welt.«

Sie nickte zwar, aber ihr Blick ging mir durch und durch. Seit der Nacht, als uns die Russen überfallen haben, ist Edith noch viel unerträglicher, misstrauischer und gemeiner geworden.

Boris trug seine Uniform. Er hat die Jacke ausgezogen und auf dem Boden unter dem Kirschbaum für mich ausgebreitet. Danach war sie rot gefleckt.

Er ist so anders als Karl, so viel erwachsener, eben ein richtiger Mann und dabei so unglaublich liebevoll und zärtlich.

Ich liebe ihn, ich liebe nur ihn, ich liebe ihn. BorisBorisBorisBorisBorisBorisBorisBoris … ich kann an nichts anderes mehr denken als an ihn.

Oktober 1945
Christel hat vor drei Tagen ein gesundes Mädchen zur Welt gebracht. Es heißt Irmgard. Mutter redet schon lange nur noch das Nötigste mit ihr, seit es offenbar wurde, dass es nicht das ungewollte Kind eines Russen aus der schrecklichen Nacht im Mai ist. Und Edith hat schon einige Male zu ihr gesagt: »Wir waren zwar nicht lange in der Schule, aber rechnen können wir doch!« Doch Christel lässt sich nicht beirren. Sie scheint das Kind sehr zu lieben.
Ich habe nun schon zwei Monate nicht geblutet. Ich habe es niemandem gesagt.

Julia blätterte in dem Heft und suchte nach weiteren Einträgen über die Begegnungen zwischen ihrer Großtante und Boris. Über einige Monate hatten sie sich in unregelmäßigen Abständen getroffen, und die Seiten des Tagebuchs quollen über vor Elsas verliebten Schwärmereien.
Doch dann stieß sie auf den letzten Eintrag:

16. Februar 1946
Letzten Sonntag habe ich Boris zum letzten Mal gesehen. Er geht zurück nach Russland. Sein Bataillon ist nach Leningrad beordert worden.
Ich bin guter Hoffnung. In zwei Wochen werde ich Karl heiraten. Großvater möchte es so.

Julia sah auf: Guter Hoffnung? Hieß das, ihre Großtante hatte kurz darauf entbunden und vorher noch übereilt den Sohn des Nachbarguts geheiratet? Offiziell war Elsa unverheiratet und kinderlos gewesen. Sie wollte gerade weiterlesen, als ihr Handy klingelte. Die Nummer des Displays zeigte eine Schweizer Vorwahl, und ihr Herz machte einen Sprung: Maxim.

»Hi«, sagte eine ihr bekannte Stimme an ihrem Ohr. »Habe gehört, dass du nach Chur unterwegs bist. Und da wollte ich mich mal melden ...« Die Stimme am anderen Ende kam ihr zwar bekannt vor, doch es war nicht Maxim. »... und dir meine Hilfe anbieten. Wann kommt denn dein Zug an?«
»Oh, Benni, du bist es.« Fieberhaft dachte sie nach: Woher wusste er von ihrer Fahrt nach Chur? Eigentlich kam nur Maxim in Frage, er war der Einzige, dem sie es gesagt hatte. »Planmäßig soll er um drei nach neun da sein ...«
»... Oh, da muss ich ziemlich rasant fahren, um das zu schaffen. Aber ich werd's versuchen und dich zu Maxim bringen. Warte bitte auf jeden Fall auf mich, ja? Versprich es mir. Fahr nicht alleine zu ihm.«
Julia merkte seiner eindringlichen Stimme an, wie wichtig es ihm war. Er war einfach ein guter Kerl. Doch eigentlich war es ihr gar nicht recht. Sie wollte viel lieber mit Maxim allein sein. Wie oft hatte sie sich ihr Wiedersehen ausgemalt. Wie sie sich sachte umarmen würden, jeder darauf bedacht, auf die Verletzungen des anderen Rücksicht zu nehmen. Und in diesen Träumen war kein Platz für Maxims besten Freund.
»Aber warum denn? Es ist lieb von dir, Benni, doch ich kann gut den Bus nehmen.«
»Nein, Julia, versprich mir, dass du wartest, bis ich da bin!«
Julia nickte und antwortete leise: »Okay, wie du willst.«
Sie verstaute das Handy und das Tagebuch in ihrer Pailletten-Tasche, stand auf und machte sich auf den Weg zur Toilette. Über der Glastür, die zum nächsten Waggon führte, sah sie das WC-Schild und ging den Gang entlang darauf zu. Erst als sie genau vor der Glastür stand, bemerkte sie das Foto. Der Anblick des hübschen Jungen mit der römischen Nase und den breiten Augenbrauen ließ sie fast aufschreien. Darüber stand in fetten schwarzen Buchstaben:

!!! GESUCHT!!!

Wir suchen unseren Sohn:
Carsten Bucher.
Geboren 09. 08. 1996
schlank, 183 cm groß, braune Haare, Augenfarbe Braun
Er ist seit dem 16. Dezember 2013 vermisst.

Wir bitten um sachdienliche Hinweise an folgende Telefonnummern:
0176/4490827, 081/2885640 oder an die nächste Polizeiwache.
Belohnung 100 000 CHF

Sandra und Georg Bucher, St. Moritz

In Julias Kopf lief plötzlich ein Film ab. In ganz kurzen Sequenzen switchten die Bilder zwischen den Sekunden ihres Sturzes in der Gletscherspalte und dem Gesicht auf dem Foto hin und her. Das Foto vor ihr auf dem Plakat war gestochen scharf, das in ihrer Erinnerung war verschwommen, es wirkte wie hinter einer Milchglasscheibe. Julia wurde es schwindelig, und sie streckte die Hand nach der Scheibe aus, um Halt zu finden. Und auf einmal wusste sie: Es war kein Milchglas … sondern Eis. Sie hatte das Gesicht dieses Jungen unter einer Eisschicht gesehen.

Marcel

Während der Zugfahrt versuchte Marcel vergeblich, einen Plan zu schmieden. Er dachte immer wieder an Maxims Bodyguard, wie er an ihm vorbeikäme, wie er Maxim überzeugen könnte, ihn nicht anzuzeigen, was er tun würde, wenn er sich nicht davon abbringen ließe. Ob er im Gegenzug einfach ihn bei der Polizei melden sollte, aber was hatte er gegen ihn in der Hand? Und schließlich hing er selbst viel zu tief mit drin, und das bei seinen Vorstrafen in Deutschland. Er konnte keinen klaren Gedanken fassen. Ritalin! Das würde helfen. Damit könnte er sich seine Konzentration zurückholen, es half, sich auf eine Sache zu fokussieren. Er hatte noch eine Packung in der Tasche und drückte schon zwei der kleinen weißen Tabletten aus dem Blister in seine Handfläche. Er hielt die Hand an seine Lippen, zögerte und ließ sie auf einmal zurück in seine Jackentasche gleiten.
Nein! Er wollte endlich frei und von nichts und von niemandem mehr abhängig sein. Warum sollte er nicht endlich auch mal Glück haben. Vielleicht wurde Maxims Zimmer gar nicht mehr bewacht.

Marcel stieg aus dem Zug und lief den Bahnsteig entlang. Sein Blick war auf den Betonboden gerichtet, auf den sauber gefegten, grauen Churer Bahnhofsbelag. Dann hob er den Kopf und sah am Ende des Bahnsteigs, etwa in fünfzig Metern Entfernung, ein Mädchen mit langen blonden Haaren stehen. Sie winkte. Ja, sie winkte ihm zu. Und jetzt erkannte er sie. Es war Julia. Was tat sie hier? Marcel beschleunigte seinen Schritt.
Er sah die beiden Männer von links nicht kommen und war vollkommen überrumpelt, als ihn jemand am Oberarm packte und

mit Engadiner Akzent ansprach: »Sind Sie Marcel Freiherr von Woletzki?«
Marcel hob den Kopf und musterte den drahtigen Mann mit dem Oberlippenbart unsicher. Aber er nickte.
»Ich bin Hauptkommissar Steiner von der Kantonspolizei, und dies hier ist Inspektor Brügger.« Er hielt Marcel seinen Dienstausweis vor das Gesicht und deutete auf seinen Kollegen. »Könnten Sie uns ein paar Fragen beantworten?«
Marcel versuchte verzweifelt, Augenkontakt zu Julia herzustellen, während der andere Schweizer Polizeibeamte ihn filzte. Doch er sah nur noch ihr Profil und wie sie jemanden begrüßte, der von der Seite neben sie trat.
Triumphierend hielt Brügger die Tablettenblister aus Marcels Jackentasche hoch. »Na, besser geht's nicht«, murmelte er.
»Sie sind festgenommen«, sagte Steiner. »Wegen Verstoß gegen das Heilmittelgesetz. Und wo waren Sie am Neujahrstag zwischen 10 und 15 Uhr?«
Brügger legte ihm Handschellen an und band seine Handgelenke damit auf dem Rücken zusammen.
»Diese fiese Sau!«, entfuhr es Marcel. Also hatte Maxim ihn sogar schon vor Ablauf seines Ultimatums verpfiffen.
»Beamtenbeleidigung auch noch?«, fragte Steiner.
»War nicht auf Sie bezogen, und am Neujahrstag habe ich im Bett gelegen und mein Schlafdefizit aufgeholt, wie jeder normale Mensch«, antwortete Marcel und lief gehorsam neben den beiden Polizisten her zum Ausgang. Er drehte sich zu Julia um, die in etwa zwanzig Metern Entfernung wartete und ihn mit offenem Mund anstarrte. Neben ihr stand jetzt ein junger Mann mit Boxernase, rotblonder Mähne und gelblichem Teint: Benni. Marcel sah, wie sie etwas zu Benni sagte, wie sie auf eines der unzähligen Vermisstenplakate an einer Säule deutete. Es zeigte den abgängigen Mitschüler aus dem Alpeninternat, Carsten

Bucher. Dessen Eltern hatten in allen Bahnhöfen und Zügen des Kantons Tausende solcher Plakate aufhängen lassen. Am Rande seines Blickfelds sah er noch, wie Benni fürsorglich den Arm um Julias Schultern legte und sie in die andere Richtung wegführte.

Claudia

Claudia parkte den Karmann Ghia im Hof, tätschelte das Armaturenbrett und sagte: »Wer sagt's denn, aus dem wird noch ein richtig zuverlässiges Transportmittel.«

»Ist ja auch deutsche Wertarbeit!«, stimmte ihr Vater zu.

Sie stieg aus, ging die Stufen zum Herrenhaus hoch und stieß die Tür auf. Hatten sie vorhin in der Eile vergessen, sie zu schließen? Diesmal kam ihr kein Schwall warmer Luft entgegen. In der Eingangshalle fielen ihr wieder die Reitstiefel ihres Urgroßvaters auf. Einer war umgekippt, und sie bückte sich, um ihn ordentlich zurückzustellen.

»Heike? Bist du da?«, rief sie laut und versuchte, zuversichtlich zu klingen. Aber sie ahnte, dass ihre Freundin nicht antworten würde. Als sie sich wieder aufrichtete, registrierte sie, dass etwas fehlte: der graue Persianermantel, der vorhin noch an einem der Garderobenhaken gehangen hatte.

»Seltsam, hast du vorhin diesen Pelzmantel hier hängen sehen? Gehörte er Edith?«, fragte sie, drehte sich nach ihrem Vater um und erstarrte. Er war auf der Freitreppe stehen geblieben, ließ sein Seniorentelefon sinken und schien auf einmal um Jahre gealtert zu sein. In seinem Gesicht stand eine tiefe Traurigkeit. »Sie ist …« Seine Augen röteten sich. »Edith ist tot … es muss kurz nach unserem Besuch passiert sein. Sie haben gerade angerufen …«

Claudia ging zu ihm hin und schob ihn die Treppenstufen hinauf. Sie wollte ihn in den Salon führen, blieb aber ruckartig auf der Schwelle stehen, denn es bot sich ihnen ein Anblick der Verwüstung: Der Inhalt von Schränken und Schubladen lag verstreut auf dem Boden, die Polster der Sofas und Sessel und alle

Kissen waren aufgeschlitzt, Bilder von den Wänden geholt, aus den Rahmen gerissen, das Glas zersplittert.
»Hier hat wohl jemand etwas gesucht«, flüsterte Claudia. Sie stürzte zu dem alten Kirschholzsekretär, tastete nach dem versteckten Hebel und zog an ihm. Es machte ein Klack-Geräusch, und die Klappe des Geheimfachs sprang auf. Claudia atmete erleichtert aus, als sie feststellte, dass das Wirtschaftsbuch, die beiden Testamente und die anderen Verfügungen ihrer Tante ordentlich gefaltet und unberührt aufeinanderlagen. Sie nahm die Dokumente heraus und hielt sie hoch: »Wusstest du davon?«, fragte sie in Richtung ihres Vaters. Erst jetzt bemerkte sie, wie wackelig er auf den Beinen war. Sie strich das aufgeschlitzte Polster eines Sessels glatt und half ihm, sich zu setzen.
Er stöhnte erleichtert auf. Nach einer Weile sagte er: »Natürlich, wir alle kannten das legendäre Geheimfach.«
»Aber ich meine diese Unterlagen.« Sie setzte sich neben ihn und zeigte sie ihm: »Das Wirtschaftsbuch, diese Verfügungen, die beiden Testamente …«
Er nickte langsam und dachte einen Moment nach. »Ich wusste bisher nur von einem einzigen Testament, nicht von einem zweiten, lass mal sehen.«
Claudia reichte ihm das Papier, und er faltete es umständlich auseinander, holte eine Lesebrille aus seiner Brusttasche und begann laut vorzulesen:

»Edith Neumann

In Ergänzung meiner letztwilligen Verfügung vom 09.05.2013

ordne ich weiter an:

Es erhalten je 20000,– Euro:
Christel Höppner, wohnhaft Breitenlehn 45 a, 09127 Chemnitz
Irmgard Höppner, wohnhaft ebenda
Doreen Höppner, wohnhaft ebenda

Irmgard Höppner erhält neben ihrer Vergütung als Testamentsvollstreckerin und für die Tätigkeit bei der Auflösung meines Haushalts das Inventar meines Hauses.
Ausgenommen von der Inventarzuwendung sind das Wohnzimmerbüfett samt Inhalt (Bestecke und Speiseservice) sowie das kleine Ölbild mit dem Männerporträt, unsigniert.
Diese Gegenstände erhält meine Nichte Claudia Neumann, Altkönigstraße 54, Frankfurt am Main.
Chemnitz, den 29.12.2013 Edith Neumann«

Dann legte er das Blatt auf seine Knie, nahm die Brille ab und sagte: »So wollte sie es also, am Ende hat sie sich doch noch mit Irmgard versöhnt … nach alldem …« Er sah sich um. »Vielleicht war es genau das hier, wonach jemand gesucht hat, entweder um es zu vernichten oder es zu seinen Gunsten zu nutzen.«
Claudia führte seinen Gedanken fort: »Wenn es keine lebenden Abkömmlinge oder Eltern mehr gibt, wären nach der gesetzlichen Erbfolge ihre Geschwister, also du und Elsa, zu gleichen Teilen die Erben … außer ein gültiges Testament besagt etwas anderes.« Sie hob den Kopf und musterte ihren Vater, doch keine Regung in seinem Gesicht verriet, was er gerade dachte.
»Also ich kann es ja nicht gewesen sein, der hier alles auf den Kopf gestellt hat, falls du das gerade andeuten willst. Schließlich war ich mit dir unterwegs«, brummte er.
»Aber meinst du dann, dass … Elsa … wäre sie denn dazu in der Lage? Außerdem ist sie doch ohnehin als Erbin eingesetzt.«
»Tja, aber manche Gegenstände sind ausgenommen …«
»Was sind das alles für Andeutungen? Was ist eigentlich damals passiert, Papa, und warum spricht niemand darüber?«
Wilhelm starrte auf das Papier in seinen Händen. Er schien zu zögern, dann holte er hörbar Luft und begann leise zu sprechen: »Das ist eine lange Geschichte, und sie liegt so weit zurück. Es

war bei Kriegsende, wirre, schreckliche Zeiten ... wir hofften alle auf die Amerikaner, die schon in Chemnitz einmarschiert waren, von ihnen hatten wir hauptsächlich Gutes gehört, und sie waren schon so nah, in der Innenstadt von Chemnitz, uns trennen ja nur ein paar wenige Kilometer, aber dann kam es ganz anders. Ausgerechnet hier nach Adelsberg fielen die Russen ein. Die Frauen und Mädchen versteckten sich sofort alle in der Scheune, auf dem Heuboden. Ich glaube, ich war der einzige Junge dort oben. Viele Männer gab es ja auch nicht mehr auf dem Hof. Vater war eingezogen, mein Bruder gefallen. Nur unser Schweizer, der nach einer schweren Kriegsverletzung wieder Heimaturlaub bekommen hatte, und ... Großvater, der schon zu alt für den Kriegsdienst war, er führte mit Mutter den Hof ...«

Wilhelm hob den Kopf und starrte auf das Porträt am anderen Ende des Wohnzimmers. Es hing erstaunlicherweise unbeschädigt an seinem Platz.

»Und dann?«, fragte Claudia.

»Sie haben uns gefunden.« Er schluckte. »Ich glaube, das war der schlimmste Moment in meinem Leben, zusehen zu müssen, wie ... ich habe das damals gar nicht verstanden, ich war ja erst acht. Für die meisten ging es schlimm aus, für Edith, Christel, mein Kindermädchen ... sie wurden brutal ... na ja, du weißt schon. Aber Elsa hatte Glück. Gerade als ihr das gleiche Schicksal drohte, wurde sie von einem russischen Offizier gerettet, der in letzter Sekunde in die Scheune kam und seinen Soldaten befahl, sich zurückzuziehen.«

Claudia nickte: »Jetzt verstehe ich. Und das haben Edith und Christel ihr nicht verzeihen können, nicht wahr?« Sie stutzte. »Und heißt das ...?« Claudia begann nachzurechnen. »Christels Tochter Irmgard ist doch jetzt Ende sechzig ... ist sie etwa aus dieser Vergewaltigung entstanden?«

Wilhelm hob den Kopf und sah wieder auf das Bildnis am Ende des Raums: »Wenn es nur so einfach wäre …«, sagte er kaum hörbar.

»Christel und Edith wurden schwanger. Edith verlor ihr Kind aber bald, sie hatte eine Fehlgeburt. Ich habe das damals als kleiner Junge gar nicht mitbekommen. So etwas wurde totgeschwiegen. Erst später habe ich die Wahrheit erfahren. Aber bei Christel war es bald nicht mehr zu übersehen. Und dann hat Elsa ein Verhältnis mit diesem russischen Offizier angefangen, der noch in Chemnitz stationiert war. Auch sie wurde schwanger, und dadurch kam es heraus. Großvater war außer sich und zwang sie, ihr Wort zu halten und den Sohn des Nachbarguts, Karl Gerber, zu heiraten. Der stimmte auch zu, aber … jedenfalls hat sie im Juni 1946 einen gesunden Jungen auf die Welt gebracht …«

Jetzt sah er Claudia das erste Mal, seit er angefangen hatte zu erzählen, in die Augen: »Er wurde Hartmut genannt.«

»Hartmut ist also wirklich ihr Sohn und hat sie im Pflegeheim besucht? Warum haben wir ihn nie kennengelernt? Und hat sie denn diesen Karl Gerber geheiratet? Ich dachte immer, meine beiden Tanten seien unverheiratet und kinderlos gewesen.«

»Waren sie auch, zumindest unverheiratet. Die Hochzeit ist in letzter Sekunde geplatzt. Karl hat Elsa vor dem Altar stehen lassen und ist nicht erschienen. Es war wohl seine Art von Rache.«

»Und dann verkaufst du das Gut ausgerechnet an Gerbers, das ist doch einer der Nachkommen … der Sohn von diesem Karl, oder?«

Es war nicht zu übersehen, wie unwohl sich ihr Vater bei dieser Frage fühlte. Er wich ihrem Blick aus und knetete seine Hände.

»Ja, vielleicht war das ein Fehler, aber ich dachte doch, der Hof und alles hier bringen nur Unglück«, sagte er leise.

»Und das Kind?«, fragte Claudia.

»Hartmutchen ist die ersten Jahre bei uns auf dem Gut aufgewachsen, Christel hat sich um beide, um ihre Tochter Irmgard und um ihn gekümmert, als wären es Geschwister. Elsa durfte sich nicht als Mutter ausgeben. Doch der Junge war Großvater immer ein Dorn im Auge, und als Hartmutchen drei oder vier war, verschwand er von einem Tag auf den anderen. Elsa war untröstlich, sie hat ihn tagelang, nein wochenlang überall gesucht. Aber er war weg. Hatte sich in Luft aufgelöst. Sie hat das nicht verkraftet, begann in einer Traumwelt zu leben, hat dauernd mit ihm gesprochen, als sei er noch da. Bald wurde sie für verrückt gehalten. So etwas ging schnell, auf einem Gut, wo alle so dicht zusammenleben. Da schlug Ediths große Stunde. Sie kümmerte sich scheinbar rührend um ihre Schwester. Keiner hat damals begriffen, was vor sich ging, meine Mutter hatte ganz andere Sorgen. Edith übernahm nach und nach die Vorherrschaft und hat von da an Elsas Leben voll und ganz dominiert. Sie hat sie in Berlin bei sich aufgenommen. Sie hat sie auch überredet, nach der Wende mit ihr auf das alte Gut zurückzuziehen. Das muss für Elsa besonders schlimm gewesen sein, bei all den unguten Erinnerungen.«

»Aber hat man den Jungen denn jemals wiedergefunden?«

Wilhelm presste die Lippen aufeinander und schüttelte den Kopf. »Nein, aber meiner Mutter ist es irgendwann herausgerutscht, dass Großvater ihn weggebracht hat. Er sei gut versorgt, mehr hat sie nicht verraten. Großvaters Wort war Gesetz auf dem Hof. Selbst als er schon über sechzig war. Da hat keiner gewagt, sich zu widersetzen oder je wieder darüber zu sprechen. Wir sind dann bald, noch vor dem Mauerbau, in den Westen gezogen, nach Berlin. Vermutlich ist Hartmut in einem Kinderheim der DDR aufgewachsen und dann in die Sowjetunion gegangen. Womöglich hat er selbst Nachforschungen über seine wahre Herkunft angestellt und seinen Vater oder seine Mutter … Elsa … aufgespürt.«

Claudia sah ihn nachdenklich an und fragte dann: »Und was war mit Irmgard? Sie durfte bleiben? Sie war doch auch das Kind von einem Russen, sogar aus einer Vergew…«

Ihr Handy klingelte in ihrer Hand: »Heike! Wo steckst du?«, rief sie ins Telefon.
Wilhelm rieb sich mit den Handflächen über die Oberschenkel und sah seine Tochter erwartungsvoll an, während sie bruchstückhaft wiederholte, was Heike ihr mitteilte: »… am Friedhof? Aber was wolltest du da? Ich hab doch gleich gewusst, dass du nicht selbst gefahren bist. Das Tuch war ein Fake, stimmt's? Was soll ich? Ja, ich komme sofort, mach dir keine Sorgen, und tu am besten alles, was die verlangen, ja? Nein, ich rufe nicht die Polizei an.«
Wilhelm hob die Augenbrauen, und Claudia sprang auf. »Ich muss sofort zum Friedhof. Heike ist wirklich entführt worden!«
»Willst du da alleine hinfahren? Überlass das doch der Polizei.«
»Das kann ich nicht! Heike ist meine beste Freundin, sie ist doch nur für mich hierhergekommen. Und sie sagt, die bringen sie um, wenn wir die Polizei einschalten.«
»Wer sind ›die‹? Das kann doch nicht so ernst sein.«
»Und was ist heute mit Edith passiert? Hast du das schon vergessen? Du bleibst am besten hier, ich gehe jetzt und sehe nach, ob ich unseren Oldie wieder in Gang kriege.« Sie drehte sich zur Tür, blieb aber wieder stehen. »Eins wüsste ich noch gerne: Was hat es mit diesem Männerporträt auf sich, das ich laut dem zweiten Testament bekommen soll, und weißt du vielleicht, wo es ist?« Sie holte die alte Fotografie aus ihrer Handtasche und hielt sie ihm entgegen. »Das Foto habe ich oben aus deinem alten Kinderzimmer. Hier im Herrenhaus habe ich das Originalbild aber nirgends gesehen.«
Ihr Vater griff nach dem Foto und machte dann eine abwehrende Bewegung mit der Hand. »Der Mann auf der Brücke über der Chemnitz. Das war so ein kleines Ölgemälde. Ich weiß nicht, wo es ist. Zuletzt hing es einmal drüben im Schweinestall, zusammen mit den ganzen anderen ›Schätzen‹ …« Bei dem letzten Wort verzog er das Gesicht zu einem halb sarkastischen, halb

schmerzverzerrten Grinsen und fuhr fort: »... die Mutter, Edith und Elsa damals gehortet haben. Es ist vielleicht auch besser, wenn es verschwunden bleibt. Mutter war damals der festen Überzeugung, dass es uns das ganze Unglück gebracht hat. Aber ich glaube eher ...«, er hob die Hand und machte eine kreisende Bewegung, »... es ist das alles hier. Dieser Ort ist verflucht. Deshalb wollte ich den Hof auch loswerden.«

Claudia meinte wieder einen kalten Luftzug zu spüren und bekam unwillkürlich eine Gänsehaut. Sie hörte ein Geräusch aus der Eingangshalle und ging langsam auf die Tür zu. Als sie um die Ecke spähte, kam ihr ein braunes Huhn entgegenstolziert. Sie bemerkte, dass die taghelle Hofbeleuchtung eingeschaltet war, trat zur Tür auf die Freitreppe heraus und stand drei Gestalten in braunen Allwetterjacken sowie einer Schar Hühner gegenüber.

»Sie sind schon wieder abgehauen, ich kann nichts dafür!«

Kevin Gerber hob bedauernd die Arme. Er drehte sich zu dem Mann mit dem blonden Stoppelhaarschnitt um, der neben ihm stand: »Stimmt's? Der verdammte Draht am Tor hält einfach nicht.«

»Stimmt«, sagte Dr. Illner.

»Aber wenn wir hier erst unseren Biobauernhof haben, wird das alles besser, oder, Rolf?«

Kevin sah Dr. Illner mit geröteten Wangen erwartungsvoll an. Dieser wandte den Blick nicht von Claudia ab und nickte.

»Ja, genau, Kevin!«, bestätigte die Frau mit dem entsetzlich gekräuselten Pony. Er war kürzer als bei ihrer ersten Begegnung und verdeckte nicht mehr ihre Augen. Claudia fand, dass Doreen ihrer Mutter kaum ähnelte, aber die ungewöhnliche Farbe ihrer Iris kam ihr sehr wohl bekannt vor.

»Ich habe jetzt leider nicht die Zeit, mich mit mysteriösen Andeutungen zu befassen, meine Freundin ist nämlich entführt worden.«

Mit den Worten ließ Claudia die beiden stehen und stieg in den Karmann Ghia ein. Sie drehte den Schlüssel um, und der Motor sprang sofort an. Nur der Vergaser protestierte mit einigen lauten Fehlzündungen gegen den zweiten Einsatz in so kurzer Zeit. Während Claudia mit dem Oldtimer vom Hof rollte, trat Wilhelm vor die Tür und begrüßte Doreen, Dr. Illner und Kevin, als seien sie alte Bekannte, was auf Doreen ja auch zutraf.

»Gut, dass ihr gerade da seid. Habt ihr einen Wagen?«

Dr. Illner deutete auf einen grünen Jeep, der vor der Scheune parkte.

»Dann nichts wie los. Zuerst fahren wir zur Straße der Nationen«, rief Wilhelm, denn er hatte auf einmal einen vagen Plan, der ihm mehr und mehr gefiel, je genauer er ihn sich ausmalte.

Marcel

Brügger warf mehrere mit Glasfläschchen und Tablettenblistern gefüllte Plastiktüten vor Marcel auf den weiß laminierten Tisch. Dann lehnte er sich mit verschränkten Armen an die graue Wand. Hauptkommissar Steiner, der Marcel gegenübersaß, begann: »Wir haben eine Durchsuchung deines Zimmers im Internat durchgeführt. Und es sieht nicht besonders gut für dich aus. Diese kleine Hausapotheke hier haben wir in deinem Schrank gefunden. Wie lange geht das schon?«

Marcel verschränkte die Arme, schob die Unterlippe nach vorne und schwieg.

Brügger musterte ihn verärgert und schnaufte hörbar. Steiner sagte: »Es gab über Jahre immer mal wieder Hinweise, dass im Alpeninternat Drogen eine Rolle spielen. Früher war es Ecstasy, sogar Kokain. Die internen Kontrollmechanismen wurden verschärft, allerdings wissen wir alle, dass es ständig neue Produkte gibt, die nicht auf der Liste stehen oder mit den herkömmlichen Tests nicht nachweisbar sind. Inzwischen ist es das Neurodoping.«

»Damit werdet ihr Zöglinge der Reichen zu Höchstleistungen getrimmt …«, schaltete sich Brügger ein. »Obwohl es ja schon heißt, im Alpeninternat schafft es jeder, dessen Eltern die fünfzigtausend Stutz im Jahr zahlen können. Wer weiß? Vielleicht kriegen die Kids sogar noch ein Extrataschengeld von ihren Eltern für die tägliche Dosis zugesteckt.«

Steiner warf ihm einen warnenden Blick zu. Er beugte sich nach vorne und öffnete einen der Beutel, nahm eine Kunststoffverpackung mit kleinen grünen Pillen heraus. »Oder das hier zum Beispiel!« Zwischen Zeige- und Mittelfinger hielt er den Blister in die Höhe. »Donepezil. Schon mal gehört?«

Marcel sah ihn unbewegt an.
»Das ist ein Alzheimer-Mittel, sogenannter Neurotransmitter. Soll die Wirkung von Botenstoffen an den Verbindungen zwischen Nervenzellen verstärken. Auf diese Weise sollen die Schaltkreise für Aufmerksamkeit, Lernen und Gedächtnis positiv beeinflusst werden. Funktioniert offenbar: Bei Tests mit Piloten in Flugsimulatoren wurden nach Einnahme des Medikaments signifikant bessere Ergebnisse erzielt, allerdings nicht ohne Nebenwirkungen, insbesondere starke Übelkeit.«
»Sie haben alle kotzen müssen!«, ergänzte Brügger derb. »Ist euch das auch so gegangen? Oder nimmst du deine Drogen gar nicht selbst? Bist du ein trockener Dealer? Das sind mir die allerliebsten … die größten Schweine.«
Marcel hob den Kopf. Obwohl er wusste, dass es in der Situation kontraproduktiv war, zischte er: »Was weißt du schon!« Sein Gesichtsausdruck zeigte ebenso viel Verachtung für den kleinen Beamten, wie dieser ihm entgegenbrachte.
Steiner räusperte sich: »Dann klär uns doch mal auf, wenn wir so wenig wissen. Es hilft dir nicht, wenn du nichts dazu sagst. Außerdem …«, er machte seinem Kollegen ein Zeichen, und Brügger legte eine weitere, fast leere Tüte auf den Tisch. Es entstand ein klackendes Geräusch, das in dem spärlich möblierten Vernehmungszimmer nachhallte. »Ich kann dir nur raten, dich kooperativ zu verhalten, denn es geht hier um weit mehr als nur um Drogenhandel. Hast du schon einmal etwas mit Sprengstoff zu tun gehabt?«
Marcel presste die Lippen zusammen, lehnte sich zurück und fuhr sich mit den gespreizten Fingern durch die Haare.
Steiner beugte sich nach vorne: »Auf deinem Laptop hast du ziemlich viele Seiten angeklickt, die Anleitungen für Laien beinhalten.«
»Wie bau ich mir meine eigene kleine Sprengladung …«, ergänzte Brügger.

Steiner bemerkte, wie Marcel Luft holte und etwas sagen wollte, sich aber stattdessen auf die Lippe biss.
»Hast du das schon mal irgendwo gesehen?«, fragte er immer noch ruhig und deutete auf den Beutel.
Marcel hob schwerfällig die Augenlider und sah ihn an. Er zog den Plastikbeutel näher zu sich heran und hob ihn hoch.
In der Tüte befand sich ein etwa acht Zentimeter langes, geripptes Metallteil. Marcel erkannte sofort, dass es sich um die Hälfte einer Skischuhschnalle handelte. Ihm wurde auf einmal heiß. Was, wenn sie ihm wirklich etwas anhängen würden? »Wo haben Sie das gefunden?«, fragte er.
»Die Fragen stellen wir.« Steiner hob zum ersten Mal die Stimme. »Sind deine Skischuhe alle im Internat, oder bewahrst du noch welche woanders auf?«, fragte er scharf.
Marcel versuchte, sich zu konzentrieren. Er hatte das Bild des orangefarbenen Skistiefels, an dem eine Schnalle fehlte, genau vor Augen. Doch was sollte er jetzt sagen? Er hielt sich die Hände vor das Gesicht und bemerkte angeekelt, dass sie klebrig waren und säuerlich rochen. Während er versuchte, sich zu konzentrieren, stiegen Bilder in ihm hoch. Er sah seine Skispitzen im Pulverschnee versinken, konnte es fast spüren, dieses unerhört leichte Gefühl in den Hüften, als würde er durch pudrigen Tiefschnee schwingen, doch auf einmal tauchte das schmerzverzerrte Gesicht von Sybille Kronau vor ihm auf. Gleichzeitig dröhnte Vickys schriller Schrei in seinem Trommelfell. Auf einmal war ihm sonnenklar, dass sie seine Spur aufgenommen hatten und gegen ihn wegen Mord ermittelten. Seine Stimme sollte fest klingen und hörte sich dabei an wie die eines unsicheren, aufsässigen Halbstarken: »Was werfen Sie mir eigentlich vor? Ich möchte meinen Vater anrufen … und einen Anwalt!«
Die Tür des Vernehmungsraums wurde geöffnet, und ein junger Mann kam herein.

»Was gibt's? Wir sind mitten in einem Verhör!«, beschwerte sich Brügger. Der Mann ignorierte ihn vollständig und übergab Steiner mit wichtigem Gesichtsausdruck ein Blatt Papier.

Brügger stieß einen Fluch aus, als er wieder draußen war. Steiner las, was auf dem Zettel stand. »Wirklich nur sechsundzwanzig …«, murmelte er, hob den Kopf und sagte zu Marcel: »Sie können gehen, aber verlassen Sie nicht die Schule, und halten Sie sich zur Verfügung.«

Marcel sah ihn erstaunt an und wartete auf eine weitere Erklärung.

»Na los, worauf warten Sie noch?«

Erst als Marcel den Raum verlassen hatte, weihte Steiner seinen Kollegen ein: »Sie haben den Skistiefel gefunden, an dem die Schnalle fehlt. Seiner ist es jedenfalls nicht.«

»Können die da so sicher sein?«, fragte Brügger. »Er kann ihn auch einem anderen untergeschoben haben. Dem trau ich alles zu. Wir hätten den schon weichgekocht.«

»Schon, aber er war es nicht. Ich glaube nämlich nicht, dass ein Zweimetermann einen Damenskischuh fährt.«

Brügger war die Überraschung deutlich anzusehen.

»Aber das ist noch nicht alles«, fuhr Steiner fort und genoss den Augenblick, seinen ungeliebten Kollegen auf die Folter zu spannen.

»Was?«

»Es hat jemand angerufen und behauptet, etwas über den vermissten Hotelierssohn zu wissen … diesen Carsten Bucher.«

»Ach ja?«

»Leider hat die Anruferin ihren Namen nicht genannt, und die Nummer war unterdrückt. Angeblich soll der Junge im Eis liegen, oben im Gletscher. Klingelt da was bei dir?«

Brügger verstand: »Und der Junge hier nützt uns mehr, wenn wir ihn gehen lassen und beschatten, als wenn er hinter Gittern sitzt.«

Heike

Also, Elsa, wie konntest du die hier nur mit Claudia verwechseln?«, fragte Irmgard und hob mit den Fingerspitzen eine Strähne von Heikes Haaren hoch. »Sie ist blond, und Claudia ist brünett bis schwarz. Das müsste doch selbst dir aufgefallen sein.«
Elsa jammerte leise. Nur die Worte »Haare wie Flachs … Augen wie Bienenhonig« waren zu verstehen.
Irmgard sah sie an und schüttelte dabei missbilligend den Kopf: »Siehst du nicht, dass es nicht auf sie zutrifft?« Auf einmal griff sie, über Heikes Knie hinweg, nach Elsas gefalteten Händen und tätschelte sie sanft. »Es tut mir leid, Elsa«, flüsterte sie. »Alles tut mir so leid.«
Elsa zeigte keine Reaktion.
»Sie meint vielleicht Julia, Claudias Tochter. Auf sie würde die Beschreibung zutreffen, und sie ist schließlich ihre Nichte«, erklärte Heike. Sie saß in der zweiten Reihe auf einer der hölzernen Kirchenbänke eingezwängt zwischen den beiden Frauen. Die Männer standen am Taufbecken zusammen und unterhielten sich leise.
»Julia!«, wiederholte die alte Frau mit dem langen Schottenrock.
Irmgard warf Heike einen Blick zu, der eine Art von Anerkennung oder Wohlwollen zeigte. »Sie scheinen richtigzuliegen. Wissen Sie … sie hat einfach zu viel mitgemacht … wir alle hier … sind gebrannte Kinder … bis auf den einen da …« Sie nickte in Richtung des Notars, ihre Augen wurden schmal, was ihrem Gesicht einen herablassenden Ausdruck gab. »Der will sich nur bereichern.«
Heike fasste Mut und fragte: »Was wollten Sie überhaupt von Claudia?«

Irmgard drehte den Kopf ganz langsam zu ihr um, und man konnte ihr ansehen, dass sie mit sich kämpfte, ob sie Heike die Wahrheit sagen sollte. Sie ist eigentlich kein wirklich schlechter Mensch, dachte Heike.
»Wir brauchen von ihr eine …«
»Auskunft!«, sagte die schneidende Stimme von Dr. Bosko hinter ihr, und er legte ihr dabei die Hand auf die Schulter. »Nur eine Information, das ist alles.«
Irmgard drehte sich halb zu ihm um. Heike beobachtete die beiden, während sie stumme Blicke austauschten. Sie schienen sich nicht besonders zu mögen.
»Was willst du denn von ihr wissen?«, fragte Elsa mit der Stimme eines vorlauten Kindes.
Dr. Bosko öffnete den Mund, um zu antworten, als sie von draußen einen Knall hörten und zusammenzuckten. Unwillkürlich duckten sie sich alle, dann folgte das Aufheulen eines Motors im Leerlauf, begleitet von weiteren Knallern.
»Das muss sie sein«, sagte Dr. Bosko. »Was fährt sie denn für ein Auto?«
»Gar keines, wir sind zusammen in meinem Wagen nach Adelsberg gekommen«, antwortete Heike.
»Dafür ist es aber sehr laut.«
Gregorij war sofort bei dem ersten Knall zur Kirchentür hinausgeschlüpft und wartete im Schatten der Friedhofsmauer, bis sie ausstieg. Erst in dem Moment, als sie die Autotür öffnete, löste er sich aus der Dunkelheit und griff nach ihrem Arm. Sie stieß einen leisen Schrei aus, doch er legte den Finger auf die Lippen und sagte: »Psst, keine Angst, Claudia. Es wurde Zeit, dass wir uns endlich treffen. Ich bin nicht nur ein Freund deiner Freundin Heike, sondern auch dein Cousin.« Er nickte mit dem Kinn in Richtung des Karmann Ghia. »Nettes Vehikel, übrigens.«

Claudia war völlig überrumpelt: Dies war zweifellos der bestaussehende Cousin, Freund und Entführer, den sie bisher gesehen hatte, auch wenn sie noch nicht vielen Entführern persönlich begegnet und es ihr vollkommen neu war, dass Heike einen Freund hatte und sie selbst einen Cousin. Schließlich war Heike verheiratet und ihre Tanten offiziell kinderlos. Dieser Neuigkeit, seiner Ähnlichkeit mit Daniel Craig, seinen Manieren und seiner angenehm einschmeichelnden Stimme hatte sie nicht viel entgegenzusetzen und wünschte sich auf einmal, ihm an einem anderen Ort und zu einer anderen Zeit begegnet zu sein.
Gregorij schien ihre Gedanken zu erraten und fuhr mit seiner rauchigen Stimme fort: »Wir sollten uns ein wenig unterhalten.«
Er legte ihr den Arm um die Schultern. »Gehen wir ein Stück?«
Claudia sagte immer noch kein Wort, ließ sich aber willig von ihm die schmale Dorfstraße entlangführen, die sie eben gekommen war.
»Du darfst die Situation nicht missverstehen, Claudia. Ich möchte dich zu nichts drängen. Siehst du … im Grunde liegt die Angelegenheit, die mich hier nach Adelsberg geführt hat, schon eine Ewigkeit zurück.«
Auf einmal kam Claudia ein Gedanke, und sie platzte damit heraus: »Jetzt weiß ich es: Du bist Hartmutchen, der Sohn von meiner Tante Elsa … aber kann das sein?«
Sie blieb stehen und musterte ihn. Es war nicht hell genug, um sein Alter genau zu schätzen. Ein paar Krähenfüße um die Augen wären erkennbar, aber trotzdem konnte er unmöglich schon siebenundsechzig sein. Claudia drehte langsam den Kopf hin und her und widersprach sich selbst: »Nein, kann es nicht! Aber wer bist du dann?«
»Ist das so schwer zu erraten?«
Sie starrte ihn unverwandt an und murmelte: »Der Sohn vom Hartmutchen, der Sohn von Elsas unehelichem Kind, ihr Enkel

und damit mein Cousin! Aber diese Dr. Junge hat doch gesagt, Hartmut, ihr Sohn, habe sie abgeholt.«

Claudia hielt sich die Hand vor den Mund, denn das hätte ihr nicht herausrutschen sollen. Schließlich konnte sie diesem Mann, den sie vor einigen Minuten das erste Mal getroffen hatte, nicht einfach so vertrauen.

Er zog überrascht die Augenbrauen hoch, erklärte aber bereitwillig, dass er seine alte, geistig nicht ganz gesunde Großmutter nicht damit überfordern wollte, ihr seine ganze Geschichte zu erzählen. Sie habe ihn, als er sie das erste Mal besuchte, mit Boris angeredet, dann auf einmal mit Hartmutchen und ihn für einen kleinen Jungen gehalten, und da habe er sie einfach in dem Glauben gelassen, um sie nicht weiter zu verwirren. Außerdem habe er sie nicht mit der Nachricht über Boris' und Hartmuts Tod belasten wollen. »Ja, und jetzt kommen wir zu dem Grund, weshalb wir überhaupt hier zusammenkommen mussten. Siehst du, Claudia, mein Vater hat lange gebraucht, um seine Herkunft herauszufinden, nachdem er als angebliche Waise in einem Kinderheim der DDR aufgewachsen ist und danach in der sowjetischen Armee gedient hat. Ich fühle mich meinen deutschen Vorfahren verpflichtet und möchte ihren Hof wieder seiner ursprünglichen Bestimmung zuführen. Wir errichten dort einen Biobauernhof mit zufriedenen Hühnern, Kühen und Schweinen. Ganz wie früher.« Er sah sie erwartungsvoll an, als sie aber nichts dazu sagte, fuhr er fort: »Und dazu müssen Elsa, Wilhelm und Edith, Letztere von dir vertreten, das Gut verkaufen. Ihr bekommt übrigens auch einen sehr ordentlichen Preis dafür. Es ist schon alles vorbereitet. Dein Vater hat schon unterschrieben, sogar das Vormundschaftsgericht hat für Elsa zugestimmt … jetzt fehlt nur noch deine Unterschrift.«

»Aber ich verstehe gar nicht, warum das Gut dazu verkauft werden muss! Elsa ist doch sowieso schon Miteigentümerin und

Edith ist t…« Ehe Claudia den Satz vollenden konnte, sprang auf einmal ein Jagdhund von hinten auf die beiden zu. Claudia klammerte sich unwillkürlich an Gregorij. Sein Herrchen pfiff nach dem Hund, und als Claudia sich umdrehte, erkannte sie den Notar.

»Wo bleiben Sie denn?«, rief Dr. Bosko ungeduldig. »Ich habe wirklich nicht die ganze Nacht Zeit. Können wir jetzt endlich?«

Der Griff um Claudias Schulter wurde nachdrücklicher, als Gregorij sie auf die Kirchenpforte zuschob.

»Du musst mir vertrauen, Claudia. Ich will nur das Beste für euch, für Elsa und für den Erhalt des Gutes«, raunte er.

Julia

Während Julia auf dem Beifahrersitz des Defenders saß, überlegte sie fieberhaft, wie sie Benni im Kantonsspital auf schnellstem und diplomatischstem Weg wieder loswerden konnte. Sie mochte ihn zwar immer noch gut leiden, er blieb aber ein genialer Chaot. Im Moment wollte sie nur eines: mit Maxim allein sein. Doch hatte sich Benni bis jetzt nicht abschütteln lassen, sondern darauf bestanden, sie persönlich zu Maxim zu begleiten.

Wenigstens hatte sie die Gelegenheit genutzt und war noch kurz auf die Bahnhofstoilette verschwunden. Dort hatte sie den Zettel mit dem Foto und der Telefonnummer auseinandergefaltet, sie in ihr Handy getippt. Die männliche Stimme, die sich in der Telefonzentrale der Kantonspolizei gemeldet hatte, war so nüchtern und unfreundlich, dass sie fast sofort wieder aufgelegt hätte. Aber dann berichtete sie ihm doch, dass sie in einer Gletscherspalte das Gesicht des vermissten Carsten Bucher gesehen habe. Die Reaktion war so verhalten, dass sie sich auf einmal selbst unglaubwürdig vorkam. Aber er sagte zu, den zuständigen Kommissar darüber zu informieren, und fragte nach ihrem Namen und wie sie in den nächsten Stunden zu erreichen sei. Da hatte sie die Beenden-Taste gedrückt.

Endlich standen sie vor der Tür des Krankenzimmers. Jetzt würde sie ihn wiedersehen. Ob er sich genauso nach ihr sehnte wie sie sich nach ihm? Der langhaarige Bodyguard nickte ihnen nur zu. Er schien Benni zu kennen. Dann öffnete er sogar die Tür für sie. Umso enttäuschter war sie, als sie Vicky auf einem Sessel neben seinem leeren Bett vorfand. Ausgerechnet Vogelgesicht!

Maxim kam fertig angezogen aus dem Bad, strahlte, als er sie sah, und reckte beide Arme in die Luft. »Julia! Wie schön … und was für ein Glück, fast hätten wir uns verpasst. Vicky ist hier, um mich abzuholen.«
Er freut sich wirklich, dachte Julia erleichtert.
Sofort griff Vicky nach seiner Hand und zog sie zurück. »Mach keine so ruckartigen Bewegungen, Maxim, du weißt, dass das nicht gut für dich ist.« Und an Julia gewandt, fragte sie unfreundlich: »Was willst du denn hier? Hast du keine Schule?«
Julia warf ihr einen unsicheren Blick zu. In ihrer Gegenwart traute sie sich nicht einmal, Maxim zu umarmen. Sie blieb verlegen neben ihm stehen und hörte sich zum hundertsten Mal seine Entschuldigungen über ihre schrecklichen Verletzungen an.
»Du übertreibst maßlos, Maxim. Dich hat es doch viel schlimmer erwischt. Sie hätte ja nicht mitfahren müssen«, giftete Vicky weiter.
Benni legte Julia beschützend den Arm um die Schulter. »Jetzt mach mal halblang, Vicky! Was ist denn mit dir los? Sie hat dir nichts getan!«
»Wirst du heute aus dem Krankenhaus entlassen? So spät am Abend?«, fragte Julia misstrauisch.
Maxim sah sie mit dem verlegenen Blick eines kleinen Jungen an, den man bei etwas Verbotenem erwischt. Sie fand ihn unwiderstehlich.

Marcel

Als er das Polizeirevier verließ, atmete er tief durch. Sein Gehirn arbeitete fieberhaft. Warum hatten sie ihn laufenlassen, und was hatte der eine Polizist mit der Zahl sechsundzwanzig gemeint?
Er ging auf die andere Straßenseite zum Taxistand. Ein einziger Wagen stand dort bereit, und Marcel stieg ein. »Zum Kantonsspital«, gab er dem Fahrer Anweisung. Der wendete und fuhr los. Marcels Blick fiel auf ein Intersport-Skigeschäft. In dem Moment fiel es ihm ein: Sechsundzwanzig war die Schuhgröße eines Skistiefels, und aus einem ganz bestimmten Grund kannte er jemanden, der diese Größe trug. Er war jetzt sicher, dass Maxim ihn heute Abend nicht mehr wegen der Sache mit Sybille anzeigen würde, und wenn doch, würde es auch nichts mehr ändern.

Julia

Na ja, ich werde nicht offiziell entlassen. Aber ich habe Vicky überredet, mich abzuholen«, sagte Maxim.

Julia wusste nicht, ob es richtig war. Aber auf einmal hatte sie das Bedürfnis, Vicky zu beeindrucken. »Übrigens ist mir etwas eingefallen, das selbst dich interessieren wird. Warst du nicht mal mit diesem Carsten Bucher zusammen … dem Jungen, der seit Dezember vermisst wird?«

Vicky sah sie gespannt an.

»Oh nein, Julia«, schaltete sich Benni ein, »mach dich nicht lächerlich. Lass es einfach!« Er drehte sich zu Maxim um und kam Julia zuvor: »Sie bildet sich nämlich ein, im Gletscher ein Gesicht gesehen zu haben. Unter dem Eis.« Dabei rollte er die Augen und kniff die Mundwinkel ein.

Maxim und Vicky wurden gleichzeitig blass.

»Carsten! Ist das nicht eine Sensation? Zwei Leichen aus unserem Internat im Gletscher. Was sagt ihr dazu?«, feixte Benni.

»So ein Schwachsinn!« Vicky fand als Erste ihre Sprache wieder. »Du hast ja eine ziemlich wilde Phantasie, muss man schon sagen. Wie alt bist du noch mal? Dreizehn … vierzehn?«

»Jetzt lass sie mal!«, sagte Maxim. »Schließlich war sie bewusstlos und hat eine schreckliche Zeit hinter sich. Da kann man sich auch Dinge einbilden und sie für real halten, ich glaube, das ist nicht so außergewöhnlich.«

Julia warf ihm einen verzweifelten Blick zu. Wie konnte er so etwas über sie sagen? Sie ging rückwärts drei Schritte in Richtung Tür, drehte sich um, öffnete sie. Der langhaarige Bodyguard stand an die Wand gelehnt auf der anderen Seite des Flurs und musterte sie. Er griff in die Innentasche seiner Jacke, und

Julia zögerte. Als sie sah, dass es sein Handy war, das er herausholte, warf sie die Tür hinter sich zu, rannte den langen Gang entlang. Die Zeit schien ihr endlos, bis der Aufzug endlich kam. Ohne hinzusehen, drückte sie auf einen Knopf, die Tür hatte sich schon fast ganz zugeschoben, als sie sich plötzlich wieder öffnete. Julia zuckte zusammen. Als sie sah, wer in letztem Moment zu ihr in die Fahrstuhlkabine stieg, wusste sie nicht, ob sie erleichtert sein sollte. »Du bist's! Was willst du hier?«, fragte sie.
»Weißt du schon, wo du heute übernachtest?«
Julia schüttelte den Kopf. »Dann komm einfach mit zu mir. Morgen sieht die Welt ganz anders aus.«

»Toni?« Der Langhaarige sprach leise in sein Mobiltelefon. »Die Deutsche ist gerade aus seinem Zimmer gerannt. Sie müsste gleich unten aus dem Aufzug steigen. Aber nicht allein, du weißt schon! Bist du vor dem Spital? Oder soll ich ihr hinterhergehen? … Okay, dann halt mich auf dem Laufenden.«

Claudia

Ist alles in Ordnung bei dir?«, fragte Claudia.
Heike nickte. Sie saß wie ein Häufchen Elend auf der Kirchenbank, und es war ihr anzusehen, dass sie sich gerade sehr zusammenreißen musste. Sie hatten ihr sogar die Hände und die Beine gefesselt, stellte Claudia erschrocken fest. »Abgesehen davon, dass ich mal dringend müsste und mir diese Frau hier ein ganzes Büschel Haare ausgerissen hat«, jammerte Heike. »Hauptsache, wir dürfen diesen Ort irgendwann lebend verlassen.«
»Womit wir beim Thema wären«, sagte Dr. Bosko mit ungeduldiger Stimme. Er kam näher und stellte sich direkt neben Claudia. »Sehen Sie? Sie müssten nur noch da unterschreiben, wo die Kreuze sind, dann ist alles erledigt. Wenn Sie so gut wären?«
Er deutete mit einem dürren Zeigefinger auf das Dokument vor Claudias Nase. Sie sah ihn an.
»Sie haben das ja ziemlich gut eingefädelt. Es war also alles von Anfang an so geplant, ja? Geben die Ihnen wenigstens ein großes Stück vom Kuchen ab?« Claudia nickte mit dem Kinn in Richtung der übrigen Personen in der Adelsberger Kirche, streckte die Hand aus und sagte: »Stift?«
Sofort zückte Dr. Bosko einen schwarz-goldenen Montblanc-Füller.
Gregorij und Irmgard schienen den Atem anzuhalten, als Claudia den Vertrag auf den steinernen Rand des Taufbeckens legte und ihre Unterschrift neben die Kreuze setzte.
»Claudia! Das musst du nicht tun!«, rief Heike.
Dr. Bosko sah sie missbilligend an und ergänzte ruhig in Claudias Richtung: »Bitte mit Ihrem vollen Namen und dem Mäd-

chennamen.« Dann blätterte er ihr die Seite um und legte den Finger auf den Balken: »Hier bitte auch.«

»Mach dir keine Sorgen, Heike, das hat letztlich alles seine Richtigkeit.«

Als sie die letzte Unterschrift geleistet hatte, pustete sie die Tinte trocken, blätterte die vorderen Seiten zurück und hielt den Vertrag Gregorij entgegen.

Irmgard stieß ein kurzes, schrilles Lachen aus.

»Hier, Hartmutchen.« Claudia zog den Namen sarkastisch in die Länge.

»Bist du nun zufrieden?«

Sie sah in seine Augen und erschrak. Sie blitzten gelb auf vor unbändiger Genugtuung.

»Aber sicher doch, Cousinchen. Jetzt wird endlich, endlich der Gerechtigkeit Genüge getan.«

»Und … können wir jetzt gehen?« Claudia deutete von Heike zu sich und zurück. Irmgard hatte ihr sofort die Fesseln gelöst, nachdem sie unterschrieben hatte.

»Aber selbstverständlich. Niemand hält euch. Ihr könnt gehen, wohin ihr wollt … und natürlich dürft ihr auch noch im Herrenhaus wohnen, solange ihr möchtet. Es ist nur die Frage, ob ihr euch dort auf Dauer noch sehr wohl fühlen werdet.«

Claudia wandte sich wieder zu ihm um: »Was willst du damit sagen?«

»Nichts. Ich denke nur, ihr seid ja vermutlich eher an eine Großstadt gewöhnt und nicht an das Landleben.«

»Und was passiert jetzt mit Elsa?« Sie deutete auf ihre Tante, die mit gefalteten Händen in der Kirchenbank saß und die Augen geschlossen hatte.

Gregorij zuckte mit den Schultern. »Was schon? Sie geht zurück ins Heim. Ich kann mich sicher nicht um sie kümmern. Und ich habe auch keine Lust dazu. Sie ist mir vollkommen gleichgültig.«

»So ist das also. Ich hätte es mir denken können. Und du?«, fragte Claudia, als sie an Irmgard vorbeikam.
Die große hagere Frau hatte beide Hände so fest zu Fäusten geballt, dass sie zitterten. »Darauf habe ich über sechzig Jahre gewartet. Jetzt kann ich es ihnen endlich heimzahlen.«
Claudia blieb stehen. Offenbar konnte jetzt keiner mehr seine Emotionen unterdrücken. »Was kannst du wem heimzahlen?«
»Deinem Urgroßvater und Edith. Sag bloß, du hast es nicht gewusst?«
Claudia sah von einem zum anderen. »Was soll ich gewusst haben? Ich habe allenfalls, seit ich hierhergekommen bin, geahnt, dass alle irgendetwas zu verbergen haben.«
Irmgard machte einen Schritt auf sie zu. »Hast du nicht die Augenfarbe wiedererkannt? Auf dem Bild im Herrenhaus? So dumm und ignorant kann man doch gar nicht sein! Du hast sie, deine Tochter Julia hat sie … Gregorij hat sie und Doreen hat sie … man nennt sie Grün-Kupfergelb oder auch Bernstein. Sie kommt nur bei 1,2 Prozent aller Menschen vor. In der Kombination mit hellblonden Haaren nur bei 0,3 Prozent.«
Claudia sah Irmgard forschend in die Augen.
»Ja, stimmt«, schnappte die, »meine sind nur grün. Aber die Augenfarbe kommt nicht notwendigerweise bei jeder Generation zur äußerlichen Ausprägung, auch wenn die Chromosomensätze dafür übertragen werden. Schließlich hast du auch keine blonden Haare.«
»Also das hat Elsa gemeint, als sie immer von Augen wie Bernstein und Haaren wie Flachs gesprochen hat?«, fragte Claudia.
»Dein Urgroßvater hatte ein Verhältnis mit meiner Mutter. Christel war das Kindermädchen der Familie, wie du wohl weißt. Und ich bin seine und ihre gemeinsame Tochter. Aber er hat mich niemals anerkannt, obwohl er es natürlich wusste. Ich blieb immer ein Russenbastard. Wir haben für deine Familie geschuftet, wir

wurden gedemütigt. Aber jetzt machen wir aus eurem Hof eine riesige, seelenlose Geflügelmastanlage. Wir reißen alles ab, und ich höchstpersönlich werde den Kran mit der Abrissbirne steuern, wenn sie gegen das Herrenhaus donnert«, platzte sie heraus.

»Nicht, Irmgard!«, sagte Gregorij.

»Dann ziehen wir die Hallen hoch … die Bauvoranfrage ist schon durch.«

Claudia blieb der Mund offen stehen. »Ist das wahr, war das die ganze Zeit euer Plan? Kein Biobauernhof?«, fragte sie in Gregorijs Richtung.

Sein Oberkörper spannte sich. »Oh doch, sicher wird das eine Biomastanlage. Womöglich wird sie nicht ganz den lieblichen Vorstellungen entsprechen, die du davon hast. Meine Gesellschaft produziert Bioprodukte für die großen Discounter. Die Marge ist höher als bei nichtzertifizierter Landwirtschaft. Gerber verkauft mir seinen Hof dazu, je größer, desto effizienter.«

Claudia ließ sich auf eine der Bänke sinken: »So ist das also. Aber was ich nicht verstehe, wozu der Verkauf an Gerber? Hätten du oder deine Gesellschaft den Hof nicht gleich selbst kaufen können?«

Gregorij schüttelte den Kopf: »Nein, dann hätte dein Vater nicht unterschrieben«, er schluckte hörbar, »und Edith natürlich auch nicht. Aber das Problem hat sich ja von selbst gelöst, indem du sie mit der Verfügungsvollmacht vertreten hast.«

»Wie praktisch für euch! Da habt ihr meinen Vater ja schön hinters Licht geführt. Hat dieser Dr. Illner eigentlich auch etwas damit zu tun?«

»Er hat durch die Bürgerinitiative zusammen mit Doreen Höppner dafür gesorgt, dass Gerbers andere Flächen zu Landschaftsschutzgebiet erklärt wurden und er keine weiteren Mastanlagen mehr bauen konnte. Nur deshalb hat sich Gerber ja auf den Deal mit mir eingelassen.«

Claudia meinte, einen Anflug von Reue herauszuhören, und nur deshalb stellte sie, ohne zu überlegen, noch eine Frage: »Aber ihr hattet nicht zufällig auch etwas mit ihrem Sturz von der Leiter zu tun?«
Ihr fiel auf, dass Irmgard eine minimale Kopfbewegung machte, und folgte ihrem Blick. Da saß Elsa immer noch mit gefalteten Händen auf der Bank und murmelte etwas. Es sah aus, als ob sie betete.
»Nein!«, sagte Claudia. »Das glaube ich nicht. Ihr habt Elsa dazu missbraucht, ihre eigene Schwester von der Leiter zu stoßen?«
»So ein Unsinn. Dazu wäre sie doch gar nicht in der Lage!«, antwortete Irmgard eine Spur zu hastig und zu barsch. »Das war ein Unfall!«

»Claudi, könnten wir jetzt vielleicht gehen?«, fragte Heike, die die ganze Zeit schweigend neben ihr gestanden hatte. »Offen gesagt, müsste ich mal zur Toilette.« Sie blieb vor Gregorij stehen und wartete darauf, dass er irgendetwas sagte. In seinen bernsteinfarbenen Augen war keine Genugtuung zu erkennen wie bei Irmgard. Er senkte den Blick und schwieg. Heike musste auf einmal an Tom denken, an ihre Kinder und dass sie bereit gewesen wäre, für diesen Mann ihre Familie zu verlassen.
Auf dem Weg nach draußen flüsterte sie: »Wenn ich daran denke, mit welcher Kraft mich diese Verrückte in den Kofferraum meines eigenen Autos geschoben hat, traue ich ihr alles zu.«
Claudia schüttelte den Kopf: »Nenn sie nicht verrückt! Nein, ich habe da eine andere Theorie.«
»Aber warum hast du bloß so anstandslos den Vertrag unterschrieben? Die sind doch alle kriminell.« Sie drehte sich zurück zur Kirche. Dann sah sie sich nach allen anderen Seiten um. »Passt du bitte mal auf, dass keiner kommt?«

Sie machte vorsichtig drei Schritte hinter einen Strauch, zog umständlich ihre Hose herunter und hockte sich hin.
Claudia stellte sich mit dem Rücken zu ihr und sprach leise weiter: »Der Vertrag ist sowieso unwirksam. Denn meine Tante Edith ist inzwischen im Krankenhaus gestorben, und ich kann sie gar nicht mehr wirksam vertreten. Das scheinen die da drin aber alle nicht zu wissen. Elsa ist wahrscheinlich die Alleinerbin, jedenfalls wenn das Testament, das ich gefunden habe, gültig ist, und dagegen spricht eigentlich nicht viel.«
»Aber von Elsa bekommt Gregorij dann doch, was er will.«
»So einfach ist das nicht. Sie ist nicht geschäftsfähig, und dann müsste erst wieder das Vormundschaftsgericht zustimmen. Unter diesen Umständen …«, sie deutete auf die Kirche, »… über die man das Gericht natürlich genauestens informieren würde, kann ich mir kaum vorstellen, dass es einer Übertragung des Grundeigentums zustimmt.«
»Na, dann ist doch alles gut. Jetzt lass uns aber hier verschwinden.« Sie zeigte auf den Karmann Ghia: »Bist du etwa damit gekommen? Wo hast du den denn aufgegabelt?«
»Den habe ich im Schweinestall gefunden, zusammen mit einigen anderen Antiquitäten. Er hat meiner Tante Edith gehört.«
»Und er fährt?«
»Jedenfalls bin ich damit bis hierher gekommen. Übrigens habe ich auch noch etwas Dringendes zu erledigen. Kommst du mit?«
Sie öffnete die Tür, während Heike begann, nach ihrem Autoschlüssel zu suchen.
»Mist, den Schlüssel hat Gregorij, also dann lass uns schnell abhauen, bevor die es sich noch anders überlegen.«
Wieder sprang der Karmann Ghia ohne Probleme an, und Claudia begann es zu bedauern, dass sie ihn nicht auch von ihrer Tante Edith geerbt hatte, vielleicht konnte sie ihn Elsa abkaufen …
»Was hast du denn noch so Dringendes zu erledigen?«

»Erstens wüsste ich ganz gern, was mit Edith passiert ist. Von dieser Gesellschaft hier eben in der Kirche hatte jedenfalls keiner ein Interesse an ihrem Tod. Im Gegenteil, nun werden sie ihre Rache gar nicht mehr richtig auskosten können. Und außerdem muss ich noch nach etwas suchen. Ich denke, ich werde unseren alten Schweinestall noch einmal genauer unter die Lupe nehmen.«

Julia

Jemand rüttelte sie an der Schulter, und sie setzte sich auf. Sie war mit der Wange an der Kabinenwand eingeschlafen. Der Gummirand der Fensterdichtung hatte auf ihrer Wange eine starke Druckstelle hinterlassen. Die andere pochte schmerzhaft. Richtig! Jemand hatte sie geschlagen. Oder hatte sie das nur geträumt? Ihr Kopf brummte. Es war dieser Instantkaffee heute Morgen. In dem musste etwas drin gewesen sein. Bis sie den getrunken hatte, war es ihr noch gutgegangen. Sie hatte geschlafen wie ein Kleinkind, in dem schmalen Bett.

Die Gondel war noch leer, bis auf ein älteres Paar in altmodischen Kniebundhosen war niemand so früh aufgestanden, um die erste Fahrt zum Corvatsch mitzumachen.

»Los, komm, wir sind oben.«

Julia öffnete die Lippen und wollte den beiden etwas zurufen, doch ihre Zunge war so schwer, es kam ihr vor, als hätte sie einen riesigen Wattebausch im Mund. Alles, was sie zustande brachte, war ein undefinierbares leises Krächzen. Die beiden Alten stiegen aus, ohne auf sie zu achten. Mühsam rappelte sie sich auf und fragte sich, wie sie ihre Füße, die in orangefarbenen fremden Skistiefeln steckten, bewegen sollte. Mit roboterartigen Bewegungen stellte sie einen Fuß vor den anderen und lief zum Ausgang.

»Wohl noch müde?«, fragte der Gondelführer, als sie an ihm vorbeistapfte. Sie sah ihn mit glasigem Blick an, wollte etwas antworten, doch schon wurde sie unter der Achsel gepackt und davongezogen.

»Zu lange Party gemacht«, sagte die Stimme neben ihr.

Sie sah das altmodische Paar um die Ecke biegen, als sie über das Metallgitter stapfte, und hatte das Gefühl, als würde ihr endgül-

tiges Verschwinden hinter dem Durchgang ihr Schicksal besiegeln. Er lief neben ihr, trug beide Paar Skier, und Julia sehnte sich auf einmal danach, diese Frau zu sein und mit einem fürsorglichen, geliebten Partner an der Seite alt geworden zu sein. Auch ihr wurden die Skier getragen, es waren nicht einmal ihre eigenen, genauso wenig wie die Skistiefel, die sie anhatte. Sie versuchte loszurennen, vielleicht konnte sie die beiden noch einholen. Sie würden ihr helfen … bestimmt! Doch ihre Bewegungen waren so unendlich langsam, als hätte man ihr um alle Glieder schwere Gewichtsmanschetten gewickelt.
»Lass es einfach. Es hat keinen Sinn. Es tut mir echt leid, dass du das nicht richtig genießen kannst.«
Sie stolperte und wurde hochgerissen.
»Es tut dir leid?« Sie schrie beinahe.
»Ja, natürlich! Komm! Wir machen jetzt eine herrliche kleine Tour. Nachdem die letzte so unerfreulich verlaufen ist, müssen wir diesen Eindruck unbedingt korrigieren.«
Julia konnte es nicht verhindern: Ihr schossen Tränen in die Augen. Sie machte keine Anstalten, sie abzuwischen, ließ sie einfach laufen. Nach allem, was sie erlebt hatte, war dies der schlimmste aller Alpträume. Sie schloss die Augen, und die milchigen Bilder von der Nacht im Gletscher kehrten zurück. Doch so betäubt ihr Verstand auch war, es drang die Erkenntnis zu ihr durch, dass dies hier absolut kein Traum war.

Wilhelm

Jungs, ich weiß, ihr schuldet niemandem etwas und schon gar nicht mir. Aber ich verspreche euch … wie man früher gesagt hat: Es soll euer Schad' nicht sein.«

Der Tätowierte sah den Gepiercten an. Das braune Huhn in der Pappkiste drehte ruckartig den Kopf hin und her und äugte dabei über den Rand.

»Was genau willst du von uns? Warum sollten wir so einem wie dir helfen? Und wer sind die da?«

Er deutete mit dem ausgestreckten Zeigefinger, den ein violetter Tigerkopf zierte, auf den alten Land Rover, in dem Doreen und Dr. Illner saßen.

»Den einen da habe ich schon mal irgendwo gesehen«, sagte der Gepiercte.

Wilhelm legte den Kopf in den Nacken. »Das ist so ein Charakterzug eurer Generation: Bevor ihr euch auch nur einen Millimeter bewegt, wollt ihr immer haargenau wissen, worum es geht und was dabei für euch rausspringt … chillt doch einfach mal ab.«

Die Jungs sahen sich an, und der Tätowierte sagte: »Eigentlich hasse ich diese alten Typen, die meinen, dass sie unsere Sprache sprechen und uns verstehen. Aber bei so einem Ü-achtzig-Greis ist es irgendwie fast schon wieder geil.«

»Krieg dich ein. Von geil ist der so weit entfernt wie der Nischel vom Eiffelturm.«

»Kackvergleich.«

»Trotzdem. Kennst du das Gefühl, dass man jemandem helfen muss, der in Ordnung ist?«

»Nope.«

»Dann bleib eben hier … Arschgesicht.«

Claudia

Sie hörte den Jagdhornton ihres iPhones, als sie die schmale Landstraße über den Breitenlehn zurück zum Mühlengut fuhr.

»Kannst du mal nachsehen?«, bat sie und machte eine Kopfbewegung in Richtung ihrer Handtasche.

Heike zog das Telefon aus der Seitentasche. »Dein Code?«, fragte sie.

»4711.«

»Sehr ausgefallen«

»›Hi Mama‹«, las Heike die Nachricht auf WhatsApp vor. »›Geht's dir gut? Habe das Tagebuch von Elsa gefunden. Es ist so krass. Sie war mit einem russischen Soldaten zusammen. Zum Schluss wird sie glaube ich verrückt. Letzter Satz: Der Mann auf der Brücke hat endlich einen Platz unter seinesgleichen gefunden. Bin jetzt in Chur. Ich muss ihn einfach wiedersehen. Vielleicht verstehst du mich irgendwann. Elsa hätte mich jedenfalls verstanden. Mach dir keine Sorgen. glg.j.‹«

Heike tippte auf den Touchscreen-Bildschirm und ergänzte: »Die Nachricht ist übrigens von gestern, 20.53 Uhr. Hast du die vorher nicht gelesen?«

Claudia zuckte mit den Schultern und meinte: »Akku leer, kein Netz, keine Zeit ... in dieser Reihenfolge.« Bei der letzten Aufzählung merkte sie, wie ihr das Blut in den Kopf stieg, weil ihr klarwurde, wie wenig sie in den letzten Tagen an ihre Kinder oder an ihre Kanzlei gedacht hatte. »Was macht Julia denn bloß in Chur? Sie sollte doch bei Nik in diesem kaffigen, aber sicheren Hünfelden bleiben!«

Sie fuhr rechts ran, ließ sich von Heike ihr iPhone zurückgeben

und drückte auf Julias Nummer. »Was ist eigentlich mit Chloé und Carlo? Kümmert sich Tom um sie?«
Heike nickte.
»Ja, natürlich. Auf ihn kann ich mich verlassen. Oh Mann! Wie dumm war ich eigentlich. Ich habe mich zur kompletten Idiotin gemacht!«
Ihr wurde klar, dass sie Tom seit dem Urlaub in St. Moritz und der Begegnung mit Gregorij nur ungerecht behandelt hatte, und eine Welle von Scham überrollte sie.
»Mist!«, sagte Claudia. »Es geht nur die Mailbox dran.«
Sie rief die Nachrichten auf, um eine SMS an Julia zu tippen, und überflog den Text, den ihre Tochter geschrieben hatte.
Tagebuch von Elsa ... war mit einem Russen zusammen ... krass ... wirr ... Mann auf der Brücke ... Platz unter seinesgleichen ... Elsa hätte mich verstanden ...
Sie schloss für einen Moment die Augen und versuchte, sich zu konzentrieren. Ihre Tochter war in diesen Russen verliebt, so viel stand fest. Aber nachdem sie seit zwei Tagen nichts von ihr gehört hatte, fand Julia es so wichtig, ihr in einer SMS von dem Tagebuch zu schreiben. Der Mann auf der Brücke: Konnte Elsa damit das kleine Porträt gemeint haben?
»Unter seinesgleichen ...«, flüsterte sie. »Was für ein seltsamer Ausdruck!«
Sie dachte an die Wände im Schweinestall des Guts, die mit alten Stillleben, Porträts und Szenen aus der Landwirtschaft vollgehängt waren. Da war das Ölbild doch unter seinesgleichen ... aber nein, sie musste das anders gemeint haben.
»Unter seinesgleichen«, sagte Claudia laut.
»Wovon sprichst du eigentlich?«, fragte Heike.
Claudia schloss wieder die Augen, und in ihrer Erinnerung erschien eine andere Wand. Auch sie war von oben bis unten mit

Bildern vollgehängt. Bilder, gemalt von Menschen, die in einer anderen Welt lebten. Sie öffnete die Lider und begann ihre Nachricht an Julia zu tippen.

»Ich glaube, wir sollten umdrehen«, murmelte Claudia fast unhörbar.

Wilhelm

Doreen rückte zur Seite und presste sich an die Autotür, als der Gepiercte und der Tätowierte einstiegen.
»Hey«, sagte der Tätowierte und presste sich an ihren Körper.
»Lass das, sonst bist du tot«, zischte sie und ließ ein Springmesser aufschnappen.
»Hoi, hoi, hoi«, rief er aus und wirkte ehrlich eingeschüchtert. Sofort rückte er zehn Zentimeter von ihr ab.
Dr. Illner drückte aufs Gas, und da der Jeep keine besonders gute Federung hatte, wurden sie ordentlich durchgeschüttelt.
»Hattest du eigentlich keinen Dienst, als das mit Edith passiert ist, Rolf?«, fragte Wilhelm und hielt sich am Griff fest.
Dr. Illner nickte. »Doch … allerdings. Ich wurde ja sofort gerufen. Aber wir konnten nichts mehr für sie tun. Jemand hat ihr etwas in den Arm injiziert, möglicherweise Kaliumchlorid … lähmt den Herzmuskel … das geht ganz schnell … aber genau weiß man das erst nach der Obduktion.«
»Aber wer hat das getan? Und warum hat sie sich das gefallen lassen? Hätte sie nicht schreien müssen oder sich wehren?«
»Nicht, wenn sie davon ausging, dass es ein Medikament ist, das ihr hilft … und wenn es ihr ein Arzt oder eine Schwester verabreicht hat.«
»Vor dem Zimmer saß doch ein Polizist. Er wollte doch noch nicht einmal mich und Claudia zu ihr lassen.«
»Wahrscheinlich hat der oder diejenige auch diesen Beamten getäuscht. Und das ist der springende Punkt: Erstens musste derjenige, der es getan hat, an das tödliche Mittel kommen, er musste aussehen wie ein Arzt oder ein Pfleger, und er musste auch einige Erfahrung mit Injektionen in die Vene haben.«

»Also doch einer von euch?«
»Ja, genau. Und was hätten wir für ein Motiv gehabt? Sind wir vielleicht ihre Erben?«
Wilhelm seufzte und griff sich mit beiden Händen an die Stirn. »Du hast ja recht. Aber wir hätten niemals diesen Vertrag abschließen dürfen. Es war ein Fehler. Und ich dachte, damit wird ein Schlussstrich unter das ganze Unglück gezogen.«
»Und wir wollten nur verhindern, dass der Gerber weiter diese schrecklichen Hühner-KZs baut«, sagte Doreen aus dem Fond des Wagens.
Wilhelms Seniorenhandy spielte den Cornelia-Froboess-Song, und er meldete sich. »Claudia! Wo bist du? Ist alles in Ordnung mit dir … und deiner Freundin? Wir wollten gerade zu dir kommen, um dir aus der Patsche zu helfen. Wohin fahrt ihr … welches Bild? … Ah, verstehe.«

Wilhelm schwieg auf einmal und ließ den Hörer sinken. »Ja, das ergibt Sinn«, murmelte er, um dann auf einmal mit fester Stimme zu kommandieren: »Sofort umdrehen!«
Dr. Illner sah ihn überrascht an. Den Befehlston war er von dem alten Mann nicht gewohnt.
»Wir fahren nicht zur Adelsberger Kirche, sondern nach Niederfrohna, in die Nervenheilanstalt.«

Julia

Sie wollte aufstehen, aber ihre Beine fühlten sich an wie Gummi und gaben nach. Um sie herum war alles weiß und schien zu flimmern. Verdammt, warum hatte sie keine Skibrille auf? Julia fühlte sich so erschöpft, dass sie am liebsten hier liegen geblieben wäre, mitten im Tiefschnee. Die Frage, was dann mit ihr passieren würde, war ihr so unwichtig. Sie wollte sich nur ausruhen.

»Komm schon, nur noch ein kleines Stück«, sagte die Stimme neben ihr, die ihr gleichzeitig vertraut und unwirklich erschien. »Das schaffst du schon noch.«

»Bitte, ich kann nicht mehr. Bitte, bitte, lass mich doch gehen, ich tue auch wirklich alles, was du willst.«

»Ich lass dich ja bald gehen. Nur noch ein Stück. Du wirst sehen … der Hang ist ein Träumchen.«

»Warum tust du mir das an? Ausgerechnet du?«

Beinahe wäre sie wieder weggedriftet, wenn sie nicht wieder geschüttelt worden wäre. Ihr Gesicht wurde mit beiden Händen gepackt, und sie sah tief in diese Augen. Wohlvertraute Augen.

»Hättest du es nicht einfach wieder vergessen können?«, sagte die Stimme.

»Was meinst du denn?«, fragte Julia.

»Du weißt schon, das mit dem Gesicht unter dem Eis. Carstens Gesicht. Jetzt müssen wir uns beide davon überzeugen, dass du dich getäuscht hast.«

Heike und Claudia

Diesmal ließ sie den Wagen vor dem Schlagbaum stehen und stellte voller Optimismus den Motor ab. Heike und Claudia stiegen aus. Die Fenster der Nervenheilanstalt Neun-Buchen waren alle dunkel, bis auf eines im ersten Stock. Dort schien ein Fernseher zu laufen. Langsam gingen sie auf das Gebäude zu. Selbst der Parkplatz war unbeleuchtet. Heike griff nach Claudias Ärmel.

»Bist du sicher, dass wir da jetzt reingehen sollten?«

»Nein. Aber es gibt keine echten Alternativen. Wenn ich es nicht tue, wird das, was ich suche, vielleicht für immer verschwinden. Aber offen gesagt, würde ich es gerne einmal mit eigenen Augen sehen.«

»Und wie wollen wir da reinkommen?«

»Mir wird schon was einfallen.«

Sie ging weiter und suchte die dunkle Fassade ab.

»Na, wer sagt's denn?«, flüsterte sie.

»Die Kriminalpolizei warnt: Ein gekipptes Fenster ist ein offenes Fenster. Los: Räuberleiter.«

Heike schnaufte und faltete gehorsam ihre Hände vor Claudias Knie.

»Mist! Hier ist es ja wirklich dunkel. Müssten die nicht eine Notbeleuchtung haben, in so einer Klinik? Was, wenn sich einer der Patienten in den Gängen verirrt?«

»Die verirren sich sowieso, ob mit oder ohne Beleuchtung!«

»Du bist zynisch!«, stellte Claudia fest.

»Aber hast du nicht die Taschenlampen-App an deinem iPhone geladen? Hat mir Chloé neulich gezeigt, als sie mich überreden wollte, mir endlich auch eines anzuschaffen.«

Claudia schlug sich mit der Hand an die Stirn: »Die neue Software hat die Taschenlampe sogar integriert, siehst du?«
Die Lampe leuchtete sogleich hell auf. Sie sah sich die Schilder an. »Wir sind gar nicht so falsch. Dort vorne müsste ihr Büro sein.«
Die Tür war zum Glück unverschlossen. Sie öffnete sie leise und leuchtete in den Raum. Da war das Regal mit der Paperweight-Sammlung, und Claudia musste an die Begegnung mit Elsa denken. Dann begann sie, die Wände systematisch abzuleuchten. Dicht an dicht hingen dort die Werke von Insassen der Psychiatrie aus den letzten Jahren und Jahrzehnten. Manche Zeichnungen waren gerahmt, manches waren auf Keilrahmen gezogene Leinwände, und manche Blätter waren einfach mit Nadeln an die Wand gepinnt. Bei fast allen standen Namen darunter und Jahreszahlen.
»Wow, das ist beeindruckend, aber auch ein wenig gespenstisch …«, flüsterte Heike. »Wonach suchst du eigentlich? Ist es denn so wichtig, dass du die Bilder deiner Tante wiederbekommst?«
Claudia war mit einer Wand fertig und ging zu der schmalen Seite des Zimmers hinter dem Schreibtisch. Vielleicht hatte sie sich auch geirrt.
»Unter seinesgleichen!«, sagte sie, und Heike zuckte zusammen. »Es ist ein Porträt, nach dem ich suche. Nicht meine Tante hat es gemalt, sondern ein Künstler … meine Großmutter hat es damals eingetauscht, gegen Butter oder Eier oder so etwas …«
Sie war in der vierten Reihe von oben angelangt und ließ das Licht nacheinander über die Bilder wandern. Bei einem verharrte sie kurz, es war ein Ölbild, das ein Kind zeigte, das von den Hinterhufen eines Pferdes getroffen wurde. »Gar nicht mal so schlecht … aber was für ein furchtbarer Vorfall«, sagte sie.

Sie leuchtete die nächste Reihe ab, die sechste Reihe und erkannte es sofort. Langsam ging sie näher darauf zu. Es war in einen unscheinbaren, schmalen Holzrahmen gefasst. Und seine Maße waren noch kleiner, als sie gedacht hatte. Aber als sie die Farben ableuchtete und den entsetzten Ausdruck des Mannes auf der Brücke, wusste sie, dass Susanne wahrscheinlich richtiggelegen hatte.
»Hier. Das ist es!«
Jetzt flüsterte sie wieder. Weniger aus Angst, gehört zu werden, als aus Ehrfurcht. Heike kam näher und beugte sich nach vorne, als Claudia das Ölbild beleuchtete. Die alten, nachgedunkelten Farben und das Motiv wirkten düster, doch das Werk strahlte eine starke Anziehungskraft aus.
»Aber das kenne ich. Das ist doch ganz berühmt … ist nicht so eines vor kurzem in New York versteigert worden?«
Claudia nickte und wollte soeben antworten, als sie die durchdringende Frauenstimme hinter sich hörte.
»Allerdings!«
Sie fuhr herum.
»Sie stehen hier vor der vierten Originalversion des ›Schreis‹ von Edvard Munch. Ihre Freundin kann Ihnen genau die Summe des Auktionserlöses in New York nennen. Denn offenbar hat sie sich Hoffnungen gemacht, sich an diesem Kunstwerk zu bereichern, und sich deshalb genau erkundigt. Aber eigentlich sollte Sie der Preis nicht allzu sehr interessieren …«
Claudia nahm erneut den unangenehmen Geruch des Antimottenmittels wahr, denn Lisa Junge trug wieder oder immer noch den grauen Persianermantel. Sie hatte beide Hände in die Taschen gesteckt. Neben ihr stand ein gedrungener Mann mit breitem Brustkorb, den Claudia irgendwo schon einmal gesehen hatte.
»Elsa Neumann hat mir das Bild schon vor Jahren geschenkt. Sonst hätte ich es ja kaum hier in meinem Büro hängen, nicht?«

»Es kommt häufig vor, dass einsame kranke Menschen zu demjenigen, der sie in ihren letzten Lebensjahren pflegt oder ärztlich behandelt, ein ungesundes Vertrauen fassen«, begann Claudia. Lisa Junge sah sie erstaunt an. »Oftmals wird die Beziehung so gefährlich familiär, dass sich die Alten oder die Patienten hinreißen lassen, wertvolle Schenkungen zu machen, oder die Person in ihrem Testament bedenken.«

Lisa Junge nahm mit einer lässigen Geste die linke Hand aus der Manteltasche.

»Allerdings ist dies im vorliegenden Fall nicht denkbar«, fuhr Claudia fort und bemerkte nicht, wie Lisa Junge sofort die Hand zur Faust ballte. »Denn erstens wäre meine Tante natürlich gar nicht in der Lage, wirksam Rechtsgeschäfte einzugehen, sie ist ja schon im Jahr 1998 entmündigt worden, und ich glaube nicht, dass Sie sie vorher gekannt haben. Zweitens hat ihr dieses Bild niemals gehört. Nach dem Tod meiner Großmutter wurden zwar die Grundstücke in einer ungeteilten Erbengemeinschaft, bestehend aus meinem Vater und meinen beiden Tanten, weitergeführt. Aber die beweglichen Gegenstände wurden alle unter den Geschwistern aufgeteilt. Und dieses Bild …«, sie nahm das Porträt vorsichtig von der Wand, legte es auf den Schreibtisch und leuchtete es an, »… bekam meine Tante Edith. Sehen Sie den Zettel? Da steht es: ›Eigentum von Edith Neumann‹ … und inzwischen gehört es übrigens …«

»Claudia, nicht!«, sagte Heike auf einmal.

Sie sah in das Gesicht von Lisa Junge, und ihr wurde schlagartig klar, dass sie einen Fehler gemacht hatte. Die Frau, die vor ihr stand, hatte das alles gewusst. Sie sah die Hand mit der Spritze auf sich zukommen und war auf einmal wie gelähmt. In letzter Sekunde warf sich Heike gegen die Ärztin, und beide fielen zu Boden. Lisa Junge war die Erste, die sich wieder aufrichtete. Claudia wurde von hinten mit eisenhartem Griff gepackt. Der

Mann schien darin Erfahrung zu haben. Natürlich, dachte Claudia auf einmal, er war ja auch ein Pfleger der Psychiatrie, daher kannte sie ihn.
Lisa Junge hatte immer noch die Spritze in der Hand und kam auf Claudia zu.
»Nein!«, schrie Heike gellend.

Julia

Wenn ihr jemand gesagt hätte, es könne noch schlimmer kommen als in jener Nacht, die sie im Gletscher verbracht hatte, hätte sie ihn ausgelacht. Doch der Moment, als sie mit einem Rescuegürtel an dem Seil hing und ganz langsam, Zentimeter für Zentimeter, wieder in die Spalte heruntergelassen wurde, war ein noch schrecklicheres Martyrium. So etwas konnte ihr nur ein Psychopath antun.

Dann kam der Moment, als Carsten Buchers totes Gesicht genau vor ihrem war.

Sie hatte sich getäuscht.

Er lag nicht unter Eis, sondern auf einem etwa vierzig Zentimeter breiten Absatz. Aber seine Haut und die Haare waren mit einer Schicht Schnee oder Rauhreif überzogen. Es war kein Zeichen von Verwesung zu erkennen. Der Leichnam war perfekt tiefgefroren.

»Julia?«, rief die Stimme von oben, und das Echo wurde von den Eiswänden mehrfach zurückgeworfen. Julia hing etwa zehn Meter tief in der Spalte und fror schon wieder so erbärmlich, dass sie am ganzen Körper zitterte. Ihre Zähne schlugen aufeinander. Im Gegensatz zum letzten Mal war sie viel weniger warm angezogen. Sie trug keine Daunenjacke, sondern nur einen dünnen Windschutz und Wollhandschuhe. Ihre operierte Hand begann schmerzhaft zu pochen. Immerhin hatte die eisige Kälte bewirkt, dass sie wieder klarer denken konnte, vielleicht ließ die Wirkung des Mittels auch einfach nach.

»Siehst du etwas?«

Julia zögerte. Hatte sie eine Chance, wenn sie log? Oder war dies alles nur ein geplantes zynisches Theaterstück, bei dem sie den vorbestimmten Schluss nicht mehr beeinflussen konnte?

»Nein, hier ist nichts«, antwortete sie mit dünner Stimme.
»Was? Sprich lauter, ich kann dich nicht verstehen!«
»Da ist nichts!«, rief sie.
Sie kreischte, als sie ruckartig fünf Meter nach unten gelassen wurde.
»Dann sieh dort mal nach! Du warst dir doch so sicher!«
Julia pendelte zwischen den Wänden hin und her und schlug mit der Schulter und den Knien an das Eis. Sie versuchte, sich zu konzentrieren. Was, wenn sie einfach zugab, dass die Leiche dort lag? Was würde dann passieren?
»Also, was ist?«
Sie war sich auf einmal sicher, dass sie hier sterben würde, dass dies ihr Grab war. Ein eisiges Grab. Niemand würde sie retten. Man hatte nicht zweimal so viel Glück im Leben. Es gab nur einen Trost: Sie wusste, dass das Frieren irgendwann aufhören würde. Sie würde einschlafen, und dann war einfach alles vorbei. Sie wandte das Gesicht nach oben und bekam eine unbändige Wut: Nein, den Gefallen würde sie ihm nicht tun. Sie durfte nicht einfach aufgeben. Mit den Händen formte sie einen Trichter vor dem Mund: »Ja, hier ist was!«, rief sie, so laut sie konnte.
»Was?« Die Stimme schien überrascht.
»Hier ist die Leiche von dem Jungen.«
»Bist du sicher?«
»Ja, ganz sicher. Aber es ist nicht nur eine, es sind zwei!«

Heike und Claudia

Der Gepiercte landete seine harte rechte Gerade mitten im Gesicht von Lisa Junge. Ihr Kopf wurde ruckartig nach hinten geschleudert, sie ging zu Boden. Das Blut spritzte aus ihrer Nase und übersäte die gesamte Umgebung mit roten Sprenkeln. Währenddessen hatte der Tätowierte den Kopf des Pflegers im Klammergriff.

Dr. Illner reichte Lisa Junge ein Taschentuch, und sie richtete sich langsam auf.

»Das wird ein Nachspiel haben. Da können Sie sicher sein«, röchelte sie und spuckte blutigen Schleim aus. Sie tastete nach ihrem Gesicht und schrie vor Entsetzen und Schmerz laut auf. Ihr Nasenbein war gebrochen.

»Das wird es allerdings!«, sagte Rolf Illner. »Sie haben Edith Neumann umgebracht. Nachdem der erste Versuch, der wie ein Unfall aussehen sollte, gescheitert war.«

Claudia zog die Augenbrauen hoch. »Das war sie auch?«

»Davon ist auszugehen.«

»Und warum hätte ich das tun sollen?«, fragte Lisa Junge, doch ihre kämpferische Stimme ging in ein Husten über.

»Weil Sie wussten, dass das Bild Edith gehört und sie in ihrem ersten Testament ihr gesamtes Hab und Gut an Elsa vermacht hat«, erklärte Dr. Illner.

»Na und?«

»Und ich bin sicher, dass Sie von Elsa einen sorgsam notariell beurkundeten Nachweis ihres Letzten Willens haben, in dem Sie als Erbin eingesetzt werden, nicht wahr? Hieß der Notar zufällig Dr. Bosko?«

Lisa Junge stand jetzt vor ihm und hielt sich das Taschentuch

unter die Nase. »Das müssen Sie alles erst einmal beweisen. Ich war an dem Abend, als Frau Neumann von der Leiter fiel, hier in der Klinik, das können Sie ruhig nachprüfen«, schnaufte sie.
»Es sind schon Menschen für weniger als ein Bild im Wert von über hundertzwanzig Millionen umgebracht worden. Und ich bin sicher, dass der Polizist aus dem Krankenhaus Sie eindeutig identifizieren wird.«
»Sie haben herausgefunden, dass Edith ein zweites Testament verfasst hat, und das gesamte Herrenhaus danach abgesucht«, ergänzte Claudia. »Ziemlich unvorsichtig allerdings, sich dann noch den alten Persianermantel meiner Tante unter den Nagel zu reißen. Sie müssen sich äußerst sicher gefühlt haben.«
Claudia deutete auf den grauen Pelzmantel, der jetzt von Blutflecken übersät war.
»Was Sie nicht sagen!« Trotz ihres Zustands sah Lisa Junge ihr selbstbewusst in die Augen.
Irgendetwas an ihrem Verhalten weckte Claudias Misstrauen. Die Anstaltsleiterin litt entweder selbst unter Realitätsverlust, so wie das Gros ihrer Patienten, oder sie hatte noch ein Ass im Ärmel.

Julia

Sie wollte nur irgendeine Reaktion bewirken und war erstaunt, wie gut es funktionierte. Tatsächlich wurde sie wieder nach oben gezogen. Und das sogar ziemlich schnell. Die Kräfte, die dazu nötig waren, hätte Julia ihm gar nicht zugetraut. Was hatte er jetzt vor? Wollte er sich überzeugen, ob sie recht hatte? Sie wagte es nicht zu hoffen. So dumm konnte er nicht sein!

Julia zitterte immer noch am ganzen Leib, als sie oben ankam und von hinten am Kragen gepackt wurde. Sie landete bäuchlings neben der Spalte und hechelte nach Luft. Dann plötzlich ein Knirschen im Schnee. Blitzschnell drehte sie sich herum, umklammerte seine Beine und zog sie ihm mit einem Ruck weg. Er schrie auf, als er auf dem Rücken landete. Geschickt wich sie seinen Tritten aus.

»Warum das alles?«, keuchte sie. »Ich würde es wenigstens gerne verstehen.«

Zwischen seinen Augenbrauen zeigte sich eine tiefe Furche, und sein Mund wurde schmal wie ein Strich. »Was weißt du denn schon!«, stieß er hervor und trat wieder in ihre Richtung. Zu ihrem Glück hatte er sich im Seil verfangen. Irgendwie schaffte sie es, vor ihm auf die Beine zu kommen.

»Was glaubst du, wie es ist, wenn alle um dich herum mit dem goldenen Löffel im Mund geboren wurden. Die sind alle so …«, er suchte nach dem richtigen Ausdruck und hörte einen Moment lang auf, nach ihr zu treten, »… dumm und ignorant … und unbegabt … brauchen Tabletten, um die Klausuren durchzustehen … dabei sind die alle auf so niedrigem Niveau!«

»Aber ich dachte, wenigstens Maxim wäre dein Freund!«, hielt ihm Julia vor.

Benni verzog das Gesicht zu einer verächtlichen Grimasse.

»Freund! Dass ich nicht lache! Er ist der Schlimmste. Bräuchte nicht mal einen Schulabschluss, mit einem Vater, der zu den reichsten Männern Europas zählt.«
»Ich hätte nie gedacht, dass du so weit gehen würdest. Warum mussten Sybille und Carsten sterben?« Sie sah ihm gerade ins Gesicht und überlegte dabei, wie sie ihn näher zur Kante bewegen könnte.
»Warum wohl! Weil sie zu viel über mich herausgefunden haben. Vicky war nicht vorsichtig genug.«
Sie machte einen Schritt auf ihn zu, sprang über seine Beine und war auf einmal hinter seinem Rücken. Doch er erriet, was sie vorhatte, drehte sich blitzschnell um. In dem Moment, als sie sich bückte, schlug er hart zu und erwischte sie mit der Handkante im Gesicht. Ein scharfer Schmerz durchzuckte ihre Lippe, als sie aufplatzte. Sie ließ sich wieder zu Boden fallen und trat mit beiden Skischuhen, so fest sie konnte, gegen seinen Rücken. Er fasste nach ihrem Bein. Aber da war er schon gefährlich nah an der Kante. Zu nah.
Bennis mädchenhafter Schrei, der immer leiser wurde, würde sie noch lange in ihren Träumen verfolgen.

Es dauerte nur etwa zwei Stunden, aber Julia kam es vor wie ein ganzer Tag. Dann ließ der Helikopter ein Seil neben ihr herunter. Sie trug immer noch den Rescuegürtel und koppelte sich ein. Als sie zu Tatjana und Maxim in den Helikopter stieg, konnte sie auf einmal nur noch lachen.
»Das ist normal: Entweder sie bekommen einen Heulkrampf oder einen hysterischen Lachanfall«, beruhigte Tatjana ihren Neffen. »Wickel sie in die Rettungsfolie und gib ihr Elektrolyte zu trinken. Aber nur kleine Schlucke. Und beweg dich langsam. Dein Vater bringt mich um, wenn er das hier erfährt.«
Dann verständigte sie die Bergwacht und gab die Koordinaten durch.

»Diesen Typen können die anderen retten. Für den fliege ich nicht noch mal hier hoch. Konnte ihn noch nie leiden!«
Maxim bückte sich vorsichtig und tat, wie seine Tante ihn geheißen hatte. Nach jedem Schluck, den Julia aus der Plastikflasche trank, küsste er sie vorsichtig.
»Wie habt ihr mich gefunden?«, flüsterte Julia.
»Es gab zwei, die uns geholfen haben: Marcel und Toni, eine Journalistin. Sie haben sich zusammengetan und sind kurz nach dir zu mir ins Krankenhaus gekommen. Sie haben herausgefunden, dass Benni hinter allem steckte, dass er der Drahtzieher des Medikamentenhandels in unserem Internat war. Er hat die Rezepte von seinem Vater gefälscht und ausgestellt. Er hat Sybille und Carsten in den Gletscher geführt und hatte es auch auf mich abgesehen. Aber es war damals wohl nicht geplant, dass du mit in die Gletscherspalte stürzt. Marcel ist ihm wegen der kleinen Füße auf die Schliche gekommen. Benni trägt Damenskischuhe, Größe 26, und davon hat die Bergwacht ein Stück der Schnalle gefunden, bei Sybilles Leiche.«
»Und warum hat Marcel nicht einfach die Polizei verständigt?«, fragte Julia.
Maxims Blick wurde düster: »Marcel hängt selbst in der Medikamentendealerei mit drin, genauso wie Vicky, übrigens. Die beiden werden wohl auch nicht einfach so davonkommen. Vor allem Marcel, weil er in Deutschland schon vorbestraft ist.«
Julia nickte und senkte den Kopf. Sie antwortete leise: »Deshalb wurde er also am Bahnhof in Chur verhaftet. Er tut mir leid, irgendwie ist er ein Pechvogel.«
»Er war selbst von einigen seiner Tabletten abhängig, das kommt ihm vielleicht zugute. Ganz im Gegensatz zu Vicky. Sie hat nur damit gedealt, um Geld zu machen.«
»Und das hast du der Polizei alles erzählt?«
Maxim nickte, legte den Arm um Julias Schultern und versuchte, sie zu wärmen und zu trösten.

Epilog

Claudia konnte ihre Enttäuschung nur schlecht verbergen, als Susanne ihr mitteilte, dass es sich bei dem Bild aus Lisa Junges Büro nicht um einen echten Edvard Munch handelte. Es sei eine recht gute Kopie, allerdings viel neueren Datums als die Originale, schätzungsweise sogar aus diesem Jahrhundert.

»Das war also der Grund, weshalb diese Ärztin sich so sicher gefühlt hat, als wir es gefunden haben«, sagte Claudia und setzte sich auf einen Küchenstuhl. »Na ja, überführt wurde sie inzwischen trotzdem. Sie hat Edith im Krankenhaus umgebracht. Was sie mit dem Sturz von der Leiter zu tun hatte, hat man nicht genau herausgefunden. Da hat Frau Junge ein unantastbares Alibi durch drei Pflegerinnen in der Klinik. Die Frage ist …«, sie stand wieder auf und ging zum Fenster, »… Mist! Der Empfang hier ist miserabel, aber sie haben uns das Festnetz abgestellt, weil wir die Rechnung nicht bezahlt haben. Die Kanzlei schreibt nur noch rote Zahlen … also die Frage ist, ob sie dieses vierte Original des berühmten ›Schreis‹ irgendwo anders versteckt hat oder ob es nur ein Hirngespinst von dir und mir war und niemals im Besitz meiner Familie war.«

»Aber es ist doch auf dem alten Foto!«, gab Susanne zurück.

»Ja, da hast du recht. Vielleicht sollte ich doch noch mal nach Adelsberg fahren? Eine klitzekleine Geldspritze könnten wir alle hier offen gesagt gebrauchen. Unser Anwaltsbüro ist, fürchte ich, sonst am Ende, und ich bin pleite.«

»Also, wenn du es dir zeitlich leisten könntest … lohnen würde es sich schon. Ich kann hier leider nicht weg, sondern muss mich zusammen mit Woletzki um Marcel kümmern, der wartet auf seine Verhandlung.«

Claudia seufzte. Nein. Wenn sie ehrlich war, konnte sie es sich im Moment zeitlich absolut nicht leisten, ihre Kinder, Nicolas und ihre Kollegin schon wieder sich selbst zu überlassen, und sie wollte es auch nicht. Sie sah zu, wie Nicolas und Johanna gemeinsam am Küchenblock standen und Gemüse schnippelten. An dem alten Holztisch saß Wilhelm neben ihren Söhnen und sah sich die Urlaubsfotos auf ihrem Laptop an. Auf dem Herd brodelten Pasta und eine köstlich duftende Soße.

»Es geht einfach nicht, Susanne. Das muss bis zu den nächsten Schulferien warten. Dann kann ich die Kinder mitnehmen und mir auch ansehen, wie das Projekt mit dem Biohof auf unserem Gut angelaufen ist. Wir haben in Chemnitz das letzte Mal ein paar arbeitslose Jugendliche kennengelernt, die viel Erfahrung in der Hühnerzucht haben, und die wurden dort eingestellt, nicht wahr, Vater?«

Wilhelm sah von dem Bildschirm auf und nickte.

»Die einzige kurze Reise, die ich in Kürze unternehmen werde, geht nach St. Moritz. Da werde ich nämlich endlich meine Tochter wiedersehen und hoffentlich nach Hause holen.«

Nicolas hob den Kopf und sah sie an. Sie erwiderte den Blick, griff nach dem gefüllten Rotweinkelch, den er ihr entgegenstreckte. Dabei berührten sich ihre Hände. Claudia nahm zwei große Schlucke. Kurz nachdem der samtige Bordeaux ihre Kehle hinunterrann, breitete sich wohlige Wärme in ihren Gliedern aus. Als sie Nicolas' Blick auffing, war sie sich nahezu sicher, dass ihre Beziehung vielleicht doch noch eine Chance hatte.

Ein lieber Junge

Die alte weißhaarige Frau hakte sich bei ihm unter, und er führte sie zu dem Aufzug seines Chalets.

Sie sah sich unsicher um, doch als sie in die warmen bernsteinfarbenen Augen des Mannes neben ihr sah, fasste sie wieder Mut. Sie verstand nicht genau, wo sie hier waren, und war sich auch nicht im Klaren, ob er ihr Sohn war, ihr Enkel, wie er versuchte, ihr beizubringen, oder doch ihr Geliebter, Boris, denn manchmal glich er diesem und manchmal einem kleinen Jungen. Es sprach so viel Güte und Liebe aus seinem Blick, dass sie kaum noch Angst vor dem Verlassenwerden hatte. Zum ersten Mal seit vielen Jahren fühlte sie sich geborgen und fast glücklich. Sie fuhren nach oben. Elsa betrat den Wohnraum und ging sogleich weiter zum Fenster, betastete die Scheibe und sah in die Tiefe. Sie schien auch davor keine Angst zu haben. Zu dem farbigen Fensterputzer drehte sie sich zwei Mal um.

»Dieser Mann arbeitet langsam. Großvater würde ihm Beine machen«, sagte sie, sonst nichts.

»Gefällt es dir hier in der Schweiz?«, fragte Gregorij, ohne sie über die Skulptur aufzuklären.

»Ja, Hartmutchen. Die Berge – fast wie unser Erzgebirge. Und bald fahren wir zurück nach Adelsberg, ja?«

»Natürlich, wir müssen ja nachsehen, was Rolf, Doreen und Kevin mit dem Biobauernhof für Fortschritte machen und wie es Ediths Hühnern geht.«

Elsa tätschelte ihm die Hand: »Du bist ein lieber Junge. Ich habe es immer gewusst, dass du es nur gut meinst …«

Ganz plötzlich bekam sie wieder ihren leidvollen Ausdruck und stammelte: »Ich wollte dein Geburtstagsgeschenk holen, auf dem Gut, Frau Doktor hat es erlaubt. Es war die Sammlung von Zinnsoldaten, da habe ich Licht gesehen, ausgerechnet in der Scheune, in der …« Sie schloss die Augen, schwankte ein wenig, sah zu Boden und flüsterte: »Ich habe sie manchmal geliebt und manchmal gehasst, aber das wollte ich nicht, wirklich nicht.« Elsa hob den Kopf und sah Gregorij mit vor Entsetzen geweiteten Augen an. Die Szene schien sich für sie zu wiederholen: »… Es war grauenhaft, sie kippte einfach um … die Leiter … ich bekam so schreckliche Angst und dann …«

»Schscht«, machte Gregorij und legte ihr einen Finger auf den Mund. »Sprich nicht weiter. Es war nicht deine Schuld, es ist einfach passiert. So etwas nennen wir Schicksal.«

»Elsa!«

Sie drehte sich um und sah ein blondes Mädchen auf sie zurennen. Julia warf sich ihr in die Arme.

»Tante Elsa! Ich bin so froh, dass wir uns endlich wiedersehen.«

Elsa streichelte ihr über die flachsblonden Haare. Dann hielt sie sie ein Stück von sich weg, fuhr ihr mit dem Handrücken über den glatten, rosigen Teint, auf dem seit kurzem kein einziger Pickel mehr zu sehen war. Nur Julias Lippen waren von Bennis Handkantenschlag noch immer geschwollen.

»Irmchen«, sagte sie.

Julia lächelte und drehte sich zu Maxim um, der in einem dunkelblauen Wollpullover mit weißem Elchmuster hinter ihr stand und den Arm um sie schlang.

»Kennst du schon Maxim, meinen …«, sie musste schlucken, »… Freund?«

»Dazu muss ich euch aber noch etwas erklären«, schaltete sich Gregorij ein, und seine Stimme klang gar nicht mehr sanft.

»Ihr wisst ja wohl, dass ihr genau genommen Cousin und Cousine seid und dass ihr keine …«

»Schon gut, Vater. Wir wissen Bescheid. Bevor wir heiraten, werden wir das genetisch abklären lassen.«

Gregorij schnappte nach Luft: »Ihr wollt heiraten? Seid ihr verrückt geworden?«, rief er röhrend.

»Nein, aber du offenbar. Wir sind sechzehn und neunzehn. Hast du das vergessen?«

Gregorij presste die Lippen zusammen. Dann wandte er sich an Elsa: »Komm mit, ich muss dir etwas zeigen.«

Elsa folgte ihm in den angrenzenden Raum. Eine Wand wurde fast vollkommen von einem überdimensionalen Gemälde bedeckt, das eine märchenhaft anmutende Kampfszene mit Soldaten in weißen Hosen und blauen Uniformröcken zeigte. Der stufenförmig angeordnete Raum war mit violett bezogenen Loungesesseln möbliert. Elsa blieb auf der Türschwelle stehen.

»Ach, Hartmutchen, hast du das gemalt?«

Gregorij zuckte mit dem Mundwinkel, dabei zeigte er auf einen der Sessel. »Komm, setz dich nur kurz dorthin, du wirst schon sehen.«

Zögernd ließ sie sich auf der Kante eines Fußhockers nieder.

Gregorij betätigte eine Fernbedienung, das Bild von Julian Schnabel bewegte sich geräuschlos nach oben und verschwand. Ein heller Spot ging an und beleuchtete ein kleines Gemälde in einem breiten Goldrahmen.

»Der Mann auf der Brücke!«, rief Elsa aus, sprang auf und lief die Stufen herunter.

»Tja, es ist leider nur eine Leihgabe, wir müssen es bald der rechtmäßigen Eigentümerin zurückgeben … oder es ihr abkaufen, das darfst du entscheiden. Sie wird uns sicher bald hier besuchen.«

Elsa stand vor dem Bild und fuhr mit der flachen Hand in kurzem Abstand über die Oberfläche, ohne die Leinwand zu berühren.
»Mutti sagt, es bringt Unglück. Hab ich nie geglaubt. Ich bin nämlich gar nicht abergläubisch, Hartmutchen.«
Gregorij lächelte.
»Ich auch nicht, Großmutter. Kein bisschen!«

Mit diesem Buch fing alles an: der erste Band um Heike, Susanne und Claudia

KATHARINA SULZBACH

Westendladies

ROMAN

Drei Ladies, die alles im Griff haben. Ihre Jobs. Ihre Männer. Das Kindercoaching. Die Spitzenfigur. Ihre Jimmy Choos. Doch plötzlich sind Kratzer im Lack, und die heile Glamourwelt gerät ins Wanken. Was hilft? Ein Glas Champagner. Und der entscheidende Funke Esprit, Eleganz und Bosheit …

»›Westendladies‹, das ›Sex and the City‹-Buch vom Main, ist ein Renner!«
BILD Frankfurt

Exklusive Clubs und böse Intrigen – weiter geht es mit dem Überraschungserfolg der »Westendladies«!

KATHARINA SULZBACH

Stutenparade

ROMAN

Zugegeben: Die Traumvilla mit Park im Vordertaunus, die eleganten Boutiquen und angesehenen Privatschulen wirken verlockend. Doch das Leben der drei Freundinnen Heike, Susanne und Claudia bekommt Kratzer. Durchtriebene Affären und hässliche Scheidungen, pubertierende Töchter und die Intrigen der exquisiten Nachbarinnen bringen ihre Welt ins Wanken. Wer nicht dazugehört, bekommt die schmerzhaften Stutenbisse zu spüren. Aber die drei Ladies wissen sich zu helfen ...

ELISABETH KABATEK

Ein Häusle in Cornwall

ROMAN

Emma, liebenswert, aber ein bisschen zu pflichtbewusst, wird vom Betriebsarzt zu einer kleinen Auszeit verdonnert. Sie landet in Cornwall bei dem verschusselten Aristokraten Sir Nicholas Reginald Fox-Fortescue. Im Land der Rosamunde-Pilcher-Verfilmungen erlebt sie ihr blaues Wunder zwischen lauter Exzentrikern und Freigeistern, die nichts von schwäbischer Schaffer-Mentalität halten, in runtergekommenen Häusern leben, auf deren Agenda »Arbeit« gaaanz weit unten steht – und die einen Riesenspaß am Leben haben. Liebe nicht ausgeschlossen …

DROEMER